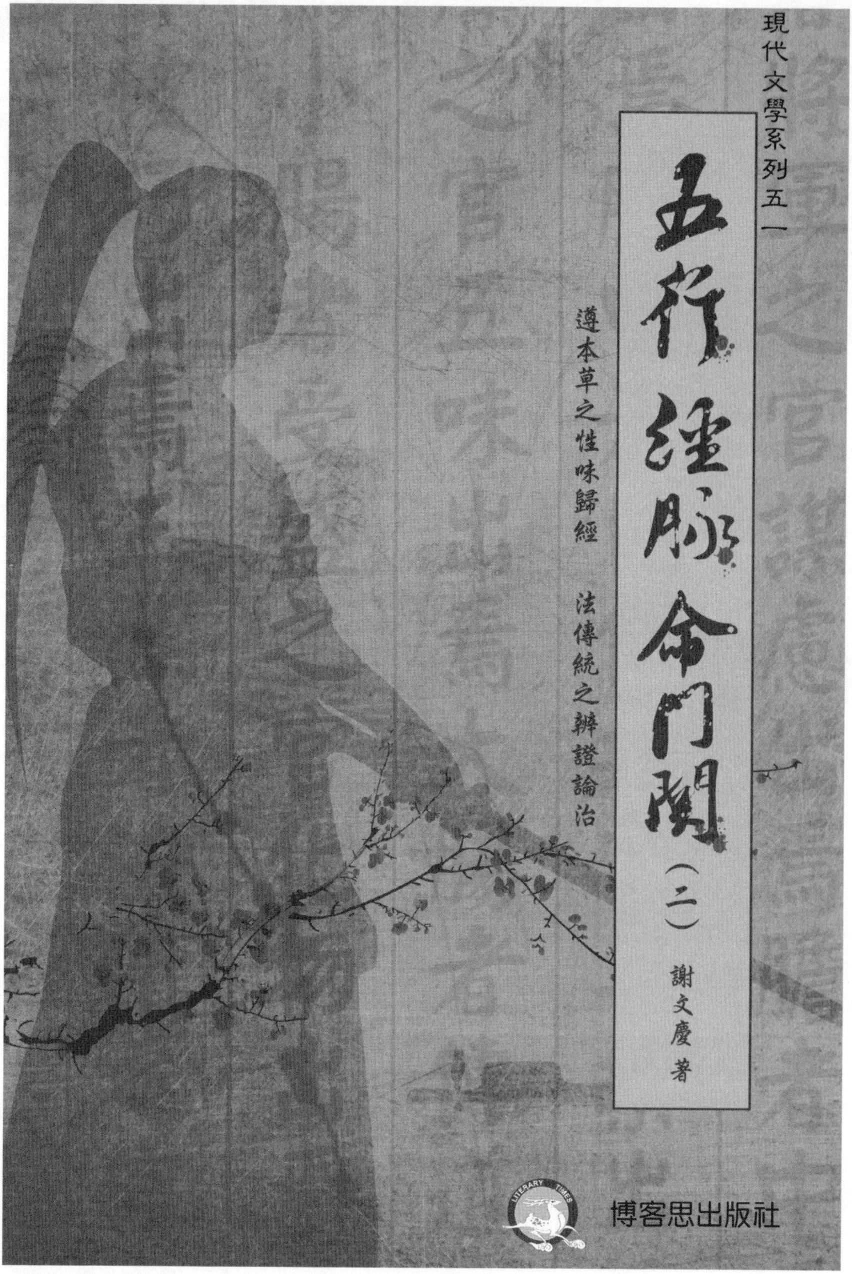
現代文學系列五一
五行經脈命門關（二）
謝文慶 著
遵本草之性味歸經 法傳統之辨證論治
LITERARY TIMES
博客思出版社

人體周身經脈之相位區分與臟腑對照

人體周身上下		
正面	背後	兩側
陽明	太陽	少陽

	手			足		
	開	闔	樞	開	闔	樞
陽	太陽	陽明	少陽	太陽	陽明	少陽
	小腸	大腸	三焦	膀胱	胃	膽
陰	太陰	厥陰	少陰	太陰	厥陰	少陰
	肺	心包	心	脾	肝	腎

奇經八脈			
任脈	督脈	衝脈	帶脈
陽蹻脈	陰蹻脈	陽維脈	陰維脈

五行之於五臟與五方位

東為肝木

南為心火

中為脾土

西為肺金

北為腎水

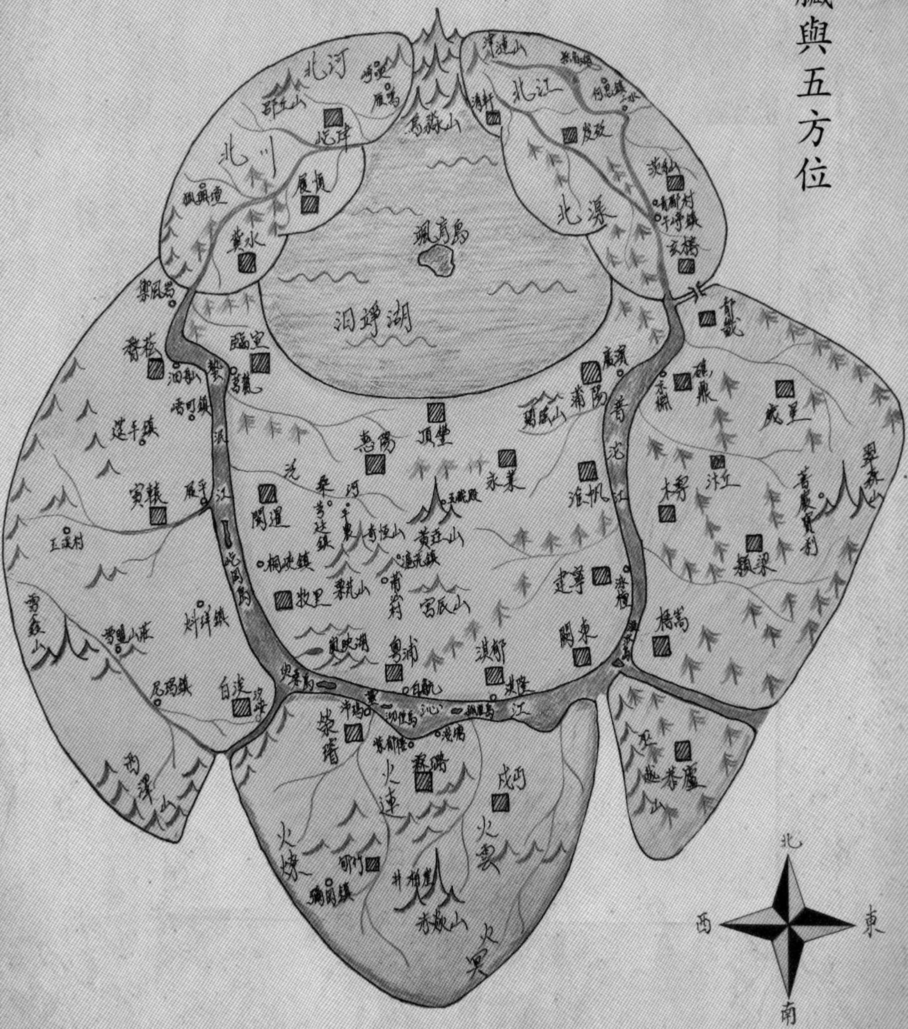

五州地域圖

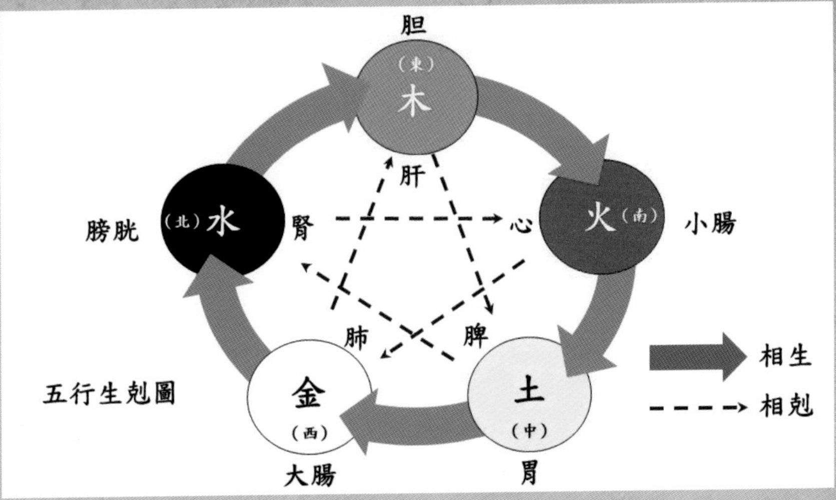
胆
（東）
木
肝
膀胱
（北）水
腎
心
火（南）
小腸
肺
脾
相生
相剋
五行生剋圖
金
（西）
土
（中）
大腸
胃

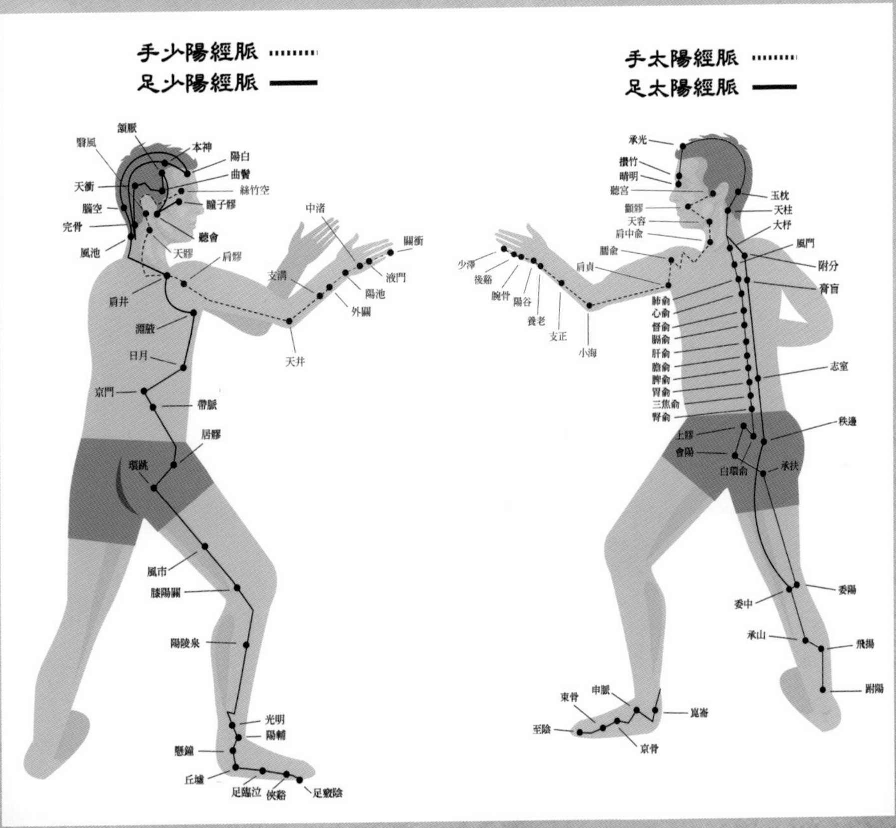
手少陽經脈
足少陽經脈
頷厭
翳風
本神
陽白
曲鬢
天衝
絲竹空
瞳子髎
腦空
完骨
聽會
風池
天髎
肩髎
中渚
關衝
支溝
液門
陽池
外關
肩井
淵腋
天井
日月
京門
帶脈
居髎
環跳
風市
膝陽關
陽陵泉
光明
陽輔
懸鐘
丘墟
足臨泣
俠谿
足竅陰
手太陽經脈
足太陽經脈
承光
攢竹
睛明
聽宮
玉枕
顴髎
天柱
天容
大杼
肩中俞
臑俞
風門
少澤
附分
後谿
肩貞
膏肓
腕骨
陽谷
養老
支正
小海
肺俞
心俞
督俞
膈俞
肝俞
膽俞
脾俞
胃俞
三焦俞
腎俞
志室
秩邊
上髎
會陽
白環俞
承扶
委陽
委中
承山
飛揚
跗陽
束骨
申脈
崑崙
至陰
京骨

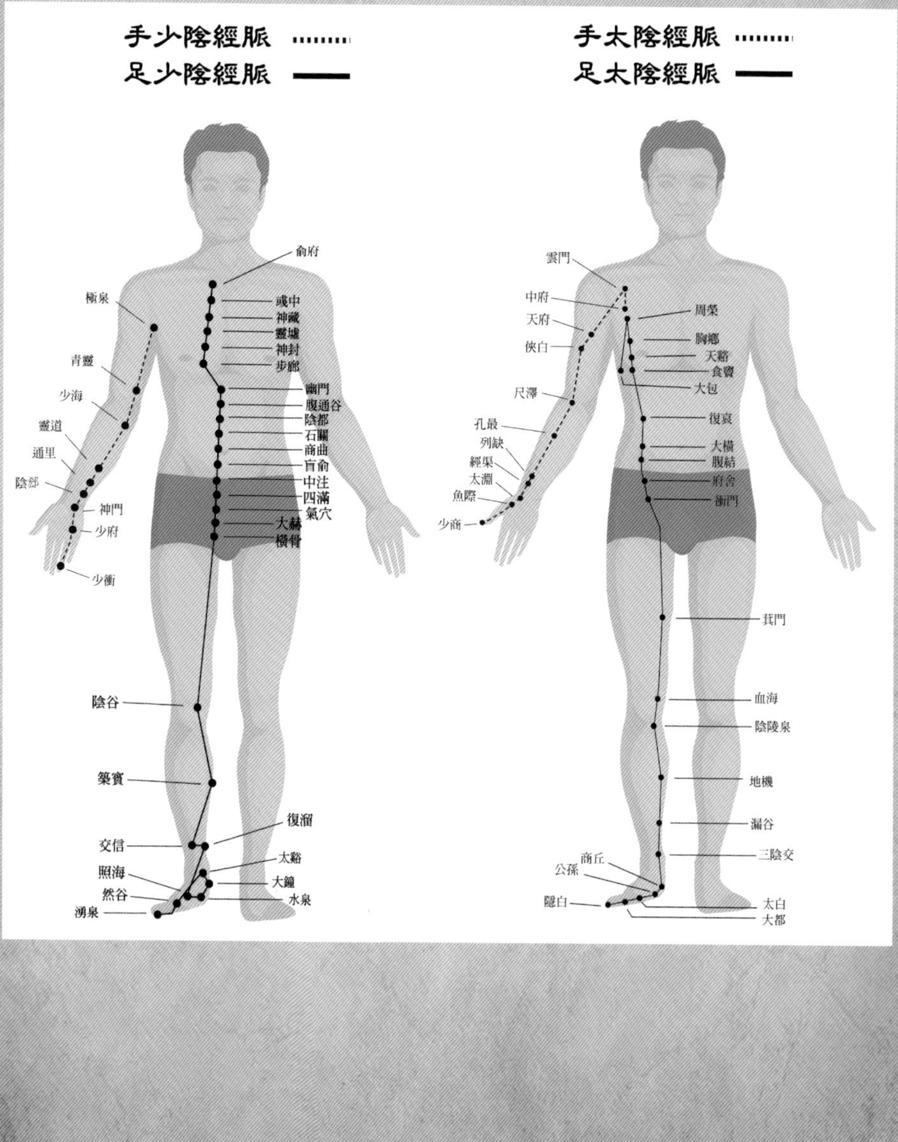
手少陰經脈
足少陰經脈
俞府
彧中
神藏
靈墟
神封
步廊
幽門
腹通谷
陰都
石關
商曲
肓俞
中注
四滿
氣穴
大赫
橫骨
極泉
青靈
少海
靈道
通里
陰郄
神門
少府
少衝
陰谷
築賓
復溜
交信
太谿
照海
大鐘
然谷
水泉
湧泉
手太陰經脈
足太陰經脈
雲門
中府
天府
俠白
尺澤
孔最
列缺
經渠
太淵
魚際
少商
周榮
胸鄉
天谿
食竇
大包
腹哀
大橫
腹結
府舍
衝門
箕門
血海
陰陵泉
地機
漏谷
三陰交
商丘
公孫
隱白
太白
大都

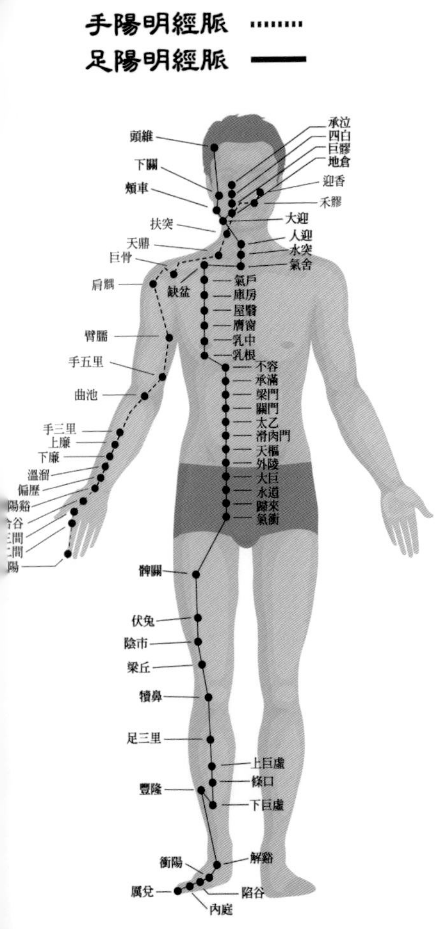
手陽明經脈
足陽明經脈
頭維
下關
頰車
扶突
天鼎
巨骨
肩髃
缺盆
臂臑
手五里
曲池
手三里
上廉
下廉
溫溜
偏歷
承泣
四白
巨髎
地倉
迎香
禾髎
大迎
人迎
水突
氣舍
氣戶
庫房
屋翳
膺窗
乳中
乳根
不容
承滿
梁門
關門
太乙
滑肉門
天樞
外陵
大巨
水道
歸來
氣衝
髀關
伏兔
陰市
梁丘
犢鼻
足三里
上巨虛
條口
豐隆
下巨虛
衝陽
解谿
厲兌
陷谷
內庭

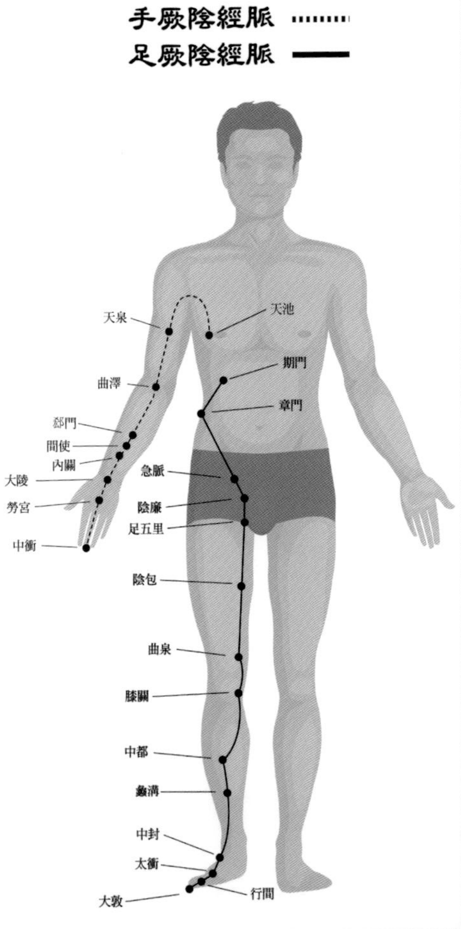
手厥陰經脈
足厥陰經脈
天泉
天池
曲澤
郄門
間使
內關
大陵
勞宮
中衝
期門
章門
急脈
陰廉
足五里
陰包
曲泉
膝關
中都
蠡溝
中封
太衝
大敦
行間

目錄

第九回 黃垚五仙

眼見迷濛弦月浮於星夜高空，耳聞蹄間三尋奔於曲徑山林；遙觀黃垚五殿巨燭照明，虔誠三清弟子清淨堂室，令留宿者得以靜息安眠。孰料，杜門御掃之後，一陣嘶嘷馬鳴，驚動了殿內仙官仙卿，循聲前來一探究竟，惟見黑白二駒於殿外停蹄，待二身影下馬後，躬身說到……

「擾動清寂，情非得已，常元逸望仙官仙卿諒解！」常真人表明道。

本源道長識出訪者身份，又見其身旁隨行者撫胸難捱，倏而領其直上五藏殿後山之百會殿。甫進殿門，龍玄桓即因耗氣於六角殿壇，且頻以內力阻抗陰寒波及臟腑，更因一路奔波勞傷，終不支而仆臥於地，意識隨即沉潛，不知人事。

待龍玄桓漸趨清醒，雙眼微睜，深吸了口氣後，起身盤座以理經脈之氣。半晌之後，忽聞輕盈步伐由遠而近，隨後即見一白袍道長跨越門檻，發聲道……

「玄桓老弟，血府氣脈可感順暢乎？」

「托常真人之福，眼下氣脈已暢快許多；吾僅憶及奔騰疾騎，接著循行一段山徑後即失了意識！」龍玄桓起身回應道。

「龍武尊凝聚心脈之氣，強抗外寒攻心，以致心火過熱而灼損肺臟。然**肺之宣發肅降受阻**，**體內則無以行水，水滯不暢則生痰飲，致使呼吸紊亂、宗氣下沉**。再則，**太陽心俞**之外寒滯留，致使心包凝血不暢而無力，心臟力不從心，爾復集氣生熱，以致兩相矛盾，故先有**血虛無水之陰虛火旺**，昏厥之後則轉為**氣虛無火之陽虛**逆冷。危急時刻，幸得黃垚五仙及時驅寒溫裡，而後則臥榻近三日始甦醒。」常真人說明道。

「什麼！吾已躺了三天？」龍老驚訝道。

待常、龍二老步出屋室，一前一後循著石階，不出一會兒，一幕「曲徑通幽處，禪房花木深」之景，隨即映入眼簾。常老伸手指道：「眼前乃黃垚五仙之禪房。」

「哈哈哈……說著什麼五神、五仙的，常真人真是說笑啦！」一話聲由房內傳來。

「嗯……年逾九旬，尚具如此隔空傳聲內力……不可思議！」龍玄桓一陣訝異後，隨常真人踏入禪房；待見得五位慈眉善目道長，不禁再露驚訝之貌！惟見紛著五色繡紋長袍之五道長，個個神色相貌，約莫杖國之年，怎如常老所述，五仙皆已年近於百？接著，龍玄桓上前拱手恭敬道：「嵐映湖龍玄桓，對黃垚五仙之及時相救，銘感五內！」

「哈哈，稱神呼仙乃世人過度恭維所致！吾等同道早已遠離世俗，龍施主口出黃垚五仙之稱謂，吾等不免一陣心虛啊！」一道長說道。

「諸天師自留於黃𡋯山以來，即以各自名號修行。」常元逸話後，再依五道袍上之五色領襟，一一對著龍武尊介紹道……

青入於木，杍仁天師是也。

赤入於火，煉禮天師是也。

黃入於土，圻信天師是也。

白入於金，銘義天師是也。

黑入於水，海智天師是也。

於此，元逸又說：「修行之高道者，謂之……真人！然立於諸前輩之前，元逸對此稱謂，愧不敢當；而諸前輩皆傳承自道教，故以『天師』為敬稱，實不為過啊！」

杍仁回應道：「吾等同道已遠離紅塵，惟元逸仍為民請命，奔波於世俗之間；相較於民間百姓，元逸確實是修行之高道者，故世人以『真人』二字敬呼，實不為過！然而吾等同道於此修行，何等頭銜？早已視如浮雲矣！」

圻信接續說道：「龍施主內力過人，十二脈絡交運通暢，為世人少有，故自體回復甚速，實非吾等之功。不過，施主先前已生陰虛火旺，而後又致陽虛逆冷，正所謂『陰虛因火，血必滯；陽虛因寒，血必凝』，此一滯一凝，勢必推升體內瘀血形成。血無氣不流，氣無血不澤；血不流則脈絡阻而氣先湧逆，氣不澤則腠理塞而血遂壅瘀。」

煉禮接道：「龍施主雖可藉經脈真氣衝慣脈絡，唯脈內瘀血蓄積，甚有血塊為阻，若施主強行慣衝，恐有損經傷脈之虞；如瘀血滯留心包，恐引發冠心之症，施主定當小心謹慎才是！」

銘義則表示，龍施主尚有結胸滿痛，胸痺痛引心背，咳唾喘息之症狀，且於陰虛火旺時，肺受火逼，則水必停而痰生，痰生則肺失養而氣壅，故有喘急胸滿，咳嗽、咽閉、口渴之病矣。故貧道力薦，藉味甘性潤之瓜蔞實以療癒。然甘能補肺，潤能降氣；胸有痰者，以肺受逼，失降下之令。今得甘緩潤下之助，則痰自降，宜其為治嗽之要藥也；且又能洗滌胸膈中垢膩鬱熱，為治消渴之神藥也。

「幸得諸位天師指點，龍某永銘於心。」龍玄桓拱手致謝後，問：「何以五天師同會於此？又何來五藏殿之建物？」

海智微了一笑，引領大夥兒就座後，娓娓指出，相傳黃垚山初始之五藏廟，系由上古時代磐龍仙翁之徒子所建。當時僅為一簡陋廟寺，唯歷經多年後，幾成一無人廢墟。一日，貧道知悉列祖列宗雖出自官宦世家，卻為著斂財致富，一再鼓動戰事，強侵弱勢，進而燒殺擄掠，奴役百姓，罪孽深重，罄竹難書。又說：「然家族世代單傳，貧道不願承襲家族以往，遂前來黃垚山隱居。怎料日後，或有鄙視世俗之商賈後嗣；或見江洋大盜、刑場劊手之嫡子等等；無不為著遠離世俗仇殺，紛紛來到了黃垚山。然於相互砥礪之下，遂決定以蒼生為念，終身為民祈福，並以各自繼承之家業，擴建五藏古廟。」

銘義續述道：「適值拆卸舊廟樑柱之際，發現廟堂正上之樑板內，隱有若干人為痕跡，且以磐龍文體呈現。惟因貧道曾隨先父前往外地做生意，而當地文字猶有幾分磐龍文之狀，故大夥兒於相互研究下發現，樑板痕跡載著關於五藏廟前不遠處，分朝中土五方位而立之五巨柱含意，竟合於天地五行與人體五臟之說。吾等同道遂依循天地五行，著手興建五座建物。再則，為使眾生心有所繫，遂於每日祈福時辰，開放眾生參與。自始至今，吾等同道齊與世人共創了黃垚五藏殿！」

龍武尊聽聞後雙手合十，讚頌五天師之舉，實乃穩定蒼生之基，更費心呼籲、教化世人，明瞭傳統醫藥之治身、養身道理。怎料海智天師微搖著頭表示，依循為眾生祈福之宗旨，吾等遂依五行臟腑之理而撰一紀冊，藉以告知世人養生之道，且將其命名為《五行真經》。孰料，世間爭權奪利者竟訛傳，「能得《五行真經》者，即可壽與天齊」，遂爭相訪探五藏殿。然因訪者之心已惑，奈何吾等同道告知真經之義理，仍不敵心之貪婪，誓以取得真經原冊乃罷，令五藏殿不勝其擾。

至此，圻信則欣慰指出，蒙前中主傅宏義知悉五藏殿之本意，遂於惲子熙大人建議下，令定黃垚山為中州聖域，五藏殿始得安寧！

龍玄桓又拱手對天師們稱道，直指多年前中土遇瘟疫肆虐與地牛翻身，聞五藏殿收容數萬老幼殘疾，日後並扶植其自食其力，如此功德，眾生感念！隨後即聞杍仁回應道：「三日來，常真人已描述龍施主於江湖之行徑，每一事蹟皆令吾等心生佩服；得『武尊』之名號，實至名歸。如此英雄至此，吾等同道就依各自所轄之殿堂，為龍施主解析黃垚五藏殿。」

隨後，大夥兒來到百會殿露台。杍仁首先指著東向，說道：「眼前所見即是東角太衡殿。五行之木對應五色之青、五臟之肝，故此殿窗櫺以青色為襯；然肝主疏泄，故此殿弟子主研肝木藥草。」

煉禮接指南向表示，此乃南徵神門殿。五行之火對應五色之赤、五臟之心；然心主神明、主血脈，故此殿弟子主司神智與脈道醫藥。

圻信則面朝正中指出，此即中宮太白殿。五行之土對應五色之黃、五臟之脾；脾為氣血生化之源，主司運化、主肌肉，故殿內主研脾胃生化之療藥。

銘義順朝西向提到：座落西向即是西商太淵殿。五行之金對應五色之白、五臟之肺；肺主一身之氣、主行水、主皮毛、朝百脈，此殿主修氣道與皮毛之治藥。

最後由海智指著座落北側之建物表示，此乃北羽太溪殿。五行之水對應五色之黑、五臟之腎；腎為先天之本，腎者主水，受五臟六腑之精而藏之，主腦、主髓、主骨骼，亦主生孕之精氣，遂以專研骨脊胎孕之醫藥為主。

龍玄桓聽聞五天師各自描述後，又問：「五殿各守其份，各司其職，為何獨中宮太白殿前另有一殿堂，見眾人齊聚，以行祭祀膜拜之禮？」

對此，圻信回應指出，宗教信仰能引領、約束信徒平日行徑，且予內心空虛時之精神寄託；並藉平和與敬畏之思想，消彌戰事之發生。惟太白殿前設置三清殿堂，其內供奉道教之三清道祖，即「玉清元始天尊」、「上清靈寶天尊」、「太清道德天尊」，以作為信徒依循之所向，亦為吾等同為眾生祈福之殿堂。

突然！見本源道長倉促前來，並置予常真人一封快信。惟見常老拆閱之後，頻頻搖頭嘆息。

「何來之書信？竟令常老如此嘆氣！」龍問道。

「此乃北坎王託人快馬速遞之信函。」常老一話完，即應黃垚五仙之提議而回到禪房。隨後依信中所示指出，端陽盛會之後，諸多熱衷局勢者，無不爭取面會中鼎王，卻不得其門而入！其因乃於盛會之後，雷王力邀克威斯基之護國法王入雷王府作客，然此一談即佔去兩天。不過，莫王爺更有一事不明？待摩蘇里奧離開王府後，後續踏進雷王府之人，竟是……狼行山！

「難道……雷王仍覬覦外來藥丸兒之商機？倒是……阿山怎麼也……」龍玄桓頓時面露錯愕之貌而唸道。

一聞龍武尊提及外來藥丸兒，海智天師嚴肅指出，聞得常真人描述了摩蘇里奧之行徑，五藏各殿隨即將凌秉山大師取得之藥丸兒，以及北坎王所持之紅黑藥丸兒，與端陽大會上拾獲之花草孢子逐一驗試。其中除了孢子有麻痺神經之效力外，其餘藥丸兒皆以獨立思考之法則，藉以激發或抑制體內反應，進而達到所謂「速效」之目的。

接著，煉禮說明之所以用「獨立思考」為形容，乃指「頭痛醫頭，腳痛醫腳，忽視症狀之來龍去脈」之意。比如：人體之發熱乃自體抵禦之機制，然經一粒萃取所成之紅色藥丸兒，惟其祛熱之功效明顯，反倒助了病邪循經入裡。再則，疼痛之症常為經脈或阻、或瘀、或寒、或濕，抑或臟腑失司所致；一粒黑藥丸兒直接將自體感覺頓化，藉以達到鎮痛之效，令人無言。隨後，海智更以其親自驗試凌大師攜出之藥丸兒，認為此藥之組成來自多重刺激之素，其可加速鼠類肌肉之動力與耐力，經連續施用三日，竟見鼠類泌尿功能萎縮，甚而波及其生殖功能。醫藥引發如此逆向副症，實在是荒謬至極！

「嗯……無怪乎西兑王能輕易揮使那質重之厲砂鎚拳劍！倘若外加吸附鐵砂作為鞭擊之用，的確需要一股蠻勁兒才行。」龍老於理解之後，常真人立對西州開放外藥入境，甚感憂心，並認為此回端陽大會，若龍武尊不禁受創而失守，後果不堪設想。杍仁隨即表示，端看南徵神門殿近年來服用曚幻藥劑之勒戒患者徒增，可推知中土早已累積了隱憂之象！

霎時，銘義天師似乎憶起了什麼？起身踱步後表示，憶得兒時曾隨父親到科穆斯做生意，而當地交流之文字為「麻略斯文」，其語法相似於流傳中土之「磐龍文」。而後當地因戰亂四起，銘義遂隨父親遷回中土。又說：「日前見常真人提供了一花草孢子，霎令貧道深感親切。惟因此孢子即產自科穆斯，當地人稱之為『刺雷』，其可用於切削傷口腐肉時，作為麻痺神經之用。而後再經常真人述及摩蘇里奧來自西州西南二百里之克威斯基國，貧道這才恍然大悟，過去幾經戰亂之科穆斯方位，即是現今之克威斯基！此一民族善於巫術、幻術、萃取、合成，故成就了多類合成治劑，惟此治劑只問成效，不究醫理。」

銘義又說：「回遷西州後，猶記得父親曾再回科穆斯。而後竟因利益糾紛而與同僚失和，甚而波及貧道一家性命；待此事件告一段落，父親即表明再次前往科穆斯善後；然此一行，父親即鴻斷魚沉，杳無音訊。至今僅知父親因發現科穆斯重大利益而遭人追殺。然而歷經家破人亡後，遂引貧道燃起鄙視世俗之心，故來到了黃垚山。時隔數十寒暑後，貧道於此再次聽聞克威斯基之護國法王前來，莫非又是為著『利益』二字而再掀爭端？」

「不會吧！龍武尊已於六角殿壇擋下摩蘇里奧之所提議。難道……中鼎王會受利益誘惑而反悔？」常真人疑道。

杼仁搖了搖頭，回應指出，依常真人所述，中土諸霸主為了避遭中州矮化而自立王號，遂由北坎王發起，而後東震王、南離王、西兌王逐一跟進，以此可推知，此王號乃依五行方位，合以八卦之卦象而來。依此，中州應採乾坤之坤字為號，怎奈雷嘯天自覺鼎立於天地乾坤之間，遂自封為中鼎王。如此唯我獨尊之性格，旁人僅藉一場武藝切磋，即欲阻其心之去向……難矣！

杼仁又說：「諸議題皆人為所定，眼下龍武尊雖能擋下其一，難料後續相關議題再現。所以，

握擁權位者不匡正視聽，不導正百姓之醫藥認知，縱有十個、百個龍武尊……依然無濟於事啊！」

圻信亦有同感地認為，端視中鼎王與金蟾法王於雷王府會商，此舉豈是閉門投轄、閉門酣歌而已？中鼎王藉故於龍武尊對戰後，宣布成立醫藥學堂，此舉已率先於天下英雄前為外藥鋪路，來日再以醫藥學堂作為背書，甚而擔任護航之職，傳統草藥醫學或將以此為浩劫之起始！

正當大夥兒想著杍仁與圻信二天師之見解時，海智則另藉一事表示，自地牛翻身以來，中土五王無不猜忌著他州出土之奇晶異石。而今又有外來勢力伺機入侵；再加上克威斯基之「麻略斯文」相似於「磐龍文」，難道……金蟾法王欲藉醫藥之利益以模糊五王之焦點，順而從中瞭解五晶石之密？

「難道此五晶石……真有其意義存在？」常真人疑道。

煉禮直覺地指出，五藏殿僅依原五藏廟之樑板記載，得知寺外之五大木柱為鎮守中土大地之基石，五柱齊力，得見太平。然歷代傳聞著「磐龍仙翁屠龍」之說，據聞此說來自磐龍仙翁之徒子手撰而成，惟吾等同道一貫堅持，不隨世間怪力亂神之渲染而穿鑿附會，以力求維持眾生安定為最高宗旨。

海智則說：「依貧道所見，數十年以來，真正專研磐龍文者，首推惲至禎先生。此人即是前中主之輔佐大臣惲子熙先生之父。惲至禎曾將歷代祖先所記載之『磐龍仙翁』傳說，整理成冊，並無私地攜來五藏殿與吾等同道分享，此人亦是助吾等完成樑板部分譯釋之能人。而後，黃垚山更於其子惲子熙之規諫下，成了中州聖域。而對於惲至禎所分享之磐龍仙翁相關紀冊，吾等同道均以半信半疑之態度視之，絕無推波助瀾之舉。因此，僅與在座分享舊廟樑板上之刻紋而已。」

這時，常元逸於理了下思緒後，道：「不久前，貧道於惠陽東靖苑見過惲子熙先生。惲先生對五州晶石出土位置極為敏感，其恰巧符合磐龍仙翁於屠龍之後，分葬其青雙犄、赤鬣鬚、黃銳爪、金堅鱗、黑韌尾之方位，這才令其聯想到幾年前之大地震，世人皆以地牛翻身視之；然以地牛形容，是否亦可以地龍形容呢？」

龍玄桓接續說道：「地牛也好，地龍也好，一旦發生，均為天災。然瘟疫肆虐，禍及體弱殘疾，世人若無正當防禦，更值庸醫、劣藥之充斥濫用……直可謂人禍啊！而五州晶石或有災難預期之可能；倘若其指瘟疫之災再襲，百姓傷亡勢將難以數計！」「咳……咳……咳……」龍玄桓說著說著，不禁撫著胸，喘咳了起來。

銘義見狀，隨即持起銀針，對著龍玄桓之頸部喉結直下、胸骨上窩中央之**天突穴**淺刺，然後再將針尖下轉，沿著胸骨後壁行針約莫一寸深；再令弟子呈上**杏仁酪**後，釋道：「待以**天突**鎮住喘咳後，即以**杏**主助脈絡，**仁**主通脈絡之氣，**杏仁**入脾、通血絡，使氣不湧逆而下氣，用以治喘咳諸症。」

待龍老喘咳稍緩，溫飲著**杏仁酪**時，煉禮好奇請教了龍武尊，其能以自體經脈之真氣，施行溫中散寒，使機體迅速擺脫陽虛諸症。然於五州之內，可曾遇得如此引動氣脈真氣之能人？甚而後輩？

煉禮甫發疑問，常真人不待龍老飲下**杏仁**，喜悅道出：「托諸位天師之福，此等深具潛力之後輩，不巧正於貧道陽昫觀習悟之中。」此話一出，霎令黃垚五仙驚訝以對。龍玄桓接續表示，惟因緣分之至，常真人所提之後輩，現已紛為龍某與常真人之徒孫。

「紛為？難道……此等後輩……非僅一人？」圻信驚問道。

「沒錯！此等身擁經脈氣力，超乎同齡孩童者，其一乃西州鑄劍大師凌秉山之孫……凌允昇！二乃自幼即由陽昫觀收留之擎中岳；其三則是常真人所救治病患之子，名曰揚銳。不過……」龍老頓了一下後，道：「尚有一位！」

「尚有一位？」常真人納悶問道。

「此一即是陽昫觀內，出於畸胎之小女童……龐鳶！」龍老又說：「龐鳶因外形異於一般孩童，故性格畏外而孤僻。一日，龐鳶不慎仆跌，扭了腳踝，傷了下唇；待龍某將她扶起並觸其足少陰腎脈，霎令龍某為之一驚！惟因眼前女童年歲未及天癸，其衝脈之氣盛，為同齡罕見。然奇經八脈中之衝脈，醫經有謂『夫衝脈者，五臟六腑之海，亦為十二經之海也。與少陰腎經之大絡，起於腎下，出於氣街，通於足太陰脾經之絡穴公孫也。』待吾進一步診視龐鳶之下唇，發覺其任脈端之承漿穴，脈氣充盈，遂知曉龐鳶身擁衝、任二脈過人之質，若能培育，應為潛龍伏虎之才。而凌允昇之嗅覺、擎中岳之視覺、揚銳之聽覺，均有超乎常人之能力。然龐鳶亦曾表示，其對動物之體溫極具敏感度，換言之，一定範圍內，其能感受恆溫生物之存在或移動狀態，此一特質，令龍某頗感驚訝！」

銘義天師於聽聞後，除了讚嘆身擁奇能之後輩外，亦對龍武尊能於瑞辰殿壇，面對金蟾法王施行幻術圍攻之際，單憑艾葉之氣味，即能瞬間擊中法王正身，頻頻稱道。

聞得讚譽之龍玄桓，不禁一笑，道：「呵呵，值過招當下，艾葉之氣味並不濃厚，然龍某為避開對手法杖之眩惑白光，刻意將視線下移至對手下半身，這才發現，殿壇於日照之下，雖見三法王輪翻出擊，卻僅一人有影子。龍某遂將計就計，於最後出招前，刻意將竹劍揮向法王分身，並釋出經脈環氣以引對手誤判；待關鍵出擊時刻乍現，龍某已知眼前二法王僅為分身，故能於剎那之間，轉身回攻身後之金蟾法王，如此而已。」

「妙……實在妙！龍武尊聲東擊西，以光照投影之不變真理，即可破除敵對虛實瞬變之幻術出擊，此般於平凡之中顯現高招，早已勝過江湖諸多武功祕笈！」常真人稱道之後，起身表明已出觀數日，遂表態先行離去。

海智則由東建議，道：「龍武尊體內之氣滯血瘀尚未化解，不妨留於五藏殿療養，畢竟……未來之中土大地仍須倚龍武尊拯危濟困！」

「是啊！是該把身子養好為先。再則，經龍武尊告知凌秉山大師之下落，貧道還得盡快轉告凌泉父子。或許父子倆將倏回西州，以探視那凌允昇從未見過的祖父才是啊！」常元逸說道。

這時候，龍玄桓拿出了四本小冊子，對著常真人說道：「憶得常老曾邀龍某共編《三陽真經》一事兒！此乃龍某於每日寢前，親手撰寫之「經脈武學」心得，至今點滴成冊，雖非集大成之作，或可啟蒙三徒孫之正統經脈武學！

一冊名曰《強武太陽》，此乃針對凌允昇之**太陽經**脈氣道轉化所著。

一冊名曰《精武陽明》，此為授予擎中岳運通**陽明經脈**之用所筆。

一冊名曰《厲武少陽》，此即引導揚銳通達**少陽經脈**之功所撰。

另一冊即為《旋武衡任》，此乃為調理龐鳶衡任二脈之氣以化工而書。」

待常真人收下四紀冊，杼仁即拱手表示，龍武尊此般傳受自身武學於後輩，著實令人深感佩服！

而後，黃垚五仙偕龍玄桓，齊送常元逸直往殿前。待行經五行祈場之巨柱前，不禁引來龍玄桓讚嘆先人豎起巨柱之能耐！然就近一瞧，五巨柱上之鐫刻紋路，似乎各有所指。

圻信回應指出，五柱上所見之紋路，即為磐龍文對方位之描述。若依常真人所倡之「天人合一」，人之體內運行機制，正是依天體運行而生長。日出而做，日落而息，正是這道理。然天地相應，大地亦是如此。故東向之巨柱，其上紋路即遙指東州最高山之翠森峰。翠者，青也；森者，木之集也。其名皆歸五行之木，五色之青。同理可推其餘四柱紋路則分指：

南向赤焱峰。赤者，紅也；焱者，火之熾也。

西向雪鑫峰。雪者，白也；鑫者，金之盛也。

北向烏淼峰。烏者，黑也；淼者，水之浩也。

然五分位位居東南而立之柱，即指向黃垚山之巔處。五色之土為黃色；垚者，土堆成山也。故舊寺樑板上所述：寺外五方位之巨柱，乃鎮守中土大地之基石，五柱齊力，始有太平！其義在此也。

常真人說道：「黃垚五仙立五藏大殿，終日隨天體運行而生，以大地植草為養。雖個個年近於百，依舊髮茂膚潤，紅光滿面，猶勝半百中年體態。惟常某四處奔波，苦心焦思，昧旦晨興，年過七旬之姿，已如百歲之態；一旦天下太平，勢必回歸黃垚，續修此生之不足矣！」

「哈哈哈……」祈場上之諸賢於談笑聲中，與常真人拱手互道了珍重。立見常真人拂塵一收，馬韁一勒，惟聞馬蹄聲響穿梭於黃土飛沙之中，隨後即見白駒上之白袍身影，隱隱地消失於蜿蜒山徑之間。

端陽盛會後之三日，雖有常、龍二老於黃垚山之靜養與慎思，亦有雷婕兒敬邀狼行山入雷王府之拜訪與作客。縱使狼行山搪塞了若干婉拒理由，依然拗不過雷大小姐之倔強相纏，硬是自承豐大街之客棧內，將狼推上了棧外馬車，直駛向了雷王府。

如此突來一幕，霎令同狼行山宿於群芳客棧之北坎王，丈二金剛摸不著頭腦，不禁覺到，「狼為何隨雷王之女上車？多少江湖英雄欲與雷王會晤，均不得其門而入，而狼卻是乘著王府馬車前去。眼見雷婕兒之愉悅，應與狼賢姪熟識才是。難道……雷王已預謀收買嵐映群俠？」質疑之餘，莫烈隨即捋袖，提筆咄嗟，倏發急函予常、龍二老！

待馬車直抵雷王府，兩列都衛軍兵隨即挺身注目，齊喊：「恭迎公主回府」。

「哇……真是威風啊！甚連尉遲罡與赫連雋，皆得向婕兒打禮耶！」狼行山頓生訝異道。

「阿爹、娘，眼前即是嵐映四俠……狼行山！前些時候，婕兒因跟蹤東州軍機處邸副總管，不慎於途中與人發生了點衝突，幸好遇上了狼少俠幫我解了圍。阿爹您說，是不是該好好地謝謝人家呀！」

一向談笑風生的狼行山，露出了拘謹之貌，拱手道：「在下狼行山，見過中鼎王與夫人！」

「哈哈哈，好好好，果然是英雄出少年啊！能打得金蟾法王之公子一陣昏楞的，狼少俠果然有一手啊！哈哈哈……」雷嘯天先緩了緩氣氛說道。

雷夫人一見眼前這俊秀小生，稍顯傲氣地問道：「狼公子於壇上受了創，礙不礙事呀？」

「承蒙雷夫人關注，一點兒皮肉小傷，不足憂心的。」此刻之狼行山，瞬以餘光掃了下大廳四周，說道：「中鼎王日理萬機，案牘勞形，甚而費時練就神功。今日一見王府陳設，始知中鼎王之藏畫，眼光獨到，品味出眾；只是……壁上數幅山水墨畫，不外黑灰相應，藉光影顯像而已！」

性嗜賞畫之雷夫人，立馬回道：「水墨作畫雖有染料相間之作，然青色不鮮，赤色不豔之畫作，屢見不鮮。世間難逢出眾之傑作，映吾眼簾，愉悅我心！」

狼行山瞬由後腰際取出了以毛邊紙包覆之紙卷。雷嘯天夫婦見狀，好奇地湊上前來，問道：「狼少俠，您這是？」待狼將毛邊紙撤去後，緩緩展開紙卷，隨著紙卷緩緩鋪平，見得雷王夫婦瞠目以待。

適值雷夫人見著畫作落款，驚訝道：「這……這真是東州姚逢琳之……桃花綻放！」

「沒錯！正是姚大師贈予狼某之水墨彩畫。」狼行山見雷夫人醉心於墨畫之中，順勢表示此畫作若是再行做裱，置於大廳壁上，將使王府殿堂生色不少！

夫人立馬對著雷嘯天道出：「姚逢琳之水墨畫作，價值連城。日前受邀中州最大之玉瓏茶莊招待，莊主鄭玉瓏之會客廳堂上，正巧就掛著一幅姚大師的水墨畫作。當下即為之心動，卻礙於身份，並未向鄭莊主提問畫作之來由；僅從旁得知此畫作得來不易，而該畫作之落款，正是姚逢琳，姚大師！」

雷嘯天立馬讚道：「狼少俠氣宇軒昂，不若一般江湖術士之鷹瞵虎視。少俠能得姚逢琳大師贈予墨作，應有其過人之處才是。而如少俠所提，確實該為墨畫作裱，以升我聽堂之品味與莊重啊！」

雷夫人得此畫作，眉開眼笑，速令僕人備上酒菜佳餚，欣喜道出：「嗨呀！今兒個氣氛可真難得啊！狼少俠不但曾助小女脫險，還讓少俠以名畫相贈。今兒個少俠不妨入我宴席賓位，以為我雷王府饋敬上賓之意！」

狼行山頻頻點頭示謝，覺到，「姚大師的墨畫還真好用耶！見雷夫人得知吾以畫作為禮，態度疾轉，真是判若兩人。嗯……王府如此氣勢，如此排場，煞是威風啊！呵呵，有了雷婕兒這張牌，我狼行山這輩子就不愁吃穿啦！不過……要是師父知道了，肯定氣急敗壞！唉……老天為何總讓我狼行山遇上這等事兒嘞？」

「那好，明兒個正巧中州一駐外將領將啟程，今晚大夥兒一道入席，順讓狼少俠認識認識我王府上下，說不定來日，狼少俠亦可能成為我中州之一大要角啊！」雷嘯天又說：「哦，對了！怎麼五霸盛會之後，不見勛兒嘞？」

「誰叫你生了個不愛江山愛美人的兒子。盛會之後，勛兒要我擋下濮陽聶城主，好讓他親自送那個撫琴的蔓姑娘回濮陽城。依時間算算，也該到了濮陽城了。」夫人有些無奈地回道。

霎時，狼心裡一陣錯愕，「好你個兔崽子呀！你老爹國事如麻，爾竟有時間充當護花使者。若有機會，定要好好地教訓教訓這孬種。只是……還真掛心蔓姑娘的安危！倒是……聶忞超雖被支開，以他對蔓姑娘之愛慕，應會暗中護著她才是。我看，我還是先想想脫身的辦法為妥了！」

傍晚之後，雷婕兒拖著狼行山來到了王府宴廳。隨後見雷嘯天坐於主位，接著依序是雷夫人、狼行山與雷婕兒；而雷婕兒與雷嘯天之間尚有一空位。

大夥兒甫一入座，隨後即見一身影跨步入廳，狼聞聲回頭一探，霎令狼行山一陣錯愕。惟聞此人拱手說道：「因部分行伍編制延誤，末將來遲，望中鼎王與夫人恕罪！」

雷王點了頭回應後，隨即介紹道：「眼前乃我中州駐外要將……樊曳騫！另一方則是今日本王所邀之賓客，嵐映四俠……狼行山！」

樊曳騫瞠目見著狼行山現身眼前，頓時心中五味雜陳，「怎會是這小癟三？其遭東州上下通緝追捕，怎能逃回中州？不久前還險些命喪我七骨銀鏈之下，怎麼……這回會是主公口中之賓客？令人作嘔的是，這粉面小子竟坐於雷婕兒身旁，煞是不瞭眼前何等場面？」

狼刻意顯出一副若無其事之貌，倏以拱手話道：「在下不才狼行山，見樊將軍一襲端正軍裝，霎時可感將軍乃一文武兼備，智勇雙全之能者；能勝任中州駐外要將，足見樊將軍穿梭於各州之外交手腕，必有在下學習之處。」

「狼兄弟過獎了！樊某遊歷各州，早已耳聞嵐映湖狼四俠。閣下雖具玉面書生之相，惟聰穎伶俐，時聞化險為夷之事蹟，真可謂後生可畏！」

「呵呵，既然樊將軍對狼少俠已諸多耳聞，不妨藉此一宴，大夥兒杯觥交錯，亦順道同為樊將軍送行啊！」雷王說道。

「不知中鼎王此回借重樊將軍之力，將外駐於何域？」狼伺機探問道。

當下，樊將軍不待雷王回應，睥睨話道：「狼少俠僅為王府一時之賓客，我主公規劃多時之軍機，怎能隨意告知！如此失禮之問，凸顯狼少俠之不智啊！」

雷婕兒不悅地插話道：「不說就不說嘛！狼少俠初訪王府，聽得樊將軍即將外派，順勢提問罷了，別嚇著了人家！」

「哈哈……沒事兒！沒事兒！難得賓主盡歡，來來來，喝喝喝……」雷王緩頰說道。

大夥兒三杯黃湯下肚後，雷王順勢話出：「見樊將軍身擁威猛氣勢，惟其文筆造詣亦為一絕，尤以其寓引時事之對句，王府上下，無人能出其右啊！」

雷王此說，不禁令婕兒瞧了下狼行山，並吊了下白眼。

「在下有眼不識泰山，若有機會，不才之狼某，定向樊將軍討教，討教。」

「主公過獎！若於無風無雨之條件下，樊臾騫隨時奉陪。」樊意有所指地回道。

「樊將軍說笑了，哪兒有人處於或風或雨之下，提筆為文的嘞？」雷夫人提到。

雷婕兒立馬接話：「是啊！樊將軍是否曾於風雨中提筆，吃了悶虧而心生畏懼啊！」

經雷婕兒這一揶揄，不禁令樊疑到，「咦……公主似乎知曉於墨頂台發生之事兒！不……不可能！吾留意過當日之比試，那小癟三乃獨自應試，並不見有隨行友人。莫非……那姓狼的……對公主描述了當日情景，甚而將吾給醜化了。可惡！再有機會遇這小癟三，直接了了他再說。」

這時候，見兩僕人捧進一完裱墨作，夫人俄而起身，瀏覽於指顧，不禁再讚道：「樊將軍您瞧吶，此乃東州姚逄琳大師之水墨畫作，其畫工之細膩，世所罕見啊！狼少俠初訪雷王府，即以此珍貴畫作相贈，煞是有心！」

甫受主公吹捧文筆造詣甚高之樊曳騫，一見眼前畫作乃狼於墨頂台取勝之墨畫，霎時湧起其參與比試落敗之一幕，隨之一對充滿殺氣之眼神，直衝狼行山而來。

「果然是罕見之傑作！」樊又說：「惟聞姚大師每輒提筆繪桃，皆以近、中、遠三景，各繪一作；而眼前此幅乃中景之作，不知……狼少俠僅贈出一幅，是否寒酸了點兒？」

「在下確有樊兄所述之三幅三景畫作。惟因狼某身擁畫作，樹大招風，不僅受宵小覬覦，更招來一蒙面人，密謀暗殺在下於普沱江邊。然狼某逃亡之際，不甚將其餘畫作遺落江中，故僅留此一中景之作。夫人您說，此一僅存墨作，是否更凸顯其稀有與珍貴？」

「當然！當然！若依少俠所述，更令人感到眼前畫作之珍貴。聞得樊將軍以寒酸二字形容，確實是失禮了！」雷夫人順了狼行山之意，反白了樊曳騫一眼後，隨即囑咐著僕人，細心地將畫作置掛大廳高牆。

樊曳騫受夠了如暗箭般之隱性揶揄與暗寓奚落，立轉靜默不語，瞬間冷了在場氣氛，隨後連飲數杯臨宣高粱，即向雷王提出了尚須回營整頓軍務。雷嘯天見今日一宴，為的是拉攏狼行山；怎奈樊將軍言出犀利，甚而引來夫人與女兒之不悅，遂同意樊先行離席。

樊曳騫得中鼎王與夫人之允後，瞬向婕兒表明，公主若欲慰勞駐外軍旅，樊曳騫自當擔任公主隨身護衛，並招待公主遊歷各地名勝古蹟。

「好啊好啊！不過，也得看爹爹肯不肯派我去勞軍囉？」婕兒又說：「喔，對了！爹爹要是不放心的話，不妨由狼行山陪我一起去，屆時再麻煩樊將軍做當地嚮導；既能勞軍又有隨身護衛，應該沒人敢欺負我了，這不就兩全其美啦！」

「樊將軍要務在身，爾尚不知世事輕重，還是待王府裡隨你娘練練劍術，學學女紅，這才像個公主樣兒！好了好了，樊將軍就專心職務，別管這傻丫頭了。」雷嘯天話後，樊極不甘心地向大夥兒告辭，甚而轉身離去之際，狠瞪了狼行山一眼，艴然不悅地走出了宴廳大門。

「阿爹，少了個不知趣的板臉將軍，煞是自在啊！」婕兒愉悅說道。

「嗯……這樣也好，有樊將軍在，頗不適與狼少俠談些私事兒。」雷王唸著。

「王爺欲與在下談私事兒？」狼驚道。

雷嘯天點了點頭表示，日前克威斯基國之護國法王摩蘇里奧，值五霸盛會後留於雷王府作客。然我中州乃居中土之大州，倘若處處逆向外來使節，恐有失我泱泱大國之風範。所以……就算龍武尊已擱下金蟾法王之提議，惟本王仍得顧及兩國情誼而行事。又說：「之所以同少俠聊聊，實因某些事兒……實已涉及到你大師兄寒肆楓，故權宜之下，直覺狼少俠極可能是居中之關鍵人物！」

「什麼……在下是關鍵人物？恕晚輩駑頓，不瞭此說怎解？」狼疑道。

雷提到，「近來，寒肆楓與法王之女摩蘇莉，形影不離。法王原指派摩蘇莉前往北州，惟因寒肆楓擔憂摩蘇莉之安危，遂順勢成了摩蘇莉之護花使者。原本約莫七八日即可來回之行程，卻聞寒之來信告知，將偕摩蘇莉遊歷北州烏淼峰。法王自認年過六旬，若摩蘇莉能得一男子珍

惜，其將了無牽掛。再則，法王訝異寒肆楓之體質特異，惟見其持一短於梅花匕之利刃，瞬間出手即可斷飛禽雙爪。並非寒肆楓能速勝飛禽，而是其能令獵物遲緩而得手，此乃法王極不可思議之處！」

雷王又說：「法王有意將武藝絕學授予寒肆楓，惟因寒乃百年來有望練成摩蘇家族〈至陰神功〉之不二人選。再則，以摩蘇家族之地位，若寒肆楓與摩蘇莉結成連理，其所生子嗣即可於克威斯基封王封爵。唉……狼行山啊狼行山！沈默寡言之寒肆楓已受他國如此器重，而聰穎機靈如你，卻只甘為『行俠仗義』四字，浪跡江湖一生？」

雷不待狼之思考，又說：「本王與西兑王交手於端陽盛會中，煞是懷疑對方內具磁能之兵器，何其之重？再視其揮劍拖曳鐵砂之勁兒，何其之大？卻見其出手入手，猶如四兩撥千金，游刃有餘，霎令本王百思不得其解。待法王告知，西州已大量引進外來藥劑，其中之一即是……激能丸！此一丸劑能於短時內激發自體肌能，增添數倍原有能量，惟其製作過程甚為繁複耗時，目前西州仍為數不多。然侯士封於此藥劑益助之下，縱然本王全力出擊，亦無取勝之把握。試想，西兑王既能量產兵器，亦有外族傭兵助陣，倘若再以激能丸填充兵力，如此鐵甲武士，能不席捲中土大地乎？」

「王爺的意思……是要狼某……」

「對對對，知悉少俠是個聰明人；倘若少俠能說服龍武尊放棄原有之堅持，甚或對外藥有進一步之認識，這對目前中州能制衡西州之蠻橫，是有極大助益的！」雷說道。

「難道……王爺沒考慮到外藥之副症反應？」狼反問道。

「此乃本王宣布廣設醫藥學堂之目的啊！」雷又說：「西兇王若已仗恃外藥效能，此舉勢將令傳統草藥市場漸趨式微。而我雷嘯天可藉各醫藥學堂之專研，發掘出緩解外藥副症之藥方，如此一來，我方既有外藥能與之抗衡，又有中藥作為後盾，直可謂雙贏之策啊！」

狼行山心想，「這老狐狸想得可真周到啊！欲利用我來打退龍師父的圍堵外藥原則。再則，雷王聞得大師兄有著過人資質，立有坐立不安之感；畢竟雷乃寒肆楓不共戴天之殺父仇人啊！莫非……欲藉我狼行山……以制衡寒肆楓？然大師兄隨其體質所成就之武功，現已讓人難以捉摸！倒是……吾能自控水濕之體質，自今無人知曉，身擁如此獨門絕技，確實不該妄自菲薄才是。不過，這老頭兒說得也有理，吾會是個一生行俠仗義而浪跡天涯的俠士嗎？吾向來之想法，即是將醫者口中之傳世名方，轉製成藥丸兒，即可省去煎煮藥草之苦。嗯……不妨先藉雷王這途徑，先瞭解外來藥丸兒是怎回事？或可藉此圓夢哩！再說，有了雷婕兒這張護身符，雷嘯天應不致對吾不利才是！沒準兒我狼行山未來將掌控中州之資源哩！」

「嗯……王爺之設想，頗為有理。只是……單憑說服我龍師父外，王爺尚有何想法？」狼再問道。

「呵呵，此刻不妨把話說白了，本王早留意各地藥商之反應。目前流於中州之外來丸劑，幾乎來自商賈們於西州採買時之夾帶物；孰料該藥劑竟得坊間爭相詢問與爭購。倘若我官府人士前往西州，必定引其嚴密監視。然少俠乃江湖俠士，出入西州較不易引起騷動。少俠若能得知西州與克威斯基之進展，甚而瞭解當地之用藥情況，將可增添中州未來與克威斯基之談判籌碼；沒準兒將來為我中州登上談判桌者，是你狼行山，而非我雷嘯天！」此言一出，剎那震懾了狼行山。

「阿爹，我也要去西州瞧瞧！」婕兒發聲道。

雷夫人隨即表示，於端陽盛會上，婕兒乃眾所矚目之中鼎王千金，極易遭人識出模樣兒；而狼少俠獨來獨往，一姑娘家隨其身邊，難免礙事兒！

「娘尚不瞭解女兒喬裝打扮之功力，上回於東州遇到樊叟騫，他還認不出我哩！」

「什麼！妳去過東州？」雷王與夫人驚訝一問。

「啊……沒什麼啦！甫於先前所提，曾跟蹤那叫邸欽的東州官員，哪兒知一路沒人認出我，遂由廣濱埠隨船進了東州，惟因與人碰撞而起了衝突，才遇阿山哥出手相救。阿山哥，你說是吧！」

「阿山哥？」雷王與夫人不禁異口同聲且互瞧了一下。

「啊……就是狼行山，狼少俠啦！」婕兒緩頰再道：「我……我就是想速回中州，而為矇過東州把關之衛林軍，才與少俠喬裝成情侶，遂隨口稱其一聲阿山哥啦！很單純之應對行事，莫瞎揣測啦！」又說：「此回婕兒可女伴男裝，佯裝狼少俠之隨行友人，彼此也能有個照應啊！阿爹，您說是不是啊！爹……」婕兒再度展其拗勁兒。

「嗯……帶了個拖油瓶兒，不免添了些麻煩。不過，一旦生了意外，這雷婕兒可是個討救兵之絕佳人選啊！」狼行山於思考之後，靦腆地說道：「大小姐之喬裝功力高明，如其所言，樊將軍尚難辨識。若遇危險之境，狼某定當先予以安妥，再行行事。惟……在下前來王府參與宴席，實屬突然，且與中鼎王所論之議題，不克即時行事，待吾回趟嵐映湖，既可向龍師父交代託付之事兒，亦可先行試探龍師父對法王之議題，可有轉圜餘地。」

聞狼行山有了合作意願，雷王笑著道：「哈哈哈……應該應該！當面請示龍武尊，當然應該啊！今日一聚，深感少俠乃識實務之有為後輩，本王極為賞識。以少俠之機運與潛能，來日之成就，絕不亞於爾之大師兄才是！哈哈哈……」

這時，雷王立喚僕人送來一木盒兒，隨後欣喜地自盒兒中取出一物，此舉霎令狼行山訝異連連。婕兒隨即解釋道：「我爹爹於六角殿壇上，見少俠所持鐵扇，破舊不堪，又見該扇遭摩蘇維鑿了個洞兒，遂令工匠連夜趕製全新鐵扇。」雷王接說：「如今鐵扇雛形已成，少俠可依己之習慣，自行調整扇頭鬆緊與收展角度；至於扇緣之鋸齒利刃，少俠大可相信工匠之巧藝才是。」

接獲雷王所贈鐵扇之狼行山，內心瞬起一陣莫名雀躍。自此之後，狼鬆開了原本之拘謹，不僅食得御廚所製之珍饈佳餚，甚與雷王頻品多鐔陳年美醴，更於雷婕兒穿針引線下，見得群情歡洽，相得無間之一幕。然於雷王動之以情，誘之以利之鋪陳下，狼行山終於酒酣耳熟之中，隱隱成了雷嘯天心中欲納之……鷹犬之才！

五霸盛會之後，留宿群芳客棧的北坎王莫烈，於差人將急函送往五藏殿後，倏令符戩總管改朝中北二州之交界大湖前進，以期經由汨竫湖返回北州。待大夥兒抵於距汨竫湖南岸不遠之頂豐城，隨即暫歇於一路旁之茶飲小販。

「嗨呀！諸位客官，來點兒清茶？還是小酒啊？」一老叟招呼道。

符戩點了兩壺清茶後，問道：「今兒個汨埩湖邊兒，可有船家載人渡湖啊？」

「呵呵，這兒不乏大爺您詢的渡船人家，但得瞧瞧您往哪兒去囉？欲由湖之南岸直抵北州之生意啊！俯拾皆是。但客官若是欲往湖中之颯肓島，這就得碰運氣啦！」

「此話怎說？」符戩問道。

老叟表示，數年前突發之大地震，島上居民與北州駐軍，幾乎被崩塌之建物與地層之分裂埋沒，自此之後，島上冤魂之說四起。再則，島之四周常起怪霧，船家恐生撞船之虞，遂不願靠近該島。不過，除了滿月漲潮之「望休日」外，僅一蓑笠翁肯載人登島。惟因該船家其貌不揚，性格怪異，據聞此一船家每輒登島，均會撿拾島上外曝之白骨，並將之入土安葬。惟其行徑古怪，故鮮少遊歷人士搭其渡舟，登島一探。

北坎王聞訊後立決，將偕符總管登島巡視，其餘隨扈則直接搭船回北州，再令堅防水師巡艇，前來颯肓島接應。而後，符戩與北坎王來到湖邊一處亭子，歇腳候船。符戩頓時憶起昔日環湖埠頭之熙來攘往，絡繹不絕之登船遊客，無一不是衝著颯肓島知名溫泉，抑或美人醇酒而來。而眼下竟僅偕主公二人，靜待一未知船家出現，煞是對比！

北坎王表示，之所以一探颯肓島之理由，乃出於如此湖中荒島，何以令一外來女子與寒肆楓，心生登島念頭？突然！莫烈手撫前胸膻中穴，隨即屈膝蜷縮，俄頃盤腿運氣。半晌之後，聞北坎王緩緩道出：「以水轉冰乃莫氏之絕學，孰料此一寒氣竟遭摩蘇里奧逆灌吾之膻中穴！」然因符戩專注於主公之身體不適，殊不知身後湖面已起了霧氣。霎時回身一望之符戩，訝異道：

「主公！聞划水聲接近中……」

「嘰……呱……」一陣猶似機杼摩擦之聲，瞬由水霧中傳來，隨後即知此乃船夫之搖槳聲。符鉞隨即喊道：「船家可否駛向湖中大島？」接著見一蓑笠翁頻頻點頭，一語不發。待二人上了搖船，見蓑笠翁毫不在意霧氣瀰漫，倏以極熟練之勢，遠離了湖岸，立朝湖中駛去。

「咻……嘯……」忽感湖面寒風襲來，瞬見船上之莫烈，呈顯一陣蜷縮。符鉞見狀，掛心又問：「主公！還是下回再登島吧！咱們直接轉向北州好了。」話才說完，蓑笠翁已將木船駛出水霧區，立見一抹陽光灑下；待莫烈深覺暖和後，道：「既然來了，就順道一探吧！」

這時，符鉞身後忽傳來一低沈嗓音！「草民搖船數載，今日能搭載北州之主，倍感榮幸！」

「船家何以知曉，乘船者即是北州之主？」符鉞問道。

「客官登船即吐露主公二字，再見閣下腰際間繫著北州軍機令牌，二者一兜，您說，除了北州主，草民尚能猜得誰呢？」

「船家有所不知，因應情勢所趨，眼下之北州主，現已更稱為北坎王了！」符鉞再道。

船家點頭道：「嗯……好一個願於水霧風颼之埠頭，待乘簡陋木舟之北坎王啊！草民江氏，名曰偉士，實乃藉此汨琤湖擺渡為生之人。北坎王體內寒氣，游竄於**太陽經脈**，不容小覷！」

「江兄弟距吾數尺，怎知吾身裡寒，且寒攻**太陽經脈**？」莫烈驚訝道。

「回北坎王，草民初見二位上船，一人面無血色，雙手抱胸，拱背畏縮，即知體內有寒。再因陽光乍現，照及拱背，立顯舒適而挺身直坐。然而，人之**足太陽經脈**自頭顱而身背，終至足趾末稍，為人體內最長，涵蓋最廣之脈絡。故推知寒邪留滯太陽經脈，如此而已。」

「嗯……江兄弟果然識曉醫理。吾不慎遭寒邪灌入，為不使邪氣內陷，遂以內力運行陽氣，以期驅邪達表。然太陽主表，故日照身背之太陽經脈，即起溫煦作用，故覺溫暖而舒坦。」

江又表示，足太陽經脈即為人之膀胱經脈，此脈上連風府，和督脈相通，下絡腰腎，和腎相連。而督脈是陽經之總督，主管一身陽經之陽氣，故足太陽膀胱經和督脈相通，其可借助督脈陽氣，主管一身的表陽。再則，足太陽經脈與腎相連，腎內藏元陰元陽，乃五臟六腑陰陽之氣的根本，故可借助腎中的陽氣，主管一身的表陽。可見，足太陽經脈為人體衛外之重要經脈，北坎王可要保重啊！

「哈哈哈，江兄弟煞有醫者風範，怎會屈居此湖，甘為船夫嘞？」符戩問道。

「在下雖能治人，卻禁不起天災巨變，以致一夕之間與親友天人永隔。然草民雖受災而面目全非，依然能苟活於世，而島上成百成千之屍骨遺骸，或有我親人摯友，卻不得入土安葬，遂由衷發願，每輒登島必撿骨拾骸而逐一下葬，以此聊慰其靈！」

「江兄弟以擺渡為生，如今颯肓島已呈廢墟一片，鮮少人能為一僅剩瓦礫殘堆之孤島而來，江兄弟何以維生？」莫烈問道。

「若僅為維生，大可如湖中漁家，獵魚烹食即可。昔日颯肓島繁盛時期，島上數十溫泉小館兒，盡為衣冠緒餘、閒人雅士休閒之首選；多少詩人闊少，商賈駐兵，均曾留情於此。然聲色之地，逢場作戲，終因現實因素而勞燕分飛，致使島上僅剩片刻的男歡女愛，而無真摯戀情能長相廝守，一傳聞遂由此而生，『凡於颯肓島結識之戀情，終將無疾而終』。然而，在下即於此島結識一心愛女子，吾不惜一切，只為破除傳聞之說；孰料一場天災，讓一切成為泡影。草民至今固執於此，僅幻想著與心上人能再見一面。」

「江兄弟如此專情，定能感動天地！」莫烈回應道。

說著說著，搖船已達颯肓島。隨船三人一登島，一陣突如其來之雷陣雨，船家不得不為船客尋一亭宇以避雨。然雨水淅淅瀝瀝地下著，突聞蓑笠翁道出：「真是巧啊！不久前搭載一對自北岸而來之男女，此二人一登島，同樣遇上這般雷陣雨。」

「甫聞江兄弟提及此島竟是瓦礫殘堆，該對男女怎有興致登島一遊呢？」北坎王疑道。

「當下覺此登島男女，極不尋常，值男子一上船，瞬令人感到一股寒氣四溢，而該女子五官極為深刻，長相不似中土女子。惟二人於船上頗為親暱，能直覺是對戀人。」江又說：「上了島後，同樣兒是雷陣雨滴疾下，惟此二人直往島之中央前進，更怪的是，二人囑咐在下，將留於島上五天，五日後再搭我船前去南岸。」

「往島的中央？島上荒涼一片，何以能待上五日？」莫烈疑問道。

「北坎王有所不知，颯肓島為多種飛禽棲息之地。飛禽能產卵，而島之天然溫泉眾多，故可藉此熟蛋而食。再則，此島過往有一名為芫淨之尼姑庵，其後院甚有一獮猴群聚之樹林；地牛翻身之前，此庵為島上居民就醫之處，故於後院坡地種植多類果樹與藥草，亦可作為食物之來源。至於島之中央為一高丘，適值地震發生，高丘因地裂而冒出一平台狀岩石，惟因此岩之出土，以致人摧島毀，而後該岩石即傳出『閻王案』之稱呼。」江又說：「五日後，此對男女竟要求回往北州，而女子更於途中，問起了有關島上一逾百年之傳說。相傳汩竫湖曾有眾多具利齒之水虎魚，自湖中出現一如蜥蜴般之巨型生物後，水虎魚漸趨消失，終至滅絕，而後島民稱此巨獸為……摩多！孰料，女子呈出一破舊紀冊，並指出一巨蜥曾肆虐於科穆斯；待居民群起圍捕後即失了蹤影。沒想到，竟於島上數間坍塌酒屋之牆上，發現了類似之巨蜥畫像，遂好奇一問。」

霎時，北砍王心裡一陣詫異，「為何二人再返北州？」一旁符鐵則道：「經江兄弟一提，頓時憶起符某也曾於此煮食禽卵，亦於酒屋裡見聞過巨蜥之畫像與傳說，更因患疾而於芫淨庵求過診。主公，不妨待雨停後，咱們前去瞧瞧。」北坎王聞訊後，立馬點頭以應。

陣雨停歇後，符鐵領著北坎王遊歷當年於颯肓島服役時，其所走過之村莊與小徑。惟眼前一片斷垣殘壁，慘不忍睹。隨後來到昔日眾人飲酒作樂之鬧街，更是滿目瘡痍，甚可見殘壁上已模糊之巨獸畫像，不禁讓北坎王感慨道：「以現今北州之經濟實力，可有重振颯肓島之可能？」

「主公之想法與符鐵相符。不過，此島陰氣沉沉又時有大霧，再加上鬼魅傳說四起，眾船家皆敬鬼神而遠之。恕末將拙見，重建颯肓島已難有經濟效益可言。然此島雖屬北州，相對中州並無積極發展頂豐城，故颯肓島已形同食之無味，棄之可惜之雞肋而已。」話後，符鐵為主公背上了冰稜盒兒，待二人行經一片荒蕪梯田後，逐步朝芫淨庵而去。

「主公，就是這兒了！末將曾於此庵之中，受那名曰甄芳子之神秘女子診病開方。」

莫烈察看了庵內四周，道：「果然，近日有人來過這兒！瞧，這窗櫺上灰塵厚積，相較桌案所覆灰塵，差異甚大。再則，庵寺內之壁櫃，其層板有手掌撫掃之痕跡，以此推測，此人似乎在找尋著什麼？難道……寒肆楓與摩蘇莉欲搜出芫淨庵內之某物？」

「主公，咱們不妨到後寺瞧瞧！」

符戧一進後寺即表示，此室似乎是當年晦安師太靜修之處。傳聞晦安師太於地震來襲當下，親率女尼疏散居民而不幸遭滾落岩石重擊身亡。莫烈一聽，立即雙手合十，閉目為晦安師太默哀片刻。接著，符戧對著四周牆壁查看，直覺到一蹊蹺之處，道：「主公您瞧，眼前一為石牆，一為木牆，而見木牆上之塵土，似乎遭斗落而盡數堆積於木牆之下。」

莫烈仔細摸著該牆轉角與接縫處後表示，此乃工匠之精巧傑作。又說：「曾於拜訪東州時，見一木匠展示密門工法。其將金屬鍊繩作為震動匣頭，當匣頭受震，且震擊力道達一定程度以上，其匣頭會推動卡榫，而後木門即可開啟。眼前這木牆若是依此設計，棘手之處即於此牆不僅設有雙匣頭，甚而將其設於木牆上緣。欲解此雙匣頭，除了須以相同力道敲擊外，此二力亦須出於同一時間才行！」

北坎王對著木牆來回踱步，左思右想。一會兒後，惟聞莫烈轉身說道：「有勞符總管取出吾之水霰冰稜盒！」

符戧立即將背於身後之冰稜盒取出，並將之架妥後，道：「主公，以您受寒的身子，能使這盒兒嗎？況且，亦得去找壺水來才成啊！」

「呵呵，方才於外頭避雨時，吾已開啟冰稜盒之一端，盛了些亭簷滴下之雨水。惟此刻無須對敵，故僅須以部分內力，即可轉水為冰。」莫烈話一說完，隨即閉目運功；一會兒後即見冰稜盒冒出了寒氣。

霎時，驚聞「窣……」的一聲，莫烈眨眼將冰稜盒上拋，隨後雙腿一蹬，倏將雙手之食指中指合併，向前一伸，見二冰針旋即自菱格孔射出，即聞鏜響發於咄嗟，二冰針不偏不倚地同時擊中木牆上之雙匣頭，而後即聞「咔……噠……」兩聲響傳出。

然而，厚達三寸之木牆，實已均分為上中下三等分。幾次嘗試後，莫烈終將居中一片，使勁地由左而右地推著。果然，推開木牆後隨即現出一石壁洞，而後見洞內置著一串佛珠與幾本冊子。莫、符二人互瞧了下後，莫烈伸手撥開了佛珠，取出了三本冊子。惟因冊子上有著諸多手印，符戳即猜測該手印極可能是寒與摩蘇莉所留。

莫烈點頭以表認同後，立偕符戳翻閱其中二冊。一陣速閱之後，「主公，此冊子乃晦安師太記錄過去修建芫淨庵時，各界紛紛捐助之帳務細節，其中不乏各地商賈、道士、堅防水師官兵，甚見得現今中州內政大臣井上群，與中州護國法師薩孤齊之大名！」

莫烈則話道：「手上這一冊，看似那甄芳子所筆。其中主要記載著芳子於島上之醫案紀錄，甚而見到相似於符總管當年受風寒逆襲之醫案！惟此醫案標註一水師駐兵之症狀，而後書著什麼針下太淵，中府透雲門等針術，再開出半夏、生薑、細辛、五味子、紫菀、款冬花、甘草，幾乎與符總管所述一樣。還好，見得的不是啥花柳病，否則，要拔擢爾之官階……可就難以服眾了。呵呵……」

北坎王接續翻開第三冊，不過翻了幾頁，瞬令莫烈露出眉頭緊鎖之貌。

符戳不禁問道：「此冊可有異樣兒？」

莫烈訝異表示，原來芫淨庵之晦安師太，隱藏了諸多事蹟！一如符總管提過，來自外洋的川尻治彥，其登了颯肓島行醫後發現，此島居民大量種植煙草，經長期吸用後，鼻腔咽管易生癰瘍；再因島上聲色生態易使人酗酒成性，以致肝膽囊腫難防，一經發病，幾無挽救餘地。而後，甄芳子隻身來到颯肓島，其以外來之催眠術，輔助川尻醫治重症病患。惟重症末段，患者呼天搶地，疼痛難挨，此類重患之一，即為投身聲色工作之晦安師太胞妹。師太不忍胞妹受病痛折磨，遂跪求甄芳子以其提出過的鎮痛療藥予以治療。

莫烈覽著冊子，又說：「當時因川尻先生極力反對如此療治，故造成師太於情急之下，一路隱藏實情。然所謂的鎮痛治療，即是甄芳子讓病患服以矇幻麻痺藥劑，藉以減輕患者疼痛。惟因此類藥劑為數有限，故芳子透過各類夾帶管道，自北州與西州交界處，引進煉自罌粟花之粉劑，亦即坊間俗稱之白粉，以作為重症病患之陣痛使用。而為了隱藏多餘白粉，甄芳子將其置於北州一隱密處，並名之為……摩斯麓。」

莫烈見聞後不禁憤怒道：「哼！沒想到我北州竟有隱藏白粉之處，若是被雷嘯天知道了，或將就此把柄，騷擾北州。切記！回北州後，速速查出這叫摩斯麓的地方。」待莫烈欲續閱時發現，冊子呈出脫落狀，仔細一瞧，冊上書寫到摩斯麓後之兩頁已遭扯掉，而後僅是一空白頁面。

符戩端詳後表示，被扯下的兩頁，痕跡尚新，恐是寒與摩蘇莉所為。莫非……遭扯下之頁面，即是通往摩斯麓之手繪圖？果真如此，欲搜索摩斯麓則更行困難了！

莫烈再續翻下去，又是一陣驚訝地指出，一日，甄芳子為避免川尻先生懷疑，遂差人於頂豐城外，將白粉交予晦安師太，孰料竟遇上了遭菩巖寶剎外逐之薩孤齊！晦安師太記錄到，當時薩孤齊躲於暗處，待白粉交付完成後，薩孤齊突來個人贓俱獲，並當面要脅將此事兒公諸於世。然此一幕，瞬讓德高望重之晦安師太赧言汗下，遂任薩孤齊以條件交換。而後師太允諾前去菩巖寶剎盜取一物，藉以換得薩孤齊之封口。

話說到這兒，莫烈與符戡又互看了一下後，異口同聲地說道：「不會吧！」符戡接說道：「該不會是榮本方丈於端陽盛會所提及，該寶剎遺失的佛傳七寶之一……鎏金坐佛！」

莫烈接續翻讀下文後指出，晦安師太果真被迫盜取寶剎金佛！然師太受到如此要脅而心生不甘，遂決定於潛入菩巖寶剎當天，喬裝成薩孤齊之模樣。適值潛入寶剎當晚，師太刻意持著塗上金漆之佛珠串，好讓看守佛傳七寶之寶剎弟子容易識出。接著師太先將一守門弟子擊昏，卻於盜走金佛後驚訝的發覺到，甫遭師太擊昏之守門弟子，竟呈口衄鮮血，奄奄一息之態。當下師太納悶不解，其出手並非傷及要害，為何此僧會瀕臨垂死之狀？待寶剎眾僧聞訊趕到，師太則不得不儘速逃離。此一結果，直令晦安師太於紀冊上，頻頻留下懊惱自責與納悶不解之字句。

這時，符戡取出留於壁洞的佛珠串，道：「這應該就是當年師太盜取金佛時，仿著薩孤齊之佛珠串吧！仔細一瞧，其上還留有未剝落之金漆哩！欸……壁洞深處……似乎尚有一小布袋兒？」符戡再次伸手入洞，隨後將該物取出，交予北坎王。莫烈接手後，隨即將布袋兒打開，立見二人瞠眼於俄頃，並同聲道出……鎏金坐佛！

莫烈再讀著師太所書：盜得金佛後不久，聞得薩孤齊因受到雷嘯天賞識，進而與雷共商國事。然晦安苦等不到薩孤齊前來提取金佛，又擔心盜佛一事東窗事發，遂將金佛隱密藏匿；惟從此日日忐忑，夜不成眠，故將內疚抒於筆墨之間。

此刻，莫烈理了下思緒後，道：「這颯肓島歸我北州管轄。然眼前之所見所聞，雖已是陳年往事，惟其內容涵蓋北州非法藏匿禁物、東州寶剎之金佛失竊，與一無辜性命遇害。為免將來無以對證，吾以為，應將此冊子與相關證物攜回我辰星大殿，一旦必要，即有所依循，得以助該事件之釐清。」

待莫烈與符戩將現場回復原狀後，離開了芫淨庵。接著，符戩引領主公巡視了位於島中央高丘之閻王案後，來到溫泉湧盛之域。隨後果真於一處，發現若干禽卵碎殼。莫烈話道：「真如江偉士所言，烹熟禽卵以充飢，故能於此逗留數日。看來咱們也得在此留駐一宿了，明兒個我水巡兵船一到，速回北州！」

符戩聽令後，順勢回憶了再次登島之經歷，並自行書下當日手記。然而，想著、寫著，隨著夜之黑幕籠罩，一片湖面大霧，實已緩緩地對島展開環抱攻勢，靜靜地讓今夜之颯肓島，既添了一份陰沈，亦蒙上了一層難以猜透之神秘！

「嘶啦……莎啦……」一石子路上傳出了足履砂石之摩擦聲，隨後即聞一女子話道：「楓哥，咱倆一直這麼走著，這條路真是朝著烏淼峰去的嗎？」

「尚不能確定！真不知北州山徑為何盡是東馬懸車與鼇叢鳥道！縱然有馬車代步，亦是種折騰啊！相較我嵐映湖畔，真是天壤之別。莉，腳疼了嗎？還是吾背妳上山好了。」寒肆楓說道。

「喂喂……瞧前方不遠處有歇店耶！咱們先到那兒歇會兒，順道問問這條石子路，是否上得了烏淼峰好了？」摩蘇莉建議道。

小倆口來到店門前，抬頭即見「烏軒台」三大字。一進店內，一親切的掌櫃，連忙招呼道：

「嗨呀！兩位客官兒，是用膳呢？還是住店啊？」

「給我留間房，先上點酒菜好了！」

「是是是，客官兒您招惹了一身寒氣，先來點兒酒，暖暖身子是對的。小的這就給客官您準備去。」

正當寒肆楓飲下第一口酒，瞬感酒熱內生而有些不適，不禁自覺，「怎越來越排斥水酒之火性！」突然！三馬匹急停於門外，立見身著北州堅防軍服之三大漢走了進來。

「嗨呀！是靳剴，靳大人啊！啥子重要事兒，還勞大人您親自率隊巡視嘞？」

「吳掌櫃，近日來可有閒雜人等，於此私下交易買賣？」靳大人望著寒肆楓二人，問道。

「回大人的話，打我這兒仰望之視野最廣，尤其深夜之流星群，更是世間奇景。所以，慕名而來的外地人是不少，倒是沒見著什麼私下買賣。不過，近來耳聞前往迷幻叢林者，接連遭到山賊洗劫，還望靳大人詳查啊！」

「呵呵，這年頭還有人敢由迷幻叢林上山，膽子不小啊！嗯……本官會派人留意的。」靳剴完話後，轉身來到了寒肆楓二人桌旁，問道：「眼前二位生面孔似乎來自外地，何以於此逗留？」靳剴問聲之後，寒肆楓依舊持著酒杯，不發一語。

「喂！你是聾了嗎？咱們靳大人在問你話啊！」一旁隨行侍衛怒斥道。

摩蘇莉見狀後，知悉楓哥厭惡官府人員，隨即說道：「咱們的確來自外地，前些日子還親訪過北州主，大人您瞧，這是北州主贈予咱們的北通令！」

靳剴見過令牌後，態度稍有放緩，道：「既然二位有我北坎王所贈令牌，靳某則無須再詳查身份。」鄞將軍轉了個身，又對吳掌櫃叮囑道：「近來，軍機處下令嚴查禁物來由，故本官必須親自巡察各地。吳掌櫃一旦發現閒雜人等，抑或不當交易，切記火速通報我堅防軍！」

「呵呵，不瞞大人您說，近來在這兒打雜的小二們逐一離去，而今就小弟吳淞一人經營這小棧兒，人手雖有限，不過一旦有異狀，小弟定會通報大人的。」

靳剴瞧了下店內四周後，隨即領著兩侍衛出了棧外，跨步上馬，惟聞接連「駕……」響，該巡伍旋即離開了烏軒台。

吳掌櫃立向客官賠上了不是，「唉呀！讓客官受驚啦！近來生意難做，實在沒法得罪這班巡城大人。不過，這麼勤著上門盤查，來棧客官不被嚇跑才怪哩！只是……見客官您能面對這班武官，依然無懼地飲著小酒，小弟實在佩服啊！」

「咱們既不偷又不搶，大家平起平坐，何畏懼之有？」寒又說道：「敢問吳掌櫃，店旁山徑是否上得了烏淼峰？」

「客官您有所不知啊！上烏淼峰有好幾條路，但多數人不會選擇棧旁這一條，惟因此徑將經過迷幻叢林，方才您已瞧見，那班巡城軍兵到了我這兒即是折返點了。唉！只因烏軒台乃祖傳產業，否則小弟早想下山，進城做生意去囉！」

「這迷幻叢林有什麼特別之處嗎？」摩蘇莉問道。

「過往這叢林僅是一般山間樹林，親友不時常上山砍柴，沒啥特別地。直至十多年前，一女道姑來到烏淼峰，建了一座白色小寺，當時還成了登山者休憩飲水之歇處，而後不知何故，此寺受了祝融之災，一夕間被燻成了黑色！自此之後，山腰間頻起濃厚霧氣，甚有大霧瀰漫數月不退之紀錄，致使多人困於山林而無以脫困；想當然爾，鬼魅之說遂油然而生。曾聞一獲救者描述，適值受困山林期間，頻頻見到已故親友奔於山林中，這迷幻叢林因而得名，怎料親友亦因鬼魅之說，陸續離開了此地，惟小弟雙親已逝又膝下無子，故獨自留此經營家業。所幸訪客皆慕名前來烏軒台夜觀流星雨，現已鮮少人會循這條山徑，經迷幻叢林而上烏淼峰了。」這時候，若干過客踏入了烏軒台，吳掌櫃於點頭示意後，連忙招呼客人而去。

「楓哥，這怎麼辦？還依原路徑上山嗎？」摩蘇莉問道。

「迷幻不外是因雙目眩惑、異味入鼻，甚至毒物侵身所致。」寒又說：「吾對方位極為敏銳，莉則善於施毒、解毒。而後，只要能令周身氣流旋著咱們，縱有異味飄來，何以入我鼻竅？再說，咱們好不容易循著線索來到這兒，區區一個叢林，不會礙事兒的。倒是擔心入山後，寒氣漸重，莉的身子會承受不了。」

「嗯……多帶兩壺烈酒上山不就好啦！還望這回沒有白來！」摩蘇莉回道。

入夜之後，寒肆楓偕摩蘇莉來到客房外的大露台。果見數位入住烏軒台遊客，個個昂首望著繁星點點之夜空，且不時見著數顆流星劃過天際，不禁引來眾人嘩聲四起。

忽然！寒肆楓頓感異狀，並與摩蘇莉互看了下後，隨即離開了露台。適值子丑交界時辰，卻聞烏軒台廳堂內嘈嘈雜雜，仔細一瞧，眾人交頭接耳，躡手躡腳，一旁數著銀兩的吳掌櫃則樂不可支，隨後說道：「喂喂喂，拿了自個兒的一份就趕緊離開啊！爾等掌中之物是見不得光地！」

「楓哥，白粉交易耶！沒想到這看似樸實的吳掌櫃，背後竟經營著交易違禁物之不法勾當啊！」摩蘇莉驚訝道。

然此一幕，不禁又令寒肆楓想起了過去種種，頓了下後表示，世人皆有其維生之道，咱們不是當官的，這事兒輪不到咱們插手，還是回到露台賞美景較實際點兒。

然於廳堂交易之一夥人離去後不久，立聞數馬匹蹄響，俄而朝著烏軒台奔來，隨後即見四名呲牙裂嘴、豹頭環眼之提刀惡漢，一腳踹開大門，洪聲喝道：「所有人都給我出來！」

吳掌櫃急忙跑了出來「嗨呀！四位大爺，住店是吧？」

「住店？住啥店啊？這烏淼峰下，皆屬我王標的店。掌櫃的，一旁弟兄已盯這烏軒台很久啦！甫見一夥人在這兒買賣東西，好不熱鬧啊！呵呵，趁夜交易，若沒猜錯的話，應是些見不得光的東西才是。然而吾等弟兄覺得跑趟官府報信兒，是遠了點兒，乾脆直來問問掌櫃的，您這烏軒台欲討個息事寧人，這得值多少銀兩啊？呵呵……」

吳掌櫃嚇得雙腿直抖，顫唇道出：「諸位大爺行行好，可別驚動其他宿客啊！」吳掌櫃拿了一小袋銀子，抖著手交給了帶頭的王標，又道：「各位大爺啊！近來烏軒台門可羅雀，斗膽將廳堂讓作他人交易之用，小的也僅是抽個佣金，就這麼些啦！」

「什麼！就這麼丁點兒，塞牙縫都不夠啊！」另一惡漢直接提刀架於掌櫃頸邊，喝道：「再不乖乖地把銀子交出來，難保咱們幾兄弟不會上樓將房客一個個拖出來，看看湊不湊得出個數目來啊！」

「標哥，甭得跟他囉唆了，讓我先一刀劈了他，直接搜刮樓房好了。說不定還能帶個美人兒回去當押寨夫人哩！」話說到這兒，吳掌櫃不禁嚇出尿來，直嚷著，「大爺饒命！饒命啊！」

忽然！驚聞廳堂案上之筷子，發出了咖啦咖啦聲響，一女子發聲道：「掌櫃的，外頭的夜景這麼美，怎聞幾個不懂欣賞之莽漢，吵吵鬧鬧，真是掃興耶！」

「嘿嘿，標哥，我就說吧！這兒應有漂亮的女人，沒想到她等不及咱們上去，就自個兒先下來囉！」

摩蘇莉雙目直蹬這話語輕挑之惡漢，隨即伸手做了個手勢，惟聞一聲咻響，立見一木筷筆直地刺穿該惡漢之掌心。

「啊……」惡漢一聲嚎叫即出，霎令王標斥道：「臭娘兒們，竟敢動我的人！弟兄們，給她點顏色瞧瞧！」王標立與另二漢提刀衝上。摩蘇莉彈指間雙手外伸，數十木筷俄頃騰空靜止，接著雙手交叉，再朝著三人一揮，驚見木筷直衝三人。王標等人一陣揮刀亂砍，縱使擊落了部分木筷，惟其持刀手腕一一遭筷尖擊中，紅腫難耐，紛紛鬆了手中大刀。摩蘇莉眨眼飛身躍起，見其雙手一展，十指指尖瞬間伸出長爪。吳掌櫃甫見女子躍步移位，且朝諸惡漢之雙肩各抓了一下，隨後即見惡漢們漸感雙肩酥麻無力。王標驚覺不對，隨即將衣襟扯開，立見整個膀部呈出瘀黑一片，「妳……妳……妳這妖女，對咱們施了啥妖術？」

摩蘇莉走向了吳掌櫃，道：「眼前諸囂張莽漢，動作粗暴，行徑惡劣，現已得到該有的教訓！眼下見其胳臂瘀黑，雖不致廢掉雙臂，卻需服以解藥，始能痊癒；縱使見得瘀血退去，若沒服下解藥即隨意使力，輕者可能雙手發瘡潰爛，重者則非截肢不可！短期之內，諸惡漢恐剩端碗盤兒之力道而已。既然力氣都沒了，欲找份活兒幹，可能不甚容易，但藉由端端碗盤，求個溫飽，應是沒啥問題。吳掌櫃，您不是請不到人手嗎？眼前幾個壯漢，應該夠你使喚的啦！」

「哼！瞧你們這幫混蛋，真是罪有應得！」吳掌櫃斥道。

王標急吞了口口水，抖著聲問道：「那……那……那姑娘何時能給咱們解藥啊？」

「那得看吳掌櫃願不願給你們解藥囉！」接著，摩蘇莉對吳掌櫃附耳說了幾句後，將一小藥包交予了吳掌櫃。

吳掌櫃拿了枝木筷，狠敲了王標的腦殼兒，「嘿嘿，爾等這幫四處打劫的，也會有今天啊！再亂來，小心老子廢了爾等雙臂，還是……換我跑趟官府報個信兒，呵呵，我是不會嫌遠的啦！」

王標立偕三匪跪地求饒：「掌……掌櫃的，您行行好，饒命……饒命啊！」

這時，寒肆楓緩緩地自樓梯走了下來，道：「吳掌櫃，不好意思，在下欲向您新聘的小二問個話。」

「行，當然行！方才若非摩蘇姑娘出手，吳某可就沒小二給您問話啦！真是抱歉，擾了您

的眠，小弟給您沏壺茶去。」吳掌櫃話後離去，立見寒肆楓手掌一揮，所有木筷瞬間飛起，迅速地回到原來的筷筒內。四惡漢瞪大了眼兒，顫唇話道：「好……好厲害，連他也會這招兒。欸……眼前這鬢白俠士……怎教人覺得一陣寒啊？我看啊！他要問啥，咱們還是老實點兒得好！」

「循棧旁之山徑上去，即是迷幻叢林，爾等穿梭其中而擄人劫財，難道不怕這迷幻叢林，令爾等丟了方向嗎？」寒看著窗外問道。

王標回道：「過往咱們諸弟兄乃替人運送貨物之雜工，惟因西州商賈私闢了條小徑，始能迅速通達北州，而咱們即是於北州這頭兒接應之轉運工，而後將貨運至烏淼峰山腰，以便交予另一批人。然而運了若干年月，富不了也餓不死，只是窮忙。孰料北州軍機處懷疑有不法私運管道，致使西州暫停了私運，吾等弟兄只好淪為山賊，怎料禍不單行，好好的一片山林，怎開始起了大霧？此景使得行經山林者逐年減少，加以世人冠上了『迷幻』二字兒，使得咱們更沒啥油水可撈。不過，正因咱們已是識途老馬了，所以山林間起了點兒霧氣，尚礙不著咱們幾個，但不可思議的事兒……還是發生了！」

「來來來，寒公子，這茶給您泡好了。」吳掌櫃說道。

「啥事兒讓爾等不可思議啦？」摩蘇莉向王標問道。

王標回道：「中土地牛翻身後，若干年來，咱們弟兄行經迷幻叢林時，竟會遇上……遇上了白衣女魅穿梭林間，且專挑男丁來個不期而遇；一旦遇上，全身之精、氣、神，盡遭吸乾而僅剩一堆白骨。自此之後，咱們敬鬼神而遠之，遂四處打劫林外客店，直到最近又發現有人自西州夾帶違禁品，並在偏僻之烏淼山腰交易。既然有人違法在先，自然怪不得咱們來分食不義之財囉！二位俠侶，咱弟兄們之所聞所見，能說的都說啦！」

「唉呀！當山賊能當到這般落魄，還不如在我這兒好好地幹活兒。」吳掌櫃又說：「耳聞山賊之野味料理，堪稱一絕，若是爾等幫我這烏軒台添點菜色，說不定就此聲名大噪，吾亦犯不著冒險從事不法之勾當！欸……慢著慢著！沒看出爾等棄邪歸正之前，還是先乖乖地在這兒當小二好了。」

「白衣女魅？楓哥，可有換條路上山之可能？」摩蘇莉問道。

「若僅是一片迷濛霧氣，不免覺得無聊；然具神鬼傳說，這倒引人起了點兒興趣！吾尚納悶著鬼魅如何吸走吾之精、氣、神？」「莉，明兒個咱倆就駕著王標的馬匹，直上烏淼峰。」話後，寒肆楓一陣冷笑，然此一笑，霎令吳掌櫃與王標一干人，個個不寒而慄。

翌日清晨，抬頭即見蜿蜒山徑於不遠處遭厚霧吞沒，寒肆楓與摩蘇莉依然告別了吳掌櫃。見得二人韁繩一扯，雙馬兒立即調了個頭兒，斯須聽聞異口同聲之「駕……」聲後不久，雖依稀聽得馬蹄奔馳之聲，惟兩遠離烏軒台之背影，卻早已消失於迷幻叢林前之迷濛濃霧中……

循著雲霧環抱之山徑，於烏淼山腰摸索一陣之寒肆楓二人，除了山林間之鳥鳴聲伴隨外，周遭靜得出奇，甚連馬兒都顯出焦躁不安。寒肆楓遂刻意於行進間聊點兒瑣事，既可藉聲波瞭解附近狀況，亦可安撫一下馬兒情緒。「莉，昨晚教訓那幫匪徒，感覺如何？」

「真是暢快啊！沒想到楓哥隔空移物之功力越來越強了，莉隨意擺出個手勢，木筷即可順我準確地擊中每一惡漢。只是……楓哥的特異體質漸趨強大，過往於嵐映湖與龍武尊學的武功，還能使得上嗎？」

寒回應道：「吾以為，欲不讓人欺凌，就得能力比人強。昔日龍師父每教授一招，吾將竭力悟出破解之法，卻獨對一事兒全然無趣，此即龍師父不時教授之傳統醫經與藥草！自吾學了五行經脈穴位之後，即不再接觸醫經醫理，只因吾不信坊間郎中所說的那一套兒。憶得曾為請來郎中為母親治病，把家裡值錢的東西全賣了，怎料隔了一夜，母親就此沒再醒來過，一氣之下，拿了把刀衝去郎中住處，卻早已人去樓空，不知去向。至此之後，吾不想再求助他人，並積極尋求能強大自己之任何途徑，唯有強大自己，即可不受人擺佈。而今體質日漸趨寒，我寒肆楓應與龍武尊之『經脈武學』漸行漸遠了才是。」「歐，對了！莉昨兒個制服惡漢後，拿解藥給吳掌櫃時，向他說了啥？」

「呵呵，我告訴他關於惡漢所中之毒，約莫一個月後，其手勁兒自會恢復，吳掌櫃可於一個月後謊說予以解藥，其實該藥每服一次，症狀即可再延續一個月，吳掌櫃即可以此控制這幫人，好讓他們做好小二的工作才是，你瞧，這法子不賴吧！」

「哈哈哈，中毒者求解藥，而解藥即是續毒之藥。嗯……還真不能隨意相信他人啊！」寒笑道。

「至少楓哥受傷昏迷時，爹和莉一路關注，都沒欺騙你啊！」莉又說：「不過，認識以來，方才還是首次見楓哥笑得這麼開懷呢！」

「嘶……嘶……」，跨下馬兒剎那顯出焦躁，寒肆楓俄而嚴肅應對，隨後即見數堆白骨四散於林間，立道：「莉，小心，有異狀！」

山林間之霧氣依舊，樹枝卻異常地晃動，此幕瞬讓寒肆楓亮出了衣袖中之盈尺寒光。說時遲那時快，此刻映入寒之眼簾者，真如王標所言，二白衣女子飄晃於樹林之間。「楓哥，小心，真是白衣女魅！」摩蘇莉驚訝道。

寒肆楓雙腿一蹬，躍高數丈，驚見二女魅紛紛拋出鬼火而飄移不定，霎令寒於樹林間急停、閃、躍、翻滾以應。突然！寒咄嗟向後翻躍，隨即雙手朝外一展，瞬令林間之馬尾松起了劇烈搖晃。惟聞「咻……咻……咻……」之聲響頻出，針狀之馬尾松葉即如飛針般射出，立見四散飄飛之鬼火，不敵飛竄針葉連摧，一一凌空爆散而墜。

寒肆楓趁勢持起梅花匕，疾速上踏松枝，試圖攔截白衣女魅，後經樹幹彈力，甩身而出，躍飛於一女魅正前。當下雖見女魅面無表情，卻見其自袖中伸出一劍，立與對手展開迎面對擊，瞬令松林間鏗鏜大作。一陣交擊之後，寒肆楓忽起了疑惑，「不對！鬼魅乃虛形之物，何以能使力持上實劍而與人對擊？不過，甫於林間見得白骨，倘若這般飄移鬼火來自屍骨腐化所釋出之磷火，確可藉此讓人誤以為是鬼魅釋火。」

「啪嚓……啪嚓……」驚見另一白衣女魅，俯衝而來，卻同時驚聞摩蘇莉於另一頭發出慘叫！當下，寒急欲回返解救摩蘇莉，卻遭眼前二女魅纏身不放，瞬引其怒氣上衝，洪聲一喝，身旁馬尾松樹竟開始扭動，甚而相互交纏，先後攔阻了林間飄飛之女魅。待見二魅不動，寒立馬足踏松枝，借力使力，速速衝向二魅，惟見其手中匕首揮展於剎那，纏掛枝間之兩白衣女魅，立遭利刃摧解成片，一一飄掉落地面。寒肆楓見得鬼魅墜落，不合邏輯，一躍而下才發現，所謂的白衣女魅，不過是套上女子衣縛，繫上長髮的一具稻草人罷了。待寒肆楓火速奔回，早已不見摩蘇莉身影，情急之下，隨即逆著摩蘇莉嘶叫之聲波方向，疾搜而去。

半晌之後，寒肆楓之坐騎突然急停，並見馬兒擎起前雙蹄而呼出嘶響。原來，迷濛之中，早有一物已匍匐於前方樹林！寒持續撫著馬頸，緩緩向前一探後，馬兒隨即後退了數步，這才發現，眼前地面之阻礙物，竟是顆血淋淋的馬兒頭顱！端詳之後，幾可確定該頭顱來自摩蘇莉之坐騎！寒肆楓於驚愕中未敢大意，回想方才林間白衣女魅，確有人故弄玄虛；然眼前血淋淋之頭顱，卻是真有其事兒啊！寒肆楓馭著馬兒繞過殘屍後，不可思議之事兒，隨即再現眼前……一面似老虎身似豹之猛獸，正一口口啖著馬兒的身子。

寒肆楓一手安撫著坐騎，一手持緊匕首，隨後即見該齜牙裂嘴猛獸，回頭瞪向近身之物。這時，寒輕翻下馬，緩緩地移上前去。猛獸見狀，放下了嘴邊血肉，壓低了身子，前腿立採一前一後之姿，呈出了攻擊之勢。然見威脅持續前移下，猛獸即於白駒過隙之間，前撲後蹬，立朝寒衝了過來。寒肆楓退了一步，蹲馬轉腰，躍起單腿，橫向側踢，不偏不倚地直中猛獸左腮，隨後飛撲而出，瞬以左臂強勒其頸，再挾其釋出〈凝滯脈道〉之奇功，瞬間緩化猛獸之蠻力。適值攻勢得效，寒立馬反轉右持匕首，倏以握把之鐏頭，狠將猛獸之一撕肉尖牙敲斷，並予以眉心猛然一擊，瞬令該獸頓時失衡而側摔臥地；待其狼狽起身，頻於甩頭眨眼，隨後吐出了未化肉沫後，半張著斷牙之口，對著寒肆楓咆哮幾聲，立即轉身朝山坡樹林奔去。

寒彎下了腰，拾起了尖牙後，轉身上馬。心想，「莫非……莉之呼聲，是遇上這狀似虎豹之野獸？不過，何以樹林間僅有馬兒屍塊，卻不見摩蘇莉呢？」然此時刻，寒抬頭望了下山林四周，又想，「猛獸獵襲之速度極快，若有人想擄走馬背上的莉，勢必要以騰空之勢，始能躲過猛獸之速擊。所以，只要跟著遭受磨損或摧折之松木枝皮，應能找出答案才是。」

約莫個半時辰之循跡搜索，寒肆楓來到了一處破舊且焦黑之小寺，俄而下馬一探。忽然！一蒙面客瞬自寒身後飛出，惟聞「唰……」的一聲，一利刃應聲刺擊而出！寒肆楓反身抽出匕首，抵住敵對刃劍，隨後即見一刀一劍騰空廝殺。接著，蒙面客自腰際取出一竹笛，立馬吹出了無聲音頻，一會兒之後，驚見一群如指甲般大小的火紅螞蟻，紛紛自地竄出，並由四面朝著寒肆楓攻來。然此蟻群數量龐大，絕無可能將其一群群撥開，倘若就此奔向馬兒，蟻群亦將齊上馬身，致使馬兒狂奔疾竄。權宜之後，寒選擇了遠離馬兒，經連續翻躍後，覓了塊近於破廟之石板地，就地盤腿而坐，此舉霎令施招者一頭霧水，卻仍續吹著竹笛，引火蟻群攻向眼前的不速之客。

此刻，寒肆楓雙手合十，靜靜地盤座著。半晌之後，數以萬計之火蟻群已來到前緣處。霎時，寒深深吸了口氣，以雙掌朝下之勢，向外一展，隨即發出了「喝……」聲，一股寒氣自此向外，輻散而出，所有觸及石板地上之火蟻群，瞬因寒凍而僵止，尚於石板外之火蟻則因寒氣襲來，紛紛回鑽洞裡。一會兒之後，寒肆楓收手起身，看著石板地上一動也不動的火蟻群，冷了一笑後，跨步踩踏而出。「咖疵……咖疵……」石板上僵化之火蟻群隨著寒之邁步，發出了陣陣如口嚼魚干之脆聲，而後全數粉身碎骨於焦寺之前。

蒙面人見對手見招拆招，立馬提腿一躍，以雙足蹲踏松木幹身，借力使力，飛身而出，並將內力運抵雙掌。寒肆楓見狀，心氣下沈，重心落穩，前弓後箭，擰襠轉腰後雙掌上提，正面與蒙面人掌風對擊，當下惟聞「啪啦……」一聲，蒙面人之面紗瞬遭對手掌風吹開，這才見到，

原來蒙面者是個臉有燙疤之女者。

蒙面人驚覺內力不敵對方之寒氣竄襲，速速收掌，旋即橫向側旋，藉以避開對手之直衝寒氣，並道：「如此陰寒內功，不知閣下出自哪一門派？」

「在下嵐映湖寒肆楓，此一〈寒霜掌〉乃自習而成，無關嵐映湖之武術承襲。」

蒙面人復將面紗蒙上後，唸道：「受龍武尊管束之寒肆楓？何以闖上烏淼山？」

「實不相瞞，在下僅是護著一女子上山，怎知遇上了林間大霧、白衣女魅、猛獸突擊、以致與該女子失了訊；接著又遇上了女俠巫術以對。然寒某不欲生事兒，只想盡快找到同伴，不知女俠可有訊息相告？」

「寒少俠與那女子，何等關係？何以捨命苦尋？」蒙面女俠問道。

寒肆楓欲言又止，頓了一下，道：「在下乃受此女子之父所託，只因其女欲往中土各地察辦諸事兒，惟此對父女來自境外異地，對中土五州不甚熟悉，望能藉由在下護衛其女，使其一路平安。怎知來到烏淼山，竟遇上如此劣境！」

「此女子之父，名曰摩蘇里奧，對不？」女俠鎖眉問道。

「女俠怎知是摩蘇前輩？！」寒訝異道。

「寒肆楓，隨我來！」女俠話一完，立即翻飛而去。寒肆楓隨即轉身上馬，立朝焦黑寺廟後方追去。

不久後，寒肆楓來到一處山壁，惟見女俠嘴裡唸唸有詞，一石壁竟緩緩地朝著一旁移開，一壁洞即呈於眼前。寒肆楓入洞之後，即見摩蘇莉臥於一木牀上，寒立馬衝上前去，急忙問道：「前輩，阿莉怎會在這兒？發生了啥事兒？」

「寒少俠一身寒氣，遂不知寒。然克威斯基國，地處熱帶，摩蘇莉初到中土之北，又直上烏淼山，遂因不敵山寒濕氣之持續逆襲，以致寒濕邪氣循經入裡。再因長途跋涉，飲食失當，以致脈象沉遲，舌淡苔白，四肢厥冷，如此火不生土，脾胃虛寒之身子，再經山間猛獸飛撲驚嚇，難免氣血不支而昏厥。」

「是否危及生命？前輩可有施救之法？」寒肆楓心急問道。

「已讓她服下湯藥，眼下狀況，急須給予**溫陽祛寒**、**益氣健脾**。此乃根據中土之傳統醫理所做之辨證論治。此刻可藉由**附子**炮製，辛熱回陽以散去陰寒。然醫經所謂『**附子無乾薑不熱**』，故再藉**乾薑**之辛熱，溫中扶陽祛寒；加以人參甘溫補中，**白朮**健脾燥濕，**炙甘草**補脾和胃、益氣復脈。此法即依循傳世名方……**附子理中湯**之理而得。寒少俠乃出自嵐映湖，龍武尊之『經脈武學』名冠江湖，少俠多少有如此常識吧！」

寒肆楓稍顯靦腆地回應道：「不瞞前輩您說，在下乃受龍武尊管束之弟子。由於身擁特異體質，體溫低於常人甚多，根本搭不上所謂的『經脈武學』，再因寒某資質平庸，又與藥草之學無緣，故無前輩這等醫藥推理能力。」「敢問前輩，為何知曉摩蘇先生？又為何搭救摩蘇莉？」

這時候，臥於牀上的摩蘇莉醒了過來，見得寒肆楓佇立於前，微笑著唸道：「楓哥，看來，此回探訪烏淼峰之行，已如願地找到我娘了！」聞訊之後，寒一臉驚訝地看著蒙面女俠。摩蘇

莉又說：「雖然尚未見其面貌，惟聞方才的對話，已能由發聲之音頻語調確定，這正是我娘親的聲音！」

待寒扶起阿莉，面紗女走了過來，輕撫著摩蘇莉的臉頰，道：「孩子，娘不在身邊的日子，真是苦了妳了！」母女相認，一陣互擁而泣之後，女俠不禁疑道：「咦……爾倆何以能尋得此一遐方絕域？」

「數年前，爹爹收得娘差人捎來訊息，函中指出娘暫居於中土一內陸湖之島上。而今莉與摩蘇維隨著爹爹來到中土，莉遂趁此機會瞭解中土五州；探查之後始知，中土最大之內陸湖乃汨琤湖，而湖中一島嶼則是……颯肓島！」

「颯肓島已因大地震而滿目瘡痍，爾等怎知我在烏淼山上？」面紗女問道。

寒肆楓立將二人於芫淨庵木牆中，發現晦安師太親手紀冊一事兒，詳實述出。待經抽絲剝繭後，見得「摩斯麓」三字，阿莉則依麻略斯文，解讀出「摩」之音可譯為「黑」；而斯者，水之盛也；麓者，山之境也，遂拼湊出了「黑水山」，再將之推譯，始成……烏淼峰！

「呵呵，很好！如此機靈地推測解析，不愧為吾之女兒。」面紗女微笑回應後，亦轉訝異而嘆道：「唉！原來晦安師太早記下了諸多過往事蹟！沒錯，吾即是晦安師太所述及之外來女子……甄芳子！」接著，甄芳子將其來到颯肓島之經歷，逐一描述而出，待說到故事尾聲，甄芳子扯下了面紗，以對證曾遭火吻一事兒。惟見芳子此一面貌，瞬讓摩蘇莉抹淚揉眵，久久不能自已。而後即問：「為何娘會離開克威斯基？」

甄芳子表示，克威斯基乃深具民族階級之國度，摩蘇家族是該國之望族，歷代皆屬王公爵侯之類，而我科伊甄之科伊家族，歷代男覡女巫，相較於摩蘇家族，明顯懸殊。然與摩蘇里奧之所以結識，乃出於其欲瞭解巫術世界，惟我倆戀情一直不被摩蘇家族祝福與接受，後來因懷了摩蘇維，始得摩蘇家族之承認！然摩蘇里奧乃歷代家族成員中，最具官商軍政實力者，終榮得「護國法王」之頭銜。孰料，摩蘇維天生瘖啞，此一結果，直讓摩蘇家族視科伊甄為不祥之物；而後再生下一女嬰摩蘇莉，而非能傳嗣之男娃兒。自此之後，遂與一心問政之摩蘇里奧漸行漸遠；更於家族與輿論之壓力下，因神志備受壓抑而無法再孕，終禁不起各方指責我科伊甄攀附富貴，甚而拖累摩蘇里奧之仕途，遂同意解除婚約且遠走他鄉，終來到中土大地，並於前方所見之廟宇修行。待修靜一段時日後，怎料又遇上祝融毀廟，遂輾轉來到汨竫湖之颯肓島。

阿莉於聞得過往事蹟後，好奇問道：「娘於中土地震之後，可曾再遇得啟發您研習中醫醫術之川尻先生？」

甄芳子頓了一下，道：「憶得晦安師太表示，川尻先生已偕其女回往東洋海外。然地牛翻身之後，中土一片混亂。吾曾想過回颯肓島，盼能再見川尻先生，惟聞該島災情實在慘重，甚連晦安師太亦難逃此劫。後因島上倖存百姓一一離去，終成了荒蕪廢墟，失望之下，遂選擇回居烏淼峰。」

「既然已回到烏淼峰，為何又會有白衣女魅與猛獸狂襲之事兒？難道……這都與芳子前輩有關？」寒肆楓納悶道。

芳子解說道：「待晦安師太同意芳子以白粉緩解重疾病患之苦後，吾遂前往北州與西州交界處，怎知遇上了交易白粉之數派人馬，因利益不均而起了衝突！大夥兒一陣廝殺狂砍，以致

載著數袋白粉之板車，滑落谷坑之中。當下，芳子趁著亂勢，將板車上之白粉，瞬轉移至坐騎上，並火速帶離現場。待這班爭利之徒發現後，循著痕跡一路狂追，直到烏淼山起了山林大霧，芳子才甩掉暴徒追擊。自此以後，不時有人來此打探白粉下落；日久月深，進而在山腰處，衍生出另類游動式之交易形態。」

芳子又說：「一日，於進出森林之際，遇上一形似虎豹，行速而悍，甫一衝出，遂以其銳牙，啃斷坐騎之頸。待吾脫身後，詢查各方所記，始知此等野獸，名曰獍！此獸生性凶殘，一出生即噬其母；而後更聞眾山客、樵夫，不明就裡地遇難，後經生還者證實，諸事件實乃山獍所為。然為著不再有人遇害，吾遂生一念頭，即選擇了易於起霧之叢林，設下了鬼魅巫術，再將遭山獍啃食後之人骸骨堆，鋪於巫術林間，以便易於飄生磷火。然於一二山客見遇巫術後，四處宣揚，遂成了烏淼山下，口耳相傳之……迷幻叢林！至此以後，眾人皆知迷幻叢林有白衣女魅，卻已鮮少人憶得有山獍出沒一事兒了。」

「娘，爹爹此回來訪中州，為的是與中土五州合作。娘是否想見爹爹？」莉問道。

甄芳子遲疑了片刻後，終搖頭說道：「摩蘇里奧乃一不惜代價以成就其欲望之人，一如其欲瞭解覡巫之術，遂刻意親近科伊家族，直至其撰成了覡巫精冊；待其欲擴展仕途時，甄即成了拖油瓶。憶得身為其妻之科伊甄，受人霸凌，受人唾棄之際，其連瞧都沒瞧吾一眼；而今，能想到摩蘇里奧滲入中土各州之本錢，正是克威斯基的萃煉製藥之術！而早已定居北州之芳子，應是其鎖定拓展版圖之得力助手，惟芳子知悉，北坎王乃傳統藥草之推崇者，摩蘇里奧應不易取得與北州合作之機會才是。」又說：「然自習得中土傳統醫術以來，深覺萃煉製藥之術，不甚符合人體解症之道，卻迎合了坊間敷衍了事之治症態度。惟因芳子受中土百姓之助益甚多，所為一切，將為著中土蒼生而著想；任何危及中土大地之勢力，吾將全力負隅頑抗。所以，娘是因熟悉摩蘇里奧而不想見妳爹爹的。」

寒肆楓冷冷地表示，摩蘇前輩之所為，實乃為著解決克威斯基之窮困而戮力，縱有不同道者，摩蘇前輩能屈能伸，只為能與對方握手協談。然摩蘇前輩深知負有為國為民之重任，凡事謀劃於先，親力親為，此等行徑，足為世人之典範！

「阿莉，看來你爹爹找到了對味兒者擔當護花使者了！」芳子又說：「不過，見寒少俠於迷幻叢林對峙山林猛獍，甚至親手同你過招；雖能深覺爾過人之處，亦能強烈感出少俠於出招瞬間，頻帶著仇恨之意。例如：林中雙魅已遭松木纏阻，少俠硬是將其削為碎片；山林猛獍已遭斷斷牙，少俠硬是再擊其額間；火蟻雄兵遇寒則退，少俠硬是持續發功，以令大半火蟻凍僵而斃。值與吾交手之際，少俠之特異奇功，實已令對手氣血凝滯，卻仍強灌寒霜之氣，直入對手之心包經脈。唉……得饒人處且饒人啊！與少俠素昧平生者已遭如此相待，倘若真有少俠仇恨之人，其後果應是悽慘不堪才是！」

「前輩觀人舉止，鉅細靡遺。然前輩所述情況，如女魅出劍、山獍狠撲、火蟻圍攻，甚是前輩賜教，無一不是對手先行攻襲，遂招致寒某反擊，兩兩相爭，速戰速決。對吾而言，尚談不上仇恨二字。然真正仇恨所生，實來自於無力對抗外強而任人宰割之痛！」

「寒少俠有此經歷？」甄芳子好奇問道。

「前輩受到恥辱，尚能與人切割而遠走他鄉，一了百了。然寒某幼年，手無縛雞之力，卻因官府一念，遂目睹父親遭當眾斬首，前輩如何評斷？」話說至此，寒肆楓肅殺之氣衝頂，瞬於嘆息後轉身，即向著洞外走了出去。

見寒肆楓出了洞窟，芳子轉身即問：「阿莉，可知寒肆楓所提之仇恨，所指何人？」

「一提此事兒，楓哥即如方才反應一般，以致未敢多問詳細情況。」莉又說：「只記得其提過，過往一官人力諫主政者殺一儆百，以致寒父一人成了唯一之刀下亡魂，而此官即是當今中州霸主……雷嘯天！」

「唉！不妙……不妙了！」甄芳子搖了搖頭，嘆息表示，雷嘯天執掌中土最大州域，不僅手握數十萬大軍，其下更有赫連雋、尉遲罡等高手雲集，若以現今局勢，寒肆楓實在復仇不易，故意識裡亟需不斷強大自己，以待復仇時刻來臨。而摩蘇里奧看上了中州龐大商機，勢將不惜任何代價親近雷嘯天。寒肆楓若同時面對一個可視為典範的摩蘇里奧，與另一不共戴天之雷嘯天，此等矛盾之下，其後果孰能預料？又說：「能瞭解你爹事事處心積慮，為達目的，無所不用其極，唯吾自信能防得了，惟寒肆楓之思緒雖直率，其冷酷仇殺一面，著實令人心生畏懼！阿莉，聰穎機靈如妳，應該能洞悉娘所述之意才是。」

「娘別掛心，阿莉瞭解了。倒是娘除了在此靜修外，有何打算？」

「修行是一輩子的事兒。過去因研習巫術而傷過人，壞過事兒，累積了不少罪惡感。如今，娘除了修道之外，仍不時下山為孤老殘窮義診，從助人解疾之中，體會生命珍貴之處，或許這般行善積德，終能換得生命之善終吧！」接著，芳子又囑咐道：「對了，你哥哥性格耿直，記得提醒他，凡事三思，要能辨別父親的行事風格。阿維生來瘖啞，依克威斯基之國法，其已無法繼承你爹的爵位，這是你爹遺憾之處，遂將他帶來中土；一旦你爹勢力拓及中土，即可令其控管中土各據點。只是……縱然你爹打了一手如意算盤，惟中土各州充斥牛鬼蛇神之輩，若非見風轉舵之能者，則無以因應當前時局。知悉你爹乃此領域之能手，但以阿維之行事風格來應對，他是會吃虧的！為娘的倒希望阿維能回到克威斯基，當個無牽無掛的平凡百姓，但以摩蘇世家之歷代家風，此乃石爛江枯之事！」芳子接著問：「既然妳已如願找到了娘，而後呢？」

「一如娘之猜測，爹爹原想得您協助，齊力拓展中州。如今瞭解了娘的想法，阿莉亦不能勉強。惟因西州霸主侯士封已與我克威斯基締結聯盟，阿莉將偕寒肆楓回往西州與爹爹會合。縱然爹爹對中土大地有所打算，相信未來將以西州作為落腳點才是。」

「好了，阿莉，好好地休息吧！先理好身子要緊。過幾天霧氣稍散後再回西州好了，吾將告知寒肆楓通往西州之山區小徑，即可省去不少路程。有機會的話，不妨感化一下寒肆楓之思緒，能少一分仇恨，即能造一分祥和啊！」芳子話道。

摩蘇莉點了點頭以表回應後，經**附子理中湯**之溫陽袪寒藥性下，漸覺四肢逆冷退去，隨後即闔上雙眼，感於周遭聲響逐漸飄遠下，酣然入了深層夢境……。

第十回 禪修鑄劍

春夏秋冬合四季為一歲，然五行合於人體五臟，何以對應四季？中醫醫經遂於夏秋二季之間，增定一**長夏**之稱，始成：**春應肝而養生**，**夏應心而養長**，**長夏應脾而變化**，**秋應肺而養收**，**冬應腎而養藏**。然端陽之後則入陰曆六月，正逢長夏時節……

東州文考處繆廷翰總管突然來到軍機總管官邸，岔斷了牟芥琛對曹崴總管就**長夏**一詞所做之解說。

「有勞繆總管多次探訪。多虧繆總管引薦牟少俠為吾治症啊！現已康復許多，繆總管不必掛心。」曹崴謝道。

「牟兄弟乃有情有義之人！吾僅差人告知了姚逢琳，關於曹總管身體微恙，而來人則回應了姚已偕牟兄弟去了趟巫越山。本以為牟已不克前來，孰料牟少俠仍趕來了歲星城為曹大人診治，繆某內心已非感激二字能予以形容。」

「繆大人快別這麼說了，芥琛走了趟巫越山，收穫甚多；尤以此行疏通了自身難解之氣滯血瘀現象，進而練就了解疾祛病之特異神功。所幸曹大人僅受陰暑之證所累，現已見得緩解許多。」牟芥琛話道。

「陰暑？何以謂之？」繆大人問道。

牟芥琛隨即表示，夏季因炎熱而吹風受寒，或冷飲無度，中氣內虛，以致暑熱與風寒邪氣趁虛侵入而為病，謂之陰暑。其可表現為發熱無汗惡寒，身重疼痛，疲倦，舌胎薄黃。然傳統藥草中之香薷，即有發散風寒，化濕和中，利水消腫之效，對於外傷於寒，內傷於濕之暑濕證，可有表裡同治之功。再則，香薷其性辛溫發散，能入脾肺氣分，發越陽氣，以散皮表之蒸熱；再以扁豆之甘淡，消脾胃之暑濕；藉厚朴之苦溫，除濕散滿；更由黃連之苦寒，清脾胃之熱邪，如此四味合用，即為治陰暑之傳世名方……香薷飲之加味應用；切記，此方須待涼而服飲，否則恐有下瀉之虞。牟又說：「不過，在下有一疑問？曹大人平日幾無貪涼飲冷，亦無水腫現象，為何體內突來此等濕盛異象？」

「唉……一場誤會，致使曹某與嵐映狼四俠對招，怎料對手內功奇特，竟能趁吾施展〈劈手鎮樁〉之剎那，強將水氣循經脈逆灌我身，遂招致如此下場！」

「沒想到狼四弟竟身擁這般特異功力！」牟芥琛再問：「何以謂之是場誤會？」

曹總管順勢描述了狼行山於東州發生之事。然於曹總管臥病期間，軍機處衛林軍長罕井紘，將事件之始末，詳實上報，始知一切皆出於雷嘯天之計謀，卻也因此誤會了狼少俠為殺害邱欽之兇手。曹崴嘆說道：「唉！或許此遭乃曹某應得之報應！」

繆總管隨後向曹總管表示，嚴東主自返回東州後，因受各州域霸王之蓋世神功刺激，積極地勤練嚴氏武學，甚有意徵召江湖上之武學能手，藉以強化東州防禦陣容。甫受曹總管拔擢之余翊先，立馬偕其父余伯廉，自告奮勇地為嚴東主招攬人才，其動作之大，頗引眾臣側目。

「其實曹某早已耳聞，余伯廉近來與益東派之稅務坊房令盅總管、運務坊唐文沖總管，往來密切，藉以牽制吾等正東派人士。而曹某亦由罕井紘之描述中，間接懷疑近來諸突發事端，恐屬余氏報復之計，惟曹某尚須掌握實證為要。」

這時，身處一旁之牟芥琛則恭敬表明，適值二位總管機密商討，牟不便參與其中，遂先行告退。

曹崴立即應道：「牟少俠不必拘束，眼下乃人心之推測，尚稱不上軍機；況且其中亦涉及爾之師弟狼行山，少俠若有相關思路，亦可提供吾等參考。」

而後，繆大人接續曹總管之說，表明曹大人僅依罕井紘之描述，即兜出了諸事件之相關連鎖，惟其能否符合事件之來龍去脈？

曹崴正經表示，罕井紘乃軍機處一嚴謹將才，且勝任編列配派東州官員出巡之隨扈軍兵。然跟隨前副總管邱欽前去中州之隨扈中，一人名曰李原，此人乃余伯廉之遠親。邱欽遇害前夜之守衛，即是李原！李原曾於濮陽城，目睹邱欽與狼行山對掌後即臥病不起，而後再因其疏於職守，遂讓刺客得逞。罕井紘就此盤問李原，李原欲嫁禍於狼行山，便將邱欽於中州與狼對掌之事道出，藉以指出狼行山乃預謀殺害邱欽，遂尾隨邱欽大人來到東州，進而趁隙行刺，待邱欽遇害之後，李原即被調置余伯廉旗下服役。

曹崴接續指出，余伯廉藉狼行山之力，除掉了邸欽，再嫁禍於狼行山，倘若余翊先能擒得兇嫌，即可因立功而晉升官位，遂採一不做，二不休之策。而後，余翊先特來軍機處通報圍捕狼行山，惟余知悉曹某善於劈掌，故先以不敵罪犯之勢退下，後由曹某親自對決狼行山；雖說劈掌之接觸，不若邸欽之雙掌直擊嚴重，但曹某終究中招狼之水濕神功。而後，狼落於余翊先手裡，卻殺出了個效命雷嘯天之頂尖殺手……樊曳騫！推知該謀殺應與與雷王有所牽扯。然於陰錯陽差之下，罕井紘識出了冤案之可能，遂讓狼行山脫了困，終未讓余氏父子之詭計得逞。

曹又搖頭說道：「正因過往曹某曾毀了余伯廉一隻胳膊，遂抓準了吾將拔擢其子接任軍機處副總管一職。而今余翊先欲抓住嚴東主心之所向，以致漸趨架空我軍機處，此乃正東派之隱憂啊！」

一旁的牟芥琛與繆大人面露訝異之貌，而繆大人隨即簡述了墨頂台之比試後，霎令牟感嘆道：「本於墨頂台揮毫比試之狼、余、樊三才子，竟於離場後刀光相向，生死相搏，令人不勝欷噓！」而同為正東派之繆大人則道：「曹總管是否於嚴東主前，拆穿余氏父子面具？」

正當曹崴遲疑之際，牟芥琛即表示，眼下之余翊先已因邸欽一案而得勢，惟因邸大人已逝而無以對證，且狼行山乃唯一受冤之人證，若為了指證余之可能罪行，令狼行山再次前來配合查證，芥琛認為機會不大。所以，曹總管任一說法，恐獲嚴東主以憑空揣測回應；而曹大人此一舉動，更會讓余氏父子起了戒心。芥琛認為，曹大人可藉康復之後回歸軍機處，再以軍機總管身份，與嚴東主商討國事，進而鞏固正東派，始為上策。

「牟三俠所言甚是！曹總管於修養期間，吾等均不知余氏父子佈了啥樁？此時貿然出面，揭人瘡疤，恐適得其反。」繆大人又說：「既然嚴東主積極招攬武將，而曹大人亦勝任軍機總管，豈有縱容副總管一手遮天之道理？所謂內舉不避親，繆某不妨就此引薦一旁系外甥，此人名曰衛蟄沖，其臂力之驚人，世間罕見；曾目睹其不使刀械，即可採拔一園甘蔗；手持八尺長棍，即可擊退七八帶刀山賊。」

「好，很好！待衛蟄沖入列，我軍機處將令罕井紘速速培訓此一勇漢，以充我正東派與東州軍防實力。」曹崴一話完，一衛林兵前來傳報，表明東震王自端陽盛會後，屢發頭疼之證，現已靜休於王府之中。

「嗯……這是個機會！曹大人可依自身受病之歷，引薦牟三俠入殿為主公診治，即可藉此顧及正東體系，只是每輒勞動牟三俠，繆某實在過意不去啊！」

「哪兒的話，繆大人協助芥琛搜尋草藥，已煩擾大人甚多。適值嚴東主身體微恙，如曹大人亦覺芥琛得以勝任，不妨儘速上路，畢竟疾疼當下，度日如年啊！」

「好！明兒個牟三俠隨曹某進王府，而罕井紘則隨繆大人前去延攬衛蟄沖，就這麼辦了！」

翌日，曹崴偕牟芥琛來到了王府，驚見門外守衛之衛林軍兵，個個驚恐而面有難色。質問之下，惟聞一兵表示，因余副總管下令軍兵嚴守東震大殿與王府四周，閒雜人等，不得入內！而眼前卻見得一陌生者，隨行於曹大人身後。

「此人前來為主公診病，難不成，我曹崴還得聽令余副總管嗎？」曹崴喝叱後，立偕牟進了王府。

嚴震洲來到了廳堂，一見曹崴即道：「聞余副總管之述，曹卿染疾甚重，無法上朝。眼前一見，曹卿神龍馬壯，活龍鮮健，真是出人意料啊！」

「日前，末將確實患疾不起，後經繆總管引薦一來自嵐映湖，江湖人稱『本草神針』之牟芥琛，牟三俠，為末將診治；眼下雖未痊癒，卻已改善大半。倒是主公刺促不休，積勞成疾；末將聞訊前來，並邀得牟三俠隨行，望能替主公解疾。」

東震王一見牟芥琛，道：「嵐映湖龍武尊之義徒，個個非凡出眾，知悉牟三俠醫術精湛，甚為常真人譽為青出於藍之後輩！今日得本草神針前來，一面之榮，幸會，幸會！」

牟芥琛恭敬地上前，望了下東震王之面象、舌象並診了手脈，立覺到，「東震王之脈象奇特，忽大忽小，忽疾忽緩」隨即問道：「王爺近日來可否遭受重擊？惟脈氣之亂，為習武者所少有？」

「哈哈哈，沒想到僅由雙腕之寸、關、尺脈象，即可揣度患者一二，佩服，佩服！」嚴震洲說道：「五月端陽，五霸齊聚瑞辰殿壇。各州或為秉持正義，或為利益相爭，終不免一試手腳。本以為嚴氏武學，獨步武林，孰料中州僅一都衛訓官，即可與嚴某對陣；而後對手雖遭劍折下場，嚴某卻重創於地。當下幸得常真人及時出手，立以四關穴穩住氣脈。待返東州之後，每輒運氣使劍，頭疼不已；忽而前額眉棱骨痛，忽而左右腦殼連至雙鬢作痛，忽而後腦漲痛，令人困擾不已。」

嚴又說：「值端陽盛會上，嚴某力挺龍武尊圍堵外來合成藥劑輸入中土。孰料余伯廉前來探視吾之病況時，竟也力薦外藥之陣痛效果奇佳，可治頭疼之疾。然於病發之際，還真有一試靈丹妙藥之想法。適值曹總管與牟三俠之出現，遂攔下了吾之愚昧想法。」

這時，牟芥琛令嚴東主雙手掌心朝上，向前平舉，正對上牟之雙掌朝下。佇於一旁之曹崴，驚見牟之雙掌發出橙紅柔光，隨後即見東震王額頭冒出豆粒般大小之汗珠。半晌之後，牟突然一蹬躍，翻飛至嚴之身後，倏以雙掌紅光，上下掃移。一會兒後，牟即收手表示，東震王應是背部重擊於地，致使背部**足太陽膀胱經**脈產生了壞血瘀滯。方才芥琛已對該經脈進行活血化瘀，此舉可助腎氣上腦，隨後則需倚藉放血，以行抒壓了。

接著，牟再讓嚴東主露出內踝足，倏以三稜血針朝其**足少陰腎經**之**然谷穴**，點刺放血，並表示，身受重擊，尤其腦顱受到強震，均會氣衝上腦，甚有嘔吐現象。然瀉出**然谷穴**之**營血**，則可緩腦部壓力。再則，**頭顱正面為陽明，後面為太陽，雙耳與雙鬢兩側則為少陽**。嚴東主之前額眉棱骨痛，實屬**陽明經頭痛**；後腦漲痛為**太陽經頭痛**；左右腦殼連至雙鬢作痛則為**少陽經頭痛**。其可分以三味草藥作為解症之用：

川芎之為用，**可循少陽經脈上行頭目兩面**，其性辛溫升散，歸於肝、膽、**心包經**，能祛風止痛，活血行氣，旁通脈絡，常用於氣滯血瘀之痛證，為血中之氣藥。

白芷之為用，**可循陽明經脈上行頭目正面**，其性辛溫升散，歸於肺、胃經，能芳香通竅，燥濕，止痛，散風解表，排膿消腫，尤擅於治**陽明經**之風濕頭痛。

羌活之為用，**可循太陽經脈上行頭目後面**，其性辛苦溫散，歸於腎、膀胱經，能祛風濕，散表寒，血虛頭痛，遍身骨痛，主治**太陽經**風寒濕邪傷表所引之頭項強痛。

上三味若合以發表散風之**荊芥**、**防風**；祛風止痛之**細辛**；清利頭目之**薄荷**，則可上行通竅，以助疏散頭部風邪，後藉**甘草**以調和諸藥，如此八味之合用，即是療治頭痛之傳世名方……**川芎茶調散**。雖談不上速效，卻可解嚴東主之三陽經頭痛症狀。

服下煎藥兩刻鐘後，嚴東主已感頭疼去了大半，隨即感嘆道：「幾粒外來藥丸雖能迅速陣痛，惟『**痛則不通，通則不痛**』之道理，難道已被世人所淡忘？倘若不知疏通氣滯瘀血，一味地服藥以鎮住痛感，難怪積久成疾啊！」又說：「若連余伯廉都力薦速效藥丸兒的話，諸多益東派之大臣，應已嚐過外藥之甜頭才是。唉……來日益東派定會以經濟利益為由，頻向正東派施壓。未來中州若開放百姓選用外藥，我東州也難保不受外藥輸入啊！」「再則，中、西二州積極擴充軍備，頻頻招攬威猛武將，而雷嘯天更成立了神鬣門，以作為武力之菁英部門，致使嚴某極為憂心東州現況，更因不見曹總管康復下，遂同意余翊先所提，延攬江湖俠士，以為後盾。」

「余氏父子親於益東派，而益東派又常迎合中州步調。由余氏推薦之才，恐有中州臥底滲入之虞。」曹又說：「曹崴既已回到軍機處，自然由我佈局東州防衛武力才是。」

嚴立馬話道：「本草神針以醫助病疾為先，否則……亦是我嚴震洲中意之人才啊！」

「嚴東主過獎了。治病乃無國界之職，芥琛樂在其中。然此之後，芥琛將前往南州赤焱峰，拜會一位以刺血聞名之祛疾大師，盼能藉大師之賜教，以彌補芥琛治症不足之處。然東州處處翠綠景致，令人嚮往；若芥琛來日心生退隱，東州實乃吾心中避世隱居之首選啊！」

「既然牟三俠另有規劃，嚴某則無強人所難之理，來日少俠若回嵐映湖，替嚴某帶話予龍大師，東州將恪守傳統醫道，不與惡勢力妥協；也望龍武尊保重身體，畢竟於端陽盛會上，龍武尊不甚受金蟾法王逆襲，傷得不輕啊！」

「什麼！龍師父受了傷！」見牟芥琛驚訝之貌，嚴震洲立將五霸聚會之情況，為牟詳述了一遍。牟立顯憂心之貌，斯須聯想著龍師父於心俞穴中招後，是否影響其經脈武學？惟聞嚴東主接續表示，端陽盛會之後，常真人已引領龍武尊前往黃垚五藏殿，黃垚五仙應能替龍武尊解症才是。此說霎令牟鬆了眉頭，並表明於拜會刺血大師後，立即返回嵐映湖。

數日之後，見嚴東主漸趨康復，牟隨即理上遠行行囊。待牟芥琛於大殿之外，恭敬向東震王與曹總管拱手作揖後，俄頃躍上了壯碩黑馬，並於一扯轠轉向後，面朝南向之徑，瞬於一聲「駕」響喊出，駿馬即於一聲長嘶之後，斯須狂奔，倏而離開了東震大殿。

位居中土大地偏南之南州，地層之上，火山熔岩滾滾；地層之下，熱氣儲量充盈。然州域之北部，地勢平緩，靈沁江沿岸氣候宜人，致使多數居民分布於州北，而人口分佈之最，首推南州第一大城榮璿城，而城中之咸禎大殿，即為掌管南州上下之軍防行政中心。

此刻，軍機處公冶成總管正於殿內一長木案前，向南離王引薦二擂臺比試後之菁英，道：「主公，隨吾前來者，其一乃擅於單騎拋槍之秦勵，另一則是專於銀桿鏈球之廉煒。秦勵能於快馬行進之際，倏拋五尺飛槍，其後於加速之助力下，瞬間刺穿三原木，我軍可藉此戰力，直線衝潰敵方盾牌陣線。再觀廉煒之銀桿鏈球，其玄機在於牽住鐵球之鏈鎖，可完全收入銀桿之中，使之作為重錘之用；亦可自銀桿拋出四尺長鏈，倏向敵軍做出水平橫掃之勢，藉以摧擊敵方騎兵逆襲。

南離王盧錟起身拍掌稱道：「好，很好！我南州聯域軍能有二位猛將加入，真是如虎添翼啊！倒是公冶總管的右肩傷勢，可已復原？」

「蒙主公關注，現已康復近於九成；美中不足的是，每遇陰雨天候，右肩傷處總有酸麻脹痛感，經御醫淳于龠告知，可藉艾絨灸之。然此法治標而不治本，惟此一不適感，尚不礙末將整軍經武，主公不必掛心。」公冶成說道。

盧錟點頭後表示，自端陽大會之後，南州之火連、火雲、火燎、火冥、火靈五大教派可有異態？尤其是那火連教主邢彪，可掌握其行蹤？

「已分派區域軍兵監視各教派行動，唯火連教較難掌控，其因乃於邢彪自五霸大會後，不見其回到南州，欲掌握其行蹤，頗為棘手。」公冶成回道。

盧錟表示，自中州成立神鬣門後，已聞各州主增列武將。不過，眼前火藥味較濃之處，乃於中西二州之邊界，我南州可先靜觀其變，惟眼下首要任務有二，一是持續煉製兵器，二是對我州域內之異議組織，先行離間，再伺機遊說併入南軍，如阻礙我軍之份子，或可殲滅，或可放逐。待本王壯大南州，即可讓中州深感芒刺在背；一旦中西開戰，我方即可趁隙向北擴展，奪下江北城池。

聞訊後之公冶成，訝異覺到，「南離王自端陽會後，似乎換了個樣兒，竟主動挑戰南州各教派，甚對中州做出了掐頸之勢！嗯……或許此等雄心，才能整合南州長期因教派分亂而分散之實力。」接著道出：「主公此等攘外安內之策，公冶成將率軍機處上下戮力以赴。」一旁的秦勵與廉煒亦向南離王同聲允諾。

盧錟點頭之餘又問：「許久不見令尊公冶長瑜，不知公冶大師近來可好？」

公冶成表明了父親近日來為著鑄劍而閉關禪修，望能悟出鑄劍之全新思維。並提及公冶大師心中之疑問：劍輕則疾快，劍沉能劈砍；可有一箭雙鵰之工法而鑄出欲速則輕，欲摧則沉，隨心所欲而同出一劍乎？

「令尊鑄劍已有凌駕一代劍師……凌秉山之氣勢。可惜公冶前輩之傑作，均需合適人選以操使，一般劍客若無三兩三，絕對與大師之作無緣的。」盧錟說道。

「是啊！當年家父因見末將能以雙臂劈柴，故煉製了一對棱錐鋼鞭予我，公冶成因此與刀劍無緣。」

「不過，待公冶大師悟到且製出蓋世神劍，定要注意是何方神聖領得此劍，務必將此人才留於南州，以為我用才是！」盧錟嚴肅道。

「然經主公如此一提，公冶成已許久未回霖璐城探望他老人家了。待將職務交予秦勵與廉煒後，末將隨即啟程，順勢巡視一趟霖璐城，畢竟該城乃火連教總壇所在啊！」

數日後，公冶成率著隨行侍衛來到了霖璐城，並進了鴻昌客棧。棧內朱掌櫃連忙招呼道：「嗨呀！今兒個是什麼風把公冶大人給吹來啦！來來來……上登閣樓賓座啊！」

適值公冶成步上梯階之際，忽一餘光，見著一男子正獨坐大廳一隅，見其雙眉緊鎖，持杯而不飲，煞是怪異；仔細一瞧，此人持杯之手背，呈一道淺淺的刀傷，甚而滲著一絲血跡。而後，又見一群手持刀械之江湖人士，陸續進了客棧，分據幾桌之後，聊到……

「呵呵，聽說公冶大師為了悟出鑄劍新法而閉關禪修，真有這麼玄嗎？咱們使了這麼多年刀劍，還不都一樣。惟操使者有沒有真本事，那才是關鍵吧！」

另一人則表示，公冶大師有其特有之鑄劍理念，其認為蓋世之兵器，必有其合適之人選。倘若一神兵利器遇不到對應之人，寧可永世封存，而不容其受到糟蹋。

又一人說道：「今兒個可是大師出關的日子，聽說不少江湖人士已前往了冶劍山莊外的瑜亭守候；大夥兒無非想一見大師之新作，咱們不妨也去碰碰運氣，說不定大師瞧見了咱們的招式，銘感五內，而後各贈咱們一人一把神劍哦！」

「得了唄！瞧你那副德性，差得遠啦！」「聽說今晨天未亮，中州萬延標局之褚總標頭，與火靈教護法曜寧等人，早已在冶劍山莊外守候，哪兒輪得到你啊！」

閣樓上的公冶成聽了這般對話，不禁想到，「呵呵，真是巧呀！沒準兒藉父親此次出關，順道瞧瞧什麼樣兒的江湖高手，能為我軍所用？」

接著，公冶成步下梯階，大夥兒無不交頭接耳，「瞧！那不是咱們軍機總管公冶成嗎？無怪乎客棧外巷停了幾匹軍機處之戰馬。難道，公冶成也是來瞧瞧他父親的新作嗎？走吧，咱們也跟去看看熱鬧吧！」

時逾午時三刻，原本幽靜之冶劍山莊，瞬遭眾人之嘈雜，層層環繞。一會兒後，見公冶長瑜父子自廳堂走出，緩步來到了瑜亭。接著，公冶長瑜於亭前架子上，置一裹著黑布的木盒兒後，道：「各位英雄好漢，老夫此次禪修，雖具心得，卻不盡人意。眼前木盒內之利刃，僅為老夫理想之八成；惟聞萬延標局褚總鏢頭已於此擊退了數人，只為一爭老夫之新作，煞是有心。」

一人突然岔話道：「在下南州火靈教護法曜寧，今日前來，欲一試公冶大師之作，望能成全。」

「哈哈哈，好，好，今日適逢我兒回訪，老夫就令公冶成先以盒中雛劍，陸續領教各位劍法了。」話後，公冶成自木盒中取出了一三尺三之長劍，緩緩走向瑜亭之前。

「公冶大人，萬延標局總標頭褚延軨，於此先行領教了！」「咻」的一聲，褚標頭長劍應聲而出，直向公冶成手中利刃出擊，俯仰之間，即聞瑜亭之前，鏗鏜連連。惟因公冶成平時善使重器，以致眼下揮使這輕如鴻羽之劍，招招既速且重，在場聞得「咻咻……鏗鏜……」之聲響，不絕於耳。反觀褚標頭之長劍，除了出擊之第一劍外，毫無進攻時機，不出十招後，驚見劍身已佈滿擦擊痕跡。接著見著公冶成一個反身疾削，瞬將褚標頭之劍尖削去。眾人驚見此幕，無不讚嘆新劍之陵勁淬礪！而褚標頭一見手中劍刃遭削，當場折劍，說道：「一劍之尖端，猶如飛箭之鏑頭，鏑頭已去，箭身將無所去向。」

接著又一人跳出，「火靈教曜寧，今日特來領教大師新作！」

公冶成點頭示意後，立見曜寧抽劍出鞘，立馬一陣劈、刺、挑、撩之四式連攻，霎令公冶成有些棘手，畢竟慣於雙手出擊之公冶成，總覺左手所持之劍鞘，根本使不上勁兒。這時，曜寧蹬躍咄嗟，身轉劍旋，俯衝而下，立見對手持劍擋下攻勢。公冶長瑜見子不諳劍之揮使，立馬止了二人對劍後，道：「眾人皆知公冶總管擅於雙臂揮使鋼鞭，殊不知各路英雄，個個臥虎藏龍；尤其曜寧護法之四式連攻，霎令老夫有些啟示，或可藉以補足此劍之不足。」又說：「既然公冶總管擅於雙臂齊攻，不妨就請曜寧護法持上老夫之新作，挑戰公冶總管之棱錐鋼鞭，不知曜寧護法意下如何？」此話一出，立即引來瑜亭前一片嘩然之聲。

半晌之後，公冶成持出一對棱錐鋼鞭，而曜寧則手握大師所鑄新劍，雙方再次對峙於瑜亭之前。公冶成率先跨出馬步，高低雙臂各持一鋼鞭。忽然！見公冶成飛身衝出，倏朝對手猛然一揮，惟聞鏗的一聲後，驚見曜寧放開了左手上之劍鞘，隨即握住持劍的右手腕，為的是壓抑對擊鋼鞭所造成的震麻感。

一會兒後，曜寧再次持劍使上劈、刺、挑、撩之四式連擊，然此回之攻勢，不見討得啥便宜，惟因對手雙鞭交叉互用，每輒劍、鞭互擊，眨眼換來手掌一麻。突然！公冶成蹬躍而起，瞬讓對手撲了個空，而後雙鞭凌空而下，藉以使出〈泰山壓頂〉之絕技。孰料，曜寧竟以劍身側面，迎上對手之強勢灌壓，說時遲那時快，眾人惟聞一聲鏗噹巨響，瞬見曜寧手中之利刃，應聲斷成了兩截。

「哇！劍……斷……斷了！」在場人士見此一幕，無一不感到訝異！

公冶大師笑著說道：「呵呵，真沒料到，如此雛劍，竟未能過得了棱錐鋼鞭之把關啊！」「老夫此作，為求出劍能速能快，遂朝輕而薄之工法以對；為求劍出有力，故堅其身以製。然此薄堅之間，實乃鑄劍之矛盾所在。今日若無曜寧護法挺身一試，老夫尚難理出此劍待改進之處。為此，老夫將再次入於禪室，以期鑄出更加精鍊之作品。」

話後，公冶長瑜上前拾起遭斷之殘劍，並向眾人拱手之後，轉身步向禪房而去。另一頭之公冶成則私下對著曜鼓唇弄舌，道：「曜寧護法，劍術非凡，屈居火靈教下，大材小用；況且火靈教乃南州五教之末，軍機處早已掌握火雲教有意併吞火靈教以壯大聲勢，進而與火連教一爭南州最大教派之地位。然以過往歷史為鑑，火雲教派以順者生，逆者亡為其行事風格；火靈教若遭併吞，曜寧兄勢將歸順火雲，抑或誓死護教。如此下場，何不投效効於南離王之麾下，一旦經我軍機處拔擢，曜寧兄何須擔心身處火靈或火雲呢？」

然於曜寧躊躇之際，公冶成突於漸散之人群中，再次見到於客棧一隅，持杯不飲之嚴肅面孔，瞬覺到，「此一俠客雖一語不發，惟其眼神之銳，猶如草隼盯蛇之眼，應非等閒之輩也。眼前看來，藉父親鑄劍一事兒所引來可用之才，稍具分析利弊能力者，均會向我軍靠攏才是。眼前露出些許猶豫的曜寧，即是最佳例子。」

翌日，公冶成令投效南軍之曜寧，巡視冶劍山莊之周遭，注意一切為劍前來之江湖人士。而後公冶成即率著隨隊侍衛，離開了冶劍山莊，前往了城中之火連教總壇。

「來者何人？」一火連教徒於總壇門外問道。待公冶成表明身份後，一教徒立馬引領公冶總管於前堂。一會兒後，聞訊前來之孟鈁長老，隨即表明了邢彪教主自參與五霸盛會，至今尚未回歸總壇。

公冶成知悉狀況後表示，近來火雲教派動作連連，不僅瓜分了火連教於靈沁江邊之集散場，更積極地吸收分散各地之火靈教徒。然由軍探得知，邢教主正積極靠攏中州，甚而不顧火連教之勢力範圍，正逐漸受到火雲教之侵蝕。軍機處為避免過往教派作亂之歷史重演，特來巡察各教派之運作情形，冀望孟長老能與軍機處合作，牽制火雲教；否則，一旦二教擦槍走火，南離王絕對會出兵鎮壓。然南離王實不願見官逼民反之一幕，冀望二教好自為之。

「火雲教侵犯我教勢力範圍，我教早有應對之法，只是……唉……」孟長老無奈說道：「邢教主獨來獨往，獨斷獨行，致使長老們之行事，溝溝坎坎，煞是困擾！然我火連教於南州頗具歷史地位，叛國枉法之事，絕非我教能為。若遇教徒間之衝突，是否為他教挑釁所致？若有叛國之傾向，是否出自教主個人偏激所為？還望公冶大人能及時分辨啊！」

「既然諸長老皆懷疑邢教主個人之所為，為何不予以罷黜？」公冶問道。

「邢教主自組為數一十二人之子午鉞隊，或剷除異己，或以暴制暴；惟其手攬教中絕大資源，每輒遇上教主之暴戾行事，吾等即三緘其口。至於教主勤於前往中州，或與我教創教先祖之手撰紀冊有關。」

公冶成放緩了口氣回應：「若非聞得孟長老親口描述，我軍機處皆因邢教主之橫霸作風，遂先入為主地認定火連教乃一地方惡勢力。倒是，邢彪之舉何以與貴教創教先祖之手撰紀冊有關？」

這時，天外突發一陣響雷，天色倏轉灰暗，俄頃之間，壇外已由絲絲細雨，漸漸轉急，終而成了滂沱傾注。

孟長老點亮了油燈後，娓娓指出，火連之創教先祖……斛衍煜，過往曾於西州開採鐵礦，不料於一次探勘中，發覺地層下有種不明的白色晶石，衍煜先祖好奇驅使下，帶了一小塊兒回南州研究。一日，一南州礦工無意間掘到一小塊兒如紅梅般大小之赤色晶石，衍煜先祖得聞後，以重金將赤晶石買回；而後，記下了紅、白二晶石分別用水、火等各種方法，逐一試驗。一日，祖師爺突發奇想，將二晶石相倚而靠，並置於冶鐵鍋爐中，待以高溫炙燒後，鍋爐竟瞬間發出耀光，而後產生極大的爆破力量。祖師爺因逃避不及，下半身嚴重受創，經及時刖其雙足後，拾回了一命。此一重生，遂令斛衍煜先祖創立了火連教，由衷告知教徒，火神神聖，不得忤逆；並不時叮囑教徒，**火金相剋**，嚴禁晶石相倚，以免後患無窮。惟此一紀冊內頁，確實記載著「白晶屬金，赤晶屬火，金火相倚，倏生極大爆破力量。」

　隨後，孟長老又皺眉說道：「自祖師爺叮囑之後，數十年不聞異色晶石再現，怎料不來則已，一次中土地牛翻身，竟聞五大州均有奇晶岩石出土。正當眾生渾然不知晶石為何？唯我教早已毛骨悚然！自此之後，邢教主熱衷各州晶石之探索，遂萌生與中州同盟之計畫。然孟鈁身為火連長老之一，實不願見教主恣意妄行，故將本教之過往，告知公冶大人，盼公冶大人切莫因邢教主之一意孤行，而誤認我火連教為南州之亂源啊！」

「經孟長老如此一說，今後我軍機處將予邢彪教主與火連教之行事，分開對待；冀望孟長老偕教內諸長老，持續穩定火連教之運作。一旦發覺情勢生變，立即通報我軍機處，藉以防微杜漸！」

　待雷雨漸歇，公冶成離開了火連教總壇後，心想，「南離王以出土的火焰石力抗北州之煤炭，單就釋熱能量來說，確實強過煤炭許多。然對照孟鈁長老描述衍煜先祖之說，我南州似乎尚有更具能量之晶石出土才是。莫非……南離王故意以淺層出土之火焰石，轉移了世人的目光？難道……我南州有更驚人之能量可作為靠山？無怪乎南離王直言，南州可趁隙向北擴展，奪下江北城池。嗯……得找個時候向南離王問個清楚才是！」

突然，一陣酸麻脹痛感，急衝公冶成右臂而來，不禁道出：「為何每遇陰雨天候，肩部舊傷總令人有種『蜂蠆作於懷袖，勇夫為之驚駭』之感？」隨後，公冶成手撫著右肩，來到一藥舖，問道：「可有灸用艾絨？」

藥舖老闆一見身著官服者前來，絲毫不敢怠慢，順手捏了坨艾絨上來。公冶成隨即揉了幾壯艾絨，立於右肩處灸了起來，此舉不禁引來老闆好奇，道：「瞧官爺如此痛苦，僅藉灸法即可治症乎？瞧大人您這類變天即發之症，不妨走趟赤焱山！據聞那兒有位住在井柏崖的大師，其不時下山，並於一慈聖宮為人治病耶！」

「唉……說到草藥，本官已熬飲了不少，喝到我脾胃都膩了，找哪位醫治？皆是如此。若能介紹個會改變天候的巫師，可能比較有用些。」公冶成無奈說道。

「不不不，這位官爺啊！小的跟您提的大師，人稱知秋先生；此高人不用藥草，亦不用針灸，單憑放血治症聞名。不瞞官爺您說，小的之丈人，每年於秋冬兩季間，咳嗽長達四五個月；我這個作女婿的，能找的藥草都找了，依舊沒輒兒。而後，帶著丈人讓知秋大師放了些血；嘿！您說怪了唄！丈人就這麼好了。反正就死馬當活馬醫唄！建議官爺您不妨去試試。」

經藥舖老闆這麼一提，公冶成認真地聽了進去。待起身向老闆致謝後，下命隨行侍衛先回滎璿城向南離王報備；待會晤過知秋大師後，將儘速回到咸禎大殿，屆時再與南離王共商國是。

「喀噠……喀噠……」馬蹄聲響不曾停歇片刻，只因帶著酸麻肩傷之公冶成，盼著馬不停蹄的飛馳下，儘早抵達赤焱山下。約莫一整夜的路程，睡眼惺忪的公治大人 於清晨來到了赤焱山下的一小村莊，村裡農作居民從未見過官府人員，紛紛引領而望，這才讓公治成覺到，一身軍裝比起純樸的村民，煞是格格不入，遂向一農家買下粗布衣褲，順道詢問何以到達慈聖宮？

不久後，換上平民衣著的公治成，依著村民之指向，來到了慈聖宮；惟見慈聖宮外已有著四五十人所列長龍，無不為著給知秋大師治病而來。公治成看著自個兒一身淋濕的平民裝扮，根本討不到啥當官爺的好處，只好乖乖地順著人龍，依序地排下去。

身旁一人說道：「近日來陰雨綿綿，若非患上風寒，即是風濕舊疾復發。眼前人龍，個個憔悴，若這知秋大師一一診治，我看得挨到金烏西墜，暮色蒼茫，才能輪得到我哩！」

這時，見一打著油紙傘之年輕人，一步步走向慈聖宮，而遠在這一頭之公治成則發現，人龍之前端，似乎均向著這年輕人躬身致謝，而年輕人一一回應後，便走進了慈聖宮裡。公治成好奇地向旁人問：「甫見進入宮內之年輕人，可是知秋大師？」

「欸……這人……我是不大清楚啦！但能肯定，其非知秋大師。」旁人回應道。

公治成忍著肩痛，一步步隨著人龍前進。一個時辰後，見得先前人龍僅剩不到十人。待公治成進了慈聖宮才發現，眼前有二位醫者，分於宮內兩側，一一替求診者放血治症，而其中一位正是方才拿紙傘的年輕人。

聞一患者向年輕人表明已傷風數日，先前服過坊間醫者開出**桂枝**、**白芍**、**生薑**、**大棗**、**炙甘草**之藥方，一劑之後雖有緩解，卻於隔日之後，又見頭疼發熱，汗出惡風，數日已過，仍感不適。公治成伸長了脖子，仔細聽這診治的年輕人說道：「依您的手脈，猶有餘邪滯留，經脈不暢之象。對於太陽中風之證，桂枝能辛溫解表，溫經通陽；白芍酸斂陰柔，和營止汗，二藥相配，一散一收，不僅發汗以散表邪，亦可止汗而不留邪，並調陰陽營衛；醫者以此桂枝湯，對應太陽中風之初，頗為適當。惟因閣下發汗解表不徹底，以致餘邪藏匿，身感不適。接著，年輕人藉由放血針，對著患者顱後之風府、風池二穴，點刺放血，並說：「風府乃督脈、陽維脈之交會穴；風池乃足少陽與陽維脈之交會穴，二穴亦為風邪易侵易滯之處，於此放血得解經脈不暢，餘邪滯留之證。

公冶成聞此年輕醫者之辨證論治功力，煞是了得。突然！一位年長者走了過來，並以沉穩之聲道出：「見閣下之肩傷不輕，不妨由知秋為您一診。」

公冶成驚訝回應道：「太……厲害啦！在下尚未開口，知秋先生即知吾有肩傷！」

「非也！閣下從入內以來，頻以左手撫揉著右肩，表情痛苦，遂直覺您有肩傷，如此而已。」知秋回道。

公冶成有些難為情地坐了下來，立即伸手讓先生把脈，隨後再露出了右膀子。待知秋先生診過後，靜思了一會兒，道：「官爺乃沙場武將，曾遭鉞戟兵刃所傷，傷口雖已成疤，惟瘀血已凝滯成塊，以致多處脈絡不通。所幸官爺身強體健，一旦招致風寒外邪，衛外之氣或可能擋，惟臟腑經脈之氣欲起而禦外，即遇瘀血阻塞經脈，遂引發酸麻脹痛，正所謂：不通則痛矣！」

公冶成再次驚訝道：「大……師……何以知悉在下為官府征戰之人？」

「哈哈哈，官爺來此求診，不擺官威，且能隨鄉民依序列隊，實在難得。然為官爺把脈時，閣下掌心仍留有皮革馬轡之氣味兒，並於開襟解膀之際，頓時散出肩甲銅鏽之氣味兒；再觀肩上疤痕，既長而寬，且中厚邊薄，此非一般刀劍所為，應屬鉞戟之尖刃速傷肌層所致。依此三特徵，知秋即可推測閣下乃官府武將之職。」

「佩服！實在佩服！既然知秋先生已尋出關鍵，在下不妨據實以告。吾乃現今南州軍機處總管……公治成！肩傷始出於子午鉞所襲，然以卸甲更衣前來求診，只為低調行事，以免驚動鄉村樸實，如此而已！」

「公治成？令尊可是當代鑄劍大師……公治長瑜？」知秋問道。

公治成點頭回應後，右肩一陣酸痛再次襲來，立馬呈出一陣痛苦狀。

知秋先生隨即表示，公治大人之瘀血甚深，且範圍過大，必先予化除，始可祛病，此等棘手之瘀症，並非即時點刺放血所能化。不過……針對公治大人之深層瘀阻血塊，當今唯有一身擁活血化瘀神力者能解。此人即是嵐映五俠之一，人稱「本草神針」之牟芥琛，牟少俠！

「知秋先生的意思……是要公治成……去一趟嵐映湖？」公治成忍痛說道。

「哈哈哈，大人時至運來，於慈聖宮另一隅為人治症之年輕人，正是本草神針……牟芥琛！公治大人請稍待，老夫前去請牟少俠為大人解症。」

公治成再次地驚訝到，「方才那年輕人……就是本草神針？難怪見其診治之眼神與手法，有著一般醫者少有的犀利與氣勢！」

知秋先生將公治總管之瘀血症狀，詳述予牟芥琛後，二人即朝公治成走了過來。

「牟少俠，失敬，失敬！有勞您了」公治成恭敬說道。

「公冶大人客氣了，在下得勞您將雙掌向上平持。」話後，牟芥琛依舊藉由雙掌，將橙紅柔光傳入了對方掌心。一會兒後，牟之雙掌呈出碗狀，惟見光團自公冶成之右腕處，緩緩地朝其右肩移動，待光團觸及右肩傷處，公冶成不禁唉了一長聲「啊……」

待牟收回雙掌後，公冶成已是汗流浹背，雙手癱軟於大腿上。知秋先生見狀指出，公冶大人這等瘀阻血塊，本須切開皮肉，再將瘀血循序導出，幸得牟三俠之化瘀神功，即可藉由經脈氣道，將之化解。

牟接續表示，公冶大人恐於受創當下，速以冰鎮方式處理；此舉雖能鎮一時之痛，卻反致傷血迅速凝結。再則，醫者於療治傷口當下，未附加祛濕之劑，致使傷處之肌肉皮層濕滯，以致大人每遇經脈阻塞而酸麻時，瞬生濕滯拉扯筋肉，遂生脹痛現象。然因大人瘀血範圍甚廣，眼下僅化開凝滯血塊，其右肩部分之瘀血，還得倚仗知秋大師施以放血治療才成。

牟又說：「**常人一身經脈之氣，由手太陰肺經而起，至足厥陰肝經而止，以此為一周次。然氣血沿著經脈，一晝一夜，共巡行全身經脈五十周次。**依此之說，一日晝夜共十二時辰，故正常氣血巡行一周次，約莫四分之一時辰。然病虛者之氣血循環較常人為緩，故芥琛療治虛者，常以三刻鐘為準，以確保氣血能行滿全身一周次。甫對公冶大人施行化瘀之法，三刻鐘後，知秋大師即可再行點刺放血。」

「玄啊！妙啊！公冶成一生征戰沙場，卻不諳人體之奧妙。今日見得大師與少俠治疾除邪，精鍊專注，真所謂：聞道有先後，術業有專攻。公冶成能結識二位，真是三生有幸啊！」

知秋話道：「人之機緣頗妙。牟少俠初到慈聖宮時，僅表明向老夫請教刺血療法；當下並不知其來歷，遂不以為意，僅微笑回應。翌日，宮裡來了若干急患，卻值老夫因胸腹不適而不克前來，孰料，牟立捋起衣袖，表明能為患者治症。而後，經宮內弟子與受惠患者傳話，表明牟天天來宮裡為人診治。待老夫帶病前來感激少俠之舉後，芥琛更以活血化瘀神功，立將老夫胸腹之深層瘀血化開，令症得解；當下遂將知秋多年之刺血醫案，與之分享。知秋與公治大人皆受惠於本草神針之化瘀神功，吾等三人亦於此相識，誰說不是緣分所致嘞！」

「知秋先生客氣了，芥琛稍通於針灸與本草，惟連日來閱得知秋先生之過往醫案，如獲至寶。眼前公治大人之肩臂症狀，並不見於醫案之中；看來晚輩亦是時至運來，可藉公治大人之肩臂，一睹知秋先生之刺血療法了。」

三刻鐘後，知秋先生拿出了放血三稜針，以左掌撫按公冶成右上臂至肩周圍之經脈後，對牟芥琛問道：「若須以針術治此臂症，如何考慮？」

牟回道：「若循經脈下針，可藉由行經上臂至肩周之**手太陰經**、**手陽明經**、**手少陽經**、**手太陽經**，辨以虛實之症；再依**善針者**，**以左治右**之理，於患者左側下針以應。若公冶大人之肩傷，實受寒邪所侵，以致肩肌經脈凝凍，芥琛會以三寸長針，針進左腿之**條口**穴，而透向小腿後方之**承山**穴。不知大師將以何穴位，點刺出血？」

知秋先生嘴角一揚，「哈哈哈，好一個**條口透承山**之針法啊！」接著，知秋先生來到公冶成右肩後方，對準其右肩部，腋後紋直上，肩胛岡下緣凹陷處，倏以三稜針點刺出血。果然，立見黑血逐一湧出。

牟芥琛一見，道：「大師僅刺**手太陽經脈之臑俞穴**即可？」

「沒錯，臑俞穴雖屬手太陽經脈，此穴亦是手太陽經與奇經八脈之陽維脈、陽蹻脈之交會穴。此穴經陽維與陽蹻脈，可由交會點上達頭面，下行足踝，故以此穴瀉出瘀血，即可引來三經脈之真氣，以濡潤肩部之氣血。」

牟聽了頻頻點頭，並讚嘆道：「僅以一穴，引得三經脈經氣以濡潤患部，實在高明，能見大師開釋，芥琛已不虛此行。」

「呵呵，咱們經此一聊，已讓門外患者久等了。公冶大人不妨稍作休息，知秋立偕牟神針繼續醫治患者；待告一段落後，老夫敬邀二位上我井柏崖，咱們說天道地，好好聊聊！」聞知秋先生之建議後，公冶成則因一天一夜之折騰，且於右肩痠痲得到緩解後，和衣而臥，靜靜睡去。

夕陽餘暉，華燈初上，知秋先生引領著公冶成與牟芥琛，直上了赤焱山之井柏崖。

「哇！真沒想到，這崖上竟有古色古香之建築，能於此幽靜環境下研習醫書，絕對是件樂事！」牟芥琛說道。

然而，當下光線雖昏暗，公冶成卻機警留意到木屋前凌亂的步履印痕。更驚訝的是，附近若干樟木樹幹上，竟留有利器切砍之痕跡？不禁令其覺到，「嗯……這兒有明顯的打鬥痕跡！」

三人一入屋舍後，公冶與牟即因屋內之擺設而對看了一下。知秋先生不待二人發問，即說：「二位訝異之眼神，實已告訴了老夫，這兒完全看不出是位醫者之居室，對不？」

「是啊！先生除了一幅自繪經脈圖表，幾本醫書之外，幾乎隨處可見各式兵器，極易令人聯想到，此乃刀匠之工坊擺設啊！」牟說道。

知秋先生笑了笑，令二位入坐後，不疾不徐地燒了壺清茶，說道：「吾能以一己之力，助人解除病疾，實為探求一種自我存在之價值。然今日見一軍機處總管能入境隨俗，隨方就圓；而解吾病證之芥琛能悲天憫人，心誠相待，遂令老夫起了襟懷坦白之念。實不相瞞，老夫尚有另一角色，此角乃專研各式兵器之優劣，以期能抑遏持械者之銳氣於咄嗟！」

知秋先生飲了口茶後，又說：「多少劍客為著『天下第一』之名而戰，而老夫以挫此輩之銳氣為樂，為的是讓此類爭名者了解，人外有人，天外有天；武術根本無所謂天下第一之存在，切莫耗費人生之有限時光，於此無謂爭鬥之中。然武術之至高境界，乃不斷修正與認清自身之悟點與惡點，能悟出一招之得失，亦能了解一招之惡極。知秋一生有幸，能於武界結識到理念一致之能者，一如於醫界結識到本草神針一般！」

聞訊後之公冶成，訝異認為，知秋前輩能與爭奪天下第一者對峙，武功自不在話下。然何方神聖可與前輩理念一致？何等頑強份子，終為著天下第一而戰？

知秋先生緩緩起身後走向屋內一隅，惟見知秋先生脫下頂帽，撕去雙白眉、白鬢與長鬚後，轉身對上公冶二人。剎那之間，驚見知秋先生瞬由一六旬長者，轉為年近不惑之中年人，霎令公冶二人目瞪舌彊。一會兒後，知秋先生取出一對大小兵刃於桌案上，惟公冶成乃出身鑄劍世家，一見如此兵器，驚頓斯須，接著即順口道出：「肅煞……鐲疾……刀！前輩果真是……刀……臣！」

「哈哈哈，不愧是鑄劍大師公冶長瑜之後啊！沒錯，吾乃人稱『刀臣』之凜秋痕！」

「前輩既是江湖敬為刀臣之凜秋痕，可想而知，您方才所提的理念一致之能者，應就是得江湖予以『劍紳』名號之原羽辰，原大俠囉！」牟說道。

凜秋痕頷首示意後，公冶成隨即問道：「前輩身份已化暗為明，理念一致之劍紳亦已浮現，唯好奇為著天下第一而戰者，究竟何方奇人？」

凜秋痕淺淺一笑表示，昔日有位人稱「劍林武癡」之劍客，其一心只求劍術天下第一。然武藝之切磋乃點到為止，惟此劍客竟以截斷對手兵刃為樂，後因江湖屢屢傳出某劍客之劍術非凡，該劍客即成了劍林武癡一較高下之對象。然劍紳與刀臣雖異於刀劍之路數上，惟吾等追求武術之理念卻是一致，遂相互約定，每三年之九九重陽日，定會前往蟄泯江上之屹岡島，切磋三年來之刀劍領悟，怎奈此舉樹大招風，竟成了劍林武癡鎖定之對象。然而當時江湖上盛傳，無人能於一年之內，連勝劍紳與刀臣！此一傳聞既出，吾與劍紳接連三年，均受武癡登門挑戰。孰料對決至第三年，武癡有些走火入魔，終敗於劍紳之蟬翼劍下。

公冶成恍然大悟道：「前輩所述之劍林武癡，應是指一持有家父所鑄一柄名曰穿封劍之劍客……刁鋒！曾聞父親提過，刁鋒劍術過人，能展出穿封劍之犀利，惟父親至今仍對穿封劍斷於蟬翼劍下，耿耿於懷。」

凜再次點頭後指出，就因刁鋒常以斷對手之劍為戰勝象徵，遂經不起其穿封劍折於蟬翼劍之下，致使刁鋒之情志受到重創，躁鬱之下，自刎於靈沁江邊。自此之後，江湖上即傳出原羽辰擊敗刁鋒之劍為……絕鋒蟬翼劍！

公冶說道：「記得父親提及公冶一家曾遭西兑王迫害，以致舉家逃離西州，而後受到南離王盧啖之禮遇而落腳南州。為此，父親對侯士封恨之入骨，遂引發其鑄劍而命為『穿封』。是否……這劍林武癡已成過往，遂使前輩下鄉為人診治？」

凜回道：「非也！非也！刁鋒之後，始為另一段故事之起始！所謂『青出於藍』，此等天下第一之志，刁鋒未果，遂由其子所承。然刁鋒之子即是嵐映五俠之一……刁刃！」

公冶成聽聞刁刃之名，不禁朝牟芥琛看去。

牟喝了口清茶後，道：「所稱嵐映五俠，實乃當年因失怙或失恃之孩童，經由常真人託付嵐映湖龍武尊代為管束之弟子，或以龍武尊之義徒稱之。芥琛雖排行老三，惟其他師兄弟之真正來歷，吾等互不過問，故不甚清楚彼此過往。然每輒見刁二哥一劍在手，均能釋出一股異於常人之氣勢，其出劍之快，世間少有。」又說：「甫聞凜大俠述及過往時，因提及刁鋒之子乃另一段故事之起始，想必與刁二哥有著某程度之牽連，芥琛不免好奇一問，這另一段故事是否已揭了幕？執筆撰寫了呢？」

凜秋痕一轉嚴肅，道：「當蟬翼劍被冠上『絕鋒』二字，瞬令刁刃芒刺在背，實已為另一段故事開了頭兒。想想，以凜某現今倘佯於世外桃源，僅是下山為人治病，無拘無束，怎會初遇少俠之後，數日無法下山；而後再次見到芥琛時，已是一胸腹瘀血之病患呢？」

「難道……前輩之胸腹受創，來自刁刃所為？」公冶成問道。

凜回應指出，數日之前，一年輕人上了井柏崖，表明了向凜某求教，當下僅認為是一般江湖小輩登門討教，不疑有他，再因此人呈出了柄極為普通且劍身已擦痕無數之鐵劍，倘若凜某再使出肅煞蠲疾刀以對，是否有欺凌弱小之虞呢？考慮之後，回木舍選了口短柄長刃、闊面單鋒之單刀以應。當下壓根兒沒想過探問對方之姓名與來路，僅存一股指點後生晚輩之意念，與

其玩幾招而已，隨後即聞「唰……唰……」兩聲，甫見眼前求教者耍出第一式，即讓凜某傻了眼！惟因其出劍之身手與神韻，霎時勾起了過往回憶，令凜某不禁正經問道：「少俠與劍林武癡……何等淵源？」惟聞對方冷冷地回應表示，其乃刁鋒之子……刁刃！

凜接續表示，知悉眼前討教者乃狂人之子後，未敢掉以輕心。但見其手中所持劣劍，一股想法突然湧上，「乾脆斷了他的劍，挫挫其銳氣算了。」孰料，三招快刀斯須揮出，刁刃瞬間使上劈掛、淺沉、撥攔、抄截、疾削之五式連一，立破對手之快刀。又說：「刁刃之使劍，明顯快過凜某之刀位，待其破解對方快刀後，揮出了一般劍客少有之拖曳擦擊法！」

「在下見識淺薄，不知何謂……拖曳擦擊法？」公冶成問道。

「此一劍法乃速劍率先到位後，可先行擇以劍之任一部位，作為迎擊對手之處，再於對擊剎那施以拖曳擦擊，即可減輕瞬間雙刃碰觸之力道，不致因同一擊點而使劍身頓化，進而產生劍折之可能。當然欲使出這般功力，其先決之條件，即是使劍者之速度須夠快才行。」

凜接著解釋，對於一般前來討教之江湖俠士，劍紳與刀臣均以三十招為基準；亦即在三十招之內完全制住對手。然與刁刃甫交手十招，瞬覺後生可畏，其因乃出於刁刃之細心護劍，世所罕見。然依過往之經驗，欲斷此等拙劍，絕不出十招；而刁刃竟於對擊之中，速轉劍柄，一邊兒迎擊對手，一邊兒盤算劍身擦擊之處。歷經廿招之後，刁刃稍有了停滯；本以為其快劍揮擊，以致腕臂耗勁兒過大而需休息。孰料，刁刃於靜滯之際，刻意秀出其劍身上工整有序之痕跡，此等作風，實已帶有鄙視之意。所謂「是可忍也，孰不可忍也！」眼前後生晚輩如此輕蔑，一股怒氣，衝於俄頃；剩餘的十招，不妨讓對手嚐嚐〈虛實疾緩〉刀法！果然，刁刃使劍之快，快過刁鋒；惟於速緩調適之際，尚欠火侯，終於第廿九招之近身相搏剎那，刁刃不慎於握劍之手掌背面中招，訝異當下，刁刃頃刻反手，倏以劍柄末端之劍鐔，擊中敵對胸膈稍下近中脘穴處，受創出血，在所難免，此即知秋先生胸腹內腔瘀血之來由。

「原來如此，芥琛還納悶著溫文儒雅的知秋先生，怎有外擊之內傷？以致發生胸腹瘀血不適之症。當下猜測，知秋先生恐是遇到山賊了！」牟說道。

「呵呵，對凜某來說，刁刃這般隱性狂徒，實比山賊來得可怕許多啊！」凜秋痕話才說完，立見公冶成之神情瞬轉嚴肅，隨後恍然大悟喊道：「啊！不妙了！原來……他就是刁刃！」另二人聽了這話，丈二金剛摸不著頭腦地問著：「何來不妙？」

公冶成立將數日前於霖璐城鴻昌客棧之所見，向在座描述了一番，再核對刀臣傷了對手手掌背之說，幾可斷定於客棧一隅，持杯不飲之俠客，與置身瑜亭一旁觀戰者，正是凜大俠所提之刁刃。又說：「回想當年父親所提，刁鋒為求得家父親鑄之穿封劍，苦守門外且於十四天內，擊退四十多位前來求劍之各路劍客。父親於暗處親睹刁鋒使劍退敵，當下即表出其穿封劍已有了歸屬，故將穿封劍贈予了刁鋒。」

「唉呀！不妙！確實不妙！」此回輪凜大俠喊出不妙之後，又道：「難道天意既定如此？時隔多年，適值公冶大師又燃起鑄作新劍之意，而刁鋒之子卻於此地出現，以刁刃現今劍術，若欲尋其父之徑，強行擊退各路求劍者，不無可能。但為何大師出關之日，刁刃不挺身一試大師之新劍呢？」

公冶成隨即應道：「父親有其古怪之處，其鑄劍時常模擬使劍者之思維；待該劍完成後，必覓得心中之理想者，始得其贈劍。畢竟，刁鋒使上了穿封劍，始讓江湖認同父親之鑄劍功力，實不亞於凌秉山大師啊！惟因父親此回所呈之新作，開場即表明此一作品僅達其理想之八成，然此一說，是否瞬令刁刃缺了興致？而僅於一旁觀戰！」

牟芥琛則認為，刁刃之練劍，招招力求一氣呵成。例如其刻意藉遲鈍之木劍，飛身前刺，翻身再截，二招連用極為困難。惟其不惜挫斷數十木劍，只為力求出招順暢，直中標物，足見刁刃乃力求完美者。然於聞得公冶大師未呈出理想之作，刁刃確實會因失望而於一旁觀戰。再經公冶總管一說，知悉大師亦是位追求完美者，其能為新作之不足而再次閉關禪修，相信刁刃會為著大師之傑作而等待的。又說：「未來公冶大師如何取決劍之歸屬，芥琛尚無想法。惟公冶大師再次禪修鑄劍，是否須再耗費若干年月，始得以完成？」

「家父欲鑄一劍，其時間多用於構思；一旦構思完成，以冶劍山莊之鑄劍能力，要鑄出一把構思已成之劍，不出十日，即可完成。」公冶成應道。

凜秋痕霎時一陣苦笑指出，一旦刁刃獲得屬意之利刃，昔日劍林武癡力挑劍紳與刀臣之戲碼，極可能捲土重演，江湖漣漪再生，令人憂心。這時，公冶成伸長了頸子，關注著案上的大小寶刀。凜見狀後，道：「既然公冶大人來自鑄劍世家，凜某不妨即與現魄此二利刃，予二位瞧瞧。」

凜秋痕持起大刀指出，此刀名曰肅煞。過往南州一匯於靈沁江之江流中，因村民驚見牛羊馬匹於越江時，頻遭不明物襲擊而斃命，後經漁家證實，此乃口具利齒之劍齒魚所為。然牛羊牲畜乃為人之所用，且具靈性之生命，故當地村民即稱劍齒魚為江中之煞。一日，一婦人為救落江幼子，母子不幸遭劍齒魚分噬，自此則傳出母子之冤魂常現於羅難江邊，令村民極為不安。然凜某乃遠洋漁人之子，自幼常隨父親於海上釣、刺、捕、撈，故對獵魚極為上手，遂允諾為民除害。惟針對劍齒魚之鱗堅齒利，不僅備上特製之漁網，亦磨製出一柄長刀，以作為摧擊之用。約莫個把月時間，凜某竭力圍剿江中之煞，自此肅煞刀之名聲，不脛而走，且江邊冤魂之說亦冰消霧散，不復存在。

凜大俠續述出另一口小刀：此刀名曰蠲疾。蠲者，清除之意也。惟因江中有煞，多數人因渡江受襲，時而見得傷口已潰爛生腐，故精磨一鋼刃，使之陵勁淬礪，能為患者速削腐肉，割除瘰癧之疾，而後此刀遂以「蠲疾」為名。

「哇！如此勻稱鋒利，前輩磨刃之技，堪稱一絕啊！」牟端詳著蠲疾刀，連聲讚嘆道。

公冶成當下疑道：「見凜大俠之肅煞長短，二尺有八；蠲疾之刃則未及盈尺，二刃之形制差異甚大，不甚理解前輩於遇敵時，如何同時操控？」

凜以左手指套上蠲疾刀之尾環，配合其靈活手腕，使出了〈八字疾旋環〉後，立藉右手拋出一木筷，待木筷觸及速旋之蠲疾刀，眨眼遭削成八小段兒，並說，「當對手見此速旋刀，怎敢採行近身搏鬥？」

忽然！見凜向上拋出蠲疾刀，右手再拋一木筷並迅速抽出肅煞刀，一揮一收之下，惟聞「唰……唰……」兩聲響傳出，見刀柄於掌上直轉一圈後，順勢將肅煞刀送回刀鞘，隨後再以右手指準確地套回自空落下之蠲疾刀環，復使出〈八字疾旋環〉，而二度拋出之木筷則因肅煞刀而先縱分為二，再遇蠲疾刀後，遭削木筷即落於桌案面上。

「一、二、三……十五……十六！木筷經二利刃分擊後，瞬遭切削為十六小段，這……太……不可思議啦！」公冶成驚訝後，牟芥琛直搖頭，驚嘆話出：「凜大俠雙手合用肅煞、蠲疾，上下出擊，並於出刀收刀剎那，精確地切分標的物，令人開了眼界，江湖上尊封凜前輩為刀臣，名不虛傳啊！」

公冶成再接話道：「目睹刀臣使刀之火侯，幾可想像凜前輩初戰刁刃時，若使出肅煞與蠲疾而力斷其拙劍，刁刃應會知難而退吧！」

牟則表示，刁刃初訪井柏崖乃初試水溫才是。其先試探一下當年與其父交手之刀臣，至今功力居何水平？即使遭斷劍，修正招式之後，定會再來挑戰；畢竟其乃刁鋒之後啊！再則，凜大俠於不知來者身份，僅以普通長刀應付，就算刁刃欲探虛實，也未必能領略真正之雙刀功力；反倒是凜大俠僅藉一長刀，即識出對手為不容小覷之輩，遂提前架起了防禦之網。

「唉……年輕就是本錢啊！若凜某還是廿啷噹，使上同一長刀，絕不亞於刁刃手上之拙劍。」凜又說：「刁刃尚處於覓劍之際；一旦得了就手之兵刃，或許才是刁刃真正想挑戰肅煞蠲疾刀之時刻。」

這時，木舍外傳來一陣雷鳴。一會兒後即聞屋簷傳來滴哩答啦聲響，隨後即下起了陣陣雷雨。

「欸……右肩臂無酸痲感了！」公冶成興奮道：「本僅聞訊前來慈聖宮一試，怎料竟結識了凜大俠與牟少俠，始可痊公冶成肩臂之疾。」

「公冶大人勝任軍機總管，一聲令下即可動員南州聯域兵馬，何等場合能使公冶大人受鉞戟之器所傷？」凜好奇問道。

「此傷來自南州火連教邢彪教主所持之子午鉞！」公冶成應話後，立將參與五霸聚會之諸多情節，一一描述，惟聞各州霸主身擁蓋世武藝與所使之罕見兵器，瞬令聽聞之二位……驚疑不定！

公冶成又說：「父親初聞侯士封使上厲砂鋩挲劍，驚愕不已，隨即陷入沈思。而後即提出了先由外界嘗試雛劍，以作為修正參考；當下他老人家已有二度閉關之想法。然此二次閉關禪修，絕對與西兌王取得厲砂鋩挲劍脫不了關係的。」

自此三日，井柏崖大雨滂沱，公冶成與牟芥琛於木舍之內，話現今時局，惟因凜秋痕長居南州，公冶成遂於相談中，道出了火連教上下不合一事，霎時引來牟之關注。

牟芥琛依五行之論，剖析火連教斛衍煜先祖，強行將赤、白二晶石於高溫融合，以致火強剋金而遭金逆向反撲，因而導致失控現象；並依此推估，若依五行順向相生，其相互呼應之能量應會更大。而邢彪教主或許試想火能生土，遂先與中州合作，一但證實順向相生之理，即可擴大其勢力。無怪乎邢彪欲藉中鼎王奪下南州霸位，而雷嘯天亦可藉此控制南州，取得南州資源。

凜秋痕隨即感嘆認為，世人為著龐大利益，不惜忽略傳統草藥；為著奪取更大能量，可以泯滅良知。當金錢與能量集於一身後，再能想到的，即是如何壽與天齊了。接著又說：「吾等三人僅相識數日，卻能覺得公冶老弟乃真性情之鐵漢，面對如此混沌不明局勢，冀望公冶大人事事三思而行，以助南州趨於穩定。倘若一味圍剿教派勢力，進而招致地方勢力反撲，無疑是外來勢力趁虛而入之絕佳時刻。」

待滂沱之後，公冶成著上軍衣胄甲，倏與凜、牟二人分上三馬兒。一陣互道珍重下，瞬聞凜大俠對著牟提到：「一直以來，劍紳與刀臣對龍武尊之經脈武學，深感佩服與尊崇，可惜資質愚昧，僅限於招式上專研。來日若有機會，凜秋痕望能藉龍武尊之指導與啟發，進而對上乘武術有更升一層之認識。」

「凜大俠客氣了，以您能理出深奧之刺血治症術，定能悟出獨樹一格之絕世武學。前輩對龍師父之敬重，芥琛會代為表明的。」

「呵呵，耳朵突然一陣癢，應該是山下慈聖宮的弟子們在催我了！咱們後會有期啦！」凜之話後，見三人相互拱手，隨後即聞「駕……駕……駕……」之三喝聲，凜秋痕等三人之坐騎即分朝各自方位，疾奔而去。

歷經長途奔馳，公冶成回到了滎璿城之軍機總部。一下馬即見秦勵急忙走來，倏地呈上一封由曜寧所寄快信。拆閱即見筆墨表述到：近日冶劍山莊不甚平靜，其因導源於兩派分著黑、灰之蒙面人馬，暗地潛入山莊後起了衝突！經護莊侍衛追擊後，發現橫屍於山莊外之若干灰衣蒙面人，其身上均有著西州州禦軍之刺青，卻不見黑衣人之下落。數日後，四名頭戴草帽之俠客，或說前來拜見公冶大師，或說欲請大師指導鑄劍，均遭護莊侍衛以大師閉關禪修之由，阻於大門之外。自此之後，四人以感受山莊劍氣為由，徘徊於山莊四周，實為擋下前來山莊之各路求劍者。打探之後，始知四人來自西州雪盟山莊，人稱「雪纏四劍」之四劍客。值曜寧筆下，雪纏四劍依舊輪番前來……

秦勵、廉煒二將聽聞後，立向出身西州之公冶總管，探問西州雪盟山莊之種種。

公冶成指出，雪盟山莊莊主喻湘芹，其乃前西州霸主石延英之表妹，侯士封即是利用並藉由喻湘芹之關係，拉攏到石延英之親信，進而擴張侯士封於西州之勢力；待侯士封得勢之後，漸趨疏遠了喻女俠。感情受挫之喻湘芹回到了山莊，卻於人生低潮之際，遇上一名曰靳天璋之訪莊劍客，二人一見鍾情，相知相惜，並於不久後結為連理，而後二人更創出了著名之纏、綿、繾、綣四劍式，廣為武林所稱道。當年靳天璋手持一柄洌霜劍，不僅撂倒不少訪莊討教者，甚而對峙過劍林武癡……刁鋒！怎料天妒英才，靳氏夫婦因無法懷孕，遂使靳天璋終日鬱鬱寡歡，以致患上肝疾之症。靳天璋因知其命有限，遂收留了失去怙恃之一對男女，並取名該男為靳弘羿，女為靳芸褘。靳天璋病逝後，喻湘芹再培育汪凱與尤轔二劍客，共組山莊之四大台柱，並將纏綿繾綣四劍式，分拆為四人劍陣，故有了雪纏四劍，名傳江湖。

接著，公冶成倏書了封信，隨後速派廿輕騎，攜信前往冶劍山莊，並令此廿騎兵聽令於曜寧指揮，一有情況，速速回報。待輕騎隊伍整裝出發後，公冶成即率秦勵與廉煒，齊朝南離王府而去。

數日之後，冶劍山莊突對外發出公冶長瑜出關之消息，江湖各路人馬再度向著山莊移近，而雪盟四劍客早已於山莊徘徊，藉以爭得瑜亭外之最佳賓位。

當日，公冶長瑜手持一劍身盡黑之兵刃，來到了瑜亭，拱手對眾言道：「承蒙各路英雄厚愛，聞訊前來一賞我公冶長瑜二禪之作。有鑑於過往老夫所鑄一劍，名為穿封，故今日呈獻於諸位眼前之劍刃，老夫就此命名為『戮封』，以期能再次寫下兵器之新頁。」

眾人一聞戮封之名，瞬覺該劍猶生一股殺戮之氣。大師接著又說：「依照慣例，能得我劍者，必有其劍魂相通之處，以達『人劍合一』之境界。惟老夫依舊感激於一禪雛劍時，挺身試劍之曜寧；然此二禪之作，亦請曜寧大俠作為持劍先鋒，有意一試者，即可上前切磋一番，老夫將於一旁見識各英雄之劍路道理，藉以作為贈劍之參考。」

「咻……咻……」曜寧接手大師手中利刃後，立聞兩揮劍聲響，隨後喊道：「嗯……此劍，輕重適中，果真不同凡響！」

「啪嚓……」突見人群之中，躍出一身影，喊道：「在下南州火雲教右使邊顓。哼！若沒記錯的話，閣下應是火靈教護法之一，怎見眼前一身穿著，煞有棄教為官之味道。然因我教即將併下火靈教派，沒想到閣下不願歸順我教，竟轉而投效聯域軍！如此叛教之徒，不妨由我邊顓先行教化教化，並藉此震懾火靈教徒，以免再生連鎖效應！看招……」「鏗……鏗……」霎時驚聞雙劍互擊聲響發出，眨眼劃破瑜亭前之寧靜，各路覬覦名師傑作之比劃，既此展開。

火雲之邊顓右使一劍飛出，立見對手輕使了一迴旋推展，瞬間破解了首發攻勢。然曜寧原本之劍術已頗具水準，怎料持上戮封劍之出擊，更生一股如虎添翼之感。邊顓俄而反身，一招〈擦地上切〉劍法即出，惟見邊顓之劍尖於地上畫出火花後，隨即斜上切擊，如此左右輪切，瞬令對手識不出劍鋒斜上之後，何時急轉下攻？

突然！不諳劍尖朝下應對之曜寧，忽現一跨步失衡，瞬見其衣著之下襬，狠遭對手之撩切劍法削去了大塊。

「哈哈哈，我看吶，閣下還是乖乖地穿回火靈教之護法教袍吧！瞧爾這般衣著殘缺，對人說是官府之人，誰信啊？哈哈哈……」邊顓譏笑道。

曜寧不堪受辱，横向持起戮封劍，展出了餓虎撲狼之勢。眾人驚見曜寧快速衝向對手，接連以戮封劍狠擊敵對之劍身，一陣鏦鏦錚錚之連聲擊響，終止於一清脆「噹」響。惟見邊顓之手中持劍，應聲斷為兩截，而戮封利刃更是停擱於邊顓之左頸邊兒。

公冶大師隨即發聲止住雙方之對決。惟邊顓一臉不屑地嗆道：「哼！幸得戮封劍可倚，否則，單憑你曜寧之劍技，絕勝不了我！」待曜寧收回戮封劍後，邊顓怒瞪了曜寧一眼，再斥道：「爾已與我火雲教為敵，咱們走著瞧！」話後一個轉身，邊顓即攜著斷劍，躍身離開了瑜亭。

忽然！見四位劍客緩步移向了瑜亭正前，居中一領頭者，對著公冶大師恭敬表示，此刻現身瑜亭之前，乃西州雪盟山莊之雪纏四劍！日前前來冶劍山莊，不巧大師閉關禪修，遂於莊外靜候。如今大師完成新作，倘若雪纏四劍之劍術能得大師青睞，獲許有機會讓戮封劍陸讋水栗，聲馳千里，再次讓大師問鼎一代鑄劍大師之名。

「哈哈，雪盟山莊之喻湘芹女俠，劍術卓越，女中豪傑也！雪纏四劍亦是遐邇聞名。喻莊主能讓旗下弟子前來冶劍山莊求劍，真是太看得起老夫了。只是……爾等四位劍俠，如何一展劍技呢？」公冶大師問道。

「回大師的話，我雪纏四劍乃以纏、綿、繾、綣四劍式名聞江湖。今吾等四俠於此，將以四人分使四式之勢，逐一挑戰曜寧大俠。若我其中一人勝出，這戮封劍即由我方接手，繼續接受慕名者挑戰。不知大師您認為……」

公冶大師點了點頭後，曜寧倏而持起戮封劍，立馬架出迎戰之勢，俄頃之際，一劍俠迎上前來，道：「在下尤轔，領教了！」

「唰……唰……唰……」尤轔一秀出綣轔劍，明顯快了曜寧許多；再因尤轔善以雙腿蹬跳，接連使出刺、削、砍、戳之劍式，霎令對手僅能抵擋以對。一旁之公冶長瑜見狀，頻頻點頭，直覺雪纏四劍之身手，果然了得。這時，曜寧以橫劍對應，但見對手以前後翻躍方式，前削後刺，曜寧一時眩了眼，瞬讓尤轔以快劍抵住了後背。然此一幕，令公冶大師舉手於咄嗟，及時終止雙方對劍。

「嗨呀！這雪纏四劍可真有兩把刷子啊！甫見一人出戰，立即取得了戮封劍之使用權。這要是四人齊出，那還得了啊！」眾人驚訝道。

尤轔自大師手中接下了戮封劍，倏與同門三劍俠分享著。

這時候，瑜亭東側躍出一人，上前喊道：「在下乃中州崧茗書院之教長，小姓童氏，草字千勝，今巧路經此地，特來一湊，始知公冶大師之二禪新作問世。在下雖熟書識字，卻也對劍術稍有研究。方才一見尤轔大俠之刺、削、砍、戳，四式合一，煞有介事；惟以蹬跳攻勢，擾人視線，稍有勝之不武之虞矣！」

尤轔沒好氣地喊道：「姓童的，說話咬文嚼字，那是在學堂裡做的事兒；這兒可不同於翻閱書籍那般容易。既然童兄於此強出頭，尤轔可要瞧瞧，眼前這一書院教長，有無拿劍之本事？」

童千勝瞬間抽出一劍，隨即使上刺、削、砍、戳之四式合一。尤轔一見，未敢大意，遂先藉由防禦，試試眼前這一教長，何等路術？然童千勝所使之一連串攻勢，隨即令曜寧突發一股莫名之聯想，「嗯……雖說這姓童的勝任教長之職，觀其出劍收劍之架勢，不時混有甩劍動作，頗為眼熟，彷彿在哪兒見過似的？」

待尤轔見過了對手幾招後，開始揮起戮封劍。一柄令人有感之利刃，不僅能於舞動中體驗全新律動，更能讓原本慣用之招式，萌生新穎手感。而尤轔即於這般感受下，隨即還以對手刺、削、砍、戳四式，並於順手之下，再展另一撩、纏、拋、托之四式連擊，此番攻勢，直令敵對措手不及。

靳弘羿訝異說道：「芸褘，瞧，尤轔以這柄戮封劍出擊，相較其所持之綣轔劍，犀利許多。倘若這劍由我來使，相信咱們的纏綿繾綣劍陣，勢必更行威猛。放眼望去，尚嗅不到值得敬畏之對手，只要咱們雪纏四劍能讓所有挑戰者知難而退，這戮封劍終究逃不出咱們手掌心的。」

話才說完，靳弘羿回頭直傻了眼兒，驚見尤轔之胸前，竟遭對手之劍尖抵住。原本不被看好之童千勝，竟能勝了尤轔！尤轔隨即怒斥道：「這……這書院教長是個卑鄙小人，其於對劍之際，頻以左指上之寶石鏡面，反射日光，以亂我眼，遂於雙目眩光剎那，中了他的招兒。在下要求公冶大師，是否再重新比試一次？」

公冶大師搖了搖頭表示，兩方比試，以劍術取勝，不應以他人之身著與飾物作為藉口。又說：「記得當年喻湘芹女俠與老夫對劍切磋時，其頭上之髮簪亦鑲有反光寶石；當下知其恐阻擾左向攻勢，老夫遂將劍路改以右向為主。此乃劍客於對陣之中該有的隨機反應；難道……老

夫硬要喻女俠卸下髮簪，再對劍一次？」

待大師公斷後，由於尤轔的大意，遂得拱手讓出得來不易之戮封劍。此幕立馬引來嘈雜四起，無不訝異一柄出自大師之名劍，竟交予一半路殺出，且名不見經傳之書院教長手上。

霎時，瑜亭前之嘈雜趨靜，見一人嚴肅地走了出來，拱手道：「雪纏四劍之首靳弘羿，在此向童兄弟討教了！」「咻……咻……」隨二連聲響傳出，靳弘羿瞬間亮出了纏弘劍；而另一頭的童千勝則迅速揮起戮封劍，出招迎戰。

惟聞靳弘羿洪聲一喝，一柄三尺二寸之纏弘劍，倏以攢、挑、撥、攔四式合一出擊。童千勝於一陣阻擋後，驚覺對手非等閒之輩，倏以翻躍飛劍以應。靳見勢變異，立馬蹬躍而起，凌空使出撥、攔二式以截擊。童則因對手移位迅速，自空而下，改以刺、戳之術為主軸。靳遇得對手更易攻勢，使出橫掃纏劍式於指顧，藉橫掃阻斷對手之刺戳，隨後再快速旋劍，以圖纏住對方之戮封劍。

此一纏招展出，立馬引起公冶大師起身注視，隨即想到，「對呀！使出纏劍式確實能讓戮封劍受困一時而使不出劍身橫切之力！這靳弘羿確實有其獨到之應變能力，倘若雪纏劍陣之四劍齊出，單憑戮封劍欲退敵勝出，恐怕勝算不高啊！」

當下，童千勝雖手持名師傑作，一如大師所見，遭旋劍纏住之戮封劍，確實不甚好使。然靳弘羿雖以速旋纏住戮封劍，卻也擔心對手探得旋劍之手腕即是破綻，故始終未敢過於近身對戰。

果然，童千勝藉戮封劍之堅刃，硬是衝出了對手之纏劍招式。靳弘羿立馬順著手腕之勢，由水平轉為縱向，倏以〈縱劈風車〉劍式，正向直攻敵對而去。童見苗頭不對，速速後退，惟對手縱劈連襲而來，僅能勉強舉劍抵擋。霎時，公冶大師已識出童千勝腰部以下，盡是破綻！突然，靳弘羿使出一上灌下滑招式，直讓劍尖滑向對手腰際，隨之立見敵對轉腰閃躲，卻躲不及靳弘羿之低盤掃腿，眨眼直中左膝後橫紋，令童千勝當場單膝下跪，俄而一個快手，纏弘劍即由後方抵住童之右頸。然此一幕，瞬令公冶大師舉手喊停。

「太好了！大師兄替咱們爭回了口氣啦！」靳芸禕於一旁讚道。

童千勝起身後，一臉不悅，不經意又甩了一下戮封劍，隨後見其朝向瑜亭，欲將戮封劍擱於劍架之前，驚聞一旁之曜寧，開口喊出……

「原來，自稱任職書院教長之童兄弟，是否夜裡還兼扮拔葵啖棗、窺牖小兒之角色啊？」

眾英雄一聽此說，目光無不向著曜寧而來，公冶大師立問：「曜兄弟何來此說？」

曜寧直盯著童千勝，應道：「大師，各位武林先進！近日來，在下受南州軍機處公冶總管之命，竭力關注冶劍山莊，以免大師禪修受擾。數日前，兩派宵小分著黑、灰素衣，趁著黑夜潛入山莊。後因兩派人馬起了衝突，隨後於莊外一番械鬥後，灰衣者盡數遭對手殲滅，而黑衣者則於事發之後逃離，不見蹤影。然自該衝突延向莊外，曜寧即隨之來到林中，且見黑衣人之領頭兒，每輒使出一劍招後，皆見其慣性甩劍。方才於劍技切磋中，亦見這位童兄弟有著同一使劍習慣，不禁令曜寧聯想，潛入山莊之黑衣頭子……就是童千勝！」此話一出，現場又是一片嘩然。

「哈哈哈，曜大俠是否輸了劍局而惱羞成怒啦？單憑一甩劍姿勢，即指認他人為賊，未免牽強了點兒！要不閣下再指著後排那身著黑衫之英雄為賊，不是更吻合曜寧兄的描述嗎？呵呵……」童千勝譏笑道。

孰料，立於後排這身著黑衫之與會者，於童千勝發話後，緩緩地步向了瑜亭。然而隨著距離越近，竟見童千勝額汗直冒，頻嚥口水。待此人走到瑜亭前，公冶大師隨即起身，拱手說道：「難得東州畫仙姚逢琳，姚大師蒞臨，瞬令我冶劍山莊……蓬篳生輝啊！」

「哈哈，畫仙頭銜，實不敢當；況且姚某受了嵐映牟三俠之影響，現已停筆習醫之中，水墨作畫一事兒，公冶大師不妨將之淡忘！」姚又說：「倒是，姚某一來探訪公冶大師，即遭他人影射為賊寇，令人不甚愉悅！有道是：『真人不露相，露相非真人。』真不瞭眼前這位童兄弟如此打扮，究竟為著哪樁啊？」

「姚大師此話怎說？」公冶長瑜問道。

「不久前，姚某於墨頂台作畫，關注了一位青年才俊，此人對句造詣頗佳，令吾印象深刻。孰料，此一青年才俊竟牽扯了東州重大刑案，遂成了東州極力緝捕之要犯！眼前這位童兄弟，歐……不不不，應該是中鼎王旗下赫赫有名之七骨銀鏈樊曳騫才是吧！閣下上回領不到姚某之畫作，而這回轉到這兒取寶劍，是吧？」

曜寧隨即接話：「原來，閣下使得是鏈鎖類兵器，無怪乎改操一般劍刃時，其甩劍之舉，即為平時甩鏈之習慣啊！」

「哈哈哈……南州還真是小啊！初次來到這山莊，竟也遇上了熟人！上回於墨頂台，遇了個來自嵐映湖之狼行山，壞了吾之大事兒。現在，這戮封劍尚於吾手上，誰能奈我何啊？」樊曳騫話一說完，雙腿一躍，登上了瑜亭旁之松林上。

「雪纏四劍在此，任何人休想奪走戮封劍！」靳弘羿喝叱之後，攀於松林上之樊曳騫，隨即發了個哨，立見林中躍出五持劍黑衣人，分別對上雪纏四劍與曜寧。接著，見樊曳騫再次蹬躍，遁入松林，眨眼不見了行蹤。然此一幕，始料未及，姚逢琳立向著公冶長瑜示出歉意，惟因其率性一說，激惹了逆賊，遂讓公冶大師失了愛劍。

大師回應表示，此一戮封若真歸屬於樊，此乃天意。但……若非他所有，樊也持不了多久的！不妨先坐下來瞧瞧江湖稱道之雪纏四劍，如何劍出迎敵？倒也算是為今日之武藝切磋，添加一段插曲！

「鏗鏗……鏜鏜……」瑜亭前一陣對決擊聲不斷，數招之後，五黑衣人逐一即遭雪纏四劍與曜寧撂倒；一經逼問，入夜潛入山莊之領頭兒，果然是樊曳騫！而後公冶大師則勞曜寧，將五逆賊交予軍機處處理，並可藉此向中鼎王示出不滿。

然於瑜亭之前，甫見黑衣逆賊遭擺平，怎料亭前眾人再次驚聞遠處傳來一陣金屬對擊聲響，姚逢琳不禁看了下公冶大師，道：「這聲音是？」

「呵呵，此堅實清亮之擊聲，乃出於吾之戮封所釋，嗯……它回來了！」公冶大師微笑道。

「鏗……鏗……鏗鏗……」隨著劍擊聲響趨向瑜亭而來，眾人無不伸長脖子，循聲望去。突聞一人驚叫道：「是……戮……戮封劍！那……竊劍竄逃之逆賊，被人一路打了回來耶！」果然，見一凌空跨步之俠客，自松林遠處將竊劍者打回了瑜亭前。然此押解嫌犯回歸之戲碼，著實震懾了一旁之靳弘羿兄妹！

樊曳騫朝著對手斥道：「你這乳臭未乾小子，膽敢以一柄擦痕累累之破劍，攔阻本大爺去路？」

惟聞攔截劍客回道：「善劍者，人、劍合為一體；識劍者，魂、劍合成一脈。在下手中持劍雖擦痕無數，惟留此痕跡者，均為叱吒武林之能者，遂值得隨身紀念。眼下雖有緣一戰公冶大師之名作，卻見揮使神劍者不瞭其魂之所在，令人失望！惟見失格而竊劍，更是令人髮指！」

「多狂妄之口氣呀！什麼來路？報上名來！好讓大夥兒見識強出頭之下場。」樊再次斥道。

「在下，嵐映湖……刁刃！」

甫聞劍客報上名號，公冶長瑜隨即起身，驚道：「你……你就是刁刃？耳聞昔日持我穿封劍，橫掃武林，並得江湖予以劍林武癡封號之刁鋒，有一子嗣……」

刁刃點了點頭，應道：「公冶大師所提之劍林武癡，正是刁刃之父！」

大師聞訊之後，訝異非常，且瞬間轉移了目光，凝視於刁刃之手持劍刃。

樊曳騫皺著雙眉疑道：「耳聞我中鼎王曾述，嵐映五俠之一，單憑一柄拙劍，力戰雷王府左右雙衛者，就是你？」

「沒錯！此劍身上之擊痕，大半來自三巡伏暢劍與西蒙秋延刀所賜。」刁刃舉劍回應道。

「哼！又是嵐映湖的人壞了我的事兒。小子，林間躍飛或許非吾所長，惟地面交戰，爾可討不到啥便宜啦！」樊出言之後，咬著牙，持起戮封劍，架出一搏之勢。

一旁的姚逢琳對著樊喊道：「閣下上回執筆比試，遇上的是嵐映湖之狼四俠；值此回持劍時刻，遇上的是嵐映湖之刁二俠。未來若是染了難癒之疾，可記得去找嵐映湖之牟三俠才是啊！」

樊叟騫怒瞪了姚逢琳一眼後，吼道：「戮封劍在手，無謂什麼五俠？還是五瞎？我樊某人均不放在眼裡！」

突然！靳弘羿持纏弘劍躍出，燃著雙目怒火，喊道：「今兒個不論是姓樊的也好，姓刁的也罷，誰能呈出真功夫，始為戮封劍之最終歸屬者！」

霎時，瑜亭前形成了三人持劍相對之局面。然因樊叟騫已知靳弘羿之劍路犀利，故選擇對上持著拙劍之刁刃，靳弘羿亦不甘示弱地迎了上去。刁刃見狀後，先使出導引劍術，引著靳之長劍，對上戮封，而後以錯、掛、沉、劈之四連式，連擊樊叟騫。樊於抵擋閃躲之後，轉身又遇纏弘劍揮來，霎令樊深覺腹背受敵，遂即時雙腳一蹬，定點躍起，瞬將局勢轉予刁、靳二人。

刁刃見樊叟騫蹬躍於咄嗟，俄頃快劍攻向靳弘羿，惟其劍速之快，如入無人之境，瞬令靳措手不及！待見靳壓低了身子，倏以劍身作擋，刁刃眨眼上躍，順踏纏弘劍身，旋身而上，隨即凌空追擊樊叟騫。刁刃此一前攻上擊之勢，毫無頓挫，不僅眾人咋舌以視，更令公冶長瑜驚嘆道出：「刁刃之戰力驚人，不僅借力使力，亦盤算著另一對手可能之移向。見其以利刃行速，以劍脊面作緩，招招到位，毫不猶豫；疾攻眼前，謀劃身後，如此身手，實已凌駕其父刁鋒之上了！」

刁刃一邊兒旋上，一邊兒旋轉劍柄，惟聞「噗……窣……」兩聲，硬是將樊叟騫擊回地面。

然而火速擊向刁刃之靳弘羿，順勢送上一段刺、削、砍、戳之四式連攻；指顧之間，見刁刃側身轉劍，挑起樊曳騫手中之戮封劍，引其迎對靳弘羿之攻勢。然此一幕，雖見三劍對決，惟瑜亭前之眾英雄無不覺到，樊雖持著戮封劍，卻幾乎成了刁刃導引劍下之傀儡。

當下，靳弘羿見戮封劍被人牽引，遂決定使出纏劍式，欲將戮封劍甩開，然此一舉，瞬間破壞了刁刃之導引戰術。惟此時刻，公冶大師似乎已聽出了刁刃之劍脊，恐生裂解危機，心想，「難道刁刃甘於三方對劍當下，讓自己因劍斷而退場嗎？」

這時候，刁刃藉著攢、挑、撥、欄之劍式，頻將靠近戮封劍之靳弘羿逼開，而靳、樊二人確已聽聞疲憊不實之對擊聲響，雙雙覺到刁刃之持劍，已禁不起這般輪番對擊！接著，樊曳騫見刁刃背對於他，遂決定使出絕殺技，心中不禁唸著，「我樊曳騫能持著戮封劍，滅了嵐映五俠之一，此舉勢將留於武林記史之上！」隨後即見樊持著利劍，向著刁刃疾刺而來，此一迅雷不及掩耳之勢，不禁讓一旁的靳芸禕叫出了：「刁……小心啊！」

刁刃眨眼轉身，擰襠、轉腰之後，再旋膀而螺旋出劍，適值手中鐵劍與戮封劍擦身剎那，頃刻疾速旋轉，立馬纏住了戮封劍，霎令樊驚道：「什麼？這招你也會？」眾人驚見兩劍相纏而鏗鏗鏜鏜，一旁靳弘羿雖有訝異，但難得之嘴邊肉，怎能放過！遂持劍使出〈縱劈風車〉式，惟聞呼嘯聲中已見其劍刃，自上而下地劈來！

刁刃見機成熟，氣出丹田，猛然一喝，隨聲將遭纏之戮封整個兒拉起，瞬間猶如甩鞭一般，立將戮封劍甩向直衝而來之靳弘羿。靳驚見戮封劍迎面飛來，而縱劈風車亦未能停頓於咄嗟，隨後即聞一聲清晰擊響傳出，立見戮封劍之劍尖，直接擊中纏弘劍之護手，然此力道之大，瞬令靳弘羿手掌酥麻而鬆手片刻，且見纏弘劍應聲向後飛去。

然於戮封劍擊中纏弘劍護手之刹那，樊曳騫、曜寧與靳芸褘，不約而同地蹬躍而上，見曜寧於空中接住戮封劍，靳芸褘亦接回了纏弘劍，而樊曳騫則見大勢已去，趁著大夥兒關注飛劍時刻，反向翻躍上瑜亭之頂後，順勢竄入松林，逃逸無蹤。

公冶大師見狀，走出瑜亭，並自曜寧手上取回戮封劍後，對著大夥兒表示，甫見三人三劍對戰，單由兵刃而言，樊曳騫因擅於鏈鎖兵器而不諳劍刃操使，縱然手持戮封，依舊屈居下風。而靳大俠本出於劍術之家，劍術卓越自不在話下，然嵐映刁二俠自知劍殘不堪，遂不於瑜亭之前強行出頭。適值戮封劍被盜，刁刃立馬持劍，捨命一搏，並將戮封劍一路押回，此一過程，更為其殘劍引來裂解之虞！然而刁刃始終未主動表態爭取試用戮封劍；方才一戰，確實出於樊曳騫惱羞成怒，加上靳弘羿極力取回戮封劍之持用權而劍拔弩張，進而引燃戰火，遂讓押回盜劍宵小的刁刃，莫名地捲入戰局。然於對戰當下，樊、靳二人為了一己之念，狠招盡出，而刁刃為了護己之拙劍，借力使力，並以靳大俠自家之纏劍式，甩拋戮封劍，藉以迎上對手之絕命縱劈。大師又說：「依老夫之所見，倘若甩劍者不稍做上揚之勢，刻意將劍甩向對方劍柄護手，而是以此相對之速，正衝直甩而來，靳大俠極可能是老夫這二禪新作，首位劍下亡魂啊！」

公冶大師又說：「昔日之刁鋒，以其獨到之劍術，令人俯首稱臣。而今之刁刃，以冷靜應變，並於變中制敵，三劍對決之後，僅存刁刃之殘劍在手，霎令老夫佩服。適值刁二俠劍殘不堪之際，老夫於此宣布，歷經二禪所成之戮封劍，於眾英雄見證之下，正式交予……刁刃！」此話一出，立引亭前一片嘩然。

刁刃上前接過戮封劍，順勢揮出刺、削、砍、戳四式後，道：「憶得公冶大師於一禪作品時提過，當時之利刃僅達大師理想之八成。恕晚輩直問，眼下此柄戮封劍，是否已達大師理想之境界？」

「欸……」公冶長瑜頓時回不了話，一旁姚逢琳則緩頰道出：「見聞在場英雄持握戮封劍，無不讚嘆大師之製劍工藝。然刁二俠甫揮出四式，不僅不聞驚嘆之語，反問及大師該劍之水平，難道……刁二俠對此戮封劍……另有異議？」

不待刁刃回話，雪纏四劍之一的汪凱，不屑喊道：「大夥兒為著名劍，不遠千里而來，卻見這放浪形骸小子，僅舞了把破爛不堪之鐵劍，即得了大師之青睞；見其接獲寶劍之後，又是一副質疑嘴臉，我汪凱極為不服！」

「呵呵，老夫贈劍，自有道理。既然戮封劍已當眾交予刁少俠，其乃劍之所屬者，當然可回頭請教老夫之看法；倘若只知求劍，而不知劍之所以然者，得了我劍，也僅是徒增一件兵器而已。汪大俠若有何不服，不妨提出看法，分享眾人。」公冶大師說道。

汪凱回應道：「甫見那姓童又姓樊的已敗陣，而後竟盜劍脫逃，當下爭持戮封劍之規則已生變。二來，我大師兄可依理，獨挑緝回之樊曳騫，藉以奪回戮封劍。其三，刁刃中途插入，意外促成了三人三劍之局，擾亂了我大師兄奪劍之路，諸多不公，難服人心！」又說：「眼下之刁刃已是既得利益者，不妨就讓這小子手持戮封劍，挑戰我雪纏四劍之纏綿繾綣四人劍陣；倘若刁刃不敵，此戮封劍就歸我雪盟山莊，如何？」此話一出，公冶大師與在場英雄們，無不將目光投向了刁刃。

刁刃立馬回應道：「既然大師已交予在下嘔心瀝血之作，晚輩亦有意與大師分享用劍心得，怎巧汪大俠願意為在下搭設舞台，遂讓刁刃有一試戮封劍之機會。」

接著，刁刃手持戮封劍，拱手向公冶大師行禮後，倏將戮封劍轉持於身後，閉目覺到，「嗯……此劍果真罕見之傑作，惟此劍尚有股未開啟之厲氣，仍須一番調教才成。倒是，一直擔心拙劍裂解而保守應對，而今名劍在握，我可要好好地領教一下父親曾記於劍笈中之雪盟劍陣了。」接著，刁刃睜眼剎那，已見雪纏四劍就定了位。

「咻……咻……」適值瑜亭前的一陣清風吹起，立見靳弘羿與靳芸禕之雙劍齊出於前，汪凱與尤鱗之二劍隨之在後，分別來到以刁刃為中心之四分方位。刁刃於正對著靳氏師兄妹下，出人意料地向後翻躍，俄而對著汪、尤二人，使出了刺、削、砍、戳、攢、挑、撥、欄之八式合一，一氣呵成，其劍速之快，根本不讓對手有組成劍陣之時機。靳弘羿欲強行切入，驚見刁刃一招震擊點刺之〈尖喙刺魚〉劍式，眨眼刺中尤鱗持劍之腕前**大陵穴**，一陣電麻感直竄其中指尖端；待其手掌一鬆，刁刃立馬以戮封劍挑起尤鱗之劍柄護手，瞬將其綣鱗劍拋向靳弘羿。弘羿有了方才經驗，瞬間蹬躍而上，出劍揮中綣鱗劍之劍鐔，倏將飛劍轉回尤鱗方向；尤鱗接回綣鱗劍後，靳芸禕倏持綿芸劍，使出了躍衝劍式，四人劍陣即開始交叉出擊。

刁刃已知尤鱗中招，恐成劍陣一漏洞，暫不成威脅，遂速攻汪凱這一頭，怎料劍陣挪移速度極快，不易再遇單挑一人之機會。忽然！四人互拋細索，並於刁刃頭頂上方，交結成了個十字索網。然因細索上裹覆著類似蜘蛛絲之黏液，待此十字索網凌空而降，四劍再以同向圈移並橫拋細索，隨即形成一黏索傘網，直罩而下，此般網中獵物不僅無可脫逃，一旦沾上黏液，細索將因纏繞而越縮越緊。刁刃見狀，立朝地面速揮戮封劍，藉以揚起大片沙塵黃土。

剎那間，瑜亭前只見飛砂走石、塵土飛揚，和一凌空緩降之旋傘索網。待大夥兒瞇著眼兒，以待塵土退去之際，惟聞「唰……唰……唰……唰……」之四聲傳出，刁刃即已藉由戮封利刃，砍斷下降之細索而旋身上衝。靳弘羿一見獵物衝出旋索網，飛身而上，刁刃見對手襲來，隨即以至高之優勢，於空中使出對手之〈縱劈風車〉劍式。然刁刃此刻所使之風車式，不僅具凌空而下之衝力，再加以戮封劍之助，火侯十足，敵對若以此對擊，恐凶多吉少！

適值刁刃盯上劍陣領頭，孰料靳芸禕卻於視野死角處飛躍而出，致使刁刃不得不減半風車摧殘之力，以抵禦靳芸禕突來之攻勢，惟瑜亭前抬頭觀戰之大夥兒，無不覺到刁刃對靳芸禕之出手，似乎有所保留。曜寧見狀則道：「嗯……看得出方才樊曳騫使出絕殺刺劍時，及時提醒刁二俠要小心者，換來了刁刃的手下留情。」

靳氏兄妹將攻勢帶回地面後，雪盟劍陣隨即組合再戰。弘羿使上雪纏一式，搭配芸禕之雪棉二式，一剛一柔；加上汪凱以水平翻轉出擊之雪纏三式，合以尤轔的縱向翻跳之雪綣四式，四劍輪番出擊，逐一向著刁刃襲來。

刁刃斯須彈腿跳躍，攔擊尤轔之雪綣四式，並再次畫中其手腕，隨後即如石間鰻鱺般地扭腰轉跨，不僅閃過雪纏三式，一記橫向飛踢，正中汪凱前胸。乘勝之刁刃於落地後，瞬朝汪、尤大聲震喝，以左右雙擊之勢，使出了過去刁鋒善用之〈斜風扚斷〉劍式。然此劍式一現，瞬令公冶大師叫道：「對……刁鋒就是使這絕招！」

瑜亭之前瞬聞「噹……噹……」兩脆響，立見纏凱、綣轔二劍應聲斷裂！而後，靳弘羿再使上〈縱劈風車〉，火速劈向刁刃，刁刃則出乎眾人意料地正衝對手，使出了由下而上之逆向上撩風車式，此幕瞬令弘羿於對擊前一刻，驚訝到，「不妙！刁刃這般上旋風車，幾乎快過吾下劈速度雙倍以上！」

果然，雙劍對擊剎那，纏弘劍瞬遭戮封劍震飛，而刁刃更藉震擊後之二次上撩，眨眼將劍尖抵於對手胸前，芸褘見狀，立馬飛刺而來。刁刃轉手以戮封劍擦及綿芸劍之劍身，立即快旋右臂，使出了雪盟山莊之纏劍式，順接一記揮擊，立將綿芸劍拋出，惟聞「窣……」的一聲，綿芸劍即插入了松林一木幹上。

公冶大師再次舉手喊停，道：「刁刃以精湛之劍術，致使雪纏四劍無力再行反擊；眾目睽睽，無須老夫一一贅述。」

靳芸褘不甘心地當眾問道：「依循我雪盟山莊之記載，一旦十字索網之四索於敵人頂上相結，幾無逃脫機會。甚至當年之劍林武癡刁鋒，亦難逃細索圍困，刁二俠何以能破？」

「沒錯！先父確曾困於貴莊之十字索網，而後因受縛而倒臥。然父親於下山途中，發現沾黏身上之殘餘細絲，竟於其倒臥時沾黏了地上塵土，隨後該質地漸轉乾酥而脆裂。日後，父親於探索中發現，西州特有之白紋蜘蛛絲，本具收縮之效，貴山莊遂採其絲液，調製成細索黏液，並與細索同存於罐中，待標的物遭細索纏上時，會因拉扯而越趨緊縮；唯此黏液若經塵土覆蓋，其結構將由韌轉脆。」刁刃又說：「憶得父親提過此事兒，方才遂於十字索網結成當下，倏以戮封劍掃地揚塵。果然，黏索沾上塵土，隨即變色，在下遂以戮封劍斷索，破繭而出。」

刁刃接續說道：「弘羿兄之下壓風車式，威力十足，適值在下於衝破索網後，見靳兄一躍而上，鳥瞰之下，竟見纏弘劍略有走位，不禁疑到，堂堂雪纏四劍之首，怎會持上一柄瑕疵劍刃？原來，先前刁某曾纏拋樊曳騫手中之戮封劍，且直擊纏弘劍之護手，而纏弘劍能脫離靳兄之手，可知其瞬間撞擊力之大，致使纏弘劍有了走位之可能。然劍身偏位之劍刃，易於對擊力道與擊點，產生些微偏差，進而使其威力大減，故刁刃能於對擊時僥倖勝出。」

忽然！公冶大師顯出蒼白神色，隨後手撐著後腰，對著刁刃說道：「手持戮封劍力戰雪纏四劍之後，少俠可有心得與老夫分享？」

刁刃沈靜了下，一旁的汪凱又不耐煩道：「小子！爾已藉大師二禪之作而威風了，還想再挑剔個什麼？真是個不識相的傢伙！」

刁刃看著公冶大師表示，大師之一禪新作，因受不起稜錐鋼鞭之重擊而斷。此回大師歷經二禪之戮封劍，刁刃於對擊剎那，已能感受此劍之劍脊，剛固堅挺。然因劍客一生或將遭遇千百兵器，能應付戟、錘、棒、斧者，必操重劍；能應付鏢、箭、匕、針者，必倚輕劍。又說：「雪纏四劍之主力，無不在於劍招，惟四劍之劍身結構差異不大，故使上戮封劍以對，顧忌甚少。回想刁刃曾面對伏暢劍與秋延刀，當手上劍刃既快不過伏暢劍，亦堅不過秋延刀時，若無計以對，除了倉皇失措，即是魂耗神喪了。由此，刁刃心中之至極利刃，乃是剛速兼備之神器，而此刻手中之戮封劍，尚吻合理想之八成，倘若能再精修，必能更發其威猛神力。」刁刃這般放膽一說，隨即引來亭前嘈雜四起。

公冶大師沈思一陣後，道：「少俠之說，著實地激起了老夫對鑄劍之另一聯想，只是……聯想達於實際，尚有一段距離。此刻，老夫已有三度禪修之意，至於此回禪修鑄劍，少俠可否暫居冶劍山莊，老夫將一改過去先行製劍，再尋覓適劍者之作法，而反先慮及使劍者之思維，再行製劍。」

刁刃拱手作揖回道：「公治大師與刁刃，同是為著精劃一劍而竭盡所思所能，能得大師青睞，刁刃受寵若驚。倘若留宿山莊有助大師鑄劍，晚輩恭敬不如從命，唯有厚顏叨擾了！」

「呵呵，若刁刃留此，曜寧奉命護莊之壓力，應可減輕不少才是。」曜寧接話道。

這時，公治大師反手撫著後腰，呈出痛苦狀貌。姚逢琳見狀之後，立上前表示，此回正是為著大師之痼疾前來。待刁刃攙扶大師入了屋舍後，姚隨即替公治大師把了手脈。

「才多久不見姚兄弟，爾已習得替人診治之術啦！」接著，公治大師痛苦表示，已受腎疾石淋之症困擾多時，再這麼磨下去，何以能完成精鑄神劍之計畫！

姚逢琳翻著醫經抄本表示：**石淋者，淋而出石也；腎主水，水結則化為石，故腎客砂石**。再道：「姚某經本草神針之引領，瞭解到傳統醫經之博大精深。再經牟三俠治癒家母石淋之證，隨即想到公治大師亦受此沉痾痼疾纏擾，遂帶上三金草藥前來治劍山莊。」話後，姚自背袋中取出三物指出，此乃牟神針療治石淋病症所倚之**金錢草**、**海金沙**、**雞內金**。

此三金以**金錢草**為主藥，藥入**肝**、**腎**、**膀胱經**；其性微鹹，唯**鹹能軟堅**，故利於尿道結石排出，並具利水通淋，清熱消腫之功效。

其二為**海金沙**，藥入**小腸**、**膀胱經**；其性味甘寒，具利水通淋作用。能治石淋莖痛，能助**金錢草**排石，故列治症之輔藥。

其三為**雞內金**，藥入**脾**、**胃**、**小腸**、**膀胱經**；其性味甘平，能健脾理腸，且防弊藥物礙胃。

上述三金若再添以具有通淋功效之石韋、冬葵子、滑石，即可對泌尿石淋之症，增生奇效！

「哈哈，姚兄弟已具令堂之治癒經驗，倘若也能改善老夫之痼疾，無疑是老夫再次鑄造神兵利器之一股助力啊！」接著，公冶大師望向窗外揮劍之刁刃，瞬轉嚴肅地表示，今日刁刃於瑜亭前之所云，頃刻激起了過往未有之鑄劍思維；惟此刻腦海中又浮現侯士封之厲砂鉎犖劍種種。嗯……歷經三度閉關禪修，定要悟出精製絕世神劍之革新工法，以期成就我公冶長瑜此生最厲之作……三禪戮封劍！

第十一回 變生肘腋

時趨夏末，炎天暑月猶近尾聲，惟若張火傘之氣候，依然突襲著田埂農夫。坊間村民雖已一身青衫涼笠，然於烈日強曝之下，仍將招致暑邪襲身。一農婦於正午送食田間夫婿，一陣暈眩，昏臥田埂之中；農人協力移婦於陰涼之處，適值一醫者行經，俄頃上前望聞問切，四診合參一番。

「嗨呀！今兒個真是幸運，能於此時刻遇上嵐映湖的牟三俠啊！只是……不知內人情況……？」

牟芥琛見眼前農婦，**身大熱**，熱結在裡，表裡俱熱，顯示熱邪瀰散周身而充斥內外。二見**大汗出**，此乃熱邪迫使津液外越之表現。三見**大煩渴不解**，此乃熱盛傷津而致渴欲飲水，然飲水又不解渴，此乃熱盛耗氣，氣不化津現象。四見**脈洪大**，此即熱盛鼓動氣血之表現！

牟芥琛回應指出，此乃熱盛耗氣，熱盛傷津而造成**胃熱瀰漫**，**津氣兩傷**之證，且已具正氣虛衰之病機。接著，牟先以一牛角刨光片，浸沾米酒，於婦人後肩頸部施以刮痧術，如此施治，猶予病邪以出路。而後，牟由包袱裡取出**石膏**、**知母**、**人參**、**甘草**，再合以些許**粳米**，道：「此一組合乃具**清熱瀉火**，**益氣生津**之傳世名方……**白虎加人參湯**！服飲此方即可解嫂夫人當前之熱邪實症。若平日遇暑熱突襲，亦可於熱盛時辰食用西瓜，以行解熱之效。」

農夫跪地叩謝後，問：「牟三俠是否回往嵐映湖？眾村民合力闢了條小徑，打這兒前往嵐映湖，可為少俠省下近半時辰之路程。」得牟三俠點頭表明回往嵐映湖，農夫隨即牽著牟之坐騎，直穿過田埂道而入樹林，隨後即見一新闢小徑。待牟芥琛謝過農夫指引後，俄而跨步上馬，立循此一林間小徑，直奔嵐映湖。

單椒秀澤，風月無邊，放眼嵐映湖畔，旖旎風光，水木明瑟，令人倏生探奇訪勝之心。見得湖畔一風格莊重之木造房舍，門上呈著「玄悟精舍」之木匾，更見舍外一名曰進福之叟翁，不時為清淨精舍而持執箕帚。然廳堂正中一斗大「悟」字兒，豐筋多力，靜觀凝視，令人駐足再三。此刻惟見二身影，對坐於精舍外之祁玄亭石案，娓娓而談……

「此說當真？」龍玄桓嚴肅地問道。

豫麟飛頻頻點頭後表示，原以為西州欲沿蟄泯江擴建商埠碼頭，經多次勘查發現，為數甚鉅之運車，日夜運送大量鐵砂至蟄泯江邊，更見工匠於江邊建造數座冶鐵工坊，後經駐守軍兵之對話中發現，侯士封似乎下令各工坊趕製一物。數週之後，見其將部分鐵板拼湊，待就近一瞧，始知侯士封欲建造之物……鐵甲戰船！

龍老搖了搖頭表出，中鼎王甫因西州廣用外族，擴增兵力而大動肝火。此回侯士封更是大膽建造鐵甲戰船，挑釁意味極為濃厚。而中州不惜撒下重金，積極召集江湖精湛能手，儘速強化其神鬣門。以此推知，中西交界之蟄泯江，幾已成中土大地之動亂起點！

阿飛接續指出，一旦鐵甲戰船完成，即可擊潰不堪一擊之中州水師軍，屆時真正之肉搏戰場，勢將發生於鐵甲船登陸後之中州領土了。又說：「端陽大會之後，各王皆知中州欲成立神鬣門，西兌王對此尤為敏感。經由進出蟄泯江之漁民得知，侯士封自回西州後，積極召喚各路驍勇善戰者，投入西州之州禦軍，耳聞已徵得西南鱷王臧運豐之子，人稱三刃銀叉之臧勳，與雪鑫峰下，以一對雪鷹雙鈎而聲名大噪之顏胤！

「此等人物皆為逞兇鬥狠之輩啊！」龍老又說：「侯士封若能在水軍上取得優勢，再利用臧勳與顏胤二將，強行攻佔中州西岸三城池，幾可掐住中州之喉頸！只是……西州向來以鐵砂冶煉兵器，甚而外輸北州與東州，從未聞其有建造鐵甲船艦之能力，一旦設計失當，如此笨重之鐵甲船，極可能一下水即沉沒滔滔江浪之中。莫非……有高人指點？」

「摩蘇里奧！」豫麟飛直接了當地回應後，接續表示，潛入冶鐵工坊時，聞得煉製工匠們抱怨頻頻，其因乃於鐵甲船之若干設計圖，仍用庥略斯文標注多處技術接點，且不時質疑克威斯基人所設計之笨重玩意兒，果真能下水？

龍老再次搖著頭認為，自從侯士封與摩蘇里奧打上交道後，侯即認為有了金蟾法王相助，西州始得以發展迅速。而法王亦藉著西州漸趨強大，不斷地利誘著中州，甚至是南州，進而引導二州與其合作。但說穿了，法王看上能量產兵器之西州，以為其脅迫中州之籌碼，一旦中州勢力瓦解，即可藉機搜刮中州資源。惟此計策並非一蹴可及，倘若西州撼動不了中州，摩蘇里奧尚可藉由速效丸劑之龐大商機，持續利誘雷嘯天，甚是與他州主合作，共創財富。龍老接著嘆道：「唉……此一居心叵測、口蜜腹劍之摩蘇里奧，既是個厲害說客，亦是個極度危險人物，絕不容小覷！」

「喀噠……喀噠……」忽聞馬蹄聲自遠處傳來，福伯隨即來到了亭前，喊道：「老爺，老三正向著這兒奔來哩！」聞訊之後，立見龍老嘴角上揚，道：「嗯……芥琛回來了！」

牟芥琛下馬拜見了龍師父後，立將坐騎交予福伯，欣喜地見到豫麟飛，道：「哇！一陣子不見，阿飛又魁梧了許多！嗯……這身護甲與雙臂護腕，真是威啊！以阿飛這般八尺巨漢，豐上銳下，目光射人，身擁一雙銳不可當之三叉銀獵爪，哪個傢伙敢對阿飛挑釁？絕對是自討沒趣兒！」

忽然！又聞一快馬飛奔而來。福伯微微笑著，道：「哦……是信差小渤來了！」

「一份由北坎王所書，並指明送抵嵐映湖之信函，小渤擔心誤了要事兒，就先給龍師父送了過來。」信差說道。

待福伯打賞了小渤後，龍老即拆信閱覽，立見其對晦安師太之過往所為，頻頻搖頭。接著，龍玄桓將參與端陽盛會之經過，與寒肆楓登了颯肓島一事兒，描述予芥琛與阿飛；再將北坎王來信所書，逐一對照說明。而後，牟芥琛提及了狼行山於東州墨頂台之對句比試；而狼行山於普沱江岸之獲救經過，則由豫麟飛接連補述。

龍老聽聞之後，剖析指出，惟因雷婕兒曾為阿山急討救兵，故於端陽盛會之後，阿山恐因雷婕兒之關係，被中鼎王邀進了雷王府。

「單憑阿山之聰穎機智，縱然進了雷王府，應不至滋生事端才是。」牟說道。

突然！龍老倏闔雙目，手撫左胸，呈出了痛苦之貌。正於堂外打掃的福伯見狀，俄而前來亭前攙扶，並表明龍老爺自回嵐映湖後，不時發生胸悶不適。牟芥琛見狀，隨即想起公冶成曾述龍師父於端陽大會，強遭摩蘇里奧以〈雙陵拳〉襲擊足太陽經脈上之心俞穴。牟二話不說，銀針一抽，立即針下右足趾之厲兌穴，並深刺小腿之足三里穴；待福伯讓龍師父平臥後，牟再針下任脈上之巨闕與關元穴。

「三哥，龍師父情況如何？」阿飛問道。

牟診斷後表示，龍師父應是上焦尚留深層瘀血，以致心氣不暢；而心包乃心之外包膜，具保護心臟作用，故邪氣犯心，先侵犯心包。然心主神，心乃君主之官，亦即心為人身之君主，不得受邪。因此，當外邪犯心，心包當先受病，故心包有代心受邪之功用，心包受邪則有胸悶、心痛之反應。所謂「病在臟取之井」，人身內陽明經脈之脈氣，循經心臟，故針下足陽明經之井穴厲兌，可速緩解心氣不暢；再因臟腑別通之論，陽明胃經與心包經脈相絡，故可深刺足三里穴，以緩心包之急。然心與小腸互為表裡，而任脈上之巨闕與關元，分別為心與小腸之募穴，募穴乃臟腑之氣輸注於胸腹之俞穴，故針下此二穴，得緩心之壓力。

一會兒之後，龍老嘴角稍見微揚，不適之感漸趨緩解；待牟取針之後，龍老對牟之應變處置，甚為讚嘆。惟牟疑問道出：「黃砡五仙是否提及龍師父體內，尚有深層瘀血未除？」

龍玄桓回應表示，留宿五藏殿期間，煉禮天師曾使上烏頭、附子、赤石脂、蜀椒、乾薑，並將之蜜製成丸，始成**烏頭赤石脂丸**，藉以治龍某「**心痛徹背，背痛徹心**」之證。黃堯五仙亦合力化解竄行龍某經脈內之欲擴邪氣，以及部分臟腑瘀血；惟遇瘀血殘留於心尖觸抵橫膈之處，抑或積於心管壁內，倘若強行驅除，恐有損心致命之虞。待心痛之證緩解後，龍某遂回玄悟精舍，自行藉脈道運行之氣，勤與瘀血相搏。

龍老表述之後，旋即盤腿而坐，立馬運氣周身，試圖化去心脈瘀滯。

牟芥琛藉著龍老調節經脈真氣時，道出了於東州結識了一懸車致仕、倒冠落佩之賢者，此人即是於墨頂台贈畫予狼行山之姚逢琳，並順勢將姚大師於巫越山之靈異經歷，娓娓道來。

牟以不可思議之貌，表明了於服用姚大師自巫越山攜回之藥草後，體內氣血漸趨通暢，約莫一週之後，體內亦起了極大變化。話後順手自袋中取出一物並指出，此物名曰「**三七**」，抑或為「**田七**」，此乃芥琛此回前往東州之最大收穫。

龍玄桓接手**三七**後，點頭說道：「眼前即是善化瘀血，止血妄行，能治吐衄，且能對體內出血，發揮其**止血不留瘀**奇效之**三七**啊！」

「這麼說，龍師父之深層瘀血有解囉？」豫麟飛問道。

「有是症便用是藥！龍師父甫行針灸之術，待其經氣平緩後，芥琛再行嘗試驅其體內瘀血之法。」牟回答道。

「三哥，這巫越山真有靈異之說嗎？」阿飛又問。

牟微笑表示，治癒了姚逢琳之肝疾與其母之石淋症後，與姚大師一同前往了巫越山。果然，一如姚大師所述，見到了受詛咒的斷角山羊，與諸多身顯瘀塊之林間動物，更於遠處翹望一可能曾追擊過姚的獨眼大黑熊。然經過數日之探察，終於解開了巫越山靈異詛咒之說。

豫麟飛遊歷各州，對此等新鮮事兒頗感興趣，欲仔細聽聞故事之後續發展，遂隨手將石凳往前一拉，然此一舉，著實令龍老與牟為之驚嘆！惟因祁玄亭之任一石凳，少說也有百來斤重，阿飛竟不費吹灰之力，單手即可將其挪移，令人訝異！

牟娓娓指出，巫越山之朝夕氣候變化極大，時而大霧瀰漫，時而陽光普照；遇烏雲襲來，山中溫度驟降，若非棉質衣料無以禦寒。然於此股寒氣來襲時，山林間隨即傳來「咖拉……咖拉……」聲響，隨後即見動物倉皇亂竄。原來，山間驟降之溫度，瞬讓上升之水氣結冰，待冰體不勝重量而墜，即成了冰雹雨！當禽卵般大小之冰雹，凌空而降，逃不及之山羊群，即有軀體或犄角受創之虞；而林中之獨眼黑熊，極可能是受冰雹之創擊而來。適值行經山林之樵夫見狀，亦隨著動物慌亂逃竄，再視其身上因創傷而溢血，故靈異詛咒之說，穿鑿附會而來。牟又說：「而後的幾天，吾等循著動物們逃竄之動線，來到巫越山之另一頭，那兒有著諸多五加科植物，其一即是三七。見得受傷山羊啃食著三七，應是其身上瘀血得解之主因吧！」

龍老聽聞之後，感慨表示，天地間之飛禽牲畜，尚知於大自然中找尋天然解藥；而自詡萬物之靈的人類，卻經不起同類唆使訕動，反天地自然之理而冒險採用萃煉速效丸劑，日久月深，時間自將證驗一切！

牟芥琛見龍老精神回復不少，立道：「龍師父，芥琛這就試著為您化去深層之瘀血了。」

龍老一陣訝異，見芥琛運行真氣，隨後雙掌突生橙紅柔光。接著，牟平持雙掌，並與龍老雙掌合併，隨後即見二人大汗直冒。約莫兩刻鐘時間，牟漸漸收手，龍老則雙掌朝天，靜置於雙膝之上。半晌之後，龍老微微笑道：「何時練了這麼一手活血化瘀大法，老夫已許久不曾感到胸膈如此通暢啦！」

「芥琛於前往東州時，雙掌不時生出一股灼熱感。一次放血治症中，發現此股不明灼熱，竟能將盛於杯中之瘀血化開！待服下姚所採三七後不久，竟可自行運氣，並推至雙掌，接著即見掌中泛出橙紅柔光。至此之後，芥琛每天藉著運功診病，更發現姚大師體內有著多處瘀血！待姚大師經活血化瘀療治一陣後，周身通體舒暢而快活，自此深感人體經脈之奧妙，遂決定暫時擱下墨筆，全心習讀醫書。」

「哈哈，只要有心，任何人均可隨時隨地領略傳統中醫之美！」龍老愉悦説道。

「經三哥這般活血化瘀大法，龍師父的症狀，是否已化解？」阿飛問道。

牟芥琛嚴肅指出，胸膈內之瘀血是化了，惟循索經脈時發現，世人因烹煮料理而不免將食物油脂滯留體內，形成血脂。龍師父之深層瘀血雖解，惟心臟管壁內尚有粥糜狀脂類阻塞，其將影響心血之流暢度，進而影響心臟本體之養分吸取與代謝功效。

牟又解釋道：「導致人體內之阻塞，不外氣滯、血瘀、水濕、痰飲。然心臟溫度之高，單純之氣、血、水三者，尚不足於構成心脈管阻塞條件，唯有能耐溫之油脂類與血液融成血脂，即可於流經血管而成阻塞管壁之粥糜狀積滯，致使血流不暢；輕症者即顯胸悶，但積滯較甚者，尤遇上寒冬溫降，體內血管因寒收縮，則有血管阻塞而致命之虞！」

「龍師父之胸痺悶痛症狀，可有化解之法？」阿飛又問道。

牟藉由與南州刺血大師之治症心得交換，表明欲解龍師父心管之症，可藉丹參之活血養血、祛瘀止痛為君藥；三七之活血通脈、化瘀而不留瘀為輔藥；再佐以冰片之芳香開竅、引藥上行，三味合用，始得活血化瘀、理氣止痛之效，並治因氣滯血瘀所致之胸痺、胸悶、胸痛。耐心煎服此方，龍師父之胸痺悶痛症，將可隨藥行進而漸趨痊癒。

龍老聽了芥琛之說後，寬心許多，說道：「受龍某管束之五義徒，個個獨具潛能，甚得江湖上以嵐映五俠稱之。然芥琛雖不諳爭鬥武功，卻是個醫界奇葩！能練成此等〈活血化瘀〉神功，實已無愧於江湖上賦予『本草神針』之稱號了。倒是……唉……」

「龍師父何以嘆息？」阿飛問道。

龍老憂心話道：「芥琛本擁過目不忘之能，如今又有療治神功在身，懸壺濟世，已成天職。而阿飛體能非凡，既能陸上開山鑿洞，亦能入水成翻江蛟龍。爾等心性已正，成就超然，老夫頗為放心。倒是……寒肆楓、刁刃與狼行山，一個仇恨，一個爭名，一個好利，未來將如何？老夫實在難以想像！」

龍老回憶指出，端陽盛會上，阿山力戰摩蘇維。惟見阿山騰空觸及對方手臂而一陣速旋，而後摩蘇維不僅眼耳出水，甚而口冒大量津液，就算是暈眩，亦不至癱軟臥地才是。北坎王曾提醒過阿山，切莫忽視人體水濕之疾；惟當下見著阿山，壓根兒不見其受濕病所苦！

牟接話道：「難道阿山特異之處……是能控自體水濕？並能將多餘水氣逆灌他人經脈，而使人濕甚而致病？」

「嗯……不無可能！」龍老接續表示，醫經所謂「三焦者，決瀆之官，水道出焉」，更有

「上焦如霧，中焦如漚，下焦如瀆」之說。三焦通暢則水液氣機暢行無阻，反之則招致水濕運化功能失調，甚可影響交通臟腑間之水穀精微，致使相關臟腑產生病變。然手少陽三焦經脈正是脈起無名爪甲旁之關衝穴，上循掌背之液門、中渚、陽池穴，隨後接上前臂之外關、支溝二穴，而致手肘正後，兩筋間凹洞之天井穴，再循上臂達肩頸轉而上頭面。龍老又說：「阿山當天確實將摩蘇維之手臂折起，極可能攻擊敵對肘後之天井穴；然水氣逆經湧入，循該經脈可分抵耳、目，遂可使對手耳目出水。再則，水充三焦水道，自體功能欲減水壓，必循吐法為快，故能使摩蘇維湧吐津液不止。」

豫麟飛認同剖析而頻頻點頭，卻問道：「若摩蘇維真中了四哥之水濕掌，難道摩蘇里奧也有藥丸兒可解？」

芥琛搖了搖頭表示，摩蘇里奧之萃液合成製藥術，實乃單向思考法所成！換言之，痛則陣痛，熱則退燒，對於體內水濕所導致之臟腑失調病變，則非單向思考所能解決。然水濕之為病，或可見肌肉筋骨疼痛，或與寒濕結合為病，或是痰熱互結之胸脘痞悶，或而脾胃濕熱症，甚或濕熱下注之瀉痢、水濕成痰、濕甚水腫等等。倘若僅以單一法療治水濕病症，恐有延誤病疾之虞！又說：「摩蘇維若真患水濕病症，這將是摩蘇里奧前來中土之一大考驗！」

這時，忽見一葉扁舟自湖中緩緩划來，其上除了搖槳船家外，另佇著一玉樹臨風，輕拂折扇者。

福伯再次到湖岸邊一探，回頭喊道：「老爺，咱們的阿山回來啦！」

待近了湖畔，狼行山轉身給了船家賞錢後，手持兩酒罈，飛身一躍，凌空三踏步後，來到了祁玄亭。待向龍師父問候過，阿山瞬將兩罈酒交予福伯，道：「福伯辛苦啦！晚點兒一塊兒來品這臨宣來的高粱酒唄！」福伯雙手合十，回應道：「感激四少爺，我王進福過往酗酒成性，罹患了肝膽痼疾，幸得龍老爺於閻王殿前將老朽拉回。眼下這兩罈，老朽恐無福消受啦！」

阿飛接著開了口：「四哥依然那般顧盼神飛、風流倜儻模樣兒啊！」

「呵呵，這麼巧，三哥五弟都在這兒！難得大夥兒齊聚，今晚咱們可得藉那兩罈陳年老酒好好聊聊，開懷暢飲一番！歐……對了，龍師父上回於五霸盛會受創，現可安好？」狼問道。

「多虧芥琛之醫術精湛，現已康復許多。難得芥琛採回珍貴藥材，老夫可不能浪費了治症藥方啊！故今兒個攜回之陳年老酒，老夫亦無福消受啦！」

「嗯……既然如此，牟三哥平日重視養生之道，難得開懷暢飲一番，應無大礙才是。至於阿飛嘛！他是不喝則已，一開喉即非一罈不快的，對吧！」狼說道。

「那酒也得夠純，吾才會上當的啦！哈哈哈」阿飛回話後，難得見著師徒齊聚，龍玄桓瞬露出了近日來少有的滿足笑容。

暮色蒼茫，日落風生，嵐映湖上見得引夜而出之雲彩，湖畔一旁聞得酣飲談笑之聲，諸師兄弟三杯黃湯下肚後，龍老即提義徒們個別來段兒江湖軼事兒。豫麟飛率先來了段於普沱江上，巧遇中州都衛水師強欺漁民，進而出手相助之過往經歷；待其將過往憶象逐一拼湊後，龍老立想到雷嘯天強逼東震王承認阻殺數十中州都衛水軍一事兒；再憶得於陽昫觀秋蒔亭，聽聞凌允昇形容漁船當夜遇官兵騷擾之經過，兩相對照，幾可直斷阻殺之禍，源出中州！

既然大夥兒已聊開了，狼行山即興來了一段於濮陽城之經歷。甫提及怡紅園三字兒，龍老與芥琛頓露錯愕之貌。狼見狀後，立馬解釋當下一幕，並非在座所聯想。而後將認識蔓晶仙之經過，娓娓道來。龍老聽了，頻頻點頭稱道，確實注意到這位蔓姑娘之從容舉止偕其撫琴神韻，令人直覺乃一秀外慧中之女子。然聞著龍師父之形容，不禁令狼行山一邊兒聯想蔓姑娘之山眉水眼，一邊兒出神楞笑著……

「喂，四哥！怎一提這蔓姑娘，四哥就亂了神啦！對照上回於我漩洑島之敘述，這蔓姑娘應該就是與邸欽對掌後，將四哥你救走的蒙面人，對不？」阿飛問道。

狼行山點了點頭後，硬將故事拉了回來，另表述了因手汗不斷而發現自個兒能擊出水濕之氣之特異體能，一段時日磨練後，終成就了〈水濕運化〉神功，而首位嘗試此功之威力者，即為前東州軍機處之邸欽副總管。狼意猶未盡，不僅將故事接上牟芥琛曾述之墨頂台比試，甚而道出遭余翊先與樊曳騫之陷害，終因豫麟飛及時出現，瞬以三叉銀獵爪摧解七骨銀鏈，而使危機得以化解。這時，牟芥琛藉診治東震王與曹崴總管之經歷，順勢描述了余氏父子於東州之行徑，此說不禁引來龍老憂心表示，東震王身旁有著余氏父子這般表裡不一佞臣，勢將為一向嚴謹之東州，增添未知之變數！

牟順勢話道：「既然阿山已將故事推演至樊曳騫這人，那芥琛只好讓這角色……繼續演下去囉！」

「什……什麼？他……他還有故事？」狼煞是驚訝道。

牟芥琛將其置身南州之經歷，娓娓道來。話說，端陽五霸大會上，南州公冶成總管遭火連邢彪教主之子午鉞所傷，因緣際會下，其肩傷由芥琛所治。經公冶成描述，其父公冶長瑜閉關禪修，只為鑄出一匯集畢生精華之利器，惟因一禪新作未達理想境界，遂二度閉關再悟。

公冶總管康復後，芥琛遂離開了赤焱山，一路朝嵐映湖而回。孰料行經一樹林，竟遇上一身中鏢傷之中年人，待將其安置於草叢後，驚見一輕功超凡之身影，以飛快速度穿越樹林。芥琛暗中窺探，發現另一人於不遠處與之會合。而後據其對話始知，輕功了得者乃中鼎王麾下，人稱「迅天鷲」之展鵬！而前來會合者，即是公冶成曾提及，失蹤了好一陣子的南州火連教教主……邢彪！

聞展鵬說道：「自中州一路追擊徐逵以至南州，其已中了十字飛鏢，應跑不遠的。此地乃邢教主之地盤兒，教主不妨增調人手圍捕，畢竟此人身擁甚多秘密，中鼎王留他不得！」邢教主則點頭回應，已調派手下前去冶劍山莊支援樊曳騫，將再增調人手協助緝捕徐逵。而後兩人即各自行動。芥琛當下聽聞樊曳騫之名，頗為驚訝；再則，被芥琛所救之人，竟是遭中州各城通緝之要犯……徐逵！耳聞此人攀爬功夫了得，擅於飛簷走壁，因劫富濟貧，而有「義賊」之稱號。待徐逵得知芥琛之身分後，卸下心防提到：曾跟蹤邢彪到奇恆山，聞雷嘯天放聲表明，只要協力邢教主推翻南離王，中州即可與南州研議掘採晶石一事。怎料徐逵行蹤被展鵬發現，遂一路向南逃竄，越過了靈沁江來到了南州。

數日後，徐逵鏢傷漸癒，隨即表明前行西州，惟臨行前贈了芥琛一本冊子，並告知此冊乃前中主傅宏義之義弟，人稱「釋星子」之惲子熙所撰，其內容乃磐龍文之認識與學習。惟因徐逵表明其隨時有被追殺之可能，為避免惲子熙之著作毀於其手，遂決定轉送於芥琛。接著，牟將該紀冊自包袱取出，交予龍老過目。

龍玄桓見了紀冊上之前序文，有感道出：「嗯……的確是惲老弟之字跡！釋星子上知天文，下知地理，學識淵博，芥琛定要好好研習惲先生編著之紀冊，以備不時之需！」龍老話後想著，「徐逵乃劫富濟貧之義賊，釋星子為何要他學磐龍文？」

芥琛應諾龍老後，收起了紀冊，隨後接續描述與徐逵分開後，來到了南州郇竹城之茂林客棧。茶飲之間，聽聞眾人聊到公冶長瑜贈出二禪之作，自此，牟芥琛描述了關於瑜亭前群英爭劍之所聞。而狼行山於聞得樊曳騫因竊劍失策而竄逃，不禁搖頭連連，嗤之以鼻。

「刁二哥真是強啊！一劍在手，萬夫莫敵啊！」阿飛讚嘆道。

龍老回憶表示，昔日刁鋒曾受縛於雪盟山莊之十字索網劍陣，而創此劍陣之靳天璋大俠，以及雪盟山莊之喻湘芹女俠，亦與龍某有些交情。當年靳大俠收養了靳弘羿與靳芸禕後，龍某亦陸續管收了寒肆楓等五義徒，數年後即傳出雪盟山莊培育了雪纏四劍！孰料若干年後，刁刃竟於冶劍山莊破了雪盟劍陣，甚而斷了對方二劍，莫非刁刃隱擁著其父那般斷劍狂熱？龍又說：「憶得當年刁鋒所仗恃之利器，正是公冶長瑜所鑄之穿封劍；此名之隱意乃穿刺侯士封，藉以示過往遭侯士封迫害。不知此回公冶大師之二禪傑作，名稱為何？」

「公冶大師將新作命名為……戮封劍！」牟回應後，龍老頗為驚訝，當下即知公冶大師仇恨未了，不禁感嘆而道：「如今戮封劍已歸刁刃所用，未來武林欲求平靜，難矣！」

牟接續指出，雪纏四劍敗陣後，刁刃竟於使劍後對大師直言表明，該劍尚有精修空間。此話一出，霎令在場人士一片譁然。

一向謙恭行事的狼行山，聞刁刃如此直言不諱，驚訝道：「刁二哥當眾這麼一說，這公冶

大師的臉往哪兒擺啊？難怪龍師父指其處事不顧情面。」

牟又說：「怎料公冶大師欣喜表示，將一改過往鑄劍程序，首次先行思考使劍者之意念而後鑄劍，當眾宣布三度閉關禪修，藉以悟出鑄劍之理，並要求刁二哥留宿冶劍山莊，直到大師完成……三禪戮封劍！」

豫麟飛點頭認同道：「針對使用者專鑄之兵器，不容小覷。一如龍師父依阿飛之特異體質所製之三叉銀獵爪，一經適應後，幾可人器合一啊！」

龍老認為，兵器劍刃有其形，遂屬於陰；「經脈武學」無其形，故屬於陽。刁刃有其天賦，能將有形之劍刃，發揮得淋漓盡致，可惜未能領悟以經脈真氣融合劍刃，否則，當練及人、氣、劍合而為一時，榮登當代劍刃宗師，絕不為過！

說著說著，龍老一個眼尾餘光後，對著狼行山問道：「阿山啊！爾之旋錚鐵扇已遭摩蘇維穿了個大洞，幾無可挽。眼下爾腰際上之細緻折扇，莫非同如刁刃一般，來自某大師之傑作？」

「欸……這個嘛！」狼一副欲言又止貌，心想，「唉……這雷嘯天要我勸動師父一事兒，該不該提呢？」而後，聞狼說道：「欸……是這樣的，端陽大會後，雷婕兒邀狼進雷王府作客；這個……大夥兒應能瞭解的，這是種應酬嘛！不大礙事兒的。然於酣飲之餘，雷嘯天仍是長篇大論，提及廣設醫藥學堂計畫，實是給予從醫者有進一步判斷醫藥品質之研習空間，冀望狼能帶話予龍師父與常真人，中州將會嚴規以待外藥。雷再說道，倘若軍事需要，是否考慮僅開放軍方採購速效藥丸兒？以防戰場士兵身染六淫外邪，此時不備，將有鬥而鑄錐之虞！」

「哼……兜了一大圈兒，仍想著引進外藥！」龍玄桓艴然不悅地道出：「早知雷嘯天一意孤行，老夫何必登上殿壇與法王較量！既然已當著眾英雄豪傑之前，採行比武以決定政策走向，老夫絕對恪守原則；況且強兵必先強身，強化了軍隊自體功能，何必擔憂六淫外邪侵犯？縱然百密一疏，不甚外感，以傳統針灸與本草之經驗，何須倚靠速效藥劑救疾？倘若引來藥後諸副症，敵方即可兵不血刃、不戰而屈人之兵啊！」

狼行山見龍師父之氣憤，根本無遊說空間，遂將話鋒一轉，道：「龍師父所言甚是，狼僅是一受邀賓客，順勢應酬一下而已，惟因雷婕兒潛入東州時，狼尚能顧及雷姑娘之安危，為此，雷王下令王府專屬工匠，重新鑄造一精緻之旋錚鐵扇，以作為答謝之禮。」

「哈哈，阿山就是有這般機運！瞧咱們刁二哥可是拼個你死我活，既要追捕竊賊，亦得一人力戰雪纏四劍，才能得一神兵利器。而狼四弟隨緣作個護花使者，即能受邀為座上賓，再有人捧上名匠傑作相贈，這要羨煞多少人啊！」牟說道。

「三哥，小弟僅是隨遇而安罷了，況且您僅瞧見小弟較順之橋段，要不問問一旁阿飛，他可是見過狼某穿囚衣、困囚車，險些殞命東州之狼狽樣兒呢！欸……別再調侃小弟啦！來來來……喝吧！可別讓那兩鐔老酒閒著啦！哈哈哈……」

如此悠閒氛圍下，大夥兒難得放肆，聊著聊著，實已更深夜靜。然茶几上依舊燃著一盞油燈，惟油燈一方有著龍師父之盤座調息，而燈之另一頭則是幾個酩酊爛醉之身影。見著三俠如此醉山頹倒，實難讓人聯想平時嵐映諸俠之英挺風姿。

翌日巳時，日出三竿，牟三俠睡眼惺忪地起了床，這才記起昨夜酒酣而睡，不省人事。待走到窗櫺旁，朝著玄悟精舍廳堂望去，「咦……怎見大廳一人與師父對座而談？」連忙找了福

伯問，這才吃驚地「唉……」了一聲，「這可了不得啦！」牟芥琛隨即喊道：「喂喂喂……快起來唄！大師兄回來啦！」

聞訊之後，三人斯須梳洗理服，豫麟飛唸著：「都怪四哥那兩罈酒！平時吾不致睡到這麼晚嘞！」

「嗨呀！難得放肆嘛！要是大師兄昨夜也在，定會與咱們共飲的。三哥，您說對吧！」阿山回道。

「好了！別再扯啦！咱們趕緊前去前堂打聲招呼吧！」牟說道。

待芥琛領著阿山與阿飛來到玄悟堂，值穿過廳堂大門，瞬令三人感到一股不安氣息！惟因出於數月不見的大師兄，臉上並無半點喜悅透出，反而是眉頭深鎖，對坐於龍師父正前，不發一語。待三人問候過龍師父後，齊向寒肆楓圍了上去。

狼行山起了個頭兒，「嗨呀，耳聞大師兄遊歷了一趟北州，可有啥收穫與見識，可分享給咱們幾個嘞？」

寒肆楓冷冷地笑道：「沒什麼，只是受人所託，陪著一女子到北州訪查罷了。」

「就是芥琛上回遇到大師兄時，隨行身旁的那女子嗎？」牟問後，寒肆楓點頭以應。

狼接著再問：「先前五霸大會聞得摩蘇里奧提及，大師兄偕其女摩蘇莉去了趟北州，這期間尚稱順利吧？」

寒肆楓一時沈默不語，龍老低沈說道：「甫聞阿楓已向老夫表明，其偕摩蘇莉到北州烏淼峰找尋摩蘇莉之生母。而後再經阿楓之描述，老夫將所聞逐一拼湊，原來，於惠陽祥陞客棧時，北坎王所提及之甄芳子，正是摩蘇莉的生母！」

龍老此話一出，不僅令狼吃驚，更令寒肆楓訝異，道：「爾等知悉甄芳子是何人？」

這時候，狼將北州符戳總管於祥陞客棧，關於甄芳子之過往，大致描述了一番。

寒隨即發聲道：「阿山所言與甄芳子所述，兩相吻合；惟符戳總管所提及之川尻治彥，現今可有其音訊？甄芳子冀望此生能再見到川尻先生，故託寒某尋找此人下落？」

豫麟飛表示，自中土瘟疫肆虐與地牛翻身之後，放眼各處，非死即殘，欲指定找出失聯者，頗為困難。倘若當時川尻先生仍置身於颯肓島上，至今恐成一堆白骨才是。

「呵呵，既然大師兄已順利完成摩蘇莉之任務，應不須再與摩蘇一家牽扯了吧？咦……是錯覺嗎？怎突覺廳堂內越來越冷啊？」狼說道。

龍玄桓一臉不悅地起了身，雙手擱於腰後，踏著沈重步伐，跨出了廳堂，並朝著祁玄亭的方向走去。

「欸欸欸……這是怎麼回事兒？咱們哪兒做錯了？睡晚了點兒是有些不該，只是……見著龍師父不悅，總覺得不大對勁兒啊！」阿山摸不著頭緒地說道。

「此事兒因吾而起，與爾等無關。」寒發聲後，牟問道：「可否簡述事出何因？」

寒肆楓表示，一直以來，龍師父之經脈武藝乃匯集人之**手、足三陽經脈**真氣為主的一門蓋世武學，修練此一功夫，須以**手、足三陰經脈**為基礎，進而輔助**手、足三陽經脈**。孰料，寒肆

楓之寒性體質與常人迥異，世人所謂傷寒之症，對寒肆楓而言，根本不存在。又說：「吾能引動一切寒氣，甚至直接將寒邪直入對手經脈而使其厥冷發病。」寒肆楓如此一說，瞬令聞訊三人驚異連連。

「我寒肆楓與雷嘯天有不共戴天之仇恨，諸位早已明瞭。眼下之雷嘯天已是中州霸主，不僅掌控一切資源，更有龐大的都衛軍兵，寒肆楓憑什麼復仇？憑經脈武學嗎？可惜寒某體質練不了此等功夫。還好，天無絕人之路，寒肆楓一身寒氣，竟符合了練就無人能及之另類功力條件！」

寒又說道：「數月之前，偶然遇上了摩蘇里奧。待其知曉吾之特異體質後，告知了摩蘇家族歷代以來，因某種體能上之限制，無人能將其〈至陰神功〉，練至巔頂之第九重。而吾之陰寒體質，正是擁有成就九重至陰之絕佳條件！如肯放棄那沾不上邊的『經脈武學』，摩蘇里奧願將其家族絕學傳授於我。待一陣長思之後，倘若寒肆楓能更強大自己，復仇之希望亦能相對提高。但於情於理，摩蘇先生仍要求寒某，親自向龍師父告知一聲才好。吾見摩蘇先生謀事穩健，凡事親力親為，身為一國法王，更致力與中土五州結盟，刺促不休。然而，龍師父一聽聞摩蘇里奧之名，遂生不屑以對，以致雙方話不甚投機。」

聽了寒肆楓這番說詞，牟等三人相互對看，隨後低頭嘆息。而後，狼行山將惠陽之五霸大會，向寒肆楓詳述了一遍，並將摩蘇里奧傷了龍師父之經過，鉅細靡遺地描述後，再道法王有意將外來之製藥引入中土，遂又極力地拉攏雷嘯天。

牟接續表示，世事難料，雷嘯天因龍師父擊退摩蘇里奧，因而終止了法王之提議，卻又私下與法王會商。孰料，陰錯陽差下，已讓大師兄處於若干矛盾之中。

矛盾之一：龍武尊力克金蟾法王，使嵐映湖成為顧護傳統中藥之中流砥柱，而嵐映五俠更是其中代表！怎知嵐映五俠為首之寒肆楓，竟生退出嵐映群俠之舉，不免讓人多所揣測。

矛盾之二：離開嵐映湖之寒肆楓，竟開始練就對立陣營之武功，龍師父情何以堪！

矛盾之三：親近於摩蘇里奧後，卻又因法王欲與雷嘯天合作，致使寒肆楓必須同時面對法王與雷嘯天；其一是寒肆楓口中之尊者，另一則是不共戴天的仇人啊！

「依三哥的說法，大師兄之抉擇，可謂牽一髮而動全身啊！」阿飛說道。

寒肆楓冷冷回道：「當年雷嘯天犧牲我爹，以達殺一儆百之效後，晉升官爵，其腦海中可想過牽一髮而動全身？是指牽動了他的官場勢力，使自己坐大嗎？而今輪我寒肆楓出擊，卻要吾考慮再三？哈哈，這麼多年都等了，不急於這一時，待有了更強的能力，定讓雷嘯天得不到任何支援下，嗚呼咄嗟，厥身而斃！」寒緩了下情緒後，道：「唉……別聊這些煩人事兒了，走吧！大夥兒到外頭好好打一場，好久沒見識一下爾等功夫，已達何等水平了！來吧！」

寒肆楓俄頃起身，向外翻飛，牟等三人再次互相對看後，隨即一躍跟上，大夥兒倏朝祁玄亭方向翻飛而去。

狼行山心想，「寒肆楓下了這棋招，著實讓人一陣錯愕！雷嘯天極力拉攏我、器重我，瞬讓我有了前程似錦之感。沒想到，大師兄為著能強大自己以復其仇，竟不顧大局而離開嵐映湖！依此看來，嵐映湖勢力恐有分裂之虞。然而情勢所逼，或許有朝一日，我狼行山與寒肆楓，極可能同因一人而交手對戰……雷嘯天！」

見嵐映四少俠齊於祁玄亭前之草坪，赤手空拳，相互切磋。牟芥琛率先交手寒肆楓，立見對方單手出擊，三招之後，霎令寒驚覺到，「芥琛今非昔比！其能使體內真氣，化熱護身，致使吾之寒氣無以逼近；如此以陽禦陰，明哲保身，不失為極佳之護衛大法。」而後由狼行山接手，單憑拳腳功夫，三五招之內，尚難辨出誰占了上風。寒肆楓突然停了手，點著頭說道：「嗯……好樣兒的！還以為吾之寒性內功，堪稱一絕，怎料數月不見，阿山竟身擁驚人之水濕內力！一不留神，讓這般濕氣竄入，可是會緩了吾之寒凝功力！」

狼行山退出後，豫麟飛隨即雙拳齊出，霎令寒肆楓提腿以對。面對高大的阿飛，寒肆楓倏以彈躍之式出招，惟阿飛手勁兒強過常人數倍，對擊之下，令寒之高躍掃腿討不了啥便宜，不禁令寒道出：「五弟體功能如此強健，可否嘗試一下吾之〈凌竄寒霜〉？」阿飛嘴角一揚，回道：「放馬過來吧！」

寒肆楓轉眼迴旋翻躍後，落地立即推出雙掌掌風，另一頭的阿飛立馬呈出前弓後箭馬，雙手握拳腰際，挺出胸膛，以正面直對寒之掌風，瞬聞「轟……」的一聲，部分掌風被擋於阿飛護甲而呈出結霜狀，卻有部分寒氣循著手臂之手太陽脈絡，侵入阿飛體內，令一旁之芥琛與阿山甚為關切阿飛狀況！

一會兒之後，豫麟飛雙拳向外一擴，朝天大喝一聲後，喊道：「大師兄不妨試試小弟之〈抑寒炙陽拳〉吧！」聞阿飛這一說，不僅讓芥琛與阿山露出了驚訝表情，甚連祁玄亭內的龍玄桓亦不禁朝阿飛這方向望來。

豫麟飛倚著原先之前弓後箭馬，瞬將手三陽能量匯聚雙拳，待聞一聲「喝……」響傳出，驚見兩團橙熾拳氣，應聲衝向對手！寒眨眼推出雙掌以對，瞬間又是一聲「轟……」響，當下，寒雖及時頂住對手拳光之氣，惟整體身軀硬是向後退滑了數尺！而後，寒以雙手互抱之勢，就地旋轉，藉以化去剩餘拳氣。

「哇！真沒想到，阿飛的三陽脈氣……竟有這麼大勁兒！難道，大師兄的寒霜氣沒損著你嗎？」狼問道。

「其實，秉山大師為吾打造之護甲，幫我擋下不少大師兄之寒掌，而剩餘的寒氣 即由吾之**手太陽經脈**侵入。然此寒氣煞是凌厲，其藉著經脈，直衝肩頸，霎時，吾體內瞬燃起禦外動力，倏由頸背雙部之**足太陽經脈**前來支援**手太陽經脈**，將入侵之外邪驅向四肢末稍。這時候，吾即以平常推出三叉銀獵爪之內力，順勢將入侵外邪隨拳氣推出，如此而已。」阿飛回答道。

牟讚嘆道：「阿飛之三陽內力驚人，雙臂一振即可釋出強大能量，真強！」

突然！龍玄桓由祁玄亭躍飛而出，立出拳腳與寒肆楓過了兩招後，道：「摩蘇里奧不是要你回來知會龍某，待離開了嵐映湖才授予其絕學嗎？甫見爾以旋身化解外力之式，並非我中土傳統武學！莫非你已……」

阿山連忙回道：「龍師父，阿山也用過這一招啊？」

龍老回應道：「一般旋身之式，可將外襲之氣力甩出，惟阿楓使得是引寒降氣！換言之，寒凝之氣較重，能帶動氣流下行，遂以快旋之勢，將阿飛之拳氣捲入而直引入地。爾等或可瞧瞧方才阿楓旋身時所處之草地！」

牟等三人上前一見，果然，該草地土壤確已成霜，且拔出之草根亦已呈霜白之狀。

「龍某閱人無數，光是藉由誠信，即可看出某人之性格趨向。摩蘇里奧之話語與行徑，虛實無定，其可為著一既定目標，百般鋪陳，而後再伺機擊潰對手。實例為證，其可扮賣藝雜耍以瞭民間心態，亦可藉利益與西兌王平起平坐，更可為接近雷王而佯裝神醫，自薦能為其兒治病，到頭來，真正對雷世勛下手者，正是雷王口中這位遠來的神醫啊！」龍老說道。

寒肆楓初聞此說，極為震驚，道：「下毒之說，可有憑據？」

阿山立即點頭應道：「咱們已追出了諸多線索，皆吻合該事件始末，而雷世勛所中之毒，亦為克威斯基國所獨有！」

龍老面對著寒，又說：「見了爾之旋身招式後，法王是否已授予了〈至陰神功〉之基礎功力？如此強誘他派弟子，言行不一之長者，何以能得我嵐映諸俠稱其一聲尊者。阿楓，泥足深陷，回頭是岸啊！」

寒肆楓靜思了一會兒後，面對著龍老，皺眉道出：「寒肆楓乃常真人託付龍師父管束之孤兒，雖有養育之恩，卻非拜叩弟子。」此話一出，瞬間震懾了一旁三師弟。寒又說：「殺父仇恨已成吾夜夜之夢魘！阿楓若能順應特異體質而成就碩大能量，終能期待復仇之日到臨。至於某人是否言行不一之說，阿楓尚且質疑以對。未來，寒肆楓只為自我行事而謀劃，絕不成為他人利用之棋子！」

「大師兄，爾之深仇大恨來自雷嘯天一人，憑咱們嵐映五俠齊力，還怕逮不著雷嘯天嗎？」阿飛喊道。

阿楓苦笑道：「雷嘯天與寒肆楓有仇，無關他人，爾等憑什麼出手逮他？一人做事，一人承擔，爾等莽撞行事，恐危及到嵐映湖之安危。以雷嘯天現今之實力，欲剷平嵐映湖，輕而易舉。」

龍老搖了搖頭表示，日前曾拜訪黃垚山五藏殿，並與黃垚五仙論及有關老夫對峙過之〈集光陰氣〉。根據銘義天師之見聞指出，此等至陰神功之所以無人能練及巔頂，原因出於其陰寒之氣，逆衝顱內，以致影響腎氣潤腦；自此之後，腦之思考將受波及而影響判斷是非能力，倘若功逾五重，恐因脈道漸凍而喪命。七重之後恐生嗜殺狂症。

「哇！若真練至第九重不就成陰魔啦！大師兄，我看就算了吧！說不定這〈至陰神功〉是個幌子，根本沒人能越及四重以上；而摩蘇家族硬是浮誇此神功之威，使之震懾人心，惟因法王尚有鴻圖大夢要做，練至第三重即收手，以免暴斃而終啊！」阿山驚道。

寒肆楓依舊冷笑道：「摩蘇先生同是溫血溫肉之人，故禁不起寒氣滯身，甚至寒氣上腦。而我寒肆楓天生與寒為伍，一般人練不來的，禁不起的，才是吾該挑戰的！」說著說著，寒肆楓雙掌朝地，緩緩地向外推伸，立見其足下草地漸趨結霜，並向外慢慢擴展。

龍老見狀，瞬皺雙眉，斥道：「執迷不悟之徒，老夫豈能縱容！」

狼行山欲上前制住衝突二人，卻被牟芥琛攔下，並說道：「方才吾等三人於廳堂內都抑不住氣氛了，我看大師兄這事兒，惟有師徒單獨對應，始可得解了！」

龍玄桓馬步一紮，氣引丹田，瞬間經脈氣行，二重交叉環氣遂生。寒肆楓雙手向外伸開，驚見祁玄亭旁之楓樹樹枝開始搖晃。接著，寒雙掌一收縮，楓樹上之楓葉猶如遭人強行扯下一般，隨後再將雙臂交於胸前，立見楓葉飛來，並開始圍繞自身打轉。然此一幕瞬讓旁觀三人看傻了眼，阿山不禁唸道：「這……是幻術吧？」

龍老訝異眼前所見，再次運出第三重環氣後，蹬躍而上，右掌斯須擊出手厥陰經脈之氣，一道橙光瞬將楓葉打散。然寒肆楓於楓葉環身之際，瞬間啟動體內寒氣；一見龍老擊散楓葉，倏以雙臂抵擋。龍老慶幸體內瘀血已由牟芥琛化解，遂放膽運用手三陽與手三陰氣脈之氣，設法逐一削弱阿楓之寒氣。阿楓見龍老欲以溫熱削寒，惟寒邪亦能經由足腿經脈而上行身軀，遂將目標鎖定對手下盤，三招之後，龍老見對手壓低出招，立馬翻躍而上，以迅雷不及掩耳之勢，藉雙手刀出擊，劈中寒肆楓雙耳前方之手少陽耳門穴、手太陽聽宮穴、足少陽聽會穴。

寒肆楓中招後，雙手立掩雙耳而頓感失衡與頭脹難挨。待穩住肢體協調，瞬採近身對擊攻勢，並以念力匯集陰氣，致使對手體內循環與代謝漸趨放緩。一會兒後，龍老驚覺經脈之氣血巡行漸遲，更見三重環氣逐一退去，遂知中了對手〈凝滯營衛〉之陰寒內功。霎時，龍玄桓一記雙掌對扣，雙腿一蹬，令對峙二人同步翻轉飛移，硬是將寒肆楓扣向亭前的堅石几案。

此刻，龍、寒二人對坐於圓面石案，目光對視，雙雙以兩手虎口扶扣於石案邊緣。半晌之後，龍老發聲說道：「爾身擁之陰功已漸模糊了自體經脈真氣之傳導，若體溫漸趨低降，魂魄將游離不守，一旦危急，縱然老夫將全身真氣輸予，未必能挽回爾之性命！」

「方才龍師父已見識到〈集光陰氣〉之變招，單是此層功力之延伸，連摩蘇里奧亦沒能悟到。吾不僅能將近身者之氣血放緩，亦能調緩自我心跳速率。常人心跳七十上下以維生，而我寒肆楓能維持於四十而無憂，五臟六腑亦相對地運行放緩，藉以儲備寒氣以供陰功之用，故不必為阿楓掛心！」寒回道。

龍老說道：「爾之仇恨難化，以致困於人生灰暗面。然世間尚有溫情，能引人走出灰暗地帶；也許雷嘯天是做錯了，但因復仇而賠上身形氣脈，枉費了大好的人生，爾之在天父母可想見到如此的寒肆楓？」龍老含淚又說：「老夫雖非爾之生父，惟多年來之管束，已將爾等視為己出，如今見爾為著復仇而不惜摧殘自己，老夫實在不捨啊！趁現在回頭還來得及，至少……先遠離摩蘇一家，老夫將領爾上五藏殿，請黃垚五仙化去爾之至寒陰氣，一切都可重新來過，寒肆楓依舊是嵐映湖諸師弟心中之大師兄啊！」

「是啊，是啊！大師兄，一切都還來得及，嵐映五俠之首，捨爾其誰啊！」牟等三人齊聲反應。

寒肆楓眼角泛出些許淚水，哽咽地說道：「雖然……咱們無正式跪拜，成為龍師父之正傳弟子，惟吾等仍是以一聲『龍師父』作為敬稱。龍師父叮囑著阿楓，務必檢視摩蘇里奧之為人；同樣之提醒話語，亦來自摩蘇莉之生母……甄芳子！我寒肆楓將謹記於心。只是……只是……龍師父所提的人間溫情，阿楓並非沒感觸到；適值遊歷中土各州期間，阿楓能深感被人關心與照顧的那份溫暖，只是……只是……要阿楓遠離摩蘇一家，可能……」寒肆楓欲言又止，低頭沈思了下，嚥了口口水後，搖著頭道出：「要我寒肆楓遠離摩蘇一家……實已……不可能了！」

祁玄亭前一干人聽了寒肆楓聲淚俱下一說，無不感到錯愕。

「怎麼？難道法王對大師兄施了什麼魔咒？否則，留在這兒，不再去理他，他能奈咱們如何？」阿山說道。

「來……不及了！」寒肆楓頻頻搖著頭，再次嚥了口口水，說道：「令吾感受人間溫情之人，正是……摩蘇莉！而……而她……她……已懷了吾之骨肉！」

聞得此句顫言之瞬間，龍老如遇晴天霹靂，而其他三師弟均嚥了口水，暫時低頭闔眼，一語不發，祁玄亭前頓時寂若死灰。

半晌之後，龍老嚴肅地問道：「就是這原因，摩蘇里奧才傳爾〈集光陰氣〉吧！」

寒肆楓斂回淚水，頷首回應了龍玄桓。

龍玄桓於寒肆楓點頭瞬間，全身氣血上衝，雙手雖扶靠著桌緣，但體內經脈真氣速發，致使雙掌微冒蒸汽，並順勢將多餘內力推入石案之內。一會兒之後，龍老沈重說道：「看來，寒肆楓的乖舛命運已到了一轉捩點，有了新的生命，或可因親情而漸消心中仇恨；有了後代之延續，摩蘇里奧應不至讓其女婿走火入魔才是。然身為了人夫人父，為人處事須多所考量，切莫一意孤行！」

龍老強嚥了口水，又道：「寒肆楓羽翼已成，已具獨當一面之勢。而今，我龍玄桓所盡管束之職，亦於此圓滿告成。正因過往無跪拜收徒之式，故寒肆楓欲離開嵐映湖，自無所謂叛離之嫌。倒是來日想起這兒之種種，亦可偕同妻小，回嵐映湖看看，龍玄桓竭誠歡迎爾等到來。」隨後哽咽著道出：「阿楓，去吧！冀望秉持爾之理智行事，以期成為安定中土大地之堅石。」話一說完，龍老隨即將置於桌緣之雙手放開，並予寒肆楓一個點頭，一個微笑，而另一頭的寒肆楓亦收回了雙掌，起身對著龍師父深深地行拱手躬身之禮。

接著，寒肆楓退了一步，雙膝跪地，表明以三叩首，感激龍師父多年管束之恩。而後，起身對著牟等三人點頭示意，道：「大夥兒保重了！」聞訊三人雖表不捨，仍見寒肆楓轉了身，步向了湖邊，登上了船家的搖船，依舊帶著冷酷的背影，靜靜地隨著輕舟畫出水痕，離開了嵐映湖。

龍玄桓見輕舟遠離後，搖頭唸道：「中土大地之不平，將由寒肆楓離開嵐映湖而啟。」話後，龍老即轉身，緩步走回了玄悟堂。豫麟飛則走向石桌，隨後回頭喊出：「喂喂喂……三哥、四哥，快來這兒瞧瞧！」

待三人佇於石案旁後，赫然發現，方才對坐石案之二人，其雙手皆扶貼於石案邊緣，而隨著情緒之起伏，雙方皆朝桌案運功發洩。龍師父釋出的是溫熱之陽氣，而寒肆楓則發出至陰至寒之功，驚見圓狀案面上呈出的是，一邊兒溫熱而尚泛著水蒸汽，另一邊兒則呈出冰冷而見有結晶冰粒，而二者交界之處，實已裂出一指寬之縫隙。

牟芥琛見狀表示，常人遇上龍師父這般藉石傳熱的功夫，扶桌之掌心將因灼熱傳來而收手。然寒肆楓釋出至陰寒氣，不僅可中和熱能襲來，甚能藉此運力，將熱氣推回，如此往來熱寒，對立相衡，致使石案因承受不起熱漲冷縮而瞬間龜裂。

「嗯……說真格的，大師兄身具此般至寒內力，已能與龍師父之經脈內力相抗衡；要是真能練成九重至陰神功，就算要將雷王府翻過來，並非不可能！」阿飛說道。

「走吧！咱們快進精舍吧！龍師父心情低落，去聽聽他老人家因應現今世道之看法吧！」牟一完話，三人即進了玄悟堂。見龍師父於廳堂內反覆瞧著北坎王來信，隨後說道：「嵐映湖變生肘腋，江湖上各英雄豪傑聞訊後，自有其斷，爾等在外，無須做出任何反駁，以免滋生無謂事端！」又說：「過兩天，老夫將應北坎王之邀而往北州，以此見證北坎王交予東州菩巖寶

剎所遺之金佛。此回老夫打算於離開北州後，經由汨㴙湖而回中州。倘若天候許可，或許一登颯肓島瞧瞧。」

「阿飛陪同龍師父前去！」阿飛表明道。

「不，阿飛還得巡視西州動靜，盡可能地維持蟄泯江平靜，避免中、西二州水軍擦槍走火！」龍老囑咐後，牟即表明，將與福伯留守玄悟精舍，以藉此研習惲子熙先生之紀冊。一旁的阿山則眼珠子一轉，道：「既然那要命的樊㚖騫尚於南州作亂，阿山不妨走趟南州，順道瞭解一下，得了神劍之刁二哥，是否因樹大招風而需要支援啊！」

這時候，牟拿出了二小袋囊，立向龍師父表明，因能近身感應人體氣血運行之快慢，遂知龍師父甫受了陰功逆竄，以致經脈真氣流速驟降，導致肝、脾二臟受損而使三重環氣運作失調。龍師父本應休息以對，孰料又將前往北州，故建議攜上此二袋囊。

「這是……嗯……是香濃的薑黃味！」

「沒錯，龍師父一嗅即知。薑黃味辛而苦，性溫，能破血並理血中氣滯，善袪肝、脾二經之氣滯血瘀，亦能促進肝、脾代謝。另一袋囊則裝有研成粉末之三七，以方便口服而助化滯留體內之瘀血。」

龍玄桓欣慰收下袋囊後，說道：「嵐映五俠之陣容已生變，未來的寒肆楓是敵？是友？還是魔？爾等切記明辨是非，當機立斷，畢竟嵐映諸俠之舉止行徑，已是江湖注目之焦點；而老夫目前僅以……阿楓已退出江湖為想像，其餘仍須恪守本分，勿枉勿縱才是！好了，各自去吧！」

豫麟飛出了精舍後，直接來到嵐映湖邊，道：「有地，吾能掘；有水，吾能游。我阿飛外出，僅須著上銀獵爪與護環，無須準備行囊的。三哥、四哥保重啦！」豫麟飛俄頃轉身、跨步、蹬躍後，直入湖中，隨後見其展出幾個豚躍出水之勢後，即朝蟄泯江方向，消失無蹤。

大暑之後，已屆立秋，秋季對應五行之金，五色之白；然雪之色，白也，由白雪撲蓋山巔之雪鑫峰，實乃西州人之精神象徵，亦是西州對外之重要屏障。更因山泉之中偶見金砂細粒混流其中，致使此山藏金之說，不逕而走。過往石延英稱霸西州，時有開採雪鑫山金礦之計畫，怎料每輒開鑿，猶有山神捉弄一般，其鑿出之礦量，似多非多，似少非少，如此打地鼠般鑿採，終不敷成本而封礦。侯士封接掌西州後，仍不斷探詢雪鑫山之金礦脈，惟至今並無預期收穫。

然而金礦外之鐵砂，實乃西州之最大經濟支柱，舉凡刀劍兵器，烹煮器皿，甚而是運車輪軸，無一不倚西州之冶鐵製造而成。但綜而觀之，成也冶鐵，失也冶鐵，惟因冶鐵鑄造之煙灰四散，致使長居西州之居民，頻受肺疾所苦，已成不爭事實。

「吭……咳……吭吭咔……」聽得間歇之咳嗽聲，傳自一蹣跚跛足者，惟聞其身旁護將問道：「稟主公，鐵甲戰船進度落後，請主公定奪！」侯士封跛著腳，艴然不悅地來到了寅轅城之白鑫大殿。

「進度落後？是否冶鐵速度無法配合？」侯士封問道。

「回主公，除了人手不足外，實因設計圖上諸多接點，均以庥略斯文作為說明，致使我工匠常拼接錯誤！而法王又因其子摩蘇維之病況極不穩定，遂未於造船工坊指導，故導致了整體進度落後！」大將贓動回道。

「人手不足？於城外貧戶抓些男丁充數即可。倒是摩蘇里奧這老狐狸，雖表明了與我方合作造船，卻諸事反留一手。嗯……有必要當面與法王談談。倒是，向來以速效藥劑自詡之金蟾法王，正為了狼行山出了個水濕難題，大傷腦筋，亦讓本王質疑，克威斯基之萃取合成術，並非能解千疾百症啊！」

大將顏胤上前表示，傳聞嵐映五英俠之武藝，個個出類拔萃；龍武尊之經脈武藝，傲視群雄！倘若中鼎王結合了嵐映湖勢力，恐為我突襲中州之大計，增添若干變數！

「本王尚不擔心顏將軍所提。端陽五霸盛會上，見擇善固執之龍武尊壞了法王計畫，倘若中鼎王與龍武尊同氣連枝，為何雷王於盛會之後，又私下密會摩蘇里奧？雷嘯天或因本王提及軍事備藥一說所動搖；再加上，法王提到中州龐大之外藥商機，財迷心竅之雷王……能不心動嗎？我侯士封敢言，嵐映湖絕不苟同於雷王之行事風格。」

侯士封接著指其瘸腿，斥道：「雷嘯天毀了我一條腿，我侯士封絕對要他付出代價！」「贓動、顏胤，爾等儘速訓練戰船水軍，一旦我船能搶灘成功，即可速占中州西岸城池；待中州都衛軍陣腳一亂，我方又有激能丸以壯我州禦軍兵，擊潰中州都衛軍，指日可待！不過，此乃機要軍密，若遇人洩漏軍機，格殺勿論！」

突然！見西州藥檢總管薛炳讘，前來稟報：「稟主公，上回法王遺留我白鑫大殿之丸子，經微臣解析後，已見初步結果。」侯士封挺起身子，道：「本以為法王送來新藥，怎料該藥丸兒乃雷世勛所服用。怎麼，薛總管有何發現？」

薛總管回道：「此藥丸兒之味甚厚，且具揮發性，雖無法解析完整成分，卻驗出了含矇幻成分。今朝知悉西兑王回白鑫殿，微臣特來稟報。」

「果然有鬼！真沒想到，法王藉著替雷世勛診治怪疾而親近雷王，卻是以迷惑雷世勛情志為先，並使其用藥上癮，以作為操控雷王府之籌碼。」侯說道。

臧勳隨即表示，法王滲入雷王府，是否為著配合我西州之東侵計畫？待法王掐住雷王之咽喉後，再與我軍來個裡應外合？

「法王遊走於中、西二州，其以取得自身最大利益為優先考量，本王並不認為法王會與咱們裡應外合…………」侯士封話中突然頓了一下後，又道：「不對呀！法王或許利用西州出兵，以致中鼎王率軍西移之際，伺機來個聲東擊西計策，進而攻佔雷王府，一旦挾住雷世勛等人，即可回頭要脅雷嘯天。嗯……無怪乎權衡先生始終不贊同本王出兵！」

顏胤則認為，權衡先生雖是西兑王私下請益之智囊導師，惟其自始至終均採非戰觀點，若是倚其所述，我軍根本不必建造鐵甲戰船才是。

西兑王聽聞後，猶豫了片刻，道：「眼前局勢詭譎難辨，咱們得盤算再三才是！」接著又問：「耳聞中州稅務大臣徐崇之，前來我西州取稅時，要求前往雪鑫山參觀興建中之白虎殿，可有誰知情？」

這時，軍機總管魏廷釗，聞訊前來，「稟主公，西州於白晶石出土處所興建之白虎殿，經固守侍衛回報，確有一中州官員前來探訪。後經我方稅務總管紀哲丘，引領徐大人參觀後隨即離開，並未衍生任何事端。倒是最近見得一些遊民，趁著黑夜來盜取白晶細粒，以作為變賣之用，經逮捕後，已搜回盜物，予以釋放。」

侯士封隨即下令：暫且禁訪興建中之白虎殿！而經逮捕之竊賊，一律押往蟄泯江冶鐵工坊，以補上造艦人力之不足。而魏總管則須嚴管新編入我西州州禦軍之外來移民；一旦贓動與顏胤所率水軍搶灘成功，隨後岸上之激烈肉搏戰，就得靠這群外籍傭兵了！

轉眼時居白露，一對兒身著樸實素衣之弟兄，來到了西州首府寅轅城。看似兄長者，其步履緩而穩健，相較個頭兒較小的一位，其耳垂邊所散發之脂粉味，隨即透露了女扮男裝之相，惟聞其道：「阿山哥，爾怎說動你龍師父，始能前來西州？」

「我……我僅即與表示，將前往南州會會樊叟騫，順道能否遇上我刁二哥？」狼回道。

「唉……那個樊叟騫啊！盡是做些收割不了的事兒。你瞧，他潛臥東州，跟那叫余翊先的瞎混，也沒混出個啥名堂，即遭全東州通緝。回到中州後，向我爹提了些餿主意，且帶了隊人馬前去南州，結果，聽說跟人比武輸了不打緊，甚而盜劍被人逮回，而後再趁亂逃走，我爹的臉都給他丟光了，真不知其『七骨銀鏈』名號是怎麼來的？我看啊！稱其聲『九命遁貓』還符合些哩！」婕兒說道。

「哈哈哈，九命遁貓！形容得可真貼切啊！」狼笑著道：「其實也難為了這九命遁貓。此貓於墨頂台遇上的是狼四俠；適值劫殺囚犯時，遇上的是豫五俠；而此回於南州奪劍，卻遇上了刁二俠，還能逃走，算他幸運！欲與我刁二哥論及劍術，絕對是自討沒趣！果真有幸，再遇上我大師兄的話，這到處竄逃的樊曳騫，可就不必還了！」

「為什麼不用還了？」婕兒問道。

「我大師兄之〈寒霜掌〉可瞬間凍人經脈，想跑都跑不掉的，你說樊曳騫要往哪兒還啊？咦……有人？」阿山感覺有人於屋簷上飛竄。

「他怎麼也來了？」雷婕兒一眼即識出，並說：「此一角色乃迅天鷲展鵬，為我爹旗下之輕功最優者，亦是我爹刻意用來對付那徐逵！」

「徐逵？難道……這號人物也來到了西州？」阿山接著表示，傳聞此人盜得不少中州官員見不得光之證據，若其現身西州，是純粹避風頭？還是另有目的？

「欸……阿山哥可有覺到，這兒的喘咳者特別多，咱們要不先購些**魚腥草**，煎個茶水服用，我娘說可以助肺禦外耶！」

「嗯……前面似乎有一藥舖，咱們去瞧瞧！」

兩人一進藥舖，立向著一年長者指名抓些**魚腥草**。藥舖老闆特別地瞧了眼前兩位顧客，道：「呵呵，眼下罕見年輕一輩兒前來藥舖抓草藥了，打從西兑王開放外來藥丸兒進入西州，咱們這般傳統藥舖生意，每況愈下；大夥兒一有咳喘，就尋購市集兜售之鎮咳丹，即可鎮住個兩三時辰，哪兒如同二位，尚知前來買單味草藥啊！」

「咱倆是打外地來的，初到寅轅城，覺得空氣污濁，遂依老一輩之經驗，煎些**魚腥草**茶來飲用，亦可藉以清熱解毒。」狼說道。

老闆一邊兒抓藥，一邊兒指出：**魚腥草**，味辛，微寒，歸於肺經，其具清熱解毒，消癰排膿，利水消腫之功效；能治肺熱喘咳，癰腫瘡毒，熱淋等症！又說：「咱們西州冶鐵廠房林立，空氣污濁，在所難免，對五臟之首要考驗，即是肺臟。然醫經有云『**肺乃陽中之太陰，通於秋氣；肺乃一喜潤惡燥之嬌臟，肺氣與秋氣相應，故肺氣旺於秋季**。』且說肺主宣發肅降，亦即**宣通發散，清肅下降**。肺氣失宣則鼻塞流涕，嗅覺失靈；肺受熱侵則鼻流黃涕，嗅覺減退；若為肺燥，則鼻乾少涕。依此得見，**肺開竅於鼻**。」

「真沒想到，偶遇一藥舖老闆，竟如醫藥學堂教師一般，循序漸進地為人解說，不簡單啊！在下僅憶得醫書表出：**肺者，相傳之官，治節出焉**。」阿山微笑道。

「呵呵，二位有所不知啊！老朽名曰李沛生，昔日石延英稱霸西州時，吾乃王府御醫之一。值侯士封上台後，即與境外異族結盟，逐年擴大外藥輸入，以致吾等御醫地位一落千丈，甚而被逐出王府，因而開了這振生藥舖，掙點兒錢以維生。」李老闆話匣子開了，又開口解釋道：「甫聞公子所提之……**治節出焉**！肺主治節，乃指肺能輔助心臟，擔起治理調節的作用。其主要體現於治理調節呼吸之氣、**治理調節全身臟腑氣機**、**治理調節血液行進**、**治理調節津液代謝**。所以，能顧護肺之功能，即能築起對抗外邪入侵之第一道護牆。」

李老闆順勢又拿出了些藥草，又說：「二位才子如此年輕，即知注重臟腑護理，將來定能長命百歲。有了**魚腥草**，若能再添些治理肺氣上壅之藥材，一如：

治陰中之陽不上朝，以致**陽中之陰不下降**之咳逆上氣的**款冬花**；能宣通橫達胸膈之痰冷上氣的白芥子；可入脾，通行血絡，使氣不壅逆之杏仁；以及能解在上之陰翳，以暢在中之陽，陰邪去而使陽氣用以下氣之竹葉。

最後再備上，可引腎之陰氣上肺，肺再行通調水道下降至腎，能治療氣結於上而不降之石斛。吾認為，必能保二位肺強氣暢，肺疾不生啊！」

結果，「趴……趴……趴……」阿山與婕兒捧了一堆藥草，快步奪門而出。霎時，狼、雷二人對瞧，雷歪了下嘴角後道出：「這叫李沛生的，兜了圈兒其御醫過往，再費盡口舌地一邊兒吹捧顧客，一邊兒解說藥材，他根本是個推銷老手嘛！害咱們為了面子，無端讓盤纏失血啊！」

阿山則說：「幸好我提了咱倆另有會局，先走一步，否則這李老闆恐將傳統醫經背誦一遍給咱倆聽的。」

經此一歷，雷婕兒始理解，原來端陽大會上，龍武尊會不惜一戰，就是擔心中州如同西州這般，大夥兒一股腦兒地爭購速效藥，因而淡忘掉傳統中藥之性、味、歸經。又說：「不過，我爹對此藥丸兒之興致頗為濃厚，山哥也知道的。」

阿山立表示，早已想過，欲研製傳統配方為藥丸兒，使人方便服用且省事兒；惟該願望尚未實現，即殺出了個摩蘇里奧來。倘若此外來藥劑確實不傷身，亦無副症效應，個人倒不極端逆向以對！

「喂喂喂！山哥你瞧，那是什麼？」兩人忽見一四馬同拉之大車經過。「哇！怎有如此大型運車？上頭起碼能載二三十人啊！」阿山隨即問了若干當地人以探運車去向，怎料個個三緘

其口。而後，阿山對著婕兒表示，不妨跟著運車前去，應會見得料想不到之事兒才是！而後，見運車繞行於窮鄉僻壤間，並強押各地男丁上車。待狼、雷二人跟蹤了一天一夜後，終見運車來到了蟄泯江邊的一處密閉工坊。

「快……快……快……趕快跟上啊！否則可有苦頭吃啦！」一身著軍服之大漢，持著鞭子嚷著。

阿山二人躲於一旁，見著受押男丁被趕入工坊內，接著即見兩輛馬車抵達工坊，隨後見得兩分持杖器之身影，一前一後地下了馬車。「嘿！阿山哥，跨出第一輛馬車，走路一拐一拐之人，即是西兌王侯士封啊！」阿山亦說：「嗯……從我這一頭望去，次一下車者，乃持著法杖之摩蘇里奧！他倆進了冒著煙兒的工坊，到底要做啥嘞？噓……有人來了！」

見方才之持鞭大漢，對著一人喊道：「稟魏總管，廿三名竊嫌已押入工坊，隨時可差遣。」惟聞婕兒隨口唸道：「西州軍機處總管……魏廷釗！」

「妳怎知其身份？」阿山問道。

「忘了嗎？我爹爹可是中鼎王耶！各州軍機處掌管國防軍事，其領頭總管與相關訊息，我雷王府皆知悉一二。眼前之魏廷釗總管，驍勇善戰，我爹曾欲延攬此將擔任中州要職，惟因世代魏氏均為效忠西州之武將，故婉拒了我爹。」

「哼！名人不作暗事兒！既然來訪，何須匿於暗處？再不現身，休怪魏某揮刀以對了！」魏總管洪聲喊道。

「糟了！咱們被發現了！」雷驚訝道而狼則按兵不動。

突然！一人雙手交叉於腰後，緩步自林中走出，道：「呵呵，魏總管別來無恙吧！」

「哦……原來是迅天鷲展鵬，展大俠！上回蒙中鼎王賞識，遂派閣下前來遊說而得魏某婉拒，不知此回展大俠又為何而來？」

「呵呵，展某不巧行經此地，驚見蟄泯江邊竟有如此隱蔽工坊，遂撥冗前來瞧瞧。孰料又見西兇王與金蟾法王於此密商，正想著如何入內一瞧，卻遭魏總管出言相請。既是密謀會商，不妨藉此套個交情，賣個消息，好讓展某回去有個交代！」

「上回遇上展兄，乃為談我魏某人私事兒。眼下展兄擅闖我西州重地，又見我西州領袖密會，展兄已涉盜取機密之嫌，不巧遇上勝任軍機處總管之魏廷釗，為防軍密洩漏，今日不僅與展兄無任何利益交換，恐怕展兄的命……得留下來了！」魏總管話一說完，順手持起了長柄猛虎朴刀，立見一群軍兵俄而持刀，團圍展鵬。

展鵬見狀，瞬自袖中抽出一短劍，道：「魏總管不通情面，行事一板一眼，眼見刀劍對峙，所謂：『單刀看手，雙刀看走，大刀看定手。』見魏總管手持大刀，展某只好以速取勝了！」話後，兩手一伸，「咻……咻……」兩聲，見二快鏢直中兩士兵後，蹬腿躍步，旋即踏上二士兵之肩部，再次躍上了數丈高之樹幹，轉身譏笑道：「哈哈，見魏總管所持兵器不輕，即知吾之輕功定能脫身。」甫話完，魏總管上馬於俄頃，隨手一個滿弓，一飛箭火速射出，眨眼削中了敵手肩臂，中招展鵬又見魏總管二度滿弓，顧不得肩傷出血，接連翻躍，倏竄樹林之中。惟聞魏總管一聲「駕……」響，立即領著數十州禦軍，朝樹林追殺而去。

狼行山見魏總管帶兵緝敵，立道：「咱們的機會來了！走，跟我來。」

狼行山趁衛兵鬆散之際，偕同雷婕兒上了工坊屋頂，尋了個屋簷兒縫隙，鑽入工坊上樑處，小心翼翼地循著屋樑挪步前進，隨後映入眼裡一幕，霎令二人瞠目結舌。「山……哥，這是……啥東西啊？」

「欸……像是造船所立的船體骨架，不過……所見材質……不似木材，好像是……啊！該不會是侯士封藉著工坊冶鐵，暗地建造鐵甲船吧？噓……侯士封來了！」狼說道。

「哈哈哈，法王精心繪製之戰船製圖，本王佩服；只是……聞我工匠提及，船身底層之接縫與卡榫處不易密合，恐危及船身結構，不知法王有何想法？」西兑王問道。

「呵呵，此一問題不大。」摩蘇里奧立自衣袖中取出一特製鉚釘，道：「此乃可抵住船底受壓之關鍵物，王爺可以此為模，令鍋爐先行量產鉚釘，此釘即可解決船底接縫之密合問題。」

「施以這般鉚釘，我鐵甲戰船即可下水試驗囉？」侯問道。

「沒錯！只要鐵質船身能穩於水面，而後再有熟於水性之督船長，西州之水師軍即已勝了黃旗水軍大半啦！」

「金蟾法王對我西州揮軍東侵之舉，信心十足，為何法王頻往中州與雷嘯天打交道？莫非法王另有謀劃？」侯疑道。

「西兑王果然非等閒之輩，已猜出老夫另有招數！」法王說道：「依咱倆於端陽大會上之所聞所見，雷王旗下武將，個個皆能獨當一面，而老夫亦探得雷王積極籌劃其欲設之神鬣門，眼下已引來了不少江湖高手參與。更於薩孤齊國師之力諫下，未來神鬣門將採晉級擂臺，藉由武藝之高低，評出門內階級；屆時擊敗群雄者，即可勝任神鬣門總督一職，其直屬於雷王府之令，並可號令門下高手，處理王府與軍機處疏漏之處。換言之，軍機處執掌都衛軍之調度與作戰，而神鬣門則可藉其超然武藝，助衝鋒陷陣之都衛軍一臂之力。試想，王爺之鐵甲船隊能強行衝破中州水軍防線，卻於搶灘後之陸上作戰，遇上神鬣門之高手助陣，侯西主可有把握順利攻城？搶下灘頭堡？」

「這個嘛……若能順利搶灘，我方將以臧動、顏胤兩將，合力搶下一城池，然後……」

「呵呵，西兑王之謀劃……尚欠周密啊！」法王接著話道：「王爺不妨調派旗下高手，先行滲入神鬣門，藉以瞭解其總體戰力與實際調度，而老夫已聞得內線消息，待西軍東侵之際，另有勢力將策劃煽動東州出兵逆襲中州。然東州之五行屬木，中州屬土，此正符合中土五行之**木剋於土**；雷王腹背受敵，怎可將兵力全用於應對西州？一旦削弱了中鼎王於中州之勢力，未來王爺將不再受雷嘯天所威脅。」接著，法王展出一柄約莫三尺二之長物，道：「知悉王爺身擁引斥神功，老夫遂為王爺專屬打造此一雷火鞭，此鞭本具鋼鐵之身，可如傳統鋼鞭出擊制敵，惟其前段鞭身鏤空且有一出孔，可內藏鐵砂，待王爺揮使時，鐵砂可自前孔甩出，如此即可拖曳鐵砂如鞭，收放自如，亦可彌補厲砂鋩鋒劍不便攜砂之弊啊！」

侯士封接下雷火鞭後，端詳了一番，隨後即得意笑出，「嗯……厲害！果真是為本王專屬打造之神器！呵呵，今聞得法王之策略與建議，又有了雷火鞭之助陣，權衡先生應會贊同本王出兵計劃才是！」話後，侯持起雷火鞭揮舞，霎聞「嗡……嗡……」聲響傳出。反觀贈出神器之摩蘇里奧，一聞西兑王又提起那輔佐前朝之命理師權衡，霎時垮下了臉，甚而呈出睥睨之貌。惟因工坊鍋爐隆隆之聲不絕，遂使侯與法王不察隔牆有耳。

然而置身樑上之雷婕兒見聞後，怒火中燒，道：「這個奸詐狡猾的摩蘇里奧，於雷王府作客時是一套，現與侯士封狼狽為奸又是另一套。不過，若真如法王計劃，那我爹早晚會被這奸人出賣的。山哥，咱們要不先回中州，知會我阿爹啊？」

「嗯……咱們尚可再行觀察，畢竟眼前之鐵甲船僅呈出骨架而已，尚無即時開戰之跡象，咱們可再多蒐集些潛藏詭計，比如西兑王將指使何人滲入神鬣門？法王所提內線消息是否屬實？一旦確定了，再回報你爹也不遲啊！」見著婕兒皺起雙眉，狼又說：「好啦！我答應妳！一旦證據確鑿，咱們立馬回雷王府。」

適值侯士封收下了雷火鞭後，回頭見著摩蘇里奧呈顯憂慮之貌，問道：「法王料事如神，一切行動均於法王掌握之中，卻見法王焦眉愁眼，難道……法王尚有其他顧忌？」

法王愁道：「自從端陽盛會上，小犬與狼行山對招之後，其身體狀況不斷，時而胸痛撤背，時而耳鳴暈眩，下痢不止。小犬雖不能言語，但透過紙筆仍能表出身體不適。老夫倚著族人之經驗，為其止疼、止暈、止痢，雖能奏效一時，但病況並不受控，此狀不禁令老夫懷疑，狼行山是否於對戰之際，暗施蠱毒之術？倘若如此，狼勢必有解藥。為此，老夫已令隨行軍衛奇拉耶、奇拉喠二將，火速將狼行山押回西州！」

侯說道：「連法王之靈丹妙藥都無法祛病，法王之推測，自有其相對之可信度。這麼吧！本王亦下令西州州禦軍，一旦發現狼行山出沒於西州，甚是蟄泯江上，務必全力緝回；就算嚴刑拷打，定要他交出解藥！」

霎時，匿身樑上之狼行山，心裡一陣錯愕，「沒搞錯吧？甫至西州，即遭下令追緝到案！

有道是欲加之罪何患無辭啊？爾等僅是猜測，即可定罪，這……這地方還能住人嗎？」

法王先行謝過西兌王協力追人後，隨即切入敏感話題，正經表示，此回將觸角延伸中土大地，除了文化交流與拓展商機之外，對中土各州於大地震後出土之奇晶異石，頗感好奇。聞西兌王正為白晶石出土區域，興建白虎殿堂；而東州之內應傳來，東震王已為其青晶石出土，動土興建青龍殿堂；而北坎王亦為其烏晶石，著手規劃玄武殿堂。

侯心想，「這老狐狸終憋不住要問這問題了。不過，法王刻意於戰船製圖，以麻略斯文留下伏筆，然於白晶石之秘密尚未得解之前，不該透露予外人才是！」侯接著回應道：「關於這個嘛……惟因出土晶石色澤特殊，本王遂將其列為國寶；然原本規劃建造陳列殿堂以供人欣賞，卻因諸事頻傳而暫緩。」

「敢問王爺，此話怎講？」法王問道。

侯士封表示，近來頻聞各州之興建工匠，陸續出現身體不適，以致觸怒地神與鬼魅附身之說，不脛而起，東震王遂下令追查來由而緩下殿堂計劃。北坎王亦因雪崩掩埋了建地而勞於災後。眼前南離王熱衷探掘分散南州之火焰石，藉以冶製兵器，亦因赤晶石出土於地震頻繁帶，遂已緩了採掘赤晶石之熱度，甚而打消了建殿計劃。昨兒個更聞中州麒麟殿基座下陷，活埋了多位建造師匠哩！」

法王聞訊後想到，「果真出土之晶石，隱含著某種能量？」而後，見西兌王顧左右而言他，法王遂不再多費口舌。

「喂……山哥，那兩頭目要走人了耶！」婕兒說道。

「狼某之行蹤已遭人鎖定，這將徒增咱們任務的困難度。走！先於西州找個可靠的落腳處，一切從長計議。」狼回道。

「咱們於西州，舉目無親的，上哪兒找可靠的落腳處啊！」正當雷婕兒無奈發問之際，見狼行山微了一笑後表示，有一人或許可以試試？雷婕兒突於腦海中閃過一人，並與狼行山異口同聲道出……李沛生！

「叩……叩……叩……」大雨滂沱之夜，一陣急促的敲門聲傳來。「誰……誰呀？這麼晚了來敲門！」

李老闆一開藥舖門，隨即認出一身濕淋的狼、雷二人。李老闆先煮了兩碗熱騰騰的薑湯予二人祛寒，並得知了二人為探查西州異狀而來後，說道：「只要是反西兊王之人士，我李沛生都會幫。不過……今夜舖內之客房，恰有一老友借宿，明日一早就會離開，所以……」

「真是叨擾您啦！咱倆倚著您藥舖的櫃板就能睡了。只是一晚，不礙事兒的。」狼說道。

翌日清晨，一人鬼祟，躡著手腳由藥舖窗口爬了出去。狼行山驚醒起身，欲上前追擊，旋即遭李老闆給攔了下來，道：「狼公子莫大驚小怪，甫出窗外者即是昨夜留宿我客房之老友。」雷婕兒疑道：「真是怪了，好好的大門兒不走，硬是趁天色未明，奪窗而出？」

「事出必有因，爾倆不也是摸黑來敲門嗎？」李老闆回應後，又道：「我這老友同你們一樣，來自中州，或許爾倆聽聞過，其乃人稱義賊之……徐逵！」

「啊……他就是我爹要……」雷直言一出，瞬遭狼行山岔話道：「啊……這位徐前輩搭救過吾同行伙伴之父親，怎料一個擦身，巧沒遇著，煞是可惜！」

「嘿嘿，徐逵劫富濟貧，吾曾受惠於他，才開了這藥鋪。」李又說：「近來因徐逵盜得官府賄賂機密，以致為官者人人自危，遂下達追殺令以滅口。爾倆現遭通緝之中，還是暫住我這兒安全些。」「好啦，客房內正好兩木床，反正天還沒亮呢，爾倆不妨移往客房歇著吧！這藥鋪待會兒還得做生意，確實不方便續躺這兒地。」

狼、雷二人一陣昏睡後，狼於睡眼惺忪之際，一不經意翻身，「咦……這是什麼？」阿山於木床邊摸到一塊布料，順手將其攤開一瞧，「這是啥玩意兒？怎盡是一堆看不懂的拓石痕跡？欸……這兒有幾個符號，曾於牟三哥拿出的紀冊中看過，莫非……此即傳說中之磐龍文！聞李老闆說，徐逵盜得機密文件，會是這玩意兒嗎？嗯……不妨先將這棉布帶回，有機會再請牟三哥替我解答好了。」

數時辰後，離開了振生藥鋪之徐逵，喬裝成玩偶小販，來到寅轅城一市集。惟見其斗笠斜戴，右手扶著笠緣，佇立於街旁。半晌之後，見一戴著頭巾，賣著冰糖葫蘆之中年人移進，交了串冰糖葫蘆予徐逵後，轉身走人。徐逵瞬將插著冰糖葫蘆之木籤抽出，立見木籤上刻著幾字兒……「已安回」。

突然！一身影佇於徐逵攤子前，「咦……本官巡城多時，似乎不曾見過你啊？」徐逵應道：「回大人您的話，草民前來西州尋親，怎料親人沒尋著，身上盤纏卻遭宵小所盜，只好雕些玩偶，擺個攤兒，掙點兒錢。」

「若每一攤兒都這麼說，那咱們要向誰收稅去？」稅官沒好氣地說道。

這時候，一女俠從旁出了聲：「異鄉人遇了困難，大人何必苦苦相逼呢？這稅，我給！」

稅官回頭一見，立馬點頭道：「啊……是是是……若每一小販兒之繳稅，皆如靳女俠一般，大夥兒都好辦事兒啊！」話一說完，收了稅錢，稅官隨即領著隨扈走人。

「老伯，您的雕刻手藝真巧，欲就近瞧瞧，怎料這巡城稅官快了吾一步！」靳芸禕說道。

「聞稅官所提，姑娘乃西州雪盟山莊之靳女俠，及時為老朽解圍，萬分感激！雕刻小技乃自幼以來之嗜好，有錢人家花錢購置玩偶，吾則自個兒雕塑，自娛娛人！既然靳女俠不嫌棄，在下就以此木偶相贈，以為回饋。」

「哇……真是細膩之作！」靳芸禕收下後，又問：「對了，不知如何稱呼？」

「欸……在下……丁源！」

「就稱您一聲源伯好了。是這樣的，日前我雪盟山莊甫經木匠重整廳堂，惟我莊主不甚滿意多處木作之雕工，遂想到藉由源伯之巧手，精修我山莊廳堂，不知源伯意下如何？」

徐逵心想，「嗯……這樣也好，吾暫且待在雪盟山莊，一來可避開追兵，二來可就近探查白晶石洞。好，就這麼辦。」待靳芸禕為喻莊主引薦徐逵後，徐即依喻莊主之要求，著手展開廳堂精雕工作。

秋分傍晚，徐逵一身蒙面黑衣，倏循山莊屋簷，翻躍飛離山莊，立朝白虎岩洞而去。然此路程之前半，寧靜悠然，卻於路程後半，驚覺不明身影尾隨而來，遂暫匿林中觀察。一會兒後，果真見一蒙面黑衣人，倚其卓越輕功於林中竄行，心想，「方才若沒停下來，肯定被這黑衣人追上。倒是……此人何等角色？此般飛躍速度，幾與展鵬不分軒輊。算了，跟上去瞧瞧。」

徐逵一起身，惟聞「咻」的一聲，立馬甩頭以應，瞬見一飛鏢直中樹幹。隨後聞一低沈聲音傳出，「老鬼，你還真能躲，竟躲進了雪盟山莊！今兒個讓吾逮個正著，就老實地隨我回雷王府，好讓展鵬交差了事兒唄！」

徐逵雖有武功，卻非展鵬的對手，除了逃，還是逃！經一陣山林追逐後，兩人來到白虎岩洞旁。徐逵見先前飛竄之黑衣人潛入了白虎殿建地，靈機一動，立引展鵬一併潛入。展鵬一見徐逵緩下，咄嗟發出飛鏢，徐逵瞬轉身軀，於空中接住飛鏢後，立使勁兒將飛鏢拋向另一黑衣人，展鵬這才發現，尚有另一蒙面黑衣人存在。然因徐逵時而藉由掩人耳目技巧以行俠盜之舉，遂於拋出展鵬飛鏢之際，一個餘光借位法，瞬令另一黑衣人覺到，飛鏢乃展鵬所使。

閃過飛鏢之黑衣人發現了逆襲者，旋即擱下正事兒，倏自身後抽出一劍，立朝展鵬殺去！徐逵見借位法得逞，隨即離開白虎殿建地，來到了白晶石地洞，並於深層找出了上浮晶塊處，「嗯……秋分節氣尚存一時辰，依循釋星子之說，秋分乃拓取白晶岩文之絕佳時刻。然洞內深處之晶石原貌尚未遭破壞，一旦白虎殿落成，侯士封肯定將白晶石移往白虎殿。」

待徐逵藉木枝伸入石縫，拓得晶石基座刻紋後，見展鵬尚與黑衣人空中纏鬥。徐逵瞬向駐守建地之衛兵營區拋擲數小石子後，隨即遠離該區域。一二衛兵立馬叫著：「喂喂喂……又有人闖入建地盜物啦！怎麼近來盜匪盡往這兒來嘞？」接著，眾衛兵提刀圍住殿堂建地，「咻……咻……咻……」數十軍兵立即張弓，倏朝入侵者發箭。展鵬見徐逵已趁亂脫逃，無意與黑衣人續鬥，旋即藉一側向迴旋而竄入樹林，另一頭的黑衣人亦於擊開軍兵飛箭後，火速離去。

回到雪盟山莊的徐逵，立將拓文藏匿，並想，「嗯……徐崇之已藉冰糖葫蘆之竹籤，告知已回到中州。怎料展鵬已知我躲在雪盟山莊，此角若續來騷擾，吾之身份遲早曝光，該如何是好？得想個法子，早些離開這兒才是。」

翌日清早，徐逵已於廳堂內精雕窗櫺。隨後見喻莊主偕四大弟子入了廳堂，惟聞喻莊主不悅說道：「雪盟山莊於江湖上頗負盛名，該山莊之台柱……雪纏四劍，竟敵不過一個刁刃？回想其父刁鋒曾於雪盟山莊中招十字索網，孰料數年之後，竟由其子刁刃破我雪纏劍陣，惟此事兒更發於冶劍山莊，不禁令吾惱怒再三。」

正當四弟子慚愧不已之際，喻莊主接續表明，於四弟子前往冶劍山莊時，不時見州禦軍兵、建築工匠，來往於距山莊不遠之白虎岩洞；甚連中州徐崇之大人，亦隨紀哲丘總管前來。不過是地層推擠而出之礦石，何以引來眾人關切？直至聽聞部分工匠與駐守軍兵，陸續突發臟腑腫瘤之證，甚感非同小可！然西兌王雖下令興建白虎殿堂，卻因洞窟怪事兒頻傳，至今未敢貿然前來，惟因該區域已歸屬軍機禁地，遂令我莊不得不採取滲入搜查之策。

「師娘提及此事兒，可已付諸行動？」芸禕提問後，即得喻莊主點頭回應。

「耳聞出土晶石含某種能量之說，各州主亦差人進行調查，不知西兌王是否已瞭晶石之密？」弘羿問道。

喻莊主回應道：「昨夜，本座再次趁隙探查，瞧瞧白晶石洞旁的白虎殿建地，是否搜得諸事件相關秘密。探搜之後，本座並不認為西兌王已參透了白晶石，其滿腦子只想著報復中鼎王毀了他一條腿；至於其興建白虎殿堂，也僅是跟著他州起舞，純粹虛榮心作祟罷了。倒是……」

喻莊主此言一出，霎令門外精修窗櫺的徐逵，一陣驚愕，「原來昨夜的黑衣人，正是雪盟山莊之喻莊主！嗯……夜長夢多，再這麼待下去，丁源之身份，恐掩飾不了多久的。」

「莊主何以欲言又止？」汪凱問道。

「昨夜探過石洞後，欲往殿堂建地搜查，怎料竟遭人暗算！一陣交手後，惟因此人輕功了得，亦見其拋出特有之十字飛鏢，幾可確認，此人乃中鼎王旗下，素有迅天鷲稱號之……展鵬！」

聞莊主描述後，靳弘羿訝異表示，眼下已見中鼎王派高手前來西州探查白晶石，難道……雷嘯天已知曉了晶石秘密？

「抑或是中鼎王尚未參透而擔心他州已解密，遂派矯健身手前來竊密？」芸禕猜道。

喻莊主憂心表示，熟悉侯士封乃唯利是圖、賣友求榮之輩。而今西兇王卻搭上了克威斯基之護國法王，此法王又積極拉攏中鼎王，此三巨頭間之詭譎關係，吾等難以猜透，惟雪盟山莊眼前之要務，即掌握白虎洞窟突發之患病事件，是否擴大而波及我雪盟山莊？隨後又說：「工欲善其事，必先利其器！本座已重新煉鑄了纏、綿、繾、綣四利刃，其剛性與韌性均勝以往許多；未來，爾等須儘速熟悉所屬利刃，本座將重新編製全新劍陣，精益求精之後，全創我雪盟山莊另一巔峰！」

喻莊主話後，凝視著門柱上所雕刻之猛虎，面帶微笑地走向徐逵，不禁讚嘆丁師傅之巧手，果真匠心獨運，如此雕工，世間已鮮少師匠能出其右了。

「喻莊主過獎了，在下承蒙靳姑娘引薦，始能於此巧遇知音；只是……恕在下一問，莊主為何獨好威虎，且要求於雕於門柱？」

「源伯，此問由芸褘回答了。惟因先父靳天璋獨好賞虎，尤其是猛虎之氣勢與威嚴。孰料單憑幾支雕刻刀，透過源伯之巧手，即能將其展現，栩栩如生。」芸褘說道。

丁源笑著表示，將加緊趕工，好讓廳堂能呈現出該有之氣勢與威嚴。

喻莊主又問：「知悉丁師傅來自中州，本莊之木作完成後，是否回鄉？還是留我山莊，繼續展現丁師傅之工藝？」

「哦……這個嘛！承蒙喻莊主賞識，丁源銘感五內。惟丁某尚有老母須奉養，不得不回鄉。」丁源隨即放下刻刀，拍了拍身上碎屑，向著喻莊主拱手作揖致謝。

適值丁源這麼一拍身，喻莊主赫然發現，丁源師傅雖抖去身上若干碎屑，惟其所著之足履，為何覆著些許白色粉末？喻莊主刻意上前扶起丁源，順勢踩了斗落於地之木屑粉末。待喻莊主回到臥室，連忙採下履底白灰，再取出昨夜前往石洞之鞋履相比對，隨即詫異道：「這……這是吾踏過白晶石洞所沾上之白石粉，為何木匠丁源會沾上這般粉末？難道……此一丁姓師傅……是中州派來探查白晶石之臥底？」

當夜，徐逵回到客房，直覺有股不祥之感，遂將拓文撕成若干細條，並捲成煙捲狀，分別塞入雕刻刀之鏤空握柄內。正當徐逵熄燈就寢時，突聞一絲聲響發出，一黑衣人推門而入，徐逵佯裝酣睡，卻覺出此人似乎在搜尋著什麼？霎時，徐逵透過屋瓦之傳動，知悉屋頂上另有一人來訪；於此同時，藉由摩擦之聲，發現黑衣人正在翻動雕刻刀，徐逵立藉一翻身動作，驚叫道：「誰？誰進了吾房內？」

黑衣人驚慌之下，不慎遭雕刻刀劃傷了手掌，立馬奪門而出。徐逵趁勢大叫，「救命啊！

有賊啊！有賊啊！」山莊守衛聞訊後，紛持火炬與配刀，火速衝向客房；抬頭一瞧，果真見一人於山莊屋簷上遊走。接著，雪纏四劍飛奔而來，汪凱與尤轔立即飛身上簷，立與不速之客揮刃對決。

徐逵隨即點燈，數著雕刻刀，撫胸說道：「還好，一支不少。咦？怎有支刀頭……沾著鮮血？嗯……應是方才放聲驚叫時，嚇著他了。嘻嘻……我徐逵一輩子被人喊賊，真沒料到，竟能在雪盟山莊大喊抓賊。哇！真是過癮啊！」

靳芸禕突衝進客房，「源伯，您還好吧！」徐逵瞬間裝出受到驚嚇狀，直喊：「有賊！有賊啊！」靳又說：「兩師弟正於屋外圍剿刺客，源伯要不移往廳堂，較為安全！」

徐逵出了客房，立聞刀劍互擊聲響，仔細一瞧，原來靳姑娘所指的刺客，正是於簷上奮戰之展鵬！不禁想著，「好一個使命必達之迅天鷲啊！連夜襲雪盟山莊這事兒都幹了，要不我及時喊抓賊，恐已嗚呼哀哉啦！嘻嘻……這樣也好，昨夜展鵬欲追殺徐某而遇上了喻莊主；今夜又夜襲失利，遇上了雪纏四劍，這幸運之神……似乎不與展鵬為伍啊！倒是……先溜進吾房行竊者，會是誰嘞？」

展鵬一見對手劍路刁鑽，再見另一劍俠前來支援，自知情勢不利於己，遂再展出輕功，瞬於凌空翻躍後，逃離了雪盟山莊。

「不必追了！」喻莊主立對弟子們喊道：「敵對快刀不弱，卻不敵雪纏四劍；惟其輕功超群，爾等難望其項背。此人即是昨兒個與本座過過招之展鵬！」

這時，芸禕偕丁源走了過來，喻莊主隨即表明道：「丁師傅，讓您受驚嚇啦！」丁源仍佯裝驚嚇之貌，未及時回應莊主，靳弘羿則見莊主手裹傷巾，連忙問其來由。

「欸……這個……發現刺客行經屋頂時，倏於昏暗中衝上，不慎中了敵對隱招；本欲跨步追上，孰料聞得客房驚叫聲，隨即引動了山莊諸護衛。此點兒小傷，不礙事兒的！」喻莊主解釋道。

「呵呵，好一個引動山莊護衛啊！」徐逵接著想到，「原來，連兩夜之黑衣人，都是妳這女人！不過……潛來我房兒，究竟探個什麼？嗯……喻莊主已對吾起了疑，看來雪盟山莊上下，唯一能助吾離開者，非靳姑娘莫屬了。」

靳弘羿皺眉表示，昨夜展鵬才現身於石洞，為何今夜膽敢直接騷擾我莊？難道……山莊有其欲取之線索？

喻莊主說道：「來者不善，咱們立即佈下索網因應，一旦閒雜人等擅闖本山莊，定要他插翅也難飛。」「好啦！既然沒啥大損失，不妨回房休息吧！下令莊內弟子，日夜嚴加巡防！」

適值丁源瞧了下喻莊主，正巧莊主亦冷冷地盯著他看，「姓丁的，只要將爾留在山莊，不信查不出爾之來歷！」丁源點了點頭示意後，即朝著客房快步移去。

翌日，徐逵依舊進行著精修工作，惟施作地點乃大廳外之圍欄。待徐逵雕修至一轉角，立見二人於不遠草坪上揮劍，仔細一瞧，乃靳家兄妹相互練劍。然而每輒對上三五招式後，均見靳大俠呈出不悅之貌，不禁聞其喝斥道：「爾是怎麼著？近來諸回對劍，極易出神，若非為兄及時收手，恐已傷及爾之要害！」又說：「打從咱們回到山莊後，不時見爾發楞，若為兄沒猜錯的話，是否對那狂妄的刁刃，心生愛慕之意？」

「羿哥切勿胡亂瞎扯，芸禕僅是納悶兒，刁刃如何能於三招之內，將吾之綿芸劍彈開？當然，此等技巧亦值得咱們反覆思考，您說是吧！」

「反覆思考？思人還是思劍啊？妳瞞不了我的，若是讓師娘知道了，有你罪受的！」靳弘羿應道。

徐逵瞧見了這一幕，「原來靳姑娘一趟冶劍山莊之行，居然還有這麼段插曲！嗯……或許該順應情勢，編上一段兒故事，以求脫身！」

午後時分，徐逵暫歇於樹蔭下。靳芸禕練完劍後，走了過來，道：「源伯昨夜於本莊受驚，還望沒影響到您的雕刻創意。」

「靳姑娘客氣了，在下於中州故鄉，夜裡常見宵小持刀行竊，只要不出人命就好。倒是，提起老朽所住村莊，離嵐映湖不遠，每有賊寇幹案，嵐映諸俠均能及時前來為村民除害，尤其是那刁二俠，惟見其劍刃出鞘，除非歹徒能飛天遁地，否則定將暴徒束手就擒。為此，丁某甚曾幫刁少俠雕飾劍鞘，以此作為饋謝哩！」

「真的呀！」靳姑娘瞬間提起了興致，道：「刁刃之劍技，盛名於江湖，吾曾見識其揮使劍刃，煞是快、狠、準！歐，對了，源伯若回中州，能否勞動源伯替芸禕將此物交予刁二俠？」

「這是……？」

「此物乃刁二俠對上雪纏四劍時，於揮震對擊中所鬆落之髮髻鑲玉。」靳回應道。

「靳姑娘真是位細心的姑娘，好，反正順路，明兒個丁源給您送過去。」

「明天？源伯明天就要走啦？」

「是啊！待會兒再磨個砂面兒，即完成了喻莊主所交代的工作啦！或許手腳快些的話，傍晚後就離開山莊。」

「源伯為何如此匆忙離去？」靳問道。

「唉！不瞞靳姑娘您說，丁某於市集販售玩偶前，曾想探訪一位遠親，後又因盤纏被盜，故找個零工，掙點兒錢回中州去。沒料到被招零工的工頭兒，領去了這兒所謂的白虎殿建地；後來才發現，其乃西州官府直轄區域。吾因不喜沾染官府色彩，故連夜逃離那建地，不過……人是離開了，誰知丁某身上尚有該地之石磨粉，故引起來喻莊主的打量注意。」

「源伯所言甚是。昨夜，師娘確實要咱們留意展鵬的來襲與源伯之行徑，除了源伯乃突來之外人，其原因正是您提及的石磨粉。這下可糟了，我師娘疑心甚重，一旦懷疑了，即會關起門來逐一查緝。您是芸禕引薦入莊的，沒理由讓您捲入無端是非！」芸禕又說：「既然源伯離修已完成，也算對我師娘有了交代。然師娘會叮囑咱們四弟子，可推知山莊之各出入口，必定加派人手把關。我看這麼吧！傍晚時分，芸禕帶您由密徑出莊，即可省去些麻煩。」

三時辰後，值暮色蒼茫之際，芸禕帶著丁源來到後莊古井後，輕聲叮囑道：「這口井乃本莊掩人耳目之用，源伯繫繩而下，約莫再行數十步即可見一溪流，利用其旁一木筏，順流而下，可直抵山下一尼琩鎮，倘若持續隨水前進，即可達南西州最大之白湙城。」

「靳女俠之大德，丁某沒齒難忘。定會將您交代之物，轉交予刁少俠。」

突然！丁源斯須呈出驚異神色，道：「不妙！忽見一矯健身影，飛快躍越於後莊屋簷上。」

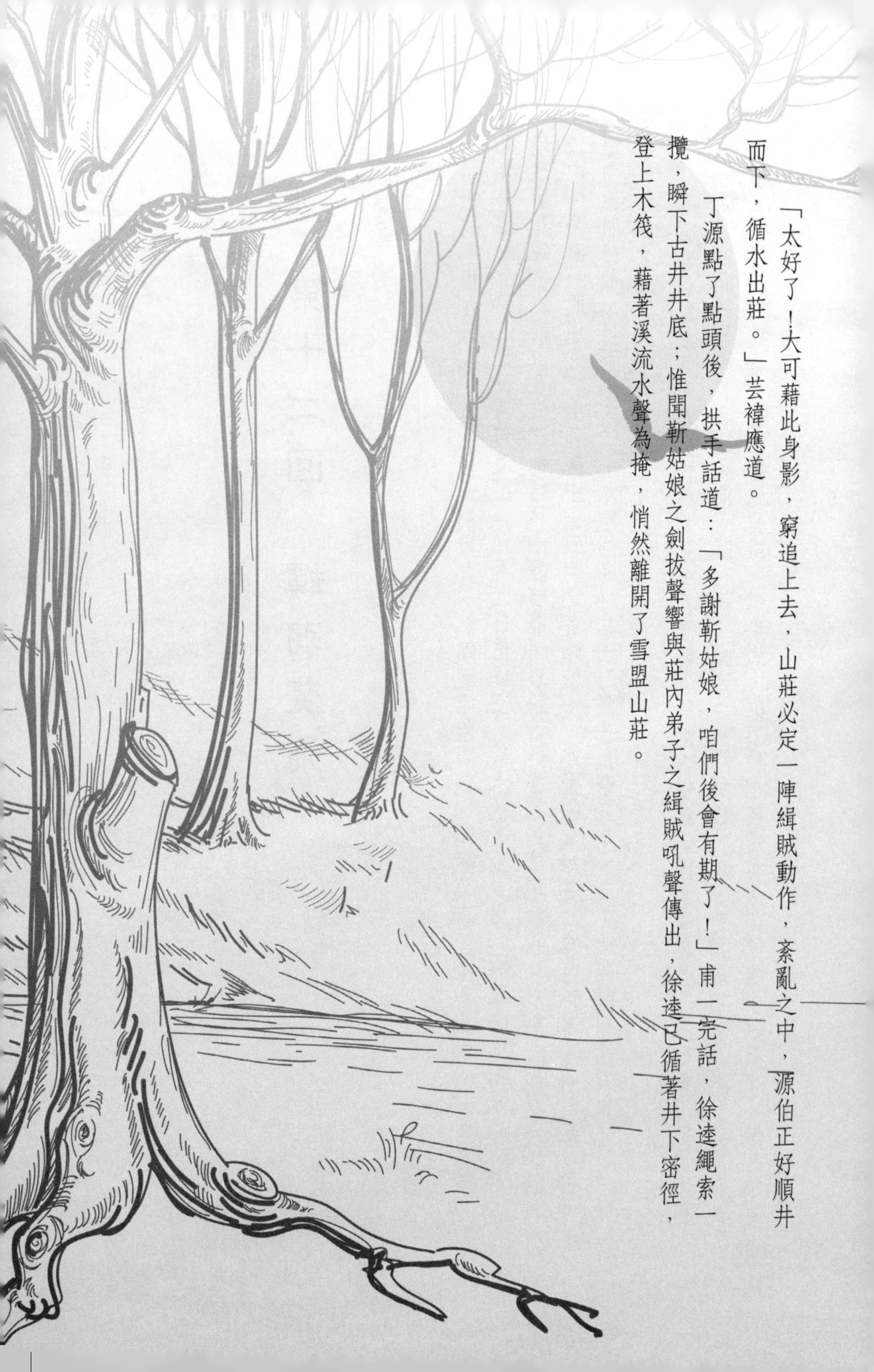

「太好了！大可藉此身影，窮追上去，山莊必定一陣緝賊動作，紊亂之中，源伯正好順井而下，循水出莊。」芸禕應道。

丁源點了點頭後，拱手話道：「多謝靳姑娘，咱們後會有期了！」甫一完話，徐逵繩索一攬，瞬下古井井底；惟聞靳姑娘之劍拔聲響與莊內弟子之緝賊吼聲傳出，徐逵已循著井下密徑，登上木筏，藉著溪流水聲為掩，悄然離開了雪盟山莊。

第十二回　蟬羽雙飛

敬老祭祖九月九，二九相逢為重九。然循道家陰陽觀，陰數為六，陽數為九，故世俗皆以九九為重陽。昔人抒發詩句道出：九月九日望遙空，秋水秋天生夕風。寒雁一向南飛遠，遊人幾度菊花叢。然而，凡人正值恬雅幽靜時節，農耕百姓亦勤於田埂秋收；孰料，蟄泯江滔滔湍流中，另藏一股引力，引領著中土五州之各路俠士，或是租賃船隻，或是泛著木筏舢舨，抑或藉由漁船接駁，無不划向江中之屹岡島；其因乃為著觀摩三年一度，北劍紳與南刀臣之……屹岡刀劍會！

一漁船率先由東北岩岸登島，見一人居前，隨行人伍扛著兩酒罈於後，直抵島上四大木樁之外圍。惟聞該領頭長者回頭向著隨行子弟喊道：「今兒個特地領著爾等前來觀摩，望能藉此領略上乘之刀劍武藝；若能藉此習得一招半式，則不枉咱們遠自東州鴻鳴山莊前來。鐃祀鳴莊主完話之後，盤腿而坐，叮囑著門下弟子佇其身後，以關注周遭一切。

而後，屹岡島陸續湧入各路人馬，其中不乏見得中州萬延標局之諸延軫總鏢頭，雪盟山莊之靳弘羿、靳芸禕兄妹，中州御劍山莊少莊主樓御群，以及南州火雲教長老鍾烴堯。眾觀摩者於四大木樁之外圍一隅，而木樁之內即是劍紳與刀臣切磋武藝之範圍。

若干江湖人士紛立木樁之外，見著頗具來頭之人物，紛至沓來，不禁一陣嘩聲。一提刀者喊道：「哇！今年前來觀摩刀劍切磋會者，更盛以往！萬延標局諸總標頭乃每局必到；傳聞中州御劍山莊之樓御群，不僅承襲了其父樓茂榮莊主之長劍絕學，更參與過眾多武學山莊之切磋比試，屢戰屢勝，真可謂英雄出少年啊！」

另一人則表示，近來勢力日漸擴大之南州火雲教，據說翟堃教主已併下南州第五大之火靈教。然火雲教擅以刀劍為兵器，又以鍾烴堯長老為武術總領頭，此次由鍾長老親自出馬，應是相中了劍紳與刀臣於刀劍武藝上之不凡，遂不遠千里前來觀摩。

然於大夥兒閒聊聲中，值時辰居臨午未交界，見二木筏分自屹岡島一北一南駛來。二木筏登島後，兩身影立馬騰空跨步，俄頃躍上正北與正南二木樁上頭，立見二人盤腿而坐，靜調生息。

半晌之後，盤於北木樁上之劍紳原羽辰，微笑發聲道：「呵呵，又經三年，凜兄仍記得赴屹岡未時之約，別來無恙吧！」

凜秋痕緩緩睜開雙眼，冷冷地回道：「在下雖不見恙蟲侵身，惟惱人之求教蝨蚤不少，難道……劍紳未受前來討教之劍客所擾？」

「難得見凜兄如此嚴肅，更以蝨蚤形容求教者，可推知閣下已不勝其擾才是！」原羽辰話後突然頓了一下，眉心一鎖，隨即表示，凜大俠性情豁達，今日神情頗為反常，莫非……登訪井柏崖之求教者，有著不懷善意之輩叨擾？

「呵呵，瞧劍紳一派輕鬆，依此可推，原大俠尚未嗅出風暴來襲啊！」刀臣又說：「這麼吧！既然今兒個乃屹岡刀劍會，凜某建議閣下之三尺蟬翼劍，暫先歇著，直接以二尺羽翼劍上陣，凜某將以手中之肅煞大刀，為原大俠表述一段故事之始末！原大俠接招了！」

「唰……唰……」凜秋痕一亮出肅煞刀，瞬令原羽辰為之震驚，旁觀人士亦驚訝四起。每回必登島觀摩之諸總標頭，見肅煞刀之狀，訝異喊道：「這……真是肅煞刀嗎？其威猛之刀形雖依舊，惟遍布刀身之擦擊痕跡，幾如砧板上硬遭刮去鱗片之江中活鯽啊！此一狂刀究竟歷過何等激戰？竟成這般相貌！」

原羽辰挺身蹬步，下了木樁，立以堅實之羽翼劍揮出劍式。然此二人之多年默契不減，刀臣每使出一招，立馬左右各旋刀柄一次，試著讓劍紳每一出劍，皆能契合肅煞刀之原擦擊痕位。接著，刀臣揮展出劈式、砍式、撩式、抹式之演變式，此一幕直令鍾長老點頭頻頻，不禁讚嘆道：「此四式皆著重於力道，孰料操使者稍做出轉胯、旋脊、轉背、旋膀，即可生出另類出擊效果，且招招力道均勻，並未見其力不從心於四式之末，令人佩服！」

一陣交擊之後，劍紳轉攻為守，凜秋痕隨即放棄原有刀招，改以一般持劍之手法出擊，此舉霎令原羽辰不解，心想，「刀臣明知利劍乃雙刃之體，卻以闊面翹首之單刀，強作一般利劍使用，如此異常之舉，莫非……其欲藉由某種招式，傳達某種訊息？」

忽然！見刀臣心氣下沈，重心落穩，足蹬地，擰襠轉腰，並將肅煞刀之刃面斜轉，倏以斜削震點之式，使出一削、一纏、一震之三式為一組，而後接連三組出擊。劍紳見著對手這般攻勢，大悟於俄頃，「這……這是……〈斜風刌斷〉劍法！甫見刀臣之前段出招，彷彿描繪了先前肅煞刀身，遭遇了何等招式而留下殘痕；而後，再以刀仿劍出擊，莫非藉此提點，昔日劍林武癡刁鋒所使之斷劍絕技……重現江湖？」原羽辰這才悟出凜大俠甫提及之風暴來襲！

原羽辰向後一躍，倏而收回羽翼劍，並以低沈語氣問道：「他來了嗎？」刀臣立以點頭回應。然於一旁觀摩之饒祀鳴莊主，莫名喊道：「這……這是哪門子之對戰方式？刀即是刀，劍即是劍，我饒某人特地領著弟子前來觀摩；怎料於江湖上享有『刀臣』名號之凜大俠，竟於眾英雄前以刀仿劍，此般不倫不類，難道不怕天下英雄恥笑嗎？」

鍾長老稍顯睥睨地對饒莊主說道：「內行的看門道，外行的看熱鬧。刀臣怎會不知以刀仿劍將令其蒙羞！依老夫之過往經歷，幾可看出，凜大俠欲由特種招式，藉以導引原大俠憶起過往。」此言一出，瞬令在場年輕一輩劍俠，呈出丈二金剛摸不著頭腦之貌，唯赭總標頭附和說道：「鍾長老應是因凜大俠以肅煞刀使出〈斜風刌斷〉招式，不禁憶起了昔日亦曾敗於劍林武癡之穿封劍下吧！」

「唉……十多年前，一劍術卓越之劍客與人對劍，絲毫不留情面地以削斷對手之劍刃為樂，其中最著名之招式即是〈斜風刌斷〉！老夫當年亦是遇此招之一削、一纏、一震之下，遭刁鋒斷了手中利刃。」鍾長老回憶道。

原羽辰瞠目說道：「耳聞刁鋒有一子嗣，名曰刁刃。刁鋒過世後，刁刃即由嵐映湖龍武尊管束，而今江湖已稱其為刁二俠。原某對龍武尊之『經脈武學』，甚為佩服，只因自身資質駑鈍，尚未能參透其真精義理。難道刁刃之劍術……是由龍武尊親自傳授？縱然刁刃劍術再高，怎可能讓肅煞狂刀留下如此深刻而紊亂之擦痕？」

「該來的，終究會來的！」凜秋痕微微搖著頭表示，刁刃之劍術，除了承襲了刁鋒之劍法外，更吸收了刁鋒所蒐羅各門各派之刀劍技巧。然昔日刁鋒揮劍之勢，狂而帶急，但刁刃之揮劍，速中帶勁，其劍速之快，幾可與劍紳手持絕鋒蟬翼劍相當。凜又說：「數月之前，刁刃以一柄擊痕累累之拙劍，登訪了井柏崖，雖掛名求教，實乃前來試探！當下不疑有他，僅以一般闊面單刀對之。孰料，直至第廿九招末，雙方甫退刃收手。」

「什……什麼？手持一柄拙劍，即可與刀臣對戰至廿九招，這小子真是後生可畏啊！」褚標頭不可思議地叫道。

這時，一風度翩翩之少俠，上前一步，道：「在下中州御劍山莊樓御群。江湖上眾多俠士皆源於御劍山莊之培育；其中最令我莊引以為傲者，非擔任中鼎王右衛之赫連雋莫屬，而赫連將軍亦受中鼎王贈予傳前主所用之三巡伏暢劍。然在場諸位或許不知，凜大俠僅見刁刃提了把拙劍登訪井柏崖，可知該劍之若干擦擊痕，從何而來？」接著，樓御群藉赫連雋回訪山莊，得知一段發生於宮辰山陽晌觀之過往，藉此為大夥兒描繪出當時一手持平庸鐵劍少俠，自願與赫連雋，偕手持西蒙秋延刀之王府左衛尉遲罡，行武藝切磋。

劍紳驚訝應道：「西蒙秋延刀乃一代名匠蒙四秋嘔心瀝血之作，其與凜秋痕之肅煞蠲疾刀，南離王之赤焰霽烽刀，並稱中土三大狂刀；一般鐵劍若與之對擊，鮮少能撐過三招的。難道……少莊主藉此一提，乃指赫連雋與尉遲罡聯手對戰之少俠，即是……刁刃！而刁刃拙劍上之擦擊痕，即是此一戰役所留下之痕跡？」

「沒錯！若再依凜大俠方才所述，刁刃僅以一柄眾人眼中之平庸鐵劍，歷經雷王左右雙衛，再經井柏崖之刀臣後，尚能持劍不斷，依此推想，若是讓刁刃持上了絕世利刃，恐怕……」樓推斷道。

「哈哈……刁刃經歷過的，尚不只這些！」饒莊主此話一出，霎時引來眾人關注。饒莊主接續表示，日前公冶長瑜大師於南州冶劍山莊，為其新作舉行試劍大會！經參與該盛會之我莊弟子回報，最終刁刃不僅擊退七骨銀鏈樊曳鶱，甚而以一敵四，將雪盟山莊之雪纏四劍陣，打得潰不成軍，終得公冶大師贈予其禪修之作。在座見得雪盟山莊之靳氏兄妹，即是在場除了凜大俠之外，曾持劍與刁刃交手之輩，應可證實本莊主所言不假。

靳弘羿不悅地上前說道：「饒莊主貴為一莊之主，實不該因旗下之竹鳴劍陣，上訪過我雪盟山莊，因不敵我雪纏四劍，甚而至此英雄齊聚之際，奚落我雪纏四劍。然刁刃雖屬劍術高超之輩，惟其手持公冶大師所鑄之戮封劍，交手我劍陣當下，明知我劍之重心已偏，還試圖挑戰劍陣，居心叵測啊！」

「戮……戮封劍？依靳少俠所述，刁刃已得取公冶大師所鑄之新作，並名之為……戮封劍？」劍紳訝異問道。

「此一橋段，不妨由凜某來回答了！」凜秋痕極為嚴肅地表示，刁刃不僅取得公冶長瑜二次禪修後之戮封劍，甚將自己使劍心得，融入公冶大師之鑄劍思維。大師為著製出一卓越劍客所使之利刃，因而三度閉關禪修，藉以悟出精鑄神劍之工法，終完成了讓操使者得以「人劍合一」之傑作，並將之命名為……三禪戮封劍！

凜又說：「此劍設計之精妙，為世間兵刃少有！公冶大師依刁刃慣用之旋柄轉劍，巧妙地設計了一厚一薄之劍體，使劍者得以薄側刃為主力，始能使出疾劍，當遇對手持以質重之刃器，亦可轉使另一厚側刃，藉其剛韌之性與敵手對擊。而雙刃於距劍尖約莫二寸處，厚側刃即以流線圓滑弧度，緩下趨薄而使雙刃合於劍尖，做工完美，無懈可擊。」

「莫非凜大俠拜會過冶劍山莊，否則怎能鉅細靡遺地描述那三禪戮封劍？」鍾長老提問道。

凜秋痕再持起那擊痕累累的肅煞刀，回應鍾長老。「凜某並未拜會冶劍山莊，且看手上狂刀模樣兒，足以說明凜某所遇之求教者，正是手持三禪戮封劍之……刁刃！」此話一出，頃刻震懾與會之英雄豪傑！

原羽辰深吸了口氣，直問刀臣：「咱們雖接受各路俠士挑戰，卻有同一人於一年之內，僅能挑戰一次之規矩。然刁刃持拙劍已上門討教一次，為何凜兄會再受其二次挑戰？」

刀臣嘆了口氣，苦笑回道：「七日之前，刁刃再度登訪井柏崖。吾本回絕刁刃討教，但刁刃以拙劍會我單刀之戰，僅是以招會招之前哨戰，且雙方對決廿九招仍無勝負，遂雙雙收劍。待刁刃二次前來，不僅亮出了公冶大師所鑄之三禪戮封劍，更指名挑戰凜某之肅煞獨疾刀！當下見刁刃提劍上崖之氣勢，吾已知抽刀難免；惟見如此特殊之兵器，多少引動了凜某提刀較量之興趣。再則，當年刁鋒手持公冶大師所鑄之穿封劍，亦曾敗於肅煞獨疾刀下。所以，此回刁刃持劍上山，與其說是討教，不如說是為其父雪恥而戰。」

「為何刁刃只找凜大俠挑戰，而未前來北州與原某一試？」劍紳疑道。

「哈哈哈，快了，就快了！刁刃於南州取得三禪戮封劍，而凜某所居井柏崖亦位於南州，就地緣關係，當然就近挑刀嘍！倘若此行能勝得了刀臣，而後即可全力一戰同是使劍之劍紳囉！」凜又說：「方才與劍紳切磋之初，刻意引原兄對招，而凜某所使之招式，即是刁刃擦擊肅煞刀之劍路走向。然吾之肅煞與斶疾二刀，一可肅煞重劈，二可斶疾速撩，一般對手根本近不了刀臣一尺之內，惟因刁刃所使之利劍，劍長足有三尺，其可藉瞬間旋更手把方向，倏以厚實之刃，襲肅煞之身，再藉薄刃之速，破斶疾之厲！」又說：「凜某以八招為一組，八招一過，即已感受到戮封劍之堅韌犀利；經對戰三組之後，由日照之異常反射，始知肅煞刀身已留下累累劍痕。然而，年輕即是打持久戰之本錢，對戰卅招後，刁刃越戰越勇，劍速絲毫不見降緩；待吾雙刀換招而頓顯了些微間隙，竟足以讓刁刃趁隙竄入，並以劍尖抵住對手前喉於咄嗟，令凜某敗得理所當然！」此述一出，一座皆驚！

褚標頭訝異道出：「年不及而立之刁刃，竟擁如此劍術造詣，甚連凜大俠都承認敗得理所當然。如此一來，真不知江湖上人稱第一速劍之劍紳，能否藉絕鋒蟬翼劍降龍伏虎？甚是刁刃之三禪戮封劍技高一籌？煞是耐人尋味呀！」

佇立一旁之靳芸禕想著，「刁刃已取得公冶長瑜之三禪傑作，若真如公冶大師所言，要為劍客鑄出能達『人劍合一』之作，故眼下刁刃之劍技，應已不可與二禪之作時同日而語了。嗯……不知源伯可有將那髮髻鑲玉……交還予刁二俠啊！」

這時候，樓御群走向木樁之內，對著大夥說道：「在座英雄豪傑，今日大夥兒不遠千里而來，難道只是來聽故事嗎？三年一度之屹岡刀劍會，難道成了刁刃之歌頌大會嗎？既然劍紳、刀臣僅是對招而已，何不藉此機會，接受各方俠士討教？如此，亦可省去大夥兒走訪一趟井柏崖，甚是邵丘山！」

「對對對，樓公子說得有理。既然來了，不妨讓後生晚輩們當面向劍紳與刀臣討教，切磋切磋一下武藝囉！」饒莊主附和道。

鍾長老不甚愉悅地表示，樓公子年輕氣盛，爾等所謂討教，亦可說是居心叵測。據聞中鼎王欲集結地方之能人異士，成立強勢之神鬣門，此一機構初審核通過者，須再經由擂臺比試而選出六人，分別是三位鋼鬣戰士，兩位銀鬣戰將，以及一位最終領導神鬣門之金鬣戰神！鍾又說：「然於重陽節不久前之中秋夜，雷嘯天採納國師薩孤齊之見，刻意宣布：凡能勝過劍紳或刀臣者，即可直升神鬣門之銀鬣戰將。老夫見樓公子積極地掀起討教劍紳與刀臣之風，該不會是為著直升銀鬣戰將之位而來吧？」

樓御群輕蔑地回應指出，與會之各路好漢，無不為著一睹劍紳與刀臣之刀劍切磋而來。怎料，巧遇中鼎王拔擢能人之際，順勢助升了刀劍切磋會之聲勢罷了。然而今年刀劍之會似乎變了調兒，恐與凜大俠於數日前受挫有關連，以致今年之刀劍切磋……似乎提前落了幕，令人惋惜啊！又說：「在下僅是順水推舟，倘若凜大俠已心生倦態，晚輩倒有興趣敬邀原羽辰前輩賜教。至於鍾長老以厭煩語句，扭曲晚輩之用心，晚輩尚且念於鍾長老已鬢眉皓然、鶴骨霜髯，不予計較，畢竟在下為大夥兒爭取的是武術觀摩之機會，而非胡亂地巴三攬四、七搭八扯，在座各位可以評評理啊！」

霎時，眾人雜聲四起，饒莊主又藉機和道：「既然樓公子有心向前輩討教，大夥兒樂觀其成，畢竟此回尚未見到劍紳之絕鋒蟬翼劍出鞘呢！」此刻，於嘈雜聲中之劍紳，閉目盤坐，無動於衷。

突然！見火雲教鍾長老起身，跨步上前，斥道：「堂堂御劍山莊之後，武藝、行徑尚不見經傳，即學會了伶牙俐齒、鼓舌搖唇，如此巧言利口之輩，尚不及與劍紳、刀臣過招，老夫這就試試，樓少俠習得了樓茂榮莊主……幾分火侯？」

甫一完話，鍾長老飛身揮劍而出，立馬使上一招〈火鶴淺啄〉，此一劍路，形如彎曲鶴頸，左圓右滑，柔中帶剛；樓御群則立抽長劍以對，霎時聞得木樁之內，鏗鏜連連。惟薑是老的辣，鍾長老雖已年逾五旬，唯經驗老到，見其舞劍身段，隨劍而柔，柔中反攻，攻中軟硬兼施，遂令對手使不起疾劍。

年輕氣盛之樓御群，見勢不利於己，倏更以低攻策略，於膝下高度使出〈淺鰍竄泥〉之式，藉以考驗年長者之彎腰能耐。果然，彎腰閃腿確實阻了鍾長老之攻勢，直得頻採低擋以對。樓一連三招低空橫掃，致使木樁內之塵土飛揚，三招之後，眾人驚聞劍刃落地之聲，更見鍾長老棄劍躍起，一手緊抓頸前襟領，臉色轉眼翻白，呈顯痛苦之貌。樓一見鍾長老脫逃，立於塵土未散之際，刺劍而去。

「鏘……鏘……」現場突傳來刀劍對擊聲響，眾人循聲驚見凜秋痕提刀躍出，及時擋下樓御群之刺劍追擊。然此同時，盤座中之劍紳，斯須躍上，及時攙住已失衡之鍾長老。待塵煙散去，原羽辰已攜鍾長老倚於木樁旁，惟長老依舊顯出痛苦。待凜秋痕前來，見鍾長老呼吸急促、口唇紫紺、不能平臥，倏以指壓其背部第七頸椎棘突下，旁開半寸處之定喘穴；半晌之後，鍾長老稍有緩解，惟一時說不上話來。

凜秋痕立取出三稜放血針，對著鍾長老之眉梢與目外眥之間，稍後約一寸凹陷處之太陽穴，並於外踝尖上八寸之豐隆穴，以及手掌第一掌骨中點，赤白肉交際處之魚際穴，施以三穴放血，語重心長地說道：「鍾長老呼吸道之疾已不容忽視！甫見樓少俠揚起塵灰，即見長老呼吸生變，再加上舞動招式之肺循環加速，致使原有之哮喘症發作，若不立即緩解，長老恐有命危之虞！」

「所幸有個刺血大師在場，否則於此荒蕪之島，上哪兒找大夫去？」劍紳說道。

「我就說嘛！這兒是刀劍切磋場合，不甚適合鍾長老這般髮蒼蒼，齒牙動搖之長者強行出頭地。」樓御群於一旁譏諷道。

原羽辰見樓御群狂妄不羈，立握羽翼劍柄，卻遭凜秋痕壓下了手肘，使了眼色後，道：「且留實力，這小子交給我了！」

凜秋痕緩緩上前，對著樓御群道：「既然勝了劍紳或刀臣，皆能於神鬣門晉升階位，那凜某就提起威名雙刀，會一會樓公子之長劍了。」

刀臣右持肅煞，左持蠲疾，急喝一聲，肅煞刀隨即使出當年對付劍齒魚之〈力斷劍齒〉招式，隨後轉身，以左手指伸入套環，速旋蠲疾刀。樓見對手一重一速之雙刀法，攻也不是，守也不是，霎時不知何以出擊！心想，「爹曾提過，遇快慢交錯，先制快而後抵慢。好，不妨先專注於蠲疾刀，以長劍抑制短刀，綽綽有餘，端看刀臣何以應對？」

　　樓御群振臂一揮，分別以攢式、挑式、撥式，主攻蠲疾刀，並以欄式回防肅煞刀。幾招之後，不禁讓一旁觀戰者讚道：「還以為口出狂言之樓御群，應抵不住刀臣雙刀出擊才是；孰料見其揮劍與回身之形影，頗有幾分樓茂榮莊主的影子。」接著，樓持劍蹬步，踩踏木樁，借力使力，飛身衝向對手，刀臣見此長劍之慣用招式一出，瞬間微笑後，隨即將蠲疾刀拋向空中，並以雙手緊握肅煞狂刀展出轉背、旋膀，由下而上之勢。樓御群雖注意到對手之快刀上拋，卻仍把握飛身刺擊之式以破敵。凜大俠見狀，順勢躍上並將狂刀上撩，雙方刀劍鏗鏜對擊，一般劍客若遇刀臣這般雙臂出擊力道，手中劍刃非斷即脫。然樓御群乃使劍之箇中好手，雖於對擊剎那不見其劍脫，卻因對手力道太大，以致持劍手掌自**勞宮穴**一路震麻至**手厥陰經脈**之**內關穴**方止。

　　樓御群驚見凌空飛刺招式遭震開，旋即翻飛而下，適值雙足及地剎那，在場眾人無不瞠目瞧著樓御群，霎時，樓直感頭皮一陣疏鬆，隨即見其長髮垂落於雙肩上。「這……這是怎麼一回事兒？我……紮妥的頭髮……怎麼四散垂下？」樓御群一臉茫然地驚慌道。

　　「啪……啪……啪……」靳弘羿拍手讚道：「刀臣名號，果然名不虛傳！凜大俠乘著狂刀上撩之際，鎖定飛衝而來之對手左側予以重擊，而樓公子為求凌空平衡，遂將身子轉向右側，凜大俠則於翻躍之際，俄而收回蠲疾刀，惟因蠲疾刀鋒利無比，倘若凜大俠不速收此刃，以樓公子之右傾角度，此一下墜刃尖，恐將擊中樓左眼外眥旁側之**瞳子髎穴**，瞬間失明，在所難免！再則，眾英雄仍可推斷，若凜大俠接刀之際，適值對手傾身尋求平衡，當下幾可見對手遍身是破綻，蠲疾刀任一出擊，均可刺中對手要害。然凜大俠僅於接刀剎那，順勢畫斷對手之髮髻緞帶，致使樓公子觸地後長髮四散。以此可見，樓公子挑戰刀臣，亦是敗得理所當然啊！」

「呵呵，好個雪盟山莊的大弟子，在此為大夥兒作出對陣解析啊！」饒莊主又說：「耳聞靳公子於冶劍山莊與刁二俠過招，亦是遭刁刃上撩招式以對，鎩羽而歸。怎料眼下見著樓公子飲敗，瞬令靳公子憶起過往舊教訓啦！」

靳芸禕勃然變色地斥道：「饒莊主每輒出言，語帶奚落，既然是武藝切磋，勝敗在所難免。我師兄雖曾敗於嵐映刁二俠，但眼前之凜大俠不也宣稱敗於刁刃，且敗得理所當然嗎？由此可見，我雪盟山莊弟子所切磋過招者，均為江湖上乘之輩，雖敗猶榮。倒是饒莊主所帶領之竹鳴劍陣，尚不敵我雪纏四劍，怎於此厚顏挑釁？不覺有失一莊莊主之莊重嗎？」

「嗨嗨嗨……呀……妳這牙尖嘴利的丫頭啊！你你你……們雪盟山莊劍陣，倚的是道具輔助，搞個什麼十字索網纏人，使之動彈不得；而我鴻鳴山莊講的是正統劍術，靠的是刀劍招式。」饒莊主續駁斥道：「昔日我莊弟子於貴莊敗陣，我饒某人不甚服氣，今日若非僅見靳氏兄妹出席，成不了所謂的雪纏四劍陣，否則，於劍紳、刀臣未登屹岡島前，我莊弟子即有架陣再戰雪纏四劍之念頭啦！」

靳弘羿皺起眉頭應道：「既然我雪盟山莊無以成四人劍陣，此刻不妨於眾英雄前，直接由晚輩向饒莊主討教，晚輩若是技不如人，此戰之後，自會於江湖上傳開，饒莊主亦無須再對過往種種，耿耿於懷！」

靳弘羿言出後，不禁引來群眾陣陣鼓譟，頻頻推助著雙方對戰氣氛。凜秋痕上前一步，搖頭喊道：「別逞強了吧！凜某耳聞饒莊主生性嗜酒，方才已發覺莊主目眩畏光，視物不清，面紅，泛泛欲嘔，**現已呈現周目紅腫，此乃肝陽上亢之兆**，任憑您經驗老到，除非饒莊主有把握三招內制服對方，否則，凜某還是奉勸莊主稍安勿躁，以免損了莊主身子。」

突然！一年輕俠士自饒莊主身後走出，說道：「師父，有事弟子服其勞，無須勞駕師父您出手。」話一出，此人立馬走向木樁之內，對眾喊道：「在下鴻鳴山莊大弟子，亦是竹鳴劍陣之首……金晟荃！既然雪盟山莊出不了劍陣，不妨採兩莊劍陣之領頭對決，再恰當不過！哼……在下曾栽於貴山莊之黏網把戲，今兒個定要討回當年一劍，看招……」金晟荃眨眼抽出一長二尺八寸，且劍身具有孔竅之利刃，故於揮使之際，不時讓人聽聞「嗡……嗡……」之聲，然此聲響近似風入空竹鑿孔之鳴聲，遂有「竹鳴劍」之稱號。

靳弘羿不甘示弱地揮出重新鑄造之纏弘劍，頓時四樁內連傳鎗鎗啾唧之響。一旁靜坐觀戰之劍紳，倏以雙耳聽著金、靳二人之對擊聲響，瞬令其關注靳弘羿之手持利刃，不禁覺到，「此一纏弘劍乃不可多得之利器！馭劍者能於順風之向，使出刺、挑劍式，且於逆風之向，使出欄、掛劍式。若不出所料，靳少俠於進退之間，逐步將對手逼近側風之向，好使出其拿手絕活才是！」

適值樁內二劍客打得激烈，原羽辰與凜秋痕突然對瞧了一下，而後二人目光齊朝屹岡島東南向瞄了一眼，凜立以拇指與食指，對劍紳做了個手勢。「這……這是？」原羽辰這才恍然大悟，為何凜秋痕堅持不讓蟬翼劍出鞘了。

這時候，一船家緩緩地靠上屹岡島，依稀見得一約莫六尺之身影，登島而來。然而除了原、凜二人之外，在場眾人無不注目著木樁內之戰局。果然，金晟荃於交手廿招後移位轉向，值靳、金二人之相對位置，呈出了東北對上西南之震巳走向時，恰巧遇得一陣西北向之側風襲來，靳見機不可失，倏以纏劍式使出順向疾旋，金晟荃一個不察，整支竹鳴劍猶如一葉扁舟捲入漩渦一般，除了任由渦流擺佈外，幾無立即抽身之可能！

「喝啊……」靳弘羿氣出丹田，狂喝一聲後，震臂一揮，眾人惟聞鏗鏜一響發出，隨後即聞金晟荃一聲慘烈驚叫，惟手中之竹鳴劍，應聲遭對手整個兒拔起，順著風勢，靳弘羿已於指顧間將竹鳴劍甩向東南而去。然此一幕，直令眾人瞠目咋舌，更令親睹之饒莊主驚愕失色！

「這……這是啥子法術啊！怎麼……吾之竹鳴劍不知了去向？」金晟荃愣著唸道。

「昔日鴻鳴山莊之竹鳴劍陣登我雪盟山莊切磋武藝時，就因困於十字索網，含恨而歸，遂不曾見識過真正之雪纏四劍。如今勝負已分，饒莊主與金少俠可見識到我雪盟山莊之威名劍術了吧！」靳芸褘說道。

一旁散著長髮的樓御群，不禁讚言道：「經靳姑娘之旁說，實已領略到旋、纏、甩、拋之劍法，果真是劍術中之一絕！」惟聞樓公子發出了讚嘆之語，但目光中似乎透出了對靳芸褘愛慕之意，而芸褘於禮貌上點頭回敬，卻無與之多所互動。

饒莊主立馬反駁指出，此乃靳氏兄妹怯於面對竹鳴劍陣之伎倆。倘若我方劍陣齊出，對手根本不存在單獨纏劍之時刻。然而，正當饒莊主試圖挽回顏面而自圓其說時，金晟荃則躡著手足，低頭搜尋著遭拋飛之竹鳴長劍！

「嗡……嗡……嗡……」忽聞一陣嗡嗡聲響，自遠傳來，霎令金晟荃驚訝喊出：「欸……此乃吾之竹鳴劍所發鳴聲？怎會……」

說時遲那時快，隨著嗡聲越來越響，驚見金晟荃之竹鳴劍，倏由木樁外飛來，眨眼飛過眾人頂上，直插入四大木樁位居北位之樁，而此樁下方乃見調息盤座之劍紳原羽辰，樁之後方則是鐃莊主與旗下弟子。鐃莊主一見飛劍逆襲，驚慌喊道：「有……有刺客！快……快……快佈陣迎戰啊！」金晟荃躍身拔取竹鳴劍後，瞬偕其他三師弟舉劍架出陣勢。

凜秋痕搖了搖頭，長嘆了口氣，道：「得了吧！鐃莊主。今兒個屹岡刀劍會可不是鴻鳴山莊炫技的場子，要觀摩真正劍術，鐃莊主還是令弟子一旁歇著吧！」

「這是甚麼話！有人拿了咱們竹鳴劍，挑釁射了回來，四大木樁哪樁不挑？就偏偏挑上咱們盤座的北樁，是可忍也，孰不可忍也！到底是何方鼠輩？如此膽大妄為！」鐃莊主不悅斥道。

「咻……窣……」，霎時一陣風嘯聲響，迎來一面無表情之俠客，惟見手持一劍，緩步走向木樁。然見此人面貌，在場瞬生感觸者，除了凜秋痕外，即屬雪盟山莊之靳氏兄妹。靳弘羿訝異話道：「是他？這難纏的怎也來此湊上一腳？」

金晟荃怒斥道：「乳臭未乾的小子，膽敢挑釁我鴻鳴山莊！今兒個是屹岡刀劍會，爾不僅遲了時辰，甚亂了與會規矩；以為提了把劍，就能目中無人嗎？」

見該少俠來到木樁前，道：「在下兩天前即與船家訂好了今日前來屹岡島，怎知準時來到渡船埠頭，卻聽聞本欲搭的船兒，竟遭一群持刀劍者強行包下，並恐嚇船家立即出航。然船家善良，見刀劍無眼，莫敢忤逆，只好違約出船；殊不知，如此粗暴行事者，竟是號稱名門正派之鴻鳴山莊所為！」

此話一出，隨即引起現場一陣譁然，眾人目光皆朝北樁方位望去，立聞道：「嗨呀！貴莊這般行徑，真讓人難以聯想啊！」

金晟荃再斥道：「臭小子，咱們僅是要求船家提前出航，且付了銀子，並無脅迫船家之舉，切勿血口噴人，尤在眾英雄前毀謗我莊上下，這禍闖得可不小啊！只怕你沒本錢償還了。哼！既然禍從口出，咱們就讓你瞧瞧，啥是竹鳴劍陣！弟兄們……上！」

「姓金的，爾等對外號稱忠義之派，威嚇船家已是不齒行徑，現在又率眾圍攻舉發者，貴莊不怕遭人唾棄嗎？」靳芸禕上前制止道。

「臭丫頭，難道要咱們默認這鼠輩在此胡謅嗎？憑空捏造之事兒，陷我莊於不義，不教訓教訓這小子，他怎知江湖上的規矩呢？廢話少說，竹鳴四劍……上陣！」

「嗡嗡嗡嗡……」金晟荃令聲一出，旋即領著四劍齊出，嗡聲連連，接著四人齊喝，逐一揮出劍式，惟見四劍各耍各的，並無實際交疊之組合。四人僅見敵對跨步蹬躍，隨即順著四劍逐一出招，霎時四人驚覺手腕一陣疾痛後，立見四柄劍刃依序脫離使劍者而落地；待少俠翻飛就地後，竹鳴四劍客無一不以左手按壓右手掌。

「嗯……好一個不出劍即能制人劍陣的嵐映刁二俠，原羽辰久聞閣下大名，如今一見，不同凡響！」劍紳發聲道。

現場又是一陣譁然，惟驚訝與讚嘆之聲夾雜，立聞：「嗨呀！這遲來的少俠，就是讓凜大俠敗得理所當然之刁刃啊！」，又聞：「此人劍不出鞘，即可擊退竹鳴劍陣，煞是厲害啊！」

劍紳微笑指出，劍陣出擊，貴在默契穿插其中而襲人於攻防之間。然竹鳴劍陣僅藉揮劍以釋竹鳴聲響，並依此作為四人各自出招之銜接，雖是劍陣中之創意，卻是捨本逐末。刁少俠見此特色，遂依循鳴聲，以劍鞘鞘尖，震擊持劍者手背腕處之手少陽陽池穴，此穴之經氣，其下可連至無名指指甲邊，其上可通貫內耳，氣充三焦，影響頗深。然持劍者於該穴遭震擊，瞬間無力握劍，對手趁隙以左手奪劍反轉，再以該劍刃劃破原持劍者之手虎口後棄劍，以致傷者難以及時奪回己劍，遂逐一聞得墜劍聲響。如此四擊，刁二俠即可劍不出鞘，即令對手劍脫而無以回擊。

「短短幾句，即能將在下之雕蟲小技，逐一點出，劍紳名號，絕非浪得虛名。在下嵐映湖刁刃，久仰劍紳乃中土第一疾劍，今逢屹岡刀劍會，特來觀摩前輩劍技，可惜因故來遲，沒能趕上凜大俠與原大俠之刀劍切磋，煞是扼腕！」

「少俠客氣啦！我凜秋痕領教過少俠劍術，火侯拿捏，恰到好處，值對決中之冷靜，亦強過令尊許多，倘若再論少俠結合掌中利刃，面對那般人劍合一，那凜某之狂刀亂舞才算是雕蟲小技吧！不過，吾早料及爾將前來，但非出於觀摩，而是為著令尊的尊嚴而來才是！」凜又說：「還好，於此之前，島上有著南州火雲教鍾長老，中州御劍山莊少莊主樓御群，雪盟山莊大弟子靳弘羿，以及鴻鳴山莊之金晟荃少俠，再加上凜某之各段串場演出，為的即是讓原大俠能調理舟車勞頓之息，以備勁敵之到來。」

刁刃冷笑應道：「凜大俠能於眾英雄前，將屹岡刀劍會之主角角色，自退為配角，如此鋪陳，煞是有心。刁刃僅欲藉此機會，見識當年令先父鎩羽而歸之獨到劍術而已，原前輩不妨視刁刃為前來求教者罷了。」

「啪嚓……啪嚓……」原羽辰雙手提上長短各一之雙劍，一躍數丈，斯須盤座於北椿之上。

在場眾人無不仰首注目，吱喳嘈雜著，「哈哈，本以為今年屹岡之會已沒啥看頭兒，孰料，

竟殺出了個勝過刀臣之刁刃來壓軸，且同劍紳一般，是個耍劍的。眼前所見，一個是第一疾劍，一個是武癡之後，此一對決，絕對精彩，咱們能遇上此局，實已不虛此行啦！」

刁刃持劍走向南椿，但見靳芸禕之際，倏以食指指向頭上之髻帶鑲玉，並點頭以示謝意。此一動作雖讓靳芸禕雀躍不已，卻也引來了身旁師兄與一旁樓御群之側目。接著，刁刃縱身一躍，上了南椿，盤腿而坐，左手平持劍鞘，右手橫握劍柄，深吸一口氣後，橫向抽出神器，此一幕不僅吸引著眾人目光，更令對邊兒之原羽辰正襟危坐以對！

「嗯……好一威猛之絕世利刃！」劍紳翹望後再覺到，「此一戮封劍，劍身足具三尺，雙刃一厚一薄，重心約莫於護手前後一寸之內，配以六寸握柄，恰到好處。再則，見刁刃呼吸中庸，握柄於護手四寸半內，可推其將採速劍出擊，試圖一探對手之速。不過，甫見刀臣之導引招式，更見肅煞刃上所留擊痕，應是藉厚刃出擊所為；惟面對吾之疾劍，其可能轉以薄刃為主力。既然雙方皆初試水溫，不妨先以二尺羽翼劍上場，瞧瞧這三禪戮封劍何等火候？」

刁刃抬頭一見，原羽辰露出二尺寒光，徐徐微風之下，似乎有著持劍馭風之勢。此刻，四椿之外，鴉雀無聲；待刁刃與劍紳目光正對，瞬聞「嘯……嘯……」之兩風切聲響，二人咄嗟蹬躍出劍。惟見刁刃之三尺戮封，不疾不徐；劍紳之二尺羽翼，輕曳柔緩，二劍一如禽鳥啄米，相互點擊，各探虛實。

一旁觀戰之刀臣覺到，「這兩玩劍的，知悉一劍雙刃，能於招中轉招，遂小心翼翼以對，不若先前與吾刀劍對峙。然遇單刀直攻，偏於招中之力道，故刁刃敢放膽撩劈。而劍紳先以羽翼劍出擊，顯然欲採此柄戮封劍之劍身厚薄比例，並感受厚刃之力道與薄刃之速率，看來這兩劍刃對決……有看頭了！」

劍紳於三招之後，改變應對招式，使出〈劍魚出水〉之弧躍劍法，見其雙手握劍，以腰部為支點，做出上下一刺一畫之弧形攻勢。然此劍招之奧妙在於使劍者使出上半招時，瞬見下半身呈出破綻，待引對手攻其下半身時，又能轉身由下彈上，趁隙撩中對方肘臂。刁刃見狀，猶顯退縮，立馬一改刺探之勢，使出〈地龍鑿土〉應對。此招一出，瞬令原羽辰憶到，「這是？這是刁鋒使過之〈地龍鑽〉嘛！可是……刁刃每輒出劍與收劍，各加一觸、一曳，藉以加強兵刃之擊點力道與擦曳時間，確實對原招有畫龍點睛作用，如此精修原創，嗯……此一後輩確實是劍術界之奇葩！」

一旁調息中之鍾長老，對二劍對決目不轉睛，心裡不禁讚嘆，「原羽辰已年近不惑，尚能使出〈劍魚出水〉且游刃有餘，足令對手怯步。反觀刁刃之出劍，沈著冷靜，該進則進，該退則退；尤以精改刁鋒之〈地龍鑽〉一式，幾可斷定我教之〈火鶴淺啄〉招式，略遜一籌。不過，對決至此，尚不見二人速劍出擊，想必尚有好戲於後才是！」

另一觀得出奇之樓御群，點頭覺到，「這個刁刃果然是個角色，頗有兩把刷子！惟見其揮劍出招，頻施觸擊與拖曳，好似攻中帶怯，但逢劍紳出擊，又透出欲拒還迎之詭譎。嗯……這刁刃與我年紀相仿，竟於劍術上擁得此等造詣，未來勢將成為吾之仕途上，一不容小覷之對手！」

忽然！聞得四椿之內，鏗鏜之聲加速；而後，刁刃似乎暖足了身子，翻飛而下，倏以腰為軸，舞劍扭身，手腕螺旋迴繞，一展剛柔並濟，鬆活彈抖之圓融架勢。原羽辰見狀，立將劍尖朝下，手握劍柄後段，以為施展獨步武林之〈懸錘迴擺〉式而鋪陳。

刁刃一聲喝響發於咄嗟，三禪戮封應聲出擊，眾人見戮封劍猶如靈蛇出洞，劍光耀眼近似冰鏡迴光，俄而躍步而起，飛展於劍紳眼前。原大俠淺露微笑，猶顯請君入甕之勢，指顧間已見其手持羽翼，磨礪以須。然以刁刃專研其父之劍術密笈，知悉〈懸錘迴擺〉乃仿懸錘之形，瞬藉對手直攻之際，以護手為軸，迴擺轉劍上攻之誘敵招式，怎料刁刃仍執意出劍，絲毫不畏對手之迴擺攻勢。

果然，刁刃於出劍後，立以厚刃抵住羽翼劍之懸錘攻勢，隨即手柄一轉，反手以刃尖疾刺而出，以期刺中羽翼劍之護手。經驗老到之劍紳，見護手已遭鎖定，立馬使出雙旋迴擺，不僅閃過戮封劍尖，反劃中刁刃之肘尖外側，此一幕瞬令椿外的凜秋痕，做出了箭中獵物之手勢。此刻，中招之刁刃不僅無視肘傷，反而再次將劍柄轉向，如鷹眼獵魚般之眼神，瞬以厚刃直中羽翼劍距護手六寸之劍脊處，立即向後翻躍，並將三禪戮封劍收入劍鞘之中。

饒莊主見狀，立馬喊道：「刁刃已中招，原大俠技高一籌，在座英雄親睹為證。」霎時四椿外圍又是一陣此起彼落之嘈雜聲響。

刁刃依舊立於四椿之中，並冷酷地對著劍紳說道：「前輩，在下一點皮肉之傷，能請出您的另一柄利刃，該是值得的才是！」

原羽辰將羽翼劍緩緩地送入劍鞘，適值劍鞘口觸擊劍格護手時，劍紳瞬間眼燃怒火，轉身躍上北椿，斯須抽出另一三尺銀刃。此舉瞬令眾人異口同聲道：「來了，來了，終於見到遐邇聞名之絕鋒蟬翼劍啦！」

刁刃一見絕鋒蟬翼劍出鞘，煞是激動，道：「前輩即以此劍，斷了先父之穿封劍！」

劍紳回道：「令尊劍術歸屬上乘，惟其求勝心切，並急於練成龍武尊之『經脈武學』以致經脈受損。雖見招式有形，卻是力不從心，遂於歷經刀臣之肅煞獨疾刀後，再戰蟬翼雙劍而疲，因而留下了遺憾！」

「刁刃拜公冶大師之賜，推助在下先行會過凜前輩之肅煞狂刀。今日，刁刃將以三禪戮封劍，領教前輩之絕鋒蟬翼劍！」

劍紳持劍表示，多年來，雖有劍術同好登訪邵丘山討教，卻鮮有突出者令人印象深刻。今日一見刁少俠氣勢凌人，一柄三禪戮封劍，絕頂犀利，無怪乎凜大俠會深感誘惑而抽刀對決。又說：「既然原某之羽翼劍已收鞘，咱們不妨同以三尺寒光相向，一來可解原某之品劍嗜好，二來可讓少俠一償對劍宿願。」

「咻……咻……咻……」原羽辰持起絕鋒蟬翼劍，惟聞三聲揮舞，立架出一招〈蝴蝶出谷〉劍式。回觀另一頭之刁刃，緩緩抽出三禪戮封劍，放下了劍鞘，將戮封劍於胸前正旋一圈後，劍朝右下並轉薄刃對外。這時，對決二人突然轉身後移，雙雙跨出大步，紛紛踏上北樁與南樁，借力使力地將身子彈射而出，隨後立聞雙刃鏦鏦錚錚之響，環盈四樁之內。惟因蟬翼劍身極薄，出劍又疾又快，旁人因視覺暫留現象，立見劍紳之疾劍拖影，一如宮中舞妓揮搖彩緞，圓融滑順，一氣呵成。反觀戮封劍之厚薄一體，雖不如蟬翼劍輕盈，惟刁刃每一出劍，速中帶勁，勁中帶堅，堅中帶剛，剛中帶柔，令觀戰者猶見訓獸師之響鞭，疾抽疾拉，招招到位，毫不含糊。

二人凌空三招之後著地，刁刃俄頃使出拿手之〈尖喙刺魚〉式，一連刺、削二招，配上疾轉、攢挑二式，一進一退後再以退為進。原羽辰見對手招中有招，旋即採進、退、顧、盼、定之五步以應，再由蟬翼劍更轉為慢、圓、柔之調性，從中引動力勁，並於順柔中隱帶剛烈。

椿外目不轉睛之靳氏兄妹，親睹二高手對決，不禁令靳弘羿唸道：「禕，妳瞧，劍紳之劍速極快，竟能於收劍未盡之餘，轉接另二步伐接應，使其能於平衡中再為下一劍式鋪陳。然於轉招平衡當下，即是瞬顯破綻之時，惟原大俠竟能予以補足，且令對手未敢越雷池一步，名冠中土之劍紳，真不愧是劍術界之翹楚啊！」

靳芸禕接話道：「羿哥，看那刁刃！一樣是疾劍出招，其能於正面使出刺、削之後，轉身攢、挑到位，招招快、狠、準，對手本以為可攻其背，怎料尚得收劍回防。不過，劍紳於回擋戮封劍時，因劍身極薄，稍顯吃力了些。嗯……刁刃之劍術，真可謂吾等持劍同輩中，無人能出其右才是！」靳芸禕邊說邊點著頭稱讚，霎令曾敗於刁刃之靳弘羿頓感不是滋味，以致直翻白眼以對。

「哦？刁刃開始更轉劍柄啦！」刀臣關注後直覺到，「劍紳向來以蟬翼劍作速，羽翼劍使緩，雙劍速緩交錯齊發，遂令對手措手不及。而今，二人單以三尺銀劍對挑，刁鑽之刁刃，既可薄刃應疾，亦能厚刃強攻。劍紳啊劍紳！速戰速決實為上策，否則，持久之戰對蟬翼劍不利啊！」

眼尖之原羽辰，注意到了對手之握柄處起了變化，霎時意念一轉，決定不按常理出招，立以雙手握劍，使出砍、戳二式，此舉瞬讓眾人為之注目，只因顯少見得劍紳雙手持劍使招，畢竟砍、戳、沉、劈等劍式，均不利於薄刃利器！

突然！刁刃藉薄刃之速，回抵對手砍攻瞬間，竟將戮封劍鬆手一放，讓整劍呈水平落下，此幕令眾人無不詫異以對。劍紳見狀，頓感吃驚，火速更以單手出擊，使出當年力克刁鋒之〈疾風快斬〉式。孰料，刁刃竟於戮封神劍尚未及地剎那，倏以左手接劍，並轉厚刃迎對劍紳之〈疾風快斬〉，更於蟬翼劍連三斬之觸及瞬間，倏以厚刃接擋並快速旋畫一圈。

適值劍紳使出三斬之後，訝異未能摧裂戮封劍，卻於日光反影下，驚見蟬翼劍身已留下無數擊痕，不禁覺到，「經由凜秋痕事先對招提醒，吾已刻意閃過肅煞刀遭擦擊之劍路，怎料刁刃竟趁著對手攻勢，先採厚刃點擋，再瞬轉薄刃毀損敵對劍脊處。昔日用於刁鋒之劍招，刁刃不僅熟悉以應，其更於招式之後，再延伸回擊攻法。勁敵當前，竟絲毫不察對手招中有招，看來，為突破這般窘境，惟有以奇制奇了！」

原羽辰放緩步調後，已能覺到對手之呼吸加速，「嗯……持久戰雖對吾不利，但速戰速決亦迎合了刁刃使快之胃口。好！不妨來個劍走輕靈，攻防合一吧！」劍紳理了思緒後，鬆腰沉胯，以腰為軸，虛領頂勁，沉肩墜肘，含胸拔背，收臀開膝，配以虛步、撲步、撤步、輾步、平滑揮劍。刁刃一見對手更步，覺到，「這老狐狸竟將太極劍法給拖進來了，其欲藉緩步揮劍，使劍脊能均衡冷卻，亦可使擦擊後之劍身回復韌性。不過，所謂打鐵要趁熱，萬不能如其所願；瞧吾接下來之攻勢，將讓『太極劍』躍升為『太疾劍』了！」

刁刃一記長翻躍，火速出劍，立採刺、削、砍、戳，結合撩、纏、拋、托之八式合一，硬是讓對手不知不覺地加速揮劍。原羽辰雖見對手急躁程度上升，但若不採速劍以對，恐有全程受制之虞，遂因情勢所逼，使出了三點不定跳躍之〈狐狼突襲〉劍式，轉守為攻，且以不定向翻躍出劍。刁刃一個後轉身，瞬見蟬翼劍擦肩而過，險些中招，而後更見劍紳於三向出擊中輪番變招，若非全神應對，恐中招於咄嗟。

霎時，刁刃隨著對手輪番出擊，頻於三向應對，心想，「敵對劍路忽暗忽明，且採不定向出劍，讓人強攻也不是，靜防也不是！此般對峙雖能耗掉對方不少氣力，但若不能近其身，根本攻不到對手要害。不行，這麼拖下去，我不勝，他不敗，終成和局收場，這般結果……絕非我刁刃欲見！」

刁刃待劍紳緩下翻躍劍式，旋即轉劍出招，使出橫向甩身之〈橫掃羅盤〉式。此劍法藉由橫向甩力，做出迴旋出擊，令對手為了護及肩頸部位，不得不提高手臂肘位。孰料，值劍紳回身間隙，驚見戮封劍已竄入其左下肋肋！然此時刻，刁刃本可上撩利刃，憑戮封劍之鋒利，絕對足以撩斷對手臂膀，惟其當下改採反轉劍柄，倏以戮封劍之劍鐔，震擊了劍紳左肋，剎那間，眾人立見劍紳露出痛苦表情。

「啊！糟了！」一旁冷汗直出之凜秋痕唸道：「腋下第六肋間縫處為**足太陰脾**經上之**大包**穴，此穴亦稱**脾之大絡**；人之**十二經**脈和**任**、**督二**脈各自別出一經穴之外的絡穴，若再加上**脾之大絡**，即總稱**十五絡脈**。此絡脈之病變，實證見得渾身盡痛，虛證則令周身骨節鬆弛無力啊！」

原羽辰於中招之剎那，反轉絕鋒蟬翼劍，隨手一迴旋削撥，本可削去於左肋間竄出之對手右耳，孰料劍紳刻意上揚偏位，致使蟬翼劍直中刁刃髮髻帶上之鑲玉，並順勢削去刁刃一截長髮。

靳芸禕一見刁刃髻帶鑲玉碎裂，霎時如遭雷劈一般，抖著雙唇唸道：「那……那……我送還他的那羊脂白玉……碎……碎了！」

接著，刁刃絲毫不讓對手喘息，為的是抓住大包穴受創之及時痛楚。瞬見刁刃提劍蹬躍，身體疾速旋轉，並轉呈厚刃為前。劍紳一見對手旋身飛來，尚不及臆測對手是刺、是削或是轉正而砍？遂採前箭後弓之馬步，使重心後傾，平持絕鋒蟬翼劍，伺機探得對手旋身之腰際弱點，使以趁隙突擊攻勢。

「嗖……嗖……」刁刃俄頃來到眼前，原羽辰一見對手目光，猶如執斬劊子手一般，惟見迎面三尺寒光由正轉斜，瞬間引來提劍回擊之意念；接著由手掌傳來敵對以斜削震點之疾劍式，深感一刺削、一纏托、一掛震，三式連翻出擊，惟聞「鏗……鏗……鏗……」三擊響後，這才讓劍紳憶到，「這……這是進化刁鋒之……〈斜風扐斷〉劍法，啊！我的劍！」忽見刁刃猛力向上一甩，硬是將絕鋒蟬翼劍整個兒拉起；隨後見其一回身，倏將三禪戮封劍收入劍鞘之中。劍紳則於震懾中躍起，凌空接回了絕鋒蟬翼劍，此一橋段，霎令在場英雄看傻了眼。

凜秋痕見刁刃精進了刁鋒之〈斜風扐斷〉，深覺刁刃為了制敵，甚而致勝，早已鋪陳在先。其先上井柏崖採刀路，再以三禪後之戮封劍挑戰肅煞狂刀。居中先以〈斜風扐斷〉之原始劍法作為提醒，再以速劍勝出。接著，故意藉機栽贓饒莊主搶船，惟因饒莊主一行人身上，有著中州莒鰴港埠特有之花粉味，加上其隨行弟子亦扛著幾鐔未開封之臨宣高粱酒，幾可斷定饒莊主應是由屹岡島東北岸而來，根本不同於刁刃來自該島東南。然刁刃只是藉屹岡刀劍會，先耗掉劍紳戰力，再單挑劍紳羽翼劍後，使原羽辰無法雙劍合璧，無以使出〈蟬羽雙飛〉絕技；而後，刁刃即可專注迎擊絕鋒蟬翼劍了，真是個居心叵測之劍客！

此刻見著原羽辰持著蟬翼劍，動也不動地佇著，而刁刃卻冷冷一笑，轉身對著眾英雄說道：「各位先賢、前輩，刁刃斗膽於屹岡島宣布，『絕鋒蟬翼劍』自此已成絕響！」凜秋痕一聽這話，速速提刀，躍入四樁之內，斥道：「狂妄小輩損人脾之大絡，原大俠刻意不傷對手要害，爾卻輪番疾劍出擊以對，極失厚道！既然今日乃刀劍之會，少俠何不再戰我肅煞蠲疾刀？」

刁刃見刀臣逆向斥責，立以睥睨之態道出：「七日前，咱們已於井柏崖對決；在下已以三禪戮封劍抵過凜大俠前喉。若依規矩行事，晚輩可等您一年之後，再來會我戮封劍！否則，以閣下手中拙刀……唉……至少能留著當柱杖用吧！」

刁刃轉項再道：「今日，刁刃能於屹岡島卸下『絕鋒』二字，實已了去多年心願；更於數日之隔，先後撂倒了刀臣與劍紳！倘若來日再有群英競技之會，刁刃定持戮封劍再現，以期承繼先父遺志，握擁『天下第一』之銜！在座眾英雄，後會有期了！」話出之後，刁刃立朝原來方向，跨出飛步，翻躍離去。

在場多數人尚因震懾而楞著，樓御群則不解地表示，眾英雄任由刁刃口出狂言，眼見那絕鋒蟬翼劍依舊回到原大俠手中，完好如初，為何原前輩與凜大俠毫無攔阻之意，任由刁刃揚長而去？

「哈……哈……哈……」原羽辰突然仰天大笑後，又道：「昔日之刁鋒，急攻躁進，予人斷劍，不留情面！」接著，劍紳將蟬翼劍送入劍鞘中，適值劍格觸擊劍鞘口之剎那，見原羽辰雙目外皆難抵熱淚滲出。拭淚之後，原大俠雙手持上入鞘之蟬羽雙劍，彈指蹬躍數丈高空，倏朝北樁擲出蟬翼、羽翼二劍，惟聞「唰嚓……唰嚓……」兩聲響，立見蟬羽雙劍應聲插入樁木內，聞原羽辰再道：「今日之刁刃，冷酷深沈，殘人利刃，受者自知！」甫完話，立見其曲著身子，以右手撫著左肋痛處。凜秋痕見狀，倏上攙扶，並以肅煞刀作為柱杖，二人不願多言，低著頭，悄然地朝東北岸走去。隨著二人身影漸稀，屹岡島忽起陣陣怪風，天色瞬間轉暗，隨後伴起了絲絲細雨。

縱然細雨斜降，心急的饒莊主仍摸不著頭緒地頂了下大弟子，金晟荃隨即上前問道：「在場先賢先知，何以解劍紳所示含意？」

褚總標頭立剖析指出，劍紳意指昔日刁鋒以斷人兵刃為樂，絲毫不留人情面；今之刁刃則青出於藍，縱然已知摧人兵刃，且讓對手自知劍殘程度而收劍歸鞘。

「劍紳棄劍離去，莫非……此二劍已……」靳弘羿疑問道。

鍾長老隨即表明了劍紳先前以羽翼劍出戰時，刁刃雖手肘中招，卻趁隙擊中對手距劍格六寸之劍脊，頓時羽翼劍之結構已遭破壞，遂於收入劍鞘時，待劍格震靠劍鞘口，羽翼劍即斷於劍鞘內。同理可證，蟬翼劍於幾經戮封劍摧擊後，禁不起刁刃精進之〈疾速扚斷〉劍法，以致該劍遭纏拋剎那，即已得羽翼劍相同下場，故原大俠於劍收入鞘後，遂將蟬羽二劍留於屹岡島北椿木內，悄然離去。自此之後，絕鋒蟬翼劍已成絕響；劍紳與刀臣三年一聚之屹岡刀劍會，亦在刁刃揮出〈疾風扚斷〉劍法下，走入了歷史。

眾英雄甫聞前輩於雨中剖析，怎料島上風雨漸趨狂肆，然此一幕對應當前景致，猶如為今日之屹岡刀劍會，及時譜了曲劍客悲歌！在場眾英雄則於悲曲奏鳴之中，一如散陣群鳥般地朝原船隻停泊方向，快步流星，四散離去！

金烏西墜在即，突襲屹岡島之飄風驟雨，催趕著烏幕以鋪天罩地，致使蟄泯川江晦暗一片。然屹岡島北向之滔滔江水，硬是遭無向狂風捲起丈高瘋浪，致使離島不遠之江中船筏，一如坐待摧攪之翻江殘葉一般；居中一馳風騁雨之木筏上，正顯二扶持身影，緊握筏木繩索，以期能捱過眼前之疾風驟雨……

「羽……羽辰兄，還撐得住吧！屹岡島好久沒這般風雨了，若是能遇上船家，或許咱倆尚有一絲希望回鄉啊！」凜秋痕喊道。

「啊……呃啊……」一旁拉著繩索之原羽辰，不勝左肋疼痛而痛苦哀嚎。狂浪之中，凜秋痕稍觸劍紳傷處，隨即又是一聲「唉呀！」凜不禁覺到，「不妙！羽辰兄傷處腫脹，回想刁刃以劍鐔襲擊劍紳脾之大絡，恐有力道過甚，致使大包穴旁之肋骨斷裂，無怪乎如此哀嚎。」

「凜……凜兄，沒想到今年的屹岡刀劍會竟是這般結局！」劍紳吃力又說：「有道是『劍在人在，劍亡人亡』，也許，老天令蟬羽雙劍與我原某人……同日而終！呃……啊……」

「呸呸呸，沒這回事兒！才這麼點風浪，難不倒咱們的。嘿……記得這手勢嗎？」凜秋痕先握住雙拳，後開啟雙掌，再以虎口交叉之手勢，道：「這是過去咱們雙刀雙劍出擊之手勢啊！咱倆雖屬同年，但始終敬羽辰兄為兄長，來……再撐一下！這風雨就要過啦！」凜秋痕嗓子幾乎喊啞了，為的是不讓劍紳昏厥而鬆去手中繩索。

忽然！「有有有……漁火啦！前方不遠處有船隻啦！喂……喂……原大哥，回答我，回答我啊！哇……」「啪……隆……」一突如其來大浪，瞬將劍紳與刀臣之木筏一沖數丈高，隨後即見木筏應聲解體，凜秋痕則於強大衝擊中，頭部瞬遭摧裂筏木重擊，昏厥咄嗟，無了意識。

不知歷經多少時辰，突來的一陣腦殼麻痛感，瞬讓凜秋痕有了極輕微的意識。惟因先前與浪濤相搏、竭力嘶喊，以致氣力耗盡，僅能微開眼簾，視線內僅呈出一片光亮迷濛，當下身子雖無勁兒翻動，猶可感知所處空間正值上下浮動，「嗯……依這般漂浮感，這兒應是某艘船之船艙，唉呀！我的頭……」半晌之後，「欸……好像有人進了船艙……」

「太好啦！沒料到船上備有多種草藥，原來江兄弟亦諳草藥醫治之術啊！」

「呵呵，讓您看笑話啦！在下僅是學著野外犬隻之求生本能，自嚐百草，閱過些本草經書，累積些療治經驗罷了，故每輒發覺可用藥草，立將之妥善收納，以備不時之需！不過，眼前二溺水者，前輩可有解法？」

「江兄弟客氣了，咱倆何不分別為此二患……辨證論治一番！首先，吾即以左肋腫脹者先論起。」

「嗯……此患應為習武之人，其為減輕左肋受創疼痛，自以龜息大法保住元氣。然受風浪之襲，本可藉內力抗住寒邪，以免其循經入裡，卻因**脾之大絡**受創，甚而傷及肋骨，更因氣血耗傷而不禁寒邪逆襲，以致四肢厥冷。此人除內傷外，其脈細微，抗邪無力，甚有**直中少陰**之象。然**直中少陰**本可分為寒化、熱化兩證型，惟眼前患者，**心腎陽虛**，**陰寒內盛**，證見**惡寒蜷臥**，**四肢逆冷**，為屬寒化證徵，宜採**溫經回陽法**醫治。故老夫以**生附子一枚**，**乾薑一兩半**，**炙甘草二兩**，以**溫中祛寒**，**回陽救逆**，此乃傳世名方……**四逆湯**之應用也。」

「至於其左肋腫脹乃因肋骨斷裂所致。由於此患**氣血雙虛**，**故暫不施以針灸**之術。老夫先以**赤小豆**研粉，和上**雞子黃**，藉以外敷其腫脹之處而使之消腫；待**四逆湯**為其溫中祛寒後，另以三七、川芎、紅花、雞血藤、香附、刺五加、續斷為其活血化瘀，消腫止痛，並藉香附疏以肋肋脹痛之氣，以利三焦行氣散結，用續斷以補肝腎、強筋骨、續絕傷、療折骨。」

「但看另一床之患，容我江某人直言，此患之任、督二脈極暢，且見刃柄之印，深烙於合谷、魚際之間，直可斷是習武之人。適值拉抬此人上船之際，見其意識模糊中，尚以一手撫喉，一手撫腹，欲吐不吐，煞是痛苦，且見腰下浮腫為甚，而後似醒非醒，夢語唇動，更見其脈沉細，或欬或嘔。醫經有謂「人寤則氣行於陽，人寐則氣行於陰。然少陰證但欲寐，昏昏如夢，此陰氣盛也；撫腹之痛，此寒濕內盛也；患者四肢沉重，觸之猶痛，此寒濕外甚也。」故江某以炮附子一枚，炒白朮三兩，茯苓，白芍，生薑各三兩，此乃足少陰藥是也。方中藉茯苓、白朮以補土利水，逐腎之邪氣；附子、生薑以回陽溫中、壯火逐寒；再藉酸斂陰柔之白芍以止腹痛，此乃傳世名方……真武湯之應用，藉以溫陽利水，以治脾腎陽虛、陽不化水、水氣內停。」

「至於此患之頭部外傷，乃受重物敲擊以致瘀血腫脹，觀其眼眸反應，尚不致傷及顱內。本可於然谷穴點刺放血，以疏腦壓，惟患者於風浪搏鬥後，聲嘶力竭，耗氣甚鉅，故不採放血療法，以免氣傷血傷。待真武湯為其溫陽利水後，可另以一味羌活，消其後腦太陽經脈之脹痛，合以遠志、石菖蒲，使其寧心安神，消散癰腫，並可助其通竅而明耳目。」

「哈哈哈，江兄弟之望聞問切，四診合參，鉅細靡遺，辨證犀利，切其要理。若能以此普濟眾生，實乃世上不可多得之懸壺濟世者啊！」

「前輩過獎，江某研讀醫書，除能為人救急，亦是為已找尋解除痼疾之方。只是……此話說來，一言難盡啊！」忽然！江道出了訝異之聲：「欸……這……這是？前輩，眼前病患之腰際……這……這是？」

「何等玩意兒，竟讓江兄弟如此訝異？」

「前輩，此人腰際隱一短刃，若未猜錯，此即名冠中土之……蠲疾刀！莫非……江某眼前臥患，正是南州赤焱峰井柏崖之刀臣……凜秋痕！」

「若依江兄弟這麼一說，此人乃南刀臣凜秋痕，那麼老夫眼前所見之面目腫脹，以龜息大法捱過劫難之人……是……」霎時，二人互看，不約而同地道出：「北劍紳……原羽辰！」

「嗯……應是劍紳與刀臣沒錯！」江又道：「今兒個是月之十一，兩天前正是九月九重陽節。若非驟風暴雨來襲，咱們應已順著蟄泯江，南下數百里才是。然蟄泯江中游有一屹岡島，此島雖是個荒島，卻因每隔三年之九九重陽，劍紳、刀臣相約於此刀劍切磋而遐邇聞名。依時間算來，此二俠恐於離開屹岡島之後，遇上了疾風驟雨，以致木筏不禁狂浪狠摧而四散解體，幸得前輩及早發現而予以搭救，否則，以其氣血雙虛之身，欲捱過蟄泯江之夜寒水凍……機會渺茫！」

「啊……伊……唉……多……謝……多謝……二位……相救，咳……咳……似醒……非醒間，聽聞二位對話，沒錯，吾乃……咳……咳……刀臣凜秋痕。劍……劍紳……得救乎？」

「凜大俠先緩緩，您所指之劍紳，應就是對床那位了！待藥煎好後服下，有了元氣，閣下愛說啥，就說啥，待於江某船上，有的是時間啊！不過，於閣下闔眼休息前，能否告知原羽辰大俠之創傷，從何而來？」船家說著。

「咳……咳……是……嵐映……刁……二俠！」凜回道。

待劍紳與刀臣入睡後，船家見老前輩起身，並於船艙內來回踱步，似乎有著某種打算？半晌之後，聞老前輩說道：「江兄弟，老夫暫不循江南下，能否勞您調個頭兒，改朝西北向航行？」

「那有啥問題！江某得前輩之助甚多，這點小事兒包吾身上啦！」

若干時辰後，劍紳與刀臣逐漸恢復精神，雙雙憶著落江之經過，隨後見一人入了船艙，年逾不惑，體格碩壯，惟面佈傷疤，其貌不揚，頗感訝異。

「不好意思，江某面貌嚇著二位大俠了。二位內力不凡，恢復神速啊！」船家說道。

「咱倆癱臥於此，叨擾甚多，甚讓江兄以大俠稱呼，實在慚愧啊！」劍紳接著又說：「聞我凜兄弟描述，江浪狂濤之中，幸得您相救，真是感激不盡啊！」

「不敢不敢！江某僅是個以船為家之平庸百姓。日前突遇江上風暴，掌穩船舵都來不及了，怎有暇餘於江浪之中伸出援手？二位要感激的，應是眼前步下船艙之前輩才是啊！」

「呵呵，二位劍俠之裡寒厥冷，可有緩和？」

劍紳與刀臣見眼前長者，年逾耳順，髮烏鬚長，慈眉善目，氣宇非凡，令人深覺一碩望宿德之尊者。二人隨即起身，拱手曲腰，同聲感激救命之恩。原羽辰撫著傷處，恭敬回應前輩所問，道：「除了內傷未癒，其餘病況皆已緩和，自體功能亦已回復中。咱兄弟倆蒙前輩出手相救，尚不知前輩如何稱呼？」

「這就由我來介紹啦！」船家恭敬地表示，眼前尊者乃是以「經脈武學」名震武林之武尊龍玄桓，龍大師是也！

霎時，劍紳與刀臣瞠目互看，甚感驚訝地再次對龍武尊拱手躬身行禮。凜秋痕表示，原以為吾等二人，命已該絕，孰料蒼天眷顧，生死關口，得龍大師出手牽回。龍武尊乃我兄弟二人崇敬之尊者，有緣一見，三生有幸！凜又問道：「在下於恍惚欲寐中，聽得江兄之辨證論治，鞭辟入裡，能否知曉江前輩之名號、稱呼？」

「二位莫對在下呼以前輩，吾僅虛長二俠幾歲罷了。江為吾之姓氏，草名偉士；數年前中土地牛翻身，險葬身於殘垣瓦礫之中，雖因而毀容，卻換得殘存，江某已足矣！然江某至今掘無家人骸骨入葬，煞是遺憾；而後潛研醫書，造船為家，逍遙自在，因而有緣與龍武尊登船相識，更拜龍大師內力，打通吾多年之氣滯血瘀。若論起救命恩人，江某同二位一般，對龍大師所施恩惠，銘感五內！」

龍玄桓說道：「老夫之義徒中，排序第三之牟芥琛曾述及，受惠於南州刺血大師相授，使之茅塞頓開，進而探得治症之另一境界。此一刺血大師即是老夫眼前，人稱『刀臣』之凜秋痕。凜大俠於刀光之中，依能懸壺濟世，世間鮮有。然而聞得劍紳之名，只因原大俠之父，乃為傳前主旗下之文教總管……原蔭鵬！惟其教育嚴謹，其子耳濡目染，致使原大俠於超然劍影之中，仍能下鄉教授貧困孩童，習書練字，遂得江湖豪傑敬以『劍紳』名號，二位於世間行徑，令人敬佩。龍某能於訪北州之行程，途經颯盲島而結識江偉士，更於滔滔江浪之中挽起二位賢者，如今能與三位同船而談，此乃一生難得之機遇，亦是一值得珍惜之緣分，只是……」

「前輩何以欲言又止？」原羽辰問道。

「羽辰老弟以速疾劍術，威震中土。惟老夫百思不得其解，循刀臣所述，原大俠之左肋創傷，竟與我那義徒刁刃有關，可否描述一番？老夫始有脈絡可循！」

「羽辰兄因負傷而不適多言，這事兒且讓我凜秋痕由井柏崖開始談起吧！話說，有一持拙劍之少俠；一日，上了井柏崖……」待刀臣將故事詳述了一番，龍玄桓與江偉士聽聞之後，無不面露詫異之貌。

龍老嘴裡唸著：「三禪戮封劍……」接著又說：「刁刃承其父刁鋒之好勝心，一劍在手，唯勝而論；其中若出現和局，必為下一戰而卯勁兒謀劃鋪陳。昔日刁鋒曾向老夫請教『經脈武學』，惟因刁鋒急躁之性，根本無從體會經脈真氣之開闔，致使揮劍脫序，適得其反。正因此故，刁刃自始至終均以使劍為其中心意念，其雖於劍術上得天獨厚，但為追求人劍合一，不惜代價地四處搜尋合意之兵刃。沒想到，此因果又回到了與刁鋒重疊之人物，亦即曾贈予刁鋒穿封劍之鑄劍名師……公冶長瑜！」

江偉士表示，公冶長瑜刻意公開試劍大會，一來，其欲重回當年鑄出穿封劍之風光，好凌駕西州鑄劍名師凌秉山。二來，為求所鑄之兵刃能遇如刁鋒這般狂者，始能一了其穿封、戮封之含意，以制其不共戴天之仇家……侯士封！遂以試劍大會，誘來了頗具名聲之嵐映刁二俠，怎料兩人一拍即合，致使公冶長瑜願為刁刃三度閉關禪修鑄劍新法，因而出現了所謂的三禪戮封劍，此舉亦圓了刁刃追求「人劍合一」之夢想。又說：「昔日江某曾於颯盲島，透過來往的達官顯貴，抑或江湖術士提過，刁鋒曾敗於北劍紳之〈蟬羽雙飛〉劍法下，一如龍大師所形容：

刁刃為求勝而卯勁兒謀劃鋪陳。所以，先前劍紳欲藉羽翼劍一探對手的戮封劍時，正合了刁刃心意，其先斷了羽翼劍，即可不讓蟬、羽雙劍合體，自然不用擔心所謂〈蟬羽雙飛〉之絕技現身了！」

原羽辰自我調侃，苦笑道：「有啊！〈蟬羽雙飛〉出現啦！刁刃一連斷了吾之羽翼與蟬翼，真的讓吾於屹岡島……蟬羽……雙飛啦！」

「哈哈哈，羽辰兄還真是豁達以對啊！反觀凜某那口如遭惡狼啃咬之肅煞狂刀，雖未遭斷刃命運，卻也因木筏之解剎那，慘遭狂浪吞沒！吾甚想著，倘若咱倆漂流至荒島，身上殘存之蠲疾刀，或許還能削削水果，充充飢嘞！哈哈哈」凜說道。

龍老微笑以對，「好！好個蟬羽雙飛，好個削果充飢啊！老夫見二位舉止談話間，默契十足，再經二位於屹岡島之所為，種種跡象所顯，非熟識者不可為。試想，常人一經對決，深怕對手看穿招式；然爾等三年一會屹岡，又僅是刀劍切磋，而今遇上刁刃這般挑釁者，刀臣立以提示劍紳為先，以刀仿劍，模擬出擊，且無畏眾家英雄之鄙視，此等行徑，令人敬佩！老夫之所以如此論述，乃深覺二位應是曾共事過之搭檔才是。」

原、凜二人再度瞠目對看，頓時一語不發。一會兒後，凜靦腆地說：「龍大師閱人無數，前輩行經的橋，可比咱倆走過的路還多呢！羽辰兄，咱倆的命也是前輩給拉回來的，不妨於龍大師與江兄弟前，各自回述一段不為人知的歷史吧！」

待劍紳點了點頭後，刀臣娓娓述到：昔日居於南州赤焱山南邊之濱海地帶，村人幾乎皆倚漁獵為生，故習於海上生活，更練就了過於常人之平衡感。十多年前之一日，遇一隊人馬於赤焱山迷了方向，而後遭火連教徒追殺至南方濱海沿岸，惟見被追殺者身著軍服，當下直覺火連教徒趁勢圍剿南州官兵。適值官兵無路可退之際，凜某將漁船駛近，救了殘存的十餘官兵，並以魚叉射穿了持刀迫近之三教徒，孰料此一執叉，竟改變了凜某一生！

「凜兄弟救了南州官兵，論功行賞，因而走上仕途，是吧！」江猜想道。

凜秋痕搖了搖頭，笑著表示，當火連教徒退去後，這才發覺所救之軍兵，竟是帶兵前來協助南州平定教派爭亂之中州軍伍，而該軍伍之領頭，正是前中州霸主……傅宏義！

一聽聞傅宏義這三字兒，立換龍老與江偉士瞠目對看。

刀臣接續指出，傅宏義因不諳南州路徑，遂於叢林中與原軍隊脫了鉤，致使叛亂教徒有機可乘。而後，凜某引領傅宏義穿過赤焱山與其軍隊會合，並告知教派常出沒之山徑，傅遂率軍圍剿，因而助南州平了零星內亂後搬師回朝。然傅宏義乃重義之賢主，為了不讓火連教徒因凜某之相助，伺機行騷擾、報復行動，遂藉由中州前朝參謀惲子熙，統籌規劃中土五州地理分布圖時，特地來我濱海區，並安排凜某隱居中州南方，靈沁江北岸之小鎮，此即凜某精進武藝與研究刺血療法之地。

然於凜某隱居數年後，一日，傅宏義偕惲子熙來訪，始知惲大人乃依星象奇術，推測傅中主有劫數萌生，雖不能佈陣化解，但若暫居南方，則可淡化劫數！然於大夥兒閒聊中，凜某發現傅中主說話時，唇角內側呈出深褐色，再見其顴骨朝耳方向，泛著一片暗沉色斑，當下傅宏義均以刺促不休、日昃之勞，敷衍其所顯之徵兆，待惲大人懇求主公，讓凜某施以四診合參，結果……發現傅宏義體內已有了漸次性中毒現象！

醫經有謂「脾開竅於唇」，而顴骨後頰即為腎顯部位。當下即斷毒物以傷人脾、腎二臟為主；若患者坐視不理，不出一年，恐有衰竭而亡之虞，並告知此般中毒者，其足膝正後方之橫紋，亦即足太陽經脈上之委中穴附近，必滿佈青筋以示。果然，惲大人驚見主公青筋滿佈膝後橫紋，倏讓凜某為其施以青筋放血之術；而後數日，均以金銀花與連翹等草藥為其解毒。至此，傅中主仍半信半疑，惟其相信，日日案牘勞形、墨突不黔，才是令其沈腰潘鬢、七病八痛之主因。然而，正因凜某診出傅宏義中了毒，遂讓惲大人發現一宗中州內部之密謀計畫！

待傅宏義與惲大人攜上凜某叮囑之草藥，回往王府後，惲隨即追查過往半年內接近王府之所有人士，一陣汲汲忙忙之後，並無任何可疑之處。待靜思數日後才想到，當年傅之所率軍隊，所向皆捷，不僅中州境內叛黨逐一潰敗外，甚有向外擴張疆域之勢。然諸多戰役中，一老將偕傅征戰沙場多年，並受傅宏義拔擢掌管軍機總管一職，此一動見觀瞻人物，即是軍權在握之……崔晉韜！

「嗯……老夫曾聞傅宏義提及，崔將軍年長於傅近十歲，是個不可多得，驍勇善戰之戰將，且為中州立過不少汗馬功勞，何以得子熙之關注？」龍老疑道。

凜接著表示，傅宏義旗下二猛將，一為進駐濮陽之轟晟，另一則是鎮守臨宣之崔晉韜，惟此二將戰功彪炳，頗具朝野之影響力。孰料傅宏義又延攬了推演星象羅盤之惲子熙，並邀其擔任參謀一職。自此之後，聞得臣將傳出，惟因惲先生之星象推演，始助傅宏義勢如破竹；亦有人指出，傅宏義之疆域拓展，多倚崔將軍所打下；為此，揮刀斬匪之崔將軍，根本不屑單憑仰望天際，紙上談兵之釋星子！更何況，傅宏義出征時，更將全國政務交予惲先生處理，如此重用惲先生，怎教崔晉韜不紅眼？

「適值崔總管煩心之際，怎料出現了關鍵性人物！」話說至此，凜秋痕不禁瞧了下原羽辰，原羽辰深深嘆了口氣兒，對著凜秋痕道：「說吧！既然是還原過往，凜兄弟無須吱唔，單刀直入吧！」

凜秋痕繼續說道：「然此時刻出現了一女子，名曰崔韻蓉，其乃崔總管之獨生女。此人語聲輕柔，明眸皓齒，雖具綺年玉貌條件，卻有著目挑心招之本事兒。」

「哇！聽凜兄弟敘事，活靈活現，劇情跌宕起伏，怎料提起一女子，立用上諸多形容，直讓人朝煙花巷弄而去耶！就一句話，是個很吸引人的女子，對吧！」江偉士岔話道。

「呵呵，此女子令凜某憶起了諸多事兒，所以……啊！言歸正傳囉！」凜秋痕接著指出，崔姑娘是讀了點兒醫書，且別出心裁地研究養生食療法，故成了崔將軍養生之訊息來源。後經惲先生查核中州征戰紀錄時發現，崔將軍於近年來出征，均會報上其女隨行，以為其調理食譜；傳宏義亦以對待姪女般態度予以關照。而後即衍生為……隨父出征時，一併調理傳中主之養生食飲。此一發現，令惲先生極為訝異且棘手！原來，崔氏父女已預謀於主公食飲中下手，由於崔晉韜軍權在握，一旦主公倒下，即可晉位執掌中州，甚而一統中土大地。

「既然惲先生已洞悉崔將軍之詭計，為何續任此事兒發展？」龍老疑問道。

凜回應表示，就因惲先生尚須處理中州政務，苦無直接證據可舉發；況且崔姑娘使的是漸進式滲毒，值駐外時不易察覺，加上崔晉韜乃中州元老級人物，根本撼動不得。反觀惲先生僅是推測，傳宏義遂對崔將軍可能謀反一事兒，不予置評；再則，惲先生深得主公信賴而管理王府上下，亦引來傳之師妹覃嬡燕不以為然，抑或不甚和善以對。諸如種種，遂使惲先生經起事兒來，頻生無力之感。

「然而，令凜某覺得最不該的是，惲先生明知主公有劫數，卻於凜某診其毒害且解毒後，未再告知回府後所查核之內幕，致使凜某捲入另一風波之內。然回觀吾之解毒橋段，即如惲先生先前所測……能淡化劫數！孰料，真正之大劫即尾隨而來！」

凜秋痕接著說：「崔總管驚見主公不時服飲**金銀花**、**連翹**與**蒲公英**、**菊花**等清熱解毒藥草，心生暗鬼，不禁懷疑主公已知曉女兒施毒之計，為保女兒安危，崔晉韜一改初始策略，決以快刀斬亂麻之勢處理。」

「咳……咳……接下來的故事，不妨由原某來接續吧！」原羽辰服下了湯藥後，正經表出，惟因父親身任中州文教總管一職，故與管理中州政務之惲大人關係甚佳，因而知曉羽辰自幼除了習字讀書，另性嗜舞劍，且曾於軍機處所辦之武術競技中展露鋒芒。

「一日，惲先生突然領著一人於深夜來訪，急忙告知家父，因軍機處故意假造西州北部集結軍隊之消息，致使傅宏義發函告知，將前往臨宣城，以期與崔將軍共商對策。惟因軍機處消息走漏，遂聞得崔將軍派出江湖殺手，將於臨宣城前行刺主公。然惲先生雖掌中州內務，並無調動兵力之實權，倘若貿然行事，恐被冠以危言聳聽，抑或招致毀謗崔將軍之嫌，諸多考量後，遂漏夜前來與家父商議，由羽辰喬裝進城書生，再偕另一喬扮成進城買賣之商人，藉以從中保護主公。惲先生話一說完，此一佯裝商賈者，立馬由惲先生身後走出，此人即是……凜秋痕！」

原羽辰又說：「由於羽辰虛長於凜兄弟，故凜老弟對羽辰慣以兄長相稱。然原某持劍，凜老弟耍刀，二人於同一任務中，亟需一定默契，致使咱倆編出數種手勢，以作為應對之用。」

「數日之後，於臨宣城十里外小徑上，果真如惲先生所言，七名埋伏多時之蒙面客，倏由叢林躍出，個個身手俐落，不出十招，已將傅之隨扈一一撂倒，所幸傅宏義本身武藝頗具水平，輔以一柄三巡伏暢劍之助，一出劍即制服二殺手。接著再面對五蒙面客圍攻下，原、凜二人及時趕到，隨即聯手制服了二殺手，致使局面形成了三對三。當下，吾等發現，眼前三刺客中，獨一人劍法迥異，使劍段數極高，視其疾劍之速，甚凌駕原某之上。待一番輪戰之後，此人趁羽辰與秋痕再撂倒二殺手之際，一記翻轉回刺，刺中傅宏義之左臂，使之血流如注，倘若此一劍再橫移三寸，即可直中心臟，致使傅宏義嗚呼咄嗟。」

「傅宏義中劍後，羽辰與秋痕聯手齊戰刺客，敵對面對一刀一劍交叉出招，頓時措手不及而有些退卻，待凜使出快刀連攻瞬間，傅宏義立將手上三巡伏暢劍拋予救駕書生，這才發覺伏暢劍極輕，輕過羽辰手中之鐵劍，遂於無意中使出了一疾一緩之雙劍，霎時聯手凜之沉刀，敵對無以應對，一個側轉不及，瞬遭羽辰削去蒙巾。初見此刺客，直覺是個陌生面孔，不疑有他，怎料咱兄弟倆卻與之結下了不解之緣。此一身手矯健之持劍刺客，即是日後江湖上人稱『劍林武癡』之……刁鋒！」

刁鋒之名一出，霎令龍老及江偉士露出詫異表情。

劍紳接著說道：「刁鋒逃走後，咱兄弟倆即護送傅宏義至臨宣城。傅中主一見卸下偽裝之凜秋痕，再經原某告知受惲先生所託而來，傅中主才真正對崔將軍起了防備之心。吾等進城之後，崔晉韜見謀刺計畫失敗，連忙下令軍兵搜捕刺客行蹤，並對主公謊稱已派水師軍剿了對岸集結兵馬。傅宏義自知眼前盡是崔將軍手下，暫且沒掀了他的底，待回惠陽再從長計議；惟此刻咱倆暗中護主之身分，亦在崔將軍面前曝了光。當晚，崔總管為此救駕行動，特地設宴款待咱兄弟倆，惟傅中主因傷而未出席，卻臨時出現了另一角色……崔韻蓉！甫聞凜老弟對此姑娘之形容，即知咱兄弟倆禁不起崔姑娘的……欸……平易近人啦！故毫無防備地沉浸於她的輕柔語調之中。」

凜秋痕接話道：「此即方才凜某所述，惲先生未告知後續細節，以致咱兄弟倆對此姑娘毫無防備，加上崔姑娘酒量奇佳，頻以臨宣城著名之高粱酒相敬，幾巡下來，見羽辰兄之目光，早已呈出失焦之態，所幸小弟尚知地板兒長啥模樣兒，但羽辰兄早已醉酒不省人事兒，連站都站不住地撲臥席間。」

「呵呵，崔姑娘懂得食療，可能早有解酒方兒了！」江笑著又道：「呵呵，此類讓男人不知地板兒長啥樣兒的女人，吾於興盛時期之颯肓島，見過太多啦！不過，此事兒發於十多年前，二位尚且廿啷噹歲數兒，對異性定力不夠，可想而知啦！呵呵！」

凜又表示，自此之後，崔姑娘即成了咱兄弟倆的紅粉知己。然崔姑娘高招之處，其可分別與咱們談天說地，甚至墜入情網，但咱兄弟倆卻毫不知情。直到一日，當紙包不住火時，咱兄弟倆首次為著同一女子，前往了屹岡島談判，惟此次真是火力盡出之刀劍較量，而當日正是九月初九之重陽未時。

此話一出，又令龍老與江兄弟張目對瞧了下，惟二人搖了搖頭，惋惜以對。

凜亦搖著頭，道：「唉！咱們長話短說，正當咱兄弟倆為情所困時，崔晉韜竟發動二次暗殺，惲先生因聯繫不上咱們，以致此二次暗殺事件讓一人趁勢而起，其帶領數位高手，殺入惠陽城為主公解了圍。此一救駕領頭即是現今中州之主……雷嘯天！」

「二次刺殺行動，依舊由刁鋒帶頭嗎？」龍老問道。

「刁鋒未參與此次行動，而是由崔氏父女裡應外合所成。」劍紳又說：「據聞刁鋒因臨宣城一戰失利，霎時關注到三巡伏暢劍之犀利，遂一心求得一柄絕世名刃而未參與該行動，後聞其守在公冶大師門外，只為取得大師之穿封劍。」

「唉……真是時勢造英雄啊！就因刁鋒未參與，雷之手下才有退敵可能。再則，雷嘯天搭上了傅之師妹覃媮燕，有了這條路徑護航，無怪乎雷嘯天能於短期之內，成了主公身旁紅人啊！」江偉士瞭道。

原羽辰表示，崔晉韜二次謀劃失利，不僅使其權力盡失，亦讓崔氏父女因謀反之罪，上了絞刑台。自此之後，雷嘯天遂漸漸接手了崔晉韜位子，成了中州平亂大將。

「難道……曾參與刺殺行動的刁鋒，沒罪嗎？」龍老疑問道。

凜隨即表明，由於惲先生被授權偕闕郢聖審訓官，同審此一叛亂案，因而得知刁鋒曾於一次江湖械鬥中受傷，而後遇上住宿同一客棧之崔韻蓉為其療傷。崔姑娘認為，一般凡夫俗子難以抗拒其柔順嫵媚，唯獨刁鋒視劍為命，更因刁鋒尚有一失恃待育之刁刃，根本不受惑於崔姑娘；然而越是如此，刁鋒在崔心中越是世間鮮有之真漢子。於此之後，崔姑娘遂一直追隨著刁鋒之步伐。

然自惲子熙受到傅中主重用後，崔晉韜即於鬱悶難消下，終生竄位之念，遂與崔韻蓉溝通之後，決定動用刁鋒這顆棋子，並告知女兒，一旦事成，將提拔刁鋒接任軍機處總管之位，畢竟刁鋒即可能成了崔家之乘龍快婿。不過，此事僅於崔總管一廂情願之想法而已。然而，刁鋒本否定參與該計畫，只因官宦世界並非刁鋒所嚮往；最終刁鋒首肯參與，實乃出於還崔韻蓉為其療傷之人情，怎知此一刺殺行動，因咱兄弟倆攪局而告失敗！然刁鋒此次出劍受挫，刺激甚大，除了避不見崔姑娘外，執意轉而求取絕世名刃，以成就其「天下第一」之路。

凜秋痕嘆息道：「唉！刁鋒刺殺失利之後，崔韻蓉認為咱兄弟倆不僅壞了其父之大計，更令刁鋒冷淡以對，遂聯合崔總管，對咱倆展開報復行動；亦即以其一貫輕柔手段，分別滲入咱兩兄弟之世界，其先取得咱們信任，再進入曖昧，進而纏綿悱惻，無不以離間咱兄弟倆之情誼為其目的。」又說：「若非惲先生為咱們解析整段事件之始末，咱倆還不知相較於刁鋒，咱們只是人家眼裡的凡夫俗子而已。然闞審官之所以不追究刁鋒罪刑，除了其非出於主動參與外，傅宏義亦有私心將刁鋒納入旗下，以為中州效力。當然，傅亦將咱兄弟倆納入賢才之列，惟咱倆除了因情感受創而力不從心外，另有一案外案延伸，即是令咱兄弟倆分別退隱南北兩地之引點。」話說至此，凜又不禁瞧了下原羽辰……」

原羽辰頓了一下，道：「反正已無從考證，不妨由我來說唄！」

「適值闞審官審查終結，崔氏父女以密謀叛亂罪，遭處極刑。孰料崔韻蓉竟於關鍵時刻，表明其已懷有身孕，央求闞審官能容許其於孩子出世後再行伏法。此話一出，不僅驚動在座，一旁崔總管更是一臉錯愕，久久不能自已。待御醫李焜前來查診後，證實了崔韻蓉之說詞，惟其始終不願道出此一生命為與何人所屬！闞審官則以無須殘害無辜生命之理由下，同意了崔韻蓉之延期伏法。只是……待崔晉韜伏法當日，崔韻蓉因過於悲痛而傷了胎氣，以致於牢房內發生胞宮血崩不止，終因失血過多而命絕地牢！」

「此一案外案傳出後，坊間傳出崔將軍之女，因顧忌嬰孩恐是刺客之後，故抵死不願表明嬰孩生父其誰？然對此一無辜生命，原某與凜兄弟心中均有疙瘩，畢竟崔韻蓉於吾等三者間，均有……均有……」

凜秋痕接話道：「唉呀！就是均有重疊之處啦！所以咱兄弟倆於感情創傷之後，再度延伸到隔代親情這一塊兒，遂雙雙遠離世俗。而後，原羽辰於北州邵丘山煉製出蟬羽雙劍，而我凜秋痕則回到南州赤焱山井柏崖，修練吾之肅煞蠲疾刀。自此之後，咱們兄弟倆每隔三年，定於九月初九之未時，前往屹岡島行刀劍切磋，甚而回憶往事。接著這故事之後續延伸，即是刁鋒為爭回臨宣城失利那一戰，數度向劍紳與刀臣下戰帖之橋段了。」

江偉士問道：「再度現身之刁鋒，難道沒提起過崔姑娘，甚至是……」

刀劍二人頻頻搖頭以應，後由凜秋痕表述，雖然雙方無口語交流，惟刁鋒上門乃以切磋為名，刋斷人劍為樂，在刁鋒的世界裡，劍能勝出，即是一切。孰料，讓刁鋒盛名一時之穿封劍竟絕於劍紳之〈蟬羽雙飛〉劍式下；最終，刁鋒於抑鬱難當下，自刎於靈沁江邊！

龍玄桓聞後認為，令人臆測不到之後續，乃刁鋒自刎後若干年，其子刁刃再令蟬羽二劍，雙雙絕於屹岡島；如此不解之緣，依舊會推進後續橋段而綿延下去的。

「前輩所述之後續，應是年輕一輩兒的天下了！羽辰與凜兄弟已近不惑，劍已斷，刀已沉，後續戲碼已無合適角色讓咱兄弟倆演出了。」劍紳說道。

凜附和羽辰，道出：「是啊！一趟屹岡島，吾之肅煞刀散了樓御群長髮；劍紳之蟬翼劍亦削去刁刃一截烏髮。要不？咱兄弟倆乾脆架個剃頭攤子，幫人剃頭過日子算了，至少不會有人拿剃刀來求教吧！」

忽然！江偉士一個驚異眼神，道：「不對！有船隻靠近，大夥兒小心了。」

江偉士一上甲板，眺見六艘載著軍兵之木船，由西向緩緩駛來，立回頭道：「不妙了，今夜巧遇西州水軍操演，江上盡是水軍船艦啊！」

「什麼人？擅自闖入西州水師演習區域！」一帶頭的大個兒，手持一柄三刃銀叉，洪聲喝道。

江偉士微微低頭，直待水軍火炬照來，結果……「唉呦我地媽呀！」值大個兒見著江偉士面貌剎那，驚嚇退了數步。又喝道：「瞧爾這般模樣兒，俺還以為是啥妖怪現身嘞？今夜西州水軍模擬演練，所有閒雜漁船皆須退開，莫非……想趁夜走私不成？」

「啊！不好意思，讓大人驚嚇了。回將軍您的話，小的本循江而下以探親，不巧遇上風暴而折返，待修妥毀損後，巧合遇上江上操演，小的這就快速駛離。只是……小的見聞淺薄，朝您後方瞧去，見一碩大帆布遮蓋之物，飄於江上，不知那是？」

「去去去……這兒沒你事兒啦！快快滾開。再囉唆，俺就以刺探軍情，扣押爾船，快滾！」

江偉士搖動船槳，立轉船身而駛離演練區域。這時，一水兵問道：「將軍，這船已駛離，為何將軍還目不轉睛地盯著？」

臧勳疑道：「此一其貌不揚漁民，表明了駕船南行探親，只是……其未靠岸且半途折返，但見該船身之吃水深度，根本不符一人成行！俺懷疑，這船可能另有偵搜探子，抑或是運貨走私！嗯……俺是越看越不對勁兒，好……本將軍先固防鐵甲船，以免其曝光；爾等五船水軍立馬追上那木船，徹底搜查該船上下！」

臧勳令出後，五水師船隨即火炬齊燃，全速追趕嫌疑木船。

「糟了！西州水軍像是追了上來。要是蟬翼劍在手的話，早了了這群走狗。」原羽辰話後，凜秋痕起身欲上甲板，道：「看來吾預留削水果的蠲疾刀，派上用場啦！」龍老俄而阻下凜秋痕，道：「爾倆之氣血尚於恢復中，這事兒就讓老夫來應付了。」龍老隨即踏上階梯，上了甲板。

江偉士一見龍玄桓上來，再回頭瞧見水師軍船已火速靠近中，心想，「看來，一場衝突已在所難免！」

「喀……喀……喀……」，驚見水師船上之追兵，個個手持長索彎鉤，欲朝嫌疑船隻拋出。「碰……」一聲突來之撞擊聲響傳出，江之船底彷彿撞上淺水礁岩一般，致使船上四人瞬向前微傾。「糟了！咱們觸礁啦！」江喊道。

船艙內的原羽辰則搖頭表示，此刻真是「游龍淺灘遭蝦戲，虎落平陽被犬欺」啊！話後立馬拾起漁網，「眼下得硬著頭皮，網住一個是一個囉！」「隆……」「欸……這是怎回事兒？船身又震動了，難道追兵追撞了咱們？」

凜倏而掀起簾子向外瞧，訝異道：「咱們的船又正常前進了，而且速度很快哩！真沒想到，龍武尊臂勁兒驚人，增添了咱們划船之動力。嘿嘿，瞧那班水兵追不上啦！」

半晌之後，龍、江二人先後進了船艙，然此一幕，霎令刀劍二人呈出一臉疑惑。「龍前輩、江兄，這船尚且前進耶！敢問，是……誰在搖槳呢？」凜疑問道。

江偉士不可思議地讚嘆道：「龍武尊真是咱們的救星，亦是福星啊！幫咱們及時脫困者，此刻正推著咱們前進，如此江中奇人，實乃嵐映豫五俠，豫麟飛啊！方才以為船底觸礁擱淺，實是豫麟飛於江水裡持住咱們船底，隨後即助咱們甩開了追兵哩！」

刀劍二人聽了這事兒，斯須瞠目互瞧，隨後表示，本以為是江湖誇大之形容，怎料，真有這樣兒的奇人？

龍老微笑指出，豫麟飛雖來自畸胎，身上覆有鱗片，惟其自體功能強大，無人能出其右，亦是嵐映諸義徒中，最早體驗出經脈真氣之運作，並將之結合於揮使兵器之中。瞧其能推著咱們，甩開西州水軍，可推知其內力何等強大！

「欸……船速正在減慢之中！咦……怎麼瞬轉昏暗，似乎是進入岩洞哩！」江偉士一陣敏感，「龍大師，咱們這船欲駛向哪兒啊？」龍老僅點頭微笑回應。

突然！一人點燃引油，六盞火炬依序燃於俄頃。待船停靠後，龍玄桓一躍下船，隨即聽到一人發聲，「是……是龍爺爺耶！……龍爺爺！」一孩子上前撲向龍玄桓懷中，「師公，阿昇好久沒見到您了！」

「嗯……一陣子沒見，阿昇又長高了不少啊！」龍老開心地說道。

而後，見二人由穴內走出，龍武尊上前寒暄並告知隨行人物後，江偉士等三人亦陸續來到。龍老立向三人介紹了西州鑄劍大師……凌秉山，與其公子凌泉；而龍老手攬之孩童，既是凌大師的孫子，亦是龍之徒孫……凌允昇！此刻大夥兒正處於西州與北州交界，經由豫麟飛所挖掘打造之隱蔽洞穴，凌大師特將此命名為……禦風岩！

凜秋痕面露驚訝表示，未料此趟旅程，先是遇上龍武尊相救，後有豫麟飛相助，現又遇上鑄劍大師凌秉山，真是一生難得之際遇！

凌秉山瞭解了訪客身分，頻頻點頭，道：「常聞江湖人士提起，北劍紳之蟬、羽雙劍，南刀臣之肅煞、躅疾雙刀。吾一生鑄劍，可感受揮使驚世名刃者之不凡氣息；而藉由虎口之厚繭與一身草藥味兒，亦能感覺到江兄弟之崁崎磊落。」

「凌大師風華濁世，江某過去荒唐，沈迷於颯肓島酒坊而不問世事；待悔悟之後，遂以所研醫藥，予人治病，盼能彌補己過。」

突然！凌允昇又向著船泊方向喊出：「阿飛叔叔……」

「噓……小聲點兒，叫我阿飛哥哥就可以啦！」豫麟飛走了過來，立向諸前輩行禮問候一番。江偉士等三人，直拍著豫麟飛之肩膀，「哇！年輕人，真讓咱們服了你啦！」凜秋痕亦表出，「瞧這逾八尺之魁梧身高，吾等三人拍其肩膀，尚得墊起腳跟兒才搆得著嘞！」原羽辰不禁直說：「事發當下，豫強人若是直接對上窮追我船之水師軍，可想像這般水軍應如蚍蜉撼樹才是！」

豫麟飛搖搖頭表示，當無可避免時，衝突勢必發生，惟此回情況特殊。此次水師演練由西南軀王臧運豐之子，亦即三刃銀叉臧動，親自督軍；而後，西兑王將前來一驗鐵甲戰船。倘若貿然出手而引起軒然大波，後果難以想像。所以，先行探出水面，並向龍師父做了手勢後，旋即下水助舟，速離現場。

「哇！原來江上那碩大掩蓋物乃鐵甲戰船啊！由此可推，侯士封這回是玩真格的囉！」江偉士驚道。

凌泉訝異道：「真沒想到，西南鱷王臧運豊之子，已投效於侯士封旗下。據聞臧運豊所飼之鱷魚，尚需五六人齊力，方能取下鱷皮；惟臧勳以其三刃銀叉，即可取下整張鱷皮。倘若豫麟飛與其交手，除了是場強力對決外，其餘水軍即有可能圍攻江兄船隻，故此回阿飛是以較平和方式，化解了及時危機。」

這時，凌允昇自洞穴中拿了樣東西予豫麟飛，道：「這是爺爺為阿飛哥專屬打造之腰帶，裡頭藏有金屬細索，可助攀爬綑綁之用哦！」

豫麟飛於謝過凌大師後，立偕允昇於一旁穿戴試用，而龍老則藉此對秉山老弟描述了結識同船三人之經過。待凌大師領著眾人入內蓆坐，一眼即相中凜秋痕之腰間利刃，道：「嗯……這是把懂刀之人所製利刃，此刃薄得非常，幾可縱分人之毛髮，故能行解剖肌理之用，名曰蠲疾，妙哉，妙哉！」又說：「原大俠之雙劍雖殞，待創傷痊癒，凌某可依劍紳之慣用揮劍法，另鑄利刃一對，以助蟬羽能為正義而續飛！當然，凜大俠能抵此禦風岩，亦是與凌某有緣，正巧近來甫鑄出一口鋒刀，正愁無人能試，而刀臣乃以使刀聞名，正是凌某鍾意人選。」

刀劍二人受寵若驚，久久不能自已，接連感激凌大師之青睞與贈予。龍武尊隨即表示，中土大地於地牛大翻身後，各地歷經了重建而相安一陣。而今，五州之平和期已隨著五州主之強兵政策、地方狂妄勢力抬頭而逐漸縮短中。江兄弟縱然心歸於颯肓，惟颯肓亦處於北、中二州

之交界上，未來恐成強權相爭之地！既然大夥兒皆是為著中土平和而戮力，或許來日，江兄弟亦可能為著護及家園而戰。

凌秉山接話道：「正因如此，凌某曾考究斬妖除魔劍客所持兵器，因而鑄出一長柄陣太刃，江兄弟不妨於此作客時日，由凌泉將之隱鑲於江兄弟之木槳中，以待日後不時之需。」

「感激二位前輩關照！江某本出生於武術之家，惟惡於父親常陷於殺戮衝突之中，因而棄刃從善，習醫救人。孰料地牛翻身，背部遭重物墜擊，以致後脊督脈與太陽經脈嚴重受損，因而無以運行內力。然而天無絕人之路，直至遇上龍武尊颯肓島一行，為吾打通督脈，並化去太陽經脈多處氣滯血瘀，直令江某有重生之感。時至今日，江某已多年未觸兵刃，怎料一重拾劍柄，即是出自凌大師之傑作；江偉士對龍武尊與凌大師之舉，恩重丘山，銘感五內啊！」

這時，龍老向阿飛作一手勢，豫麟飛隨即戴上腕套，伸直右臂，大夥兒僅見阿飛雙眉一鎖，右臂肌肉瞬間結實，待其手握成拳，瞬聞「唰……」的一聲，驚見掌背側腕套，應聲伸出各長一尺之三叉銀爪刃，此幕霎令刀劍等三人，無不鉗口撟舌！

龍武尊隨即指出，此乃運起手部太陽、陽明、少陽之三陽經脈真氣，進而推展兵刃之勢，亦為當年刁鋒前來請益之目的。然往事已矣，未來時日，老夫將教授各位「經脈武學」之啟始，一旦脈絡已通暢，即可依循自體體能優劣，取捨發揮何經脈之自我潛在能量，進而結合善用之兵刃與招式。又說：『除非天賦異秉，否則練此『經脈武學』絕對須要不斷嘗試與歷練，倘若藉醫經中之陰陽說法，刀劍之有形為陰，脈氣之無形為陽，眾人均可見吾拳臂之形狀大小，卻看不透此拳臂能使出多少力道？因此，以內力之陽，進而結合利刃之陰，即可成就個人之獨到功夫。」

「然於『經脈武學』之領域，可有前輩所謂的天賦異秉之人乎？」江偉士好奇問道。

龍老回應道：「老夫向來推崇自食其力，且不斷地嘗試，並不信所謂天賦異秉。然天賦異秉者，亦須於先天優勢之下，深層領悟，始能通達更高層之境界。然於『經脈武學』領域，真要說異於常人體質，除豫麟飛外，即屬方才諸位見到，且稱吾一聲師公之……凌允昇！」

「什麼！阿昇有過人體質？吾怎麼不知？」豫麟飛疑問後又說：「太好了，將來對招，阿飛就不須再讓步啦！」

龍玄桓召喚了允昇，並附其耳旁說了些話後，允昇隨即伸出右手，且於握拳後挺出拇指與小指。這時，凌泉將火炬熄滅，大夥兒立於光線晦暗中，隨後即見兩段各約莫三寸長之橙光；待凌泉再將火炬點燃對照下，原來允昇已能將**手太陰**與**手太陽**脈氣，分自拇指與小指尖，推出三寸長短光氣。

龍老表示，允昇年未逾二八天癸，即已將**手太陽**與**手太陰**之脈氣延伸而出，未來隨著體量增強，甚可將脈氣延伸到所持兵器，如此揮展而出，不僅有原兵器之威力，更有一股刃氣相助，甚而破無形邪氣。又說：「嗯……老夫不妨以此為開端，往後各位脈氣成形，自能領會。」

當晚，龍玄桓於凌秉山鑄劍室內，暢聊近來之江湖經歷，居中聞凌秉山一語道破，道：「直覺玄桓兄近來之所作所為，無不為著寒肆楓與日遽增之異常能量，且隨其將融入摩蘇家族，甚而習得〈至陰神功〉而苦心焦慮吧！故冀望著更多江湖賢士能悟出『經脈武學』，進而結合每一經脈之陽氣，以抑制未來不可知之陰邪，對吧！」

龍老點頭承認了凌大師之推說，並以此向凌秉山交換了因應心得；而後，兩人於夜闌人靜下，話古今以至油燈燃盡……

半月之後，龍玄桓見凌大師專注於劍紳之雙刃鑄造，亦感刀臣藉由豫麟飛之對招而熟悉了銳刀後，偕江偉士先行告別了大夥兒。凌秉山俄而領著後輩佇於岸邊，見得船上一前一後之身影，隨著搖槳者之擺動而漸趨縮小，終至船身隱隱融入了蟄泯江霧而完全消失……。

第十三回 探幽索隱

秋風起兮白雲飛，草木黃落兮雁南歸。秋天西風作，北風江上寒。樹樹皆秋色，草木皆零落。季秋之惠陽城，處處見得飄墜坊道之落葉，對上不復蔥鬱之河岸樹木，雖不至令人寒蟬淒切，卻隨南渡大雁之蒼鳴，隱隱助長了殘秋之肅殺氣息。

「喀啦……喀啦……」之連續軫木聲響，劃破了承豐大街上之人群嘈雜；眾人引頸而望，見著一雙白駒作前之王府大輦，此乃特為長途跋涉之中州要官所設。然此座駕無須都衛軍兵清空陌道，遂不成百姓困擾，惟因全城上下皆知，乘此馬車之人物，實乃受民愛戴之中州稅務總管……徐崇之大人。

「欸……那不就是……停，快停下輦來！」徐大人下了車，立朝一年輕人道：「大少爺……大少爺……怎會如此酩酊之態，獨自遊走於承豐街坊？」

雷世勛揉揉惺忪雙眼，道：「哦……眼前可是徐總管？啊……來的正好，替吾將幾家酒樓賒的帳給清了吧！」

徐總管立馬寫了幾張兌票，先讓馭輦士交予酒樓掌櫃，接著徐大人攙起雷世勛上了車，直回了雷王府。

「太放肆了！」雷嘯天於王府大廳怒斥道：「堂堂中鼎王之子，竟為了個奏琴的姑娘而沿街買醉，成何體統！以王府大公子之頭銜，多少美女不挑，偏為了個身世不明的賣藝姑娘而六神無主。勛兒好歹也是雷氏之後，若勤於揣摩雷氏絕學，不僅沒人敢觸爾一根兒汗毛，待擒服了天下忤逆者，十個八個蔓晶仙都將拖著腮，仰慕著雷少主之成就。眼下見此般手無縛雞之力之頹廢者，倘若爾是娘兒們，可會看上這般沒樣兒的雷世勛？」

「是啊！勛兒，你爹說的對呀！瞧你父王神功蓋世，執掌中土最大州域，爾若承襲了這般雄心壯志，威名於江湖豪傑前，還怕心儀的姑娘不自動投懷送抱嗎？」雷夫人說道。

「對……對……」神智尚未清醒之雷世勛，應道：「要是我有了神功，就能保護蔓姑娘，不讓聶忞超專美於前了。」

「濮陽城主聶忞超？何事兒與其相關？」雷王疑問道。

「我……我送蔓姑娘回濮陽之半途上，因……因為遇上……啊……就是與一和尚起了衝突，我打不過他，後因聶忞超趕到，緩了局勢，見著蔓姑娘極為感激聶城主，吾遂心生嫉妒呀！」

「打哪兒來的和尚？為何發生衝突？」雷王又問。

「就那端陽大會上強出頭的禿驢嘛！法號叫什麼……沁茗的。他……他……」

「他見你輕薄蔓姑娘而出手制止，對吧！」雷王猜測道。

「我……我只是見蔓姑娘累了，幫她……揉揉肩膀罷了，怎料那和尚就出手了！」

「後來呢？」夫人問道。

「後來聶忞超擋了那禿盧幾招後，聶以沁茗法師為何前來中州作為緩頰話題。沁茗則表示，因收到北坎王敬邀榮本方丈前去北州辰星大殿之函，惟端陽盛會後，榮本方丈因受創而不便遠行，遂由沁茗暫代方丈前去北州。唉！世勛怎知半途上會遇上這禿驢！」阿勛又嚷道：「啊……我不管啦！娘……我要學蓋世神功！」話一完，雷世勛突發冷顫，一臉蒼白貌。夫人見狀，立讓阿勛服下三黑丸兒，並喚僕人扶其回房休息。

雷王內心哆嗦著，「這北坎王邀東州的榮本方丈一聚，所為何事兒？嗯……此沁茗法師乃薩孤齊的人，應覓個時候與國師商討一下才是。」

接著，雷嘯天感激著護送世勛回王府的徐大人，「小犬荒唐模樣兒，讓徐大人見笑啦！啊……對了，一轉眼又是秋收季節，徐大人遊歷了四州，這稅收可順利乎？」

「稟王爺，今年以來，北、東、南三州與我交易仍頻繁，故稅收尚且穩定，唯西州與我稻米交易有了顯著下降；待微臣親臨西州，始知西兑王今年大採境外之玉米、小麥，以致今年與西州之農業稅務，下修近四成之多，倒是中州擴增軍力，所需兵器徒增，以致增購西州鐵砂，故今年於軍品交易上，讓西州收回不少銀兩。」

雷王聞訊，震怒拍案，「哼！侯士封！我雷嘯天能於眾英雄前瘸爾一腿，定能拿下爾之西州。啊……呃啊……」一陣突來的背脊疼痛，直衝上腦，雷王瞬間痛苦難耐，雷夫人旋即上前攙扶，道：「最近王爺背疾時而發作，且感後腦脹痛難耐，是否因王爺遭侯士封重創所導致？」

雷王忍痛問道：「徐大人遊歷中土各州，可聞得坊間醫術出眾者？」

徐崇之回應指出，中土五州之奇人異士甚多，然於醫術方面，誇大不實之平庸醫者，在在皆是，惟聞五人之醫術，得眾人讚嘆不已，其中三者乃宮辰山陽昫觀之常元逸、嵐映湖之龍玄桓，再一即是常真人讚嘆其青出於藍，並於江湖上得「本草神針」稱號之嵐映牟三俠……牟芥琛！至於剩餘二位，傳聞於數年前之中土地牛翻身後，即無人見其身影，一是曾於汨溤湖颯肓島行醫之川尻治彥，另一則是居無定所，病不怪則不醫之北淼怪醫……仇正攸！

「唉！杳無音訊者不談，尋得著的卻是道不同不相為謀。」雷王又道：「欸……嵐映五俠中，似乎就屬三俠牟芥琛，以醫為論，鮮涉政局！嗯……找個機會拉攏此人入吾陣營，甚是令其掌管中州醫藥總學堂；如此一來，既能成我王府御醫總管，亦能抗衡摩蘇里奧之外來勢力。嗯……此乃一石二鳥之計，倘若徐大人能為本王出面相邀，應可達事半功倍之效才是！」

突然！固守東靖苑之周康將軍，倉皇進王府稟報。

「稟王爺，近來東靖苑書房，夜夜燈火通明，末將擔心此般異常，遂連三夜進入苑內叨擾惲先生，均見惲先生因夜不成眠而提筆練字兒。昨夜，惲先生突發右後肩胛骨邊抽痛，今末將特來稟告王爺。」

正當雷王納悶之際，徐大人則表示，惲先生夜不成眠應是主因；至於右後肩胛骨邊處，微

臣亦曾連夜操勞，批校帳冊，以致該處抽痛難挨，後因御醫李焜前來診治而癒。

「那好，本王即刻派御醫李焜，偕同徐崇之總管，前往東靖苑探視惲先生。」雷王話後，走近徐大人身旁，附耳說道：「徐大人若能說服惲先生為我中州效力，絕對是大功一件啊！」徐立以微笑作為回應。

約莫一二時辰後，周康領著徐大人馬車，來到了東靖苑。一見到憔悴的惲先生，徐大人立請李焜為其診治。

李焜診斷後表示，惲先生右手脈象尚可，但左手之**寸**脈，脈浮而速；**關**脈則脈弦而細，此乃**心具熱與肝久鬱**所致；所謂心神不寧、魂不守舍，則難以成眠！然心隱熱則易躁煩，**肝鬱化火則魂不歸肝；肝血不足則易陰虛陽亢，虛熱內擾而不能寐**。可施以行心、肝二經之**酸棗仁**，補肝益血，養心寧神；**川芎**疏通肝氣，進而與**酸棗仁**同而養血安神。然川芎本具辛躁之性，故配上**知母**作為緩躁之用，進而養陰清熱除煩；再佐以**茯苓**安神健脾，**甘草**調和諸藥，如此五味合用，即為傳世名方……**酸棗仁湯**之應用，如遇驚悸甚者，尚可施加**硃砂**、**柏子仁**、**龍骨**、**牡蠣**！

李焜又說道：「至於惲先生之後臂肩胛骨邊抽痛，此即**第四脊椎棘突下，左右旁開三寸處**，名曰**膏肓穴**。此與常言所謂『病入膏肓』有些差異。所謂膏者，古有二意：一指膏脂，油脂；二指心臟外形之尖端處。所謂肓者，其指胸橫隔處，致使**膏肓**即指心臟尖端與橫隔接觸之處，只因此處為藥最難到達之處，故以病入膏肓來形容難治之症。然眼下所見肩胛骨邊之**膏肓穴**，實屬**足太陽膀胱經**脈於背部上之對稱穴，此穴常因單臂不當施做，抑或過度地操使，致使經脈之氣血於此產生滯留現象，因而形成了**不通則痛**之病理反應。」此般解釋之後，李焜於惲先生之**膏肓**痛點，施以放血拔罐之術。半晌之後，惲先生之抽痛感隨即解除。

徐大人立對李焜讚道：「徐某以為，李御醫乃現今雷王府眾御醫中，辨證論治之經驗最豐者，故推薦前來為惲先生診治。只是……醫術如此高明，為何雷王不請李御醫為其子診斷嘞？」

李焜無奈表示，自從一名曰摩蘇里奧之異鄉人，救醒了雷大少後，中鼎王就只信其所留下來之藥丸兒。然依御醫們視雷公子之癥狀與舉止，幾可斷定王爺視為奇珍異寶之藥丸兒，應混有矇魂藥劑才是，惟面對雷氏一家之診治，御醫們早已抱著多一事兒不如少一事兒之心態應之了。又說：「哦……吾得回儲藥處給惲先生準備藥方兒，晚點兒給惲先生送過來，苑內僕人會將藥方兒煎煮好，予您服用。」

惲子熙起身致謝後，徐大人則有勞周康將軍，差人護送李御醫回儲藥處。

待徐大人再回惲先生書房，惲子熙已精神抖擻地坐於書案前，道：「噓！小聲點兒，除了有那麼點兒**膏肓穴痛**，其餘尚且安好！」徐大人見狀，速速對座於書案前。

惲子熙說道：「若無意外的話，按過往時間算來，徐大人應於這三日內回到惠陽，惲某遂於數日前先行寐於晝日，而夜裡刻意習字，藉此引來周康注意，並告知惲某夜不成眠。一旦徐大人回城，若趁公務之餘而夜裡來訪，此書房連夜通明，周康亦已習以為常了。」

徐點頭瞭解後，隨即自腰間暗縫帶囊，取出了數條薄棉布後，輕聲表明道……

「果如惲先生所推，中土各州所出土之各色晶岩，其深層果真有一較大之岩座晶塊兒；惟吾不懂其中含意，遂以簡陋之法，將訊息帶回。」又說：「眼前四拓印薄布，分別於春分時節之東州青龍洞，夏至時節之南州朱雀洞，秋分時節之西州白虎洞，以及依惲先生述及陰曆六月之長夏，以對應中州之麒麟洞，分拓而得。至於北州之玄武洞，耳聞該處因雪崩已暫封閉，遂難前訪。只是……僅此四訊息，惲先生能依此搜出多少蛛絲馬跡？」

惲子熙將拓印薄布攤開，其上果真為麻略斯文，而後率先譯釋東州拓文，得出：

青者歸木，主天地之風；稜規則強，互逆則危，六為頂巨。

惲二閱南州拓文，其上呈出：

赤者歸火，主天地之火；稜規則強，互逆則危，六為頂巨。

依此再得西州拓文：白者歸金，主天地之金；稜規則強，互逆則危，六為頂巨。

惲先生隨即告知徐大人，依此可推得北州之烏晶拓文，應為：

黑者歸水，主天地之水；稜規則強，互逆則危，六為頂巨。

惲最終攤開中州黃晶拓文，其上符號明顯多出許多，並依序譯為：

黃者歸土，鎮天地之土；稜規則強，互逆則危，六為頂巨。

其下另有一段註文，寫到：

逆者危殞，順者呈周；呼風喚雨，力拔山河。

顛覆陰陽，宗氣漸散；命門見熄，萬劫不復。

水火相衝，亡月風疾；惟金能疏，齊驅盡散。

木火升發，金水沉降；五行歸屬，延續長生。

依拓文所示，此五色晶石確實各具不凡力量，絕非如南州熱衷採掘之火焰石，將其作為發熱能源之用而已。然所謂「稜規則強」，是一種規則嗎？而「互逆則危」是指忤逆這般規則，即有劫難嗎？再說，為何以六為頂？為巨？而非以九數為至尊？接下所提「逆者危殞」以及「萬劫不復」，應是再三警惕之用語。

聽聞惲之釋意，徐大人直覺道：「若依先生之釋，猶說晶石能量甚巨；不過，一旦違逆，危難則生。世人若未正確瞭解其義理，恐生悲劇。此玩意兒若遭狂者所利用，不堪設想啊！」

惲子熙頓時出了神，待回神之後，對著徐問道：「敢問徐大人，縱然您以稅務官身份巡訪各州，再藉機參觀各晶石岩洞，難道各州主沒設防地讓徐大人參觀？甚而讓您有拓印刻文之時間，令惲某百思不得其解啊？」

「呵呵，惲先生問得好啊！」徐說道：「正因今年年初拜訪東靖苑時，經惲先生推算造訪各州晶石岩洞時間，吾遂於春分離日，前往了東州翠森山青龍岩洞。然於抵達時已逾亥時，而陪同徐某參觀岩洞者，即是東州文考處繆廷翰總管，怎料白天鑽鑿工人忙進忙出，未將洞內區隔探勘，入夜後鑿工盡退，待繆大人簡約介紹後，因畏懼開鑿工人頻罹怪症之說，遂退於洞口等待。時辰一進春分子時，無意中發現一青晶區塊突然壟起，近身觀察後，見一晶塊浮離岩座約莫一寸，待藉鑿工遺留之木條伸入該縫隙後，發覺岩座有著若干刻痕。徐某離開岩洞後，立與堂兄徐逵會合。徐逵直覺時機難得，遂連夜再竄入岩洞以拓回刻紋。如此模式，徐逵分別再於夏至、長夏與秋分，拓得眼前這些。只是……」

「徐大人有何難言之隱？」惲問道。

徐忐忑地表示，徐逵於六月長夏之際，竄入了麒麟岩洞，不巧遇上都衛兵入洞巡視，因而拓紋不利，僅得七成斷續紋路；而後徐逵二度拓文，此即為眼前案上所呈。惟遺憾的是，徐逵不慎將先前那斷續拓紋棉布，遺留於西州一藥鋪寢室內。

惲先生頓生憂容表示，總觀眼前拓紋，唯屬黃晶岩洞所敘較多，怎巧所遺即是此晶岩下之拓紋！雖說僅拓得全貌之七成，一旦出現能人，進而予以拼湊釋意，亦是件令人擔憂之事；尤其此段拓紋之意提到「逆者危殞、呼風喚雨、力拔山河、顛覆陰陽、萬劫不復」等字義，猶似毀天滅地之巨能，若遭有心人獨佔利用，後果難以想像！

「惲先生可有因應之策？」徐問道。

惲子熙表示，縱由麻略斯文衍生為中土之磐龍文，一個符號可因對上不同符號而另有其義；子熙雖將其大意，濃縮為五段說明，惟原拓紋卻呈出上千個符號。惲接著搖頭道：「不行！眼前拓紋必須毀掉，以目前五州主尚於各懷鬼胎、勾心鬥角之際，短時期內，應不至發現晶石之浮開與節氣有關，唯一擔心即是流落在外之零落拓布。」

子熙又說：「上天庇蔭，讓徐大人能將此四拓布，安然地攜來東靖苑。吾以為，若再將這拓布帶出，徐大人應逃不過雷王生性猜疑之個性。以現今情勢，眼前四拓紋，甚至是加入推演北州而來之五州晶岩全拓紋，交予陽昫觀之常真人，抑或是交予黃垚五仙更佳。曾聞先父提及，黃垚五仙中之銘義天師，諳得磐龍文，沒準兒經由銘義天師之註釋，將得另一層次之看法。唉！眼前最棘手問題，即是如何將此數以千計之磐龍符號，順利帶出東靖苑？」

此刻，徐大人於書房裡來回踱步，搖頭嘆息，欲言又止；一旁之惲子熙則繼續鑽研拓紋含意。忽然！徐再度走近惲之桌案邊，輕聲說道：「依吾之見，眼下僅有一人能將拓紋帶出東靖苑了，此人即是……徐逵！」

「為何徐大人以『僅有』二字作為形容？」

「惲先生有所不知，徐逵除了飛簷走壁、劫富濟貧外，尚擁一精巧手藝，就是雕刻。」

惲面顯疑惑，應道：「雕刻雖是個方法，但欲將數以千計之符號兒雕出，那得動用多少木板兒？再說，欲將這些木板兒運出東靖苑，豈不……」

徐大人嘴角微微上揚，隨即朝著書房外，一陣左顧右盼後，道：「徐逵另有項技能，世間無人出其右，那就是……米雕！」這詞兒一出，立即震懾了惲子熙。

徐進一步表示，徐逵可將惲先生整理好之拓紋符號兒，依序細雕於粳米之上，就算是千餘符號兒，也不過是攀附於一把粳米罷了；只要於精雕時，依照事先編好之記號，將來循著記號慢慢地兜，依能還原出原來五州晶石之拓紋！

「真有這般技能？如是這般，徐大人如何安排？」惲問道。

「待徐某回到官邸，即與堂兄聯繫，恰巧惲先生徹夜通明之書房，已令周康不足為奇。惲先生不妨先行編妥序號，只要周康不再夜查書房，相信徐逵能在數日之內，完成米雕。」

惲寄予厚望地點頭說道：「嗯……就這麼辦了！」接著，惲子熙亦輕聲道出：「日前，惲某為己卜了一卦，其上指出，子熙有一絲機會離開此地，卻須待中州面臨內憂外患之際。」

「太好了，惲先生終於捱到離苑時機了。只是……眼下之中州，如日中天，何有內憂外患之可能？」

惲說道：「既然有內憂外患之兆，吾遂再冒折壽之險，藉天磁地氣，推演星象圖毯，隨即顯出，此內憂來自雷府熟識，而外患則因兵戎而成。」

「什……什麼？中州要打仗？不會吧！好不容易中土分由五州主相互牽制，難道……五州將出現失衡？甚至衝突？」

惲子熙深吸了口氣，回應道：「徐大人，咱倆曾共事於前朝傅中主；想想，傅中主曾帶兵越江，以助南州平定教派之亂，待班師回朝之際，傅中主於靈沁江遭火連教回馬槍突襲，幸好惲某已於暗中調派水師軍於北岸接濟。惟我方探子回報，盧碪假藉調兵平亂，卻於江水南岸集結，實乃謀以漁翁得利之計畫；其待火連教追擊傅中主成功後，即刻趁勢渡江北上，既可掃蕩火連教派，亦可趁機北攻中州位於江北之淇郁城。」

惲接續表示，盧碪見我水軍已部署周全，遂取消了原計畫，而反觀江水南岸，火連教因突襲失敗，元氣大傷，致使邢彪飲恨吞聲，沈寂了一陣。依此可見，只要有利可圖，眼下看似平和之中土五州，亦會生變的；尤其五州現正處於五晶石摸索期，一旦知悉如何取得未知能量，試想，會有平和嗎？故此拓紋之密，絕對要守住。至於戰事將如何掀起？則須觀察各州之相對利益，是否趨向了失衡？

「歐……對了，子熙可否以一私事兒，懇求徐大人相助？」

「惲先生客氣啦！徐某僅是一稅務官，望能幫得上惲先生才好。」

待惲附耳表述後，徐大人訝異著，「什麼？打聽北劍紳與南刀臣？」又說：「哦……就是那曾與咱們共事過的前朝文教總管原蔭鵬之子……原羽辰！和昔日受傳宏義禮遇之南州漁夫……凜秋痕！耳聞此二俠於屹岡刀劍會後，杳無蹤跡。」「唉！徐某一生管的是稅務，江湖瑣事都是走到哪兒？就聽到哪兒？這個……嗯……好吧！既然惲先生託徐某打聽，吾將盡可能地覓得他倆。」

徐大人離開東靖苑後，惲子熙之書房依舊燈火通明，遂讓固守東靖苑的周康，真以為惲先生患上了難治的失眠症。惟三日後之深夜子時，見得徐逵之矯健身影，已悄悄潛入了東靖苑內。

惲子熙事先將書房內之書櫃後方，騰出一小茶几般大小的空間，並於書櫃上方鑿了個孔，若以尖錐物將洞孔刺穿，即可循此洞孔上達屋樑，再循屋樑即可找到一屋瓦缺口，得藉此逃往書房之外；如此費心，只為替徐逵設想暗中脫逃路徑。

徐逵歷經一夜細琢，僅完成了十餘米粒精雕。惲子熙藉由自製水液透鏡，置入淨水，即可透過水液透射，將米粒放大數倍。待惲視察一雕妥粳米後，驚異連連，道：「果然，將晶岩拓紋精雕於粳米之上，實乃可行之舉。徐兄能以這般鏤月裁雲之技能，依序將子熙編排之拓紋，復刻於粳米之上，實在得人佩服啊！」

「快別這麼說了！數年前，惲大人曾託徐逵將一竹藤箱帶離當時的永業官邸，孰料遭到追兵包圍，霎時不慎滑手，丟了竹藤箱，徐某至今仍餘悸猶存，如今再有機會，能以自身嗜好作為回饋，以了惲大人之願，在下亦算是放下了心頭巨石啊！」徐逵道。

「徐兄客氣了！昔日子熙身兼公職，得您稱吾一聲惲大人；如今惲某已回歸平民，您仍以大人作為稱呼，實已深具敬意！再說，子熙一再勞動徐兄，甚至危及徐兄之安危，眼前又讓您連夜趕製米雕，子熙實感過意不去啊！只是……以徐兄這般刻琢，是否應需個把週才能完成？」

「若依照惲先生所編制之符號數量，倘若這書房無人打擾，徐某尚且需耗時五日，勉強得以完成。惟此東靖苑戒備森嚴，徐某不時擔心衛兵巡視，遂無以速速完成米雕。」

惲回應道：「周康乃雷嘯天之遠親，而子熙亦不擅舞刀弄槍，故此一看守任務極為輕鬆。雷王將周康擺在這兒，除了提攜親信之外，實因周康巡查功夫極為徹底；每輒差人清掃環境時，隨時注意子熙有無新的天象推演紀錄。然為此因，子熙近來所有推演，完全不留下任何字跡，幾乎全靠腦子記憶。然徐大人攜來徐兄這幾張辛苦拓紋，亦須每輒完成一張，隨即將之毀掉，亦即未來五日內，子熙必須擔任偵察任務，一旦有閒雜人進了苑內，徐兄俄頃藏於書房上樑，靜觀其變。」

「嗯……這事兒耽誤不得，還是盡早將這些拓紋完雕，以免夜長夢多。」徐逵應道。

三、四日過去，周康每日均於午前派人巡視苑內各地，一到夜裡，周康倒頭就睡，並無執行夜間巡視，致使徐逵之夜雕工作極為順利，終於第五日深夜，完成了所有米雕工作。

徐逵表示，真是巧，一連四夜過去，均不見周康下令夜巡，致使米雕進度，煞是順暢！

惲笑著應道：「呵呵，子熙已於兩週前，刻意晝寢夜讀，俾晝作夜，讓書房徹夜通明，以引周康注意。而後，子熙告知御醫李焜患了失眠之症，李焜則遣人送來數帖助眠之酸棗仁湯藥，以及諸味寧心安神藥材。子熙特別煎煮其中能養心益肝、安神斂汗之酸棗仁，以及安魂定魄之柏子仁，再於膳房內伺機混入周康晚膳中之金針（萱草）雞湯內，致使周康夜夜安神好眠，遂無指派夜巡，且衛兵已習慣了兩週來徹夜點燈之書房，故能換得夜夜夜闌人靜之絕佳時段。」

「哈哈，妙哉！真是妙哉！耳聞萱草別稱忘憂草，周康有了酸棗仁而夜夜好眠，一鍋萱草雞湯更讓他忘憂啦！哈哈哈。歐……對了，這堆米雕粒，說多不多，確也有一手掌之量，惲大人打算如何處置？」

「嗯……眼下先將米粒置入皮囊中，隨後毀掉晶岩拓紋。徐兄暫且養足精神，明兒個起，擇一適當時機，有勞徐兄將此皮囊帶離東靖苑，若能順利出了惠陽城，可朝東南黃垚山去，將皮囊交予五藏殿中之銘義天師。倘若此事萌生枝節，徐兄亦可權宜朝向宮辰山去，將皮囊交予陽昫觀之常元逸，常真人。」

徐逵點了點頭，「好，就這麼辦！」

翌日傍晚，華燈初上，惲子熙突感東靖苑有股鮮有的嚴肅氣息。一僕人倏來惲先生前，急喘著表明，中鼎王已於前來東靖苑途上，據聞是來探問惲先生之病況。周康將軍現已率守衛軍於大門外候駕。

惲子熙隨即建議徐逵，趁著守衛迎接雷嘯天時，立由樑上屋瓦而出，雷王此回雖藉探病而來，不外乎又來詢問局勢與晶石之相關。待子熙移往前廳與雷王寒暄，即可引住周康與護衛軍兵之注意，徐逵即有充裕時間，遠離東靖苑。

「呼呼呼……悉悉悉……」順利離開東靖苑之徐逵，翻過數十屋脊之後，來到了承豐大街，隨即喬裝成商人，以免引來側目。這時，徐逵見一銀髮長鬚，手持法杖之長者，由大街上最奢華之群瓏客棧走出。接著，一喝得爛醉之年輕人，立由銀髮長者身後，跪爬追來，並聞其嚷著：「摩蘇大師啊！請收我為徒吧！只要習得您那一身蓋世武功，就算遇上當今的龍武尊，我也不怕，我雷世勛再也不會遭人瞧不起了。金蟾大法王啊！求求您啊！」

「什麼？眼前這個連腳都站不穩的年輕人，是……是雷世勛？雷王府的大公子耶！」徐逵面露詫異道出後，立見這所謂的摩蘇大師，回頭對著年輕人話道：「雷公子只須依著老夫於客棧內所述行事，事成之後，立授爾一套武功，以後將不再受人瞧不起啦！哈哈哈！」

話一說完，摩蘇大師隨即跨上了匹駿馬，惟聞「駕……」的一聲，呼嘯而去。一旁徐逵心想，「堂堂雷王府的大公子，會答應一個手持法杖的長者……做啥事兒呢？真令人匪夷所思？算了，我還是趕緊辦好我的事兒要緊。」

徐逵走入暗巷，斯須躍步，翻身上了屋簷，倏以飛快步伐，連躍數十建物，來到了惠陽城邊牆，「嘿嘿，待出了這城池，若再能幸運攔下一馬匹，即可直奔黃垚山了。不過，今夜守城衛兵頗多，還是暫且窩個角落歇歇，待卯時衛兵交替之際趁隙出城，才是上策！」

寅卯交替之際，曙光尚未露出，徐逵起了身，摸了下繫於腰間之小皮囊後，眨眼蹬腿而上，立藉騰空三翻轉，翻出了城牆之外。走了約莫一里路後，驚喜到，「欸……怎有匹馬拴在這兒？太好了，此刻尋不得馬主，可別怪吾順手牽……馬囉！徐逵彎下腰身，循著繫馬之韁繩，試著將綁在木樁上之韁繩解開。解著解著，「颼……」的一陣冷風襲來，瞬讓馬匹起了不安之感。

待徐逵完解韁繩，轉身而起之際，已見一頭戴草帽著，挺坐於此馬匹背上，並聞其發聲道……

「一樸實商賈，行動於曙光之前，且身擁超於常人之翻牆絕技，不引人矚目，難矣！別人或許仍讚嘆著閣下這般不凡輕功，惟人稱義賊之徐逵身形，卻早已在吾腦海中浮現。徐兄，順手牽……馬，不太好吧！還是回復閣下之飛簷走壁神功，教人習慣些。」

甫一完話，曙光乍現，見馬背上之草帽客，先撤去了肩上披風，再緩緩地摘下頂上草帽，道：「徐兄，別來無恙吧！閣下僥倖躲進雪盟山莊，卻擺脫不了我展鵬緝爾歸案之宿命啊！」

徐逵起身之後，已挪好朝著樹林竄逃之步伐，道：「人說雷王旗下輕功絕倫，唯迅天鷲外，不作二人想。只是……展將軍追了徐某這麼久也沒能成事兒，追到連我都懷疑，雷嘯天怎有如此耐心，屢聞爾之無功而返嘞？看來，這回要是再不建功，恐怕因我徐逵而讓你上斷頭臺，才是你展鵬之宿命喔！」

「死到臨頭還嘴硬，此匹長鬃駒乃專於林間穿梭之能手，爾今日插翅也難飛了！」

展鵬馭馬疾出，徐逵立即翻上樹林，藉著枝幹彈躍，一如鼯鼠於叢間飛躍，見其擺盪樹藤，彷彿猿猴於林間翻蹬。然藉快馬追逐之展鵬，隨著馬匹之左右急馳，卻也考驗著其龍骨曲度與腰椎之支撐力。

徐逵回首一瞧，「此一以禽鳥為名號之走狗，沒料其於林間之飛奔馳騁，頗有兩下子！眼下若堅持往黃垚山之向，勢將行經一片草原，對吾極為不利。欲採下策以應，唯有繞道，朝著虹昶吊橋那兒走了。」

雙方追逐一陣後，徐逵來到了虹昶吊橋，「嘿嘿，此吊橋之承重，應容不下那長鬃駒吧！

若想追我，勢必下馬，待這鳥人追上橋，要他知道，什麼叫做過河拆橋！呵呵，橋的那一頭就是芎廷鎮了，那兒有一大片甘蔗田，正巧可為藉機轉向之模糊地帶。」而後，徐逵竊喜著已過了一半吊橋，回頭一瞧，果然展鵬已追到吊橋一頭。

這時，展鵬於腰際取出一短笛，「嗶……嗶……嗶……」足氣地吹了三響聲。徐逵見敵對絲毫沒追上來的意思，又突發笛響，霎時額間一股冷汗急湧而出，「不對呀！此時吾置身吊橋之中，敵人卻是利刃在手，隨手揮砍幾刀，徐逵隨即成此吊橋之陪葬品，根本輪不到吾使過河拆橋之戲碼；眼下急奔往蔗田，才是當務之急！」

徐逵倏而三步當兩步用，立朝橋之另一頭奔去，適值徐逵抵橋頭不遠處，隨即映入眼簾一幕，竟是擐甲披袍騎隊，緩緩湧出！徐逵見狀，旋即退移至吊橋中央，以觀其變。忽然！聞軍騎隊伍中，一領頭者喊道：「吾乃芎廷鎮武備軍長孫磊，聞得雷王府急招之笛聲，特來支援。」

展鵬單指一出，喊道：「受困橋中進退不得者，即是中鼎王急於緝拿之重犯，孫軍長來得是時候，咱們將可合演一齣甕中捉鱉啦！」

「既是朝廷重犯，膽敢闖我固守領域，那就怪不得我出手啦！」話一出，孫磊左手一伸，護衛隨即遞上一彎弓，待箭上弦，孫磊右臂一拉，張弓對向徐逵；然此同時，另一頭之展鵬亦持起十字飛鏢，立馬做出雙面夾擊之勢。

「咻……」的一聲，孫軍長弓箭即出，徐逵一抓吊橋繩索，翻轉而上，雖閃過此一箭，卻讓箭鏑頭直接劃破一段吊橋主索，待徐逵翻轉而下，整座吊橋瞬時呈出傾斜貌，此幕瞬間驚退了橋兩頭之馬匹數步。霎時，展鵬藉由馬背上躍，眨眼上了吊橋之鎮座樁頂。「咻……」孫磊俄而再送一箭，徐逵倏以橫向轉身，倚著另一未斷的主索，快步橫移，雖又閃過了這一箭，但該箭卻削斷了數支連繫吊橋主索之吊索。

「呃啊……」大夥兒突聞橋中發出慘烈哀嚎，惟見兩十字銀鏢已叉入徐逵左臂，使其灰白相間上衣，頓時暈開一片赤紅。

「呵呵，徐逵啊徐逵！眼前吊橋已如此歪斜，爾竟閃得過孫軍長兩箭！反觀吾發了三銀鏢，卻僅見兩鏢直中爾身，展某實在佩服！不過……見著閣下這般狼狽樣兒，勸你還是束手就擒吧！」

「展鵬，有膽上主索與我徐逵一決高下，要我歸降，門兒都沒有！」徐逵怒斥道。

「呦呦呦……眼下是我展鵬得勢，還是你徐逵主控大局啊？呵呵，我這短刀只要朝吊橋繫錨錠之繩索一砍，爾即墜下山谷！想活命的話，還是乖乖地撫著主繩索爬過來，也好讓吾交差了事唄！」

徐逵自知，之所以會中展鵬兩鏢，是因見到吊橋結構逐漸鬆脫，遂取出逃脫必備之細索，趁隙綁上吊橋主索以穩固自己，怎料瞬間閃避不及而中招；心想，「無論如何，絕不能讓米雕落到展鵬手裡！好吧！只得孤注一擲了！」

徐逵兩眼朝展鵬一瞪，亮出了先前藉主索攔下展鵬的第三支鏢，轉眼一記反手，立以銀鏢之刃，劃斷孫軍長第一箭所劃破的主繩索處。「啪嘰……啪嘰……」大夥兒見著徐逵即將割斷吊橋主索，紛紛退了數步；而立於鎮座上之展鵬，亦因橋塔不斷搖晃，翻飛而下，疾喊道：「小心！吊橋要斷啦！」

果然，「嗖啪……嗖嘰……」撕裂響聲接連發出，虹昶吊橋主繩索隨即斷裂，橋塔連根拔起，徐逵亦隨吊橋斷裂而墜下，惟其於吊橋主繩索墜降完盡，速放逃生細索，硬是再垂降數丈之多，待細索用盡剎那，倏將之切斷，以此減緩了徐逵垂直墜落之殺傷力，而後即落入山谷江流之中。

展鵬一見徐逵墜江，急問孫軍長該谷底江流之流向？

孫磊回應道：「谷底之江水為西流向之泛桑河，終將注入蟄泯江。展大人無須苦惱，此江之流速不甚湍急，且江上流木甚多，吾等可循小徑繞下山谷，尚可攔下該重犯。」

展鵬急吼道：「事不宜遲，咱們分頭下山攔截！」「駕……駕……」虹昶吊橋之兩頭人馬火速退離，雙雙疾朝谷底而去。

此刻，墜落於泛桑河之徐逵，因受江上流木連續撞擊，滿臉鮮血，卻也得江上浮木之助，暫得喘息。惟因墜江衝擊力甚猛，以致肘臂肉創骨傷，疼痛難耐，遂載浮載沉地隨浮木漂流。飄著飄著，朦朧之中，左耳似乎聞得馬蹄急促奔馳之聲響，由遠而近，而右耳彷彿傳來一划水聲。徐逵於迷濛意識中尚存一絲認知，馬蹄狂奔，應是追兵，而江上輕舟，極可能是展鵬由水路包抄而來，瞬間直覺到，「眼下勢必得沒入江水之中，能游多遠是多遠，就算是死，也要抱顆大石，沉在江底。」

接著，徐逵強忍著肘臂創傷，隨水漂流一段後，放開浮木，深潛江中，怎知江面之下，冰冷更甚，一陣拚命潛游，直至憋不住氣息，深嗆了口江水，腦袋瞬間一片空白，接著深感一股勁兒道，直將自已抓出江面，僅憶得當時強光刺目，隨後記憶則蕩然無存！

「龍師父回來啦！這……怎麼回事啊！怎與福伯扛了個濕冷傷者回精舍？」牟芥琛問著。

福伯說道：「甫於外頭見龍老爺划著舢舨回來，怎知其上尚有位疑似溺水之傷者？」

「先別問了，救人要緊！已先止住其背部刃傷出血，惟其面目受創難辨且失溫甚久，四肢浮腫，恐有腦部受損之虞！吾先以手三陽內力灌其脾、腎經脈；阿琛，先溫其背後**太陽經脈**並化其氣滯血瘀；阿福則倏以**生附子去皮八片，乾薑一兩半，合以甘草**，以水三升煎煮，去滓，**分二次溫服**。」龍老急說道。

福伯一旁訝異著，「**生附子**？這是……**溫經逐寒**，回陽救逆的四……四逆湯！」

阿琛診了傷者後表示，此人所受寒邪已循經入裡，藉**生附子**之辛溫大熱，其性善走，故為**通行十二經脈純陽之要藥，其外可達皮毛而除表寒，其裡可達下元而溫痼冷；舉凡三焦經絡，諸臟諸腑，果有真寒，無不可治**；配以**甘草**，內補中虛，外和營衛。然**附子無乾薑不熱**，眼前傷患奄奄一息，福伯亦可將**乾薑**之量加倍，更能強其溫陽救逆之功，此乃傳世名方……**通脈四逆湯**之應用。

龍老點頭認同牟之說法後，立偕牟芥琛以內力為重患溫陽逐寒。一陣急救後，牟芥琛認為，此患不僅失血過多，其顱骨與肘臂亦嚴重受創，面部極度浮腫，且腦部六陽脈瞬受冰凍之寒所傷，以致瘀血結塊難化；縱能救回此患，但見其眼眸對光反應，此人腦部受損，幾成事實！「龍師父怎會遇上此人？」牟問道。

「老夫本乘坐一船家之漁船，而後再自划一舢舨，欲循蟄泯江支流，回憶過往瑣事。接著一股蠻勁兒上身，竟逆著泛桑河上行。孰料遇上這看似商賈裝扮，卻見其身中兩銀鏢，且於江中似浮似沉；待吾靠近後，幾見其痙攣休克！」龍老又說：「將此人救起後不久，立見遠處一身著軍裝騎隊，倏朝泛桑河而來；惟龍某不喜與官場人士打交道，遂將斗笠一戴，速速離開。而後再見一輕功非凡俠客，於江面上如蜻蜓點水之勢，逆風滑行，並火速朝騎隊方向會合。以老夫見其凌空躍步身手，幾可斷定，此人乃雷王旗下，人稱迅天鷲之展鵬！」

「展鵬？先前芥琛對龍師父提及，曾於南州救一叫徐逵之中年人時，親睹展鵬之身手，確實了得！」

龍老指出，展鵬以其十字銀鏢與快刀，叱吒江湖，若沒猜錯，眼前傷者背上鏢傷，應是出自此人所為。又說：「惟一現象讓老夫留意許久，打從老夫救起這商賈即發現，縱然其已呈昏迷之態，但其左手始終緊握腰間一小皮囊。」

牟隨即指出，直至咱們將其平臥，此人仍緊握著皮囊不放，難道龍師父所見軍裝騎隊，與不惜發鏢傷人之展鵬，皆為了此一皮囊？

「展鵬乃雷王旗下一員猛將，其與軍衛騎隊聯手緝捕一商賈，此人應是重大要犯，抑或握有要物在身才是，以此推測，此皮囊應是關鍵才是！」龍老說道。

「舍內傷者呈出重度昏迷，芥琛認為其難於短期內清醒，若真有重大秘密須藉此皮囊傳出去，難道就這麼靜待傷患醒來？抑或權宜考量，取出皮囊之物為先？」

龍玄桓來回地踱步，考慮了許久，道：「好吧！倘若事關機密且須轉交他人，咱們亦可幫此商賈完成轉交任務。」

牟立馬持一木筷，將皮囊自傷者指間推出後，交予了龍師父，待拆解後，一旁阿琛立訝異道：「皮囊內除了幾粒烙上官印之小金元寶外，其餘盡是一粒粒粳米，莫非此人乃販米商人？縱然走私穀米，何須如此大陣仗圍捕？還是說，誰食了這米，即能百病不侵，長命百歲，因而引來了雷王的注意。倒是，一般商人收受的是銀子，怎會隨身帶著有官印之元寶嘞？」

這時，龍老一手元寶，一手粳米，道：「一邊兒是頗具價值之官印黃金，另一則是中州富產之粳米，二物懸殊，卻共處一囊之內，此人真是一般盜匪嗎？」

「哦……此皮囊不妨暫由龍師父處置。這些日子來，芥琛研究惲子熙先生之磐龍文紀冊，頗有斬獲，芥琛這就回書齋堂繼續習讀。」

阿琛離開後，龍玄桓拿起小皮囊，百般翻轉察視，值龍老將皮囊內側外翻，發現此皮囊乃兩張羊皮密縫而成，而一張內面烙印著一個青字，另一張皮內則烙印了個立字，就此多添了兩筆線索。

而後數日，龍老仍拼湊著線索，牟依舊研習著磐龍紀冊，而福伯則續為傷者煎藥、餵服。雖見傷者回溫，卻仍持續昏迷。龍老見狀，對阿福嘆道：「要是咱們有**麝香，即可通諸竅之不利，開經絡之壅遏。若諸風、諸氣、諸血病，驚癇、癥瘕諸病，經絡壅閉，孔竅不利，安得不用為引導，以開之通之？**」無奈之虞，龍老依舊取了**七日黃**，為傷者敷其面部傷口。隨後，福伯持了杓燈油，隨手充填龍老書案上之燃盡油燈。入夜之後，龍玄桓依舊倒出皮囊內物，絞盡腦汁地想著黃金、粳米、皮革三者間之關係。

突然！龍老發現傾出皮囊外之數米粒中，諸粒滾至近油燈處，起初不疑有他，適值油燈之油槽邊緣，滴下了滴燃油，正巧滴中油燈旁一米粒，怎料此一巧合，隨即揭開了一重大事件之序幕！

龍老本失望地將元寶與粳米，一一收回皮囊；突見一遭燈油覆蓋之米粒，惟因該油滴產生了物像放大作用，瞬讓龍玄桓驚訝地發現，原來有人已於米粒上，雕了大小不一符號。又說：「年過六旬，若非藉此油滴，尚難發覺米粒上之蹊蹺！只是……此乃何樣兒的符號呢？」一陣端詳後，覺得若干符號，似乎於黃垚山調養時見過，一如惲子熙所述之……磐龍文！然解密至此，龍老突於腦海中乍現一人，「太巧了，此刻能及時解此密紋者……牟芥琛！」

牟芥琛得龍師父告知後，立將皮囊內所有粳米倒出，而後另以葵花仔油，灌入一透明薄膜作為放大觀物之用。果然，得牟所證實，米粒上之雕紋，確實雷同於磐龍文，其上並註有特定序號；待牟試著再核對兩相應序號米粒，發覺此乃關於一事物之描述文。然而，眼前皮囊所盛之米粒，雖不以千計，亦可量數幾百，若要一一比對譯釋，恐需一些時日。

龍老表示，米雕內容或許即是雷嘯天欲瞭之秘密，咱們若能洞悉於前，或許真能幫留訊者傳遞些訊息。接著，龍老搔了下腦袋，回想初見傷者於水中掙扎時，其仍試圖向下深潛，似乎想要攀住水下岩石？莫非……此人欲將皮囊藏於江底岩石縫內？加上皮囊內有金元寶，亦可確保皮囊定往下沈而不致被人發現。嗯……或許這正是金元寶於袋囊中之角色！

「經龍師父這麼一推，似乎可拼出些線索了！」牟接著指出，倘若傷者真是個商人，怎會有官印元寶在身？或許此人正由某官邸中倉皇逃出？

龍老聞得官邸二字，立顯瞠目訝異之貌。牟又表示，記得泛桑河之名，乃因夏季河岸旁之桑樹茂密而來；惟入秋之後，遭蟲蝕之桑枝葉渣紛落，因而飄浮於江河面上。然於商賈臉上，確見葉渣殘留；反觀其創傷深處，諸多乾凝瘀血，幾無江中之迂腐殘渣，故可推知，此人乃中鏢後落水；惟見其腿部肌肉結實，應是擅於飛奔之輩，遂非迅天鷲而不能擒！然而，既能與人打鬥，中的又是迅天鷲之鏢器，芥琛推斷，此人應非從商之人，而是假扮商賈，經由官人府邸倉皇逃出才是。

龍老頻頻點頭，認同了牟之推斷。接著，牟再細查龍老所提皮囊內面烙印後認為，能以上等羊皮製成囊袋兒，除了擊鐘鼎食之富人外，即屬官宦人家所持。然而，富人炫耀，常以刺繡留下花卉字跡以醒目，惟眼前所呈之烙印，實乃官府以鐵線熱壓成形之結果，然為顧及皮面所承熱度，遂常以簡單字體燒壓而成，一如眼前所見之青字與立字。

龍玄桓聞後，綜合諸線索，直覺皮囊隱匿之機密，非於元寶之價值，亦非皮革之優劣，而是出於最不起眼之粳米上！而後數日，牟芥琛竭盡所能地解譯米雕內容，而龍老則持續醫治舍內傷者，師徒二人熬油費火，終究……牟於反覆解譯米雕上之刻文後，理出了套較合理之邏輯推譯；惟龍老僅退去傷者四肢水腫，卻不見其睜眼醒來。

牟於龍老前表示，米雕刻紋所透之訊息，實乃關於五州出土之五色晶石，對應天地五行之說，其中有些重疊之處，如每一色石均強調「稜規則強，互逆則危，六為頂巨」，而較值得玩味的，即屬中州之黃晶石，其上註明著「逆者危殞，順者呈周；呼風喚雨，力拔山河。顛覆陰陽，宗氣漸散；命門見熄，萬劫不復。五行歸屬，永續長生。」

龍老一聞芥琛所述，聯想道出：「**人體胸中正宗之氣不能散，水火相容之命門火不能熄；否則，經脈之氣將離，五臟六腑之陽即脫，靈神出竅，一命嗚呼！**依此對照，五色晶石即是依循人體五臟之關係而存，不得相逆，互逆則危難即生！」

牟接著表示，依米雕備載：此乃取自晶石所拓之符號紋路。此句示出，已有先知者發現了各晶石岩洞留有刻紋之處；未來，各州若陸續發現了原刻紋，再有人能解譯其隱含之意，五晶石即不再有神秘色彩，而是一種武器，甚而毀天滅地。

牟又說：「然而，芥琛之所以能於數日內完成解譯，實因米雕上之部分符號編寫方式，與先前徐逵前輩所贈予之磐龍文紀冊，幾乎如出一轍。昨夜……芥琛亦曾猜想著，該不會……呃……該不會整理所有五晶石之拓紋者，即是芥琛手中這磐龍文紀冊之撰寫者……惲子熙先生！」

龍老聽聞惲子熙之名，斯須起身，閉目冥想，隨後頻頻點頭，認為牟所推測之吻合度頗高，卻又心生疑問道：「只是……惲子熙一直遭雷王軟禁於惠陽城的東靖苑，一切行動均受雷之監控，惲先生何以能取得分佈五州之晶石拓紋呢？」話說至此，龍玄桓雙睛突然為之一亮，轉身立對牟芥琛喊道：「快……快將裝粳米之皮囊遞來！」

龍玄桓持著皮囊表示，聞芥琛分析此皮囊應是來自官宦之家，且官府常以鐵線沿字形熱壓烙印。話說到這兒，龍老倏將皮囊由內外翻，說道：「眼前所見之青、立二字乃分烙於兩張羊皮上。回想當時未密縫成囊袋時，兩羊皮一合，即可得一靖字，由此猜想，這皮囊即可能是出自於東靖苑！亦可能是惲先生親自熱壓而成！」

牟點了點頭後表示，已費時還原了皮囊與相關之大半兒，惟惲先生可有對外之管道？否則，如何能將皮囊帶出東靖苑，莫非惲先生買通了看守東靖苑之衛兵？

龍老則指出，先前雷嘯天為了替其子世勛解除怪病，曾請陽昫觀常真人前去雷王府為其子診斷，而後雷王答應常真人前去東靖苑會晤惲子熙先生。

「難道……這由外協助惲先生者，是常真人？」牟問道。

龍老接著說：「常真人以『天人合一』之念，普渡眾生，除非牽涉百姓醫療用藥，否則常真人對五州政壇之明爭暗鬥，興味索然，更別說讓常真人去盜取五州各晶洞之拓紋了。不過……倒曾聽聞常真人提及一人，其曾潛入惲先生當年官邸，助其帶離一竹藤箱，此人即是眼下中州各城張貼著緝拿告示之要犯，亦是於南州贈芥琛磐龍文紀冊之義賊……徐逵！」

聽聞此一敘事後，牟芥琛雙眼一亮，恍然大悟地說道：「沒錯！正如龍師父所言，此晶石之拓紋，確實須要……盜取！然這等事兒，應難不倒人稱義賊之徐逵啊！」又說：「哦……對了！芥琛上回於南州遇上徐逵時，追緝者正是展鵬。倘若過去徐逵能進出惲先生之官邸，當然有潛入惠陽城東靖苑之能力囉！」

牟芥琛話一說完，立與龍師父對看了下，不約而同地道出：「展……鵬……！」接著師徒倆亦同時看了下療傷客房，不禁又異口同聲地唸出：「徐……逵……？」

「真是他嗎？」龍老遲疑了一下，牟則說：「曾幫徐逵治過左肘鏢傷。此回龍師父帶商賈回來時，其顱骨與左肘嚴重受創，且頭面與身體諸處嚴重水腫，令芥琛一時沒能察覺其乃徐逵前輩！」

這時候，福伯快步前來，喊道：「老……老爺，客房的傷患……醒過來了！」

歷經個把時辰之診察，龍玄桓失望地表示，雖然此人氣脈漸回穩，水腫漸退去，惟其頭部重創，應是傷及了記憶區塊。此時，其顱腦疼痛之感，佔去了大半，短期內應沒法提供任何線索才是。

師徒倆雖有些沮喪，惟聞龍老囑咐牟芥琛再深入研究米雕所呈，以期理出更合乎晶紋撰刻者之原意，並偕福伯齊力復健舍內傷患，以助真相儘早還原。隨後即表明將儘快前往陽昫觀，請託常真人保管皮囊之物。且說：「此一事件，牽涉中土各州之安危，常真人應不致拒絕才是。」

翌日清晨，甫見晨光熹微，葉緣霜露未退，惟聞追風逐電之蹄聲，劃破了山間寧靜，見得龍玄桓快馬加鞭，火速奔登宮辰道觀。常真人突聞龍武尊飛馬前來，隨即引領龍老入了書齋房。龍玄桓於嘆息聲中，始由寒肆楓出走嵐映湖，以至與牟芥琛拼湊出徐逵之行徑，一一對常真人娓娓道出。

知悉了寒肆楓之決定，常真人甚感惋惜；而後手持皮囊，立以肯定態度表示，此一攜囊離苑，猶如銜枚疾走之計，確是子熙之手法。接著，常真人自櫃中取出了拇指般大小之白色玉石，隨後置於龍玄桓手上，「這是……這是極為珍貴之羊脂白玉，只是……為何呈出一面冰清光滑，另一面則是粗糙澀膩？」龍問道。

常真人隨即拿了一透光油膜墊，置放於白玉粗糙面上，「呵呵，此刻見了啥？」

「太……太微妙之手藝啦！這指甲般大小的白玉上，竟滿刻了般若波羅蜜多心經！」龍驚訝道。

「此一羊脂白玉乃多年前徐崇之大人來訪我陽昫觀時，贈予本道觀之珍藏物。當下亦對此精微手藝，讚嘆不已，隨後得知，此一精雕手藝乃出自徐大人堂兄之手，亦即玄桓甫述及之義賊……徐逵！由此推知，能將晶石拓紋精雕於粳米之上，並將之轉運出城，終而墜江獲救者，應是徐逵沒錯。再說，以牟芥琛之領悟與過目不忘之能力，其吸收了惲子熙之磐龍文紀冊，再將米雕符號一一解譯，此五色晶石驚爆之說，其可信度極高啊！」常真人說道。

龍玄桓隨即指出，先前各州王藉與建晶石宮殿而派兵駐守各晶洞，此舉除了探索晶石秘密，更是不讓他州有趁隙窺探之機。惟近來頻聞各晶洞紛遭雪崩、地層坍塌、掘工罹病，甚而傳出鬼魅之說，以致各建殿計劃接連告停，各州王更是為了保身而鮮往晶洞探查。眼下尚能保住晶石秘密之關鍵，即於各州何時發現晶石刻紋之所在了。

常真人接著表示，晶洞遭遇天災人禍，或許是老天為穩天下蒼生之安排。倒是聞得西兑王已著手操演鐵甲艦船，此等破壞中州安定之舉，甚有引爆戰事於咄嗟之可能！再則，日前南州火雲教教主翟堃來訪，提及由教徒打探，南離王已暗中操兵，厲兵秣馬，一旦中州與西州擦槍走火，南州即可趁勢出兵，佔領中州南部城池。常老又說：「耳聞沁茗法師暫掌東州菩巖寶剎後，暗中勾結益東派官員，猶有掀起一股反正東派之勢，此事兒頗令東震王苦惱！然常某不願干預各州內政，卻憂心著百姓恐因戰亂而苦。眼下之五州，尚稱穩定者，僅剩北坎王所掌握之北州可提！」

龍聞訊後提到，自菩巖寶剎榮本方丈於端陽大會上受創後，幾乎僅藉內力輔助臟腑循環而續延生命，故由沁茗暫代住持一職。然因北坎王尋得了該寶剎多年前所遺之鎏金坐佛，遂邀龍某見證北坎王將該坐佛交予菩巖寶剎，而將坐佛帶回寶剎者，正是沁茗法師！沁茗自此聲勢高漲，寺內眾法師為保地位，趨炎附勢，致使沁茗於寺內之權力與地位，幾乎取代了榮本方丈。

所幸東州乃紀律嚴謹之州域，倘若沁茗與益東派官員有謀反之舉，以東州之嚴刑峻法，應具某程度之嚇阻才是。

常真人思考一陣後，道：「關於玄桓將皮囊交由陽晌觀代管，老夫以為不甚妥當，畢竟此等秘密尚於考證之中，尤其芥琛數度譯及：稜規則強、互逆則危、六為頂巨。是否另有其義？」又說：「不如，老夫走一趟黃垚山，將皮囊交由五仙處置，畢竟銘義天師熟悉磐龍文，若須補譯，可隨即處置。倒是，龍武尊一路跋涉而來，不妨暫先留觀歇息；惟自聞得寒肆楓登汩琤湖之颯肓島，老夫頻聞中鼎王打探此事兒，趁著龍老弟甫遊歷過該島，老夫倒想聽聽玄桓看法如何？」

然值金烏西墜之後，龍玄桓詳述了由颯肓島、侯岡島以至禦風岩之經歷，並轉述了凌秉山對當前時局之看法。惟見二老於書齋中審時度勢，不禁深感蒿目時艱，以致暢論不絕，直至更深人靜，二人方休入寐。

青翠山色夾著飄浮林間之霧氣，放眼望去，一片浮嵐暖翠，盡收眼簾；大自然林籟泉韻之和悅聲響，令人目酣神醉。鳥瞰山巒小徑中，正映著一白髮騎士，循徑而上，直抵了黃垚山之五藏大殿。

常真人甫一下馬，隨即嗅到一股殿內少有之嚴肅氣息。本源道長快步來到，立對常真人表示，今晨五天師宣布，除了中宮太白殿之三清殿堂外，各殿通道暫時封閉，閒人止步。聞訊之後，常真人隨本源道長來到了西商太淵殿前，立見一熟悉身影，其身後更見得二隨扈隨行。

「哦……真是巧啊！常真人也上了黃垚山，是否同是為著借覽《五行真經》而來？」

常元逸揮了下手中拂塵，回應道：「摩蘇先生勤墾於西州疆土，一饋十起，怎有閒暇到此借閱書卷？若僅是一閱書卷，又何須領著隨行軍衛前來？莫非……奇拉耶、奇拉喱二將，亦對五行養生起了興趣？」

「哈哈哈，一回生，二回熟；甫與常真人有過一面之雅，即能直呼在下隨行軍衛之名，反觀眼前盤坐之黃垚五仙人，什麼杍仁、煉禮、圻信、銘義、海智，在下均沒法兒逐一對上，真是駑鈍……駑鈍啊！」

法王立轉正經，隨即表示，黃垚五仙不苟言笑，遂斗膽直言登訪黃垚之目的。其一乃一覽《五行真經》之原貌；其二則為請教一事兒而來。又說：「依循我克威斯基之史冊記載，曾有一群來自中土之探勘人伍，前來了柯穆斯。此一團隊試圖探尋黃金礦脈，卻不巧遇上該區域之地方勢力紛爭，以致戰事不斷，最終戰事因地層翻動，以致死傷慘重而止。而後由我克威斯基國崛起，並取得該區域之主導地位。」

法王接續表示，經由史冊所載，此次地層翻動，並非中土所謂之地牛翻身，而是因數顆巨大隕石，從天而降所成。然於科穆斯見得流星雨，抑或隕石墜落，稀鬆平常，倘若過於龐大，甚有毀滅性之外石落下，則為我史學者所記載。然由史冊發現，一次隕石群落下後，分墜於科穆斯三區域；數日之後，兩區之諸隕石，發生了毀滅性爆炸，而僅一墜於山腰之碩大隕石安然無恙。幾年之後，此天外奇石竟不翼而飛，一經追查，此奇石遭我敵對之狐基族人運走；然以當時背景，窮困之狐基族根本無此拆運能力。原來，狐基人懷疑巨石之輻散能量，導致族人暴斃事件頻傳，遂藉由外來探勘者之到訪，順勢委由該團隊運走巨石。然而，狐基族一曲蚺長老，對此外來奇石研究頗深，為解救殘存之狐基人，曲蚺長老偕此外來人伍，齊將巨石運走。自此之後，天外巨石之去向雖不可考，但從狐基族人傳說中得知，曲蚺長老最終回到家鄉，不久即逝，享年逾百又八；而我國之史冊不僅記下曲蚺領導著戰後之狐基族人，更留下了當年外來探勘團隊之名，分別是斛謙、杜濂、沐野、釡珅，尚有領頭帶隊之……杰忡！

黃垚五仙一聽聞此五姓名，或見瞠目，或有詫異，而僅一位閉目不語。

摩蘇里奧接著又說：「黃垚天師們，個個均年近於百，而在下所述及之過往歷史，約莫涵蓋了百來年之久，諸位或許曾聞相關事蹟。然自我查穆爾道國王登基以來，不僅提攜了我摩蘇家族，更將還原歷史之責任，交由護國法王一職處理。然本法王心中一多年疑問，此一狐基族長老，究竟隨著探勘人伍……去了哪兒呢？縱然我史冊已不可追考，但由一些蛛絲馬跡透露出，此一答案即是……中土五州！」

法王接著指出，追查多年以來，五位留名於史冊中之斛謙，其有一子名曰斛衍煜。拜西兇王翻閱礦場記錄後告知，斛衍煜為找尋父親，曾前去西州從事礦場探勘，最後回到南州，此人即是後來南州火連教之創教祖師。

另一名曰杜濂，杜濂和領隊杰忡乃拜把兄弟，此二人外交手腕頗高，據我史冊記載，此二人曾與當時科穆斯國王黎基爾斯會晤，告知中土西州邊境之黃金礦脈，可能延伸至科穆斯，望能合作探勘。待取得黎基爾斯允許，得鑽探科穆斯境內山區，怎料二人答應國王之事兒沒做，竟變相探索了天外巨石！法王又說：「在下雖沒能查得杜濂之後續下落，但另一帶頭之杰忡大哥，卻是西州一成功礦業買賣商賈，家境富裕，惟因突然失蹤，遂引來官方關切。而後消息，杰忡育有一子，名曰杰昕，據聞此青年因鄙視世俗，遂前去中州黃垚山修道，不知在座天師們，可否聽過在下所述之杰忡大哥啊！」

這時候，本於閉目盤座之銘義天師，雙目一亮，以低沈聲音說道：「金蟾法王不負貴國國王所託，竟能為著史冊上所記，查到黃垚山上來。沒錯，法王所追問之杰忡大哥，正是貧道之先父也！」

「哈哈哈，看來在下登了黃垚山，直奔西商太淵殿，確實得了欲瞭之答案了！哈哈哈」法王又說：「一則故事，甚或一段傳說，皆須適當之角色，始能加深聽者之印象。我摩蘇里奧原以為遙遠的中土世界，是個遊歷山川之首選，但萬萬沒想到，一則中土傳說，竟讓人深覺中土大地隱藏著神秘色彩，更引燃了前來中土一窺究竟之動力，而該傳說即是……磐龍仙翁！」

法王表示，此一神奇傳說，似乎描述著某一傳奇人物，其花費畢生時日，只為制服一引發地層翻動之地底魔龍。然此屠龍傳說之主人翁，煞有介事地將地龍支解，並將其青雙犄、赤鬣鬚、黃銳爪、金堅鱗、黑韌尾，分別深藏地底，以換得日後百姓之安定生活。然而後世猶有將此人神仙化之勢，因而謂其為「仙翁」；後又提到此仙翁收下一徒，並以所謂的磐龍文，將磐龍仙翁一生屠龍經歷，撰文留世。「咳……咳……」

法王咳了兩聲後，問道：「敢問銘義天師，令尊曾將探勘觸角伸向科穆斯數十年，應熟悉該地區所通用之麻略斯文。然因地域種族文化差異，自然形成了諸多演化文字，抑或是符號，而經由我摩蘇里奧深入核對，流於中土之磐龍文，即是由麻略斯文演化而來。銘義天師，您說，此乃巧合乎？再說，中土人士想像力之豐富，令人讚嘆不已。話說狐基族領頭長老，名曰曲蚺，此一曲字兒乃彎曲蜿蜒之意，而蚺者乃指身形巨大之陸蟒，何以曲蚺長老隨同中土人士離開家鄉後，中土則有了『磐龍』一詞？所謂磐者，迂迴層迭之山石也；而龍者乃指傳說中之長身飛獸。由此磐龍對上曲蚺，如此浮誇之用詞，銘義天師啊！聞者無不謂之妙哉啊！」

法王又說：「至於磐龍仙翁之徒子，應是唯一傳人，亦是諳於此一傳說者。恕在下揣測，此人恐為整段屠龍故事之揑造者，其目的不外乎警惕世人，玩火恐招祝融，惟令地龍長眠地底，始得長治久安。呵呵，銘義天師可有印象？此一杰仲大哥乃一擅於枕邊故事之能者，抑或是個息事寧人之勸世者呢？」

銘義回應表示，中土各州確實傳著諸多怪力亂神之傳說。然而追崇安定者，將視傳說為增添生活色彩之另類想像，而唯恐天下不亂者，則誇大渲染傳說之種種，以求拉攏世間之無崇者、無向者，甚至是盲從者，終以成就自我勢力為其目的。又說：「法王已入我中土之境，聞得磐龍，即是磐龍。所提之曲蚺長老已成千古，無以對質，法王無須再玩弄字詞，將陸蚺與飛龍……混為一談。」

「貧道杍仁！法王若是執意融入磐龍傳說，不妨就中土大地可得之磐龍文，予以深入研究，甚或加入我中土之考古行列，或許能超乎法王之認知，進而受益。」杍仁天師說道。

「呵呵，天師們年屆九旬，卻勝於七旬之鶴骨雞膚，此乃修道而成？抑或遇事顧左右而言他所致？」法王接著道出：「數年前中土地牛翻身，讓前人隱藏之秘密漏了光，此乃天意！然廢話無益，本法王今日一訪，欲以確認，此一杰忡前輩吸收了曲蚺長老之經驗後，所撰刻之晶石密笈，是否留藏於黃垚山？」

圻信天師發聲道：「聞得法王於西商太淵殿前，分享貴國史冊記載，吾等增廣見聞不少。然就法王所提，縱然杰忡前輩有過往種種，畢竟是隨狐基族當時之決策者所為，與事後興起之克威斯基國何干？況且起因來自天外之石，更與貴國無直接關連才是。」

「貧道煉禮！就貴國之查穆爾道國王，授權法王還原歷史之務，其考證的是史冊記載之真偽？倘若與查證相偽，此段記載則不具任何價值；若與查證相符，亦僅止於史冊記載所及，其後一如曲蚺長老失蹤，又如探勘人士離了境，均屬揣測。再如狐基人更以傳說，述及曲蚺長老回鄉即逝。如此不可考之事兒，尚且能以野史稱之罷了，難道憑空揣測之事兒，亦可讓法王續補於貴國國史之內？」

「貧道海智！倘若法王是以閱覽《五行真經》為來訪原意，五藏殿眾三清弟子，竭誠歡迎蒞臨指教。若法王改變心意，欲於此殿為中土百姓，抑或為克威斯基國祈福，我海智即代表五藏殿，為法王所為致敬。倘若法王一再以不可考之過往，或為歷史，或為古人，或為捏造之事物，一再為難我殿，吾等同道將不再禮遇，請法王自律為上！」

「哈哈，摩蘇里奧能得黃垚五仙開釋，榮幸之至。見聞五位得道高人，猶如唱雙簧般地輪番給予指教，姑且相信五天師不知有晶石密笈之事兒；看來，本法王欲尋之答案，得另謀他法了！倒是一旁之常真人，今兒個還真是聽吾說書一般，僅持著拂塵，點頭示意，此與端陽盛會上引經說理之真人，判若二人啊！」

常真人微笑應道：「常某一生闡揚『天人合一』之道，合理者，吾崇之；逆理者，吾疑之。法王請教五仙之事，貧道不便隨言；但論及逆理者，常某倒有一事兒，對法王心存疑念！」

常真人續表示，端陽大會上首見法王使出〈集光陰氣〉之獨門絕學，此般功夫極陰極寒，甚見法王持杖之處呈顯結霜之象，可見法王以壓抑自體循環，使溫煦失司，藉此凝寒發功。雖說此等功夫頗具震懾之力，惟此一逆理內力，以自傷為先，傷人為後，法王何苦為之？

「呵呵，常真人時時處於香煙裊繞之宮殿廟宇，難以體會兩軍對峙沙場之衝鋒折損，故我摩蘇族遂有『為達目的，折損在所難免』之理。然以內力壓低體溫，得以成就非凡武藝以制人……值得！難道……推崇『經脈武學』之龍武尊，適其脈氣自經脈而出，甚或達到真氣與兵刃相結，勿須耗傷真陽之氣？」

「非也！非也！」常真人反駁道：「龍武尊之經脈武藝，首重自體氣血生化，進而通行於十二經脈。自體功能強健，則氣血生化得以源源不絕，縱有耗損真陽，其臟腑回復力道強勁，始成新陳代謝之推手。此等一如奔走數十里路，以促進心肺循環功能一般，並無閣下那般自傷啊！再說，法王家族神功，或有自解之道，為何無端牽扯嵐映首俠……寒肆楓！」

聞寒肆楓之名，見摩蘇里奧笑得燦爛，道：「哈哈，看來龍武尊向您道出了不少事兒啊！哈哈哈。吾以為，各門各派之武學，對於天賦異秉者乃可遇而不可求，然我摩蘇家族之絕學，因找出了壓抑自體溫度之法，遂得以觸及〈至陰神功〉第三重之功力。然此三重神功已足讓本法王所向披靡，卻萬萬沒料到，於我國境之外二百里，竟出現了個曠世奇人……寒肆楓！此人無須壓抑體溫，即能隨意引出寒氣，如此奇才竟埋沒於嵐映湖畔；更諷刺的是，寒肆楓居於龍武尊義徒中之首位，卻絲毫不適練就『經脈武學』啊！哈哈哈」

法王接續表示，寒肆楓此等特異體質，得光大我摩蘇家族之絕學。然而神功是神功，緣分是緣分，摩蘇里奧並非前往嵐映湖搶人，而是因緣際會之下，此緣分竟是萌自小女摩蘇莉！惟因寒肆楓將成為本法王之乘龍快婿，故授予我家族獨門絕學，並無不妥。又說：「本法王花費數十年光陰，成就了三重至陰神功，怎料寒肆楓僅修練數月，即已超越二重關卡，摩蘇里奧此生欲見家族之九重至陰神功願望，指日可待！您說，寒肆楓是否因近於摩蘇一家，始走上人生應走之路呢？」

常真人無奈地搖著頭，道：「寒肆楓怨念至深，法王以此極陰極寒之功相授，難道不擔心危及其心所主之神明而走火入魔？甚令閣下之半子，趨向於喪心病狂之徒？」

「常真人亦未見過摩蘇家族之絕頂神功，怎能隨意臆測其結果？」法王睥睨說道。

常真人一陣無言，海智天師隨即話出：「既然法王已有既定之想法，吾等不便干預。惟冀望法王能凡事以世間安平為要旨，切莫逆天行事。法王若無其他要事，吾等同道將分回各殿，主持殿內事宜。」

「天師且慢……且慢呀！所謂入寶山豈能空手而回？我摩蘇里奧不遠千里而來，雖不能如願求證史冊後續，但就此向五天師借閱《五行真經》，不知該往何殿參閱，有勞引領前去。」

「法王今日前來西商太淵殿，是一巧合！《五行真經》現正置於太淵大殿內，法王可隨貧道，直上殿前階梯即可。」銘義回應道。

「不……不對呀！憶得中鼎王提及，昔日前來五藏殿，乃由杼仁天師引領至東角太衝殿，始得閱覽《五行真經》，怎此回卻是在西商太淵殿？難道各殿皆有《五行真經》？」摩蘇里奧質疑道。

「非也！非也！《五行真經》乃以天地五行之節氣為依歸所著。憶得雷中主先前來訪，適值春分，五行屬木，故將真經移至東角太衡殿。眼下節氣已過秋分，五行屬金，遂將真經移至西商太淵殿。然有所謂長夏對應脾土，故我五藏殿於每年六月，擇中宮太白殿展示《五行真經》，如此而已。」杍仁回應道。

摩蘇里奧理解後，隨即步入西商太淵殿。隨手翻開《五行真經》，立見……

通達陰陽五行，其壽延與天齊。

陰極則生陽，陽極則生陰；寒積則成濁，熱行則成清。

清陽發腠理，濁陰走五臟；清陽實四肢，濁陰歸六腑……

而後幾頁又見

心之合，脈也。其榮色也，其主腎也。

肺之合，皮也。其榮毛也，其主心也。

肝之合，筋也。其榮爪也，其主肺也。

脾之合，肉也。其榮唇也，其主肝也。

腎之合，骨也。其榮髮也，其主脾也。

……

摩蘇里奧翻閱了數頁真經，心想，「乍視之下，所謂的《五行真經》，講的確實是陰陽五行，對應人之五臟六腑。難道……銘義天師會將杰忡所留之晶石密笈，藏於《五行真經》之中？記得狐基族人提過，五色晶石造成了族人毀滅性傷害，此事兒應與能量控制失當有關。再說，中土的磐龍仙翁之說，確實也提到五行五色之說。莫非……此一《五行真經》……真藏了某種秘密？或許……收納五色晶石，即可壽與天齊，否則狐基族人怎會傳出曲蚺長老享壽逾百呢？看來……只好施以下下之策了！」

「呵呵，原來《五行真經》僅是一養生著作，其中諸多我族萃煉術不曾論及之處，今日前來，我摩蘇里奧受益匪淺，打擾貴殿清靜了。」法王向五位天師與常真人拱手後，持起法杖，轉身步出了西商太淵殿，來到了五行祈場前。忽然……

一陣隔空傳聲，瞬自五行祈場外圍傳來！「摩蘇先生貴為一國之護國法王，我黃垚五藏殿本視法王來訪為宗教交流，特以尊禮待之；怎料一偷天換日之舉，致使吾等同道對法王失望至極！」待隔空傳聲一止，黃垚五仙旋即由五巨柱上翻飛而下，圍阻了摩蘇里奧之去路。

海智天師嚴肅指出，法王來訪，本能成就一平和結局。孰料法王離殿之後，幸得常真人提醒，摩蘇家族之移行幻術，堪稱一絕，遂得以發現，展示於西商太淵殿之《五行真經》已遭調包；吾等同道見法王尚未離開五藏殿，法王若能及時歸還本殿經冊，此回行徑，吾等將不予追究。

法王冷笑著回道：「笑話！吾乃一國護國法王，豈會為著區區一養身經冊而賠上自身名譽，甚遭得黃垚五仙親自攔阻去路。接著，摩蘇里奧持起法杖，朝天旋了一圈，洪聲喊出：「本法王行事，步步循於計畫之內，無人能攔阻，即使欲離開黃垚山，亦不例外！若五仙願予賜教，摩蘇里奧就恭敬不如從命了！」

五天師移位於俄傾，形成環繞法王之五向分位，接著持平雙掌，向外推開，隨後即見五仙自掌心勞宮穴釋出橙黃光氣，形成五角連線，立將摩蘇里奧圍阻其中。法王見狀，立馬旋身上躍，並見其法杖上之透淨水晶逐漸發光，立讓法王之騰空旋身，呈出泛著白光之上升螺旋，且聞「嗖……嗖……嗖……」之風切聲響傳出。眨眼間，法王衝向杍仁，迅雷不及掩耳地使出〈靈蛇纏蛙〉，企圖以寒氣纏住對手，孰料杍仁瞬間一分為五，並以雙腕雙臂於胸前疾速交叉，不僅將突來之靈蛇切截為五段，更由本身偕著四分身，接連擊出所擅之〈煦陽烈風掌〉！

法王見靈蛇遭截，斯須凌空側翻，欲以披肩外袍遮擋襲身之烈風掌。霎時，法王雖擋下了對手分身之四掌風，卻於旋身之際現了空隙，瞬遭一掌風正中左肋骨尖下之章門穴。

法王中掌後，淡定處之，接著後翻，來到銘義天師之前，旋杖再起，心想，「真是出乎意料之外，沒想到幾位已逾耄耋之年的華顛老子，竟蘊存這般強大內力？然五行之中，肝木應風，故杍仁以風掌為主力。嗯……倒想瞧瞧，眼前杰忡之後嗣，有著啥樣的能耐？」

摩蘇里奧再以法杖之三犄角，使出〈蠍尾突刺〉，銘義瞬間做出〈點步移位〉以應。法王一見突刺不能得勢，遂更以〈凝晶炫光〉擾亂對手，使之方位錯亂。半晌之後，法王水晶漸漸發光，卻頓時覺到，「咦……怎麼吾左手掌不由自主地被拖向對手，這……這是怎麼回事兒？」法王瞬亂了調兒，炫光瞬間滅去，「咦……怪了？怎這回左手反被推了回來？這……這是什麼邪術？何以吾之左手不聽使喚？」摩蘇里奧見機不利，退了數步，又想，「為何銘義一記收爪動作，吾之左手即有被拉扯之感；一記推掌，立反向推回？此般感覺極似侯士封展示厲砂鋩挲劍一般，該不會是……哦……我懂了！」

摩蘇里奧瞬間茅塞頓開，洪聲道：「我說嘛！堂堂黃垚山的銘義天師，怎會有股怪異邪氣？原來銘義天師有著如同磁石般之內力，惟因吾左手中指有枚銀戒環，一旦天師施以吸引，吾左手即遭拉扯；反之施以斥力，則可將金屬外排。倘若三犄法杖一如東州菩巖寶剎方丈所持之金屬法杖一般，那豈不得讓銘義天師耍著玩囉！」

法王話一完，雙手同握法杖，隨即做出架勢。海智見狀則道：「法王唇上鬚毛已有結霜之狀，此乃鼻呼寒氣所致，想必正值壓抑自體溫度才是！」

「此刻該是讓法王相較一下，是溫煦失司而成之〈集光陰氣〉凌厲？還是五行真陽之溫煦內力強大了！」煉禮接話道。

黃垚五仙互以點頭示意後，立馬於五方位盤腿而坐，閉目凝聚內力。接著，見法王身上寒氣漸生，猶如白色煙霧般地自上身飄下，並逐漸向外擴散；待三犄法杖上之水晶越呈越亮，惟聞法王向天「喝……」出一聲，將法杖橫向一揮，眨眼揮出橫掃千軍之勢，霎時可見一陣至陰寒波，輻散而出。黃垚五仙俄而外發橙光，籠罩全身，乍視之下猶如五橙色雞卵，分立於法王周圍。

「颼……颼……颼……」外擴寒波直逼而來，值觸及天師之橙光氣團，立見寒氣溫化為水滴。法王見輻射寒波無以穿透五行真陽，隨即更換攻勢，雙手分置前後，藉左手為持杖先鋒，以裡上削為剃，由外下削為滾，如此上剃下滾，藉以凝聚〈集光陰氣〉於三犄內之水晶，而後

將全身重心前移，架出前弓後箭馬之姿，自唸道：「眼前五天師之五行真陽頗為堅實，輻射攻勢尚難占得上風，或許得將三重集光陰氣，集中而發，應可以殺出重圍才是！喝啊……」

驚見摩蘇里奧於五行祈場上震喝發聲剎那，瞬將一團冷凝光氣推向圻信，惟聞轟聲音爆傳出，圻信之橙光真氣瞬遭擊散，甚令盤座之身軀，應聲向後滑退。圻信兩旁之煉禮與銘義見狀，雙雙釋出一道猶如纜繩作用之真氣，硬是將後滑之圻信拉住，惟見圻信倏挺雙拇指，按壓足膝眼下三寸之足三里穴，瞬將侵入正面之寒氣下導於足趾尖處，再以雙掌直接觸地，並將周身多餘寒氣直接導入黃土之中，待寒氣盡去後，煉禮與銘義再將後移的圻信拉回原位。

法王見狀後，訝異道出：「杼仁主風，掌風凌厲，無人能及；銘義主金，引斥力道，超乎想像！以此可推，煉禮主火，火能制寒，勢必耗傷更多至寒能量，始能致效。然海智主水，水寒相遇雖可成冰，惟因真陽之氣能化冰成水，進而形成溫熱蒸汽，亦可減弱冷凝光團之威力。多所顧忌之後，遂決定專攻主土之圻信，怎料圻信竟能將外來能量，瞬間導入地層之中，真是出人意料之外！」

圻信回應道：「足三里乃足陽明經脈之合穴，其穴性歸於土性，而足陽明經亦歸屬五行之土，故足三里穴為土中之土，土性甚堅。而三里之名，可謂理上、理中、理下，意謂可理腹內上中下之氣。然天位於上，土居於下，足陽明經脈亦是自頭面之頭維、下關、頰車、承泣、四白、巨顎，一路下抵陷谷、內庭以至厲兌，故可將體內之氣下導。貧道將法王寒凝之氣下導入土，令爾能量歸於大地，以致無傷於世，算是善了！」

圻信一話完，黃垚五仙隨即雙掌合十，諸橙光護團再度於巨柱前發功。摩蘇里奧見苗頭不對，隨即就地盤座，雙手緊握法杖，口中唸唸有詞，接著將法杖高舉過頂，開始旋轉，隨後即見法王周身出現藍色光氣，猶如身座藍幕之中。

杍仁率先分開雙掌，以食指合以中指，擊出一道**太衝**真陽，瞬於轟隆聲響發出剎那，沖淡法王藍幕；而後煉禮、圻信、銘義同以二指功力，擊出**神門、太白、太淵**真陽，終由海智擊出**太溪**真陽，合五行真陽齊出，法王藍幕隨即爆裂而散，惟因衝擊力道強大，致使摩蘇里奧垂直上彈於咄嗟，凌空口溢暗沉血水，當下腦中之直覺意識即是……逃！霎時，見法王空中高速自轉，疾甩身上所受之溫陽真氣，後以橫向翻飛之勢，倉皇翻出五行祈場，狼狽地奔離黃垚山。

待黃垚五仙各自收回真陽內力，圻信即問：「《五行真經》果真遭盜乎？」

「摩蘇里奧提及雷嘯天曾來閱過《五行真經》，法王即已探得《五行真經》之裁裝大小，故已先行複製一冊外觀近似之副本。」杍仁回應道。

「法王今日前來，首先描述不可考之史事推測，刻意激起銘義之情緒，其主要目的，仍是一閱真經之究竟。」煉禮說道。

圻信則表示，《五行真經》乃述及五行與臟腑經絡之奧秘，豈是駐足一二時辰所能理解？或許法王懷疑真經內藏五晶石密笈，遂決定予以盜取。

海智露出不解之貌，道：「甫與法王過招中，由杍仁之掌風，遂令法王掀起外袍禦外。當下本道已關注到，以真經之厚薄尺寸，應無法藏於法王身上才是；再則，法王遭我五行真陽指氣震躍上天，再以高速自轉之勢逃離，幾可斷定《五行真經》並不在法王身上。」

銘義上前一步說道：「銘義刻意以〈引斥雙極掌〉與法王交手，為的即是近身探查對方是否藏匿經書。雖然銘義亦認為法王身上並無經書，卻於法王之戒環上，吸得了這玩意兒！」銘義示出後又說：「此乃一精鍊銀鐵後，使之剛性更甚之圓椎狀金屬，其上具磁扣，可與法王之戒環相契合。」又說：「先父之同儕斛謙，曾與先父論及上等金屬之精鍊技術，卻礙於坊間燒煤之火候不夠，難以實現。難道……現今工匠已有煉製此般金屬之能力？」

海智端詳了尖椎之後，道：「此一尖椎，長一寸，底寬半寸。昔日一南州鐵匠，名曰項銓，因罹患重疾而來我五藏廟祈求安康。曾聞其述及：願於有生之年，完成精鋼椎刺，藉以補強傳統木椎不及之處。此說令吾印象深刻！倘若真有此物，且能結合戒環，確實是一難防暗器，恰巧此物又出於摩蘇里奧之手，與其過招而不慎者，劫數難逃啊！」

忽然！本源道長驚惶地奔來祈場，洪聲喊道：「不好啦！不好啦！太淵殿有人闖入，常真人現正於大殿前與蒙面入侵者對峙當中。」五天師聽聞後一陣錯愕，銘義隨即躍起，倏以點步移位，火速回往太淵殿，四天師隨即跟上。

銘義見著秉持「謹守莫攻」之常真人，頻藉手中拂塵，逐一化解對手雙刃攻勢。面對蒙面狂徒之暴行，銘義倏以膝腳擋下，接著足蹬地、轉膝、擰襠轉腰、翻轉而下，更以雙食指，直中對手雙前臂肘橫紋之肌腱橈側凹陷處，此即手太陰經脈上之尺澤穴，瞬令敵對前臂一陣酸麻，並以快手撕去對方蒙巾，接著一記後躍，五爪一收，立見狂徒手中雙刃相吸、脫手，以致落地。狂徒驚見五天師陸續抵殿，不利於己，眨眼蹬躍，立竄殿後樹林，逃之夭夭。適值常真人見著歹徒面目後，恍然大悟……

常真人立對天師們說道：「方才摩蘇里奧於閱覽《五行真經》時，其以極快之手法，將真經套上一預製好之模套，該模套亦內插若干仿頁。常某知悉法王擅於幻術，遂於法王離開後上前一探，驚見真經外觀與內頁有了異樣兒，即以為真經遭到調包。五仙聞訊後，旋即攔阻法王離去。孰料法王利用對峙五仙之際，其隨身二護衛旋即蒙面入殿，以圖盜取真經，怎料得逞後巧遇回殿勘查之常某！霎時，奇拉耶抽出雙刀以對，而奇拉喱則於擊傷數位支援弟子後，轉眼將真經竊走；而後即是銘義天師趕回而出手回擊。唉……都怪常某過於敏感，造成五藏殿極大損失！」

「常真人切勿自責，惟因來訪者居心叵測，即便今日常真人未出現，有心人亦將無所不用其極地達其目的。」海智又說：「盜取者應為著瞭解真經是否與晶石密笈有關而細心研讀，在無任何結論之前，持有者應會妥善維護，依此可推，《五行真經》尚無毀損之虞；況且晶石密笈，子虛烏有，任其無端猜測，徒勞無功！」

常真人立轉嚴肅，正經對著五天師表示，今日突訪五藏殿，正是為著晶石密笈一說而來。五天師鮮見常真人如此侃然正色，銘義隨即囑咐太淵殿上下，先安妥受傷弟子，再行齊整大殿；而後建議眾同道齊上百會殿共商事宜。

眾賢者齊聚百會殿密商，聞得常真人將皮囊之來去始末，詳細述出，並將牟芥琛轉譯米雕之內容，一一轉達黃垚五仙。

五天師費去若干時日，重新編排米雕上之磐龍符號後，立聞銘義表示，牟三俠之領悟力極高，米雕上諸多符號之排列組合，就以其所譯釋之結果，最為通順且符合邏輯。

圻信接話道：「本道頻生訝異，偶然出土之晶石，真有先人留下刻紋！莫非此即摩蘇里奧所指之晶石密笈？怎料先人並無將之編成冊笈，而是直接刻畫於晶石岩座上！嗯……義俠徐逵應是依照惲先生之指示而拓得刻紋，再轉雕於粳米上運出。」

「吾等同道皆知，惲子熙大人為保黃垚山不受世間爭鬥所擾，力諫前中主將黃垚山列為聖域，而其父惲至禎，應是近代研究磐龍文最深者，更以專研磐龍文之心得，換閱我鎮殿之《五行真經》。然而，惲先生何以知曉，深藏地底逾百年之晶石，已有先人留下遺跡呢？」煉禮疑道。

銘義喝了口清茶，深吸了口氣後，低沈說道：「銘義因鄙視世俗險惡而拋開一切，隻身前來黃垚山修道。自此以後，只求修身修道，並為蒼生祈福，過往一切，任時間將之沖淡。孰料一瘟疫浩劫，讓吾等同道能挽起中土百姓之手，齊走重建之路；惟一地牛翻身，卻令中土百姓始於承受潛在危機！」

銘義又說：「三日前，摩蘇里奧於太淵殿前所提過往，頓時震懾銘義思緒。銘義原名杰昕，先父杰忡正是法王所提當年探勘隊伍之領頭。當年父親確實追蹤科穆斯之黃金礦脈分布，前往了狐基族所聚集之犛湧城；後因當地領頭長老……曲蚺，告知了幾處墜落隕石，均已相繼發生毀滅性爆裂，唯獨於犛湧城外之大隕石未有動作。然經曲蚺長老多年探查下發現，此隕石撞擊處下方，正是父親欲尋之礦脈分支，惟此天外奇石內含不穩定之輻散能量，但依附於黃金下，卻能穩定而不爆裂，且該輻散能量，正是讓族人罹患怪症甚而暴斃之主因，遂決定與探勘隊伍商議，依循曲蚺長老之指示，冒險將奇石切割並運離科穆斯。」

「如此危險之搬運工作，怎會有人願意順從曲蚺長老之言？」常真人疑道。

銘義隨即表示，所謂重賞之下有勇夫！由於金礦位於狐基族域內，曲蚺長老遂答應以五船量之黃金作為酬金，並依殞石色澤，將該石切分為五大塊，分別搬上此五船。然而，產於犛湧城郊外山區，一種名曰「覡魘杉」之深棕色樹木，因具吸收晶石輻散能量之特質，遂為覡巫者所青睞而取其製成法器。曲蚺長老即下令族人以此杉木造船，以期能順利將天外奇石運離科穆斯。

「五船黃金！曲蚺長老真是聰明，雖說是酬金，實是作為運途中穩定奇石之用，否則怎有人敢如此冒險？」常真人說道。

「常真人所言甚是。曲蚺長老確實為著奇石之穩定，始承諾出五船量之黃金。惟因長老熟悉奇石情況，故長老決定與鑽探隊同行，以免再生遺憾事件。然當五運船離開科穆斯後，並非如曲蚺長老原先計畫那般順利！」銘義說道。

銘義看了大夥兒猶疑眼神後，即說：「法王提及的鑽探隊成員，斛謙、杜濂、沐野、釜珅，以及先父杰忡五人，居中以先父之武藝高出了同儕許多。」

銘義接續述出，適值五運船循著江流甫駛入中土之際，驚見沐野所駕運船，突然偏離了航道。杰忡見狀，立馬翻登沐野船上，沐野為了私吞該船黃金，不惜拔刀相向，雙方衝突即起。沐野不敵杰忡所使飛刀，遂於身受刃傷下，企圖切斷固定奇石之繩索，使之落水，藉此減輕載重，以期儘速脫離船隊。當下，杰忡立以飛踢攔阻，卻因力道過大，直令沐野撞破船舷板而落水，怎料擅於攀岩之沐野，不諳水性，落水後瞬遭湍急江水吞沒，經搜尋未果後，眾人均認為凶多吉少而放棄。悲劇發生後，沐野的船改由曲蚺長老掌舵，不久後五船即進入了靈沁江流域。

然此事件之所以發生，乃於該團隊於航程中，經曲蚺長老解說下，始知此奇石若離開黃金之牽制，將自行分裂而衍生出具稜角之晶石，且該黃金已受輻散能量污染，須深埋數十年，方可用之。沐野聞訊後，不禁懷疑受曲蚺長老利用，遂醞釀了脫隊計劃。自此之後，杰忡對五船奇石之危機意識，與日遽增，遂同意隨曲蚺長老，將五船奇石依循五行之道而妥善處理。然此決定引發了同行之釜坤不滿，畢竟杰忡僅允諾將奇石運離科穆斯後即可取得黃金，卻沒料到事與願違，遂於而後之航程，與杰忡口角不斷；待船隊靠岸後，終因得不到黃金，與杰忡起了衝突，而後負傷離開了隊伍。

適值斛謙驚聞黃金已受污染，立懷疑狐基族人之不明暴斃，絕對與隕石之輻散能量有關，遂恐於趨近該黃金，而偕杰忡與杜濂，合力將所運巨石，依照曲蚺長老的天體五行論，逐一掩埋處置。最終，杰忡隨曲蚺長老安妥諸奇石後，回到了西州老家，並以說書方式，對杰昕描繪了上述事蹟。

銘義再說：「當年初聞父親傷及同儕並使其落江溺斃，頗不能諒解，但最終讓銘義遠離世俗之主因，即是先前因得不到黃金，而與父親起了衝突之……釜坤！一日深夜，釜坤領了兩江湖弟兄前來報復，一陣混亂下，我杰氏一家幾乎遭滅門，而釜坤等三人，終命喪於父親飛刀之下，而後父親因遭官兵追捕而亡命天涯！惟父親於離去前，因擔心釜坤事件重演，特別叮囑了關於斛謙與杜濂之去向，並提及了一句『避轉顛覆，唯恃黃垚』，自此之後，父親即杳無音訊。」

「避轉顛覆，唯恃黃垚？」海智反覆唸此八字，隨後突然話道：「憶得海智初到黃垚山時，有座破舊不堪之五藏廟，相傳是由上古時代磐龍仙翁之徒子所建。待吾等同道予以重建，發現了廟堂正上之樑板內側，有著若干磐龍文刻痕！難道……真如摩蘇里奧所揣測，銘義之先父……即是傳說中之磐龍仙翁徒子，而樑板上之磐龍刻痕，極可能是杰忡前輩所留？」此話一出，在座無不訝異以對。

這時候，常真人問道：「杰忡前輩對銘義天師描述過往事蹟時，何以論及斛謙與杜濂之去向？」

銘義回應表示，憤恨不平之釜坤，急欲探得五船黃金之下落，找過了杜濂與斛謙，惟二人均表明沒取得任何利益，遂引發釜坤直指杰忡私吞了所有黃金，以致謀畫了報復行動！而斛謙於離開運埋團隊之後，回到了南州，並領著賢內隱居深山，其子即是後來創立南州火連教之斛衍煜！又說：「至於父親之拜把兄弟杜濂，其妻季蓮，於杜濂前往科穆斯期間，偕其姘頭將杜家家產掏空，遠走高飛。沒取得半點兒黃金之杜濂，回到了平農鎮，一貧如洗，孑然一身，如此煢煢孑立之杜濂，更名為督詮之後，入贅於該鎮最大染布商，結緣於布商獨生女，自此之後，不問世事。」

常真人聽聞此段敘述後，起身踱步，嘴理直念著：「平農鎮……最大染布商？」一會兒後，常真人訝異地對著五仙道出：「自常某出道以來，即聞平農鎮之染布技術，遐邇聞名，而後更深得前中主傅宏義之青睞，遂成了王府官服指定布料。此一平農鎮最大染布商，即是頗具名號之惲祥布莊，而該布莊之創始者……惲亨！」

「對了！憶得當年惲至禎來訪五藏殿時，即自稱是布業商家之後，難道⋯⋯這惲至禎與常真人所說之惲亨，有血緣關係？」煉禮問道。

「綜而述之，杜濂更名督詮後，與惲亨之獨生女結成連理，而後生下了跟從母姓之惲至禎，所以惲至禎會有諸多關於磐龍仙翁之記錄與紀冊，追本溯源是來自於其父督詮，亦即當年探勘隊中之杜濂。那麼⋯⋯惲亨即是惲至禎之祖父，而惲子熙再承其父之紀冊訊息，故能集磐龍仙翁傳說之大成。」圻信推演道。

銘義說道：「歷經吾等同道抽絲剝繭後，呈於眼前之米雕，其上磐龍文若依龍武尊所推測，是由義俠徐逵自東靖苑帶出，銘義依稀可聯想，前五藏廟之上樑板內側所撰刻之磐龍文語法，與先父常用之語法頗有相似之處；但此精雕於粳米上之磐龍文，卻有些許昔日科穆斯所用之庥略斯文，故銘義倚著眾賢探幽索隱後，此晶石拓紋極可能是安置五大奇石時，由曲蚺長老所留下。至於如何留下？留於何處？抑或何以取得？恐非眼前線索所能解；倒是根據咱們三日來對米雕刻紋之推斷，可說得了進一步之解譯。」

銘義如此一說，隨即引來大夥兒關注目光；銘義隨即提筆，將常真人轉述牟三俠之解譯，逐一寫下：青者歸木，主天地之風，稜規則強，互逆則危，六為頂巨⋯⋯

接著，銘義解說道：「在座皆已認同牟三俠之轉譯。然就曲蚺長老曾提及：此奇石若離開黃金之牽制後，將衍生出有稜角晶石之說法，對照米雕上之稜規則強，互逆則危，六為頂巨。可依此解譯為：各色晶石衍生有稜角之形體，故轉化稜角之晶石，能量較為強大；其中具六稜角者，其所隱含之能量最巨。然欲引動五晶石之能量，必有其順向次序，互逆將引發極大危難！」

海智點頭以示贊同銘義之解譯，且說：「物相之結晶，確實有稜有角；一如長年白雪皚皚之北州烏淼峰與西州之雪鑫峰，其冰晶結體之擴視，即是明顯之六稜形狀。」

杍仁則說：「確如銘義所譯，米雕上遂另註解著：逆者危殞，順者呈周，呼風喚雨，力拔山河。換言之，能順著稜之角度或順序，即能成就所謂之……周！一旦達成，即可呼風喚雨，力拔山河。」

圻信表示，註解所提：顛覆陰陽，宗氣漸散，命門見熄，萬劫不復。此乃似於醫者辨證論治下之危證……**陰陽不調，諸病即生！而人之宗氣乃由心氣、肺氣、腎氣共集於胸之上焦。宗氣下陷，人即萎靡不振；宗氣若散，則人常臥而無以立。而命門乃人體水火共存之處，人之小腸與心臟，互為表裡，故小腸之熱歸於火，而小腸稍後方之腎臟則歸於水，遂有兩腎之間為命門之說。一旦命門火趨於熄滅，人則陽氣漸脫，終而命絕。**然依常真人闡揚中醫之「天人合一」，倘若顛覆陰陽、宗氣漸散、命門見熄等象，出現於天地之間，其下之萬劫不復，即是形容毀天滅地之大災難了。

煉禮反覆看著銘義寫下註解之最後兩句：

水火相衝，亡月風疾；惟金能疏，齊驅盡散。

木火升發，金水沉降；五行歸屬，延續長生。

隨即表示：**木火升發，金水沉降；乃人體十二經脈氣血，符合天地自然之慣性**，以期五行能各有歸屬，即可延續長生。唯獨上一句之所述，可謂註解之關鍵所在。

煉禮又說：「若依文句結構而言，此句應是一情狀形容，一種狀態之發生，才會有後兩句之『疏』與『散』作為結尾。然而，曲蚺長老強調，黃金能穩定天外奇石，故符合註文中之『惟金能疏』；既然能疏，何以能疏？勢必要朝著『齊驅』這線索，方可達到『盡散』之效果才是。所以，水火相衡是重要關鍵，其呼應到前言所提之命門一詞。而後之『亡月風疾』，亡月二字於詩詞之中，常意指無月之朔日，抑或是蝦蟆食月之月蝕，但姑且不論其為何者，均代表著這般情況所發生之時辰，而在此條件下，可見得風疾雲湧之異常現象。」

黃垚五仙一陣剖析後，常真人接著說道：「常某不識磐龍文，本不該多言，惟因知悉牟芥琛之轉譯，深得諸天師認同，待再三品味此一轉譯文詞，對黃晶石之註解文，常某倒是另有觀點！」

「吾等同道於百會殿探幽索隱，集思廣益，始得成就，常真人不妨釋心得以分享。」銘義說道。

常元逸指向銘義於黃晶石註解之筆墨字跡，表明第一句乃呼應著五色石之說，亦即能齊搜各色石之六稜者，且能順理組合，則可達呼呼風喚雨、力拔山河之頂巨能量，否則將至危殞之境。然而，是何等危殞？第二句則依「天人合一」之說，直接以人體之危證，形容天地危殞之程度，一旦如人之命門見熄，則見毀天滅地。

常又說：「既已告知了危殞程度，倘若真遇危難發生，總得有防微杜漸，抑或亡羊補牢之機會吧！然而，縱有力挽狂瀾之機會，天地之大，也該有個著手點才是！以此推理，第三關鍵句之『水火相衡，亡月風疾；惟金能疏，齊驅盡散。』即是提示著該從何著手與施作才是。再說，一旦危難發生，若能補偏救弊，而後必是重建之路；而最後一句則是回歸『天人合一』論述，依循五行之說所提：**木火升發，金水沉降**；大地生命始能延生。」

海智點頭笑道：「哈哈，常真人之解譯，先不拘泥於隻字片語，改以起承轉合之為文架構，作為四段註解文之邏輯推演。妙……真是妙……妙不可言啊！」

「經常真人這麼一解，留下註解文之先人，擔心此奇石恐遭後世發掘，因而刻下這般警示字句。然此晶石之秘若為喪心狂人所得，其腦海中應只浮現『呼風喚雨，力拔山河』二句而已，豈有『生靈塗炭』四字存乎於心？」銘義憂心道。

圻信則表示，吾等皆認同第三句為關鍵。然銘義所道，提示了「時間」這因子；而依常真人所推敲，卻是道出了著手之點。然銘義指出的是預測而未發生之時間點；常真人所指的是危難已發生後之補救空間點，二論述於時空上並無交集；倘若再加入牟三俠之思路表達，此乃吾等中土人士，面對一外來文字與文化之思維。試想，此般磐龍文原始內容，若經由來自該地域之摩蘇里奧解讀，是否即能直接臆測到為文者之初衷，甚而找到時空之交叉點呢？

杼仁則認為，吾等同道已見識過摩蘇里奧之行事風格，此等為達目的，不擇手段之輩，倘若由他知曉晶石之秘，後果不堪設想。然而，三日來共商之結論，即以黃晶石註解文所提，與杰忡前輩所叮囑之「避轉顛覆，唯恃黃垚」最為吾等迫切探索之關鍵點。然於未全盤解析其真意之前，尚且持續關注，不懈不怠才是。

常真人接續話道：「就因此晶石之秘，動見觀瞻；狂人知曉，生靈塗炭！常某與龍武尊遂於商議後，決定將皮囊一切，交由黃垚山五藏殿保管，冀望五仙能接受所託。」

海智與同道互看了下後，收下皮囊，嚴肅地表示：吾等同道合撰《五行真經》，以為蒼生能有天地與人氣合一之認知、經脈臟腑相通之常識，進而養護自體一生。此一經冊，百利而無害，卻經世人斷章取義、穿鑿附會，或說壽與天齊，或說內藏密笈而爭相劫盜！如今真經流落於外，若遇求壽者所持，正可藉此仔細精研；若遇求密著所得，亦可藉翻閱之際，習得養生之術；若非如此，亦可拖延其探得真正晶石之秘。然而《五行真經》離開黃垚之日，卻是迎來皮囊隱含天機之時，此物隱藏狂人欲得之能力，有能力則可奪權力，權力引來鬥爭，在所難免。又說：「如今我五藏殿收下常真人所託付之皮囊一切，或可體會昔日深埋晶石之先賢初衷，亦即『地龍深臥地底，百姓能得久安』，吾等當面允諾，望能卸下常真人胸中之石矣！」

海智一語道盡後，連同杍仁、煉禮、圻信與銘義，隨即起身，個個以左掌面握抱右手背，蓋以左手為善，右手為惡之故，引寓為揚善隱惡，並將兩手舉於胸前，對常真人為天下蒼生而奔走，一同行以立而不俯之拱手禮。

常真人於謝過黃垚五仙接受皮囊之保管後，隨即雙手於腹前合抱，舉手伴以屈身，行以一面合手，一面躬身之作揖禮，打躬回敬黃垚五仙。

接著，煉禮天師交予常真人兩小紙包，道：「此乃醒神回蘇之毛殼麝香，剖開殼囊即是麝香仁，**其強烈之開竅醒神作用，可治閉證神昏**。另一則是專入心經，能重鎮安神，療驚厥癲癇，清解心火亢盛之**硃砂**。以此二藥，盼能助龍武尊與牟三俠於面對神智不定之義俠徐逵時，發揮治症之效力。」

「承蒙銘義天師提供如此珍貴之藥材，常某感激不盡，冀望此二藥能助徐逵早日康復，進

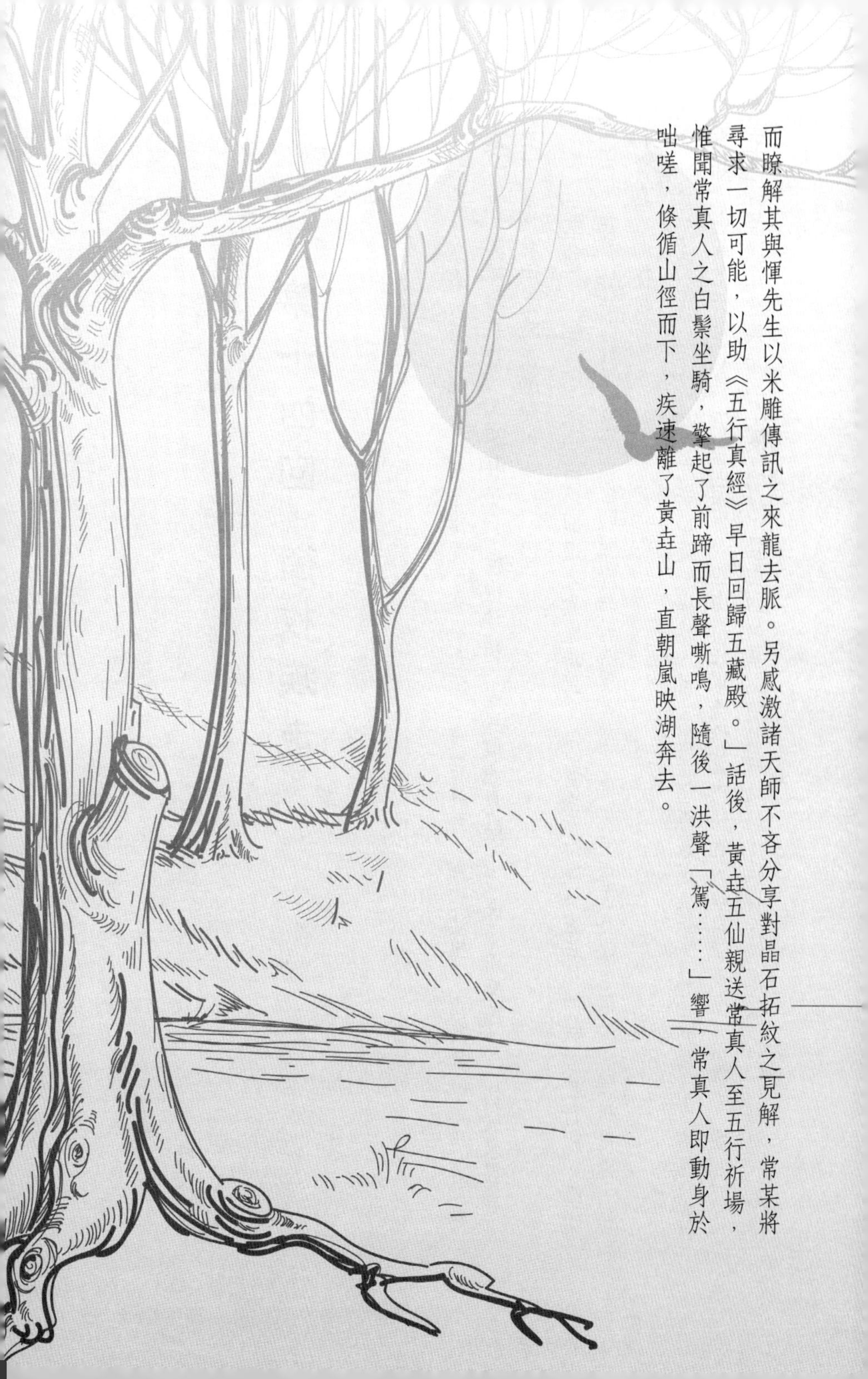

而瞭解其與惲先生以米雕傳訊之來龍去脈。另感激諸天師不吝分享對晶石拓紋之見解，常某將尋求一切可能，以助《五行真經》早日回歸五藏殿。」話後，黃垚五仙親送常真人至五行祈場，惟聞常真人之白鬃坐騎，擎起了前蹄而長聲嘶鳴，隨後一洪聲「駕……」響，常真人即動身於咄嗟，倏循山徑而下，疾速離了黃垚山，直朝嵐映湖奔去。

第十四回 銜枚疾走

暑往寒來，薄暮冥冥；初冬傍晚，寒風蒼涼，茂密叢林，漸趨漆黑。禽鳥異獸本已休憩歸巢，卻因騎隊雄兵行伍，足音雜沓，擊鞭錘鐙，或見偃旗息鼓，或聞金革摩擦，一切突來聲響，無不摧損林中之暗夜幽靜！

「喀噠……喀噠……」由遠而近之倉促馬蹄，為避過大批叢林軍兵，即時變更行程，繞道而行，幾番峰迴路轉，終令雪白駿驥停蹄於昉雲宮前，惟見辛垣道長倏忽提燈，聞訊接應，始知常真人漏夜來訪。

常元逸立將沿途所見，向辛垣道長描述一番，得辛垣森嚴肅表示，藉由昉雲宮之虔誠信徒得知，中鼎王大舉調動中州都衛軍，並由新任軍機總管戎兆犰，親自領軍向西推進。據聞西兌王已於蟄泯江邊集結三軍團兵力，且由西州軍機總管魏廷釗，親自操練軍兵；武將臧動、顏胤則負責水師軍團之江上演習，規模之大，甚而影響了蟄泯江諸多往來運船與捕漁人家。

常真人疑問指出，經龍武尊提及，得知西州水軍於江岸演練，然此一位居中、西州界上之蟄泯江，其江面之廣，江底之深，何以能讓往來船家敬鬼神而遠之，難道中州水軍……漠視不管？

「非也！並非不管，而是中州水軍僅於江邊游巡而已。」道長又說：「正因江上若干船家，不時遇上了如鬼魅般怪事兒，遂使船家逐漸遠離該區域；耳聞此等怪事兒亦發生於中州水師軍上，正如常真人所言，船家紛紛敬鬼神而遠之！」

「何等怪事兒能讓中州水軍有所顧忌？而西州水軍卻能若無其事地日夜操演？」常真人疑道。

「怪事兒有二，其一，每當漁家漏夜出航捕魚，卻莫名遭受不明物撞擊，輕則船身破損，重則船毀沉沒，惟因當下晦暗一片，故無人知曉毀損因何而生？」

常真人一聽，隨即聯想，「這應是龍武尊所述之鐵甲戰船！倘若以黑布覆蓋且於江上試航，無怪乎遭撞之船家，心生莫名！」接著，常元逸問道：「何謂怪事之二？」

道長表示，另一怪事兒乃近來蟄泯江出現了不明水怪，不僅攻擊漁船，甚而吞噬落江之人。此話一出，霎令常真人露出詫異之貌。道長又說：「待出了幾條人命後才發覺到，此一江中怪物即是體長逾十尺之……灣鱷！」

「灣鱷？怎有如此彪猛巨獸，出沒於蟄泯江？」

「方才貧道提及：西兑王派遣臧勳與顏胤訓練水軍。然此手持三刃銀叉之臧勳，其乃西南鱷王臧運豐之子。據聞此回臧勳能為西州編制水軍戰略，乃西兑王接受摩蘇里奥之獻計，親自走訪一趟西南域，藉以密會臧運豐；待侯士封提攜了臧勳，鱷王遂領其所飼之灣鱷，入江助陣，亦因此故，遂讓中州水軍僅能於江岸邊巡行。」

常真人嘆息道：「又是……又是摩蘇里奥！唯有這般天壤王郎，始想出這般策略。依此推知，西兑王早已對著中州摩拳擦掌、磨刀霍霍！亦因侯士封水軍進步神速，欲以出奇之戰略，力克兵數眾多之中州黃旗軍。」

辛垣道長接續表示，中鼎王一直以為侯士封潢池弄兵，準沒料到此刻西州水軍，如此精鋭，更別提臧運豐之灣鱷相助！眼下雷王僅能藉都衛陸軍為籌碼，遂令戎兆犹漏夜調動兵馬，連夜行軍，並令眾士兵口中含著枚箸，且於馬口上固以器具，以此可防兵士喧嘩，抑制戰馬嘶鳴，如此銜枚疾走，只為壯大西岸部屬，以令敵軍不敢越雷池一步。

「昔日，常某見聞前中主之調兵遣將，未見其採『銜枚疾走』之策。此回老夫目睹雷王鉗馬銜枚地移調軍隊，令人不安之因有二，一是中州軍力數倍於西州，並分布於各州州界之戰備軍營，只要運輸供應得當，以此強大後勤支援，根本無須刻意調動兵馬，難道……雷王後勤支援出了問題？其二乃採取了銜枚疾走之策，此舉無非為減少驚動；然而，雷王擔憂驚動誰呢？以過往歷史為鑑，中鼎王所擔心者，應是現已能自鑄兵器之南離王才是。一旦中、西二州起了戰事，南離王即可坐收漁翁之利。」

「那麼……常真人有何打算？」

「既然中州採畫伏夜出，漏夜行軍，那老夫只好明晨啟程，先繞道前往瑞辰大殿會晤中鼎王，盼能曉以大義，消彌戰亂氣息；而後再偕同龍武尊，齊往西州寅轅城之白鑫大殿，以期退去西兌王挑釁之舉。」

翌日卯時，見常真人拱手向辛垣道長致敬後，斯須翻躍上馬，火速前進惠陽城！

陽光灑著一衣冠緒餘男子，見其於瑞辰殿前擋下一白袍身影，「且慢……來者何人？」

「陽昫觀常元逸！雷少主今日軒昂自若，且容貧道未先捎函知會，直驅騎前來，不知中鼎王今日是否上朝？」

「呵呵，見一逆光身影迎面而來，原來是常真人啊！您來的正好，父王近來受背疾所苦，日夜不能安眠，連日來頻見文武百官諫爭如流，致使父王心煩焦慮，還是快隨世勛入殿吧！」

正當李焜偕同御醫們於殿內談論，如何醫治中鼎王之背脊傷？一見常真人前來，雷王立馬領其來到後廳，忍痛著道：「適值本王奇疾發作，常真人來得是時候。」雷王邊說邊捋起衣袖，立由常真人為其診脈。

一陣脈診之後，常真人隨即表示，得中鼎王之左手尺脈，忽沉忽隱，呈出表裡關係之**足太陽**脈氣虛散；再因心急煩躁，紊亂情志助長了氣亂難理，此脈象並非外邪入侵，實乃出於脈道內氣血失衡，脈氣淤塞不暢，以致疼痛難耐，坐立難安。

御醫李焜立上前指出，王爺此回之背痛症，首見於龍脊兩側外開約莫五分之處，上下平行作痛不已，症狀雖有歇息，卻不定時疼痛復發，煞是難療！

待常真人診察雷王之項背後，立對眾御醫表示：邪客於足太陽之絡，令人拘攣，背急，引脅而痛。刺之從項始，數脊椎夾脊，疾按之應手如痛，刺之旁三痏，立已；甚者自胸椎至腰椎，一側共十七痛處，故龍脊兩側共三十四穴痛點，中鼎王此一循點而痛之症，謂之……華佗夾脊！接著，常真人手持雙銀針，一針下於足膝眼下三寸之足三里穴，另一針則刺入足背上之足少陽膽經臨泣穴，三刻鐘後，見雷王眉頭漸鬆，疼痛漸去。

李焜等御醫見狀，無不驚訝，連忙上前請教，「何以針下此二穴位，即可緩解所謂華佗夾脊之症？」

常真人解釋道：「王爺之背脊曾受創於西兌王之厲砂鋩丵劍，致使脊部督脈與足太陽經脈之氣道受損。然而，督脈氣道循脊柱而行，除非龍脊受損，否則鮮少偏岔外散。然而人之背部，自頭頸而至腳足之縱貫經脈，莫過於足太陽膀胱經；而該脈氣道運行於督脈左右旁開一寸半而行。如今督脈之氣與足太陽經脈之氣無以相依相制，以致足太陽經氣逾越外散，滯留於督脈與足太陽經脈之間，此即李御醫所指，督脈左右外開約五分處。」

常真人接續表示，依醫經開、闔、樞之論，人有三陽脈與三陰脈，再依脈氣巡行至四肢末端而論，則有所謂手三陽三陰，足三陽三陰，以此共十二經脈，且於一日十二時辰之中不斷巡行體內，故有十二經氣巡行各自臟腑之特有時辰。然就足三陽經脈而言，足太陽經、足陽明經、足少陽經於一日之時辰分布分別為申時、辰時、子時，此三時辰正好三等分一日之十二時辰；

以此可推，手三陽之未時、卯時、亥時，亦是均等三分十二時辰，以此陰陽相扣，所有手足陰陽脈氣均須相互支持與制衡，其目的只為達到相互平衡。

常真人再藉比喻表出，一如一桌或椅，等距之三腳即可使桌椅達平衡。再如一圈環，於三等分圈環處繫上三線，三同等力道同時外拉，可見圈環不動而處於一平衡狀態。眼前中鼎王之足太陽經脈逾矩失衡，正如圈環之一繫線力道失衡，藉調整另二繫線之力道，即可使之回歸平衡。然此另二繫線即是足陽明經脈與足少陽經脈。接著來說，人之十二經脈依循著木火升發、金水沉降之理而巡行，故云陰經脈依於木火升發之性，脈氣遂循著木、火、土、金、水之序，由下而上；反之，陽經脈依於金水沉降之性，脈氣則循著金、水、木、火、土之序，由上而下。

依此可得，足陽明經之屬性歸於土，而依足陽明經之五輸穴，對應金水木火土之序，可得足陽明經脈之土穴即是足三里穴，惟其乃土經脈上之土穴，遂成為足陽明經脈之本穴。同理可得，臨泣穴之穴性為木，遂順理成為屬木的足少陽經脈上之本穴。綜合剖析所言，針下足陽明本穴與足少陽本穴，即可緩瀉該二經之脈氣巡行，進而漸趨緩解足太陽經脈之脈氣失衡，以令其回歸本位。

「常真人僅以二針緩解急症，並能鉅細靡遺地解說使針之來由，吾等除了佩服，還是佩服！」李焜偕諸御醫讚嘆道。

「諸御醫過獎！中醫之醫經醫理，博大精深，研習者能教學相長，始能累積更多辨證論治之依據，進而使患者能受惠其中，此乃醫者之職責所在！」常真人又說：「老夫對王爺施以針術，雖有緩解華佗夾脊之效，卻仍擔心王爺因先前背部之創擊，或將引發其他氣滯血瘀之症，甚至是筋骨諸症；惟因經脈氣滯血瘀，則筋骨肌肉不得氣血濡潤而失養，以致諸病隨之而生。」

雷嘯天痛疾緩去後，立引常真人回到大廳，不甚愉悅地說：「哼……就因為侯士封給了吾這一擊，才讓本王如此痛苦！再說到心急煩躁，無不出於西兑王之潢池弄兵，難道常真人沒聽聞，西州近半年來，擐甲執兵，砥兵礪伍？近來更頻於蟄泯江岸整軍操演，甚而波及江上之船家？如此恣意妄為，已具窮兵黷武之勢。此般挑釁，本王何以能安眠？」

「常某正是為此而來！日前，老夫遇上了戎兆犹總管親領近萬大軍，銜枚疾走，若非局勢所逼，王爺不致如此調配軍馬才是。然老夫不解，何須採鉗馬銜枚之策？」

「常真人有所不知，昔日傅中主為助盧啖平定南州教亂而領兵南下，惟因惲子熙之星盤推演，調兵馬於靈沁江北岸接應，後因探子回報，得知盧啖猶有暗中狙擊傅宏義之舉；至此之後，傅前主對盧啖之兔死狗烹，心存戒心！時至今日，中、西二州之煙消味與日遽增，惟聞旗下樊曳騫將軍告知，南州近日亦由軍機總管公冶成，率領秦勵、廉煒二將，聯手整合了逾二萬之兵馬。本王擔心，若讓南離王知悉我方調遣南區近萬兵馬西向，恐將激起南州北犯之心，遂於戎兆犹之力諫下，採行銜枚疾走之策。」

「老夫尚有二疑，一是中土五大州為了相互制衡，曾訂出一旦中州侵略他州，其餘三州將聯合討伐中州之盟約，難道王爺忘了嗎？疑問之二，中州人口百萬，軍兵近卅萬，而西州藉著開放邊境之策，新增外來傭兵併入其州禦軍亦不及十萬，更不可能全數軍力齊越蟄泯江，王爺何須調動重兵西行？常某以為，以中州軍容壯盛，根本無須在乎他州挑釁。長久以來，中州向來扮演穩定中土之角色，王爺若能持續此角色，實乃中土大地之福啊！」

雷嘯天起身回應道：「常真人一生為百姓祈福，為消弭戰事奔走，本王深感敬佩。然就所提第一問，其字句上即已註明著『一旦中州侵略他州』。試問，若是中州不犯他州，而他州先行出兵，我中州能如何？一旦我中州還擊動武，其他州即可藉此盟約出兵，打著聯合制裁之名，佔領我中州城池，此即本王對四州私自訂立盟約，其內容含糊不嚴，深表不滿之處。一如方才所述，一旦中、西二州擦槍走火，南離王即可伺機帶兵北上，殺過靈沁江而來。」

雷王接續話道：「倘若中州處於迎西禦南而背對東州之局面，東震王亦非省油的燈啊！近年來，嚴東主對益東派之勢力逐漸擴大，壓力自不在話下；然而，『益東』二字乍聽之下，乃為著東州利益而來，但說穿了該最大利益，即是我中州市場。倒是，據濮陽聶城主回報，近來益東派武官，頻頻來訪，且向我方採購耐震等級之馬車，眾人皆知，東州乃林木極盛之州域，自製馬車根本不成問題，何須向我採購？」

「莫非……東州欲瞭解耐震軸承與軫木架構之技術？」常真人疑道。

「沒錯！此般耐震馬車，一用於載重運輸，另一則是沙場戰用之軍車。東州雖以載重運輸為由，但採購者竟是東州武官，如此瓜田納履，李下正冠之舉，當我雷嘯天是三歲娃兒嗎？」雷王以不屑口氣說道。

「既然南州、東州皆有雷王起疑之舉，難道北州無南攻之虞嗎？」常老問道。

雷嘯天終於鬆了眉頭，冷笑回道：「中、北二州之交界，汨竫湖即佔了大半，湖中之颯肓島雖屬北州所有，惟自地牛翻身以來，或許埋了太多人，以致當地靈異事件頻傳，世人皆以鬼島稱之，故北坎王僅以三兩水軍船筏，巡行於該湖域，且於陸路邊界上，尚不見其有任何調兵舉動。倒是，強調民主之北坎王，光是協調北州四大行政區域之縣令，即得費去大半時間；再觀其莫王府內，由於莫烈之大房下有二子，與二房另有一子，大房與二房不甚和睦，已非新鮮事兒，眼下更令莫烈頭痛的，正是其下三子之爭權內鬥！呵呵，坐享齊人之福之北坎王，上朝辰星大殿已是一重擔，回歸王府後又是另一煎熬，堂堂一州之主，竟如泥菩薩一般。然而，莫烈雖有符戩、關薦、靳剴等猛將，尚不成我中州威脅。」

雷又說：「針對常真人之第二問，我中州雖擁卅萬都衛軍，除境內佈屬與水師軍團外，因與他州州界甚長，故真正鎮守於邊防單位之兵馬有限。若僅是維持中土大地之平和，我軍數量問題不大，但若相鄰州域，個個如西兊王之招攬傭兵，中州則應再募集五六萬軍力，始可掌握絕對防禦力。惟中州若真正擴大軍力，將是引發四州圍剿中州之主要導火線！」

雷接續表示，眼下西州之練兵，非同以往，大將魏廷釗將境內州禦軍調至蟄泯江岸，並由臧動、顏胤二將負責強化水師軍陣容。再則，近來蟄泯江不時傳出異狀，或說有水怪，或說夜有不明巨物襲船，諸多不明因素，遂下令我水軍退守江岸，以護衛沿岸各城。但為充實我西岸衛軍，以防西軍搶灘上岸，遂接受戎兆犹總管之建議，調度部分南防軍隊前往西岸助陣。

常真人心想，「鐵甲船艦尚無法得到真正證實，遂不便就此危言聳聽。惟紙包不住火，鐵甲船終會被中州探子查出，尚不須藉此攪局，倒是……灣鱷可奪人命，應該告知雷王，使其更加提防才是。」

待常真人述出臧運豐引灣鱷入江之事兒後，雷王驚愕連連，始知水軍傳回水怪之說，乃出於體型碩大之灣鱷！然此訊息，霎令雷王述出，經摩蘇里奧告知，西兊王突往西南方調兵遣將，這才讓雷王聯想到西南鱷王……臧運豐！

常真人再想，「摩蘇里奧遊走於中、西二州之間，看似幫人提點，實為搧風點火。辛垣道長表明了摩蘇里奧建議佞士封會晤臧運豐；而雷王卻說法王表明了西兌王突往西南調兵。此一摩蘇里奧，居心叵測，中、西二州若起戰事，絕對跟他脫離不了關係。」

這時，常真人對雷王提點到，臧運豐富可敵國，何等好處能打動臧運豐呢？雷王遲疑了一下後，恍然大悟道出：「曾隨傅前主會過臧運豐，知悉其有一子嗣，莫非……西兌王所延攬者，非年邁之臧運豐，而是……」

「沒錯！西兌王旗下，二員訓練水軍大將之一的臧勳，正是臧運豐之子！」常真人此話一出，令雷王斯須瞠目，立道：「嗯……藉由提拔臧運豐之子為國防大將，此等好處，確實易讓人點頭啊！您瞧，佞士封之奸詐，能教本王不防嗎？」

常真人看了一旁的雷世勛，道：「今日老夫前來，一見雷大少爺精神抖擻，想必惱人之怪疾，應已退去才是。」

「精神是好了些，神倒有些散了；唉……我雷嘯天一生闖蕩沙場，確有了個不愛江山愛美人的兒子！」

「哈哈，雷少主已逾弱冠之年，男大當婚，合情合理，王爺何須煩惱？」

「我雷某人乃一州之主，何憂討不到一房好媳婦兒？偏偏我兒心儀那端陽盛會上獨奏五音旋律之蔓晶仙姑娘，怎奈蔓姑娘對官宦之家敏感，遂與我兒無緣；自此世勛藉酒買醉，令人時而分不清其昏厥乃因酒所致？抑或舊疾復發？」

「好了……爹，您就別再說我啦！都怪您沒教會勛兒絕頂武功，以致勛兒沒能保護好蔓姑娘！算了……長輩談的五州大事兒，我沒興趣，待我學了套神功回來，定要大夥兒對我刮目相看。不說了……我去晶石洞溜溜走走。」雷世勛身子一轉，步出了瑞辰大殿，雷王隨即下令林桀攜藥跟上，以免又捅樓子回來。

「唉！這孩子被他娘給寵壞了，他還天真地以為出去晃晃就能練成神功。算了……只要身體沒出差錯就好。」雷王說道。

「大少爺仍服用那些不明藥丸兒，真有效果嗎？」

「說也奇怪了！每回勛兒開始不明顫抖，服下三粒藥丸兒即可抗住窘況。如此現象，王府御醫們也沒輒；若不給藥丸兒，夫人又不忍見兒受苦，折騰一陣後仍舊妥協，讓勛兒繼續服藥。」

「或許令公子是中了毒後，再服毒以制毒；難道雷王不懷疑……那藥丸兒會讓人上癮？甚或質問提供藥丸兒的摩蘇里奧？」

「法王說過，這藥丸兒是治突發性呼吸道痙攣症之用。每輒對其藥丸兒產生質疑，即遭到法王不悅以對，甚而回以一句：若不信該丸兒藥效，倏將全數收回。夫人為著息事寧人，總要求本王不再質疑才是。」

突然！尉遲罡快步入殿，道：「稟王爺，我方探子已查出，蟄泯江上之不明巨物，實乃西州全新打造之鐵甲戰船，任何木船竹筏與之觸及，輕則破損，重則沉毀。」

「哼！侯士封果真亮出秘密神器了！」話後，雷王隨即下令，戰備升級，並命鎮守臨宣城外之莒鰲港埠水師軍長武竣，立馬沿著江岸，向南築起攔阻鉤網。再由臨宣城主段炳慷，與閔暹城主荀逕，率兩千掘兵於攔阻鉤網後五十步，日夜趕挖七尺深壕溝，以作為我軍掩護之用，或可作為敵人搶灘之陷阱，若遇敵軍強行登岸……格殺勿論！

令出之後，雷嘯天立對常真人表示，中州所採應對之勢，全屬被動防禦狀態；倘若中土大地重起戰亂，侯士封絕對要負上全部責任。

常真人眉宇緊鎖，面露不安之貌，立對雷嘯天道出：「老夫聽聞雷王應對之策，確實處於被動防禦。王爺能否再予貧道時間，貧道將偕龍武尊前往西州會晤西兇王，或許僅是西州水軍演練，並無絕對出擊之意才是。一旦戰亂啟動，方才王爺所分析之各州連鎖動向，或有發生之可能，真可謂牽一髮而動全身，王爺每輒下令，定要三思啊！」

雷嘯天閉目冥想了片刻，深吸了口氣後，同意常真人偕同龍武尊前往西州斡旋。

這時，雷夫人抵了瑞辰殿，與常真人問候後，立對雷嘯天說道：「連日來眼皮直抖跳，甫見尉暹將軍倉促進殿，想當然爾，應是西兇王挑釁頻頻，否則王爺不致於提升戰備才是。」

突然！戎兆犹總管回到了瑞辰大殿，立向雷王及夫人表示，欲調動的一萬兵馬，將於兩天後抵達西部三城中之閔暹城，其中五千軍兵將續向北行，藉以支援臨宣軍力。據探子回報，西兇王將令旗下臧動、顏胤二將為前鋒，而魏廷釗總管則領軍作為後援。戎兆犹火速前來瑞辰殿，望主公能再增派勇將進駐西岸，以強大中軍陣容。

雷嘯天思考一陣後，道：「好，就讓赫連儁與尉暹罡前去鎮守臨宣，本王與戎兆犹則進駐閔暹；至於西三城最南之牧里城，距離較遠，不適西州長程征戰，我方暫且不浪費軍力，遂將火力集中臨宣、閔暹二城即可。」此一調動，立聞雷夫人驚道：「王爺將親臨前線？」

「此乃侯士封挑的釁，擺的局，挫其銳氣者，捨我其誰？」雷王應話後，一個手勢，一侍衛隨即端上一木盒兒。

雷隨即表示，臨宣城主段炳慷，身擁雙槍之技，若加上王府左右雙衛助陣，勢將壯大臨宣城之陣容。又說：「日前，王府鑄劍師柳明玨，甫完成一傑作，本王一見此作乃一對剛堅利刃，名曰玨冥，而戎兆犺已晉升中州軍機總管一職，故決定將此玨冥雙劍贈予戎總管，有此玨冥雙劍，再加上本王之疾剎剸犀斧，聯手進駐閔暹城，相信侯士封未敢越雷池一步才是。」

戎兆犺上前叩謝王爺贈劍，適值提劍轉身之際，一陣疾風直衝大廳，瞬令戎兆犺架出抽劍出擊之勢，立遭尉遲罡上前阻下，並告知來者乃雷王旗下另一勇將，人稱「夜巡翁」之……岑鴞！

「喂喂喂！可別見著黑影就出劍啊！若非吾機警些，恐未進門兒，頃刻躺下啦！嗨呦，瞧您腰際上的徽牌，閣下應是咱們中州新任軍機處總管……戎兆犺！行兒……改天兒咱們撥冗喝個兩杯，大夥兒不就熟了唄！」

「哈哈，沒事兒，沒事兒！戎總管尚未見過我中州旗下之二猛禽，其一是輕功絕頂之迅天鷲……展鵬，另一乃擁夜巡翁名號之岑鴞。岑鴞統領我中州駐外所有探子，功不可沒！只是，平時皆派探子回報，怎麼這回……」雷王疑道。

岑鴞前額冷汗直冒，頻嚥口水，道：「稟主公，岑鴞連夜狂奔回殿，只因……唉呀！事情鬧大啦！」

「何事兒鬧大啦！快說！」雷王與夫人急問道。

「是這樣的，先前岑鴞一名手下離奇失聯。而後，岑鴞跟蹤西兑王至一廢墟，赫然發現其密會克威斯基國之護國法王摩蘇里奧！當下聞得侯士封因逮到了一臥底探子，且得意地向法王展出了一陳舊棉巾，惟因當下晦暗不明，無法看清，卻見法王視得棉巾當下，立顯瞠目咋舌之貌。隨後二人似乎談起了條件，最終聽聞侯士封表示：知悉黃垚山五藏殿有本《五行真經》，法王可拿真經來換其手中棉巾。當下見法王並無把握，一陣沉思默慮後，法王允諾以真經作為交換條件，兩人於達成協議後離開。」

「哼！這個摩蘇里奧……什麼鬼話都編得出來。」雷王有些不屑地說：「法王送上小犬藥丸兒時，曾問及黃垚五藏殿之種種；本王對其描述：曾前去五藏殿一探《五行真經》，甚而告知深居五藏殿之黃垚五仙，內力深不可測。呵呵，摩蘇里奧連龍武尊都打不過，怎能自五藏殿取走《五行真經》？這般笑話能騙得了侯士封那楞子，可騙不了我雷嘯天啊！哈哈哈！」

這時候，坐於一旁的常真人，一迴手，收起拂塵，正言厲色地起身，說道：「實不相瞞，老夫來此拜訪之前，確實走了趟黃垚山五藏殿，惟深感遺憾，摩蘇里奧確實有備而來；只因法王身懷移行幻術之絕技，配合一聲東擊西之手法，竟於眾人之前將《五行真經》盜走。老夫見狀，詫異連連；黃垚五仙則以為，倘若法王閱過真經，領略了其中之道理後，或將真經完整歸還。而今聞得夜巡翁一說，始知法王欲以真經作為交換籌碼，不禁令人錯愕再三！」

雷王瞬間舌橋不下，夫人急忙問道：「該棉巾內隱何等訊息？竟讓法王冒險前去黃垚山？」

岑鴞表示，數日前再度盯上侯士封，此回與法王會晤地點，擇於蟄泯江岸旁一座廠房。侯士封見法王將《五行真經》呈出後，立即將那棉巾交予了法王，法王一見，極為興奮地瀏覽過後，隨即摺收於懷中。接著，侯令屬下將先前擒得之臥底探子帶上。當下，岑鴞直覺是那失聯的手下，孰料當侯士封將嫌犯之頭套一掀，無一不驚，竟然……該嫌犯竟是嵐映五俠排行老四之……狼行山！

此刻……大廳內之聞訊者，一座皆驚，尤其雷夫人瞬間抓緊雷王手肘，表情極為緊張！

岑鴞接著表示，狼行山果真是條漢子，一身皮肉之傷，仍笑著嚷道：「呵呵，這是啥樣兒的世道啊？於東州，我狼行山僅提筆與人競試，即遭官府扣上謀殺而上了囚車；來到西州，不過是拾了條棉巾，立遭官府疑為臥底嫌犯！眼前這位外來法王，該不會趁人之危，要替你兒子摩蘇維，報端陽一戰之仇吧？」話一說完，狼行山自嘴裡嘔出了口血。

聽得遭押解出之人犯僅狼行山一人，雷夫人瞬間鬆開了雷王手肘，反倒是一旁的常真人，聽了狼行山之遭遇，甚感心疼與不安。

岑鴞指出，聞法王好奇地問著狼行山，關於那皺棉巾之來處；惟聞狼連說了數次，「不經意而拾獲！」法王屢得不到答案，冷笑對其說了句：「呵呵，龍武尊應該會來救你吧！」話後，法王隨即轉身離開了廠房。

「唉呀！那是嵐映湖的事兒，與咱們無關！」夫人輕蔑地話道。

岑鴞聳著肩，結巴指出，當法王離去後不久，惟聞侯士封道出了句：「咱們不妨將狼行山作為人質，免得龍武尊又如端陽大會那般攪局！」此話甫出剎那，突見一持劍蒙面人，瞬自廠房樑柱翻躍而下，一連傷了數名西兌王侍衛。雖……雖然這蒙面人武藝頗具水平，但……但是……待侯士封提劍出手，立馬揮出撩、纏、刺、削四連式，對手雖躲過了四式連攻，惟蒙面人頓時回身失衡，倏遭侯出手制服；當……當侯士封扯下該刺客蒙巾後，才……才知道，原……原來……此人即是咱們王府公主……雷婕兒！

夫人一聽是婕兒，雙腿發軟於俄頃，雷王與侍女連忙上前攙扶，夫人尚未坐穩，隨即放聲嚷著：「快……快……快出兵，把我的婕兒救回來！」激憤的雷夫人，瞬於發話後昏了過去，待常真人診其乃驚嚇所致，雷王立令僕人扶夫人至後殿休息。

聽聞愛女遭制服，怒火中燒之雷嘯天立令戎兆犹加快軍隊部署，且寫了封急函交予岑鴞，使之儘速送交西兌王，務必釋放雷婕兒，否則中州將不惜一切而戰！接著回頭對著常真人再次表示，除非常真人能讓西兌王放人並棄解鐵甲戰船，否則，西州將面臨傾巢而出之強大都衛軍團！

常真人一聞雷婕兒被俘，連日來抱著消弭戰事之希望，幾近潰去。待拜別了中鼎王後，倏忽躍上坐騎，心想，「眼下雷婕兒雖成侯士封手中籌碼，侯應暫時未敢動她；倒是一想起岑鴞轉述法王所提：『龍武尊應該會來救你吧！』惟因話出摩蘇里奧，更令人倍感憂心。」遂接連喝出「駕……駕……」之促聲，一路追風掣電，直朝嵐映湖疾奔。

西州白鑫大殿內連聲傳出了得意狂笑……哈哈哈……

惟聞侯士封笑道：「中鼎王似乎於五霸大會上傷得不輕啊！沒想到連頭腦判斷力亦出了問題；既沒管好自個兒女兒，甚來我西州充當刺客，如今遭囚禁大牢待審，乃理所當然之事兒啊！竟然傳帖子告知，該如何做才是。好笑……真是好笑。哈哈哈……」

魏廷釗上前話道：「既然中鼎王已知雷婕兒在咱們手上，眼下我州禦軍亦已厲兵秣馬，那麼……持續數月之訓練計畫，不知主公如何打算？」

「魏總管認為我水師軍團已可攻對岸了嗎？」侯問道。

魏回應指出，以目前西州水軍之水平，加上三艘鐵甲戰船之助，應可順利拿下蟄泯江之主導權；惟眼前須決定，待越過江河中線之後，我軍將率先搶灘臨宣？閔暹？還是牧里城？

侯士封剖析認為，中、西二州往來最頻繁之埠頭，非臨宣城外之莒藍港埠莫屬。如此大城若有閃失，中州將減少諸多稅收，雷王勢必佈下重兵防衛。然居三城中間之閔暹城，雖非高價值之城池，惟其上可連臨宣，下可通牧里，此等戰略型城池，雷王肯定將後勤支援軍與補給品留駐於此。倒是較南方之牧里城，規模較小，人口較少，且離我水師軍出發之展平埠頭較遠，較難掌控。正因如此，雷王應會賭上臨宣與閔暹二城為強力部署才是。侯遲疑了下，又說：「惟因日前請益過權衡先生，先生仍因我軍混雜外來傭兵，持續反對我軍東侵。嗯……這該如何是好？」

這時，臧勳、顏胤連袂入殿，道：「稟主公，水師軍團之訓練，已達既定目標，為此，末將特來稟告。只是……甫與顏將軍步上殿前階梯，回頭即見金蟾法王馬車緩緩駛來。」顏胤則搖著頭，道：「真是不瞭，此叟翁到底是幫咱們西州，還是間接挺著中州哩？」

侯士封笑著說：「呵呵，值此世道，合作與利用已如同自信與傲慢、分享與炫耀一般，二者間早已是個模糊地帶，越能遊走於模糊之間，始能於爾虞我詐中，取得有利之機啊！或說法王利用西州資源以行事，亦可說藉法王遊走於二州之間，咱們則利用其探出中州之能耐，進而藉其解譯一模糊之拓紋，找出中土大地尚隱藏多少秘密？惟此老狐狸之一舉一動，咱們也不能不防啊！」

半晌之後，摩蘇里奧進了白鑫殿，立對西兌王道出：「恭喜王爺，賀喜王爺，西兌王訓練有素之水師船隊，實已震懾了中州水軍，接下來就看西兌王如何搶灘奪城啦！」

「法王何以見得我軍能順利越江？再說，過江之後，定得攻下一城池，我軍始有庇護之處所啊！對此，法王可有高見？」侯問道。

摩蘇里奧瞬間攤開一張手繪地形圖後，道：「甫得一可靠消息，中鼎王已令其水軍退守江岸邊，並部署重兵於臨宣與閔暹二城，老夫遂敢言西州水師船艦欲越江之中線，已不成問題。」

「何以證明法王所得消息可靠？」魏廷釗問道。

「呵呵，別人所述，恐使人疑慮再三；但受本法王藥物控制之雷世勛，再施予些好處交換，其所描述，應可信之。」

「藥物控制？這麼說，法王提供本王練功前服用之藥丸兒，亦是一種藥物控制囉？」侯疑問道。

「非也！此藥不同而論！王爺所練神功，極需肌肉瞬間爆發力，故服以藥丸可助神功直達巔頂，發揮如虎添翼之效。而雷世勛所服用乃治呼吸道痙攣之劑，長期服用，恐有上癮或昏沈之副效應。但為了避免其呼吸不暢之症發作，遂得繼續地服下去。」

侯又問。

「難道……端陽大會上，狼行山揭露法王以滴豆令雷世勛昏厥之事兒，果真法王所為？」

「哈哈，中土有句話說：沒有巧事，何來巧字。雷世勛本先輕薄小女，老夫僅還予些教訓，怎知此一輕薄狂妄之徒，竟是雷王之子！當然，老夫於拜訪雷王府時，順勢為雷世勛解症，理所當然，卻發現雷世勛有輕微哮喘在先！然此滴豆之凝結塊，雖能影響其體內之水穀精微運送，使之昏沈無力，怎料其原始麻醉毒，竟然引發其呼吸道痙攣現象；而吾之藥丸兒，恰巧能治上雷世勛之症。老夫適時供應藥丸兒予雷王府，實已仁至義盡。」

「呵呵，好一個仁至義盡啊！這麼說，法王所指中州之都衛軍部署，乃出自雷世勛所述，是否聞其指出，雷嘯天將駐守於何城？」侯又問。

「哈哈，此乃老夫今日來此與王爺協商之處；只要王爺能納老夫計策，西州之州禦軍要搶灘上岸，攻下城池，並非難事啊！」

法王指著臨宣城表示，此城物產豐富，商業頻繁，易守難攻，侯王爺暫不以此城作為首要目標，卻仍須派兵船前往，藉以留住對方守城兵馬。眼下暫且不知雷王會進駐哪一城，遂建議將狼行山與雷婕兒，一同架上攻往臨宣城之船艦，且率先出擊。倘若雷於臨宣城，則可確定大軍佈屬於臨宣，西兑王則可火力全開，進攻閔暹城。倘若雷居於閔暹城，待其知悉愛女被押往臨宣，心急如焚之下，應會率軍北上臨宣；這時，西兑王依舊可攻佔閔暹城，甚可再南下續佔牧里城。縱然雷王能以大軍救回愛女，其必失去一城，甚是二城池。再則，只要能再佔得牧里城，西兇王即可再派兵登上蟄泯江上之屹岡島，以該島作為後勤補給基地，能如此，中州將漸失西岸戰力範圍，故依老夫之計，可讓西州一戰成名。

侯士封聽了法王之獻計後，頗為心動，卻不免再疑問道：「法王如此用心，看似助我得勝，卻無法讓本王藉由此役，為我一條瘸腿報仇，實乃美中不足之處！再說，難道……此般獻計，法王無任何期望？」

「哈哈哈……所謂小不忍則亂大謀啊！侯西主若能藉此一役，力挫雷王士氣，再穩住自己所佔之城池，想必來日雷王必會前來討回；屆時，城池是王爺的，即可主導一齣請君入甕戲碼，要復仇？有的是機會啊！呵呵，至於老夫之期望，除了報復頻壞我事兒，亦傷我兒之狼行山外，老夫與侯西主於礦業上、藥品上、甚至是船艦設計上，合作無間；倘若西兇王能藉此擴展版圖至中州，進而擁有中州之人口與市場，對我克威斯基而言，乃百利而無害之事兒，不知侯西主滿意老夫之回答否？」

侯士封頻頻點頭回應後，又問：「關於法王以《五行真經》，交換了一棉巾，本王不免好奇，其上之拓紋符號，所指為何？」

「呵呵，實不相瞞，多年前，老夫內人前往中土大地傳教，自中土瘟疫之災與地牛翻身之後，雁杳魚沉，渺無音訊；只因見得狼行山身懷一拓紋巾，極可能是內人身陷洞窟之刻留記號，故引來老夫對狼行山詢問再三，何以取得此物？雖無所獲，但也因此燃起尋找內人之一絲希望啊！」

侯士封接受了摩蘇里奧之說詞，並同意採納其攻城戰略後，親送法王離開白鑫大殿。而前

來接應法王之查坦尤垶，立問：「法王入殿獻計，可得西兑王之呼應？」

「哈哈哈，老夫故意向西兑王編說一套策略，使其以為雷王定會強化臨宣城戰備，故要他伺機進攻防禦較弱之閔暹城，而西兑王亦表明十足把握攻下該城。然老夫之真正用意，正是製造雷與侯再度正面交戰，將雷嘯天纏於閔暹城，吾等即可趁勢集結西州軍隊內之克威斯基傭兵，適值臨宣城一陣慌亂下，老夫將以麻略斯語下令，領兵齊衝臨宣，殺他個片甲不留！」

「法王可有把握，定會攻入臨宣城門？」

「哈哈，已佈了天衣無縫之棋子；更說服了西兑王讓雷婕兒留於咱們陣營，此一棋局已為老夫所掌握，臨宣城門即將為咱們所敞開！哈哈哈」話後，摩蘇里奧交代了查坦將軍，於戰事爆發前，儘早聯繫所有外來傭兵，並知會搶灘後之攻城策略……。

日行千里，馬不停蹄，一路向著嵐映湖奔馳之常元逸，終趕到了玄悟精舍。然而，每輒聞得狂奔蹄聲接近，均引來福伯於祁玄亭引頸而望，惟此回不見任何人影步出玄悟精舍，霎令常真人頓感不安。待雪白坐騎靠近了湖岸，赫然發現大片血跡由岸邊而上，一路染紅了卵石道，直延向玄悟精舍之內；更於目尾餘光瞧見祁玄亭周遭，似乎經過一番打鬥。

常真人旋即下馬，火速奔入精舍，一見福伯，急問：「阿福，發生了啥事兒？何以處處血跡斑斑？」

「不好了！老五受了重創，正由老三為其救治中。龍老爺恰於昨日啟程外出，沒想到今兒個就發生這事兒了！」阿福顫抖地回應道。

常真人一入臥室，立見豫麟飛仰臥於血染鋪上，牟芥琛一見常真人即表示，今日正午，福伯於湖邊發現豫五弟受了重傷，肘臂與腿部尤其嚴重，此般撕裂傷令其失血不少，惟五弟之肌肉甚堅，雖無骨碎，卻有骨折現象，所幸五弟自體功能強大，尚有能力回到嵐映湖，常人若遭此重創，早已成江中浮屍才是。

常老見著豫麟飛之傷口已迅速止血，立嗅一旁粉末，「這是……這是三七啊！」

阿琛回應道：「芥琛以三七研粉外敷，其性溫，味甘，微苦，散瘀止血，消腫定痛，出血瘀血雙治，內服外敷雙用；再配上主散結聚，生肌止痛之白斂，以治癰疽瘡毒，並防其外膚化膿。待消腫止血後，再換上大黃、黃連、冰片所組成之七日黃，以加速傷口消炎與癒合。至於骨折處，先以木架固定，再施以含活血伸筋，祛風水腫毒之乳香，與破血止痛，治折傷瘀血，療金創杖瘡之沒藥於湯藥之中，使其內服。本欲加入與白斂相須為用之白及；然白及雖主治癰腫惡瘡，敗疽死肌，卻於煎藥當下，考慮五弟或有用上附子之可能，故將其捨棄不用。」

常真人點了點頭表示：醫經有所謂十八反，亦即；

藻戟遂芫俱戰草，半蔞貝斂及攻烏，諸參辛芍叛藜蘆。

其中提及了甘草反海藻、大戟、甘遂、芫花；烏頭反半夏、瓜蔞、貝母、白斂、白及；藜蘆反人參、沙參、玄參、丹參、苦參、細辛、芍藥。指出了相互配伍易生中毒，抑或不良反應。

然而，烏頭乃大毒之物，其與附子為同株植物，該植物之母根為烏頭，子根為附子；若以白斂作外敷，尚無配伍之疑慮，但以白及作為煎服藥，確實須考量使上附子作為回陽救逆之可能。

至於骨傷，為令患者生骨癒合，可施以味苦微寒之續斷，其能主折跌，續筋骨，亦能祛骨節間之風寒，為補益筋骨之要藥。再配上當歸、牛膝、肉桂、延胡索，以溫陽補血，行血理傷；其中之延胡索配上乳香、沒藥，更能發揮鎮痛效果。

常真人話一說完，順勢自袋中取出黃垚五仙所贈之麝香與硃砂，交予了牟芥琛，並囑咐可用於精舍內另一神昏不定之重患……徐逵！

接著，常老上前端詳了豫麟飛之傷勢，見得多處排列相似之傷孔，直覺道：「此乃遭猛獸襲擊之齒痕！」牟芥琛隨即應道：「曾聞一深居南州，人稱『刀臣』之凜秋痕前輩提過，一種劍齒魚，齒如尖刃，擅群體圍襲，芥琛懷疑五弟是否遇上這般鬼物？但依五弟腿上之傷孔排列，若真是劍齒魚所為，恐是體型碩大，突變之品種才是。」

經牟芥琛提及體型碩大一詞，常老這才恍然大悟，道：「阿飛常以川江水渠為徑，此回應是遇上了江中之鱷，且遇上的是非比尋常，體型較為龐大之……灣鱷！」

「怎可能有灣鱷出現於中土州域之河川中？」

常老立將當前中、西二州交界上之緊張局勢，對牟詳述了一番，並告知灣鱷始自西南鱷王臧運豊所飼養。又說：「西兑王欲藉此水獸，拿下蟄泯江之優勢。只是……唉……」

「常師伯何以欲言又止？」

「老夫本以為前來嵐映湖能遇上龍武尊，以期前去西州斡旋，調解爭端，卻未料及，不僅沒遇上龍武尊，甚而聞得狼行山已成西兇王之俘虜！」隨後，常真人又將狼行山之遭遇，對芥琛一一描述。

待豫麟飛情況稍穩，常老立向阿琛問及，龍武尊可有談到西州集訓水軍一事兒？

芥琛隨即表明，近來除了鑽研磐龍文外，即為徐逵前輩治症。但見龍師父頻繁出入嵐映湖，或可猜得中土局勢不甚穩定，時至於此，芥琛甫知悉中、西二州已處於摩拳擦掌之際。又說：「近日來，龍師父倒有一事兒，稍有反常之嫌。」此話一出，著實令常真人更加關注，惟聞牟說道：「龍師父有些惋惜，其一生專研『經脈武學』，卻遇上陰寒至極之寒肆楓、追求『人劍合一之』刁刃、水濕過人之狼行山；而豫麟飛雖自體功能超強，卻僅能聚上手臂之三陽脈氣。然而針對芥琛，龍師父認為，芥琛雖能以內力化去經脈之氣滯血瘀，但論及武功，卻不及其他四位師兄弟。因此，龍師父欲藉芥琛之過目不忘，將其畢生武學之精華，於芥琛面前一招一式地連貫，並將經脈武學之三層進階，亦即一層之經脈內運，進而脈氣外伸；二層之脈氣延伸，進而與兵刃相結，以至最高層之氣牽兵刃，進而隨心馭劍之三層絕學，要求芥琛將牽引要訣，逐一記下。然而龍師父經脈能量之大，每輒施展數式連擊時，均造成周遭環境之折損，一如常師伯所見精舍外之祁玄亭一般。」

「只是……」牟瞬間露出欲言又止貌，隨後又道：「適值龍師父離開嵐映湖前，平時滴酒不沾的龍師父，竟然拿了壺預留的臨宣高粱酒與芥琛暢飲一番。其中，龍師父述及了當年與常師伯、西州鑄劍大師凌秉山，與遭雷王軟禁於東靖苑之惲子熙，四人於某年中秋，同聚於臾桑島；惲先生當下對著明月星空，推星盤，卜命掛，其所昭示為『常生有命，龍後有傳，凌研有得，惲危有嗣』四句。龍師父就為著『龍後有傳』四字，苦苦等待，直到與芥琛舉杯當下，龍師父感嘆年歲已趨杖國之年，仍不見有人能將十二經脈之脈氣，運用自如，因而想到藉由芥琛將其武學精華熟記，來日若遇上通十二經脈之能者，可將此一絕學相傳授。」

常真人回想了當年的臾桑島之會，確實心生一股山河依舊，人事已非之感，說道：「龍武尊藉酒抒發情緒，煞是少有；不過，這世上並非無通經達脈之人為龍武尊所遇，只因此人經脈曾受創擊，無以將經脈武學推及顛峰，因而歸隱一隅。然而，此人既然已選擇歸隱，老夫亦不便道出其名號。不過……老夫見龍武尊不止一次表示，現今中土五州之平和，尚得倚賴雷嘯天之強勢，始能壓制中州各地蠢蠢欲動之勢力，正所謂攘外必先安內！雷王要能安定中州，始能制衡其他四州於物產與經貿間之平衡。」

忽然！常老頓了一下，似乎想到了什麼而面顯詫異，說道：「欸……不對！龍武尊平日滴酒不沾，怎會有臨宣城之高粱酒？想必近來中、西二州情勢緊張，武尊已事先前去臨宣探查；而今龍武尊若於坊間聽聞狼行山與雷婕兒被俘一事兒，必定前往一探。這又讓老夫想到，於瑞辰殿內聽聞岑鴞轉述摩蘇里奧所說：『龍武尊應該會來救你吧！』換言之，摩蘇里奧恐藉戰亂之際，早已謀化了一齣了結私人恩怨之戲碼。」

「糟了！甫聞常師伯臆測阿飛之傷勢，始自西南鱷王臧運豊之灣鱷，而師伯更提到：西兑王經法王之建議，前去西南請出鱷王助陣。始作俑者即是摩蘇里奧！法王早已料到，四處遊走之豫麟飛，不僅是個能威脅，甚為阻止西州水軍發動戰事之猛將，更是龍武尊之義徒。法王為了不讓嵐映湖的人介入，遂藉灣鱷之計以阻擋豫麟飛，甚可趁機滅了豫麟飛，一旦得逞，更能使龍師父孤立無援。此刻所述一切，早已依著摩蘇里奧之計畫，逐一進行之中。」

常元逸聽聞牟芥琛之說，隨即轉身，僅留下了句，「照顧好豫麟飛與徐義俠，老夫即刻趕往臨宣城！」常真人一出玄悟精舍後，跨步蹬地，騰空做出彈飛躍步，咄嗟上了雪白坐騎，旋即依循北向，飛奔離去。

同掌中、北、西三州商運命脈之臨宣城，本擁著熙來攘往之街巷，門庭若市之商號，肩摩轂擊之人車，觀者如織之市集；怎奈中鼎王下令戰備提升，且隨雷王府左右雙衛領兵進駐後，全城立起疾如旋踵之變化。城裡百姓不僅放緩原有步調，更須適應陳師鞠旅之軍隊行伍，不時穿梭城道之中，儼然已成枕戈寢甲之勢。

段炳慷城主親領尉遲罡與赫連雋，直登臨宣城門之上。尉遲罡對臨宣城門之建築，頗為讚賞，道：「真是規劃縝密之城樓啊！主城門開啟後，隨即迎上一方形甕城，此一設計能加強主城門之防禦，煞是堅強之堡！」段城主接續介紹城牆上等距之方形雉堞，其上之射孔可容弓箭手就此擊發，更有位於城垣周圍之窩舖，可供駐守士兵輪臥之用。

赫連將軍正經道出：「眼下未知公主被俘下落，惟主公有令，一旦發現敵軍以公主為攻城人質，我軍萬不可令弓箭手出擊，以免傷及公主。然而，中、西二軍一旦開戰，船埠水師軍長武竣若失防線，此城樓即交予段城主指揮，吾與尉遲將軍將領兵出城，力戰越過壕溝之侵軍。」

這時候，一侍衛快步上了城樓，上氣不接下氣地傳報道：「稟……城主，城外二十里傳來消息，驚見大公子與其隨扈林桀，帶著零星兵馬，正朝著我臨宣城而來，依其速度，恐於入夜抵城。」

「他來做啥？這公子哥兒難道不知臨宣已成軍事要地？憑著零星兵馬，如何打仗？欲酗酒鬧事兒也不應朝這兒來啊！」赫連儁搖頭說道。

尉遲罡拍了拍赫連將軍肩膀，道：「咱們是奉中鼎王之令，特來守住臨宣城，若遇任何狀況，段城主會與咱們配合的。」話才說完，一快馬疾入城門後，倏而驅其坐騎，由墉牆後方之馬道，直接上了城樓，喊道：「稟城主與二位將軍，武竣軍長已發現江上三艘西州船艦，正朝臨宣城駛來！」

「西州軍兵吃了熊心豹子膽啦！真把戰船開來啦！」段城主又說：「只要敵軍越過螯泯江中線，武竣將下令水軍，群船圍阻。」

「主公強調，若非我方先出擊，則不違背中土四州所簽訂之侵略協定。待西州一動武，我軍隨即全力反擊，惟先決條件……須儘早確認公主是否置身船隊中？」赫連儁提醒道。

然於螯泯江中線前之武竣，倏令中州船艦一字排開，惟見敵艦前鋒船頭，佇立著一身著胄甲，手持雙鉤之威猛戰士，洪聲喝道：「中州大敵當前，竟派個名不見經傳之水兵前來，氣勢明顯占了下風，何以與我雪鷹雙鉤顏胤較勁兒？」

「笑話！吾乃莒蘶港埠總軍長武竣，眼前西州水軍無端挑釁，甚聞顏將軍氣焰囂張，於此嚷嚷，西軍船艦雖大，惟吾數十軍船在此，絕不讓爾等胡來！」

「無端挑釁？當我顏胤是三歲娃兒嗎？哈哈哈，平時中鼎王派些無名小卒探我軍情也就罷了，怎料這回竟明目張膽地派了個公主當刺客，所幸我主公身手不凡，不僅自保了命，更逮了這刺客。我說武軍長啊！以爾之官階，這檔事兒，做得了主嗎？」

「官大的，直接找王府談判去！這兒歸吾管轄，未經我武竣同意，爾等船艦休想越過江河中線！」接著，武竣於船首亮出了長槍鏑頭，怎料怪事即於此刻發生……

「啊……呃……啊……那是啥……啊……救……救命啊！」驚見守軍兩艘水軍船緩緩下沉，隨後傳來一陣陣呼天搶地喊聲；而隨著兩船逐漸下沉，船身周遭接連浮現水兵皮開肉綻之血腥畫面，然此一幕，霎令中州水軍雙腿發軟，紛紛顫抖地唸著：「有……有水怪！啊……呃……啊……」而另一頭又見一船漸趨下沉。武竣見苗頭不對，撕著喉頭喊道：「撤！全數撤退，火速撤回岸上！」

顏胤趁著西風吹起，旋即下令水兵收錨，收槳，揚帆，並對著逃之夭夭的武竣喊道：「哈哈，姓武的，我船艦已收了槳，乘著這股江上西風，我水軍乃因風而漂向東岸，以咱們這般漂法，應會晚些到岸才是。哈哈哈……」

武竣回到臨宣城外岸後，瞬令傳兵回報。赫連雋立偕尉遲罡領兵三千，一出城即兵分二路，倏向江岸防線奔去，約莫個半時辰後，見西軍船隊已來到埠頭之外。赫連雋見著埠外船艦，詫異地對著武竣問道：「傳令兵表明三艘敵艦越界，怎就此望去，似乎……不止這數兒啊！」

武竣放眼一瞧，立以手指數著，一，二，三……七……十……「怎會多出這麼多？定是那顏胤下令收槳時，西州後援船艦加速上前與之會合，這麼看來，眼前敵船所載，少說也有個千八兵馬數量才是。」

「我方攔阻鉤網與壕溝等工事，如何？」尉遲罡問道。

武竣嚥了口口水，回應道：「惟因敵軍來襲提前，攔阻網線雖已就緒，壕溝工事則尚未完成。」

霎時，一傳兵疾奔而來，氣喘吁吁地喊道：「不……不好……不好啦！敵軍船艦原本停於埠頭之外，方才我方一支黃旗騎隊，直奔城外莒蠶埠頭，並於架好陣勢後，對敵軍狂射沾著燃油之火箭，現已知敵軍一艘邊船已著了火，後經查證，該突來騎隊之領頭，正是王府大公子……雷世勛！」

赫連雋咬牙說道：「糟了！這公子哥沒搞清楚現況，一見埠外敵艦靠近，即以火箭猛烈伺候，此舉猶如直搗蜂巢，看來蜂群即將傾巢而出，此一戰役……提前開打了！走吧，依咱們計畫行事。「駕……駕……」

待武竣領兵前來埠頭，立聞雷世勛斥責道：「哼！軍機處養你們這群廢物，見敵艦已近我岸，怎麼不還擊？真讓人看笑話啦！瞧，不須多久，咱們騎隊已毀了一艘敵艦啦！快……接續放箭！」

「快住手啊，大少爺！中鼎王有令，雙方對峙，不得先行出擊，更不得施以弓箭，以免傷了咱們雷大小姐啊！」武竣急忙制止雷世勛發箭。

「什……什麼？我妹在敵軍手裡？那你們還楞在這兒做啥？快去救回公主啊！」

武竣一見敵船燒毀，立見兩艘大型戰船之船頭各站出一將；待此二將互瞧之後，點了點頭，立馬做出了手勢。「咚……咚……」二將身後隨即戰鼓大作，所有西軍船艦即於鼓聲傳出後，划槳齊向前衝。

武竣見勢不妙，叫道：「我的太子爺啊！快……快撤退啊！敵軍戰鼓連天，傾巢而出啦！」從未歷過沙場經驗的雷世勛，直見敵方船艦逐漸靠岸而愣住，一旁林桀隨即拉著一把，急喊道：「大少爺，快呀！咱們快退回臨宣城吧！」

皓月千里下，兩艘大型鐵甲船先行撞沉中州數艘船艦，再以全速撞向港埠旁一筆直沿岸；待二船頭衝上了岸，其特殊設計之三開艙門隨即敞開，立見搶灘水軍魚貫而出，率先交鋒武竣所領之中州水軍，怎料此刻又遇上自埠頭撤回之雷世勛騎隊。昏暗之中，雷與林桀為了替自個兒開路，一陣揮刀亂砍，霎令武竣之水軍難辨敵我而似殺非殺，甚而遭雷世勛盲目誤殺。

「咚……咚……咚……」突聞侵軍戰鼓聲越來越大，此舉實為掩飾搶灘鐵甲船所發陣陣雜聲；惟身處兩軍對擊中之武竣，根本無暇察覺搶灘船艦有何異狀？卻因中州防軍在佔盡地利之優勢下，倏挫了首批搶灘敵軍之銳氣。

正當防軍稍有喘息之際，一陣突如其來的隆隆巨響，霎令武竣與眾防兵看傻了眼。驚見兩搶灘之鐵甲船艦，竟瞬間解體了大半兒，且成了一塊塊鐵板兒。而後，敵軍戰鼓起於俄頃，第二批西州侵軍兵馬齊出，並以四人為組，齊抬著拆解鐵板，火速衝出，此舉不僅可藉鐵板衝撞，亦可作為搶灘兵馬之擋箭牌。武竣見狀，即令防埠水軍一字排開，架起盾牌陣，全力抵禦敵軍攻勢。然而，隨著敵軍距離越來越近，隨後即是一陣陣猛烈撞擊聲響起「碰……隆……隆……」

不堪這般撞擊的中州防軍，不僅陣列潰散，更因敵軍之鐵板質地，強於盾牌甚鉅，致使武竣所領軍兵折損大半，迫使武竣下令退回第二防線，斯須拉起了攔阻鉤網。這時，雷世勛回頭見著攔阻鉤網升起，立對武竣喊道：「呵呵，此乃父王教過之阻攔敵軍闖攻法；武軍長先將敵

軍困在這兒，吾即刻領城裡軍隊前來支援。」武竣聽聞後，瞬間苦笑以應。

適值雷世勛轉身之際，敵軍瞬將鐵板一字排開，眾口齊喊：「殺……」。原以為敵軍見鉤網即卻步的阿勛，聽聞敵軍殺聲震天而來，嚇得膽驚心顫，抖著嘴唇叫著林桀：「快！咱們快躲進城吧！」說時遲那時快，侵軍似乎早知防軍有攔阻鉤網之工事，個個奮不顧身地藉由鐵板之厚實本體，直接壓過攔阻鉤網，隨後即見數十鐵板已將攔網整個兒壓平。這時，甫搶灘成功之二鐵甲船內，突然衝出兩騎著駿馬之壯漢，隨即領著陸續靠岸之船艦兵馬，火速朝著臨宣城門衝來。

「喝！三刃銀叉臧勳在此，擋俺者……死！」另一壯漢手持雙鉤，吼道：「雪鷹雙鉤顏胤，不服者，顏某於此候教！」臧勳於馬背上見著二穿著迥異者，隨即將三刃銀叉使勁地拋出，大夥兒僅見一厲光飛過，「唰……」的一聲，驚見異服者之一，立遭三刃銀叉刺入身背，穿胸而出，嗚呼咄嗟！

「我……我的媽呀！」雷世勛一見林桀中刃落馬，命喪血泊之中，嚇得膽裂魂飛，一個滑手失衡，隨即人仰馬翻，然因衝勁兒力道過猛，致使馬頸扭斷，整個兒馬身壓在雷世勛身上，眨眼令其昏厥不醒。

臧勳自林桀身上取回了三刃銀叉後，回頭即見武竣手持長槍，單挑顏胤的雪鷹雙鉤。顏胤見對手殺了不少西州前鋒軍後，仍負傷顫持著長槍應對，不禁道：「好一個頑強戰將，可惜你我不同陣營，該了結還是得了結，顏某立予爾一痛快，一招〈雙鉤截木〉，立馬教你身首異處！」話一出，顏胤俄而持起雙鉤，自馬背上躍起，騰空二翻轉後，持雙鉤使出了交叉摧裂之勢，直鎖定對手致命要害。值武竣擋下三招，一轉身不及剎那，「鐺……」一鏗鏘巨響瞬間震懾周遭，然此一幕，立讓一旁臧勳握緊三刃銀叉。

「雪鷹雙鉤，名震武林，欺我水師軍長，格局未免小了點兒！既來我中州，不妨由我赫連雋親自招待，始能彰顯閣下身份。」赫連立對武竣說：「前來支援之兵馬，足以應付搶灘軍，武軍長速回城門前加強防禦陣勢，此對雙鉤就交由三巡伏暢劍領教了。」

臧勳一見赫連雋犀利出劍，「駕……」的一聲喝出，旋即驅馬衝向赫連雋。然於臧勳動身剎那，一陣突來之身後風沙，引來一道伴隨嘯聲之寒光，倏令臧勳不得不扯韁回探，惟見一人自馬背上蹬起，凌空兩翻躍後正劈而下，臧勳反射回擋，眨眼一聲鏗鏜擊響，立馬換來一陣麻震手感，如此震力，霎令跨下坐騎偏了身、失了衡，直令臧勳提步翻跨，躍身下馬，「什……麼人？竟於我臧勳前挑釁耍刀？」

「沙場弒卒難免，然打狗也得瞧主人。閣下一記叉刃飛拋，俄而輕取我雷王府隨扈一命，我尉遲罡乃王府左衛，怎能任憑狂徒為所欲為？然三刃銀叉歸於質重兵器，在下手中之西蒙秋延刀亦屬重刃出擊，此般菜色招待，應不失禮數才是。「嘯……嘯……嘯……」一連三劈刀隨即而出，臧勳反手持起銀叉，又是一陣疾擋。

「咚……咚……咚……」眼下聞得臨宣城戰鼓響起，都衛軍隨即自南北包夾而來。放眼望去，一方呈出武將單挑戲碼，一方則是兩州軍兵之肉搏爭戰。然西州搶灘之軍兵，多屬水師軍伍，此刻前來支援之南北夾擊軍隊，卻是不折不扣之陸戰兵馬；論及戰術編列，中州於戎兆犹任職軍訓官時，即已紮下了堅實根基，致使眼前侵軍於俯仰之間，面臨了進退維谷之窘境。

回觀憑藉快招、狠招著名之顏胤，縱然雙鉤殘暴犀利，面對柔中帶勁，快慢交替出擊之三巡伏暢劍，似乎占不了上風，遂改以單手持鉤，另一手折於身後之戰術，說道：「赫連將軍果然是個角色，僅以一柄伏暢劍，竟能令吾雙鉤出招三十，卻傷不了閣下一根汗毛；此刻若不施點絕技，閣下恐領略不出雙鉤精妙之處啊！」

「呵呵，劍招中有所謂攢、挑、刺、撥等攻勢；但見顏將軍之雙鉤揮舞，惟因鉤末刃尖彎轉，實難使出如此攻勢。不過，此等彎鉤之掛、扣、纏、拖四攻勢，確實出吾意料之外，稍有不甚，即遭劍損纏拋之可能。眼下速戰速決已不可能，勝負乃取決於對陣經驗了。」「唰……」赫連儁眨眼又是一記快劍，惟此回攻勢乃針對敵對之……膝下！

「嗯……果然經驗老到之對手！吾之彎鉤擅於低姿襲擊，卻不諳於低姿防禦。哼！我顏胤亦非省油的燈；爾有爾之計策，吾有吾之對策，來吧！」

果不出顏胤所料，赫連儁於五次低攻之後，隨即配上一記左側掃堂腿。顏胤逮此時機，旋即將折於身後之另一鉤，瞬當枴杖般佇立於地面，配上瞬間蹬躍上翻，倏朝對手畫出另一鷹鉤。赫連儁一見對手躍起，立馬收腿並使出低姿側翻，然於翻飛中雖能抵住一鉤攻勢，卻無法及時閃過另一鷹鉤之襲擊，致使臉部顴骨下方中招，留下一約莫三寸之刃傷。

霎時，赫連儁見一敵軍所拋之鐵板，恰巧插陷於一石下而呈出傾斜狀，立將雙足勁踏於鐵板一端，藉由鐵板回彈力道而強力蹬躍，顏胤瞬間錯估對手飛身反擊力道，僅以左鉤為抵禦，孰料敵對於加速中，立以伏暢劍對準鷹鉤之長直鉤身，使出〈疾抽截柳〉一式，惟聞「鏜……」之一擊響，驚見雪鷹鉤身，瞬遭對擊力道扭曲。赫連儁接連再一迴旋側截，立見顏胤之左肩護甲，遭伏暢劍削去了大半。

再觀臧勳之力戰尉遲罡，亦是場硬仗。孔武有力之臧勳，三刃銀叉在握，幾可單手擎起三四士兵；而尉遲罡手持西蒙秋延刀，雙臂震劈，甚可砍斷馬頸。二將於昏暗中交手，鎗鎗啾啷，火花四溢；對戰數十回合，勝負難分。臧勳怒目喊道：「能抵俺三刃銀叉十回合，仍能挺直腰桿者，俺不曾於西州見過。怎料一踏上中州，就遇上了驍勇善戰之尉遲將軍。耳聞中土有三狂刀，一是南離王之赤焰霽烽刀，一是刀臣凜秋痕之肅煞堅刀，另一即是尉遲罡之西蒙秋延刀；今日一戰，果真不同凡響。」

尉遲罡回應道：「知悉臧將軍乃西南鱷王臧運豐之子，耳聞閣下能徒手向巨鱷勒頸鎖喙，使之難以張口襲人，此等力道，凡人難以想像。而今尉遲罡親自領教三刃銀叉數十回合而不見力道緩減，臧將軍徒手制鱷傳聞，已無須再行驗證。然而刀、叉同為摧擊兵刃，只因你我分侍二主，一旦沙場對峙，難免得各見真章。」「嘯……」一劈刀應聲即出，尉遲罡轉腰跨步於咄嗟，旋即殺向敵對。

然於雙方武將相互對決之際，城門前三千都衛守軍立以快速移陣，瞬將齊湧而來之敵軍一一沖散，所有來犯之前鋒與次鋒部隊，逐一退卻，卻見侵軍沿路拾起鐵板，且於攔阻鉤網後一字排開，顏胤與臧勳則趁勢上馬，退回了鐵板防禦陣線。

中州西部三城居中之閔暹城，於戎兆犹總管之部署下，幾已完成防禦工事。值雷嘯天領著最後進駐之千餘兵馬後，隨即叮嚀屬下，閔暹城不若臨宣有城外港埠，除了供小渡船靠岸外，沿岸多為沙岸地形，前哨防站定要日夜緊守。中鼎王甫一令出，一快馬傳兵隨即衝上城樓，倉皇述到：「稟主公，臨宣城防軍已與西州侵兵開戰啦！」消息一出，震驚四座。戎總管握拳斥道：「西州仗著鐵甲戰船之堅，衝撞我軍船，甚而出兵擊戰我軍，若非敵軍蠻橫，我軍壓根兒不會輕易地出擊，快……快說！侵軍如何開火的？」

「這……這個……」傳兵嚥了口水後表示，西州船艦藉著西風吹起，於收槳後緩緩漂向臨宣城，待群艦泊近莒葻港埠時，我方一騎隊突然狂發火矢，致使西州一艦艇焚燬；然此一舉，即導致西州擊鼓搶灘，蜂擁而來。

戎兆狁怒斥道：「軍隊操演時已多次強調，我軍全力嚴防敵軍上岸，切莫先行出擊。快說！何單位所屬騎隊？竟藐視了軍令！」

傳兵再度吱唔，冷汗直冒，抖著唇說：「是……是……雷大少爺所率騎隊！大少爺見敵艦已抵我埠外，斥責我水軍鬆懈怠慢後，即率騎隊於埠頭狂發火矢，致使一敵船燒毀。」

「嘣」的一大巨響，直見中鼎王重掌拍案，喝道：「這該死的畜生，成事不足，敗事有餘；如此一擊，不僅引燃戰火，他州若得知我中州焚燬西州戰船，即可能採取聯合制衡行動。然西州戰船若逾江河中線而引發衝突，西兌王必將遭致譴責。孰料，侵軍藉一陣西風吹起，倏而收槳，漂行而來，尚不構成開戰條件。而雷世勛無端放矢，甚而燒了敵軍艦船。唉！此一星星之火，足以燎原啊！」

「叭……叭……」驚聞閔暹城外之岸防兵哨，突然號角大作，又一傳兵登城表明，城外水軍已見西州諸多戰船靠近，我州水師軍長兵疆，突發覺江中有異物游動，暫時按兵不動，現正等著主公發號施令。

雷嘯天隨即表示，江中恐有灣鱷巨獸，前線水軍暫駐於岸邊，並將弓箭隊伍後移，兵疆軍長則於攔阻鉤網前，將水軍佈成凹弧陣列，一旦敵軍搶灘，立由兩側水軍率先出擊！而戎總管親領五千兵馬，部署於閔暹城門前。又說：「本王將伺機而動，一旦發現公主，本王將親自領軍營救。」

然此時刻，置身鐵甲船上之侯士封，狂笑道：「哈哈哈，這……這是中州之軍防嗎？眼前即是閔暹城了，這江上竟然不見任何中州水師軍防啊？哈哈哈，太可笑啦！沒想到竟能如此輕鬆渡江，這都得歸功西南鱷王之灣鱷相助啊！哈哈哈！」

「啪……啪……啪……」忽見一飛鴿繫書而來，侯士封見後，再次大笑，「哈哈，太好啦！雷王的兒子首發火矢，我方雖折損一艦船，卻足以名正言順地上前討公道！」又說：「太好了，雷王調了赫連雋、尉遲罡兩棘手戰將，鎮守於臨宣城，換言之，本王偕魏總管欲攻下閔暹城則容易許多。哈哈哈，通知各船艦舵手，將我十二戰船於近岸之後，立呈輻散之勢散開，而後逐一搶灘，接著就看中州防軍可否猜出我方主力部隊，將部署於哪幾艘船艦了？哈哈哈。」

半時辰之後，兵疆軍長於岸邊見著江上艦隊散開，隨即下令散開弧形陣列，並拉大江岸防線，此舉無疑削弱了中州水軍之集中防衛力。而後即於西州兩鐵甲船直接衝上沙岸後，一如臨宣城之攻勢，迅速拆卸鐵甲船，並將鐵板強行壓下攔阻鉤網，隨即破了中州陸上首道防線。

兵疆見攔阻網失效，瞬令水軍回防，卻見一駕著黝黑坐騎之壯碩勇將，自搶灘船艦內疾速衝出，兵疆尚未來得及提槍對陣，惟見一長柄巨刃隨黑駒飛奔，呼嘯而來，惟見該騎士揮刀斜上，立聞「唰嚓……」聲響傳出，隨後見其舉臂旋刀，兵疆之項上頭顱即血淋淋地滾落沙岸。西州搶灘水軍見狀，士氣為之大振，更聞船艦戰鼓大作，立馬向著中州防軍狂喊，殺……殺……殺……

「唰……唰……唰……」適值薄雲遮月，惟聞三聲如摧割絲綢之細響，立見三西州衝鋒水軍慘遭割喉，嗚呼咄嗟！黑駒敵將見狀，瞪眼喊道：「魏廷釗在此，願與敵對領頭單挑對決，可有膽識上前一較！」此話一出，一深棕駿馬斯須衝出，立聞其上之威武將領，洪聲應道：「大膽狂徒，恣意妄為，中州軍機總管戎兆犹在此，將為慘死之兵疆軍長討回公道！」「駕……」

戎兆犹持起玨冥雙劍，快馬衝出；魏廷釗亦持起柄長二尺二，刃長二尺六之猛虎朴刀，先採自身為中心，轉身換刃作擋，倏以利刃殺出之雲刀式出擊，此一〈朴刀行雲〉，乃一攻守與肅殺結合之高超技法。戎兆犹一手以翻轉劍柄之旋劍式，一抵一迴，另一劍則伺機以刺、戳交錯之式，攻擊對手於轉刃空隙。

魏廷釗見對手以雙刃一攻一抵，見勢揮出〈虎蜂擲刺〉以應，只見朴刀在手，尖鋒向前，或平刀，或豎鋒，或翻刃沖扎，足令對手見識到朴刀之勁力迅脆、連貫、隨步而發，招出刃尖眨眼到位之威。

戎兆犹見對方於馬背上擰襠轉腰、旋脊、轉背、旋膀出招，一氣呵成，再加上魏廷釗這口猛虎朴刀，質重且銳，所謂「單刀看手，雙刀看走，大刀看定手」，但看刀根與刀柄連接處之刀盤，其上包覆之銅皮即為定手，眼前戰將之手腕、虎口，幾與定手結為一體，對手稍有失神，非死即傷。不禁想到，「無怪乎中鼎王曾極力拉攏此勇將！不過，手中之玨冥雙劍，其左右劍之質地不盡相同，若非擅於雙劍出招者，難以體會柳明玨大師鑄劍之用意。」

接著，戎兆犰拍拍坐騎之鬃頸，立見馬兒改以小快步，繞著魏廷釗周圍奔跑。然此同時，立於城樓上觀戰之中鼎王，雖對魏廷釗之青睞不減，但對其一路培植提攜之戎兆犰，亦寄予極高厚望。忽然！戎兆犰踏上馬背，蹬躍而起，騰空使出〈鷲鷹齧蛇〉一式，當對手俄而轉身回擋後，戎隨即翻回行進中之馬背，一連三招之不定翻躍，並將雙劍者慣用之〈春燕飛剪〉劍招套入，直教對手不明來向，僅能提刀作擋為先。

一陣轉向抵擋下，長於沙場征戰之魏廷釗，橫衝直撞之掃蕩破陣，經驗無數，卻不曾見過此般迴繞攻法，內心不禁哆嗦著，「新任中州軍機總管，果真是塊料子！見其雙劍出招，變化極快，且於對擊剎那，直覺該孿生利刃雖形貌一致，但互擊質感卻有不一。」這時，魏廷釗之坐騎突然揚起前蹄，並連發嘶嘶鳴聲，似乎顯出了焦躁不安。戎兆犰逮此時機，再次飛躍而起，先以右玨冥使出刺、削二式，待對手回擊之際，瞬間緊鎖對手之定手處，而後疾速橫甩左玨冥，藉以襲擊朴刀之定手銅皮，孰料該劍尖觸及後，劍身竟如皮鞭般地彎曲，隨後瞬間回彈。

霎時，魏廷釗閃避不及，左手背近於腕處，瞬遭回彈利刃所傷，隨即留下一道起自腕外**陽谷穴**，經腕中之**陽池穴**，終至大拇指掌骨根之**陽溪穴**，三穴連線之撕裂傷。然而，**陽谷穴乃手太陽經脈**氣血，於此化熱為上行天部的陽熱之氣；**陽池穴乃手少陽經脈**於此吸熱，化為通行**三焦**的陽熱之氣；而**陽溪穴乃手陽明經脈**上由**合谷**氣穴傳來之水濕氣，於此化熱蒸升，上行於天部的陽熱之氣。三穴分居於手三陽脈上之氣穴，雖令對手不致濺血，惟導致氣脈不暢，在所難免。

魏廷釗中招後，隨即以右手撫握左腕處，忍痛緊握朴刀。而戎兆犰收回了雙劍，迅速翻飛回馬背上，卻聞陣陣戰鼓自江岸兩側傳來。原來，分散開的敵對船艦，逐一強行登陸，且於艙門敞開後，立見州禦軍兵魚貫而出，分由南北二路，朝閔暹城攻來，而領著由北朝南之軍伍者，正是西兑王侯士封！

明月照耀下，一見西兑王親自帶隊之中鼎王，俄頃躍上戰馬，瞬自墉牆馬道衝下城樓，領軍三千，疾奔出城，立與城外戎兆犰部隊會合，道：「這西州老賊交由本王處置，南岸而來之賊寇，應與魏廷釗接合，此一部分交予戎總管了！」

「殺……殺……殺……」中、西二軍迎面對衝，雙方刀來盾抵，殺聲震天。雷嘯天持起疾刹剸犀斧，左砍右劈，一般軍兵所持之刺槍刃劍，對上了威猛之剸犀斧，無不槍折劍斷，刀損盾裂。然侯士封持以厲砂鉒塗劍，縱截橫削，面對中州都衛軍之夾擊，勢如破竹，一陣砍殺後，兩軍首領迎面對立，中鼎王毫不客氣地問道……

「西兑王乃一方霸主，何以為難涉世未深之年輕後輩？嵐映俠客並無逞兇西州，小女尚僅桃李年華，江湖歷練不足，何能承受西兑王武力相向，再予幽囚受辱？今日我雷嘯天不僅為護城一戰，更為小女之安危……振臂一搏！」

「哈哈哈，狼行山於我西州取得來路不明之物，既然無以解釋由來，我方即以竊盜及密謀叛亂之嫌扣押，合情合理。至於令千金之舉動就可惜了！其不僅擅闖我機密重地，更是持劍傷人，或可說其劫囚，或可說其弒君，如此行徑於我西州令法，可予終身囚禁，甚或處以極刑。不過，念此姑娘之父親，乃與我侯士封同為州域之霸，欲免其刑責，使其安然回府之條件，即是割讓臨宣與閔暹二城予我西州。想想，堂堂中鼎王千金，僅以兩城池弭平當下戰事，這……這太值得了吧！」

「因小女所生誤會，西兌王本可透過外交交涉，得我方致歉，甚是獲得我方之金銀物產等資助。可惜啊可惜！侯西主選擇了本王最不能接受之出兵掠地。想想，我雷嘯天隨意調個幾十萬大軍，即可將西州剷平，爾竟大言不慚，與本王談割讓條件，真是痴人說夢啊！」

「哈哈，幾十萬大軍？是是是，中鼎王確實有這般調兵遣將能力，但將防禦他州之軍力都調來了，憑啥子保證他州不犯中州啊？呵呵，就我方打探，南離王早已集結數萬兵馬，並集訓其翻山越領之技能，難道中鼎王不擔心中州都衛軍槓上西州州禦軍之時，還能防得了南州之聯域軍嗎？倒不如考慮一下本王所提條件，相較之下，省事兒不少啊！」

「向來僅有我雷嘯天開條件，哪兒輪到你叫囂！本王就趁這一輪明月，將你這老賊拿下，還怕爾之黨羽不交出小女嗎？」話後，雷嘯天鼓起丹田之氣，洪聲喊出：「都衛軍兵聽令，八行八列為組，四組為隊，倏將侵我敵軍，全數剿滅，殺……」

雷王率先衝出，瞬以疾剎剸犀斧使出〈稜刃破冰〉之絕技，直破敵對前伍，接連使上〈鏑探叢蚺〉，以其斧前之尖鏑，倏令敵兵穿腸破肚。

侯士封立抽起銼滓劍殺出，然此回所持之銼滓劍，實乃取自摩蘇里奧所贈雷火鞭之概念，不僅加長了握柄長寬，且於其中盛滿鐵砂，一旦使上鐵砂絕技，倏而按壓摒環，鐵砂即可自柄刃處甩出。仗此變更，侯士封信心滿滿，彈指衝向了雷嘯天！

霎時，閔暹城外鏦鏦錚錚，金鐵皆鳴。雷王之剸犀斧數度對擊銼滓劍，雖偶見擦擊雷光，惟此火光相較端陽大會上所見之運電出擊，差異極大，不禁覺到，「糟了！自從背部發生華佗夾脊之證以來，原本隨意自發之靜電體能，竟漸趨減弱？大敵當前，吾似乎使不出電勁兒來。還……還好，眼前這跛腳老賊沒了鐵砂助陣，鋩芒劍之威力亦減了不少；倘若就此硬碰硬，劘犀斧當犀利依舊才是。」

二王對陣數十招後，侯士封突然後翻下馬，順勢甩出劍柄內藏鐵砂，隨即操起厲砂鋩芒劍之絕技，並朝著對手譏笑道：「我說……中鼎王啊！還記得厲如鎖鞭之鐵砂拖曳攻勢吧！倒是，我倆過招數十，怎不見您那如電鰻般之放電神功嘞？哦……我想起來了，上回閣下電燒了吾一腿兒，在下回敬了一記龍脊厲鞭，難道？就這麼巧，這龍脊督脈之氣，竟然讓您通不了電啦！」

雷嘯天驚見侯士封甩出鐵砂，瞬間退縮了一步，畢竟雷是吃過鋩芒劍苦頭的人。侯旋即甩砂揮劍，「唰……唰……唰……」如此犀利之厲砂鞭擊，倏地摧擊了三組都衛軍，或見衛兵盔裂，或見兵士甲毀。西軍見此一幕，士氣為之大振，個個提刀操槍，直朝敵對殺去；而雷嘯天雖繼續砍擋敵軍，卻始終處於退卻般地抵擋應對。

反觀戎兆犹一方，魏廷釗左腕中招後，暫以右手揮刀出擊，雖能砍殺，惟西軍之進攻編制不若中州都衛軍之快速聯防；加上戎兆犹之辨識與攻防速度極快，集體對戰中，盡是朝著敵軍各分隊領頭下手。城門前惟見一對玨冥利刃，隨著戰駒奔馳而刺削撩砍，諸敵對領頭之頭顱即於咻嘯劍聲中滾落沙場。然此時刻，於南岸殺聲震天之戎兆犹，瞬因主公遲遲無以逼退北岸敵軍而頓生顧忌。

忽然！一守城衛騎奔出城門，立朝南岸急馳而來，戎兆犹隨即驅馬上前，斥道：「如此慌張，足可危及軍心士氣！」衛騎回應道：「荀城主見南側戰場逐漸退敵，而北側中鼎王之隊伍卻略顯退卻，若不另採權宜之策，北岸敵軍恐衝破防線，直攻進城，亦可順勢向南推進，再與魏廷釗聯合夾擊戎總管，諸多不利，請戎總管定奪。」

戎兆犰立馬三等均分南岸黃旗軍，令其中二等分軍力留此續戰，而持槍之騎者漸趨退出，以備前往北岸支援中鼎王。令出之後，訓練有素之都衛軍，隨即編整防衛陣勢以應，待戎兆犰見得情勢得控，立率騎隊火速衝向北側戰場。

「殺……殺……殺……」突見戎兆犰領著援軍前來，雷嘯天霎時喜憂參半；喜的是增添當前戰力，卻憂心魏廷釗一旦衝破南岸守軍，何人能鎮守閔暹城門？

「哇！多神勇之武將，見其破敵之勢，猶如橫掃落葉一般，此人於端陽大會力抗東震王，一戰成名，眼下之領兵部陣，更是令人稱道。哼！既然雷老頭兒退縮了，我侯士封倒想瞧瞧這新上任之戎總管，能吃得了本王幾招？」話後，侯士封自腰間掏了三藥丸兒往嘴裡送後，隨即驅馬上前，立與戎兆犰形成武將單挑之勢。

戎總管架出一上一下之劍式，卻察覺到侯士封揮使之兵器，異於端陽大會之所持。端詳後始知該劍柄較過往粗長，易於使出劈砍劍式；只因未曾交手過持引斥兵器之對手，遂令其格外小心。然而，鋌犨劍出於隕石所製，故質重而稍嫌頓緩，雖對上雷嘯天之疾剎剸犀斧，游刃有餘，惟眼前對手乃以刺、削、撩、攢見長，侯亦不敢大意。待雙方醸足氣勢，俄而迎面對擊，戎以剛堅之右玨冥為抵，以利韌之左玨冥反擊，一招刺抽回削之〈鷲鷹齧蛇〉，直往對手之頸項送去。西兑王一見對手利刃削風而來，扭頸側閃，雖閃頸於俯仰，嘴下長鬚卻不及迴避，硬是遭對手削去了一截。

侯士封再次翻飛下馬，倏而伸直了臂膀，緊握鉎斧劍劍柄，而後心氣下沈，重心落穩，一記甩手劍式，立見烏黑之細鐵砂自劍柄銅環下滑出，瞬間吸附於鉎斧劍身之上。

「呵呵，還疑著沒人為西兑王捧上一盆盆鐵砂？原來是藏在自個兒的劍柄中；一個按壓動作即可開啟護手孔，這鐵砂當然聽話地滾了出來。妙……果然妙！甩出鐵砂後，輕了劍把，自然可輕易地甩動厲砂鉎斧劍。好……戎兆犺討教了！」

「唰……唰……唰……」戎以雙劍使出快旋交叉之〈春燕飛剪〉劍式，侯則大劍一揮，斥力全展，細砂粒直衝對手而去，儘管〈春燕飛剪〉耍得再快，其間縫仍防不住細砂粒竄襲。待侯藉由引力，使出其慣用之〈旋向飛梭〉招式，致使細砂粒被迅速吸回，立見戎之雙手背及腕後，硬遭竄梭之鐵砂，狠狠地耙下如貓爪般或深或淺之爪痕。

戎兆犺忍痛下馬，隨即抽出馬鞍下之皮革布，以玨冥劍裁切成二，迅速裹覆雙臂，持劍再戰。西兑王見對手衝來，俄頃甩出鐵砂，戎改以一上劍使出刺、戳，一下劍使出撩、削二式，盼以雙向快攻，攔截對手耗時地揮甩巨劍。

侯不禁覺到，「嗯……真是後生可畏！常人畏懼遭鐵砂鞭擊，遂距吾數尺之遠，而戎兆犺卻以皮革為禦，近身出招；其知悉對手跛足，故採上下齊攻，若吾執意揮甩鉎斧劍，勢必因時間之遲差而中招。看來這般武將單挑，對吾不利，且無端讓雷嘯天有了喘息機會。」「唰……唰……」侯士封閃過敵對攻勢後，翻躍上馬，倏而甩出鐵砂，並衝向未及時上馬之戎兆犺，旋即使出〈揮網擒鮒〉之式。戎兆犺閃躲不及，立見鐵砂鞭直接掃中其左肩，整片護甲應聲破裂。

侯士封接著做出手勢，洪聲吼道：「全軍進行第二戰術！殺……」

原來，侯士封假借武將單挑以拖長時間，好讓身後兩兩戰馬繫上備用攔網。果然，西軍之第二次戰術隨即奏效，中州都衛軍雖有陣列以對，但遇上拖網橫掃而來，無不人仰馬翻，不戰而仆，隨後湧上之西軍則順勢砍殺仆倒之中軍兵馬。

戎兆犹強忍肩傷，手持玨冥雙劍，或截斷敵軍攔網，或刺下拖網騎兵。然此殘殺瞬間，雷嘯天突然湧起一陣電能，立聞手中利斧霹叭作響，隨後藉由斧前鏑頭，電掃湧上之西軍，並以〈疾旋盤斧〉之絕招，攻向了侯士封。此刻，電光懾人之威，瞬令受過電擊而殘之侯士封，因餘悸猶存而瞬間怯了步伐。

霎時，戰馬上之侯士封見雷王靜電神功發威，銳不可當，隨即採取謹守不攻之策以對。雷王突然悟到，「原來騎乘戰馬之西兑王，擔心於馬背上拋甩厲砂，恐有飛砂傷馬之虞，故前兩次均翻飛下馬後，始揮出厲砂絕技，威力無比。眼下又回到馬背上，想當然爾……」接著，雷王譏笑道：「怎麼？手握絕頂兵刃之西兑王，竟仿起陽昫觀常真人之『謹守莫攻』啊！侯西主不是要報跛腳之仇嗎？這般退守應對，何以如願？」

「呵呵，報酬還得檢視自我籌碼哩！待籌碼足了，時機對了，再報仇也不晚啊！呵呵，閣下堪稱中州霸主，坐擁豐富物產與豐沛資源多年，擁兵自重，卻故步自封，致使一統中土大地之業，遙遙無期。既然閣下佔著茅坑不拉屎，何不由我侯士封來個鯨吞蠶食，水到渠成，如此雄心壯志者，才配一統中土五州啊！」

侯又說：「嗨呀！說著說著，怎麼雷王只顧著與本王抬槓，沒瞧瞧你那人仰馬翻的軍隊，

現只剩那神勇的戎總管孤軍奮戰；瞧其這般拼命地揮使雙劍，待會兒肩膀脫了臼，可擋得了鞋拏劍之攻勢嗎？」

雷嘯天回首一望，驚見多數黃旗兵馬已仆臥沙場！然此一驚，霹叭作響之電光於彈指間熄了火，雷王見勢不妙，隨即馭馬轉向，衝回群兵對戰區。

「唰嚓……唰嚓……」雷王振臂一揮，眨眼倏添侵軍冤魂；惟聞疲憊之戎兆犰表示，敵軍強施拖網戰術，令我軍兵組不成組，隊不成隊；更於纏網之際，戮殺我仆倒兵馬，是否暫先撤退？待與我南側軍隊相結，共同回防城門，始得聯手固護閔暹城！雷嘯天同意了戎總管之說法後，所有黃旗都衛軍立朝閔暹城門移去。

忽然！雷王之眼角餘光，見一手持長槍之都衛騎兵，一人力戰三敵而不退，且於馬背上傾身出擊，惟聞「剉吡……剉吡……」二聲響，眨眼刺穿兩敵兵胸膛，另一兵隨即棄械逃跑，怎料該兵竄逃之際，立遭後方追上之西兑王，一招由下斜上之〈螳臂上撩〉劍式，瞬令此逃兵身首離異。

然於黃旗軍回撤之際，雷王立向戎兆犰探問那以一敵三之騎兵。戎回頭瞧了一下後回道：「此兵名曰驀驛，是名膽識過人之我軍新血。驀驛本於粵浦城一民間戲班中，後因該戲班無力經營而散，遂加入了城兵行列。適值末將調動南防都衛軍團時，發現其過人之身手與長槍武藝，遂編入我作戰行伍。」

「嗯……能臨陣殺敵而不懼者，皆是可造之才啊！走……快回閔暹城。」雷王說道。

待黃旗都衛回撤一陣後，「欸……不對！我軍……怎不見先前留此對抗魏廷釗所領之先鋒部隊？」戎驚訝道。

這時，由隊伍後方趕上來之驀驛，扶起同是借調於南防都衛之傷重士兵，聞其氣若游絲地說：「方……方才戎總管……離後不久，閔暹城門……突然大開，嘔……」該兵吐了口鮮血後，吃力又說：「咱們……莫名遭出城的中軍……與魏廷釗之西軍夾擊，就……呃……」傷兵就此斷了氣息。

戎兆犺握拳怒道：「主公，咱們被出賣了！末將一接到荀逕派人通報，隨即編分軍兵前往北側救援，沒想到……」

「原來荀城主早被西兑王收買了，無怪乎侯士封帶兵，指揮若定，一派輕鬆，如今見咱們狼狽撤退，侯士封竟以行軍速度前進，只要咱們往閔暹城退去，隨後即可上演一齣甕中捉鱉戲碼。」雷嘯天咬牙說道。

「末將不敢置信，閔暹城內尚有幾名忠於職守之將軍，區區一個荀逕，怎可能令全城武將群起背叛？」戎兆犺疑惑道。

驀驛上前說道：「在下初調到閔暹城時發現，昔日中鼎王為體恤駐守該城將軍，同意諸將領之家屬遷居閔暹城內，雖是一親民之舉，但遇上被收買的荀逕城主，恰巧順著該德政，就近脅迫將領家屬，一旦脖子被掐了，這些守城將領能不屈服嗎？咱們眼前最棘手的，並非侯士封之乘勝追擊，而是待會兒閔暹城門一開，咱們該不該入城？若是入城，正好來個請君入甕戲碼；要是荀逕發現撤軍不入城，咱們恐將遇上傾巢而出之佔城敵軍，抑或遭集體收買之我方叛軍！不論如何，均是死路一條！」

戎立道出：「咱們絕不能坐以待斃！主公，待會兒末將打頭陣，先清出一條路子，驀驛則護著主公直朝南向衝去！」雷嘯天極不甘心地表示，眼下先將所剩軍隊帶向閔暹城南方之牧里城，此城雖小，若須補充軍備與糧草，倒是個不錯選擇。

驀驛指出，從這兒往牧里城，尚有二路可選，一是沿江岸而行，一是由山徑迂迴挺進。

雷隨即話道：「咱們衝過閔暹城後，立往江岸前進，於抵牧里城之半途，有一江邊小鎮，名曰桐峽鎮。過往曾隨傅前主行經此鎮，而後再轉入山徑，即可直抵牧里城。突然！見戎兆犰舉起了玨冥雙劍，道：「若沒看錯的話，眼前於閔暹城門前之領頭，正是手持猛虎朴刀之魏廷釗。看來荀逕連請咱們入城喝杯茶都省了。」隨後又對隨行軍兵喊道：「黃旗都衛聽令，待弟兄們衝出重圍後，若不見本總管跟上，後衛騎隊即以護衛主公為先，其餘則隨驀驛之指揮行事。」「駕……」甫聞戎兆犰話完，立馬帶著衝鋒部隊殺去。

雷嘯天立領著軍伍，隨著戎之開路而前衝，卻於行進中，咬牙瞧向了閔暹城樓，見得荀城主正揚起嘴角，搧著扇子，一副得意之貌，霎令雷嘯天心中怒斥，「好一個投靠敵營之狗賊！待吾再殺回來，必砍下爾之項上人頭！」

「殺……殺……殺……」魏廷釗再提猛虎朴刀，反客為主地自城門前衝出，二次迎戰戎兆犰，惟戎兆犰之左肩瀕臨脫臼，以致威力驟減，使不出雙劍之犀利。這時候，一陣霹叭聲再度響起，雷王持起釋著電光之剸犀斧，呼嘯而來，喝道：「久違了魏總管！昔日無緣延攬閣下效命於黃旗之下，惟眼下你我仍屬敵對，本王不妨藉此會一會爾之猛虎朴刀吧！」「鏗……鏗……鏜……鏜……」一旁的戎兆犰馬韁一拉，立偕驀驛一同轉戰西州兵馬。

然魏廷釗雖經歷過無數沙場，惟勁敵當前，縱然魏總管有著「翻刃掃抹彼面花，劈斬撩掤步縱躍」等朴刀絕技，但遇上電光四閃之強斧攻勢，實屬頭一遭；況且，發了威之雷嘯天，絕非一般揮刀舞劍者所能承受。甫戰十招，魏廷釗之右臂電灼感漸生，霎令其怯步三分。

雷於對戰中表示，見識了魏總管一柄朴刀在手，不僅展現了「雲藏挑剁進卻閃，橫搗拐把身如風」之技巧，更見「身立穩活謹收放，八方縱橫皆由心」之架勢。倘若中土五州僅列三猛將，廷釗定佔得一席！

「過獎！歷代魏氏皆為鎮守西州之武將，蒙中鼎王對廷釗之青睞，魏某敬謝不敏。惟因戰爭殘酷，現實所趨，魏某奉命攔下雷王，出刀得罪乃出於職責所在，望王爺見諒！」「嘯……嘯……」魏廷釗話出後立馬出刀，雷則於電力猶存下，全力出擊。當下瞬見朴刀對擊利斧，火光四濺，雙方一陣對擊下，魏不勝電熱灼燒，俄頃使出〈猛虎擎狼〉之必殺絕技，以虎口啣住刀之定手，轉刀以下上撩，再出人意料地轉刃直刺敵對**神闕（肚臍）**，一旦朴刀得逞，魏廷釗即可手握長柄，將中招者整個兒擎起，而後重摔於地，一命嗚呼！

雷王一見朴刀上撩，旋即揮出〈稜刃破冰〉，猛力阻擊朴刀於膝前，並於指顧間以斧鏑頭刺向敵對之左胸，對方雖有戰甲護阻，惟強大電擊竄甲而入，瞬間擊中敵對於左脇肋約莫第七肋間隙凹陷，距胸腹中線三寸半處之**足少陽日月穴**，此處亦為**膽腑之募穴**。然以表裡而分，日為陽，指膽；月為陰，指肝，而日月即合而為「明」字，故此穴亦稱為**神光之穴**。

霎時，魏廷釗受電擊重創，翻落戰駒，戎兆犺趁勢舉劍，欲直刺魏之喉頭，硬是被雷王之劓犀斧擋了下來。雷表示，魏總管中了電擊之招，已難撐大局，惟我軍尚無實力衝破城門，且身後不遠處已見侯士封之西軍追來，先行撤離為妙；一旦荀逕再派軍馬逆襲，我軍即成侯士封之俎上魚肉了。而後，戎兆犰立領數百餘兵，操小快步朝著江岸奔去。

待侯士封來到閔遲城門前，倏攙起受創之魏總管，隨後即見荀逕敞開城門，並領著騎隊出城迎接，立道出：「恭迎西兇王進城，荀逕蒙西兇王之栽培與照顧，終有了回報之日到來。」

「哈哈哈，中州自雷嘯天主政以來，頻頻拉攏並討好前朝官員，卻忘了為官者不僅要吃得飽，穿得好，更重要的是……口袋也要飽，才成的了事兒啊！荀城主有了做不完的生意，還怕成不了大事兒嗎？哈哈哈」侯說道。

荀逕馭馬上前，對侯士封輕聲說道：「不瞞西兇王您說，此回奪城能順利，主因城內諸守將，屈服於……屈服於荀某手中……白粉。惟因在下已提撥了不少存量，以支應城中諸將軍所需，所以……所以在下能供應中州各城的貨……實已告罄，還請西兇王能提高供應量，有了這玩意兒，荀某還能再幫您打通他城官員，此乃雙贏之策啊！」

「原來荀城主是為這事兒而來，行！待本王順利駐軍閔遲城，將指派專人解決此問題。不過……本王尚得勞動荀城主，儘速提調已歸順之三百兵馬，立隨本王南下，所謂擒賊先擒王，雷嘯天領著一隊敗將殘兵，想必其喘息之處，應是百里外之牧里城！適值明月風清，映照著孤苦無援之竄逃敗將，正是本王將雷嘯天趕盡殺絕之最佳時刻。」

「西兇王果然英明！待荀某點兵之後，即可隨西兇王上路。」得侯士封當面允諾之荀逕，心裡一陣竊喜地引領西兇王及受創之魏總管，速速進了閔遲城。

然而，遠離閔遲城已二十里路之雷嘯天，面對對峙敗陣，甚而失了閔遲城池，難免心存不甘，惟其內心所掛念，正是愛女婕兒之下落，嘴裡不禁唸道：「不知臨宣城情況如何？倘若咱們是向北行進，縱然失了閔暹，仍可北上支援臨宣城退敵啊！」

戎兆狁回應道：「荀逕主動派人通報戰情時，即料到末將會北向支援，並讓吾等直覺閔暹城仍是依靠，一旦有狀況，定會轉南回守閔暹，荀逕則可於侯士封面前上演一齣夾擊我軍之戲碼，所幸吾等衝出重圍，移軍南向，勢在必行。我軍乃遭佞臣內應所害，主公無須內疚自責。」

忽然！戎兆狁一出手勢，所有兵馬隨即止步，疑道：「舉頭即見一輪明月高掛，前方何須點燃火炬搖晃？藺驛，先上前探察一番，以確保我軍前行無虞。」

「駕……」藺驛甫提槍前去，半晌之後，立傳來刀劍槍桿對擊聲響，不禁令戎兆狁直喊：「前方有埋伏，先鋒騎隊隨吾驅前應對！」「駕……駕……駕……」

果然！數團火炬正圍著藺驛，仔細一瞧，若干火炬之下，盡是打著赤膊之提刀勇士。戎兆狁雙玨冥齊出，隨行騎隊亦拔劍揮砍，一陣混亂後，見雷嘯天領著部隊來到。火炬勇士見狀之後，退向江岸，待一船靠岸，立見眾多人影自船上躍下，倏與火炬諸勇士會合；接著見得一龐眉皓髮之長者下了船，向著雷嘯天喊道：「好一個竊據中州之偽君子，沒想到，閣下也有狼狽不堪之際啊！」

待此長者走到火炬之下，雷嘯天立見著一臉帶傷疤者，待識出其身分後，正經說道：「哦……閣下如此低沈聲調，煞是耳熟，原來是許久未見，人稱西南鱷王之臧運豐前輩！」

「哈哈哈，前輩？常人僅知我西南鱷王遂罷，惟封了自個兒為中鼎王，且悠哉進出瑞辰宮殿之雷嘯天，欲以一聲前輩即了事兒，太便宜你啦！爾等能來到這兒，即表侯士封之計策奏捷，且已拿下了閔暹城。但到了老夫這關，吾想要的，雷應知曉，亦即列隊迎老夫回瑞辰大殿，並交出爾之中州大位即可！」

「呵呵，前輩之說笑功力，不減當年啊！」雷王就此回憶表示，憶得傅前主曾於瑞辰殿描述臧前輩時，始知傅前主自幼父母離異，其父傅崎淵原是中州犁林村之農家子弟，其母韋馨因擅於作畫，引來商賈仲介其中，並將其作品推及達官顯貴，因而結識了西州船業鉅子……臧作鈃！孰料韋馨抵不住虛華誘惑，竟拋夫棄子，留下年幼的傅宏義。數年之後，臧作鈃偕韋馨攜著一子，搭著奢華馬車來到犁林村，並留了筆錢財，好讓傅崎淵能帶著傅宏義離開貧苦農村，進城重啟未來。而後，傅宏義高中進士，走上了仕途，成就了中州霸業，且聞臧作鈃之子，日後成了西州最大鱷皮製商，即是現今享譽中土之西南鱷王……臧運豐！

鱷王睥睨應道：「哼！當年我臧某人曾數度會晤傅宏義，以圖聯手一統天下，怎料其終以道不同不相為謀而予以回拒。所幸當年傅宏義身旁一不起眼楞子，尚記得是我臧家資助了傅崎淵；未料及此楞子居心叵測，竟趁勢掌了中州！如今這楞子享福了多年，是否該論及過往歷史與輩份，將中州轉交予我臧運豐，吾一樣可拔擢雷為護國大將軍啊！」

「笑話！一國之君豈容說換即換，況且傅前主早認為前輩心術不正，而以道不同不相為謀予以回拒。除非我雷嘯天戰死沙場，否則中州絕不容其他勢力入侵！」

「哈哈哈，你這楞子已失去一閔暹城，我看……臨宣城亦不甚樂觀！加上老夫已聞南離王之聯域軍齊聚府城，蠢蠢欲動；更出人意料的是，東州亦調動了衛林軍前往了礁鼎城；而眼下之中鼎王卻是領著殘兵，四處逃竄啊！爾所謂的戰死沙場，指的就是眼前之蟄泯江岸啦！哈哈哈」臧運豐接著喊道：「綀郜、毦畦！讓這幫中州敗兵瞧瞧，咱們眾翻江勇士中之『嶺南雙鮫』的厲害！」

二勇將領命之後，現場火炬齊燃，火光耀天，驚見身長六尺有餘之綀郜與毦畦，各持一齊眉雙鏃魚叉，分由左右二路而來。戎兆犺雙劍抽於倏忽，策馬上前；蓊驛知悉戎總管肩傷在身，難以以一敵二，旋即迴旋長槍，丹田喊出「駕……」之喝聲，遽然上前迎戰。霎時，長灘之前，雙劍偕著長槍於揚眉瞬目間，聯手對決嶺南雙鮫，一場肉薄骨并之武將搏鬥，立於雙方人馬對峙下，驟然登場……。

第十五回　龍血玄黃

陰曆十一月，於大雪時令後十五日為冬至，終藏之氣，至此而極也。惟冬至乃陰極而陽始至，日南至，漸長至，日月經天，江河行地也。然十二地支之首，由子而起，依此相應於一年之起始，故冬至所在之月，亦稱建子之月。

眼前建子月下之護衛軍兵，縱有折膠墮指之慼，一旦構怨連兵，劍拔弩張，致使血脈沸騰，何以知寒？冬至之前雖見皓月千里，卻遇蟄泯江岸窮兵黷武。然而，權利雙爭，必生龍血玄黃；足見，兵猶火也，不戢自焚。

蟄泯江水流依舊，惟見岸上火炬耀光，一旦兵刃相向，衝突隨即而生。戎兆犺左右玨冥斯須出鞘，鶱驛揮槍制敵咄嗟，鏦鏦錚錚，金鐵皆鳴。

鱷王臧運豐愛將練郬，手持雙鏃魚叉，以質重為基，轉鏃為招，敵對劍刃陷於雙鏃之間，

即可旋柄轉鏃，摧斷利刃。然此招式施於平庸劍客，屢試不爽；惟經歷蒼宇陷空劍摧擊之戎兆犹，則非等閒視之。

戎兆犹以右玨冥為主，左玨冥為輔，雙劍使上〈貫刺江鮒〉之式，且於刺招中另藏戳、撥二式，不僅能撥下練郜之鏃叉攻勢，更可藉左玨冥柔韌之性，將計就計，刻意誘使對手以雙鏃尖叉鉗住左玨冥，於對方轉柄剎那，陡然抽甩，使其劍身藉由彈力，回刃反擊。練郜閃失中招，左顴骨下隨即呈出三寸血痕。

練郜中招後，立偕毻畦提臂旋叉。帶槍上陣之蓦驛，瞬將虎口置於長槍正中，旋腕耍出了左側、頂上接右側之〈三旋疾槍〉絕技，霎令一旁中鼎王覺到，「蓦驛以單手使出三向快旋長槍，猶有一夫當關，萬夫莫敵之勢；此人能入我中州行列，將來應為都衛台柱才是。」

「赫……剎……」蓦驛揮槍力衝嶺南雙鮫，戎兆犹見勢隨上，二人抵瑕蹈隙，槍擋劍擊。蓦驛值戎兆犹使出雙劍交叉之〈春燕飛剪〉劍式，立以長槍竄出，刺中毻畦之肘後臂，當場血流四溢。孰料練郜亦藉戎兆犹雙劍之左側交縫，反轉戈柄下端之鐏頭，直擊戎之左上胸鎖骨下側之氣戶穴；此穴乃足陽明胃經自地部上傳之水氣，經心室火炎之區，受熱氣化為傳送天部陽熱之氣；亦可燥化胃經內之水濕，為胃經與經脈之氣血交換之門戶。然而，中招雖使經脈受阻，惟因強大震力傳動下，一「咖啦」之砉然聲響，戎之左肩骨瞬間脫臼，更因滑骨壓迫而不禁仰天嚎呼，隨後翻落馬下。蓦驛立馬折下一截長槍桿，翻飛而下，將之固定戎之滑骨，以圖減緩壓迫疼痛感。

練郜見敵對落馬，立持魚叉刺向戎兆犹，一記振臂疾揮後，「啊……呃……啊……」一陣霹叭作響之電光閃過，練鄁瞬被震向數尺之外，倒地不起，呻吟連連。原來雷王及時以劓犀斧擋下練鄁攻勢，並以聚電之鏑頭，直接嵌入對手雙鏃之間，正因西南雙鮫之雙鏃魚叉乃全柄金屬所製，故傳電迅速，以致電流疾竄練鄁體內，彈指間即遭震彈而退。

「呼……呀……」雷王突感身後一陣暖流入身，待火光齊照，雙方人馬始見臧運豐之右掌已貼於雷之背脊上。原來，適值雷嘯天出手攔擊練鄁，臧運豐遽然出掌，瞬間壓下雷王自發靜電之能力。

「哈哈哈，中土五州，奇人異術頻傳。西兑王曾告知，雷嘯天身擁電鰻般發電神功，初聞訊息，直覺胡謅，直至侯西主露其瘸腿，老夫仍是半信半疑。孰料我嶺南二鮫之金屬雙鏃，不僅折損閣下一員猛將，甚而誘使雷王藉劓犀斧釋電。老夫一旁捫隙發罅許久，終開了眼界，見識到閣下之電擊威力。」鱷王接著又說：「倒是……老夫擔心江岸之風寒邪氣易襲人，遂於至要時刻，為閣下送上一股暖流，呵呵，舉手之勞，不足掛齒啊！」

中掌後之雷嘯天，前傾數尺而止，神色頗為凝重。驀驛迅速攙起雷王，雷王嘴角溢了口鮮血後，唸道：「這……這是……骨蒸風掌！」

「沒錯！所謂**骨蒸，乃陰虛潮熱之蒸氣，自裡骨向外透發而出。此般發熱似由骨髓蒸蒸而出，蒸盛之時，胸滿，咳嗽，兩脇下脹，甚而徹背連胛疼。**只是……此一〈骨蒸風掌〉乃我臧家獨傳神功，爾怎知曉？」鱷王頓了下後，道：「哦……我想起來啦！當年老夫拜會傳宏義時，曾想向他討教幾招；孰料，一旁搖尾乞憐之楞子，竟令殿前侍衛上前攔阻，以致見過這幫看門狗中了吾之〈骨蒸風掌〉。哼！雷嘯天果然是個聰明人，倘若當時是你這楞子中了此掌，該是接不下傳宏義的位置才是。不過事隔多年，閣下還是逃不過中掌之宿命啊！哈哈哈！」

「唰嚓……」驀驛拾起截短後之快槍，眨眼刺向鱷王，鱷王及時後翻，落地後以腰為軸，雙手螺旋纏繞，值驀驛二度刺槍而出，臧運豊咄嗟一記〈厲刃掌〉，惟聞「霹……」之一聲脆響，對手槍鏑頭應聲而斷。驀驛順勢做出持棍以對之架勢，一旁戎兆犰見勢不妙，順手拋出右玨冥，直喊：「驀驛，接劍！」

接穩右玨冥後，驀驛立馬重心趨前，呈前箭後弓馬步之勢，而後竟出人意料地做出了左右閃躲，後退移向，猶似「避衝當飛斜，逃直應急閃」之側閃步伐，霎令撫著創傷之綀郜與眊畦著實看傻了眼；相繼疑道：「似攻亦退，這是哪門子招式啊？」

鱷王嘲笑道：「眼前小輩之穿著，不過一員都衛爾爾，或持長槍，或持短槍，或以棍棒回擊，現又手持上司所拋利刃，且於老夫面前舞劍弄槍，此一膽識已超越那姓雷的太多啦！既然爾已持刃相向，老夫不妨予爾一個痛快上路了。」「轟……」的一聲，鱷王雙腿蹬地而起，一對〈猛虎爪〉旋即飛出。

火炬圍繞之中，驀驛一邊兒右移，一邊兒以玨冥劍作擋。鱷王耐不住性子，轉以〈虎爪掏心〉出擊，剎那之間，惟見「喀……」聲後之一幕，霎令眾人鉗口撟舌！驚見驀驛一展踢腿揮劍後，直令鱷王急撫其左下腹，隨後鮮血直冒，痛苦難當。

「快！鱷王遭襲啦！」眊畦撕裂喉嚨又喊：「護住鱷王……全員群起殺敵！」令出之後，所有赤身勇士持械衝出，同聲狂喊：「殺……殺……殺……」

然經長途跋涉之黃旗都衛，或有傷者，或見病者，抑或勞動過甚者，面對此般近身肉搏，根本不若赤身勇士之驍勇善戰；僅見衝突初起，都衛軍即死傷大半。

雷嘯天撐著骨蒸之苦，混亂中強行拉起戎、蓊上了戰馬後，隨即做出手勢，令騎隊全數衝出！原來雷於戎總管聯手蓊驛出擊時，即令騎隊備上繩網，如法炮製西兌王以騎兵拖網之戰術。

鱷王兵馬驚見拖網橫掃，個個前仆後仰，致使火炬與燃油四散，熊火遂隨拖網燃起。混亂中見鱷王旗下兵將勇士，或被踐踏，或遭火吻；待鱷王由嶺南雙鮫扶上船後，回首盡是一片火海，更聽聞岸上哀嚎呼救不斷，霎令衝突現場一如人間煉獄。臧運豐驚見傷亡慘重，倏而做出撤退手勢。鱷王之殘餘兵將於聽聞鳴金之響，立馬向著船艦撤回；而黃旗兵馬亦趁著江岸火光未滅，速速朝著既定之方向，火速撤離！

歷經漏夜擊鞭錘鐙，苟延殘喘之潰退都衛兵，於雷嘯天親自領頭下，終來到了預定落腳之地……桐峽鎮！桐峽鎮鎮長涂佑霖，見得黃旗部隊來到，急忙動員鎮上民防，立為傷兵敷藥包紮，安排食宿。

「此鎮怎有人煙稀少之感？而且，僅見涂鎮長領著若干民兵前來，卻不多見鎮上百姓好奇上前？」雷王問道。

「啊……這個……是這樣兒的，本鎮原以油傘與玉石礦聞名，打自中土地牛翻身後，地層似乎變了位兒，怎挖都挖不著半點兒玉石，致使這兒的生意大不如前，年輕一輩兒紛紛朝牧里城尋出路去了。然桐峽鎮雖寓兵於農，但兵農合一的結果，亦僅剩下近百防衛兵力，與倚著製傘維生之老弱婦孺了。」

中鼎王咳了幾聲後表示，見我黃旗軍馬殘傷累累，即知中州現處於烽火狀態。眼下已計畫儘速移師牧里城，待抵了該城，本王即可調撥資源，以支應桐峽鎮之所需。惟因敵軍恐有追擊而來之虞，故須鎮上近百兵力嚴守崗位，老弱婦孺則暫留屋室，避免遭無端波及。

涂鎮長銜命布哨後，雷嘯天依舊藉由內力，壓抑骨蒸內熱；而戎兆犹則於驀驛協助固定滑脫傷處時，話道：「好樣兒的，你還真能打。先前隨吾衝戰魏廷釗之前鋒兵馬，接著前去支援北側戰場，而後再回衝閔暹城門，突圍後又遇上鱷王攔擊，且力戰嶺南雙鮫；最後，本以為將命喪鱷王之拳掌下，孰料不諳使劍之驀驛，竟讓鱷王中招！再經一陣混戰之後，來到這桐峽鎮。回觀前後，驀驛不但斷了鏑，丟了槍，竟然身無任何金創挫傷，直令吾驚訝不已啊！」

「過獎，過獎！戎總管帶領部隊衝在前頭，而在下則是置身隊伍行列中，若是讓驀驛帶頭前衝，絕不僅是皮肉之傷而已。再說，對上嶺南雙鮫時，戎總管使上雙劍交叉劍式，驀驛僅藉雙劍之縫隙出擊，敵對專注破您雙劍，遂忽略了吾之突發刺槍而中招。」

閉目養神的雷嘯天，突然問道：「驀少俠之旋棍與槍法卓越，本王極為欣賞；倒是對峙鱷王時，爾不僅不諳使劍，甚而頻頻退縮，怎於俄傾之間，情勢逆轉，更見鱷王中招而血流如注？」

驀驛靦腆回道：「承中鼎王一聲少俠，驀驛愧不敢當。在下本出於雜耍之家，平時擅於耍棍、躍繩、蹴鞠、踢毽子，而後入了戲班掙錢。一日練習劈棍時，不慎將雜耍用之木棍，劈成三截，惟因表演在即，遂將三截木棍綁在一起，硬著頭皮上場。自此才發現，吾真正拿手絕活兒是……三節棍！惟三節棍可長可短，各具攻勢，遂遇長槍被打斷時，就暫當短棍來使；與人對峙，心中無懼，即勝大半。」

「好……好啊！好一個心中無懼，即勝大半！」雷王點頭讚道。

鷩驛接著又說：「當鱷王劈斷吾之槍鏑頭後，由於現場火光隨風飄晃，以致手持火炬者，無不為著替鱷王照明而移動。然因大夥兒皆發覺鷩驛不擅使劍，遂令鱷王卸下了心防，再因鷩驛以側閃步伐應對，更引發鱷王之煩躁情緒！但說穿了，鷩驛之所以不定向挪移，無不想藉由火光，迅速覓得遭鱷王劈斷之鏑頭！待確認鏑頭位置後，鱷王見對手不成招式之揮劍，遂決定出狠招以速戰速決。果然，臧運豐欲使出猛虎爪撕裂敵對心肺，當下目光聚於吾之上半身，故未察覺到那鏑頭已在鷩驛腳邊了。」

戎兆犹眉尾一翹，笑著說道：「呵呵，我懂了！方才鷩驛表明，除了耍棍，尚擅於蹴鞠，故及時將腳邊兒鏑頭，踢向了伸出虎爪之鱷王；呵呵，無怪乎經驗老到之臧運豐，亦難防此一奇招啊！」

雷王立表明當下注意到鱷王中招位置，倘若鏑頭再左移個三四寸，即是臍下一寸半之**氣海穴**，此穴亦有**脖胦穴**、**丹田穴**、**下肓穴**之別稱。**氣海穴**乃**任脈**水氣於此吸熱氣化，以為上傳天部之氣，故具生發陽氣作用；而**下肓穴**之名乃意指**任脈**之氣血膏脂物質，於此隨熱氣蒸散以傳輸體內各部。然臍下部位乃習武者運氣之要區，倘若遭受外力重創，抑或血刃之傷，勢將損傷氣血甚鉅！而鷩驛所使之鏑頭，既尖且銳，縱然刺及對手左下腹，若深達腸腑，以致內血氾濫，亦有喪命之虞！雷又說：「堂堂一西南鱷王，神功絕頂，威震武林；倘若栽於一中州都衛兵上，縱然創傷能癒，亦可能抑鬱而終啊！哈哈哈……呃……啊……」雷王突然骨蒸又起，內熱難當，遂於狂笑之後，隨即盤坐運氣以抑熱，一旁戎兆狁亦因疲憊而顯出睏倦之貌。驀驛見狀，隨即關上了房門離去。

「唉呀……」一女子因驀驛突然退出房門而傾倒，驀驛轉身下腰，及時扶住了該女子，說道：「真是對不住！在下是無心的。」

「啊……沒事兒，沒事兒！是小女子沒留意大爺您了。」

「我……我不是什麼大爺，在下驀驛，一黃旗軍兵罷了。姑娘何事兒上樓，需要幫忙嗎？」

「不……不用了！中鼎王下榻本客棧，涂鎮長要咱們準備些水酒燒餅兒送上，不巧遇上退門而出的驀公子。」

「直呼我驀驛就行了。哦……對了，王爺與戎總管正歇著呢！不如驀驛先幫姑娘將酒食拿進去擱著，以備食用。」

接著，驀驛隨姑娘來到大廳，說道：「這麼晚了，外頭又宵禁，姑娘恐得等天亮了才回得了家。」

「回家？這兒就是我家啊！我叫江吟，跟我爹一塊兒經營這順江客棧。我爹江振平，乃鎮上的民防軍之一；涂鎮長今夜宵禁，我爹也得參加夜巡工作。這鎮上從未如此緊張過，涂鎮長還特地為中鼎王之到來，包下鎮上所有酒品，並分送到各軍兵下榻之處。」

驀驛立表示，過往因父親酗酒而誤了事兒，致使祝融之神帶走了雙親及弟妹，故對水酒沒啥好感。隨後，蕎驛見得客棧一隅，道：「欸……好奇特之杖物！這是？」

「哦……那是我爹榮獲去年本鎮油傘大賽之作品，怎麼……您也對這東西有興趣？」

「蕎驛見過油紙傘，但從未見過這般巨大體型；令尊木工手藝真是了得！但看這主桿兒之木料就非比尋常啦！」

「我爹原本是個蓋房兒的木匠，還給了我把刻刀，而吾卻喜歡收集各式金屬鍊子，恐是自幼沒安全感之故吧，總於入夜關上大門後，再刻意加上鍊鎖以求心安。既然蕎兒有興趣，客棧後方一地窖，即為我爹木作之室，走……我帶你去瞧瞧。」

然此時刻，回覷竊佔閔暹城之侯士封，正於調息中謀劃著下一步攻勢。荀逕隨即入內表示，惟因赫連雋、尉遲罡聯手對戰臧動、顏胤，雙方攻防互有消長，以致臨宣城戰局正陷入拉鋸之戰。

侯士封起身表示，眼下已確知雷嘯天之動向，明日即是建子月十五，西州第二波船艦將依原擬計畫，陸續抵達臨宣城；只要雷王不在臨宣城，一切好辦事兒。

忽然！聞一傳兵來報，描述了鱷王臧運豐遇襲而退之經過。

侯士封甚為錯愕地拍案吼道：「什麼？鱷王栽於一蕎姓都衛兵襲擊？」

這時候，西州水師軍長鄔裕仁，突然進了廳室，並於西兌王耳前悄言了幾句，侯士封旋即令道：「閔暹城之內政仍交予荀城主，而該城一切軍事佈局，即起聽令於留守之魏廷釗總管。眼下即刻調動騎隊，隨本王出擊，務必藉速度以縮短敵對喘息時間。」令出之後，待追擊騎隊整裝完畢，西兌王隨即偕上鄔軍長，倏朝黃旗潰軍方向，漏夜追去。

一夜冬寒籠罩，伴隨陣陣風沙嘯聲，足令宵禁巡守崗哨，增添了些許淒涼之感；待東方既白，旭日初升，暖了周遭寒氣，又是另一頁之開端。惟今朝之開場，伴著遠處揚起之塵埃，似讓擐甲持戈之哨兵，稍息不得。原來，西兌王連夜奔馳，為的即是搶於敵對獲得軍援前，阻其去路，進而趕盡殺絕！

「鐺……鐺……鐺……」鎮上之警鐘突然大作，戎兆犰瞬由窗邊稜縫，遠見滾著金邊之白鑫旗，漸朝鎮前大道而來。雷嘯天一反常態地說道：「案上酒食乃昨晚驀驛端來，今兒個應是場硬仗，先行填飽肚子唄！切記，咱們有傷在身，酒少沾為妙。」

待雷嘯天與戎兆犰走出客棧，眾黃旗軍兵與鎮上民防衛兵，早已於順江客棧前，架起了防禦陣勢。

「哈哈哈，中鼎王早啊！別怪我侯士封擾人清夢，惟因要務在身，不得不前來鎮上叨擾啊！」侯又說：「呵呵，雷王還真是福大命大，眼前爾之兵馬，勞得勞，傷得傷，想當然爾，必栽在鱷王之把關才是。今晨本欲隨荀逕城主引領，藉此認識認識閔暹城，怎料事與願違，還是得讓本王親自跑這麼一趟啊！」

侯接續表示，曾目睹鱷王以〈骨蒸風掌〉擊斃一尾沼澤鱷，而眼前之中鼎王卻仍好端端地佇著，足見雷王之條件，強過一尾江鱷啊！倒是，由雷王額上與兩側頸之汗珠，不難看出閣下正受著骨蒸內熱困擾！再瞧瞧那挺著肩架兒之戎總管，恐難再現雙劍出擊之火侯？還是乾脆單臂出招，勉強撐撐場子？

「喂喂喂，你們這幫外來匪子，少在咱們這兒惹事兒啊！吾乃此鎮之民防領頭兒……江振平！爾不過帶著數十騎兵，膽敢在咱們近百民兵面前橫行囂張；更何況咱們尚有中州都衛兵馬進駐，光是提步，足將爾等踏平！」

江領頭甫話完，「啪啦……鏗噹……」之聲響相繼而起，眾人驚見若干都衛軍兵不支倒地，或是前仆，或是癱軟，且手上兵器逐一滑手墜地。雷王、戎總管，甚是眾民防兵，頓時傻了眼兒！江領頭倏令大夥兒將不支軍兵拖至兩旁，半晌之後，已見過半軍兵躺下。

「哈哈哈，雷嘯天！我侯某人不做沒把握的事兒！有了西南鱷王出手相助，自然敢越江而來；有了鐵甲戰船，自然能搶灘成功；收買了荀逕，打起仗來自然輕鬆省事兒。那麼……眼下是啥事兒助了吾嘞？呵呵，閣下要怪就怪爾之都衛軍……貪杯囉！也難怪，長途跋涉後，見美酒當前，哪兒有不開懷暢飲之道理？惟此水酒添了法王提供之鬆筋成分，喝多了是會……會鬆的！哈哈哈！」

戎兆犺立對著雷王唸道：「是驀驛出賣了咱們！是他端酒食進房的，還好咱們沒喝酒，倒是已食下之燒餅兒……是否也有問題？」

雷嘯天一陣左顧右盼，「咦？怎不見驀驛蹤影？真是他搞的鬼？」

接著，西兌王回頭一手勢，一騎兵隨即上前，立聞侯士封介紹道：「眼前勇漢乃我西州水師軍長……鄔裕仁！好些年前曾是閔暹城之城門衛兵，惟因一樁走私案件，上司為了息事寧人，竟讓我鄔兄弟出來頂罪！孰料涉案層級上延，遂直接定了他死罪！所幸上天給了他機會，趁隙躍入蟄泯江而游至對岸；然為混口飯吃，遂投靠了我西州水軍，日後再以其過人體魄，成了我西州水師軍長。」

「聽你這老猴兒廢話連篇，這關咱們啥事兒？莫非是這小子送來鬆筋酒不成？」江振平喊道。

侯士封回答道：「中州藉人命以息事寧人的案子不少，但真正對涉案人瞭解多少呢？數年來，桐峽鎮每況愈下，致使年輕人頻頻出走他鄉。然而，涂鎮長女兒雖未出走，卻因婚姻而外嫁他城；惟因涂鎮長低調行事，遂未提及後續相關。諸位有所不知，眼前鄔軍長之過門妻子，正是涂鎮長女兒……涂玉芬！而鄔裕仁被判極刑後，涂玉芬亦慘遭滅口！」此話一出，現場一片譁然。

這時候，立於民防衛軍最前頭之涂鎮長，大刀一提，緩步走向侯士封，接著轉身說道：「桐峽鎮之鄉親父老，我涂佑霖一生光明磊落，但終究挨不過喪女之痛。正因這些為官爺們兒相互袒護、包庇，對百姓視如草芥，今逢這些爺們兒來了咱們這兒，我涂某人就算拚了這條老命，也要為女兒、女婿之冤屈，討回些公道來！」

「老涂啊！別做傻事兒啊！討公道是回事兒，但您這回幫著西州侵軍，如此助紂為虐，不僅傷了自個兒，甚而賠上全鎮大小啊！」江領頭喊道。

「一人做事一人當；當初女婿傳來西兑王之計策時，吾以不傷及鎮上百姓為條件，始答應配合於酒中下藥。江兄，此乃中、西二州交戰之插曲，亦是我涂某人了結個人恩怨之時刻！」

雷嘯天隨即發聲表示，深深愧對涂鎮長所遇不幸，而後定會下令嚴查；惟國家興亡，匹夫有責，應以大局考量為先才是。

「哈哈哈，好一個下令嚴查啊！我鄔裕仁險遭滅口之事兒，實乃發生於閔暹城；而今，中鼎王的閔暹城都丟了，如何嚴查？或許閔暹城讓西兑王整治過後，桐峽鎮或將隨之歸順啦！」

「放你的狗屁！姓涂的糊塗了，我老江可不糊塗啊！少了些都衛兵，還有咱們一夥民防兵挺著嘞！程斌、許勇，讓這幫匪兵們瞧瞧，何謂寶刀未老！」江振平怒道。

程斌立應道：「行！咱兄弟倆幹了一輩子屠夫，待會兒咱們卯起來，連他們的馬兒也給劈了吧！」

戎兆犺單手持劍，步上陣前，喊道：「姓侯的，戎某已研究過爾之招式，應該不必讓我耗勁地使出雙劍才是。」「嘯……嘯……」戎兆犺旋即單手畫出劍式。

「好！既然各位願做困獸之鬥，本王則無須歹戲拖棚啦！」此話一出，侯士封抽出了厲砂鋌挲劍，高舉喊道：「弟兄們，凡是手持兵刃者……格殺勿論！」

「殺……殺……殺……」敵對騎兵火速衝出，雷王立蹬腿躍起，斯須撂下敵對兩騎兵。戎兆犺雖左膀子受傷，惟藉雙腿翻躍移位，仍是強項！倒是昏沈沈之都衛兵，面對疾衝而來之騎隊，毫無招架能力，所幸江領頭一幫民兵，佔著地利之便，倏以繩索絆倒騎兵，卻因防護鎧甲不足，致使殺敵對峙時，屢占下風。

江振平一見涂鎮長持刀殺向雷嘯天，火速提刀上前制止；鄔裕仁則手持六尺蛇矛，對上了戎兆犺。然而蛇矛雖形如長槍，但於刺、抽、撩、撥四式交叉瞬間，較長槍鏑頭更具利刃攻勢；

更因鄔裕仁乃長泳健將，雙臂爆發力頗為驚人，致使單劍以對之戎兆犰，頻顯應對不及之態。而侯士封與雷嘯天之對決，一邊兒是以馬兒代步，以補瘸腿之憾；另一邊兒則是急於發功，遂引來骨蒸劇熱。

霎時，雷自覺體內骨髓中熱、陰液耗傷、虛火內灼，遂使上一後空翻躍，順勢劈了兩騎兵後，不耐骨蒸續發，立盤坐於棧前大街正中。涂佑霖見雷嘯天背向以對，倏提刀，飛身而來，僅於一步之距，即可砍下雷王首級，涂鎮長隨即發出了積怨已久之吼聲，怎料聞得「嘯……」之一長聲發出，眾人惟見一道寒光，搭著風嘯聲響而過，一柄疾飛而來之玨冥利刃，不偏不倚地插入涂佑霖喉結正下與天突穴間，且見劍尖穿頸而出，使之瞠目嗚呼於咄嗟之間。

然戎兆犰為著護主而拋劍，霎時惹來鄔裕仁之一陣哀嚎，怒火中燒，下馬殺向戎兆犰，戎則抽出背後之左玨冥，雖抵住了蛇矛三刺招，惟少了一臂之力，不僅難以力拼刁鑽之六尺蛇矛，更於一陣呼嘯而來之風砂聲，「呃……啊……」瞬聞戎兆犰發出悽慘叫聲，隨後倒地不起。

原來，專注對決敵手之戎兆犰，閃招之中，整個兒右胳臂遭侯士封之鐵砂厲鞭擊中，更於鋩涔劍收回鐵砂之磨扯力，不僅令戎之右臂皮開肉綻，更將其手中利刃甩向一邊兒。侯士封不禁得意道：「唉呦呦！戎總管雙臂受創了，這玨冥雙劍應無用武之地啦！哈哈哈！」

然此時刻，自順江客棧後房地窖鑽出之蕎驛與江吟，聞得了客棧前方傳來鏗鏜擊響，蕎驛急忙話道：「糟了！咱們在地窖下敲打鑽鋸，根本聽不到上方發生了啥事兒？走，快去瞧瞧。」

江吟突然抓住蕎驛的膀子，道：「咱們尚不知何等狀況，貿然衝出，或許會壞了事兒，不妨先上樓，倚窗瞧瞧，是時候，再出手，也成啊！」

「哈哈哈，我說江領頭啊！爾欲保家衛國，可惜中州之主為了自救，只得盤坐運功；更見中州軍機總管雙臂盡傷，已無從領軍作戰！再說，此鎮之涂鎮長也殉職了，這般群龍無首之團隊，是誰說了算？看來看去，也僅剩下閣下的刀還堪用啊！哈哈哈」西兑王接著說：「本王要的是擒下中鼎王與戎總管，非得讓惠陽城之文武官折服於我才成。倒是爾等號稱民防衛兵之輩，若想留命，立綑綁雷、戎兩賊寇，否則不僅老命不保，甚而波及鎮上之老弱婦孺。不知眼前之江姓帶頭大哥，您的意思是……」

「哼！頭可斷，血可流；咱們鎮上雖貧，個個骨氣仍厚著哩！眼下只有爾等匪徒轉身滾蛋，絕無從這兒擄人之道理。弟兄們說，是不是啊？」江怒道。

「對……對呀！快滾……快……滾！」眾民兵提刀附和道。

「好！有勞鄔軍長先宰了這江老頭兒，不信這般民兵不低頭！」侯說道。

鄔裕仁六尺蛇矛一提，仰天喝了一聲，俄頃衝了過來。一旁程斌立朝許勇說道：「老江要是擋不住，下一輪就該咱們啦！」

江振平提著刀，架出了迎上敵對之勢。孰料，一身影自客棧上翻飛而下，瞬間一聲鏗鏜擊響，鄔之蛇矛立遭凌空攔下後，倏退了一步，皺眉問道：「何等人物，插手擾亂？」

「何等人物？呵呵，在下蘦驛，瞧吾之穿著與躺在一旁之都衛軍沒啥兩樣兒，就該知道來路了唄！」

「爹……快別拿著刀跟人逆嗆啦！眼前穿軍服的要打仗，咱們就先退下唄！」江吟拉著父親說道。

戎兆犰一見蓊驛凌空而降，暫忘了臂傷，說道：「好樣兒地，越來越又架勢啦！連出場都像個俠客似的。唉呦！甫一夜沒見，你……你哪兒來的這把三節棍啊？」

「呵呵，這得感激江伯伯與江姑娘幫忙囉！」蓊驛立回頭向著江老說道：「呃……江前輩，這……這三節棍，每二尺為一節，故此六尺之主體乃是取自您……您那獲獎之巨油傘傘桿！恰巧連結三棍所需之金屬鍊條，是來自江姑娘的幫忙，所以就……」

「無怪乎直覺得那木桿子挺熟眼兒地！」江老又說：「果真是個識貨地小子，此乃質地極硬之鐵樺木啊！好……爾若能以這鐵樺木，趕走這幫匪子，老子就不跟你追究啦！」

「蓊……驛……」西兑王好奇問道：「爾即是那突襲鱷王臧運豊之蓊姓小兵？」

「嘿……閣下這話兒可言重啦！眾目睽睽下，在下與鱷王正面交鋒，何來突襲嘞？」

「廢話少說，爾出手攔阻，就得付出代價！只是……單憑那三根棍棒，欲抵吾之蛇矛，呵呵，找死！」「唰……」的一聲，蛇矛即出。蓊驛立握首末兩節桿出擊，雙方對擊一陣後，一旁雷王對著戎兆犰表示，眼前二人同持六尺桿物，一是直桿帶彎刃之蛇矛，一是三段二尺之硬桿。但見蓊驛揮耍出擊，猶如雙手舞動軔鞭一般，其可雙桿齊攻，中桿作擋，亦可正攻後擋，必要時還能轉身拋擊，甚至可橫甩與正中壓頂，變化多端，突顯出直桿槍矛之駑頓不捷！

戎回應道：「嗯……三節棍之所以能出神入化，其關鍵在於連結桿間之鎖鍊。還好蓊驛尚有過往經驗，並能找到這般材料，遂能一夜之間成就這般兵器。」

這時，江吟靠了上來，說道：「戎將軍，這是我爹種的檵花，其味甘苦，性涼，採其嫩葉予以搗爛，敷於刀傷處，可止住傷口出血。來……我幫您上藥，忍著點兒喔！」霎時，沙場對戰無數之戎兆犹，立於輕柔關懷聲中，漸緩了皮肉疼痛之感，更因江吟敷藥包紮之細膩舉動，不禁對此姑娘心生感慕纏懷。

「還有還有，您是雷王爺吧！我爹見您熱盛傷津，此乃我爹自製之**知柏丸**，其內含清熱瀉火，滋陰潤燥之**酒炒知母**，與清熱解毒，退熱驅蒸之**酒炒黃柏**，二藥配對，相須為用，可達**養陰與堅陰**之效、清熱燥濕、養陰降火之功，要不您先服幾丸兒，或許能減輕您的熱盛之症喔！」江吟說道。

「啊……」鄔裕仁一聲長叫，隨即引來雷王與戎兆犹的注意。原來，蔿驛趁對手頃刻閃失，狠刺對手腹腔一擊；不甘之鄔軍長，一招自低處上撩之〈水蛇出探〉式，由對手跨下直衝而上，蔿驛退步後閃，以中桿抵住蛇矛攻勢，並瞬持雙桿朝中內擊，紛紛擊中對手目外眦外側陷處之**瞳子髎穴**，霎令鄔裕仁再次慘叫，顯出痛苦之貌。

侯士封俄頃翻飛而來，蔿驛一見主帥出擊，小心翼翼地以右桿為前，左桿持平之攻防兼備架勢應對，而西兑王則雙手齊握鋩挲劍於右胸側，做出了揮砍之勢。值二人同聲喝出，蔿驛正前翻躍，右棍隨即刺出，侯轉身一招〈揮網擒鮒〉，立將對手右棍擊開，殊不知敵對順勢甩出連結二棍，一個閃躲不及，直接擊中西兑王之左腰際。侯中招之後，立以劍當柺杖，撐著上身，說道：「好樣兒的，一件本王不曾正眼瞧過之三節棍，竟能傷及吾腰，尤其是遭此名不見經傳之小輩所襲，瞬能體會鱷王受創當下之不甘了！」

西兑王一話完，立於腰際取出三粒黑丸兒，順勢送入嘴裡，接著一運內力，令鋩挲劍於倏忽之間，磁力大作，瞬間吸住所有外釋鐵砂而呈出暗黑之貌。這時，蔿驛左手改握中桿，快速迴旋左桿，右桿則保持備戰狀態。

侯士封突前向翻飛，瞬將鐵砂拖曳成鞭，驀驛見勢不妙，改為緊握右桿，眨眼成了四尺有餘之木棍長鞭，對空快速迴旋。雷王於一旁說道：「好一個驀驛，竟能想到以鞭制鞭，如此一來，侯對驀驛隨時可甩出之木桿，頓生了顧忌。」戎兆犺則說：「侯士封耍得是拖曳砂鞭，而驀驛使得卻是實體木桿；倘若雙雙出手，驀驛恐如吾一般地皮開肉綻，但中招的侯西主亦有內傷骨折之虞。」

突然！一陣狂砂吹來，侯趁勢振臂一揮，隨即擊開對手之前桿；驀驛拉回後，倏以另一桿二度出擊。侯抓住了對手欲攻擊其腿部，上躍做出刀剪交腿，驀驛瞬見敵對破綻，雙腿一蹬，猛甩出擊，侯士封立以〈旋向飛梭〉劍式，將拖曳之鐵砂甩向對手之後縮肘，並以銼滓劍擋下對手攻勢。

「啊……呃啊……」驀驛左脇肋中招，倏以左肘抵住脇肋，自空中翻落而下，呈出極為痛苦之貌。適值眾人訝異之際，江吟立馬上前攙扶驀驛，侯則順勢收回鐵砂，並拄著銼滓劍笑道：「哈哈哈，雖說英雄出少年，但經驗畢竟是致勝之倚靠啊！哈哈哈，驀兄弟之三節棍出招犀利，應對出神入化；然而，驀兄弟於騰空對戰中，僅知探索敵對弱點，卻忘了本王瘸了一腿之事實。爾攻吾瘸腿，吾自然有機會找出爾出手後之弱點囉！」侯士封再瞧了下雷嘯天，說道：「上回雷王中了吾之銼滓鐵鞭，乃後背之縱向；此回驀兄弟受創之部位，卻是橫向之脇肋部位。會有啥後遺症狀，爾等可相互分享經驗，本王愛莫能助！倒是……這般經驗生疏之新手，怎會有突襲鱷王成功之可能？本王尚持懷疑態度。」

驀驛突然站了起來，亮出了一短刻刀，蹣跚地走了幾步，並拾起了戎兆犺遭甩之左玨冥劍後，朝西兑王做出了攻擊之勢。

侯士封笑道：「呵呵，你連站都站不穩，還想跟我打？不過，能就此領悟到利刃使人皮開肉綻，爾也算開了竅。只是……拿了把刻刀配上玨冥劍，似乎不太搭嘎呀！如此冥頑不靈之輩，就讓鋌拳劍送你上路啦！」此話一出，驚見驀驛上拋刻刀後揮劍出擊；侯雖識出對手不諳使劍，卻也掛心那上拋之刻刀。怎料雙方於三擊響後，驀驛一後翻踢腿，眨眼將下墜刻刀踢向對手，現場惟聞一聲「喀」響，頓見西兑王向後一翻。驀驛落地後，瞬因肋傷作痛而退下，立見江吟再次上前攙扶。

戎兆犺叫道：「呵呵，以此方式回應這老猴兒，再恰當不過了。只是……上回有槍鏑頭可使，今兒個哪兒來的刻刀可用嘞？」

驀驛撫著肋傷表示，甫向江姑娘借其刻刀，待與西兑王再度對峙時，因對手常於揮招後縮肘，以劍作擋，驀驛遂以玨冥劍裝腔作勢，再刻意藉飛刃出擊，以期於對手縮肘剎那，擊中對方持劍腕處，若能藉此阻下西兑王操劍，咱們尚有一搏之機會。

「哈哈哈……」忽聞雷嘯天發出狂笑聲！原來，驀驛踢出之小刀，雖沒傷及對手，卻筆直地插入鋌拳劍之劍柄前處，惟此處正是侯士封釋出鐵砂之按壓處。大夥兒見得西兑王硬扯著小刀，呈出了不甚搭嘎之窘相。

「可惡小輩，竟壞了吾劍！」侯接著對雷王吼道：「哼！我鋌拳劍甩不出厲砂，恰巧爾之犁犀斧亦放不了電，不妨……我侯士封就此單挑中鼎王，勝者為王，敗者為寇，如何？」

「呵呵，甫聞西兇王自豪，不做沒把握的事兒。本王屢見閣下於拖曳厲砂之前，均吞服數粒藥丸兒，想必是摩蘇里奧所製之激能丸兒吧！閣下藉此提升戰力，而本王尚須儲能以抗骨蒸，此刻西兇王提出領頭單挑，真是十拿九穩之勢啊！」

「哈哈哈，服藥是一回事兒，能強化臟腑才是根本所在。江湖盛傳，中州黃垚山五藏殿之《五行真經》能強臟腑、暢經脈、終可壽與天齊！呵呵，可沒想到，此一《五行真經》現於吾手上，一旦本王參透其中，有了不死之身，還怕不能一統中土大地嗎？哈哈哈！」

「侯西主向來尊崇摩蘇里奧所倡『速效』！怎又動了《五行真經》之念頭？眾人皆知，法王持著『人定勝天』之論，與黃堯五仙之所述，南轅北轍；西兇王擁掌《五行真經》，真可謂暴殄天物啊！」戎兆犺嘲諷道。

「廢話少說，爾等已如階下囚，還如此傲慢！」侯士封隨即號令道：「來人啊！上前綑綁中鼎王與戎總管；所有反抗者，本王親自操刀，格殺勿論！」

一都衛軍兵突然跳出，一刀劈了領命下馬之西州騎兵。侯士封提劍蹬躍而上，惟聞「唰嚓……」一聲，上前攔阻者之斗大腦袋應聲滾落。然此時刻，驚見一飛石襲來，侯立馬收肘，以劍擋下飛石，翻回地面。

「格老子地，竟敢襲擊本王，是哪兒個活膩啦？」西兇王怒斥道。

驚聞侯之斥聲後，一六尺身影，自背對雷嘯天方向，緩緩走來，並發聲唸道：「論單打獨鬥，西兇王之厲砂鉎㺘劍，不見得制得了雷王之激電神功。不過，西兇王欲以吐不了厲砂之鉎㺘劍，恣意橫行，甚是擄走敵對王將，以逞勒贖中州之計，恐難乘時乘勢！更何況閣下尚得經歷在下這一關，始有如願之可能！」

「好狂妄的口氣！放眼中土五州，能讓我侯士封認定是個角色者，雷嘯天勉強算是一個，劍術獨到的嚴震洲是一個，摸水玩冰之莫烈亦勉強是一個，玩火之盧皝也算一個；然得大夥兒公認之龍武尊，絕對是一個。除雷王外，眼前任一霸主出現，確實令本王有些棘手的。然而，閣下背著日光而來，本王尚不清是哪一角兒？竟如此狂言囂張？」

眾人見此人手持一劍，來到了順江客棧前，舉手投足，無不吸引在場目光。雷嘯天回頭一瞧發聲身影，冥想了一下後，不禁微了一笑。佇於一旁之程斌，突然放聲叫道：「啊！我認出來啦！眼前少俠即是日前於屹岡島，使著公冶長瑜所鑄之三禪戮封劍，擊敗劍紳與刀臣之……刁刃！沒錯，就是這人！」

「九九重陽之屹岡刀劍會，雷某亦派人前往關注；聞刁少俠手持三禪戮封劍，不僅達於『人劍合一』之境界，更於七日之內，先後擊敗刀臣與劍紳，真是後生可畏！刁少俠能為父雪恥，直令雷某人佩服！」雷又趁隙挑著說：「眼見刁少俠所持神兵利刃，名曰三禪戮封，想必公冶大師之鑄劍，應有其意義存在，莫非……刁少俠於此現身，正是為著『戮封』前來？看來，任憑你侯士封千算萬算，眼前這檔事兒，應出乎爾意料之外才是啊！」

「哦……原來是龍玄桓之義徒，亦是過去威震江湖，人稱劍林武癡之刁鋒後嗣……刁刃！」侯士封接著憶道：「西州前主石延英曾令侯某調查軍機處內可有臥底？其因出於當時之軍機總管，即魏廷釗之父……魏天灝，一次極機密之南向巡行中，遭不明刺客逆襲；而後始知臥底者乃公冶長峋，此人正是公冶長瑜之胞弟，其妻盧秀雯乃南離王盧皝之遠親。經吾調查，公冶長峋因採礦估算錯誤，遭石前主降職處分，心有不甘下，遂透過其妻盧氏，將西州機密售予盧篏。由於證據確鑿，石延英即於侯某之建議下，誅其九族，以儆效尤。如此罪名勢必波及公冶長瑜一家，公冶長瑜遂帶著妻小、親戚，漏夜乘船逃竄。最終聞其妻中箭身亡，該船隻亦不幸遇風浪而翻覆，諸至親皆沒於蟄泯江中。」

雷王冷笑道：「好一個『以儆效尤』啊！當年吾為了殺一儆百，砍了寒肆楓之父寒彬，此事兒至今令吾餘悸猶存！怎料你這姓侯的，竟誅了公冶家九族！無怪乎一代鑄劍大師甚連作品之名，非『穿封』，即『戮封』。看來，面對這柄三禪戮封劍，閣下處境，呵呵，令人堪憂啊！」

「哼！公冶一家已是我朝脫逃之死囚，欲藉劍復仇，門兒都沒有！當年誅九族之令，既由我侯士封所推，公冶家族就必須依令伏法！」

「哈哈，侯西主可能忘了，公冶家族中之公冶成，乃勝任現今南州之軍機總管；欲讓南州軍機總管伏法，除非再掀一場戰事，否則此事兒難了啦！」戎兆犺說道。

「呴……」刁刃於眾人對話中，緩緩地抽出了戮封劍，「嘯……嘯……」地揮使兩下，該風切聲響立引人震懾。霎時，侯士封於揮劍前，仍嘗試著將嵌入劍柄處之刻刀拔出，依然未果；隨後再次雙手持劍，翻飛而出。雙方交擊數招之後，見對手不疾不徐地持劍抵擋，侯遂改採低角攻勢，連出刺、削二式，以試著為近身攻擊而鋪陳。惟因西兑王之瘸腿已令其移位較緩，加上受驀驛之一記腰擊，且鉒犖劍又甩不了厲砂攻勢，致使侯決定採取近身襲擊。果不其然，侯士封瞬藉旋向翻轉，順手使出了〈螳臂上撩〉劍法。

刁刃倏忽上躍，惟其下襬布角兒於躍步剎那，瞬遭鉒犖劍撩中而削去了一塊兒。一旁戎兆猶立覺到，「刁刃之劍法，高深莫測，視其手中利刃，一厚一薄，應是位轉劍出招之高手，怎奈招招皆以厚刃應對。再則，施以厚刃本不若薄刃之速，但刁刃似於對戰之中，記錄著鋩拳劍劍路，先作勢抵擋，而後伺機而動。倘若此等冷靜佈局之輩，能為雷王所用，勢將成為我中州之領頭猛將。否則，恐將成我戎兆猶未來之勁敵！」

然而，場上對峙持續，在場眼尖者已發覺，刁刃之虎口處已有動作！惟見其壓低姿態，重心落穩，周身上下運勁而生，以腰為軸，提劍螺旋纏繞，氣脈節節貫穿，剛柔相濟，鬆活彈抖，隨後震喝一聲，旋劍而出，見其薄刃之疾，疾如旭燕；厚刃之堅，堅如犀甲。

雷嘯天見刁刃欲以快劍，襲對手之身；轉以厚刃，擊對手之劍，一招一式，緊鎖目標。侯士封每輒出劍，刁刃定觸及鋩拳劍身三點；待近身對擊時，刁刃轉薄刃使快，盡是鎖定對手之雙臂與胸腹。然自刁刃轉刃出擊後，西兕王不僅攻勢受阻，甚而每況愈下。雷不禁生疑，「明明見得刁刃於至要時機，使出了刁鋒之〈尖喙刺魚〉式，為何不見對手中招？」

棧前眾人見刁刃單手持劍且呈傾斜之態，此舉立引雷王注目，「來了，刁鋒之〈斜風刌斷〉式要來了！」侯則冷笑覺到，「歷經數十招重擊後之平庸劍刃，絕禁不起這〈斜風刌斷〉劍法摧殘。唯吾手上之鋩拳劍可非等閒論之，豈是後生小輩想斷就斷，太天真啦！」

果然，刁刃再次快速刺觸對手劍身，倏以斜削震點之疾劍式，接連使上一刺削、一纏托、一掛震之三式合一。雷王疑到，「此即刁刃於屹岡島自創之〈疾風刌斷〉劍法？」眾人聞得「鏗……鏗……鏗……」三響聲後，本以為可見刁刃刌斷鋩拳劍，孰料刁刃於關鍵時刻，反轉戮封劍，以速劍式回攻對手雙前臂後，向後翻飛數尺。

「哈哈哈，鋩洔劍乃天外隕石之作，區區一招〈斜風刊斷〉就想斷吾絕世兵刃？刁少俠之對戰經驗，太淺……太淺啦！」話後，侯突然感到雙掌一陣濕濡，這才發覺袖口已遭利刃切割，而雙前臂滲出之血液，順著切割方向流至雙掌。原來，刁刃薄刃之速，可令受創之皮肉看似密合，待皮下之氣血滲出，始可因血之赤而見皮肉之刃痕。

「嗯……我沒看錯！西兑王早已中招，惟刁刃劍速夠快，快到中招者難以當下察覺，直至血水滲出後，為時已晚。」雷王唸道。

霎時驚覺對手冷血殘酷之侯士封，竟顯出些許顫抖！眼見刁刃再次轉動戮封劍，侯忍著皮裂之痛，持起了鋩洔劍以對。刁刃二話不說，一連使上刺、戳、攢、挑之四式合一後，一招削挑二連式，瞬將插入鋩洔劍劍柄之小刀挑開，鋩洔劍立隨揮使過程，不斷地漏出鐵砂細粒，而侯因雙臂受創，雙掌無以發出引斥神力，不僅吸不回流失鐵砂，更令侯士封頓時失了平衡。

刁刃見對手抵死不鬆劍柄，遂以一近身回刺劍式，直接刺入對手肘橫紋下之肌腱橈側凹陷處，此處歸屬手太陰經脈上之尺澤穴位，此穴乃肺脈濁降之陰液，經俠白穴而下，於此處匯聚而成一水澤；再循行而下至孔最穴。然尺澤穴乃醫者行針或放血之要穴，屬性為金之水穴，行針能調金之肺氣，理腎之水氣；若於此施行放血，不僅可瀉上焦瘀血及鬱熱，以緩解胸悶與呼吸困難外，亦可藉瀉金，使木不受剋，始達筋緊可鬆，攣急可舒之效。惟刺及過深，霎時令人感到手臂酸麻而無力。

侯士封尺澤中招，一聲慘叫即出，頓時鬆開了鋩洔劍。刁刃見機已至，於鋩洔劍落地前，將其狠狠踢向空中數丈高，待鋩洔劍自高點反轉向下之際，刁刃隨即立於鋩洔劍墜地之處。此舉隨即引來在場關切，雷王更是洪聲喊道：「快閃啊！杵在那兒會沒命的！」

孰料，眾人驚見刁刃雙腿齊蹬，並於躍上之際，猛然向上刺出戮封劍，凌空對準鋩鋆劍使出〈尖喙刺魚〉之式！剎那間見得下墜之鋩鋆劍劍尖，對擊衝飛而上之戮封劍劍尖，惟聞「鏗……」之一脆響傳出，刁刃旋即側翻而下，待鋩鋆劍筆直墜下而觸及地面，眾人無不傻眼見到，一柄西兌王引以為傲之蓋世神器，竟龜裂成一片片塊狀，碎撒了一地。

「我的……神……劍？你……你毀了我的厲砂鋩鋆劍！」侯士封激動喝斥道。

刁刃冷冷地回應道：「在下經驗是淺，卻獨樂於對招之中，悟出致勝之理。經西兌王提醒，始知鋩鋆劍乃出自天外隕石，故不能以一般劍式取勝。然刁刃僅受公冶大師贈予其三次閉關禪修後之戮封劍，明瞭此舉並非如同傳受門下弟子一般，故堅持不涉他人血海深仇。然而，劍術之巔頂，實乃人劍合一。刁刃以公冶大師之作，毀侯西主引以為傲之刃，即已算為公冶大師復了仇，了其心願。」

「刁少俠何以知悉，破解鋩鋆劍之理？」雷嘯天疑問道。

刁刃表示，既然是石類，必有其紋向。知悉鋩鋆劍乃出於凌秉山大師未成之作，既然未成，其紋向接續必不密實。果然，刁刃於數十招對劍中，皆為測探鋩鋆劍之石紋向路，而後發現凌大師採同向紋路之石，鑄於劍身，並將劍之收口，集鑄於劍尖處。試想，每輒與人對劍，雙方頻於揮舞，怎可能不偏不倚地相互擊中劍尖？

戎兆狁突然理解道：「依理可推，少俠先卸去劍柄上之小刀，一是見得對手已無力使出拖曳劍法，二來是除去小刀與鐵砂粒，即可確保被踢高之鋩鋆劍，能以劍尖翻轉而下，並藉著此劍呈筆直墜落時，即是持劍對擊劍尖之最佳時刻！如此逆向對撞之瞬間力道極大，正是震碎鉎挲劍縱向結構之關鍵。嗯……妙哉！真是妙哉！」

「啪嚓……啪嚓……」突見西兇王身後，竄飛出二突襲者，俄而拋出九節鐵鞭，對上持劍之刁刃。鄔裕仁趁隙將西兇王扛上馬背，雷嘯天見侯士封欲逃，縱身一躍，卻於空中遭突襲者攔下。隨後即見二突襲者凌空拋下二光團，觸地即生爆響與白色煙霧，待煙霧散去，立見鎮外之黃沙揚塵伴隨著西兇王一干人馬，疾朝北向奔去，火速遠離了桐峽鎮。

「何方高手，竟能及時出手將西兇王救走？」江領頭上前問道。

戎兆犰隨即表示，如此穿著與身手，或可聯想此二人曾現身端陽五霸盛會，且佇於金蟾法王身後之隨行軍衛……奇拉耶、奇拉喱！

「難道……法王早料想到侯士封之計策……無法得逞？且將兵敗於意料不到之桐峽鎮？那麼……臨宣城之戰……又會是誰掛主帥呢？」雷疑問道。

刁刃不隨雷王起舞，立收妥戮封劍後，拾起鉎挲劍之殘柄，並於離去之際，回頭對雷話道：「世事難料，任何臆測之事兒，七八分即可，多耗無益。在下於前來桐峽鎮路上，聽聞東州衛林軍已越過普沱江，佔下了廣濱埠頭！中鼎王現正腹背受敵，中州是否遭瓜分或瓦解？端賴中鼎王之智慧與謀劃了。」刁刃話一說完，立隨「啪嚓……啪嚓……」之布衣飛擺聲響，驟然翻躍離去。

「東震王……出……兵了！」雷嘯天頓時晴天霹靂，待回神之後，下令江領頭接任桐峽鎮鎮長一職，並即刻協助整頓軍備，依原計畫，火速趕往牧里城，以謀劃剿亂驅匪之策。

建子月十五，霧氣瀰漫，寒風嗖嗖，臨宣城外一夜對峙後，中、西二軍分立於攔網線兩側。臨宣城主居高遠眺，忽見埠外蒙影四起，遂令傳兵請回赫連、尉遲二將，進而共商因應計策。

「嗯……江上果又增了新一批船艦。」赫連雋於遠眺後表示，自兩軍退回陣地後，已過了若干時辰，本以為敵對衝鋒不成，將退回船艦上；孰料竟下令築起鐵板牆與我軍持續對峙。甫令武竣派兵巡察我羅難軍兵，藉以覓尋於戰亂中失蹤之雷少主；怎料敵軍一見我軍動靜，即以矢箭退我搜兵，倘若雷世勛真殞命沙場，將何以向中鼎王交代？

尉遲罡則認為，吾等奉雷王之命，力守臨宣城；雷少主卻突然點燃戰火，此乃始料未及之事。倘若臨宣城再失守，更是愧對雷王之所叮囑。眼前中、西兩陣營僵持不下，敵方後援船艦亦將來到，我軍恐得再出動城內二千軍馬，由北城門悄悄出城，待繞過北叢林再沿江岸殺下，一隊攻擊鐵板西軍，另一隊則衝上陸續登陸之船艦，始可斷敵軍後援。然而固守臨宣城門乃大本大宗之要務，以武軍長之力，絕對防不住臧動與顏胤之衝擊，故由左右雙衛固守正門較為妥當。

段城主聽得建議後，即令潘茂、戴笙兩護城將軍，各領兵一千由北門出擊。然於大霧瀰漫之際，守軍佔有地利之便，應可如期趕上敵艦靠岸。而後即考驗著西軍如何於霧中摸索上岸了。

待臨宣北門一開，潘茂與戴笙二將銜命出擊，兩千兵馬隨即跟上，立朝城北叢林而去。

午時一過，西州後援船艦已到，見船艙開啟，一列列軍兵紛紛下船，惟見此批援兵之面孔

深邃且身著墨綠軍裝，明顯異於先前之前鋒部隊；待聞其以吱唔呀語喊出軍訓律令，更是令人詫異連連。原來，此批後援軍伍乃西州所徵招之境外傭兵，當下於該陣列前之領軍者，實乃法王身旁大將……查坦尤埣！

「隆咚……隆咚……隆咚……」忽聞江岸北側叢林響起了戰鼓，「殺……殺……殺……」潘茂將軍領著黃旗都衛，由北而下，轉而攻向攔網線後之西軍；另由戴笙將軍所領之軍伍，直接攻向靠岸之後援船隊。位居城樓上之段城主一聞中軍戰鼓，即令武竣帶兵衝鋒，以支應潘茂部隊，聯合夾擊敵軍！

「啊……啊……啊……怎麼……」潘茂之突擊先鋒突然陷入泥坑中！臧勳笑道：「想突襲啊！呵呵，我軍掘了一夜壕溝，正等人上鉤呀！」「唰嚓……唰嚓……」臧勳一提三刃銀叉，隨即剷下若干突襲人頭。隨後跟上之都衛則一一躍過壕溝，手持長刀之潘茂，眨眼直朝敵將而來。臧勳立以銀叉擊退潘茂後，見武竣領兵衝來，俄頃回頭帶領前鋒軍，朝著臨宣城殺去。

尉遲罡見臧勳再度出擊，二話不說，提刀上馬，倏循馬道而下。段城主手勢一揮，城樓戰鼓立馬轟隆齊響。

這時，領兵突襲後援船之戴笙將軍，揮刀衝殺墨綠敵兵。忽然！一人於船艦甲板上，取一羽箭，置上滿弓，摒息瞬間，發矢疾出，惟聞「嗖……」之一長聲，羽箭應聲射中戴笙肩背，且於失衡後翻滾而下，惟見一刺眼厲光，隨著一戰駒呼嘯馳過，一對雪鷹鉤已將戴笙腦袋摳下，隨後將頭顱高提，向著突襲兵展威。

突襲兵驚見領將殞命，數百兵馬頓時張惶失措，墨綠兵馬趁隙拋出繩索，先將敵對軍馬分散，再分區圍攻。然頓受包圍之分散突襲軍，或見抵死不從者，終將命喪群刀之下，而跪地降服者，立遭細綁成俘，暫錮岸邊。

甫撂下敵將之顏胤，挾著旺盛鬥志再對上了潘茂，潘茂見對手提著戴將軍頭顱衝來，背脊倏忽涼了半截，立馬對著突襲軍喊道：「全力……衝回臨宣城！」聲出剎那，顏胤已來到潘茂身後，瞬見一對雪鷹雙鉤劈砍於咄嗟，「唰……」的一聲既出，隨後即聞哀嚎呼叫「呃啊……」

潘茂回頭一瞧，突見一遭截斷之槍頭，直插入顏胤左胳臂！原來這及時的一槍，乃領軍前來之赫連將軍所發，道：「眼下之顏將軍不僅左鷹鉤難以出擊，恐連左胳臂都得廢了！」

潘茂見救兵來到，瞬間提升了不少殺敵氣勢，立喝道：「姓顏的，讓你見識我中州都衛軍絕非好惹，瞧我一刀劈死你。殺……」

「鏗……」顏胤吃力地以右鷹鉤擋下對手迎面出擊，而後「喘」的一聲響傳出，潘茂瞬間摔落馬下，口衄鮮血，「這……是啥東西？噗……」潘又吐了口血後，仔細一瞧，一手持流星錘之墨綠武將，正與赫連雋猛烈對擊。

「堂堂克威斯基之護國大將查坦尤垶，竟也歸屬西州之傭兵啊！看來這場戰役絕與摩蘇里奧脫離不了關係。呵呵，未曾領教過鏈型兵器，不妨藉此瞧瞧境外所謂的鬥術，何等深度？」赫連雋接著洪聲喊道：「眾弟兄們，眼前墨綠軍兵亦屬侵略敵對，大夥兒放膽揮砍，殺他個片甲不留。殺……」

高居城樓上之段炳慷，驚見都衛軍殺聲震天，瞬令對上臧勳之尉遲罡部隊亦為之一振；俯視城外戰場，中軍猶如睡獅乍醒，霎時見得兩軍肉薄骨并，肝髓流野，呈出了「搘鼓奪旗千般勇，三停刀上血光飛」之激烈一幕。

時居未申，臨宣城外已是龍血玄黃，屍橫遍野。中、西二軍再次退回防線，如此持久耗戰，西軍恐因後繼無力以致鎩羽而歸。此刻，撫傷硬撐之顏胤，對著氣喘吁吁之臧勳呼道：「呼……眼前左右雙衛還真硬，若非查坦將軍幫忙，咱們恐難撐到現在。」

臧勳揮汗說道：「咱們戰術雖得當，但對方僅倚為數眾多之兵馬與聲勢，就足讓咱們疲於奔命了！倒是那左右雙衛，歷經了查坦將軍之鏈錘，與三刃銀叉之重擊，實已具筋肌過勞之相。眼下僅依法王所述，若攻城不遂，定要撐至月滿而出。今兒個已是建子十五，幾個時辰後滿月即出，就待法王要玩啥把戲了。」

忽然！一前探向臧勳回報，都衛守軍已因外感風寒而接連倒下。臧勳隨即下令西軍儘速服下禦風丸，再有兩軍正面對擊，定讓敵對無力應對。

然而屋漏偏逢連夜雨，回到城樓上之赫連、尉遲二將，驚愕聽聞段城主傳來中鼎王失守了閔暹城，且已領軍撤往牧里城之消息，怎料武竣又傳來臨宣諸將士因外感風寒而陸續倒下。

尉遲罡納悶表示，中鼎王與戎總管聯手，我軍應有十足把握才是。然鎮守臨宣城至今，均未見到西兑王與魏廷釗現身，難道此二人聯手攻下了閔暹城？又說：「既然王爺已率軍南下，戎兆犹應能調撥支援部隊才是。眼前要務，即是強兵！一旦風寒邪氣蔓延，再多患病軍兵也無用啊！」

段城主隨即下令，立馬煎煮能發汗解表，行氣寬中之**紫蘇葉**，供惡寒兵士服用。並儘速請來城中名醫……田予聰，倏為外感軍兵診治！

待田大夫為身感不適之將士施以望、聞、問、切之四診合參後表示，不適軍兵多呈現出**或已發熱，或未發熱，必惡寒，體痛，嘔逆，脈陰陽俱緊，此乃太陽傷寒**。

田予聰接續表示，患者之所以惡寒，實因**太陽**之陽氣被傷，溫煦失司，故先見惡寒症狀。**太陽傷寒**所見發熱乃寒邪閉鬱陽氣，此衛陽閉鬱的特徵乃呈無汗，陽氣鬱積之後始表現為發熱，其突出症狀之一即是體痛。體表於受邪後，正氣即抗邪於表，略失顧護於裡，此即出現裡氣升降失調，以致嘔逆。故針對**寒邪閉表，衛閉營鬱**，以致**惡寒、發熱、無汗**之證侯，急須施以苦辛帶溫之**麻黃**，以發汗解表，配上**杏仁**以助**麻黃**平喘之效，亦可助肺氣宣發肅降，再藉**桂枝**以溫陽解肌袪風，亦可助**麻黃**發汗，終以炙**甘草**調和諸藥。此乃傳世名方……**麻黃湯**之應用。

段城主於田大夫開出藥單後，隨即令外感傷兵入城療治。孰料申時一過，傳兵隨即入內稟告，一載運大型木箱之船艦，正逐漸靠岸中。

左右雙衛聞訊後來到守軍陣前，立見十來墨綠衫軍將船上木箱置上四輪板車，緩緩地推至攔阻線前；查坦尤埣俄而蹬躍，上了板車，此舉瞬讓左右雙衛下令弓箭手備戰。

「玩啥把戲？難道於沙場上表演移形幻術不成？」尉遲罡疑道。

「嚓……嘰……」查坦將軍緩緩將木門推開，赫連雋與段城主立令弓箭手卸箭，惟因木箱內所呈，正是雷嘯天的女兒雷婕兒！見其受綁搗口，僅能咿呀作響，動彈不得。

臧動洪聲喊道：「赫連將軍，這姑娘您認識吧！其竟行刺咱們主公。今兒個咱們將她押來，無非想請中鼎王給個交代啊！」

尉遲罡欲拖延時間以伺機救回雷婕兒，回道：「中鼎王正領著大軍前來，只是……侯西主如此對待咱們中州大公主，只怕中鼎王見狀，根本不屑與爾等談判，直接揮軍剷平西州，勸爾等還是儘快放了咱們公主為妙！」

顏胤喊道：「這姑娘可是雷王的掌上明珠啊！咱們擔心其有咬舌之虞，遂摀口以防範啊！不過，另一位可就沒這麼幸運囉！」這時，查坦將軍將木門一關，彈指間再將門打開，雷婕兒之身影立即換成了狼行山。

臧勳說道：「呵呵，眼前這位狼公子雖不如雷姑娘值錢，惟聞此人將是未來雷王府女婿，衝著此點，咱們握了此對金童玉女，俺就不信雷王不低頭，哈哈哈！」

「咩……咩……咩……」忽見羊群由北側叢林冒出！

然於羊群之後，見一頭戴竹笠，手持綠竹竿之叟翁，馭著馬，驅著羊，由北叢林緩緩靠近兩軍對峙之攔阻線。顏胤立馬喝叱，「中州百姓是否讓雷王壓榨傻了？竟分不出此乃兵戎相見之戰場啊！」忽然！羊群突向南狂奔，瞬引一陣揚塵。「嘿！大夥兒小心啊！」臧勳叫道。

待揚塵漸散，叟翁已來到陣列中央，眾人驚見叟翁自馬背上躍起，三兩跨步，踏著西軍陣前部隊之肩膀與所立鐵板，立朝四輪板車而來。負傷之顏胤，單鉤上躍出擊，惟此突來之凌空對戰，立讓左右雙衛擺出隨時衝鋒之手勢。

顏胤持鷹鉤使出橫向砍擊，叟翁左旋竹竿，猛然一點刺，直刺對手於掌腕橫紋中點之手厥陰經脈大陵穴，一陣麻痛倏衝掌心勞宮，直達中指指尖之中衝。叟翁趁顏胤收手剎那，再以竹尖刺擊對手右腋窩正中，此乃隸屬手少陰經脈之極泉穴。顏胤二次中招，立鬆開手中鷹鉤，撫揉腋下，顯出極為痛苦之貌。段城主見敵營大將中招，立響起城樓戰鼓，赫連雋馬韁一拉，火速帶兵衝出，如此陣仗，令臧動不禁仰天震喝，領兵喊道：「衝啊！」

叟翁制服顏胤後，接連翻躍，踏上了板車。「嘯……嘯……」一鏈錘突自木箱後方飛來，叟翁自知手上竹竿抵不住鏈錘，後翻下車，查坦將軍隨即追上，立道：「好個真人不露相啊！區區一牧羊佬，竟有如此能耐，看招！」

這時，遭綑綁於木箱內之狼行山，與掙脫了搗嘴布之雷婕兒，聞聲話道：「看吧！就知我爹會派人來救咱們；只是……我這頭見不著，是哪位將軍奮不顧身地來救咱們呀？」

「眼前這斗笠高手，雖見不清其面貌，惟其應對身手，幾可確定，此人絕非你爹派來的，應該是……」

雷婕兒隨即插話道：「山哥沒聽那刁天厥地，手持三叉之臧動，提及我爹會來救咱們的原因嗎？」

「當然，聽得可清楚嘞！其若認為狼某可能是駙馬爺，吾命就能多值點錢，否則早已命喪囹圄了，哪兒還能活到這時候？不過，說真格的，婕兒若不亮招，也不致淪落眼下這般地步啊！」忽然！「嘎……嘰……嘎……」「喂喂喂，這板車前移了耶！這班墨綠兵真拿咱們當擋箭牌，太卑鄙啦！」狼詫異道。

霎時，查坦尤垶接連倒步、翻身、跳躍，並以流星錘使出提撩花，再令其五斤重之蒺藜錘，使出正反纏繞，接連抖身放錘，耍出〈二郎擔山〉與〈霸王卸甲〉二絕招，令叟翁暫不以正面對擊，轉採騰挪步與側閃步應對。接著，叟翁伺機引一軍兵對戰後，瞬而劈折其槍鏑頭，而後回身一精準出擊，立將鏑頭應聲插入蒺藜鏈錘之後鏈孔，霎令查坦將軍驚愕流星錘鏈已遭破壞。

叟翁見機已成熟，以竹正刺對手臍上一寸之水分穴，此穴乃當小腸之上口，為體內泌別清濁之要穴。查坦身中此招，瞬覺腸腑一陣酸楚、雙膝微軟。忽然！一人翻飛前來，隨即亮出鋒利兵刃，並對叟翁說道：「這位前輩，吾軍得您相助制敵，尉遲罡銘感五內，這耍鏈球的不妨交由在下應對了。」

待尉遲將軍接手後，叟翁眨眼來到板車前，四推車綠兵隨即拔刀相向；叟翁一展旋向飛踢，將四兵踹飛後，來到木箱前，瞬被狼行山認出身份，叟翁不待狼啟齒，隨即馬步一跨，內力上傳雙掌，隨後一洪聲震喝，「轟……轟……」二連聲響即出，木箱應聲四散；原來狼與婕兒僅是同一箱中，分置隔板前後兩面而已！

「多謝龍師父出手搭救！」狼發聲後，雷婕兒驚訝道：「什麼？原來那牧羊叟翁，是……龍武尊！」

適值龍玄桓上前解開狼行山繩索之際，突覺繩索有異，立即退了一步，隨後一陣強光襲來，一陣爆炸聲響發於咄嗟，瞬將龍武尊震退數尺，且仆臥於一匹斷頸馬屍上。龍武尊這才發現，原來這匹先前戰死之馬兒，其下方乃是一戰備壕坑，而坑中正躲著一乍醒之人，惟聞其發出顫抖之呻吟聲，「我……好怕！」龍武尊隨即認出，此人乃雷嘯天之子……雷世勛！

「欸……不對！寒冬夜長，甫逾酉時，雖得皓月照明，若不經臥地察看，還真不知橫屍沙場之都衛軍兵，何以軍甲外袍均已遭人褪去？」龍直覺事有蹊蹺。

「哈哈哈，真人不露相，露相非真人啊！吾這把年紀，仍得依場合喬裝；孰料閣下一身牧羊人扮像，頗令人訝異啊！」摩蘇里奧又說：「查見繩索有蹊蹺，立以斗笠做擋，退閃為上，龍武尊果然是中土一等一之高手，摩蘇里奧煞是佩服！」

龍玄桓起身後，緊眉表示，中、西二州之衝突，果然與法王有關！

「非也非也！僅受西兇王所託，前來質問中鼎王一事兒。每輒西州擄獲中州之軍情探子，若刑求不從，一刀即可了事兒；惟因此回所逮之密諜乃狼行山，不禁令人聯想：莫非……一向正氣凜然之嵐映俠士已與中鼎王掛勾？還是正如傳聞所指：狼行山將成為雷王之乘龍快婿？遂投效了雷嘯天！有道是夫唱婦隨，狼行山這般妄行，遂令雷王千金不惜出劍行刺侯西主，正巧這狼少俠乃龍武尊之義徒，未獲中鼎王回應前，不知龍大師有何看法？」

龍老側了頭，看了下狼行山，立聞阿山喊道：「事實非如法王所述！吾因拾獲一印有拓紋之棉巾，即遭西州州禦軍冠以竊取軍情之罪。然於江湖熟識，雷姑娘為狼某兩肋插刀，內心感激不盡，惟連累至此，不勝愧汗，深感內疚啊！」

雷婕兒一聽此說，咬牙覺到，「好……好你個狼行山，竟稱咱倆是江湖熟識，要能逃離這兒，看我怎麼修理你！」

龍玄桓說道：「欲加之罪何患無辭！侯西主羅織罪名，令我徒身陷囹圄；摩蘇先生貴為一國法王，怎能助紂為虐？再則，雷姑娘捨身相救，實乃出於一個義字；但見西兇王欲造艦東侵，卻苦無合理理由，遂因雷姑娘乃雷王千金，西兇王始可借風駛船，借題發揮。所幸我徒與雷女皆非靦顏借命之輩，且未屈從逼供刑求，若能還原真相，始可懸崖勒馬，弭平衝突；惟其中牽涉我嵐映義徒，龍某絕不袒護坐視。然法王藉此事件，極盡慫恿扇動之能事，終促成了中、西二州之亂局，難辭其咎啊！」

「呵呵，依吾所見，欲藉西州以拓向中州之路，閣下乃此徑之最大絆腳石。既然你我不能同道，生死之決，在所難免！只是……閣下欲以一根竹桿以歷史重演，再敗本法王一次嗎？哈哈……」

法王高舉三犄法杖，隨即擰襠、轉腰，心唸道：「今兒個可是建子十五，如此冬寒之氣能助我至陰神功凝聚，倘若龍武尊蟬不知雪，仍以暑月端陽來衡量吾之神功，勢將捧收大謬不然之果了。」

龍武尊見勢隨發三重環氣，並將原有之內力由掌中透出，直令純陽橙光延伸至竹竿前頭。法王一躍而出，倏甩法杖，一道白光即如利刃飛來。龍老速旋竹桿，振臂前推，立見竹前釋出一橙熾光氣，正面迎上敵對所擊。然此二力相擊，互有抵銷，惟因周遭寒氣相助，致使法王之白熾寒光稍顯延續而熄。然此一幕不僅讓摩蘇里奧心生竊笑，亦讓龍玄桓頓感對手之功力，不可同日而語。

而後，法王將法杖交予助手，倏架出拳掌招式。龍老隨手將竹竿插立於地，捋起外袖，雙掌一上一下，使出太極十三勢之掤、捋、擠、按為四正；並採、挒、肘、靠之四隅；合以進、退、顧、盼、定之五行，藉以迎上對手之陰寒絕技。

摩蘇里奧眨眼使出過往擊中龍老之〈雙陵拳〉，龍老隨即出招於慢、圓、柔之律動，並從中引動氣勁兒，且於順柔中引帶剛烈，瞬將對手之雙陵拳緩化於俄頃。而後，龍改以快步調之手脈三陽拳，斯須匯聚手之太陽、陽明、少陽三經脈之真氣於拳端，疾速使出點、橫、折、豎、勾、挑、撇之七式連貫；法王接招當下，沒料對手施展快拳，僅於擋下點、橫、折、豎四式之後，因對手經脈陽氣之熱，驟降了法王之防禦力，故於而後之勾、挑、撇三連式，遭對手連中胸、腹、肋下三處。巧合的是，此一中招之肋下處，同於日前遭杍仁天師以〈煦陽烈風掌〉擊中之處。此處名曰**章門**，此乃肝經之強盛風氣，至此風靜氣息，並具疏泄肝膽，健脾消滯之功，為八大會穴中之**臟會章門**。雖歸於**足厥陰肝經**，亦為**脾之募穴**。然於法王中招後，立撫於肋下，惟其壓抑體溫所運生之寒氣，頓時失了出路，遂讓寒氣循經上腦，致使一股帶寒清涕，噴鼻而出。

不甘再度中招之摩蘇里奧，立將雙掌掌心相對，分立於胸膈兩側，霎遇一陣寒風呼嘯而來，助長了法王掌中寒氣之能量。龍武尊見對手將以掌風決一高下，倏而做出重心趨前之前弓後箭馬步，雙掌分置胸前上下，將體內真氣依循**木火升發**，**金水沉降**之理，凝聚**心、肺、腎三臟氣**所成之**宗氣**於胸膈之上，蓄勢待發。

這時，蜷縮壕坑中之雷世勛，藉馬屍之障眼，見著法王正匯集著陰寒之能，不禁想著，「好……好厲害的神功啊！我若能身擁這般功夫，誰敢瞧不起我！呼……呼……怎麼……我的老毛病又發作了，好……好冷啊！」

待法王與龍老之目光對上，雙雙縱躍數丈後，齊於下降之際，火力全開，驚見數道白熾與橙熾光氣對向衝出，自高而下，一一對擊作響，「轟……轟……轟……轟……」雙方各擊出四連發之後，二老再次拼足內力，擊出落地前最後一掌！「轟隆……」此一巨響發出之剎那，法王與龍老紛紛定步，惟因震力過大，二人向後各震退了一段距離，惟見法王先行定住，但嘴角卻溢出血漬，而龍老則多退了數尺方止。

原來，摩蘇里奧之所以先行定住，實因身後受到一人出掌相挺，及時抵住其後背。龍武尊則於止退之後，自覺耗氣過多，旋即盤腿而坐，心氣下沉，重心落穩，以鎮經脈真元，惟盤坐中仍觀望著挺於法王身後之角色。待法王持回三犄法杖，勉強立直後，驚見走出法王身後者，不僅令狼行山詫異非常，甚而引來龍老失望透頂之……寒肆楓！

「聞阿莉告知，爾倆將重遊北州，怎會於此現身？」法王對寒肆楓問道。

「我倆確實欲往北州，惟途中聽聞中、西二州起了戰事，遂就近來了臨宣城。眼下果真見識到沙場之喋血與殘暴，卻萬萬沒料到，摩蘇大人竟也捲入戰局之中！更訝異的是，大人較勁之對手，竟是嵐映湖之龍師父！」寒肆楓回頭一瞧又說：「阿山何以遭西軍如此對待？」

「龍玄桓已非你師父了，真正掘出爾之潛能者，是我摩蘇里奧啊！而狼行山不僅傷了摩蘇維，甚而意圖盜取西州機密，咎由自取罷了。嗯……阿楓，快！趁龍老頭尚於運氣中，立以冰寒封其**四關穴**，以阻其氣血運行。」

「大師兄三思啊！這外來的魔頭，城府甚深，以內力而論，壓根兒非龍師父對手；方才其欲以煙霧引雷，暗算對手，雖未得逞，但若吸入那煙霧微粒，可致氣血流速放緩，龍師父應是中了他的招，以致經脈運行受阻了！」狼喊道。

「阿楓，莫聽狼行山胡謅。我摩蘇里奧之行徑，爾是再清楚不過了。」接著，法王自衣袍內取出了幾本冊子，又說：「阿楓，眼前幾冊乃摩蘇家族關於覡巫、喚靈、萃煉、鬥術之精華，老夫已為你轉譯成冊，用心之至，還抵不過那狼行山無中生有之誹謗嗎？」

寒依舊冷冷應道：「摩蘇大人對寒肆楓之提攜，感篆五中。晚輩能出手挺住大人，乃因所施之功力與大人相契合。然而，眼前與大人對峙者，其一身之經脈真元，實與在下體質相悖，雖無以受惠，但終究累積了十餘寒暑管束之恩。寒肆楓雖研習〈至陰神功〉，或有冷酷無情加遽之虞，卻不至泯滅人性，大人之令，寒肆楓恕難從命。」

靜坐中之龍老聞得寒肆楓所言，瞬於調息中露出了會心一笑。

法王面顯不悅道出：「既然屬我摩蘇里奧個人帳目，理當親自釐清了。」

法王持起法杖，水平一畫，立見杖上之透淨水晶漸趨釋光，而後唸唸有詞，「亨哩咘唯喊莫……亨哩咘唯喊莫……」唸著唸著，突然！驚見五墨綠衫兵，倏直了身子不動，法王持續唸著法咒，旁人直見水晶球越發越亮。

雷婕兒側轉其身，以眼尾餘光見此一幕，道：「山哥，法王似乎非置龍武尊於死地不可！瞧他於寒肆楓面前再度匯聚能量，急欲證明其至陰功夫確實勝過龍武尊；但為何突見五士兵僵直不動於一旁嘞？」

狼說道：「甫出言挫了法王銳氣，令其心有不甘，更何況我大師兄之寒功與日遽增，可能早突破了摩蘇里奧的三重至陰！法王欲於大師兄前一展其威，故趁龍師父運行真氣時出招。一旁那僵直士兵，應是法王備用之棋子才是。哇！龍師父的三重環氣出現啦！」

法王見龍武尊出現三重環氣，頓顯急躁，待其水晶寒光已達三重層級，且見天邊露出了盈滿月光，深吸了口建子寒氣，伸直了三犄法杖，低沈地吼了聲「刹……」，一道耀眼白熾光氣直向龍武尊發出。龍老雙掌合於胸膈之前，洪聲一喝，一道橙熾光氣瞬自雙掌推出，雙方卯足了勁道，藉由光氣迎面互推。此刻，龍武尊雖具信心，卻也擔心寒肆楓再度出手援助法王，畢竟龍老曾於祁玄亭見識過阿楓之至寒內力。突然！法王因肋下之章門創傷發作，以致擾了其壓抑體溫之功力，立見龍武尊之橙光漸次擊潰敵對；一旁狼行山心裡不斷唸著，「拜託，拜託，大師兄可千萬別出手啊！」

對峙中之摩蘇里奧，見得自個兒白熾光氣漸退，斯須唸出「亨哩咘唯喊莫……亨哩咘唯喊莫……」半晌之後，一旁僵直兵士如攝了魂似的，竟同步朝著龍玄桓架起了弓箭。龍老見狀，霎時分了神，以致橙光力道漸退！當下撐得辛苦的法王，雖見嘴角溢出烏血，卻變更了法咒「嗚密啦啼……嗚密啦啼……」，惟聞咒語一出，五兵士立將滿弓矢箭射出，在場驚見五矢齊發，火速朝著龍玄桓而來！

「叩……叩……叩……」驚見五支疾朝龍老飛來之飛箭，竟於龍老身前如撞了壁似地一一落地！然此一幕，瞬讓尉遲罡等在場眾人傻了眼，更讓受縛之狼行山舌橋不下，訝異覺到，「來了……真的來了……」

原來，一身影凌空飛來，瞬自龍武尊身後翻躍而出，順勢藉由雙手畫出大圈，彈指形成一面能透光之護屏膜壁，及時擋下五支飛箭後，道：「龍前輩，還記得小女子吧！您專心運行真氣，那些遭攝魂的小卒就交由晚輩來應付了！」

適值外力介入下，法王與龍老同時收了掌氣，雙雙盤坐理氣。惟法王憶起過往，說道：「中土五州，處處臥虎藏龍！沒想到，一位藉由琴韻弦音即能觸動人心、引人落淚之蔓晶仙姑娘，竟身懷雷同我境內科伊家族之絕技！昔日曾親睹內人憑空畫出薄膜，並稱之為〈靈禦神罩〉，惟此罩禁不起老夫單指觸及，隨即消失無影。而今見得蔓姑娘所畫神罩，竟能擋下五矢齊衝，著實讓人驚異連連！只是……前輩們相互過招之際，後生小輩從旁出手乃是大忌，難道蔓姑娘不知如此忌諱？」

「既然是大忌，那法王麾下卒兵，算不算後生小輩啊？且於前輩對掌中發出暗箭，算不算大忌啊？還是說，被攝魂魄者，其所作所為皆不算數，是嗎？此等暗箭傷人之事兒，小女子僅出手將之擋下，為的是維持前輩對招之公平性。法王您說，此等亂事之輩，該當何罪？」

狼行山隨即附和道：「對對對！蔓姑娘說得對，亂事之輩，是該懲處！」

「唉呀！咱們已呈階下囚模樣，你跟人家嚷嚷個什麼呀！」不悅的婕兒又道：「山哥一見那蔓姑娘就失了神，而我冒險去救你時，怎麼沒聽你稱讚過我！看來，我得狀告爹爹，給你點顏色瞧瞧不可。」

「好好好，雷大公主，沒有妳相救，我狼行山是活不到今天的，好了，好了，別生氣囉！」

龍老調順了氣後，輕聲問道：「蔓姑娘身居濮陽城，怎突然現身於臨宣？」

「前輩有所不知，東州衛林軍已兵臨城下，惟因中、西二州點燃戰火，嚴東主之長公子嚴翊寬，趁隙調動兵馬，打著制衡中州欺凌西州之口號，領兵越江而來。濮陽城現由聶忞超城主領軍鎮守城池。」

「東州會出兵？嚴東主一再強調，將扮好顧全大局之角色啊！」龍老錯愕道。

這時候，遭逆嗆之摩蘇里奧，怒道：「既然老夫旗下兵卒失控作亂，不妨請蔓姑娘代老夫教訓一番囉！」話一說完，隨即唸上「歐若哩唏……歐若哩唏……」

聽聞法咒之五軍兵，真如被攝魂一般，立馬抽出軍刀，砍向了蔓晶仙。蔓倏自手中長笛，抽出了柄約莫一尺六之利刃，順著旋踢攻勢，瞬以長笛劍之劍尖，逐一刺中五魂兵之眉心上三分處，此即**經外奇穴中之鎮靜穴**。五魂兵於中劍後，仆地咄嗟，動也不動。

「哇……是蔓姑娘耶！欸……她怎會來到這兒？嗯……一定是娘告訴她臨宣有亂，特來幫忙的。」窩於壕坑中之雷世勛又想著，「蔓姑娘身懷武藝？適值吾與沁茗禿驢衝突當下，並未見其出手相助？可惡……該不會又是那姓狼的小子！蔓姑娘若是特來救狼行山，來日我雷世勛定要給狼行山吃些苦頭，否則怨氣難消。」

蔓晶仙於鎮住五魂兵後，立朝板車方向翻飛而去，準備解救受困人質。狼行山見蔓姑娘前來，心中一陣雀躍，卻……事與願違……

一陣寒風疾來，夾著一道盈尺寒光，蔓晶仙及時剎步，旋即抽出長笛劍，惟聞「唰嚓……鏗噹……」聲中，寒肆楓之盈尺疾刃已數度對擊蔓之長笛劍，後經互擊數招，寒肆楓竟不見對手之應對放緩，瞠目收刃，道：「蔓姑娘綺年玉貌，雍容雅步，卻出人意料地身懷神功絕技！時至今日，除龍大師、豫麟飛能抵住寒某之〈凝滯營衛〉攻勢外，蔓姑娘可列第三人。藉此，不妨由寒某向蔓姑娘討教一下〈靈禦神罩〉，甫見其能抵禦矢箭，不知可否防住寒某之冷凝招式？」

蔓晶仙不畏對方所言，仍向板車一躍而起。寒肆楓見狀，雙掌朝下一伸，旋即飄飛而起。然此一幕，霎令摩蘇里奧震驚到，「他……他……阿楓已自行突破了至陰神功第三重了！」

另一奇特現象，更令在場目瞪口呆。「她……她……她……蔓姑娘竟能於空中靜止不動！」狼行山驚訝地叫道。身後的雷婕兒立嗆：「別胡謅了！哪有人能於空中靜止呀？」狼行山這才想到，端陽大會前曾聞蔓姑娘提過，其可瞬間改變所處空間之磁場，應如眼前這般才是。

龍玄桓驚訝覺到，「阿楓能手出寒氣以成氣流，使其緩緩上飄；但這能奏天籟美聲之女子，竟能於空中靜止，真是奇人啊！嗯……不行，蔓姑娘是經脈武藝之外，另一能抑制寒肆楓之力量，不能讓阿楓傷害了她！」

見寒肆楓開始速轉雙手，隨之見得白熾光氣生成，待白熾光氣漸轉水藍，寒即刻將雙掌做一水平交叉式，一「霹嚓」聲響伴之而起。霎時，大夥兒直見一迴旋鏢般之藍白相間光氣飛出，蔓晶仙凌空以雙手向上直伸，疾速旋轉，雙手並於旋轉中上下擺動，而後……竟形成一球狀護罩，瞬引在場一陣騷動。

摩蘇里奧猛搖頭唸道：「不……不可能，寒肆楓使得是〈迴旋陰風〉，此招僅於我摩蘇家族門術密笈裡見過，但阿楓竟能自悟出第四重之〈迴旋陰氣〉神功。對，沒錯！能由白熾轉為水藍光氣，是第四重沒錯！」

待寒肆楓之迴旋鏢環擊中蔓之靈禦神罩，惟聞「轟隆」一巨響，蔓之球狀神罩瞬遭震散，雖不見蔓顯出外傷，但見其將雙手相交於胸前，猶有逆氣上衝之狀。寒驚見四重之〈迴旋陰風〉竟僅破其神罩，不禁覺到，「這姑娘之能耐，應僅此而已吧？可再承吾一記三重陰氣？」

寒肆楓趁勢追擊，立馬騰空側轉、轉背、旋膀，由手臂螺旋發出一道白熾光氣，接著又是一「霹嚓」聲響，惟此結果異於先前，此道射向蔓晶仙之白熾光氣，瞬遭龍玄桓釋出之經脈元陽光氣，凌空相抵。龍武尊此一出手，自然引來法王闞切，倏忽持起三犄法杖，立朝龍老跨步躍去！寒肆楓則因運氣過猛，頓生岔氣，翻飛而下，正巧盤坐於雷世勛所臥坑道之馬屍上。

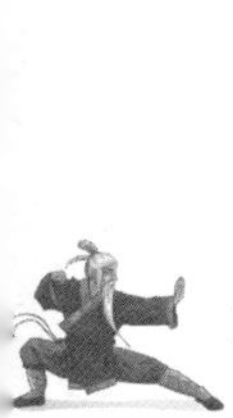

穩住氣息後之蔓晶仙，立朝著板車前去，一見狼行山即道：「狼兄真是命大，每輒聽聞爾之遭遇，無不險象環生。臨宣城現已佈滿重兵，外頭又是法王所領傭兵，狼兄不妨先於一旁調理氣血，而後再同晶仙齊助龍武尊退敵。」

「呦呦呦，一聲聲狼兄，叫得挺親暱呀！山哥，既然西州拿咱們當談判籌碼，應不敢傷害咱們。若是待會兒我爹援軍到來，咱倆大可風光下了這板車；若我爹見爾蜷縮一隅，何以面對顧及婕兒安危之承諾？」

「欸……這個嘛……」難得見狼行山左右支絀。惟聞「唰……嚓……」兩聲，蔓已除去了狼之束縛，隨後又準備為雷姑娘鬆綁，卻聞雷婕兒叱道：「走……你們走！我會等我爹來的。」蔓立輕聲表示，於前來之路上，已聽聞閔暹城已被侯士封攻下，雷王與戎兆犺現朝南方逃竄。

「怎麼……怎麼可能？」狼露出極度驚愕表情，道：「中鼎王與戎總管會失守城池？」

「山哥別受這彈奏琴音卻暗藏武藝之女子鼓惑，她說啥！你就信啥啊！看她敢不敢在這皎潔明月下發誓，若其言虛假，永不得與山哥來往！」

忽然！驚聞一陣「喀噠……喀噠……」之群馬奔騰蹄響，瞬自城前戰場之南側傳來。然由騎隊所持黃色軍棋，加上清一色中州都衛冑甲，一眼即可識出是中州援軍前來；更令大夥兒震驚的是，居前領著騎隊之首將，正是中鼎王雷嘯天！

中鼎王一現身，戰場上之守軍士氣為之一振，亦讓陷身沙場殺敵之左右雙衛鬆了口氣，「主公終於殺回來啦！」。城樓上的段炳慷亦對城軍表示，傳我中鼎王失守閔暹城，絕對是敵對滅我軍心之卑劣伎倆。

雷婕兒立以睥睨之態說道：「山哥您瞧，此人露出狐狸尾巴了吧！為了將山哥拐走，不惜出言中傷我爹，這般不實的女人，你還跟她走嗎？」此話一出，瞬令蔓晶仙啞口無言。

然於此刻，正與龍武尊對峙之摩蘇里奧，突然躍高數丈，洪聲吼出「羥并杉噥……哄叭希碰……」之境外異音，一如下達軍令一般；隨後即見所有墨綠衫軍開始列隊，接著齊步朝臨宣城門走去。

龍老立對法王表示，中鼎王已領軍前來助陣，法王再令旗下軍隊前衝，此舉一如飛蛾撲火，只會增添更多無謂犧牲；法王尚可於鑄錯之前，懸崖勒馬！摩蘇里奧不睬龍武尊之說，摸了摸雙手之指環，喝聲之後，再朝龍玄桓出招，此回二人比拼拳腳功夫，戰況不減先前。

回觀衝回臨宣城之中鼎王，未見其領軍加入戰場驅敵，卻出乎意料地對著段城主做出敞開城門手勢，此舉霎令段城主丈二金剛摸不著頭腦，惟因君命難違，遂令守軍將城門打開。

果然，臨宣城門一開，中鼎王之騎隊隨即衝入。然此領軍入城一幕，霎時引來某人之興趣！「雷嘯天啊雷嘯天！我寒某人刻意前來戰場，就為此一時刻；爾既已現身，吾怎能錯過這大好機會？」寒肆楓瞬起之殺氣，再度引其寒氣大發，然此酷寒之氣，更是透竄座下馬屁，立讓藏身其下之雷世勛，倏生一陣裡寒攻心。

寒肆楓起身後，雙手後擺，立朝著城門走去。然此同時，聽聞法王下令攻城之墨綠軍兵，亦自寒肆楓身後齊步前行，齊朝城門方向而去。

「這是怎回事兒？為何王爺進城後，城門依舊大開？」尉遲將軍一臉疑惑下，隨即放棄與查坦尤垶之對戰，轉而回衝城門；待其遇上寒肆楓對其單手一揮，不僅坐騎瞬間驟緩，甚連尉遲罡亦感雙手僵硬，不聽使喚，這才知悟受了寒肆楓揮出之透骨陰風所致。然身為中州大將，竟於城門之前無用武之地，一怒之下，仰天狂吼了一聲，盼能喚起中鼎王座鎮指揮。

驚聞尉遲罡這一狂吼，瞬讓對戰中之龍武尊關注到寒肆楓之去向，這才讓龍老驚覺到，「糟了！雷嘯天前來支援，正好遇上與他不共戴天的寒肆楓！見阿楓一掌風即可鎮緩尉遲罡，足見其仇怒之心已瞬引其至寒陰氣。不行！寒肆楓殺不得雷嘯天，畢竟雷王乃具制衡中土各州實力之一代梟雄啊！」

然摩蘇里奧持續施咒，以令墨綠軍朝城門而去，並未注意寒肆楓已融於其中。待寒肆楓走遠，尉遲罡重回活力，立馬令武竣殺敵入城，並配合中鼎王將侵軍困於甕城後，一一剿殺。孰料「嘯……」之一長聲，立見查坦將軍再次拋出蒺藜錘，這才讓尉遲將軍想到，「原來西州先派上臧動、顏胤出擊，待顏胤受傷後再由查坦尤垶接手，其目的即為了纏住左右雙衛，使之遠離城門；而雷王突然現身，並要段城主敞開城門，難道……這一切都是依計行事？而衝入城門的中鼎王，該不會是……」

「看吧！雷嘯天根本沒想要救你們。」蔓晶仙話出後，狼行山立馬拿了蔓姑娘的長笛劍，解開了雷婕兒身上繩索，道：「好了好了！妳的繩索是我狼行山解的，咱們就別再為難蔓姑娘了。喂……小心！」狼行山突然吼道。

「鏗噹……」狼行山瞬藉手中利刃，及時抵住突來的雪鷹鉤。先前遭龍武尊擊中極泉穴之顏胤，再度以鷹鉤出擊，並吼道：「西兇王好不容易掌握的談判籌碼，怎能輕易讓他溜走，哼！吃我一鉤！」蔓晶仙見狀後，及時激出一面神罩，藉以護住虛弱的雷婕兒。

適值激戰當下，一心掛著寒肆楓將鑄成大錯之龍玄桓，立採一邊兒抵擋，一邊兒退後之勢，伺機攔阻寒肆楓。孰料寒越走越快，而後墨綠軍於城門前分裂為二，一隊力阻武竣部隊入城，另一隊則於進城後，迅速將城門關上。寒肆楓見狀，隨即躍起，凌空踏步後登上了城樓。龍老驚見寒肆楓上了城樓，心涼了一半兒，一轉身剎那，背部不慎露出破綻，立遭法王雙掌擊中第三背脊棘突下，左右旁開寸半之**肺俞穴**，此穴位乃**足太陽經脈**上內應肺臟，為肺之濕熱水氣由此外輸，以連結**足太陽膀胱經脈**之處；不僅具散發肺熱功效，亦可於此施以**艾灸**，以熱療**水寒射肺**之咳疾，不巧遇上法王之至陰寒氣竄入，不僅阻礙肺臟之**宣發肅降**，甚而影響到腎氣上供，致使中招之龍武尊，幾乎失去了啟動三重環氣之推力。

「呵呵，龍武尊之經脈神功已不靈光啦！眼見臨宣城門已關上，這些中州都衛軍還真以為中鼎王來了，其實，跟隨其後之黃旗騎隊軍裝，即是昨兒個西州前鋒部隊與守軍一陣廝殺後，就地取材而來。至於那位帶頭的中鼎王，實乃我摩蘇家族唯一習得〈借像顯形術〉之摩蘇維所扮。吾刻意領小犬參與端陽大會，即為使其攝下雷嘯天之形影舉止，一旦月光充盈下，即可充當中鼎王囉！哈哈哈」

「果然，一切戲碼皆出自摩蘇里奧所安排；惟我龍玄桓之橋段，絕對由我自個兒掌控！」龍老一話完，隨即自封**手太陰肺**脈氣道，以防侵肺陰寒再藉此循經入裡。有道是「**肺者，氣之本；相傳之官，治節出焉。肺主一身之氣，主行水，朝百脈，主治節**」影響一身甚鉅。龍老接著運行互為表裡之**手陽明經脈**真元熱氣，以助肺抗寒。

法王見機不可失，不待對手運氣片刻，火速拳腳出擊。龍老立以單手禦敵並配合側閃步伐，另一手則持續運行真氣以抑制肺寒擴散，惟內心質疑到，「法王捨法杖而使出拳腳功夫，明顯欲採近身對戰，始能直中對手要害。哼！既然是近身肉搏，對方若中得吾招，亦得付出相當代價才是。」

俄頃之間，法王針對龍老運氣之側為攻擊點，連續使出彈、抓、挑、擂、拉、劈、抄、截，以期於對手防禦之間切入。忽然！一陣來自城樓上之嘈雜與鏗擊聲響傳來，立見段城主持起雙槍廝殺。法王見狀，再度笑道：「哈哈，吾之墨綠軍團已攻上城樓啦！或許冬至之前，我摩蘇里奧即可拿下臨宣城啦！啊……呃啊……」

龍玄桓瞬依臟腑別通之理，引動身後背之足太陽經脈真氣支援肺脈，藉以鎮住裡寒。適值法王得意之際，翻躍而出，俄而使上連環快拳，立由對手任脈上之巨闕穴，一路循著任脈之鳩尾、中庭、膻中、玉堂、紫宮、華蓋往上打，直至璇璣穴時，龍武尊引上一股內力，猛然予以對手一擊，力道之大，不僅震飛對手於指顧，甚令法王之外袍外翻，惟聞「啪嚓……啪嚓……」之聲響傳出，竟見藏於袍內襯袋之丸藥與紀冊，凌空四散，隨風吹落。

摩蘇里奧雖於中招後口溢鮮血，卻於落地後急忙找尋四散紀冊。龍老乘勝追擊，再一蹬躍，瞬將雙手之三陽經脈真氣匯集於手掌，並想著，「法王居心叵測，欲藉侯士封之力，竊佔中州要城，一旦得逞，即可令中鼎王芒刺在背。要不……先擒下這老賊，或許能消弭眼前戰亂並換得中土五州之穩定。」

「啪……啪……啪……」之拳腳揮擊聲依舊，見龍武尊封閉一脈後，依能還擊，直令法王難以置信，心想，「好……好個龍玄桓，爾能藉經脈運行，出奇不意地一輪猛攻，我摩蘇里奧就不能趁著頹勢，將計就計嗎？就算受你一掌又如何？能撐到最後，才是贏家！」

法王於定步後，突然採取閉目方式以對，其試著壓低自身溫度，藉此更能明顯感應對手溫陽雙掌之位置。「嘯……嘯……」一陣突起之江邊寒風襲來，瞬助法王感測對手已近其身，龍武尊驚見敵對破綻既出，斯須出掌……「嚓……嚓……」惟聞兩擊響隨即傳出，頓時見得二人定住不動。

原來，摩蘇里奧於閉目感測對手時，立將雙手中指上之指環，眨眼扣上精鋼圓刺錐，待龍武尊正面出手剎那，法王感出對手雙掌之距後，以迅雷不及掩耳之勢，倏而擊出其所擅之〈雙陵拳〉，而拳前之精鋼刺錐應聲刺入對手於臆前蔽骨下五分，亦即臍上七寸之鳩尾與膻中二穴。

然而，鳩尾乃三焦黃膏之原穴，任脈之絡穴，此穴氣血乃天部浮遊之氣於此熱散冷降，此穴不可灸之，否則恐有心力不繼之虞。常人倘此受到重創，將致腹腔壁之脈管與肝膽，甚至心臟，或因內出血，或因連動血滯而身亡。再說，膻中穴位居兩乳之間，為任脈之氣於此吸暖脹散，亦是八大會穴之氣會膻中，且為足太陰、少陰經脈、手太陽、少陽經脈與任脈之會處，亦為心包之募穴，即募集心包經脈之氣血，此穴受創，內氣散漫，心慌意亂，更何況眼前乃遭金屬尖錐直接刺擊而嵌入。

身受重創之龍武尊，剎那之間，氣不順，血不暢，及時於體內循環幾近崩潰前，封鎖其四肢具升發屬性之陰脈，並齊聚金水沉降之陽脈於上肢，挺著全身氣力，以右手虎口架上法王之下顎，加以雙腿猛力蹬躍，將法王整個兒擎起於數丈高空，放手剎那，將內力集中雙拳中指骨節間，快速地自上而下，依序雙擊對手頭顱之頭維穴，胸膛處之期門與日月穴，最終雙拳使出全力，擊向法王腹部之神闕（肚臍）。然此雙拳力道之大，蕩海拔山，直將摩蘇里奧擊向城牆。

法王於背撞城牆剎那，瞬發一轟然巨響，不僅引來各對戰群之目光，其震力更震開了臨宣城門。眾人見此一幕，直覺法王已遭龍武尊擊潰於城牆，而另一頭之狼行山亦見龍師父以雙拳之勢，擊垮了摩蘇里奧，信心為之一振，瞬間雙手凝聚濕寒水氣，藉〈羚躍翻飛〉之式，跨步來到顏胤身前，一陣近身對擊後，趁隙翻躍出掌，直將寒濕灌注對手身背之足太陽經脈中，惟因掌力過猛，顏胤一路飛滾，直朝江邊而去。霎時，狼行山於移步之中，似乎踩到了什麼？俄頃俯身將該物藏於衣著之中，隨後走向了蔓姑娘，瞬間聽聞，「放開我啊！別攔著我！」

蔓晶仙抓著雷婕兒，不讓她冒險進城去。狼說道：「大小姐，別傻啦！帶兵進城者非中鼎王！放眼望去殞命沙場之兵將，為何獨見中州都衛被捋去外衣鎧甲？再則，明明是雷王帶兵入城，為何獨見城樓上，仍由臨宣城主帶頭砍殺墨綠軍兵？足見此乃摩蘇里奧之幻影詭計，找人冒充雷王，為的是騙段城主打開城門。咱們不妨先往莒蠶埠頭，搭小船順江南下，到閔暹城探個虛實吧！蔓姑娘不妨一塊兒走吧！」

「狼公子，龍師父甫擊退了摩蘇里奧！你不過去瞧瞧嗎？」蔓晶仙不悅說道。

狼聳聳肩回道：「曾騙龍師父要去南州，結果卻被綁在這兒當人質，教人難以解釋啊！早知法王不會是龍師父之對手，還是先走一步，等這事兒淡了，再回嵐映湖跟他老人家解釋解釋了！」

「哼！你不去幫龍師父，我去！」蔓不悅再說。

待蔓姑娘走了幾步路後，驚見城樓上之段城主身中數刀，且遭綠衫軍丟下城樓。此一幕看在赫連雋與尉遲罡眼裡，即知雷王援兵乃乘偽行詐之計，臨宣城已被佔據，為留住僅剩戰力，左右雙衛率著殘兵敗將，火速撤往另一陣地。

蔓晶仙回頭一瞧，以為狼會跟上，反倒見著雷婕兒緊拉著阿山朝埠頭而去。蔓搖了搖頭後，回身朝著龍師父走去，然此剎那，卻見查坦將軍已攙起了法王，正朝城門而去。

這時，見著動也不動的龍師父背影，頓時讓蔓晶仙有些不安。「喀噠……喀噠……」驚聞一雪白速駒狂奔而來，立見其上馭手將龍師父拉上馬背，呼嘯而去。蔓晶仙蹬步咄嗟，旋即追了上去。

半晌之後，蔓晶仙來到城北叢林中。驚見一古貌古心，身著白道袍之白髮長者，正於林中生著柴火。「是他！是他帶走了龍師父！」蔓驚道

「蔓……姑娘已跟了老夫一段，可……否現身，助老夫一把？」忽聞林間發出一哽咽之聲。

「原來是常真人！請恕晚輩暗地跟蹤，不知小女子能幫上什麼？」蔓於回應後，赫見常真人正抹淚揉眵，涕淚交零地將龍武尊平臥於地，倏而取出數根銀針，說道：「蔓姑娘，有勞於老夫施以針術之際，儘量避免寒風吹滅了柴火，老夫須緩阻龍武尊之溫散！」

蔓蹬躍俄頃，分朝三面揮出手勢，隨即於柴火周圍製出三面遮風護罩，以避免受深夜之冬寒刺骨。而後，常真人集中精力，抽出銀針，首對龍玄桓針下其**後髮髻直上五寸凹陷處之啞門穴**，針進後立朝下頷骨頰隆凸方向緩刺；二刺**掌心勞宮穴**；三刺**小腿足內踝尖上三寸**，此乃**足太陰**、**厥陰**、**少陰**，三陰會聚之**三陰交穴**。而後再刺龍老於足底之**足少陰湧泉穴**；接連再針下**足內踝間與跟腱間凹陷處之足少陰太溪穴**。待常真人將龍老胸脘之蔽體衣著撕開剎那，再次令常老熱淚盈眶，而後潸然淚下，惟此致命之二精鋼刺錐，正呈於常老欲下第六針之**中脘穴**上方

數寸之鳩尾與膻中。蔓晶仙至此方知龍大師已傷重致命，為免礙於常真人下針，強忍悲痛，隱聲哽咽。忽然！常老於刺下第六針，瞬見龍老抽吸了口氣。

「玄桓啊！玄桓……可否聽聞吾之呼喚？」常元逸哽咽呼喊道。

接著，常真人再以三寸長針，強刺龍老坐骨處之環跳穴；而後再取膝眼下三寸之足三里穴，最後針下手陽明之氣穴合谷，以助提振一身氣動。

「呼……哈……呵……常老……您……來……啦！」龍玄桓於九針之後，醒了過來，此一幕嚇傻了一旁的蔓晶仙，顫聲呼出「龍……大……師……」

「感激……蔓姑娘……相助，老夫……見爾之靈禦神罩，咳……咳……竟能擋下……寒肆楓之凜冽寒攻！蔓……姑娘，中土禦狂之力，不能……沒了妳啊……咳……咳……」

龍武尊緊握常老雙手，道：「吾於中招後，摒住部分氣脈，守住體溫，就為了……等您為龍某施以……**啞門勞宮三陰交，湧泉太溪中脘接，環跳三里合谷併之……回陽九針**！惟此回陽片刻，咳……咳……腦海即浮現……惲子熙所述『常生有命，龍後有傳，凌研有得，惲危有嗣』四句，吾堅信……有傳人，只是……始於吾之生後罷了！還請常老……記得咱倆於陽昫觀所談，如此……此生，已無所憾了……」

「玄桓……玄桓吾弟……你不可以走！還有很多事兒，等著咱們並肩處理，爾乃中土五州公認之武尊，要撐住啊！玄桓……」

龍老撐著僅存之氣，說：「吾之命門火將熄，冀望世間再有制衡〈至陰神功〉之後繼力量；除非異能推助，否則寒肆楓之……陰寒內力……已……達於人之極限！推升經脈武學，絕對……能剋住……天地間之異能的……呼……呼……呼……」龍玄桓氣若游絲地顫著雙唇，常真人隨即將耳朵湊上，惟聞龍老隱約呼出了：「這人……要……要……小心……呼……呼……呼……」

「玄桓……玄桓……玄桓吾弟啊！……啊……」

「龍師父……龍師父……泣……」蔓晶仙泣不成聲。

常真人目睹龍玄桓元陽盡散，命門火熄後，不禁仰天嚎叫，椎心泣血，痛念之至，久久不能自已。一旁泣下沾襟之蔓晶仙，隨即上前攙扶常真人。

待常老情緒稍穩，隨即為龍武尊誦上：「爾時，元始天尊在大羅天上，玉京金闕紫薇天臺……放大光明，普照萬國……一切有情，齊登道岸，無上虛皇證真三寶……」之「太上慈悲道場滅罪水懺」等經懺；並由衷唸道：「玄桓吾弟安息，常元逸將盡力維護吾等堅持之初衷與信念！」

而後，常真人寫了封信函，託蔓姑娘速送黃垚山五藏殿，並表明將依循龍玄桓遺願，將其骨灰帶回嵐映湖，交予牟芥琛與豫麟飛處理後續。

數日之後，「咚……咚……咚……咚……咚……」黃垚五仙紛於五大殿堂前之大鐘，輪番操棍，擊響大鐘，以敬龍武尊之捨生取義；昔日五藏殿如此隆重，乃前中主傅宏義安息歸天之時。然此鐘響，五州內之教派上下，紛面朝鐘聲響處，或為拱手默哀，或為雙手合十，深表致敬。一代武尊於眾英賢生榮歿哀下，暨此畫下了句點！

第十六回 瀉南補北

建子冬至日，晝短夜長時，詩人不禁筆述：黃鐘應律好風催，陰伏陽升淑氣回。然而，市井小民唱吟：一九二九不出手，三九四九冰上走，五九六九沿河看柳，七九河開八九雁來，九九加一九，耕牛遍地走。歌謠所指之冬至日，實乃數九寒天的第一天，自此以九天為一九，九九八十一後寒冬遂過，此即九九歌之九九數盡。

龍血玄黃後之冬至，入夜後一陣滂沱大雨，似乎是蒼天憐憫大地之淚，著實令人寒上加寒！多少傷兵殘將，肢截無依；多少沙場橫屍，無以歸鄉。此刻，臨宣城易主，城中多為墨綠軍兵，深邃面孔，黝黑皮膚，更因不解其吱嗚呀語，直令城中百姓難以適應，驚慌不安。

摩蘇里奧雖坐鎮臨宣，惟受創後之身子已大不如前，尤其服下善治頭疼之自製藥丸兒，均不能解其顱裂之痛；再因胸膈腹腔遭擊後，胸脇抽疼，脘部脹痛，泛酸呃逆，夜不成眠，諸多

不順以致急躁易怒，性情大變；更因經脈亂竄，致使陰寒功力退去大半，一時驚到，「不行！絕不讓人知吾現況。眼下欲使人屈服，非抓緊寒肆楓不可！阿莉已懷其骨肉，阿楓應不致背叛我才是。倒是……假扮雷王之摩蘇維，何以帶兵入城後……失了音訊？再則，見寒肆楓對蔓姑娘使出四重陰風掌後，稍有岔氣而於一旁調理；惟吾一心力攻龍武尊，竟未察覺阿楓之去向？所幸身遭逆擊時之外散紀冊，尋回了《喚靈》與《鬥術》；或許一夜大雨傾盆，另二紀冊應已字糊紙散才是。孰料，僅專注於對戰中之拳腳出擊，卻萬萬想不透那三犄法杖之去向？難道是寒肆楓所為？唯有那法杖，始可令其突破至陰神功。」

大將臧勳突然走了進來，「眼下已攻下了臨宣，閔暹城亦被我主公攻克，何時可迎西兑王前來接收臨宣城池？」

「呵呵，多虧了臧、顏二將軍之力，始能順利攻下臨宣。惟因顏將軍受創而水腫不退，恐需在此靜養；又聞魏廷釗於攻城之中受傷，倘若此時西兑王北上，恐遭中鼎王領兵反擊，甚有奪回閔暹城之可能。老夫以為，臧將軍之驍勇善戰，乃是前去閔暹支援，甚而迎回西兑王之最佳人選。惟因魏廷釗已任軍機總管一職，故老夫將致上信函予西兑王，推舉臧將軍接任閔暹城主一職，威風之至，無可比擬！」

「哈哈哈，法王所言甚是。法王循序漸進之計策，實乃此次戰役能出奇制勝之關鍵；尤其是令郎那〈借像顯形〉之術，不費吹灰之力，即令城門大開，煞是一絕啊！哈哈哈。嗯……擇期不如撞日，臧勳即刻整軍備馬，儘速前往閔暹城。」

待臧勳離去後，查坦尤埣疑問，為何放走臧勳，使之與西兑王會合？

「呵呵，本王收到奇拉耶、奇拉啞二將之快報，侯士封不僅受了傷，其引以為傲之厲砂鉒拏劍，亦於征戰中慘遭折劍，不……是碎劍！」

「雷嘯天之疾剎剌犀斧，果然厲害，竟能擊碎鉒拏劍！」查坦驚訝道。

「非也非也！依原計畫，侯士封確實已攻下閔暹；其為了趕盡殺絕，竟出吾意料地安排了鱷王臧運豊，半途襲擊逃竄之中鼎王。所謂擒賊先擒王，待侯士封親自率隊擒王，卻遇上了半路殺出之刁刃，此人藉一柄戮封劍，即令鉒拏劍碎裂一地，此等角色，非同小可，來日恐為我軍蠶食中土之一大阻力！」法王又說：「眼下之侯士封已不具威脅，此刻我軍若與臧動衝突而折損兵力，對我不利，不如先將臧動支開，臨宣城隨即歸咱所屬，其欲返城，難矣！哈哈哈。」

「歐……對了，查坦將軍於攻入城門後，可有見著吾兒摩蘇維？」

查坦搖搖頭表示，與臧動先後殺入城後，並未見到摩蘇維。然臨宣城門內建一甕城，以防城門失守後，可將侵軍困於甕城內。值末將進入甕城，立登馬道後，發現地上諸多土堆礫石，初以為臨宣城主欲採石攻，仔細一瞧，此般石礫近似遭重擊而碎裂之碎石，根本不成攻擊之用。又說：「後經我兵指出，佯裝雷王者帶兵進城後，立領騎隊衝破甕城內木門，直上馬道，一路衝上城樓，惟聞一陣廝殺聲響後，即不再見那攻上城樓之偽裝騎隊了。」

數時辰之後，臧動持起三刃銀叉，馬背一跨，隨即領著隊伍朝閔暹城而去。查坦將軍於送走臧動後，關上城門，斯須抽起侍衛腰間大刀，屏息躡足地來到顏胤癱臥之榻床旁，不待顏胤翻身，大刀直朝顏之頸項重劈，俄而取下了顏胤首級，封裝成箱，並附上法王親筆信函，令一快騎兵別於臧動路徑，火速送往閔暹城。

正當法王為著計謀得逞而暗自竊喜時，突見兩熟悉形影，緩緩走近。

「阿爹，阿爹，聞阿楓告知，阿爹受了傷，阿莉特來關注您！」

「阿莉啊！你阿爹身經百戰，這點兒傷，不礙事兒的。欸……今兒個阿楓雖不致蓬頭垢面，卻蓄了鬍子，怪沒精打彩地。阿莉啊！莫怪阿爹嘮叨，阿楓之儀容，妳也得多留意些才是！」

法王此話一出，立見摩蘇莉嘸了口水，僅見寒肆楓一語不發，兩眼無神地佇著。摩蘇莉立對法王附耳表示，自聞黃垚山傳出肅穆鐘響後，阿楓即蓄下了鬚鬍。

法王頓覺冒失，立馬轉了話題，「欸……阿楓啊！知爾天賦異秉，特將我摩蘇家之絕學轉譯成冊，或可作為解悶之用。」話後，法王順手將《喚靈》與《鬥術》二紀冊，當面授予了寒肆楓，摩蘇莉立叫道：「阿爹最偏心了，一下子就交了兩門功夫給阿楓，不用說……我知道……這又是專為男子體質所著，對不？」

「嘿嘿，傻丫頭，爾已有了孕事在身，練啥武功嘞？況且，阿楓有了這些功夫，即可隨時保護妳，爹也較放心啊！」

「哦……對了，怎不見維哥哥呢？」莉問道。

阿莉突來一問，瞬讓法王不知如何回答，勉強回應表出，「因臨宣城主招待阿維四處看看，暫不知其去處？」說著說著，法王不禁望向寒肆楓。

寒肆楓若無其事地翻了幾頁紀冊後，順手置於衣袍內，道：「阿莉欲重遊北州，甚或於北州定居待產。我倆本於婚儀後動身前往，而今礙於……礙於……龍武尊甫辭世……」

「呵呵，這個老夫明白，所以才蓄了鬍嘛！呃……不急不急，好好選個落腳地，待時機對了，該怎麼辦，就怎麼辦，老夫乃通於情理的。哈哈！」

然於摩蘇莉面前，寒與法王皆採低調，壓根兒不提臨宣城前那般龍戰魚駭之事兒，畢竟法王尚須顧及慈父形象，惟內心與寒肆楓之所揣測，不盡相同。寒並不確定龍師父是戰死沙場？或遭法王毒手？而法王更是懷疑摩蘇維之失蹤，恐與寒肆楓有關。礙於眼前局勢，法王暫以拉攏手法為考量，寒肆楓則因摩蘇莉有身孕，暫採息事寧人之策以應。

翌日，摩蘇里奧突喚來查坦將軍，問及關於段城主殉職之經過。查坦表明，當時正與尉遲罡纏鬥中，不久後即見段城主身中數刀，隨後慘遭綠軍扔下城樓。見此一幕後，中州左右雙衛即知大勢已去，遂下達了撤軍令。

法王則分析指出，曾與雷世勛交換條件，要他提供雷王於各城之將領部署，這才瞭解雷王與戎總管將進駐閔暹城。當下遂生疑問，碩大的臨宣城，為何僅中州左右雙衛留駐即可？聞雷世勛表明，段炳慷曾於比武擂臺，手持雙槍獨戰九局，最終敗於善耍雙劍之戎兆犹劍下，故雷王相當放心其固守臨宣城。法王又說：「倘若雷世勛沒胡謅，當帶頭之摩蘇維衝破甕城，循馬道而上，應該遇得上坐鎮城樓之段城主。正巧段城主與我兒皆擅長短桿雙槍，依理而推，一番激戰，在所難免，又怎會導致段城主中刀，又遭我軍兵扔下城樓呢？」

法王頓了下後，又問了查坦將軍，如何處理戰後之沙場橫屍？

查坦回應指出，連日清理城外屍首時，已令我軍將西州殞兵運回西州，而都衛守軍則於入殮後，分區葬於臨宣城南。

法王隨即起身，正經表出，針對段城主之死，法王將親自開棺驗屍！

數時辰之後，綠衫軍掘出了先前標上記號之棺木，隨後立將殮有段城主大體之棺蓋撬開。待法王驚見一具臉部浮腫大體，雖難以辨識其五官，惟映入眼簾之身形，頓令法王一陣腦麻。待摩蘇里奧拿出一柄三寸利刃，狠將屍體之肩頸部劃開剎那，驚見法王手顫難抑，熱淚盈眶，雙膝倏忽癱軟，跪地仰天嚎嗚，「阿維……我的阿維啊……」

原來，摩蘇維曾於練功時發生鎖骨多段骨折，法王遂親自為摩蘇維換上金屬支架作為替代。眼前甫一解剖，瞬見該支架而識出屍首身份。無怪乎法王一見屍首體型，隨即有了不詳之感。

查坦尤垶攙起悲痛欲絕之法王，斬釘截鐵地話道：「明明見段城主被推下城樓，怎會易成了摩蘇維呢？」

法王穩住情緒後，褪開屍體之蔽蓋物，端詳好一陣，正經指出，殞者致命之處乃於脇肋，傷口確為槍鏑頭所為，唯身上之刀傷處，不見溢血跡象，推斷應於死亡後刺入。法王再深吸了口氣，道：「阿維於端陽大會遭狼行山莫名襲擊後，因其體內水濕氾濫，影響了若干特異功力，甚而包括其特有〈借像顯影〉之術。近來偶見阿維發生錯亂借像角色，甚將所扮角色，轉換成印象深刻之敵對模樣；換言之，阿維扮雷嘯天時直衝城樓，經段炳慷察覺事有蹊蹺而提槍以對，而後阿維恐因不敵對手而錯亂地借了段城主之像；接著我軍陸續攻上城樓，錯將阿維當成段城主，惟因阿維已中招，遂不敵群起圍攻之綠軍，終發生查坦將軍驚見段城主遭拋一幕。」

「經由末將屬下回報，第一批隨摩蘇維攻上城樓之騎兵，除了馬匹，幾乎全員消失，那真正的段城主去了哪兒？」查坦疑道。

至此，法王雖無頭緒，卻總想著，「這事兒絕對與寒肆楓脫離不了關係！」接著，法王命查坦將軍依照克威斯基古禮，立將摩蘇維之遺體運回克威斯基厚葬。

「喀噠……喀噠……」領著騎隊來到閔暹城之臧勳，一見西兑王將顏胤首級呈出，即知遭摩蘇里奧出賣，氣憤咆哮道：「格老子地，摩蘇里奧竟利用西州出兵，輾轉佔了臨宣城。主公，俺立馬調兵殺回去！」

「咳……咳……且慢，且慢！」侯士封拖著尚未平復的身子，倚著椅背，無奈表示，法王差人送了封胡謅信函，指顏胤受創嚴重，起身之後，既神昏譫語，亦瘋狂亂砍，遂為安危考量，了了顏將軍。此等送上將領首級之威嚇手段，再編出一番人神共憤之道理以除罪，唯摩蘇里奧可為之！又說：「臧將軍神勇無比，有目共睹；此回戰役，我軍雖僅攻下閔暹，對中鼎王而言，卻是失了兩城，其怎嚥得下這口氣？再說，這兒可是中州境域，雷王隨時可調兵再戰。然西軍雖攻佔了閔暹，倘若讓雷王知悉我西軍與法王起了內訌，以摩蘇里奧之為人，或將以利益為餌而與雷嘯天掛勾，再一併將我軍滅了！唉，怪我侯士封太急於趕盡殺絕而失了足，而今顏胤殞命，加上令尊因半路截殺敗逃之雷王而受了創，現已回到西南隅修養中。綜而觀之，我軍必須從長計議才行。」

「什麼！俺父受創了？」臧勳錯愕道。

「據鱷王之子弟兵來報，令尊雖無大礙，卻須療養一段時日。」侯又說：「原本我軍勢如破竹，而今卻屋漏偏逢連夜雨，惟因聽聞魏廷釗部下傳來消息，一直以為勤於整飭軍隊，伺機突襲中州之南離王，竟然出人意料地揮軍西向，已於西州南端紮營留駐！魏總管聞訊後已趕回西州，調軍南移。為此，本王已送出急函，請求雪鑫山東麓之雪盟山莊喻莊主支援。」

「喻莊主？可會為主公伸出援手？」臧勳質疑道。

「國家興亡，匹夫有責！危難當前還管啥昔日恩怨？只是……中州資源豐富，向來羨煞著各州霸主，南州亦不乏揮軍北上之虞犯行徑。適值中、西二州開戰，應是南離王借題發揮之絕佳時刻，怎會……怎會朝著西州之崎嶇山徑而來？」西兌王冥想了片刻，突然！訝異指出，倘若南軍循靈沁江而上，直可攻我白涘城；惟其採險峻之山徑入侵，莫非……南離王為的是……雪鑫山出土之白色奇晶？此一醒悟，立讓西兌王下令：「儘速通知魏廷釗，動用西州水軍於屹岡島建立水軍基地，以作為我閔暹城軍兵一進可攻，退可守之碉堡，甚可調動該島駐軍，直接參與防禦南軍入侵之行列！屹岡島基地一旦竣工，我侯士封將親自坐鎮，這閔暹城就交由荀逕指揮，而防禦工事則由臧勳將軍全權負責。」

聞訊當下，臧勳雖聽令主公之部署，惟心裡不是滋味兒地唸道：「交給荀逕？荀逕賣友求榮，唯利是圖，怎可與吾之隳肝瀝膽相比？哼……反正兵權在我，量你荀逕也不敢陸梁放肆才是！」

歷經崎嶇山徑之折騰，雷嘯天之殘軍終抵了牧里城；然而令雷嘯天吃驚的是，佇立於牧里城門前，領著精神抖擻黃旗軍之指揮官，正是雷夫人也！

雷夫人將中鼎王扶坐於牧里城軍防局廳堂之後，隨即問及婕兒之下落。雷於一聲嘆息後，立由戎兆犹將近日來之所歷，詳實地對夫人描述了一番；而夫人亦將臨宣城之失守，據實告知了雷王。

雷王知悉了龍武尊已逝，瞬覺中州之防禦氣勢受了一大創擊，縱然坐擁大軍，卻不敵侵軍而節節敗退。感嘆之餘，見得牧里城主柯惟，氣喘吁吁，匆忙前來，隨即傳達了濮陽城已被東震王長子嚴翃寬領軍攻陷，濮陽城主聶忞超於墜下城樓後下落不明，守軍頓感群龍無首，節節潰敗，當下遂由薩孤齊國師下令，濮陽城守軍暫時撤往淮帆城！

「又……又是……甫聞臨宣段城主墜下城樓，連濮陽聶城主亦是這般下場……唉！天將亡我乎？」雷王頓了下後，疑道：「為何薩孤齊現身濮陽城？」

雷夫人隨即表示，初聞東州衛林軍集結京棡埠頭，煞是驚訝！當下又無法得知王爺消息，薩孤齊遂自告奮勇前去濮陽城支援；孰料，其結果同樣令人不堪！

雷王艴然不悅地吼道：「此回若非世勛於臨宣城引燃戰火，我中州諸城池應不致落到這般地步啊！欸……倒是……勛兒放了火後，為何就此失了身影？至今亦未聞其音訊？」

夫人表示，段城主於開戰後，即令快騎傳文至惠陽城，信中確實提到阿勛向西軍發出火矢並焚燬一艘敵船。兩軍開戰後，惟見阿勛領著騎隊向臨宣城奔來，一陣混亂後，驚見隨扈林桀橫屍沙場，卻不見阿勛去向？

雷王搖著頭道出：「初聞阿勛前往戰場，以為其已一改懦弱之性，挺身為國殺敵，怎料一見敵軍上岸，立向後竄逃，真夠窩囊！倒是，摩蘇里奧熟悉世勛之長像，眼下既由他佔了臨宣城，倘若阿勛有何不測，此事兒非同小可，法王應會書信告知才是；沒準兒阿勛現已回到惠陽正於酒樓買醉哩！」此話一出，在座頓時未敢接話。

雷王面對諸事不利，一陣吶喊與搖頭嘆息後，突然面向夫人，驚訝道：「本王領軍歷經驚濤駭浪，幾經波折才輾轉來到牧里城。甫聞夫人提及無法得知本王消息，為何……為何夫人能領兵前來牧里城？難道，柯城主早料到我軍將潰敗，提前知會了惠陽瑞辰殿？」

「微臣柯惟，恪守職責，竭盡一城主督導地方之力罷了！微臣何德何能？預測戰事之始末耶？微臣見夫人領兵前來，遂派人打探其他戰場情況，如此而已。」

夫人上前一步，說道：「值薩孤齊前往濮陽城後，媮燕內心極度忐忑，不僅時時擔心勛兒與婕兒安危，且於碩大廳堂之中，頻聞西岸戰事吃緊，更見諸官如坐針氈，媮燕遂於急杵搗心之下，急令周康引領前往東靖苑，倏而將中、西開戰與東軍入侵之事兒，詳實告知了惲子熙先生！」

夫人接續表示，惲先生於聽聞黃垚山之異常鐘聲後，即知中州進入了危難時期。然於聞訊之後，惲先生立取出羅盤，倏於星象圖毯上推演天磁地氣；惟見羅盤於一陣浮移之後，惲先生正襟危坐，明確指出了二事兒！其一，倏令南中州之淇郁城都衛守將蔣勖，集中靈沁江北之軍力，並盛邀火連教主邢彪前來觀禮我軍操演。其二，速速領上惠陽兵力，火速前往牧里城接應傷兵。話一說完，惲先生隨即提筆寫下兩小紙卷，置入套筒後密封，且標註了先後，並再三囑咐，「遇得雷王後，立即拆閱封筒，待完成其內任務，始可再閱後續封筒！」媮燕驚聞惲先生提及接應牧里城傷兵，晴天霹靂，遂漏夜下令蔣勖將軍進行軍事操演，並火速領著京城都衛軍隊直奔牧里城！夫人一話完，立取出了兩封筒予雷嘯天。

雷立馬拆閱前卷，其上僅呈出了四大字兒……「速收臨宣」。雷王心急地喊道：「中州一連失了三城池，本王決定南向牧里城，為的是讓戎總管倏調南都軍團前來支援。怎麼？一養尊東靖苑之惲子熙，竟不讓本王調動南都軍馬，更不提東州侵佔我濮陽城，無疑教我中州坐以待斃啊！」

戎兆犸則認為，主公雖有想法，眼下我軍尚不具同時反攻東、西二軍之實力。惲先生應是擔憂南離王揮軍北上，遂邀火連教主前來觀禮，此舉可令南離王懷疑邢彪與我交好而心生顧忌，故此刻強化南都防禦戰力，絕對有其必要！再則，西兑王雖據佔閔暹城，卻也付出了慘痛代價，故一時難成氣候。倒是摩蘇里奧藉由西州揮軍東侵而漁翁得利，竊佔了資源豐富之臨宣城，難道俟士封甘願據佔閔暹，而將臨宣讓予法王？值此二人嫌隙之際，正是我軍見縫插針之時機，故全力奪回臨宣城，確是我軍當務之急！至於東州之入侵行動，乃趁中、西開戰之所為，否則，以此歲末嚴寒氣候，尚不利於慣著輕甲之衛林軍兵，故該兵暫無擴出濮陽城之實力。戎又說：「此刻主公與我征戰部隊尚須回養身子，故暫依惲先生之說，重新整軍，速收臨宣為要！」

這時，驚聞柯城主屬下回報，南離王竟出人意料地循著崎嶇山徑，出兵入侵西州南域之西澤山區。此舉不禁令雷王聯想，「哼！南離王果然耐不住性子，整好了軍隊，卻不按牌理地改由山路入侵西州。呵呵，至此危急時刻，我中州雖腹背受敵，但西兑王亦不遑多讓啊！」

待雷嘯天理了思緒後，正經表示，中州之神鬣門尚未成形，故須調動武林高手加入我軍陣容。眼下已發令徵召佛岭山大力士蒙崗、北冀偃月刀呼延剬，齊於惠陽城會合。然此回助軍制敵有功之鶱驛，即刻躍升閔暹區之都衛軍長，並由戎總管調動部分兵馬予鶱軍長，隨時盯住閔暹城，一旦時機成熟，定要收復閔暹城。眼下再藉迅天鷲與夜巡翁，持續打探雷世勛與雷婕兒下落；待中州王將菁英回聚瑞辰大殿，首要之務……奪回臨宣城！

山寒水冷，湯風冒雪，趁著兵荒馬亂之際，竊得西州水軍船艇，循江南下之狼行山與雷婕兒，雙雙佇於甲板兩側。一向談笑風生之狼行山，自聞黃垚山傳出沈重鐘聲後，除了雙唇上下蓄留鬚毛外，不發一語。雷婕兒亦因阿山與蔓晶仙之曖昧不明而吃味冷戰。突然！「咔……咔……」船艙內發出聲響，似乎有些動靜？婕兒輕聲說道：「山哥，這船上好像不只咱倆耶？」

阿山躡著手腳走入船艙，「唉……呀……果真有人匿於船艙底下！」

匿者突然衝出，瞬朝阿山出手，待交手數招之後，不禁令阿山覺到，「眼前滿臉油黑，一身西州水軍模樣兒之年輕人，頗具身手，惟其手掌厚如犀甲，絕不可能由其雙掌灌入水濕之氣。此人為何匿於船艙下？」稍後，兩人各退一步，雷婕兒衝了進來，「喂！你是何許人？為何偷上我船？」

「唉……唉……呦……反了，反了，此刻所處可是西州軍船欸！我身著西州水軍服，姑娘卻質疑我偷上爾船？這年頭作賊的還挺囂張的啊！吾倒想反問，為何強佔我西州船？莫非……

爾倆是幹強盜的？」

正當狼、雷二人三緘其口，無言以對時，眼前水兵突然瞠著大眼兒，對著阿山上下打量了一番後，說道：「好樣兒的，瞧您換了衣裳，蓄了鬍子，真差點兒認不出來呢！狼兄弟，好久不見啦！」聞訊當下之狼行山，尚不瞭此人是啥身份？惟聞其音調咬字，似有幾分印象，待此水兵擦去臉上黑油後，道：「在下曾與狼兄弟同處東州牢房，且僅結識三日之……獠宇圻！」

「獠宇圻？啊……對啦！就因煉製藥丸兒，慘遭余伯廉誣陷入獄的獠宇圻啊！」狼行山興奮之餘，倏將於東州牢獄中結識獠宇圻之過往，向雷婕兒描述了一番。而後又問：「為何獠兄弟會身著西州軍裝，藏匿於船艙底下？」

「幸得狼兄弟補述了過往經歷，當時於普沱江岸將小弟擄走之斗笠翁，正是摩蘇里奧！待隨他前往西州，始知此人乃克威斯基國之護國法王。不過，此法王亦非善類，其與西兌王狼狽為奸，利用西州邊界盛產之罌粟，練製成多種曚幻藥劑，藉以供應中州所需。此等傷天害理之事兒，本不可為之，然識時務者為俊傑，見過法王陰寒功夫後，獠某暫且走一步是一步；而後更知，西州煉製之曚幻藥，多數私運閔暹城，而主要接應者乃閔暹城主……茍逕！」

「原來是採了裡應外合之策，無怪乎侯士封信心十足地領軍直攻閔暹城。」狼說道。

獠又說：「後來得知，凡被調來西州煉藥者，幾乎是終身職，說白了即是做到死！再則，摩蘇里奧利用吾之煉藥技術，調製一種皮膚藥劑，用以治坊間之蛇皮病；孰料調製過程中，因不知名成分，致使吾雙手呈現犀甲皮。本以為法王將為吾醫治，怎料這殺千刀的，竟密謀西兌王將此劑之異常效用，暗地施於軍兵，盼能使西軍身擁犀甲皮層，以耐於刀劍肉搏戰役！獠某遂由軍兵藥物試驗之際，伺機藏了套水軍服，更於中西軍開戰後，趁機混入水軍船，抹黑面部，躲入船艙夾板底下，待戰事稍息，吾也餓得發慌，遂爬上船艙找點兒東西吃。想想，躲在底下真是難受，還不時擔心此船若遭火矢擊中，獠某就死定啦！」

「有婕兒當人質，臨宣守軍應不致發火矢才是。」狼說道。

「呵呵，狼兄有所不知，面對此一戰事，原本交戰雙方甚為謹慎，惟因中州之雷少主突令騎隊發出火矢，致使與此船相鄰之西州軍船焚燬，始點燃此戰役之戰火。」獠說道。

「唉！吾之兄長真是成事不足，敗事有餘。看來，我父王得扛下臨宣戰役之歷史責任了！」婕兒又說：「若依獠兄弟所述，閔暹之荀城主，早已和西兑王掛勾，我爹被出賣的機會頗大，那咱們還去閔暹城嗎？」

「依吾之見，咱們先循蟄泯江之支流入中州，再伺機上岸；惟此時刻，有件事兒倒可就地先行！」阿山話出後，見雷、獠二人不甚了了，又說：「上回與獠兄弟同乘囚車，這回狼某又逃離人質囚車，藉此船撿回了一命，而獠兄弟亦成功地匿於此船逃離西州，又巧讓咱倆難兄難弟不期而遇。就憑著這點兒緣分，我狼行山是不是該與這位獠兄弟結為金蘭契友啊！」

「哈哈，承蒙狼兄弟瞧得起，獠宇圻也正有此意。」隨後見獠拿了瓶兒清酒上來，道：「來來來，結拜那兒能沒酒啊！獠某冒死逃離西州，卻擔心劫數難逃，故隨身攜了瓶水酒，以備必要時能飄飄然上路，孰料此酒既是用來慶幸大難不死，亦是義結金蘭之用啊！嗯……獠宇圻，年廿又二。」

「呵，狼某虛長一歲，嗯……狼行山自此多了個義弟囉！來來來，咱倆乾了這瓶兒！」

不久後，雷婕兒朝船艙外一瞧，見岸上無數凌亂痕跡與血跡。獠宇圻見狀後認為，依此痕跡與方向推測，眼前應是閔暹城北側之衝突戰場，且見遠處幾張拖網仍裹著若干軍兵屍首，此乃西軍藉由雙馬拖網，衝掃敵對，使敵軍不成陣列之戰術。由此可推，黃旗軍兵於此受了重創。

「此船若持續航行，恐遇閔暹外岸之西州水軍，咱們不妨就此靠岸，趁天還亮著，直接穿過叢林，或許入夜前即可抵達駝鈴鎮。」狼說道。

「既然要穿越叢林，為何不去繁榮點兒之粱巾鎮？」婕兒問道。

狼笑道：「咱們皆是死裡逃脫之人，哪兒來的銀兩啊？昔日狼某曾與牟三哥救過一駝鈴鎮米商，多少會賣個人情給我吧！事不宜遲，咱們上岸吧！」

一路斬棘奔波後，狼行山一行人果真受到駝鈴鎮米行老闆湯詰之助，並暫宿於米行客房。當夜，狼、獠二人同一寢室，狼將臨宣一役之所見，詳細地描述予獠宇圻後，又說：「咱倆患難兄弟重回了中州，不妨從這兒開始，以點為線，以線為面，打出咱兄弟倆之江山。」接著，狼自衣著內襯抽出了樣東西，輕聲道：「瞧！此乃摩蘇里奧袍衣中飛散而出之其中一紀冊。」

獠宇圻接過紀冊，見其封面即寫著「萃煉」二字，順勢翻閱數頁，驚訝道：「嗯……此紀冊真是法王之秘密配方！吾於西州煉製丹藥時，每輒遇上粹取術之關鍵合成，法王均不讓閒雜人等靠近，而今透過紀冊即知，該關鍵即出於合成之先後次序與火侯大小。行了！有了這紀冊，再加上小弟原有之中藥蜜炙技術，確實能有一片未來。眼下欲實現自製速效藥劑，僅差雄厚資金挹注了！」

「資金問題不妨交予愚兄好了。只要能接近中鼎王，放眼望去，中州幾無具有相關藥物之合成者，一旦瞭解了這萃煉紀冊之密，咱兄弟倆將是引進克威斯基之境外藥材，再於中州境內予以合成之先驅者了。呵呵，有了雷王撐腰，還怕沒資金嗎？好好睡吧！明兒個咱們就啟程前往惠陽城！」話後，狼行山即想著雷婕兒這一有利棋子，瞬於一陣竊喜並順從連日之奔波勞累，和衣睡去。

離開牧里城數日後，雷嘯天率著作戰軍兵回到了惠陽瑞辰大殿。甫一入殿，立見赫連儁與尉遲罡仝領諸位將軍，齊向主公負荊請罪。當下，雷王雖懊惱著臨宣失守，卻無太多責備，惟眼角餘光中見著一將，心中納悶，「怎見負荊請罪將領中，列著周康將軍呢？」

待雷嘯天坐正，周康隨即上前，羞愧道出：「稟……稟主公，前……前夜……子丑交接之際，突遇二蒙面俠客闖……闖我東靖苑！此二人武藝高超，俯仰間即制服末將等守衛軍。接著二人欲強勢擄人，末將及時擊出鑼響，立馬引來左右雙衛助陣。」

這時候，左右雙衛齊步上前，赫連儁立馬話道：「自臨宣城撤退後，我軍兵分二路回到惠陽城。當夜聽聞東靖苑響起鑼聲，立偕尉遲將軍火速趕到，並於東靖苑前遇上周康所提之蒙面二俠。想當然爾，三巡伏暢劍與西蒙秋延刀俄頃出擊，惟此二人亦是刀劍聯手而來，只是……」

尉遲罡接著述道：「此二俠客出刃犀利，招中有中。使劍者，速中帶勁；揮刀者，堅中帶韌，二人交叉出擊，猶勝雙簧呈現。然左右雙衛向來刀是刀，劍是劍，單打獨鬥，游刃有餘，惟遇這般刀劍交叉連攻，咱倆尚未於中土五州見聞過；霎時疑到，是否來自境外高手？刻意藉中、西交戰之際，趁隙擄人，此舉應是縝密計畫後之所為！」

赫連雋又說：「端陽大會上，見摩蘇里奧曾由四衛將護著飛轎進場，除了摩蘇維與查坦尤倅之外，尚有奇拉耶、奇拉喱二將，難道會是他倆所為？」

中鼎王怒火中燒，洪聲喝叱道：「夠了！奇拉耶、奇拉喱二將，本王於桐峽鎮與西兑王對峙時遇過，二者皆使九節鞭出擊，均不符左右雙衛所形容。總括而言，爾等欲表達之訊息，是否惲子熙已離開了東靖苑？」見周康點頭回應後，「啪……咵啦……」雷王一掌將茶几震垮，再度喝叱道：「我中州都衛軍是怎麼了？城池護不住，竟連惠陽城中的東靖苑也守不了。本預計於回到惠陽翌日，隨即前往東靖苑請示惲先生所寫紙卷；而今，人被擄走！看來『速收臨宣』四字之提示，也只得由我朝文武上下，集思廣益，共商作戰之策了！」

「咻……」見迅天鷲突然回到瑞辰殿，雷夫人倏向展將軍詢問，可有勛兒、婕兒之消息？展鵬搖了搖頭，表明接獲中鼎王指示時，正巧置身東州，而今回殿，特來稟報東州情勢。雷王壓下了情緒後，聞展鵬接續表明，曾與芎廷縣武備軍長孫磊，齊將徐逵逼上虹袒吊橋，後因橋斷以致徐逵墜落山谷，失了蹤跡。待由孫軍長言談中得知，其叔父孫洛，受東震王之請，負責教授其二子古文經論，使其能「藉古為鏡，以知興替」。然經孫洛形容，此兄弟二人，一名曰翃寬，一名為翃廣；惟二人心胸與「寬廣」二字相違，狹窄至極。翃寬之性格，桀貪鷙詐，兇暴貪婪，佔有慾極強，不時刁難其胞弟；而翃廣生性神機鬼械，自恃甚高，時時譏諷其兄所為，事倍功半，兄弟明爭暗鬥，朝內文武皆知。然而，翃寬得東州稅務坊房令盅總管、運務坊唐文沖總管等益東派大老支持，頻向嚴東主獻計，直指揮軍中州，對東州百利而無害，惟所有計策，均遭正東派大老曹崴總管上奏駁回，以此即知，東州隱著侵犯中州之勢力，故展鵬親自潛伏東州，一窺究竟。

展鵬接著道：「果然，嚴翃寬私下透過商賈，以亟需增加載重為由，頻向中州訂購強化軸承之馬車，此舉即已為外侵行動鋪陳。然一事若能裡應外合，勢必事半功倍，故此關鍵性角色，即落於現任東州軍機處副總管余翊先身上。」

展鵬表示，嚴翃寬多次密會余翊先，適值中、西衝突發生，翃寬立覺此乃千載難逢之機，遂以摩蘇里奧所提供之長效鎮靜散，分別迷鎮嚴東主與曹總管，進而將其軟禁一處，隨後對外以二人痼疾復發，急須休養為由而暫不上朝，並由翃寬與余翊先分別代理其職。而嚴翃廣則因早一步料得胞兄詭計，趁隙離開了崴星城，失了去向。

雷王強忍骨蒸發作，道：「這麼說來，眼下攻佔我濮陽城之人乃嚴翃寬，而非東震王囉！哼……年輕人心浮氣躁了點兒，濮陽城乃中、東二州之交易大城，殊不知該城之糧食五穀，大都由內陸供應；而由濮陽聯繫到其他各城，皆逾數十里之距，倘若侵軍後勤不足，而嚴翃寬又執意擴出城外，其糧草補給必成問題。本王僅就地利之便，調動數百東岸軍兵，即可予以半途攔截、撲殺；此事兒之嚴重性，身經百戰之嚴震洲一定知曉。無怪乎惲先生直指速收臨宣，而暫不提濮陽！」

雷王明瞭後隨即下令：「戎兆犹立即調兵八百予展鵬，藉以巡守濮陽城聯外徑道，而本王將與戎總管集中火力，儘速奪回臨宣城！」

展鵬接續提其所目睹，嚴翃寬與余翊先於攻克濮陽當夜，一船漏夜來到濮陽城外之廣濱埠頭；惟見登岸者皆為頂上無毛之和尚，端詳之後，此群僧人之領頭者，竟是東州菩巖寶剎之代住持……沁茗法師！

然此一說，霎令在座一陣霧裡看花，戎兆犺隨即疑道：「一向以六根清靜自居之和尚，竟如走私般地漏夜登岸？憶得雷夫人述及榮根大師曾前去濮陽戰場支援，而後下令撤兵。惟戎某眼中之濮陽城主聶忞超，實乃一饋十起、刺促不休之人，不屬棄城竄逃之輩，怎會輕易將兵符交予榮根大師？而國師這一撤兵，與其有淵源之菩巖寶剎和尚即漏夜進城，真有如此巧合之事兒？」

「是否該召回薩孤齊國師？以瞭實情！」夫人問道。

此刻正受著骨蒸潮熱之苦的雷嘯天，禁不住地喊道：「召回國師，並非眼前首要；倒是誰能解本王骨蒸之疾啊？」

御醫李焜立上前表示，依王爺於牧里城發函告知，現已製出能減緩骨蒸之**知柏丸**，同時亦廣發告示，徵民間之賢醫前來惠陽。眼下已有一坊間醫者表明，將前來惠陽雷王府，為中鼎王診治骨蒸潮熱之疾。

夫人好奇問道：「過往本座亦曾發出告示，徵求能治勛兒怪疾之醫者。坊間人士一聞前來雷王府診治，無不擔心勛兒大病不痊，恐遭延誤醫治之罪，遂乏人問津。然而此回病疾出自王爺之身，坊間竟有膽識者自願前來診治，不知此人可有江湖名號？」

李焜正經回應表示，回音者即是江湖人稱「本草神針」之……牟芥琛！

雷王一聽嵐映湖牟三俠即將前來，瞬間眉宇盡鬆，立馬下令眾將官回防崗位，而戎總管即刻厲兵秣馬，以備奪回臨宣。赫連儁與尉遲罡則南下支援蔣勛將軍之軍事操演，以免節外生枝。

數日後，牟芥琛親臨雷王府，立為中鼎王辨證到……

骨髓中熱，一曰骨蒸。其根在腎，且起體涼，日晚即熱，煩躁，寢不能安，食無味，小便斥黃，忽忽煩亂，細喘無力，腰疼，兩足逆冷，手心常熱，蒸盛過傷，內則變為疳，食人五藏。

夫骨蒸之疾而多異名，為療皆同一體。丈夫以勞損為宗，婦人以氣血為本，起於腎虛所致，故云陰氣不足，陽必湊之，血氣不容，骨髓枯竭，腎主於骨，以其先從骨熱，故曰骨蒸。此骨亦表深層之意，蒸乃熏蒸之意；蓋陰虛潮熱自裡透發而出，亦為骨蒸，實屬肝腎陰虛之症。

若遇脈弦浮而虛數，兩寸脈盛，兩尺脈無力，或弦急急數搏大者有之，不宜驟補。蓋中鼎王之脈，浮而芤濡虛大，遲緩無力，沉而遲澀弱細，結代無力，皆虛而不足，可補者也。然以知柏丸之知母配黃柏予以清熱瀉火，雖解一時，惟滋陰潤燥尚有不足。

牟三俠續指出，醫經有言：

善補陽者，必於陰中求陽，陽得陰助而生化無窮；

善補陰者，必於陽中求陰，陰得陽助而源泉不竭。

接著，牟芥琛取出三稜針，於雷王第七頸椎棘突下凹陷處之大椎穴，施以放血之術，瞬間即祛雷王疾發之身熱，而後牟芥琛表示，針對中鼎王體內之陰虛內熱，將採三補三瀉之療法以治。

「何謂三補三瀉療法？」雷夫人問道。

牟立表示，**熟地黃**滋補腎中元氣，以強水制火；**山萸肉**色紅入心，味酸入肝，以補養心肝腎陰，收斂肝陰；**山藥**色白入肺，主益脾陰，以補脾肺腎陰，以此三藥作為三補之用。再以**牡丹皮**清瀉肝火，涼血祛熱，解血中之伏火；**茯苓**清利濕熱，健脾滲濕；**澤瀉**清瀉腎之相火，以此三藥作為三瀉之用；此即**治療腎陰不足**，**陰虛火旺**之傳世名方……**六味地黃丸**之應用。此方不寒不燥，補中有瀉，補而不滯，若配上原先服用之**知母**與**黃柏**，可藉**知母**以清去肺胃氣分實熱，解骨蒸潮熱；**黃柏**可清熱燥濕，退熱除蒸，八味並用，蜜炙為丸兒，即為**知柏地黃丸**！日空腹三服，能補腎陰之不足，並降上炎之虛火，可療陰虛火旺，除祛骨蒸潮熱。惟此方中之**牡丹皮**能解王爺汗出之骨蒸，若遇無汗之骨蒸則須倚**地骨皮**以涼血退蒸。

雷嘯天於潮熱漸退後，心情輕鬆了不少，道：「經牟三俠如此辨證論治，難道這三補三瀉用法，我王府內之御醫，無以聯想？」

「哈哈，王爺性情剛烈急躁，情志影響了經脈與臟腑律動，以致御醫診不到病根所在；再則，患者對醫者之信任度，亦是驅邪除魔之一帖良藥。王爺能信得過芥琛，自然覺得藥到病除。然而，在下初到王府，偕御醫李焜論及王爺病況時，即聞李御醫提及傳世名方之**金匱腎氣丸**，並曰此方乃**六味地黃丸**再加上**桂枝**與**附子**，藉以溫補腎陽，化氣行水；然此方主治**腎陽虛**，而王爺乃歸屬**腎陰虛**之症，故可先去溫陽作用之**桂枝**與**附子**。以此而論，王府御醫頗具水平，王爺大可寬心。」

忽然！一侍衛傳來榮根大師已臨王府大廳，雷王留客牟芥琛後，隨即來到大廳，開口即問：「榮根大師自告奮勇前去戰場支援，本王煞是感激。然碩大濮陽城，國師為何輕易撤兵棄守？」

薩孤齊回應表示，此回東州出兵，迅雷不及掩耳，致使聶城主措手不及，亂了陣腳，遂遭嚴翃寬暗算，所幸貧僧及時趕到，對方自知非貧僧對手，遂暫退於城東。孰料衛林軍臥底已於敵對出兵前，對我軍兵下了大戟、甘遂等瀉劑，以致都衛守軍身感不適，節節敗退。貧僧以大局為重，暫先撤兵，待我軍恢復，即可再戰。

「國師可知，東州菩巖寶剎之沁茗法師於國師撤軍後，漏夜領著一班弟子進了濮陽城！難道……與該寶剎有淵源之榮根大師，安排了過往弟兄，趁隙潛入濮陽乎？」

「糟了！沁茗之行蹤竟遭雷王發現！幸得雷王道了出來，不妨就此來個順水推舟囉！」薩孤齊想了想，道：「兩軍對峙，因故而及時擊鼓撤退，實需極大勇氣與魄力，然當下局勢已難挽回，貧僧遂求助於沁茗法師。惟因先前菩巖寶剎懷疑貧僧盜取鎏金坐佛，致使貧僧於端陽大會上顏面盡失，如今坐佛物歸原處，沁茗法師自知理虧在先，遂同意貧僧之請求，趁隙進入濮陽城，以作為日後我軍反攻之內應。」

「哈哈哈，國師心思縝密，每一決策均有應對棋步；既然我方已有內應，想當然爾，奪回濮陽之務，即由榮根大師拿捏了！」雷王回應後，薩孤齊隨即離開大廳。半晌之後，忽見夫人快步衝了進來，急道：「老爺啊！婕兒回來啦！」

雷婕兒一進大廳，親子三人互擁，喜極而泣。雷婕兒順勢為狼行山除罪，道：「幸得阿山哥夠機靈，趁隙將吾救出，甚而一路細心照應。」

「嗯……聰穎機靈之狼少俠，文武兼備，確實為我陣營不可或缺之人才啊！欸……狼少俠身旁這位是？」

「回王爺的話，此人乃在下拜把多年之義弟獠宇圻，此回能死裡逃生，多虧了獠老弟幫忙啊！嗯……我這義弟是個漁夫，吾等即受惠其漁船之接應，始得以脫險。」

一聽聞狼行山這般形容隨行者，雷王夫婦霎時難掩睥睨，皮笑肉不笑地微微點頭，敷衍了下獠宇圻。

狼為化解尷尬，轉了話題，道：「據聞臨宣城已遭法王竊佔，此舉無非擺了西兌王一道，並使之煢煢孑立，獨留閔暹！然而，雙方傷兵累累，尚須一段喘息時刻，不知王爺有何打算？」

「哼！潢池弄兵之侯士封，以為能一手遮天？眼下西兌王與法王各執一城，惟戰力相對有限；再則，南離王由西州南端進軍，沒了厲砂鋌崟劍的侯士封，正值腹背受敵，寢食難安才是。」

雷王話出後，見得狼不明所以，遂將刁刃以戮封劍毀掉鋌崟劍之經過，詳實地為阿山描述一番後，又說：「嵐映奇俠，個個不凡。本王中了西南鱷王臧運豊之骨蒸風掌，亦是遇上了人稱『本草神針』之牟芥琛，為吾退去了骨蒸潮熱。呵呵，說人人到，牟三俠已來到爾之身後！」

「聞我狼師弟到來，芥琛隨即前來大廳叨擾。」

狼行山回身見了牟芥琛，隨即泣道：「三哥，聞龍師父已……」

「事事難料，咱們須節哀順變！」牟芥琛瞬間觸及對方之肘臂，驚覺狼之體內有著超於凡人之水氣，依理而論，狼應有濕阻經脈之痰飲作祟，鼓脹水腫等症狀才是。反之，狼亦於接觸剎那，頓感牟之手臂釋出了衝筋竄骨之熱氣，惟此熱氣瞬引體內水濕急速湧上，藉以阻隔外熱竄入。雙方互感異狀當下，狼行山退了一步，且將雙臂擱於腰後，嚴肅提及龍師父之後事……

牟回應道：「常師伯已依龍師父之儉樸遺願，將其骨灰施以回歸大地處理。四弟今後有何打算？」

狼皺了下眉頭，刻意加重語氣表示，曾受困西州，吃盡了侯士封與法王之苦頭，而今已瞭解了法王諸多把戲，未來若有機會，定加倍奉還！

聽到這話之雷嘯天，竊喜地問道：「莫非狼少俠於受困西州時，得知了法王關鍵訊息？」

「是否為關鍵？在下不敢狂言；惟摩蘇里奧之有力籌碼，實乃壟斷中土之速效丸劑；如今此一製藥技術對我狼行山已非秘密，想當然爾，法王為顧及其利益，定將伺機與狼某談判！」

「爾等身陷囹圄，怎能知曉法王製藥之密？」雷夫人問道。

阿山回道：「先前，西兑王因狼某拾獲一皺棉巾，強說是盜取機密；而後摩蘇里奧更不惜取得黃垚山之《五行真經》，向西兑王換回那皺棉巾。法王如此積極，乃因該棉巾上註有諸多藥丸兒製技，唯吾已將之刻於腦海之中，故已具制衡摩蘇里奧獨霸中土丸劑市場之能力！」

雷王心想，「比對狼行山之所言，幾與夜巡翁所述吻合，可信度極高。倘若真如狼之所述，未來中州之速效藥劑商機，即可不受法王壟斷。嗯……所謂肥水不落外人田，這狼行山是一奇才，定要將之納入旗下不可！」

一旁雷婕兒聽聞後，嘟嘴覺到，「好個油嘴滑舌的狼行山啊！明明見得法王將那皺棉布攤開時，呈出一團團鬼畫符，哪兒是啥藥品製技？唉呀，不管啦！這是大人們之利益較勁兒，只希望阿山哥能真心對我就好。」

這時，牟芥琛刻意對著狼行山，藉以向雷王表達道：「阿山，莫忘龍師父為了力阻不明外藥滲入中州，不惜於端陽盛會與摩蘇里奧一戰。然其結果，有目共睹，中鼎王應非出爾反爾之人才是！」

「呃……這個嘛！」雷嘯天頓了下，又說：「當下因不清楚、不瞭解外藥之成分為何？遂使龍武尊極力阻攔。而今龍武尊五義徒中之狼行山，表明了知悉配方製技，不難查出該藥品之合成來源為何？再說，光陰荏苒，局勢亦隨之瞬變，龍武尊在世時，本王確實未開放外來藥劑，如今……如今龍武尊已逝世，端陽盛會所定結果，或可予以修定才是。」

牟芥琛立顯不悅表示，當時力挺龍武尊者眾多，其中甚包括德高望重之陽昫觀常真人！

「冷靜啊三哥，吾既已知相關製技，自然得想辦法查明其來源。倘若亦是天然植物萃取，僅是產地來自境外，吾等未必一味全盤否定呀！」阿山說道

「罌粟亦是天然植物啊！惟其可導向他處之用。」牟又說：「**中醫醫藥講求溫、熱、寒、涼之四氣，合其性、味、歸經之藥理以治症**。然一味地朝向頭痛醫頭，腳痛醫腳之理念，僅周旋於製劑技術，既不分寒熱，亦不合於陰陽五行之理，雖能解一時之症，卻有累積副症之虞！」

雷嘯天無奈覺到，「甫去了個食古不化之龍武尊，現又有了擇善固執之牟芥琛。阿山啊阿山！爾若能掌控醫藥間之相互矛盾，亦能提出一套有利說詞，我雷嘯天絕對挺你！」

「眼下芥琛多說無益，望阿山切莫為了利益而昏了頭！」牟又說：「芥琛來此廳堂，除了見狼四弟外，因日前接獲北坎王痼疾復發消息，惟答應李御醫在先，遂前來雷王府診治。而今王爺病症已可依李御醫施藥得解，芥琛則以醫者之責，即刻前往北州，故就此向中鼎王告辭。」

雷王於牟芥琛離開後，興致勃勃地對狼問及製藥之事兒。惟聞狼表示，相關秘密已存於腦中，卻僅是理論與構想，欲進一步試驗以追上西州之製藥技術，當需重金以作為研製後盾，否則難以成事。

「哈哈哈，只要狼少俠能為我中州效力，進而力抗外來勢力，我雷嘯天即可成爾之後盾；惟因本王國事如麻，任何部門與事業，均需設置主掌官負責，想當然爾，此一研藥事業之主掌官，暫且由小女婕兒擔任。」

狼行山得雷王之回應後，點頭以表認同，隨後見得戎兆犹特持一密函前來，狼行山即因戎總管有要事急商雷王，立偕獠宇圻告辭後，倏隨婕兒前往了下榻客室。然於明瞭戎總管親臨傳達後，立聞雷王叮囑道：「持續留意該傳密者，此人會向我方通報臨宣城內況，應是極具關鍵性之人物才是！」

當夜，留宿客房之狼、獠二人，相互擊掌，且聞獠宇圻服氣道出：「山哥真行呀！不過幾天時間即覓得了金主，甚是由中鼎王撐腰啊！」

阿山說道：「甫對王爺表明了爾乃一漁夫，實為避免日後有人騷擾、探查！宇圻老弟越是低調，老哥就越能辦事兒。自此，老哥對外稱宇圻為義弟或助手，宇圻則專心研究製藥，其餘皆由愚兄負責打通關。」

「雷婕兒已知曉宇圻之底細，會不會出賣咱們呢？」獠擔心道。

「放心吧！雷婕兒是站老哥這邊兒的。她是咱們的護身符，未來尚有諸多事兒得倚仗她！呵呵，咱們折騰了多日，誰能料到，甫逃離西州之狼、獠二人，現正臥於雷王府之客室內哩？所謂危機即是轉機，不妨就此好好補個眠，所有的事兒，明兒個以後再隨機應變吧！」話後，狼滅了油燈，甫闔眼想著後續鋪陳，隨即沈入了深層夢境……。

觀中州東三城之建寧，城中一盛隆客棧，突現稀客包下了樓上客房。甫收下重金之劉掌櫃，口風緊閉，任何住店探問，一概回絕，惟因此回之出金者，中州國師薩孤齊也！

當夜，一蒙面客沿屋簷來到盛隆客棧，隨即開了窗櫺，一躍入內。半晌之後，躡足出了該房，來到了國師客房，惟聞國師一聲：「沁茗法師，不……沁茗住持，可留意了跟蹤者？」

「阿彌陀佛……貧僧一路小心謹慎，不見他人跟隨。」

薩孤齊將面見中鼎王之事，詳述予沁茗。沁茗聞得榮根大師急中生智之應對，煞是佩服，惟沁茗仍因未能登上寶剎住持而心急。

國師立道出：「榮本方丈仍於昏迷中，沁茗始可低調行事；然榮本方丈雖一息尚存，代理住持之沁茗法師，仍可坐享寶剎之最高權力。藉此，若咱倆合作得成，吾可保證，寶剎方丈之位，非沁茗莫屬！」

「阿彌陀佛……好，一切按照榮根大師之安排。」沁茗回應後，又說：「上回鎏金坐佛失竊計策，國師是為了拉下榮本方丈聲望而為之，更藉端陽大會過招，予以方丈一點兒苦頭嚐嚐。然而此回東州出兵，國師亦要貧僧派弟子埋伏濮陽城，到底為了哪樁？」

「昔日之鎏金坐佛失竊計，確實為貧僧報復之策劃，居中卻沒料及，竟能借晦安師太之手以行之！然師太雖被迫答應充當竊賊，卻萬萬未料到此老尼假扮成吾之身形與衣著！」薩孤齊憶道。

沁茗立表示，憶得國師曾述，坐佛失竊當晚，國師跟蹤晦安師太來到寶剎，以致發現其扮像。孰料遭師太擊昏之寶剎弟子突然醒來，更因其直喊榮根之法號，遂遭國師一掌劈死，而得逞後之晦安師太，對於橫屍當場之寶剎弟子，直是丈二金剛摸不著頭腦！所幸遺失多年之鎏金坐佛，終被北坎王於芫淨庵找到，此事兒算是告一段落。

接著，薩孤齊持起鑲嵌金珠環之佛珠串，說道：「此佛珠串乃昔日清森方丈所贈予，而鑲嵌之純金部分，實乃源自爹娘一生之積蓄。吾幼時家境清寒，與父母、胞妹，四人相依為命。父親薩孤仲曾通過御用馬車之……鳴和鸞、逐水曲、過君表、舞交衢、逐禽左，五御競試後，專職駕馭嚴東主之御用馬車，自此以為我薩孤家將否極泰來，孰料竟是一連串悲慘之始。一日，一場嚴氏家族例行狩獵，竟遇刺客來襲！然嚴東主武藝高超，力保親人無虞，但對父親之手無寸鐵，隨即成了逆賊之刀下亡魂！而後母親琵夷接受撫卹，任理整王府花卉一職，因而見過年少輕狂之嚴翊寬與嚴翊廣。」

國師又說：「一日，母親見嚴氏兄弟行為鬼祟，才知二人盜取王府金飾，贈予煙花酒女。母親深覺不安，遂將過往積蓄所換購之黃金轉交予薩孤齊。然嚴氏兄弟之舉，一而再三，紙難掩火，遂由嚴震洲之妻唐嫤，發現金飾遭竊而提案上報；怎料嚴氏兄弟為了替己除罪，加上唐嫤為兒護短，竟說通王府上下，羅織竊罪於琵夷。適值嚴東主征戰在外，嚴氏兄弟遂將此案速交梧嵩城之督審長屏唯泰，惟見竊事出於王府，未審即判琵夷重罪！母親自知難與官鬥，終於囚室中鬱鬱而終。事後，嚴震洲為匡正二子，遂邀中州一德高望重教者孫浛，教授嚴氏兄弟習讀古文經論。」

「阿彌陀佛……貧僧駑鈍，尚未聽出國師所述故事之關連性？」沁茗說道。

國師繼續說道：「其實，東州虧欠我薩孤氏太多太多；還記得前東州軍機副總管邸欽吧！吾之胞妹薩孤蓁即邸欽之妻室。然邸欽雖迷戀琴音，卻於飲酒之後，直轉性情暴戾之人！一日，因邸欽欲納一琴坊女子為妾，更於飲酒後與吾妹起了衝突，霎時引燃其暴戾之性，怎料竟失手掐死了薩孤蓁。聞訊當下，急欲提刀劈了邸欽，惟此舉猶如羽蹈烈火，自取災禍；待遇得遠親清森方丈之開釋，薩孤齊遂皈依佛門，法號棨根。數年之後，貧僧為一官宦人家消災更運，此人即是東州穎梁城主……余伯廉！一回生，二回熟後，即知余城主原是東州軍機總管之人選，甚可退居副總管之職，怎料官運不亨，遂由邸欽空降，取代了副總管之職。」

再次聽聞邸欽之名，沁茗即知薩孤齊將介入余氏之報復行動！

薩孤齊又說：「幾年後，貧僧當上了中州國師，想到，余伯廉既已傷殘，不妨助其子余翊先，先登副總管一職，再行坐二望一。貧僧遂與雷王商討，派出七骨銀鏈樊曳騫前往東州，與余翊先於礁鼎城搭上線，再伺機撂下邸欽。雖然居中殺出了個狼行山，惟此插曲並不礙事兒，最終貧僧仍是如願地滅了邸欽，並讓余翊先站上了軍機副總管一職。」又說：「沁茗老弟啊！諸多實例可證，隨著我薩孤齊行事，雷嘯天都能當上中州之主，爾何憂登不了菩巖寶剎之住持大位？」

「阿彌陀佛……原來邸大人的案子是這麼個由來！那麼，眼前東州出兵佔了濮陽城，國師如何打算？」

薩孤齊正經道出：「嚴氏兄弟漸行漸遠，這對咱們的計畫有利。然翊寬以鎮靜散控制並軟禁了嚴東主與曹崴總管，實已構成了罪刑；其下令余翊先隨行出兵，更是養虎為患而不知！得余伯廉已告知，一旦外侵計畫失利，余翊先將於混亂中殺了嚴翊寬，並以翊寬所下之東軍出擊令作為護身符。而沁茗除了從中協助余翊先之外，盡量蒐集嚴翊寬欲藉攻下濮陽城，以向嚴震洲逼宮讓位之證據。據余伯廉之內線消息，倉皇逃離崴星城之二太子嚴翊廣，目前暫躲藏於林務坊總管陸洺煊之轄區中；然林務坊之下並無配發軍兵，故翊廣極可能就近拉攏菩巖寶剎！屆時，沁茗若握有翊寬罪證，再助翊廣攻回東震大殿，呵呵，此等功績……能不助推沁茗法師，登上住持之位嗎？」

「阿彌陀佛……貧僧終於領悟了國師之想法。好，既然中州已有防範之策，一旦翊寬擴不出濮陽而心急，自會亂了陣腳；待嚴震洲被救出後，嚴翊寬所累積之罪名，無疑將使之推上梧嵩城之斷頭台。阿彌陀佛……事不宜遲，貧僧這就動身行事。」

沁茗話一說完，隨即回復蒙面裝扮，推開窗櫺，隨後於「噗……嘯……」之翻躍聲中，倏而遠離了盛隆客棧。

歲末大寒之際，萬里雪飄，千里冰封，銀裝素裹，白雪茫茫，此般臘月寒冬之景，臨宣人習以為常。然而，對於城內居慣溫熱帶之境外異族來說，此般寒氣襲人，猶如邪魔竄身，守城軍兵見滴水成冰，渾身甚感難以動彈。金蟾法王雖臥居城主官邸，卻因深感渾身不暢，不僅食不下嚥，更是寢不安眠，相較其領軍攻城之時，更顯形銷骨立，鳩形鵠面。待奇拉二將搜尋下，覓得臨宣名醫田予聰，前來為法王診治。

田予聰一見摩蘇里奧之顴骨周圍泛出斑點，鼻樑骨中段之高點呈出膚乾暗青，且於鼻樑及兩頰出現若干平行細血管，此即所謂「蟹爪紋」；再對應其耳殼內側凹陷處呈出青黑色，即知眼前病患肝氣不疏，氣滯血虛，隨即表明法王自攻下臨宣後，鬱鬱寡歡，膽怯而擔憂，猜忌且多疑，易夢而寢不安，筋脈拘急，爪甲不榮，舌質淺淡，雙目乾澀；再依左手之關脈，脈弦而細，此乃肝血甚虛之症。

「呵呵，老夫一生只聞他人痛處而給藥，進而藥到病除；怎料田大夫僅以面相、脈象即可知臟腑情狀，對吾而言，真可說是中土之幻術啊！呵呵。」法王苦笑道。

田大夫應道：「人之臟腑不適，經脈不暢，皆可透過外顯病徵而得知。再則，田某察覺閣下之足陽明、足厥陰經脈之氣道，顯呈氣滯血瘀現象，莫非閣下此等經脈曾受創擊？」這時，法王順勢指出胸前曾遭多處重擊，待驗照之後，田大夫立表示，摩蘇先生之額頭雙外角乃足陽明經脈之頭維穴，按之劇痛，恐因顱腦內瘀而不時發脹疼痛，進而影響足陽明之胃氣生成，以致食不下嚥。

然醫經有謂「太陰為始，至厥陰而方終；穴出雲門，抵期門而最後。而足厥陰之期門乃肝之募穴，而期門下寸半，懸於兩脇，位近肝膽處，即為足少陽經脈之日月穴，亦為膽之募穴。」田又說：「摩蘇先生此二穴遭受重創，可見對方乃熟悉經脈之高手；倘若於此處氣滯血瘀，肝膽之氣血循環必受阻礙。人之肝主疏泄，調暢氣機，主升發，喜條達，惡抑鬱；疏泄失常可招致肝氣犯胃，使胃失和降，而肝氣犯膽，即見脇肋脹痛、黃疸等肝膽不調症。醫經更謂「凡臟腑十二經之氣化，皆必藉肝膽之氣化以鼓舞之，始能調暢而不病。」再則，人臥則血歸於肝，肝受血而能視，足受血而能步，掌受血而能握，指受血而能攝。肝藏血，心行之，人動則血運於諸經，人靜則血回歸於肝；肝血不足，無以潤筋，爪甲失養，甚者可致血虛生風，四肢抽搐，角弓反張之病變。更有「肝開竅於眼，肝氣通於目，肝和則目能辨五色矣！」

「夠了……夠了……聽了繁複之中醫醫經，是否再要煎煮那些枝枝葉葉、花花草草，再一一服下？如此落後之醫治技術，予人治病，可笑……真是可笑！」法王極不耐煩地發聲道。

「就醫者良心，本該為患者說清病況，並告知其因何損傷，進而招致病痛。摩蘇先生病疾纏身，何不依循古法試試？至於落後與否，見仁見智，蓋辨證論治，實乃醫者亙古不變之理啊！」話後，田予聰大筆一提，隨即寫下補肝湯三字，隨後書出熟地黃、當歸、川芎、白芍、酸棗仁、木瓜、炙甘草，並註明此湯劑治肝血虛損，筋脈拘急，爪甲不榮，雙目乾澀。停筆之後，田予聰起身，朝法王一個拱手禮，俄頃之間，快步離開。

離開官邸的田予聰，行走於城中街巷之間，一人跟隨其後，待田予聰發現，立遭跟蹤者擄至一小廟寺……

「田大夫，噓……您可能認不得我，但吾之語音……您想起來了嗎？」

一會兒後，「哦……想起來了，您是段城主啊！怎……怎麼回事？您怎一臉凍瘡啊？還真認不出您啦！現在全城遭境外異族竊佔，段城主可有法子讓全城百姓脫困？」

「方才見田大夫自官邸走出，莫非有人病了？」

田予聰立將法王形槁心灰之狀，詳實地描述了一番，並指出多數綠衫軍兵未能適應中土之臘月風寒，紛紛倒下；目前僅倚著法王之速效丸藥兒撐著。惟見外感風寒之綠衫軍服藥後不久，似乎有著嗜睡與乏力之副症。段炳慷知悉內幕後，隨即寫了封密函，煩請田大夫透過之民間管道，儘速送抵惠陽城。

數日之後，依然是飄著白雪的臨宣城，突然……

「不好啦！不好啦！」難得見奇拉二將如此驚慌失措，只因大批中州都衛軍已向著臨宣城逼近中。心驚之摩蘇里奧，瞬因小腿筋肉一陣抽搐，起身後一個踉蹌，前仆將軍胸前，直喊：「快……快扶本王上城樓！」

半晌之後，法王忍著雙目乾澀之苦，迷濛視野中，見得眾多挺著黃旗之都衛軍已兵臨城下，而位居正中之領軍首將，正是中鼎王雷嘯天，而分立兩旁者則是戎兆犰與狼行山！驚見狼行山入列之摩蘇里奧，頻頻搖頭覺到，「吾如願地攬住了寒肆楓，亦終結了礙路之龍武尊，冥冥之中，眼前這鐵扇少俠狼行山，似乎是與我摩蘇氏相剋之九命怪貓！」接著，法王於城樓上對著中鼎王道出……

「呵呵，中鼎王東有衛林軍攻下濮陽，西有州禦軍佔領閔暹，已呈腹背受敵之勢，卻擇於寒雪飄飛之際，率軍前來臨宣；不知是行經此地，尋求遮風避寒之處？還是欲與本法王暢飲臨宣高梁，大論天下啊？呵呵！」

雷嘯天馭馬上前，對著瘦骨嶙峋、形容枯槁之摩蘇里奧喊道：「法王多慮了。我黃旗軍兵何其多，入侵我東城之隊伍，歷練尚淺，不足為懼；相較犯我西城之賊寇，個個老謀深算，本王不得不提防再三啊！然而，西兌王之挑釁，換來了劍殞氣傷，實已對我威脅驟降；倒是居心叵測之金蟾法王，乘著西軍出擊與人質戰術，更藉〈借像顯影〉之幻術，強行侵我臨宣，令人髮指，甚而引來老天爺睥睨以對，致使歲末雪虐風饕，藉以懲戒慣於溫熱氣候之墨綠軍團。」

法王自知天候不利於己，不禁想著，「凜凜寒風，確實讓我守城軍兵難以適應。倘若我軍一直躲在城裡，難保雷王不會強行攀登城牆而來。再則，受創於龍武尊後，吾之身子每況愈下，恐難與雷嘯天正面一鬥！不過，雷王是個評估利益多寡之人，何不就此與中州談談藥品之相關利益，只要能得中州之廣大市場，絕對強於僅佔一座臨宣！」

法王喊道：「老夫因勢取得臨宣，冀望臨宣能為我國本土以外之醫藥製造基地，此舉不僅可滿足中州廣大之醫藥需求，更能帶動臨宣之地方建設，與百姓之維生機會。雖曾受制於龍武尊之阻，而今已是另一世局之開端。倘若中鼎王願與老夫共創中州新局面，老夫願意敞開城門展開談判。當然，與老夫合作，對令郎不定發作之症，亦是一大幫助啊！」

雷嘯天立覺到，「法王除了拿雷世勛為要脅外，應已黔驢技窮，故開始藉商機來緩頰。此人老謀深算，吾一旦入內談判，極可能中了圈套，倘若不幸成了人質，即成天大笑話！嗯……我看，不如將計就計，讓狼行山進城一試，若有任何不利狀況，至少城內尚有段城主，潘茂將軍與武竣軍長伏臥其中。」

「好，我方指派一代表入城談判，三個時辰後，若法王提不出我方滿意之計畫，本王立馬戰鼓四起，屆時可別怪罪本王不留情面啊！」

「咵啷……」臨宣城門應聲而開，惟見一人單騎直朝城門狂奔，俄而上了馬道，登上了城樓。

摩蘇里奧一見狼行山前來，輕蔑道出：「閣下福大命大，縱然身陷東州囚車，佘翊先與樊曳騫仍滅不了你！值置身西州，慘遭西兑王活逮，嚴刑逼供，甚是被捆上戰場當人質，依能得貴人相助而脫困！令人詫異的是，爾竟能勝任中鼎王之談判代表？呵呵，年輕人啊年輕人，老夫所越之橋多於爾行之路，所謂良禽擇木而棲，是否該學學爾之師兄寒肆楓？他很清楚，什麼是其真正所需？」

狼回應道：「摩蘇前輩能為成就一事兒，竭力鋪陳，以期說服他人接受一些似是而非之道理。然而西兑王信了法王，後見法王佔了臨宣城；中鼎王信了法王，終以雷世勛之症作為要脅。寒肆楓雖順從了法王，惟其練就〈至陰神功〉，未來極可能走火入魔！而我狼行山乃識時務者，合乎邏輯的，吾信之；不合情理的，吾拒之。眼下咱倆不該枉費時間，等著中鼎王殺進來吧！」

「狼少俠權力有限，跟老夫談判，能作何決定？」

「呵呵，法王能做決定即可！能瞭解自個兒談判籌碼多寡，即可決定是出招？還是退卻？」

狼接續指出，法王自與龍武尊決一生死後，至今形色，每況愈下，似乎是肝血虛症所致，此乃法王瞧不起一帖**補肝湯**之治症療效使然。接著，狼行山將其右掌擱於案上，猛然一壓後收手，惟因凜寒之故，一濕濡手印瞬間結冰而呈於桌面上。狼又說道：「既然法王身體微恙，應承受不了在下一記〈隱狼溯水掌〉才是。換言之，這枚籌碼當然由晚輩收下囉！」

驚聞對方如此一說，法王即知自身狀況已由田大夫傳出，且見識到對手溯水掌之犀利，不禁瞬起一陣暈眩失衡。

狼又說：「關於籌碼之二，法王所領之佔城軍兵，因經不起冬季之透骨嚴寒，凍的凍，僵的僵，縱有奇拉二將連夜守城，亦見得神情渙散。法王至今堪用軍力，尚不及攻城時之三成，任此窘狀持續，恐有矢盡兵窮之虞！反觀城外擐甲執兵之黃旗都衛，不僅由中鼎王親率上萬大軍，驍勇善戰之戎兆狁亦已穀馬礪兵，箭在弦上。再說，臨宣城內之民防衛隊，早已等候我軍擊鼓反攻，想當然爾，這第二枚籌碼，還是由狼某收下了。」

狼接續表明了籌碼之三，至關重要！法王自豪之藥到病除醫技，傲視我中土大地，更以「速效」二字，席捲五州蒼生，甚是私下提升西州提煉罌粟之技，荼毒百姓，所幸此乃中州所列之禁物，法王不易得到好處。而今，苛依松、莫尼珥其、夆立方……等等療治疼痛、失眠與消炎之速效合劑，法王恐未能再壟斷我中州市場矣！」

摩蘇里奧一聽到苛依松、莫尼珥其、夆立方，抖著雙唇，「你……你這兔崽子，是你盜走了吾之萃煉紀冊？」

狼行山心裡一陣竊喜，心想，「嘿嘿，隨意唸幾個紀冊上詞彙，瞧法王這般緊張，這紀冊應沒啥問題才是。」而後回應道：「呵呵，法王真是入境隨俗啊！連我中土損人用之兔崽子字句都學會啦！那咱們中土人士習得您些合成醫技，應不為過才是。至於您說之啥紀冊，狼某不甚清楚，唯吾所提及之技術，實來自逃出西州煉製場之異鄉人所述，若欲責怪，就怪西兑王與法王一心只顧攻城掠地，一旦開戰，西州得動用諸多兵馬衝上前線，當然乏人看守煉製場囉！因此，這第三枚籌碼，狼某僅承認拿下一半兒，至於另外的一半兒，當然是來自克威斯基之藥草原料了。」

「咳……咳……你……你這妄自尊大之輩，到底盤算著啥？」

「知悉克威斯基急需向外開源以繁榮當地，故法王積極前來開拓中土市場。晚輩以為，若法王能將萃取所需之藥草供應予我，立可為貴國爭取外銷；更因我方不外露既知之合成技術，僅於中州合成藥劑，如此一來，閣下不僅掌握了藥品之源頭，待我中州需求上升，法王依舊是既得利益者！法王享有上游利益，而我方經營下游產業，倘若雙方於萃取技術上有所突破，亦可再談位居產業中游之利益，能如此，即可彼此共創雙贏局面。」狼又說：「眼前局勢，不利法王，以雷嘯天之作風，此回勢必不惜代價地收回臨宣城。若法王同意狼某之建議，晚輩將顧及法王之顏面，以段城主之四輪大輦送您出城，所有綠衫軍隨行於馬車之後，屆時狼某將協調中鼎王之軍隊，分列於城門兩側，以利於法王直駛城外之莒虀埠頭，登上船艦離開，雙方即可不費一兵一卒，圓滿解決雷王失城之痛，與法王騎虎難下之窘啊！」

摩蘇里奧自覺到，「見得狼行山處事，面面俱到。眼下吾之身體狀況與軍兵體能，根本不勝正面衝突。吾雖拉近了寒肆楓，惟其不若狼行山之唯利是圖，根本無法接續吾鯨吞中土之雄心。再說，產自克威斯基之藥草由吾控制，再能坐上馬車而不必向雷嘯天低頭認輸，此後輩之談判技巧果然高明，中鼎王若不能好好馴服這匹狼，相信雷嘯天亦有遭此小子摺倒的一天。」

法王無奈地點頭以示認同後，故意於阿山前提筆寫到，「因苦等西兑王領軍前來臨宣會合，怎奈軍兵不勝凜寒之摧，權宜之下，退出臨宣，倏回西州，並領軍南下支援魏總管抵禦南離王侵西愚行。」完筆之後，法王將此信函託阿山代為轉寄閔暹城。接著，法王沉重下令奇拉二將速速整軍，一個時辰後敞開城門，倏領綠衫兵馬，回往西州。

狼行山出乎眾人意料地提前回到陣營，立將談判結果轉述中鼎王後，雷嘯天一陣欣喜湧上，笑道：「哈哈，本以為我軍將於凜寒之中，展開駕梯攻城之戰略，怎料不費一兵一卒，即可將臨宣城收回！哈哈，見識狼行山之允文允武，足為我軍棟樑之才。」又說：「臨宣為我西岸之要城，奪回臨宣，勢在必行。而經談判斡旋而退他人之兵，自然勝於擊搏挽裂，以致血染城池。然經龍武尊重創後之摩蘇里奧，明顯示出頹勢，雖放其一馬，卻能利用此人，引來利我之商機，狼行山的確下了一盤好棋啊！」

一時辰後，臨宣城門大開，一馬車領著約莫三千綠衫軍，面對分列兩旁之旗海與提戈攜盾之黃旗都衛，苶然沮喪地朝著莒薍埠頭前去。

然經樽俎折衝而收復臨宣城後，中鼎王集結諸將領檢討何以失守臨宣之際，忽見三位原失蹤之兵將齊偕田予聰之出現，霎時成了與會焦點。

「哈哈哈，有勞段城主、潘茂將軍、武竣軍長之穿針引線，不斷提供城內訊息，尤因田大夫之診斷，確知法王與其軍兵戰力每況愈下，致使我黃旗軍士氣大振，始得迅速收復城池！哈哈……倒是，備受凍瘡所傷之段城主，何以讓左右雙衛見著段卿遭敵軍拋下城樓，直令本王百思不得其解啊？」

段炳慷上前一步表示，此回臨宣失守，無非於兩關鍵人物身上；其一為摩蘇里奧之子摩蘇維，另一即是……寒肆楓！

此言一出，一座皆驚，亦讓雷嘯天與狼行山瞠目結舌以對。

段城主表示，當日見中鼎王親率騎隊前來支援，卻遇中鼎王非但未朝沙場殺去，反而作出進城之手勢。待中鼎王一進城，倏執雙槍狂殺我守城軍兵，這才驚到，此人非手執劁犀斧之中鼎王！然而，見該偽王循著馬道一路殺上城樓，倏忽見得一人騰空翻躍，上了城樓，當其見到偽中鼎王剎那，隨即顯出煞有血海深仇之猙獰面孔，並道出：「終讓我寒肆楓遇上了」之聲。

而後，炳慷見二人過了幾招後，寒肆楓一掌擊中對手前胸之膻中而令其後飛，當下寒肆楓本可再一掌直中對手心窩，惟聞其出手剎那，叫道：「月下不見影子……你不是雷嘯天，此乃〈借像顯影〉之術！你……你是摩蘇維？」剎那間，摩蘇維趁對手收手之際，倏一記迴旋飛踢，狠將寒肆楓踹飛。然炳慷知悉對手身份，立馬挺出雙槍伺候。

段城主接著說：「使雙槍，吾在行；但摩蘇維這般外族槍法，實非一般使槍者之招式。見其使出一招左槍上拋招式時，吾腦海中頓時出現潘茂將軍曾形容過類似之槍法。」

戎兆犹隨即表示，潘茂曾參與端陽大會上之軍容操演，故潘將軍對段城主之描述，即是摩蘇維於端陽大會上力戰狼行山時，震懾在場之招式。

段城主接續描述，正因潘將軍曾深刻地描繪過，故於應對時早一步躍起，凌空擊開對手左槍。霎時，突見摩蘇維撫著胸脘，痛苦不堪，隨之而來之一幕，令人傻眼！惟因摩蘇維之面容，瞬由中鼎王之面孔，錯變成炳慷之面貌，且因少了左槍之摩蘇維，出招收招，破綻頻現，遂不敢炳慷一記轉身回馬雙槍，立見槍鏑頭直接刺入其脇肋處，隨後即聞一群綠衫軍紛由城下石階，一路向上砍殺，勢如破竹，威猛難擋。當下聞得寒肆楓對著炳慷道出：「此人非吾尋仇目標，眼下城池似乎因其借影幻術得領軍入城，此城遭破已成事實，待綠軍衝上，又將呈出一場殺戮。」

當下炳康回應道：「摩蘇維是我殺的，綠衫軍針對的是我，少俠不妨循馬道旁之壕溝而下，到了內甕城後，可循著邊牆之排水孔道，迅速進入城中。」

接著，寒上前，冷冷地說：「眼下僅能順勢而為了！」話後，因摩蘇維尚呈著段城主面孔，寒遂將其倚於城垛上，形似俯瞰戰場一般。而後，見寒肆楓掌中冒出凜冽寒氣，立於炳康面前畫了一畫，瞬間凍瘡四起，煞是難熬！僅聞寒肆楓述出：「閣下褪去戰袍，應不易讓人識出。」話一完，轉身快步往馬道而去；令人驚愕的是，馬道上所有阻攔寒肆楓之綠兵，立遭其神一般之掌風擊退後，居然全身硬化，最終碎裂成石礫。待炳康下了城樓後，攻上城樓之綠衫軍，隨即亂刀刺砍偽城主，並將其拋下城樓，此即左右雙衛所見一幕。

聽聞此訊之狼行山，立覺到，「好可怕的大師兄，竟能將人擊成石礫！而今，吾已間接歸於雷王旗下，來日若是寒肆楓找上了雷嘯天，而雷拿我當擋箭牌，那該如何是好？還是……吾之水濕神功，尚具未開發之特殊之神力？聽聞刁刃已能將侯士封之鉎鈭劍擊碎，嗯……吾可不能僅顧利益，反忽略了自身之潛能啊！」

雷王聽了段城主之描述後，雖瞭解了臨宣城失守經過，惟心裡仍畏懼著時時尋仇之寒肆楓，當下僅順口表示，幸得段城主未與寒肆楓衝突，否則又是無謂犧牲。

這時，戎兆犹上前提醒主公，憶得惲子熙之手寫紙卷，其一為「速收臨宣」四字，並指示於收復臨宣城後，得解開第二紙卷，不知後續所指為何？

雷嘯天斯須抽出腰際套筒內紙卷，將之攤展，立見「瀉南補北」四字映入眼簾，惟此四字不若「速收臨宣」之淺顯易懂，霎時為難了在場身經百戰之眾武將！

「莫非此句乃指臨宣在北，閔暹居南，我軍收復臨宣後，儘速補足臨宣軍備，再趁隙潛入閔暹，使其內亂，以瀉其防禦能力？」潘茂將軍猜道。

狼行山則道：「在下不才，昔日嬉鬧頑劣，蹉跎了研習時光；然此『瀉南補北』四字，彷彿曾於常真人授課時聽過，不知惲先生所示四字，是否趨於醫者之辨證論治呢？」

佇於一旁之田予聰笑道：「哈哈，真沒料到，本是王將佈局，沙場推演之會，竟有田某可參與其中之位置！既然須藉醫理解析，在下即以通俗之說法，為大夥兒解釋這『瀉南補北』四字兒……」

天地五行對應人之五臟，亦對應天地方位。**肝屬木**，居東位；**心屬火**，居南位；**肺屬金**，居西位；**腎屬水**，居北位；**脾屬土**，居中位。

蓋五行生剋論所言：**木生火**，**火生土**，**土生金**，**金生水**，**水生木**。**木剋土**，**火剋金**，**土剋水**，**金剋木**，**水剋火**。

故生之者可謂母位，被生者可謂子位；然醫經有謂「**虛者補其母**，**實則瀉其子**」之治症道理，更有「**子能令母實**，**母能令子虛**」之治症原則。

然常真人之所提，應是指「東方實，西方虛；瀉南方，補北方」之治症法。此即論及：東為肝木，生實症；西為肺金，生虛症之病況。

火乃木之子，瀉心火能抑肝木，此即「實則瀉其子」之應用，亦能減抵心火剋肺金之作用。水乃木之母，金之子，補腎水能濟肺金，此即「子能令母實」之應用，使金能抑木，補水亦具克制心火之作用，故瀉南之火，補以北之水，即可同治東之實與西之虛。

蓋醫理對即發之症，歸之實症；病久之症，歸於虛症。故東實西虛之症，可藉瀉南補北以治之。依此之理可推得：心實腎虛，可瀉脾補肝；脾實肝虛，採瀉肺補心；肺實心虛，藉瀉腎補脾；腎實脾虛，施以瀉肝補肺。

狼行山立依田大夫之解說表示，惲先生實在高明，竟於倉促之際，即以瀉南補北之法，一解現今實況。一如，東州嚴翃寬發兵攻佔濮陽，視為東之實症；而黃旗軍奪回臨宣後，摩蘇里奧已無西兑王之補給可依，而西兑王更因征戰閔暹，劍殞身傷，不僅困於閔暹而無以擴張，更遇南離王趁隙侵襲！西州腹背受敵，損兵折將，士氣大消，可視為西之虛症。所以，惲先生以南都衛操演作為威嚇，既可防南離王北攻，且預設火連邢彪教主，恐於參訪黃旗軍演練時，習得帶兵遣將之理，致使南離王於西侵之際，不僅憂心火連教伺機整合反動勢力，更將心生螳螂捕蟬，黃雀於後之疑慮，如此即可間接瀉去南離王之外侵銳氣，並視其為「瀉南之火」。反倒是「補北之水」，一時難以領悟惲先生之思維！

中鼎王隱隱點著頭，正經說道：「乍聽之下，田大夫以醫經之理，為『瀉南補北』一說作解；再配合狼行山套於現實之說，本王可認同惲先生以瀉南補北作為第二紙卷之理。至於何以補水？我雷嘯天乃再清楚不過了。」

雷王接著表示，自摩蘇里奧帶進速效藥丸兒至西州，再輾轉傳入其他州域後，實已令中州百姓對速效藥丸兒趨之若鶩，其潛在市場之大，難以預估。然而五州之中，水利資源豐富且水利工程技術精湛者，首推北州。然以煤炭及傳統中藥藥材為最大經濟來源之北州，卻於南州火焰石外輸與中州藥材需求下降下，竟出現軍餉不足現象，甚有裁軍之說傳出。此即近來各州之挑釁與衝突萌生，中州完全無懼北坎王之由。

雷王又說：「由此可知，唯有中州開放北州藥材輸入數量，再降其交易稅收，即是予北州一強心劑。然而北州與西州之界，多為叢山峻嶺；與中州之界，汨竫湖實已佔去十之七八；而北州與東州之交界，卻僅一水之隔，幾無天險作障，遂使北坎王著重於北、東交界之部署。莫烈一旦裁軍，狂妄自大之嚴翊寬恐有藉佔濮陽而北犯之虞！所以，『補北』之意，即指中州能間接補足北州之經濟，一旦北州堅防軍能厚實，自會引來東州緊張而無力支援外侵行動，屆時嚴翊寬必知難而退。依吾之見，此即採行瀉南補北之法，使之回歸五行相互制衡之局勢。」

中鼎王悟出「瀉南補北」之隱寓後，驟然下令：先行開放北州藥材運輸量，並予以降半關稅；而後贈予火連教十輛軍車，且附上能夠固強碉堡之糯米，並由黃旗水軍護送過江。段城主則續留臨宣，一來重建，二可搜尋雷世勛之去向。而狼行山與潘茂將軍齊率眾兵，立由臨宣南下，朝閔暹城前進。戎兆犹則率領鐵騎部隊，由內陸前去接應閔暹區都衛軍長……驀驛！如此陣仗，閔暹城勢將重回我中州懷抱。隨後更聞雷王咬牙叮囑道：「切記，一旦收回閔暹，立逮閔暹城主荀逕！此人猶如尺蚓穿提，能漂一邑，定要取下荀逕之項上人頭，以洩吾心頭之恨！」

軍令既出，戎兆犹領著諸將，洪聲應諾中鼎王後，紛朝崗位而去。自此，惲子熙第二紙卷之瀉南補北行動，就此展開……。

朝飛暮卷，碧空如洗，北州烏淼峰東南之清軒城，寒梅綻放，宛如仙境；達官顯要，政商名流，無不以此作為退休定居之預設。然為引來更多陶猗之富與豪門貴胄，城內之所售，皆以上品自居，久而久之，富者標榜名貴，貧者則淪為草芥，貧富懸殊，此城為最。

一對男女，攜手步於城中街道，後見女倚男肩，柔聲訴道：「楓哥，中土之美，無可比擬，尤以北州之千岩競秀，萬壑爭流，令人流連忘返。記得中土有句話這麼形容，「泉石膏肓，煙霞痼疾」。此膏肓乃指病情嚴重，而痼疾乃為久治不癒之病，以此形容愛好山林泉水、煙霧雲霞，已成為難以改變之嗜好。怎麼辦？吾好似得此痼疾了！」

「呵呵，得了病就得找人醫啊！來，我幫你把把脈。」寒肆楓裝腔作勢一番，把著把著，道：「唉……姑娘，您這病，天下僅一人能醫啊！那人即是……寒肆楓也！呵呵！」

「啊……楓哥……你笑了！認識這麼久，鮮少見得你笑容！」摩蘇莉說道。

「嗯……待咱倆歸隱山林，笑容自來！走吧，咱們找間客棧歇歇。這回瞧瞧能否找個福地落腳；不過，莉可別累著了，免得咱們的小小楓也受苦了。」

待二人入住了進陞客棧後，摩蘇莉順手一推窗櫺，眺著不遠處熙來攘往之市集。突然！見一熟悉長物，竟出現於前方大街上！摩蘇莉一眼即認出，「那……那是……那是三犄法杖！阿爹的三犄法杖……怎會在這兒出現？」但見該持杖者，蓬頭垢面，不修邊幅，甚帶有幾分陰森古怪。而後更見此人跪於市集中，如乞丐般地向人乞討。待一轉身角度，莉見了此行乞者之長相，又覺到，「欸……這持杖乞丐，彷彿在哪兒見過似的？」霎時，一陣突來的下腹疼痛，不禁令摩蘇莉叫出，「唉呀……呃……」

「阿莉，阿莉，妳怎麼了？」寒肆楓連忙上前攙扶倚窗望外的摩蘇莉！

「楓哥，快……快看窗外，有一沿門托缽之乞丐，持著如我爹一般之法杖！」

寒肆楓倏倚窗口，眺著望著窗外一切，「沒有啊？沒見著何人持啥法杖呀？是否連日來的奔波，瞬因勞累而錯看了？莉不妨先歇會兒，吾朝城裡買些補品回來。」

寒肆楓走上大街，惟因時處歲末寒冬，城裡百姓自然不覺寒肆楓所散發之冷寒氣息。走著走著，忽見一輛華麗馬車從旁駛過，而後停於一藥堂門口，一身著貂絨大衣之商賈一下車，隨即踏進了間藥堂。阿楓頓生好奇，過去瞧瞧，見該藥堂門上寫著「全尹堂」三大字兒，裡頭竟有十餘人坐於木凳上，阿楓入內即問：「敢問大叔，大夥兒為何列坐於堂中？」

「這位公子應是外地來的吧！大夥兒甘願坐在這兒，就為了給姚尹壻大夫治症啊！只是……唉……在這兒，有錢的即是大爺。您瞧，方才乘著馬車之來者，乃本地最大煤油盤商……郭宗甫啊！郭老闆一來，根本無須按序求診，直接被全尹堂老闆娘嬴珍，請到樓上看診，我等小民只好在這兒苦等囉！」

「這位姚大夫真有那麼神嗎？」阿楓再問道。

「其實也不知怎麼著，據聞這姚尹壻夫婦來自東州，本只是一般到府診治之醫者。孰料道路相告，只要出得了錢，姚大夫即可開出祖傳秘方，不論是頭疼、身疼、婦女疼痛等，均可藥到病除。一傳十，十傳百，政商名流皆慕名而來，不出多久，這棟全尹堂就這麼蓋了起來了。不過，咱們這等市井小民，根本不敢問其高價秘方，只好依著傳統草藥，解解身疾囉！」

又一人唸道：「如咱們這等病患，花得是時間來求診，但隨著買得起秘方的人多了，這姚大夫對選擇傳統草藥之患者，似乎漸漸馬虎了。上回我帶丈人來求診，姚大夫只聞病患描述不適之處，隨即開出藥方，令你到前堂取藥，而後一語不發。」另一大嬸兒接話道：「若向伙計取藥還好，要是遇上視錢如命的老闆娘啊！她會一直推薦用秘方，若不依，她的態度隨即翻轉，令人尷尬啊！」

「諸位既然多所抱怨，何苦再花時間於此等待？」寒又問道。

「此乃全尹堂高干的地方啊！」大嬸再道：「姚大夫表明，若求診三回且服了其所開之藥方而不見效者，將附上秘方，以為病患解症，致使病號們甘願在此苦等；亦因此故，城裡從醫者掙不了錢，紛紛出走，更是助長了全尹堂之氣勢。」

這時候，大夥兒瞧見姚大夫夫婦，眉開眼笑地送著郭老闆下樓，彎腰恭送郭大爺直到馬車離去。寒肆楓見此一幕，嗤之以鼻，隨即轉身離開了全尹堂。

數日後，一中年人因腿疼酸痲，倚著街旁路樹，一年輕人上前攙扶，立馬受這大叔要求，扶其前往全尹堂待診，而後一如往常，列於眾多等待患者之後。大叔於感謝之餘，一眼即識出年輕人來自外地。惟聞年輕人說道：「在下寒芥琛，敢問大叔，這全尹堂可是清軒城名醫匯集之處？否則怎有如此人龍？」

大叔輕聲將全尹堂看診作風道出，霎令牟難以置信；後於進一步打聽下，又令牟芥琛有如晴天霹靂般震驚，心想，「原來這來自東州的姚尹墒夫婦，即是東州水墨繪桃大師姚逢琳之兄嫂！憶得姚大師提過，其兄嫂棄姚母於不顧而前往北州，怎料姚尹墒即是此城仗著秘方治病之名醫啊！嗯……既然來到這兒，不妨藉機瞧瞧，這姚尹墒如何辨證論治？」

歷經漫長等待，終輪到大叔看診，阿琛趁勢扶著大叔入於診堂後，道：「姚大夫，這是我叔父，今早聽他老人家腿疼酸麻，無力行走，可有治症之法？」

「呵呵，這位大叔可找對人啦！我這兒正好有祖傳之麻鎮丹，輕則一劑，重則兩劑，絕對是藥到病除啊！」姚大夫微笑說道。

「是啥樣的祖傳秘方，竟有如此神奇療效？」阿琛又問。

「年輕人，爾有所不知啊！這麻鎮丹乃是祖先自境外一克威斯基國帶回之藥草，蜜煉成丸，很厲害的，只是數量有限，您可要珍惜啊！」

「克威斯基？哼，這個打著中醫名號之姚尹墒，可能也是走摩蘇里奧路線來的。」

大叔回應道：「歐……不了……姚大夫醫術高明，所開的方也是名方，這老毛病還是抓抓藥，煎煮飲服就好了。」

大叔話一說完，姚大夫臉色驟變，不耐煩地開了黨參、茯苓、白朮、甘草四味藥。

阿琛一見，直覺不對，問道：「我叔父曾給一大夫下過針術，情況頗有改善，不知姚大夫可有為患者行針術之想法？」

姚尹埍變臉於咄嗟，洪聲喝叱道：「下針，下針，下什麼針啊？爾等老百姓只顧著免去疼痛，就隨便讓人下針，殊不知，下針乃瀉人之氣啊！一個人有多少氣可瀉？瞧瞧坊間多少大夫開方，少不了人參、黨參的；病者，補氣都來不及了，還瀉啥氣啊！」

阿琛嚴肅表示，通則不痛，痛則不通，此乃千古以來之治症法則之一。人存於天地之間，生息之中，無不進行著生氣與耗氣；呼吸乃氣之進出交換，再配合水穀精微所生脾胃之氣，以供養人體之所需。說話、唱誦、哭泣、排便，無一不是耗氣之際，正因經脈之氣道受阻，故阻礙了生精氣與排廢氣之管道。然而施行針術，正是疏通經脈之最佳手段，待經脈氣道流暢後，所服下之湯藥，其循經護衛臟腑自然也快；除非遇上病患氣虛慎重而捨用針術，否則，一概否定行針之治術，絕非累積了千年醫經醫理之先聖先賢所能認同！

「放肆！爾僅憑閱過幾本兒書，即敢大放厥詞！我姚尹埍不用針術，一樣能治病！」聽聞堂後高聲不斷，嬴珍闖了進來，直吼道：「眼下不識相之一老一少，大夫方子都開了，留下銀子，取藥走人！」

「開方取藥？眼前乃不折不扣之足痺症狀，不見姚大夫開出任何通經達絡之藥材，僅以黨參、茯苓、白朮、甘草四味，草率帶過，此方乃補陽益氣，滋胃健脾之傳世名方……四君子湯！壓根兒與療治足痺症無關，如此診治，叫人留下啥銀子？取走啥藥啊？」牟芥琛怒道。

嬴珍沒好氣地斥道：「要足痺是吧！那老娘就讓爾倆拐著腳兒，爬出去。來人啊！」嬴珍這一吼，隨即衝進兩搗藥伙計，手持棍棒，直衝而來。

牟芥琛俄頃蹬躍，旋即一記交叉側踢，一中對方肘前**尺澤穴**，另一踢中其膝後**委中穴**；接著，阿琛一把抓起大叔，踹開全尹堂後門，俄而逃離了全尹堂。

稍後，牟芥琛為解大叔當前發作實症，隨即取出三寸長針，針下臀部股骨大轉子後上方凹陷處，此即**足少陽經脈上之環跳穴**，藉以鎮緩坐骨神經。第二針下於小腿外側，腓骨突起下方凹陷處之**陽陵泉**，此乃**八大會穴**中之**筋會陽陵泉**，藉以舒緩筋急。第三針下於**足外踝**突直上四寸之**陽輔穴**，此乃木經之火穴，亦即**足少陽經脈之子穴**。針對大叔之實症，此乃醫經提及「**實則瀉其子**」之應用。

待大叔緩和後，牟再拿出了由**蒼朮**、**黃柏**、**牛膝**、**薏苡仁**，四味藥合成之**四妙丸**，以助患者清熱利濕，舒筋強骨。大叔頻頻含淚感激，後於閒聊中聞得牟表明，將待至大叔症狀緩解後離開清軒城，而後將前往辰星殿拜會北坎王。

一日，甫自市集回到進陞客棧的寒肆楓，不見摩蘇莉臥於床上，一時情急，正要下樓質問小二時，摩蘇莉推了房門進來。

「莉不好好休息，跑哪兒去了？瞧……我攜回了爾最愛之烤鴨。」

莉微了一笑，「楓哥，記不記得，咱倆是怎認識的？」

「當然，就在中州建寧城之盛隆客棧啊！當時那劉掌櫃還向大夥兒介紹，來自境外之幻術

表演團體。」

「楓哥還記不記得當時有位公子哥兒……亂了場子？」

「當然記得，那公子哥兒叫什麼雷世勛的，其仗著是雷嘯天之子，恣意妄為，甚而輕挑於妳，此舉亦引來寒某出手，這也算是亂了妳的場子，我向妳道歉！」

「唉呀！不是楓哥的問題啦！日前令楓哥看窗外，惟因見得一沿門托缽之乞丐，持著如我爹一樣兒的法杖。待連日來回想過往，這才驚訝到那蓬頭垢面的乞丐，正是雷世勛！只是……莉不明白，為何阿爹法杖會在他手上？一陣疑惑後，隨即上了大街，望能再遇著此人，怎料遍尋不著後即回往客棧，至今仍有些忐忑不安。再則，此回隨楓哥去臨宣城，但見阿爹於打仗時才會召集的奇拉耶與奇拉喱，卻不見我哥哥摩蘇維？」莉又說：「我爹好不容易戰勝科穆斯各族，統一了國土。接著阿爹提及欲往中土找尋阿莉生母，該不會……阿爹該不會打仗打到中土來了吧？」

一向機靈之摩蘇莉，見寒肆楓三緘其口，一再追問，待寒肆楓拗不過阿莉後，說道：「還記得吾曾回嵐映湖與龍師父拜別。當天，玄悟精舍的福伯一見到我，即告知了我端陽大會一事兒，隨後才引領拜見龍師父。」待阿莉持續追問下，阿楓將端陽大會詳述而出，遂瞭解了摩蘇里奧實為著中土的醫藥商機而來。

接著，寒肆楓吱唔地將臨宣城一戰輕描了一遍，此事兒瞬讓摩蘇莉訝異道：「原來我阿爹藉著侯西主發動戰事，利用克威斯基人成了西州傭兵，率兵攻下了臨宣城，因與龍師父交手而受了傷。」莉頓了一下，驚愕唸道：「莫非我爹……我爹殺了龍……龍師父？」

霎時，阿楓嚴肅了起來，回道：「當時寒某一見雷嘯天領軍進城，倏而追了上去，並未見著法王與龍師父之最終結果，龍師父是否遭法王所害？恐得找當時在場的狼行山才成了。」

「欸……不對！楓哥為著雷嘯天而追進臨宣城，結果嘞？雷王如何？楓哥為何於事發後，帶阿莉進臨宣城看阿爹，順道告知咱倆將朝北州定居？難道……我爹又打敗了雷嘯天，佔了臨宣？而當問及維哥哥時，阿爹回說維哥哥受城主招待出遊；既然戰勝了敵對，為何敵對會招待我哥哥？又說我爹打勝了，其法杖又怎會到了雷世勛手上？矛盾之至啊！」

突然！摩蘇莉開始收拾行囊，其腦海裡瞬間浮出甄芳子曾述，「你爹是對付牛鬼蛇神之能手，但若以阿維之行事風格來應對，他是會吃虧的。」一想到這兒，阿莉那股惴惴不安之感，再次湧上，直嚷著：「我要回臨宣城，好將事兒給搞清楚！」

寒肆楓搖了搖頭，上前制止了阿莉毛躁之舉。然而，為了解釋所有疑點，寒肆楓深吸了口氣，將臨宣城戰役，詳實地對摩蘇莉描述了一番。適值摩蘇莉聽聞摩蘇維遭亂刀刺死並丟下城樓，旋即放聲嚎叫，淚出痛腸，雙拳不停地搥著阿楓胸膛，嚷著：「為什麼？為什麼你不出手救哥哥？阿爹為何要帶咱們來到中土？為著利益？咱們又得了什麼？本以為找到了娘，摩蘇一家即可團聚；誰知？娘仍不認同阿爹，阿爹仍不忘擴張勢力，到頭來卻賠上了維哥哥的命！」

「哇……嗚……」摩蘇莉接連痛哭失聲，突然！深覺身體內熱倏燃，隨後爪甲逐漸翻黑，頓於指尖凝聚了毒素！

寒肆楓瞬點住阿莉之眉間**鎮靜穴**，甚為擔心懷著身孕之阿莉，倘若體內聚毒能力失控，恐有毒攻胎兒之虞！待摩蘇莉情緒稍緩，於昏睡之前，含淚向著阿楓道出：「楓哥，定要將……

將我摩蘇家之……法杖……拿回來！」惟聞語氣說得乏力，且未聽聞寒之回應，摩蘇莉即因耗氣過甚，緩緩闔上疲憊眼皮，陷入了沉睡狀態。

翌日，寒肆楓起身後，見莉仍於熟睡中，隨後出了客棧，嘗試能否遇上阿莉所述之乞丐？待繞了市集一大圈兒，雖未見持法杖乞丐，卻見一人跪求全尹堂的姚大夫夫婦。「姚大夫啊！您行行好呀！我可買了您三回秘方，錢都花完了，您就再施捨幾粒藥丸兒，好救救內人之腎疾啊！」

嬴珍睥睨地應道：「唉呦……這位兄台，你以為咱們全尹堂是普渡眾生的啊？這藥丸兒來源有限啊！瞧您病妻都排出血尿了，這也非得咱家秘方得以鎮住。一說沒錢了，尚有銀庫房兒可以借的嘛！」話完即表明趕著去郭大爺家祝壽，匆匆離開。

寒肆楓見狀，再次嗤之以鼻，頗不以為然地瞥頭離去。待回到了客棧，見莉仍於熟睡，但身上被褥卻盡推於一旁，不禁靠近一探，「唉呀！阿莉四肢怎如此冰冷？」適值一陣不安湧上，阿楓試著喚醒摩蘇莉。

莉醒來後仍鬱鬱寡歡，但觸及阿楓冰冷雙手，直覺一陣緩和感。楓以為對方所顯冰冷，恐因自個兒之冰寒體質有關，隨即放開了阿莉的手，立為莉披上厚棉外袍，惟見莉反手褪去該外袍，沒啥氣力地表示，四肢雖厥冷，卻感心胸煩熱而不惡寒。

「恐因傷痛過甚，影響了情志，以致自體寒熱失調，再因泣淚傷津耗氣，娘子，爾有孕在身，要保重身子啊！吾去熬碗參湯予妳服飲。」聽到寒肆楓說出「娘子」二字，阿莉情緒隨即平緩不少。

午後露臉的冬陽，讓人瞬感溫暖，怎料服下參湯之摩蘇莉，反覺體內循環失衡得厲害，遂開始盤坐運氣，藉以鎮住自體生成之毒素。如此一來，更使得熱趨於內，而寒推於外，不禁心想，「是胎兒的關係嗎？突然覺得參湯不僅提不了神，腹中胎兒似乎也不自主地排斥著！」

值阿楓走近盤坐的莉身旁，覺到，「莉的身子，怎如吾自發寒氣一般，果真與吾有關？縱然莉能承受這般體寒，但肚裡的小生命可寒不得啊！」接著，阿楓搖著頭想到，「難道外來的莉……未能適應中土傳統草藥？唉……這該如何是好？」正當阿楓不知所措時，一絲想法突由腦海中閃過，「對！全尹堂有秘方！」

寒肆楓起身咄嗟，快步來到了全尹堂門前，當下吃了閉門羹，這才想到，姚氏夫婦前去郭宗甫府上祝壽了。無奈道：「不管了，既然來了，就在門口等吧！」經兩時辰後……

「欸……您是哪位啊？何以坐於全尹堂門口？」嬴珍扶著有些醉意的姚尹堉說道。

待寒肆楓表明來歷後，隨即問到姚大夫之秘方。聞此一問，嬴珍精神了起來，隨即開了堂門，請寒肆楓上座。當下，姚尹堉瞬覺眼前公子散發常人少有之寒氣，再聞其詢問妻子四肢厥冷不溫之證，立即拿了罐藥丸兒出來，微笑說道：「呵呵，這位公子啊！吾這藥丸兒正符合逆冷不溫症狀，只是……這藥得取您十兩銀子。」

「一般藥舖抓個藥也不過三四錢，這幾粒丸兒就要十兩銀子，您這是趁火打劫啊！」

「呦呦呦……這位公子，救人要緊啊！何況今兒個全尹堂可是專為你一人開診啊！不過十兩銀子而已，要不拿草藥回去煎服囉！」話完，嬴珍隨即給了阿楓一白眼。

礙於盤纏有限，寒肆楓忍著對方奚落語詞，拿了草藥，直奔客棧，怎料阿楓入了房兒，驚見阿莉昏臥於地，身子依舊冰冷！將其平臥後，自責到，「我寒肆楓空有〈至陰神功〉之力，卻無法如龍師父輸予真陽內力以回陽救逆！」心急的阿楓又想到，「是否該帶阿莉去找甄芳子？不……以現在阿莉的狀況，上不了烏淼峰的。」眼看著摩蘇莉身體不適，無計可施下，遂令小二煎煮其帶回的草藥。

入夜後，聞莉傳來呻吟，「楓……我……我好難過，一直以內力壓抑體內毒素合成，我……快沒氣了！」

「莉，要撐住啊！來……這是我上藥鋪買的草藥，快服下吧！」

阿莉剎那瞠目，道：「楓哥因娘親喪於庸醫誤治，從此不信藥草治病。只因莉情志失控，引發怪症，令爾又熬參湯、又向人低頭詢問，莉真的……內疚了！」阿莉話一說完，立將阿楓手上湯藥服下，而後繼續盤腿打坐。然服藥後之摩蘇莉，四肢逐漸回溫，此幕霎令寒肆楓鬆了口氣，惟摩蘇莉依舊閉著眼，似乎仍與病魔相抗之中，一夜折騰後，窗外已見得東方魚肚白。

擱不下心的寒肆楓，再次靠近摩蘇莉，又驚到，「這……這是怎回事兒？阿莉怎又顯出冰寒？」此刻，盤座運氣中之摩蘇莉，嘴角似乎滲出了些血。然此一幕，頓讓寒肆楓慌了，深怕寒風再襲摩蘇莉，俄而關上木窗。適值關窗剎那，見得街道上出現一人，阿楓揉了眼，仔細一瞧，「是他！真的是他！」

阿楓深怕跟丟這人，瞬自窗口一躍而下，眨眼來到該人面前，「阿琛，能在這兒遇上你，真是太好了！」沒等牟芥琛回應，寒肆楓倏而抓起了阿琛，躍回了客棧，「快……快救救阿莉！」

牟芥琛一見面容慘白、四肢逆冷之摩蘇莉即知不妙，惟其脈象極為洪數，身大寒卻不欲近衣，瞬令小二端上一冷一熱之清水於摩蘇莉前，立見阿莉伸著顫抖雙手，直接握向那杯冷水。然此選擇霎令阿楓不得其解，隨口即問：「阿……阿莉怎麼了？」

牟雙眉一皺，「她服過啥藥？」

阿楓立讓小二拿上煎煮過之藥渣子。待牟一見藥渣，立即搖頭，直叱道：「太荒唐了！熱盛之症竟用熱藥！僅靠內力支撐之摩蘇莉，恐已……」阿琛話未說完，摩蘇莉即手撫小腹，口吐鮮血，更見下體滲出一大灘烏血。阿楓隨即抱住摩蘇莉，「莉……不要……不要……妳不可以走！阿莉……」

牟隨即表示，**陽氣太盛**，**陰氣不能相榮也**。**不相榮者**，**不相入也**。**既不相入**，**則格陰於外**，**故曰陽盛格陰也**。此即一般醫者常誤判誤治之**真熱假寒**，其病之**本質屬熱**，因**邪熱內盛**，**深藏於里**，**陽氣被遏**，**鬱閉於內**，**不能外透**，**以致格陰於外**，呈顯不惡寒，反惡熱之異常表現。此類四肢厥冷，亦稱之為「**陽厥**」或「**熱厥**」。病人具有心胸煩熱、腹部自覺灼熱、身大寒而不欲近衣等熱盛本質之症候。可施以寒涼藥物以清其真熱，使陽氣外達，**陰陽格拒**即漸趨消失，假寒之象亦自然退去。孰料，此藥渣內有**附子**、**乾薑**、**甘草**，此乃治四肢厥冷之傳世名方……**四逆湯**！方中之**生附子**乃大熱大毒之物，有孕者本不該用，惟摩蘇莉本身特具合成毒素體質，本可藉內力抗壓，卻因**生附子**之毒性，激發了摩蘇莉自體之毒素釋出，藉以抗外來之**附子**毒，最終摩蘇莉不勝負荷，遂使內毒潰泛，以致內血大出。

「那……那……阿莉胞宮胎兒呢？」阿楓淚眼顫唇問道。

牟搖搖頭回道：「當內毒潰泛時，胎兒應已隨之毒發，下體之血崩即告回天乏術，眼下之摩蘇莉應可提起僅存元氣說話，直致命門火熄而止。」

「楓……哥……抱歉……我……沒能……撐住！我與……小小楓……一起作戰……但還是沒能勝出……。維哥哥來此……一無所獲……而我……有了楓哥，有了……小小楓，我……我很滿足了……我……很……很喜歡北州，找個……看得見雲海的地方，讓……我睡了。我……我……」

「不要啊！莉……是我害了妳與孩子，妳是我放下仇恨之導引者，妳走了……誰……誰來引導我？不……不要放棄，還有機會的，咱們還有機會的！阿琛，你說對不對！莉……咱們說好隱居北州的，妳不可以……阿……阿莉……」

「楓……哥……雖然聽了……你的描述，我……還是覺得……我爹……是個愛我的爹爹；我也……如願地……找到了娘，剩下的……就……是……你……要好好……照……顧……自己……呃……」

「阿莉……阿莉……阿莉……嗚……嗚……嗚……」阿楓不捨地呼喊著，隨後摩蘇莉即於嘔出最後一口烏血後，闔眼睡去，留下了五內俱崩，肝腸寸斷的寒肆楓！

寒肆楓摟著屍骨未寒之摩蘇莉，淚流滿面地仰天一吼「呃啊……」。然此同時，驚見寒肆楓毛髮逐漸褪去原色，聞其嚎泣之聲，悲中帶傷，見其蛻變之貌，猙獰可畏！

數日後，寒肆楓如稻草人般地無魂遊走，走過了市集，不經意地來到了全尹堂。堂內候診諸患一見灰髮怪人前來，瞬遭其陰寒之氣所懾，無不朝著堂外奔離。嬴珍見狀，艴然不悅地叫罵：「喂！是啥角色在這兒裝神弄鬼的？」仔細一瞧，瀛珍突然想起，又道：「哦……我認出來了，爾乃日前守於我堂口，要求救治四肢逆冷的妻子，對吧！怎麼啦？後悔啦？早跟你說十兩銀子就好了，現在，堂裡的求診者都嚇跑了，這回沒二十兩，甭想我會給藥的。啊……你……你……呃……」

寒肆楓瞬間移步，於瀛珍面前以手虎口抵住其喉頸，隨後一陣凜寒掌風瞬自掌中，直灌入瀛珍咽喉，倏將其聲帶與食道口之肌肉凍裂，使之無法發聲，亦無法順利吞嚥。這時，於堂後等不到病患入內之姚尹壻，不耐煩地走了出來，見狀直喊：「喂喂喂……你這是做啥？打劫啊！」阿楓一見姚大夫，殺氣驟然爆發，雙手瞬間聚出白熾光團，「是你……是你害死了我妻小！」惟見寒肆楓俄而翻躍，雙掌直接擊中姚之雙肩與雙腿，立聞其哀鳴四肢發冷，而後僵硬，終而全身凍瘡，冷顫不已。惟聞阿楓冷冷話道：「此刻，不妨倚著自個兒的仙丹秘方解症吧！」

「喂喂喂，大……大……大爺，你行行好，吾那些藥丸兒是透過閔暹城主茍逕所取得，說是由克威斯基之秘方所製，其主要都是麻醉陣痛之用，病患只要不疼了，啥都好說。快……快給我解藥，我身好冷，皮肉好疼啊！」

「好冷？不妨熬飲那**四逆湯**；好疼？就服爾之麻鎮丹啊！哼……定要爾等斂財庸醫嚐嚐，啥是求生不得，求死不能！」甫一話完，阿楓轉身走出堂門；不久後即遇上四巡城堅防軍來到。

「驚聞莽漢滋事，特來關注。有勞眼前這位陰風奇人，即刻隨本軍長走趟衙門！」堅防軍長江乘喊道。

寒肆楓無動於衷地續著步伐，江軍長立馬佩刀一抽，四軍兵隨即衝上。寒於指顧間踹飛三

兵後，瞬間運上凜冽內力，一掌直中江軍長胸膈，隨後見其全身漸趨硬化，終而碎裂成石礫，此幕霎令三兵一陣腿軟，棄械而逃。

離開了軍兵追捕之清軒城後，寒肆楓失魂蕩魄地朝北續行，來到了北江縣之津漣山斷崖，面對摩蘇莉的墳，唸著：「莉，此處乃楓為妳精挑之津漣山雲海，眼前輕如薄紗之霧，變幻莫測的雲，虛無縹緲，如夢似幻，好好帶著小小楓遨遊雲海。切記，雲層之下可是深不見底之縱谷哦！別嚇著小小楓啦！」

「喀噠……喀噠……」忽聞眾馬蹄聲響由遠而近，隨後即見大群兵馬蜂擁而至，寒肆楓隨即起身，見著領軍之北坎王莫烈，偕著牟芥琛前來崖上。

「寒賢姪來我北州，本應以上賓招待；惟因賢姪戕害姚氏夫婦，且殘殺我巡城軍兵，均非法理所容！然經牟三俠描述，知悉賢姪悲痛來由，並將至愛葬於津漣斷崖。雖說節哀尚須時間，卻見賢姪以復仇心態處事，吾不忍賢姪一錯再錯，遂就此以懸崖勒馬一詞為勸，冀望寒賢姪能三思之後，隨吾等前往屹瑋城候審！」莫烈勸道。

寒肆楓僅微了一笑，「噓……你們吵到我的阿莉與小小楓了！」隨後即冷冷地說道：「不見為官者遏制庸醫殘人，卻見莫師叔如此陣仗相對，甚感天淵之別！縱然我寒肆楓放手一搏，或許見得在下傷重就擒，抑或堅妨軍兵壯烈犧牲；無論如何，結果都將污穢了這寧靜之地。然而晚輩不欲為難莫師叔，僅盼莫師叔能容晚輩一請求：來日，摩蘇里奧或甄芳子來此看看阿莉，還望莫師叔不予為難才好！」

「得寒賢姪能就此罷手，俯首就縛，莫烈自當承諾寒賢姪之請求！」

寒肆楓依舊冷冷地頷首示意，並由衷感激牟芥琛對摩蘇莉之喪葬協助後，自袖中取出了先前擊斷山獍之尖牙，瞬運內力將之嵌入摩蘇莉碑石之中。接著，阿楓於墳前淚眼盈眶唸道：「此生逆風撐船，頻遇時乖運蹇，不禁萬念俱灰。莉……等等我……」霎時現場即聞「喝啊……」，驚見寒肆楓雙臂向外一伸，仰天長呼一聲後，旋即轉身快步，上躍數丈，惟見寒肆楓自崖頂躍至高點後，放身下墜，牟芥琛俄頃鞭馬，立衝向山崖邊，目睹寒肆楓雙臂環抱之身影，彈指消失於崖邊雲霧之中……。

然此之後，隨著摩蘇里奧勢力之式微，寒肆楓於津漣斷崖告一段落，且因瀉南補北之計策奏效，中土約莫耗損接連二寒暑之後，令五州回到了西兌王發兵前之相互制衡狀態。自此，中土大地再次由戰後之滿目瘡痍，接續歷經創後復健與生息調養，日居月諸，急景流年，輾轉又累聚了十載光陰……。

待續……

國家圖書館出版品預行編目資料

五行　經脈　命門關（二）/ 謝文慶
作 . -- 初版 . -- 臺北市：博客思，2019.03
面；　公分
ISBN 978-957-9267-09-0　（平裝）

857.9　　108003489

現代文學51

五行　經脈　命門關（二）

作　　者：謝文慶
編　　輯：楊容容
美　　編：沈彥伶
封面設計：塗宇樵
出 版 者：博客思出版事業網
發　　行：博客思出版事業網
地　　址：台北市中正區重慶南路 1 段 121 號 8 樓之 14
電　　話：(02)2331-1675 或 (02)2331-1691
傳　　真：(02)2382-6225
E—MAIL：books5w@gmail.com 或 books5w@yahoo.com.tw
網路書店：http://bookstv.com.tw/
http://store.pchome.com.tw/yesbooks/
博客來網路書店、博客思網路書店
三民書局、金石堂書店
總 經 銷：聯合發行股份有限公司
電　　話：(02) 2917-8022　　傳 真：(02) 2915-7212
劃撥戶名：蘭臺出版社　帳號：18995335
香港代理：香港聯合零售有限公司
地　　址：香港新界大蒲汀麗路 36 號中華商務印刷大樓
C&C Building, 36,Ting, Lai, Road, Tai,Po, New,Territories
電　　話：(852)2150-2100　　傳真：(852)2356-0735
經　　銷：廈門外圖集團有限公司
地　　址：廈門市湖里區悅華路 8 號 4 樓
電　　話：86-592-2230177　　傳 真：86-592-5365089
出版日期：2019 年 3 月 初版
定　　價：新臺幣 300 元整（平裝）
ISBN：978-957-9267-09-0